연인 서태후
Imperial Woman

연인 서태후 (개정판)

초판 1쇄 인쇄 2003년 6월 20일
3판 3쇄 발행 2025년 8월 20일

지은이 ❘ 펄 S. 벅
옮긴이 ❘ 이종길
펴낸곳 ❘ 도서출판 길산
펴낸이 ❘ 이현숙
표지디자인 ❘ 서호범
일러스트 ❘ 윤용기
편집디자인 ❘ 신성희
교열 ❘ 주영하
마케팅 ❘ 송유미

주소 ❘ 경기도 고양시 일산동구 호수로 662, 442호
TEL ❘ 031. 973. 1513
FAX ❘ 031. 978. 3571
E-mail ❘ keelsan100@gmail.com
keelsan.co.kr

ISBN 978-89-91291-40-9 03820
값 19,500원

IMPERIAL WOMAN by Pearl S. Buck
Copyright ⓒ 1956 by Pearl S. Buck
Copyright renewed 1984 by Janice C. Walsh,
Henriette Walsh Wilson, Chieko Singer, Jean C. Lippincott,
Carol Walsh Buck, Edgar Walsh, John S. Walsh, and Richard S. Walsh
All rights reserved.

Korean translation copyright ⓒ 2015 by Keelsan Books
Korean translation rights arranged with Harold Ober Associates Incorporated
New York, NY through EYA(Eric Yang Agency), Seoul

이 한국어판 저작권은 EYA(Eric Yang Agency)를 통한
Harold Ober Associates Incorporated 사와의 독점계약으로
한국어 판권을 '도서출판 길산'이 소유합니다.
저작권법에 의하여 한국 내에서 보호를 받는 저작물이므로
무단전재와 복제를 금합니다.

잘못 만들어진 책은 구입처나 본사에서 교환해 드립니다.

연인 서태후
Imperial Woman

펄 S. 벅 지음

이종길 옮김

길산

서문

자희황후, 즉 서태후는 중국을 통치한 마지막 여제로서 다재다능하고 행적에 모순이 많았으며 성격에서도 다양한 측면을 보여주는 여인이었다. 따라서 그녀의 일생을 제대로 파악하고 전달하는 것은 결코 쉬운 일이 아니었다. 그녀는 외세의 침략에 맞서 싸우는 동시에 근대적인 개혁이 절실하던 역사적 전환점에 살았던 인물이다. 이러한 시대 상황에서 서태후는 보수적이면서도 외세에 대해 독립적이었다.

그녀는 필요하다면 가차없이 철권을 휘둘렀다. 반대파들은 그녀를 두려워하고 증오했으며, 이러한 모습들은 그녀를 사랑하는 사람들의 일면보다 더욱 뚜렷하게 표출됐다. 서구의 작가들 역시 몇몇 예외적인 경우를 제외하면 한결같이 서태후를 비판적, 심지어는 악의적으로 표현하기도 했다.

나는 이 소설에서, 입수할 수 있는 모든 자료를 동원하고, 어린 시절에 알았던 중국인들이 그녀에 대해 어떻게 느꼈는지를 떠올리면서, 가능한 한 정확하게 서태후를 묘사하려고 노력했다. 그 내부에는 선악이 뒤섞여 있었지만, 그녀는 항상 영웅적인 차원에서 인식되었다. 서태후는 가능한 한 근대적인 변화에 저항했으며, 이는 '오래된 것이 새로운 것보다 낫다'고 믿었기 때문이다. 그러나 변화가 불가피하다는 것을 알았을 때, 그녀는 우아하게 이를 받아들였다. 하지만 그 마음만은 변함이 없었다.

사실 중국의 백성들은 서태후를 사랑했다. 물론 전부가 그런 것은 아니었다. 혁명론자나 근대화에 조바심을 내던 사람들은 그녀를 격렬하게 증오했으며, 그녀 역시 그들을 증오했다. 그러나 농부들이나 소읍에 사는 사람들은 서태후를 경외했다.

그녀가 세상을 떠난 지 수십 년이 지났을 무렵 중국 내륙에 있는 마을을 찾아갔을 때, 그곳 사람들은 아직도 서태후가 살아있다고 생각했으며, 그녀가 죽었다는 말을 들었을 때 두려움을 느끼는 듯했다. 그들은 이렇게 외쳤다.

"이제 우리를 누가 돌봐 줄 것인가?"

아마 이것이야말로 그녀에 대한 최후의 평가일 것이다.

역자 서문

꽃과 칼날의 여인

'예흐나라'라는 아름다운 아명처럼 뛰어난 통찰력과 총명함, 반면 비견할 데 없는 악독함으로도 칭송 받았던 서태후.

그녀의 정치·개인적 일생을 서술한다는 것은 필히 많은 고충과 수고를 필요로 했을 것이다. 그러나 펄벅은 이 한 편의 글에서, 한 인물의 가장 소설적이고 가장 사실적인 부분을 절묘하게 혼합시킨 새로운 전기를 선보인다. 그간 중국 역사에서 돌이키고 싶지 않은 악의 형상으로 묘사되었던 서태후가 인간적이고 여성다운 표본으로 부활한 것이다.

한 남자를 끊임없이 사랑했으나 역사의 물줄기와 통치 권력이라는 거대담론 속에서 이를 포기할 수밖에 없었던 비극의 주인공이자, 밀려오는 외세에 강력하게 대처해야만 했던 잔혹한 통치자였던 꽃과 칼날의 여인, 서태후.

펄벅의 '연인 서태후'는, 그간 조명되지 않았던 서태후의 인간적 형상, 즉 보편적으로 알려진 그녀의 결점들을 넘어 그녀가 그렇게 행해야만 했던 필연적인 이유들을 자금성의 풍부한 정취와 섞어 실감나게 담아내고 있다.

'서양인이 바라본 서태후'라는 약점을 배제하고라도 이 작품이 우리에게 큰 의미를 갖는 것은 비단 그 작가가 펄벅이기 때문만은 아니다. '연인 서태후'에 대한 진정한 평가는 '그녀가 바라본 서태후가 얼마나 새로웠느냐'라는 관점에서 시작되어야 한다.

펄벅이 이 소설에서 말하고자 하는 메시지는 그녀의 권력이나 화려한 주변 상황과 관련된 것이 아니다. 소설 전반에 흐르는 상실감, 견딜 수 없이 불행한 상황들은 바로 서태후의 '영록'에 대한 이룰 수 없는 사랑에서 시작된다. 역사적 고증보다는 소설적 관점이 더욱 부각된 이유도 바로 이러한 주제 때문일 것이다. 충실하지 못한 연인으로서의 삶, 누구보다도 강력한 권력 중심으로서의 삶, 이 두 가지는 펄벅의 서태후에게는 결코 다른 의미의 것이 아니다. 누가 감히 한 인간이 가진 삶의 무게를 단정할 수 있겠는가.

우리는 펄벅의 '연인 서태후'에서 운명에 고개 숙인 소녀의 붉은 뺨을, 정적政敵을 죽음의 늪으로 밀어 넣는 비정한 손길을, 한 남자에게로 향한 애증과 슬픔의 눈빛을 보게 될 것이다.

그리고 이후 무엇이 승리를 거두었는지에 대한 판단은 어디까지나 독자의 몫이다.

작가의 명성에 비춰 유달리 침묵하고 있던 작품이지만, 현 시대의 이상적 여성상과 그다지 동떨어지지 않는 새로운 '서태후'의 모습을 감히 선보이려는 시점, 많은 판단의 부분을 독자에게 남기며 '권력과 불행의 연인 서태후'라는 이름을 다시 한 번 불러보는 바이다.

Imperial Woman

도서출판 **길산**

차례

서문 · 4
역자 서문 · 6

예흐나라 · 11

자희 황후 · 116

서태후 · 301

여왕 · 493

늙은 부처 · 578

예흐나라

1852년 4월, 만주족이 청 왕조를 건국한 지 2백8년째 되는 해였다. 그해 북경의 봄은 유난히 더디게 찾아왔다. 하루 종일 고비사막(몽골고원 내부의 사막)의 누런 모래를 실은 사나운 북풍이 지붕 위를 넘나들며 매섭게 몰아닥쳤다. 소용돌이를 일으키며 거리를 뒤덮은 모래알들은 집안 구석구석까지 스며들어 탁자와 의자 위, 옷 틈새에 켜켜이 쌓였고, 우는 아이들의 얼굴과 심지어 노인들의 주름살 사이에도 자리 잡았다.

양은 거리에 있는 만주족 황실경비대 기인旗人 무양가의 집도, 거센 모래 바람 탓에 창문과 나무 경첩이 헐거워져 이만저만 성가신 게 아니었다.

이른 아침, 무양가의 질녀이자 죽은 혜징惠徵의 장녀인 난아蘭兒는 거센 바람 소리와 삐걱대는 문소리에 잠이 깼다. 난아는 여동생과 함께 쓰고 있는 커다란 침상에서 몸을 일으켰다. 그리고 순간, 빨간 누비이불 위에 살짝 덮힌 눈처럼 모래가 내려앉은 것을 발견하곤 눈살을 찌푸렸다. 동생을 깨우지 않으려고 조심스럽게 이불에서 빠져 나오자 맨발에도 부슬부슬 모래가 밟혔다. 난아는 주변을 둘러보며 짧은 한숨을 내쉬었다. 어젯밤 집안 구석구석을 말끔히 청소했음에도 또다시 빗자루를 들어야 할 판이었다.

난아는 날씬한 몸매와 곧은 자세 덕에 실제보다 훨씬 키가 커 보였다. 부드럽고 유약해 보이는 몸매와 달리 뚜렷한 이목구비는 강직한 품위가 흘렀고 곧게 뻗은 콧날에 눈썹은 짙었다. 그러나 무엇보다도 난아의 미묘한 매력을 고스란히 보여주는 것은 선명하고 티 없이 맑은 눈동자였다. 그러나 이처럼 빼어난 자태도 그녀가 타고난 강직하고 지적인 성격에 비하면 별 의미 없는 것이었다. 그녀는 어린 나이임에도 스스로를 통제할 줄 알았으며 부드러운 동작과 조용한 태도에서는 강인한 면모가 엿보였다.

난아는 어스름한 아침 햇살 속에서 조용하고도 빠른 동작으로 옷을 갈아입은 뒤, 푸른색 커튼을 밀치고 거실로 나와 작은 부엌으로 향했다. 화덕 위에 올려진 가마솥에서는 모락모락 김이 피어오르고 있었다.

"루마, 오늘은 일찍 일어났네요."

난아는 차분하고 낮은 목소리로 인사했다. 그러자 화덕 뒤에서 깊은 한숨을 내쉬던 늙은 하녀가 쉰 목소리로 대답했다.

"지난밤엔 한숨도 못 잤어요. 아씨가 떠나시면 어찌 살라는 건지……."

그러자 난아는 조용히 미소를 지었다.

"걱정 말아요, 루마. 사코타가 나보다 훨씬 예쁘니, 아마 모후께서는 사코타를 간택하실 거예요."

루마는 화덕 앞에 쪼그리고 앉아 이글대는 불 속에 건초를 한 줌씩 던져 넣고 있었다. 잠시 후 자리에서 일어난 루마는 단호하게 고개를 저으며 서글프게 말했다.

"아뇨, 반드시 아씨가 간택되실 거예요."

루마는 몸집이 작은 곱사등이로 언제나 군데군데 푸른 천으로 덧기운 빛바랜 옷을 입고 전족한 발을 무겁게 끌고 다녔다. 게다가 요 사이 불어온 모래 돌풍 탓에 거친 주름살과 희끗희끗한 머리와 눈썹, 윗입술 언저리에는 하나같이 모래알들이 앉아 있었다.

"아씨가 안 계시면 도무지 집구석이 제대로 돌아갈 리 없어요."

루마가 투덜거렸다.

"늘 아씨가 대신 해 주셔서 둘째 아씨는 솔기 하나도 제대로 못 꿰맬 거고, 아씨의 장난꾸러기 남동생들은 어찌나 분주한지 달마다 신발이 한 켤레씩 닳아버리죠. 게다가 영록榮祿 도련님은 어릴 적부터 아씨와 정혼한 거나 다름없으니 분명 아씨가 아니면 장가를 들려 하시지 않을 거예요."

"그럴 수도 있겠군요."

난아는 입가에 미소를 띤 채 화덕 받침대에 놓인 국자를 집어들었다. 그리고는 가마솥에서 뜨거운 물을 퍼 대야에 담고, 벽에 걸린 작은 회색 수건을 집어 물에 담갔다. 물기를 짜낸 따뜻한 수건으로 얼굴과 목, 손을 닦아내자 동그랗고 부드러운 얼굴은 이내 촉촉한 열기에 젖어 발그레해졌다. 난아는 거울 속에 비친 자신의 짙고 생기 넘치는 눈동자를 물끄러미 응시했다. 그녀는 비록 내색하지는 않았지만 자신의 눈에 커다란 자부심을 갖고 있었다. 때때로 이웃 여인네들이 초승달 같은 눈썹과 나뭇잎처럼 갸름하고 시원한 눈 모양에 대해 수군거릴 때면 겉으로는 귀담아듣지 않는 척하면서도 우쭐했던 것이다.

"제가 늘 말씀드렸죠."

루마가 난아를 빤히 바라보며 말했다.

"아씨의 운명은 눈에 깃들어 있다고 말이에요. 아씨와 우리는 천자이신 황제께 복종해야만 해요. 그리고 만일 아씨께서 황후가 되신다면 반드시 우릴 기억하고 도와주셔야지요."

난아는 부드럽게 미소를 지어 보였다.

"아무리 운명이라지만 난 일개 후궁에 불과할 거예요. 후궁은 몇백 명이나 되지 않나요."

그러자 늙은 하녀는 단호하게 말했다.

"하늘의 뜻대로 이뤄지실 겁니다, 아씨."

루마는 대야에서 수건을 꺼내 물기를 짜서 못에 건 다음, 문 밖으로 나가 대야의 물을 조심스럽게 쏟아 버렸다.

"아씨, 머리를 빗고 단장을 마치세요."

루마가 말했다.

"영록 도련님이 아침 일찍 오신다던데, 아무래도 황실의 명을 전하려는 것 같더군요."

난아는 조용히 고개를 끄덕인 뒤 평소처럼 차분하게 침실로 향했다. 흘끗 침상을 보니 여동생은 아직 자고 있었다. 난아는 참빗을 들고 흑단처럼 검은 긴 머리를 풀어 정성스럽게 빗질한 다음 향기로운 계수나무 기름을 발랐다. 그리고 두 가닥으로 머리를 땋아 양쪽 귀 뒤로 늘어뜨린 뒤 이파리 모양의 얇은 녹색 옥과 작은 진주가 박힌 꽃 장식을 달았다.

몸치장을 다 마치기도 전에 옆방에서 낯익은 목소리가 들려왔다. 영록은 지금 막 도착해 굵고 낮은 목소리로 난아를 찾는 중이었다. 그러나 난아는 이전처럼 곧바로 나가 영록을 맞이하지 않았다.

그들은 만주족이었으므로 한족의 옛 관습인 '남녀칠세부동석'에 따를 필요가 없었다. 그녀와 영록은 어릴 때는 소꿉친구였으며 자라서는 일가친척으로 친밀한 사이를 유지해 왔다. 영록은 자금성紫禁城* 성문을 지키는 경비병이었으므로 늘 성문 근처에 머물러야 했다. 따라서 자주 들르지는 못했지만, 축제나 누군가의 생일이 있을 때만큼은 빠짐없이 난아의 집을 찾아 우의를 지켰다. 그리고 두 달 전 봄맞이 축제 때는 드디어 난아에게 청혼을 했다.

그러나 난아는 승낙도 거절도 아닌 화사한 미소를 지었을 뿐이다.

"그런 얘기는 숙부님께 하세요."

"우리는 가까운 친척이 아니오."

영록은 둘 사이의 친밀함을 상기시키기라도 하듯 말했다.

"그렇지만 촌수로 따지자면 십촌도 넘지 않나요."

이처럼 난아는 그의 청혼에 애매한 입장을 취했다. 그러나 요즘 들어 이상하게도 그때 일이 새록새록 되살아났고, 무슨 일을 하든 영록의 모습이 머리를 떠나지 않았다. 난아로서도 이러한 변화가 낯설고 신비로울 뿐이었다.

커튼을 젖히자 큰 키에 다부진 체격을 지닌 영록이 양 다리를 크게 벌리고 서 있는 모습이 눈에 들어왔다. 그는 여느 때처럼 편한 복장이 아닌 경비병의 빨간 여우 털이 달린 둥근 모자와 제복까지 갖춘 채 난아를 향해 서 있었다. 게다가 두 손에는 노란 비단으로 감싼 꾸러미가 들려 있었다. 난아가 스치듯 노란 꾸러미를 바라보자 영록은 난아의 시선을 금방 눈치 채고는 보일 듯 말 듯 얼굴을 찡그렸다. 언제나 그랬듯 두 사람은 서로의 마음속을 샅샅이 읽고 있었던 것이다. 한동안 침묵이 흘렀다.

"당신은 황실의 부름을 받았소."

---

* 중국 북경北京에 있는 명明·청淸 시대의 궁전. 1407년 명나라 영락제永樂帝가 건립을 시도해, 1420년 완성.

드디어 영록이 말문을 열었다.
"그걸 모른다면 바보죠."
그녀가 대답했다.
이처럼 두 사람은 격식을 차려 인사를 하거나 흔한 정담조차 나누지 않았다. 오랜 시간 동안 함께 지내면서 서로에 대해 너무 잘 알고 있었기 때문이다. 영록은 난아의 얼굴에서 시선을 떼지 않은 채 말을 이었다.
"무양가 어른은 일어나셨소?"
난아 역시 그를 똑바로 바라보며 말했다.
"점심 전에는 기침하지 않으신다는 걸 당신도 알잖아요?"
"오늘은 일찍 일어나셔야 하오. 당신의 보호자로서 그분의 서명이 필요하오."
그녀는 고개를 돌려 큰소리로 외쳤다.
"루마, 숙부님을 깨워요! 영록 오라버니께서 오셨는데, 숙부님의 서명을 받아 궁으로 돌아가셔야 한다는군요!"
늙은 하녀 루마가 깊은 한숨을 내쉬며 무양가의 침실 쪽으로 사라지자 난아는 곧이어 영록에게 손을 내밀며 속삭였다.
"자, 그 꾸러미 좀 봐요."
영록은 고개를 저었다.
"이건 무양가 어른에게 온 거요."
그러자 그녀는 의미심장한 미소를 지었다.
"나도 그게 뭘 뜻하는지 알아요. 아흐레 후에 사코타와 함께 궁으로 들어가라는 거죠?"
그러자 영록은 섬광이 이는 듯한 검은 눈동자로 난아를 바라보았다.
"당신이 어찌 그걸 아는 거요?"

난아는 그에게서 눈길을 돌렸다. 야트막하게 내려 뜬 갸름한 눈이 짙고 검은 속눈썹에 반쯤 가려진 채 보일 듯 말 듯 반짝였다.

"중국인이라면 다 알고 있는 사실 아닌가요? 어제 길가에서 유랑 배우들의 경극을 봤는데, '황제의 후궁'이란 오래된 극을 새롭게 각색한 것이더군요. 경극에서 보아하니, 유월 스무날에는 만주인 처녀들이 천자의 태후 앞에 선을 보이는 모양이던데…… 올해는 그 같은 처녀들이 몇 명이나 되지요?"

"육십 명이오."

영록의 대답에 난아는 기대감이 깃든 검은 눈동자로 그를 바라보았다.

"나도 그 육십 명 중 한 사람인가요?"

"당신은 틀림없이 첫손에 꼽히게 될 것이오."

침착하고 조용한 영록의 목소리는 난아의 가슴에 예지처럼 박혀 들었다. 난아는 말을 이었다.

"좋아요. 어쨌든 내가 있는 곳에 당신도 함께 있게 될 거에요. 당신은 내 친척이니 그렇게 해 달라고 반드시 간청할 거니까요."

이순간 두 사람은 서로를 뚫어져라 바라보았다. 잠시 후 영록은 그녀의 시선을 피하며 딱딱하게 말했다.

"나는 지금 당신을 내 아내로 맞이하게 해달라고 무양가 어른에게 청할 셈이오."

"숙부님께서 황실의 부름을 거절할 수 있다는 말인가요?"

난아가 물었다. 이어 그녀는 영록에게서 시선을 거두고 우아한 자태로 거실 벽 쪽에 놓인 긴 흑단 탁자로 걸어갔다. 탁자의 위쪽 벽에는 신성한 오대산五臺山 그림이, 탁자 위에는 두 개의 긴 놋 촛대가, 그리고 그 사이에는 노란 난초가 꽂힌 항아리가 놓여 있었다. 난아는 난초를 내려다보며 중얼거리듯 말했다.

"오늘 아침에 꽃이 피었어요. 노란빛은 황실을 대변하는 색이지요. 이건 좋은 징조예요."

"이제 당신 눈에는 모든 게 징조로 보이는 모양이군."

난아는 영록의 빈정대는 듯한 말투에 다소 화가 난 듯 딱딱한 얼굴로 그를 바라보았다.

"만일 간택된다면 황제를 섬기는 게 의무 아닌가요?"

그러나 난아의 목소리는 이내 다시 부드럽게 가라앉았다.

"하지만 간택되지 않는다면 나는 반드시 당신의 아내가 될 거예요."

그때 루마가 들어오면서 두 사람의 얼굴을 번갈아 살폈다.

"아씨, 숙부님께서 막 일어나셨어요. 침상에서 아침을 드시겠답니다. 영록 도련님도 그 동안 들어와 계시지요."

루마는 다시 자리를 피해 부엌으로 들어갔고 잠시 후 그릇이 덜거덕거리는 소리가 들려왔다. 그 소리를 신호로 해 얼마 안 가 집안이 부산해지기 시작했다. 난아의 두 남동생이 대문 옆에 있는 마당에서 티격태격하는가 싶더니 침실에서는 여동생이 애처롭게 난아를 불러댔다.

"언니! 나 머리 아파……!"

난아가 여동생의 부름에 막 돌아서려 할 때였다.

"난아."

영록이 그녀의 이름을 불렀다.

"이제 그 이름은 당신에게 어울리지 않는군."

순간 난아는 발을 구르며 소리쳤다.

"어쨌든 그건 내 이름이에요! 당신, 무엇 때문에 여기서 꾸물거리는 거죠? 당신은 당신 일이나 알아서 하세요!"

난아는 황급히 그의 곁을 떠났고 영록은 그녀가 신경질적으로 커

틈을 밀치는 모습을 망연히 바라보았다.

비 온 뒤 땅이 굳듯, 한순간 분노가 휘몰아치고 나자 결심은 더더욱 굳어졌다. 난아는 반드시 자신이 간택되어야 한다고 생각했다. 그래야만 황제가 사는 자금성으로 들어갈 수 있지 않은가. 그녀는 이 짧은 순간, 그처럼 오랫동안 고심해 오던 문제를 완전히 결정지어 버렸다. 영록의 아내가 되어 그의 아이들을 낳고 평범한 어머니가 될 것인가? 아니면 황제의 후궁이 될 것인가? 마음은 이미 기울었지만 한 가지 해결할 수 없는 문제가 그녀를 괴롭혔다.

영록은 그녀를 지극히 사랑했고, 난아 역시 그를 사랑하고 있었다. 그리고 그 이외에는 누구도 사랑하게 될 수 없으리라는 것을 난아는 알고 있었다. 그렇지만 인생에는 사랑, 그 이상의 의미도 있는 것이다. 그리고 황실의 부름을 받게 되는 날 그 의미가 진정 무엇인가를 깨닫게 될 것이었다.

음력 유월 스무 초하룻날, 난아는 자금성의 겨울 궁전에서 잠이 깼다. 그녀는 전날 밤 자신이 무섭게 앓아떨어졌다는 사실을 기억해 냈다.

"드디어 황제가 계시는 성벽 안에 들어왔구나!"

난아는 어린 시절부터 이 순간을 남몰래 고대해 왔다. 그녀는 눈을 뜨자마자 가슴이 벅차오르는 것을 느꼈다. 그녀는 예전에 사코타의 언니가 태자비가 되기 위해 영원히 집을 떠나는 모습을 지켜보던 순간부터 입궁의 꿈을 품어왔다. 그러나 사코타의 언니는 황후가 되기 전에 세상을 떠났고, 가족들 중 누구도 다시는 그녀를 볼 수 없었다. 그러나 난아는 자신만은 다르리라 믿고 있었다. 꿈을 이룰 때까지 반드시 살아남을 것이기 때문이다.

"이제 가족들과는 떨어져 있게 될 거란다."

난아가 떠나기 전, 어머니는 말했다.

"수많은 처녀들이 오겠지만 너는 오직 너 하나야. 사코타는 가냘프고 고운데다 돌아가신 태자비의 동생이니 분명 너보다 훨씬 큰 총애를 받을 게다. 하지만 어떤 자리를 받든, 너는 그보다 더 높은 곳으로 올라갈 수 있어."

늘 엄격했던 난아의 어머니는 작별 인사 대신 담담한 당부를 했고 난아는 그 말을 가슴 깊이 새겼다. 어젯밤 다른 처녀들은 행여 간택되지 않을까 하는 두려움에 울기도 했지만 난아만은 흔들리지 않았다. 만일 간택된다면 스물한 살이 될 때까지는 집을 찾거나 가족들을 볼 수 없게 된다. 열일곱 살부터 스물한 살까지의 4년간, 홀로 외롭게 궁궐 생활을 해야 한다는 뜻이다. 게다가 영록을 떠올리게 되면 그 외로움은 더더욱 커질 것이었다. 하지만 난아는 영록의 얼굴을 지우고 대신 황제를 떠올리며 스스로를 위안했다.

입궁 전날 밤, 그녀는 흥분과 불안 때문에 잠을 이루지 못했다. 그것은 사코타도 마찬가지였다. 모두 잠들어 있는 고요한 시간, 난아는 자신의 침상으로 다가오는 발소리를 들었다. 그리고 그 발자국 소리가 누구의 것인지 금방 알아차렸다.

"사코타!"

난아가 낮은 목소리로 외쳤다. 어둠 속에서 사촌의 부드러운 손길이 난아의 얼굴에 닿았다.

"언니, 이불 속으로 들어가도 돼?"

난아는 깊은 잠에 빠진 친동생의 묵직한 몸을 옆으로 밀어 공간을 마련해주었다. 사코타는 손발이 싸늘하게 식은 채로 작은 새처럼 떨고 있었다.

"언니는 두렵지 않아?"

사코타가 누비이불 속에서 몸을 움츠리며 속삭였다.

"아니."

난아가 대답했다.

"두렵기는, 게다가 너는 친언니가 황제께 간택을 받았으니 더더욱 걱정할 필요 없잖아?"

"우리 언니는 궁에서 죽었어."

사코타가 속삭였다.

"언니는 거기서 행복하지 않았어. 얼마나 집을 그리워했는지 병까지 났어. 어쩌면 나도 죽을지 몰라."

"걱정 마. 내가 함께 있을게."

그녀는 사촌의 가냘픈 몸을 감싸주었다. 사코타는 몹시 마르고 기질 자체가 연약했다. 또한 곱게만 자란 터라 그간 한 번도 허기를 채우기 위해 허리띠를 졸라 매야 했던 적이 없었다.

"우리, 같은 등급으로 간택되지 않으면 어떡하지?"

사코타가 물었다. 만일 그렇게 된다면 둘은 헤어질 것이다. 어제 태후는 처음으로 선보인 육십 명 중에서 스물여덟 명을 간택했다. 사코타는 죽은 태자비의 친동생이었기 때문에 1급인 비妃의 자리에, 난아는 3급인 귀인貴人에 올랐다.

"성질이 여간내기가 아니겠군."

태후가 날카로운 눈초리로 난아를 바라보며 말했다.

"아깝구나. 어차피 태자비의 친동생과 사촌 모두를 1급에 올릴 수는 없고, 저 성질만 아니면 2급 빈嬪에 올릴 텐데…… 이보게, 저 아일 3급에 두게. 천자의 눈에 띄지 않는 게 좋을 것이야."

이때 난아는 최대한 공손하고 순종적인 모습을 보였지만, 머릿속으로는 어머니의 말씀을 깊이 새기고 있었다. 그녀의 어머니는 더없이 강인한 여인이었으므로 그녀의 말이라면 모든 게 틀림없었다.

그때 갑자기 쩌렁쩌렁한 목소리가 울렸다. 큼지막한 머리장식을 한 상궁이 처녀들의 준비를 돕기 위해 나타난 것이다.

"아씨들, 일어날 시간이오! 예쁘게 몸치장을 하시오! 오늘은 행운을 잡아야 하는 날이잖소?"

다른 처녀들은 즉시 자리에서 일어났지만 난아는 꼼짝도 하지 않았다. 그녀는 다른 처녀들이 무엇을 하든 움직이지 않고 홀로 떨어져 있을 생각이었다. 난아는 비단 누비이불 속에 몸을 숨긴 채, 다른 처녀들이 시중들러 온 하녀들의 손길 앞에서 바들바들 떨고 있는 모습을 몰래 지켜보았다. 여름이 다가온다고는 하지만 아침 공기는 아직도 쌀쌀한지라 뜨거운 물을 담은 나무 욕조에서는 김이 모락모락 피어올랐다.

"자, 모두 목욕을 해야 하오."

상궁은 커다란 머리장식을 흔들며 처녀들에게 다가와 두 손을 휘휘 저었다. 그리고는 넓은 대나무 의자 등받이에 살집 좋은 몸을 기대고 앉아, 모두들 자신의 말에 따라야 한다는 것을 위시하듯 엄한 표정을 지었다.

시녀들은 벌거벗은 처녀들이 목욕통 안으로 들어가기를 기다려 향기 나는 비누와 부드러운 천으로 몸을 씻겨주었다. 문득 처녀들의 수를 세던 상궁이 소리쳤다.

"스물여덟 명이 간택되었거늘 어째서 스물일곱 명밖에 없는 거지?!"

고개를 갸웃한 상궁은 처녀들의 이름이 적힌 종이를 펴 한 사람씩 이름을 불러가며 점검하기 시작했다. 처녀들은 자신의 이름이 호명될 때마다 각자의 목욕통 안에서 대답했다. 이윽고 상궁은 마지막 처녀의 이름을 불렀다.

"예흐나라!"

그러나 이번에는 아무도 대답하지 않았다. 상궁은 눈살을 찌푸리고 처녀들을 둘러보았다. 처녀들은 고개를 숙인 채 목욕에 몰두하는 척하며 상궁의 시선을 피했다. 늙은 상궁은 다시 한 번 마지막 처녀의 이름을 불렀다.

"예흐나라?!"

집을 떠나기 전 난아의 숙부이자 보호자인 무양가는 난아를 서재로 불러 이런저런 조언을 늘어놓았다. 몸집 좋은 무양가는 하늘색 공단 옷을 늘어뜨린 채 안락의자에 앉아 있었다. 그는 천성이 나태하고 모든 사람들에게 한결같이 친절했다. 난아는 그런 숙부에게 친근감을 가지고 있었지만 결코 사랑하지는 않았다.

"이제 넌 황제가 계시는 자금성에 들어가게 된다."

그는 느긋하게 말을 이어갔다.

"그러니 난아라는 아명兒名은 버려라. 너는 지금부터 '예흐나라'로 불리게 될 게다."

"예흐나라!"

다시 한 번 상궁이 크게 소리쳤지만, 예흐나라는 여전히 자는 척 눈을 감고 있었다.

"도망이라도 친 건가?"

늙은 상궁이 주위를 둘러보자 시중드는 여자가 주춤대며 대답했다.

"저…… 예흐나라 아씨는 침상에 누워 계십니다."

그 말에 상궁은 눈을 휘둥그레 떴다.

"아직도 침상에 있다고? 어떻게 그럴 수 있단 말이냐?"

시녀는 예흐나라의 침상 쪽으로 걸어가 이불을 걷고 살며시 들여다보았다.

"주무시고 계십니다."

"이런 강심장이 있나?"

늙은 상궁이 소리쳤다.

"어서 깨워! 이불을 젖히고 팔을 꼬집으란 말이다!"

하녀가 상궁의 명에 따라 이불을 젖히자 그때서야 예흐나라는 잠에서 깨어난 척 눈을 떴다.

"무슨 일이죠?"

예흐나라는 졸린 듯한 목소리로 묻고는 천천히 기지개를 켰다.

"아…… 졸려……."

잠결에 젖은 듯한 그녀의 목소리는 마치 비둘기 울음소리처럼 부드러웠다.

"이럴 수가!"

상궁이 역정을 내며 말했다.

"아씨는 황제께서 내리신 영令을 모른단 말이오? 앞으로 두 시간 후면 모두 접견실로 가서 대기하고 있어야 하오. 최대한 예쁘게 꾸미는데 겨우 두 시간의 여유밖에 없단 말이오. 다시 말하는데 그 동안 아씨는 목욕을 하고, 향료를 뿌리고, 예복을 입고, 머리도 땋고, 아침까지 먹어야 한단 말이오."

예흐나라는 손으로 입을 가린 채 하품을 했다.

"얼마나 잘 잤던지…… 집의 보료보다 훨씬 폭신폭신하군요."

늙은 상궁은 코웃음을 쳤다.

"어찌 천자가 계시는 궁의 보료가 집의 보료처럼 딱딱할 수 있겠소?"

"어쨌든 생각했던 것보다 훨씬 좋군요."

예흐나라는 맨발로 일어나 타일 바닥을 걸었다. 간택된 처녀들은 모두 만주인이었으므로 한인들과 달리 전족을 하지 않았고, 때문에 예흐나라도 건강한 발을 가지고 있었다.

"자, 어서 움직여요, 예흐나라."
상궁이 재촉했다.
"다른 사람들은 벌써 거의 다 옷을 입었소."
"알았어요, 상궁마마."
그러나 예흐나라는 서두르기는커녕 시녀가 옷을 벗길 때도, 다른 처녀들처럼 팔다리를 뻗어 옷을 쉽게 벗길 수 있도록 도와주려 하지 않았다. 게다가 뜨거운 목욕통 안에서도 마찬가지였다.
"아씨!"
시녀가 숨을 죽이며 말했다.
"저를 도와주셔야 빨리 몸치장을 마치지요."
그러자 예흐나라는 반짝이는 눈을 휘둥그레 뜨더니 어쩔 줄 몰라 하며 속삭였다.
"뭘 어떻게 해야 도울 수 있다는 거죠?"
사실 예흐나라는 어떻게 해야 시녀를 도울 수 있는지를 모르고 있었다. 예흐나라의 집에 하인이라고는 부엌일을 하는 루마뿐이었으므로 그녀는 언제나 손수 목욕을 하고 어린 동생들까지 도맡아 씻겨주어야 했다. 그녀는 동생들의 옷 역시 직접 빨았고 그들이 어렸을 때에는 포대기에 싸서 업고 다니기도 했다. 또한 어머니를 도와 집안일을 거들었고 기름 가게나 야채 시장에도 뛰어다녔다. 이런 그녀에게 유일한 낙은 길가에서 한인 유랑 배우들의 공연을 보는 것이었다. 예흐나라의 숙부인 무양가는 그녀의 어머니에게 고작해야 음식이나 옷을 마련할 수 있을 정도의 돈만 주고 사치품은 거의 제공하지 않았지만, 예흐나라가 사코타 등의 사촌들과 함께 공부를 하는 것만큼은 허락해주었다. 때문에 예흐나라는 집안일을 하며 틈틈이 공부를 한 것 외에, 시녀가 몸치장을 도와준다던지 하는 일 등에 관해서는 아는 바가 없었다.

예흐나라는 목욕통 안에서 시녀에게 몸을 내맡긴 채 사치품으로 가득한 커다란 방을 둘러보았다. 아침 햇살은 벽 쪽으로 쏟아져 우윳빛의 조개 격자창을 환하게 물들이고 있었고, 파랑과 빨강의 생생한 색감이 돋보이는 머리 위 대들보는 처녀들이 입은 빨강과 녹색의 긴 만주식 예복과 잘 어울렸다. 문간에는 진홍색 커튼이 걸려 있었으며, 조각된 나무 의자 위의 방석들 역시 진홍색 모직이었다. 벽 위에 걸린 그림 족자는 하얀 비단 위에 먹물로 경구를 써 놓은 것이거나 아름다운 경치를 담은 풍경화였다. 방안은 온통 비누와 향유의 달콤한 향기로 가득했다. 예흐나라는 이 모든 것에 단번에 매료되었고, 이어 이것들을 갖고 싶다는 욕구를 느꼈다.

한편 시녀는 예흐나라의 질문에는 아랑곳없이 서둘러 목욕을 끝마쳤다. 시간이 없었던 것이다. 저만치서 상궁이 시녀들을 재촉했다.

"자자, 먼저 아침부터 먹고 남는 시간에 머리를 손질하도록 하지. 머리를 만지려면 족히 한 시간은 걸릴 거야."

나인들이 음식을 가져왔지만 처녀들은 목이 메어 냄새조차 맡을 수 없었다. 심장은 터질 듯 고동쳤으며 심지어 어떤 처녀들은 어린아이처럼 울기까지 했다. 상궁은 투실투실한 얼굴에 노기를 가득 띠고 소리쳤다.

"어허! 어찌 감히 눈물을 보인단 말이오? 천자께 간택된 것을 자축하지는 못할망정!"

하지만 처녀들은 울음을 그치지 않았다.

"차라리 처음부터 오지 말 것을. 아, 어머니, 아버지."

한 처녀가 흐느꼈다.

"난 간택되고 싶지 않아요."

또 다른 처녀가 한숨을 내쉬었다.

"이런 망측할 데가……!"

늙은 상궁은 겁먹은 처녀들을 향해 얼굴을 찌푸렸다.

그러나 신기하게도 예흐나라만은 시간이 지날수록 침착한 모습을 보였다. 그녀는 빈틈없고 우아한 자태로 자리에 앉았고, 잠시 뒤 음식이 나오자 맛있게 식사를 했다. 그 모습을 본 늙은 상궁은 깜짝 놀라 입을 다물지 못했다. 그녀는 분명 예흐나라가 충격을 받아 머리가 어떻게 된 것이라고 생각했다. 그러나 예흐나라의 표정은 한 치도 흔들림이 없었으므로 늙은 상궁은 도무지 갈피가 서질 않았다.

"맹세코 내 저런 강심장은 본 적이 없거늘."

상궁이 큰소리로 말했다. 예흐나라는 젓가락을 든 채 상궁을 향해 미소를 지었다.

"정말 맛있는 음식들이군요."

그리고는 어린아이처럼 천진난만한 얼굴에 화색을 띠며 말을 이었다.

"집에서 먹던 것과는 비교도 되지 않는걸."

이제 늙은 상궁은 아예 재미있어 하는 듯했다.

"아씨는 참으로 현명한 분이시오! 암, 그래야지."

상궁은 미소를 지으며 크게 고개를 끄덕였다. 그리고는 잠시 후 고개를 돌려 한 시녀에게 속삭였다.

"저 커다란 눈 좀 봐! 게다가 아주 강심장이지?"

"네, 호랑이가 와도 꿈쩍 안 하겠어요."

정오가 되자 환관장 안덕해安德海가 환관들을 이끌고 나타났다. 그는 이목구비가 뚜렷한 젊은이로 긴 하늘색 공단 관복에 빨간 비단 끈을 두른 복장이었다. 또한 아래로 휜 코와 검은 눈동자에는 강한 자부심이 엿보였다.

그는 다소 무심한 듯한 표정으로 처녀들에게 한 사람씩 자신의 앞을 지나가라고 명령했다. 그리곤 조각된 커다란 흑단 의자에 거만하게 앉아 한 사람 한 사람 지나갈 때마다 경멸하는 듯한 눈초리로 빤히 쳐다보았다. 안덕해가 팔을 괴고 있는 흑단 탁자에는 두꺼운 책과 붓, 상자 등이 놓여 있었다.

예흐나라는 문간에 걸린 진홍색 공단 커튼 뒤에 살짝 숨어 눈을 살며시 깔고 그를 바라보았다. 안덕해는 처녀들이 한 사람씩 지나갈 때마다 붓을 들어 이름 위에 표시를 했다.

"여기 한 명이 빠졌소."

안덕해가 말했다.

"여기 있어요."

예흐나라는 고개를 숙이고 거의 들릴 듯 말 듯 수줍게 대답한 뒤 앞으로 나섰다.

"저 처녀는 하루 종일 늦는군."

상궁이 큰소리로 말했다.

"다른 사람들은 다 일어났는데 여전히 자고 있질 않나, 씻거나 옷을 입으려 하지도 않고, 게다가 촌구석 아낙처럼 밥은 엄청 먹어대고, 글쎄 세 사발이나 먹어치웠다니까! 그리고 이젠 바보처럼 서 있기까지 하는군. 정말 바보인지도 모르겠어."

"예흐나라!"

환관장은 예흐나라를 흘끗 쳐다본 뒤 높은 목소리로 기록을 읽어 내려갔다.

"고인이 된 경비대 기인 혜징의 장녀이며 현재 보호자는 기인 무양가이다. 2년 전인 열다섯 살 때 북궁에서 명단에 올랐으며 현재 열일곱 살이다."

안덕해는 고개를 들어 앞에 서 있는 예흐나라를 응시했다. 그녀는 얌전하게 고개를 숙이고 시선을 바닥에 고정시킨 채였다.

"이 기록이 맞소?"

그가 물었다.

"네, 맞아요."

예흐나라가 말했다.

"걸어가시오."

안덕해는 손가락으로 오른쪽을 가리키며 명령했다. 그리곤 그 방향으로 걸어가는 예흐나라의 뒷모습을 집요한 시선으로 뒤쫓았다. 이윽고 안덕해는 자리에서 일어나 서열 낮은 환관들에게 지시했다.

"처녀들을 대기실로 인도하라. 천자께서 처녀들을 맞을 준비가 되시면 내가 직접 한 사람씩 용상 앞에 호명할 것이다."

안덕해는 서열 낮은 환관들의 인사를 받으며 서둘러 사라졌고, 이후 처녀들은 무려 네 시간 동안이나 대기실에 앉아 황제의 부름을 기다려야 했다. 시녀들은 처녀들의 옆에 앉아 공단 저고리와 머리카락을 매만져주는가 하면 이따금 분첩을 두드려 주거나 입술을 다시 칠해 주기도 했다. 그 와중 처녀들은 명에 따라 두 차례 차 마시는 시간을 가졌다.

정오가 되자 멀리 궁전 안마당에서 시끌벅적한 소리가 들려왔다. 뿔 나팔 부는 소리, 북 치는 소리, 징을 울리는 소리가 다가오는 발자국 소리에 맞춰 점점 가까이 울려 퍼졌다. 이윽고 안덕해가 다른 환관들과 함께 다시금 대기실에 나타났다. 순간 예흐나라는 무리들 중에서 젊고 키가 크며, 마른 체격에 검고 못생긴 얼굴을 가진 환관 한 명과 눈이 마주쳤다. 그는 예흐나라와 시선이 마주치자 이내 오만한 표정을 지었는데 예흐나라는 아무래도 그 얼굴이 독수리를 닮았다고 생각했다. 그때 안덕해의 날카로운 목소리가 울려 퍼졌다.

"이연영李蓮英!"

예흐나라는 자신을 바라보던 젊은 환관이 움찔하는 것을 보았다. 안덕해는 무서운 얼굴로 그를 노려보았다.

"네가 왜 여기 있는 게냐? 4급 상재常在가 될 처녀들과 함께 기다리고 있으라 하지 않았느냐?"

그의 말에 이연영은 도망치듯 대기실을 나가 버렸다. 안덕해는 잠시 못마땅한 얼굴로 그 뒷모습을 바라보다가 다시 처녀들에게로 시선을 돌렸다.

"여러분, 여러분은 등급이 호명될 때까지 여기서 기다려야 하오. 우선 비가 태후 옆에 계신 황제께 선을 보이고 그 다음이 빈의 차례요. 그리고 나서 3급인 귀인이 호명될 것이니 그때 옥좌 앞으로 나오시오. 또한 여러분은 절대로 황제의 용안을 쳐다보아서는 안 되오. 황제께서 여러분을 보실 것이오."

그의 설명이 끝났지만 모두들 말없이 고개를 숙일 뿐, 대답하는 사람은 없었다. 예흐나라는 침착한 얼굴로 맨 마지막 줄에 서 있었으나 가슴은 뜨겁게 고동쳤다. 앞으로 몇 시간, 아니 어쩌면 한 시간 안에 일생 최고의 순간을 맞게 될지도 몰랐다. 황제는 분명 그녀의 외모와 피부색을 보고 모든 것을 판단할 게 분명했다. 따라서 예흐나라는 그 짧은 순간 동안 자신의 모든 매력을 발산시켜야만 했다.

예흐나라는 지금쯤 황제의 눈앞을 지나가고 있을 사촌 사코타를 생각했다. 사코타는 귀여운 외모에 단순하고 상냥한 성격이었다. 게다가 황제가 태자였을 때 총애했던 태자비의 친동생이었으므로 그녀의 간택은 이미 정해진 것과 다름없었다. 물론 그것은 예흐나라에게도 좋은 일이었다. 세 살 무렵 아버지가 죽고 어머니와 함께 고향으로 돌아온 예흐나라는 그후로 줄곧 사코타와 함께 자랐다. 유약하고 부드러운 성격의 사코타는 예흐나라를 친언니처럼 믿고 의지하며 모든 것을 양보했다. 아마 지금 이 순간도 사코타는 황제에게 "내 사촌 예흐나라는 예쁘고 총명해요"라고 얘기하고 있을지도 몰랐다. 어젯밤 예흐나라는 잠들기 전 사코타에게, "황제께 내 얘기를 좀 해 주겠어?"하고 부탁했고, 이에 사코타는 매우 득의양양한 표정을 지었다. 이처럼 사코타는 상냥하고 천진난만한 어린아이같은 미숙함이 엿보였다.

문득 어디선가 중얼대는 소리가 들려왔다. 분명 접견실에서 새어나오는 소리였다. 처녀들은 안절부절못하며 불안한 눈초리로 서로를 마주보았다. 비에 해당되는 처녀들은 이미 대기실을 빠져나간 뒤였고 그중에서도 사코타는 첫 번째 서열로 간택되었다. 다음으로 접견실에 들어간 빈은 그 수가 적었다. 잠시 후 한 시간이 채 흐르기도 전에 안덕해가 돌아왔다.

"이번에는 귀인 차례요. 자, 어서들 준비하시오. 폐하께서 벌써 지치신 것 같소."

처녀들은 정해진 순서에 따라 준비를 시작했다. 시녀들은 처녀들의 머리와 입술, 그리고 마지막으로 눈썹을 매만져 주었다. 웃음소리, 소곤대는 소리도 그치고 대기실 안에는 무거운 정적만이 감돌았다. 그때 한 처녀가 거의 실신한 듯 시중드는 시녀에게 기대왔다. 다급해진 시녀는 처녀가 정신을 차리도록 팔과 귓불을 꼬집기 시작했다. 이윽고 접견실 안에서 처녀들의 이름과 나이를 부르는 환관장의 목소리가 들려오며 접견이 시작되었다.

여기서도 맨 마지막을 차지한 예흐나라는 앞선 처녀들이 한 사람씩 불려나가는 모습을 조용히 지켜보다가, 문득 어디선가 나타난 작은 강아지를 발견하고는 자리에서 일어났다. 그 강아지는 궁중 여인들의 넓은 소매 자락에 감출 수 있도록 거의 굶기다시피 해서 아주 작은 몸집을 가지고 있었다. 얼굴에는 미소가 번졌고, 그녀는 강아지의 작은 발과 꼬리를 매만지며 시간이 흐르는 것조차 잊어버렸다. 그때 접견실 입구에서 안덕해의 목소리가 울려 퍼졌다.

"예흐나라!"

상궁들은 이미 뿔뿔이 흩어진 뒤라 강아지와 노느라 정신없던 예흐나라만이 대기실에 홀로 남아 있었다. 그녀는 자신이 왜 지금 여기 와 있는지조차 잊은 듯 강아지의 긴 귀를 젖히고는 그 주름진 얼굴을 들여다보며 웃고 있었다. 작은 사자를 닮았다는 황실의 개를 실제로 보게 되자 신기하고 즐거웠던 것이다.

"예흐나라!"

다시 한 번 안덕해의 목소리가 쩌렁쩌렁 울리는 순간, 예흐나라는 문득 정신을 차렸다. 안덕해는 예흐나라에게 달려가 다짜고짜 팔을 잡아챘다.

"당신, 정신 나갔소? 여기가 어딘지 잊었단 말이오? 황제께서 기다리고 계시오. 황제께서 기다리신단 말이오! 폐하를 기다리시게 하면 죽어 마땅하다는 걸……."

순간 예흐나라는 앙칼지게 안덕해의 팔을 뿌리쳤다. 안덕해는 급히 문으로 돌아가 다시금 그녀의 이름을 불렀다.

"예흐나라, 고인이 된 황실경비대 기인 혜징의 딸이며, 양은 거리에 사는 무양가의 질녀로, 나이는 열일곱 하고도 3개월 이틀이 되었으며……."

드디어 예흐나라는 자수를 놓은 신발 끝에 긴 만주식 옷자락을 살짝살짝 스치며 거대한 접견실로 천천히 들어섰다. 그녀는 하얀 밑창에 굽을 댄 높은 신발을 신고 있었는데, 옥좌 쪽으로 고개를 돌리지 않고 가느다란 손을 허리쯤에서 포갠 채 천천히 지나갔다.

"다시 한 번 들게 하라."

황제가 명했다. 그러나 태후는 탐탁치 않은 눈초리로 예흐나라를 바라보았다.

"내 이미 당부했지 않소?"

태후가 말을 이었다.

"저 처녀는 성질이 여간 거센 게 아니오. 얼굴에 다 드러나 있소. 여자로서는 너무 기가 세단 말이오."

"그래도 예쁜데요."

황제가 말했다. 예흐나라는 고개를 돌리지 않은 채 두 사람이 주고받는 말소리에 귀를 기울였다. 황제가 태후에게 가늘고 앳된 목소리로 되물었다.

"성질 거센 것이 무슨 상관입니까? 그래봤자 소자에겐 화도 내지 못할 텐데요."

황제가 젊은이다운 성급한 어조로 재빨리 내뱉자 태후는 짧은 한숨을 내쉰 뒤 입을 열었다.

"예쁘면서도 기가 센 여자는 간택하지 않는 게 좋소."

태후가 차근차근 설명했다.

"황제께서 조금 전 '빈' 급에서 보셨던 보유라는 처녀가 있지 않소? 분별 있게 생긴데다 자태도 고왔고······."

"피부가 거칠었죠."

황제가 관심 없다는 듯 손을 내저었다.

"그 처녀는 틀림없이 어렸을 때 마마에 걸렸을 겁니다. 분을 발라봤자 마마 자국은 여전히 보이던걸요."

어느덧 예흐나라는 황제 바로 앞을 지나가고 있었다.

"멈추어라."

예흐나라는 조용히 걸음을 멈추었다. 그리곤 황제에게 옆모습을 보인 채, 마치 마음이 다른 데 가 있는 사람처럼 먼 곳을 응시했다.

"고개를 돌려라."

황제가 명하자 예흐나라는 무심한 표정으로 천천히 황제의 명에 따랐다. 그간 배웠던 예의범절이나 상식에 따르면, 처녀는 절대로 남자의 가슴 위로 눈을 치켜떠서는 안 되었다. 하물며 황제의 무릎 이상을 쳐다보는 것은 무례한 일이었다. 그럼에도 예흐나라는 고개를 돌려 황제의 용안을 정확히 바라보았고, 온 정신을 집중해 젊은 이답게 듬성듬성 난 눈썹 아래 빛나는 황제의 눈동자를 응시했다. 그리고는 강렬한 눈빛으로 그의 가슴을 두드리기 시작했다.

황제는 한참 동안 미동도 하지 않다가 마침내 말문을 열었다.

"이 여인을 간택하겠습니다."

"간택되면 먼저 천자의 모후이신 태후마마를 잘 섬겨야 한다."

예흐나라의 어머니는 만일의 경우를 대비해 당부의 말을 잊지 않았다.

"우선 네가 밤낮으로 태후마마를 생각하고 있다는 것을 믿으시게 끔 해라. 태후께서 즐기시는 게 뭔지 알아보고 위안거리를 찾아 드리는 거다. 절대 태후마마를 피해서는 안 되느니라. 태후께서는 살아 계실 날이 얼마 남지 않았다. 하지만 넌 앞날이 창창하지 않느냐?"

그녀는 어머니의 말씀을 가슴 깊이 새겼다.

간택된 첫날 밤, 예흐나라는 배정된 세 개의 방 중 작은 침실에 누워 있었다. 그녀의 간택이 결정되자 안덕해는 늙은 상궁 한 명을 그녀의 시녀로 들여보내 주었다. 이제부터 황제가 부를 때를 제외하고는 이곳에서 홀로 지내야 했다.

황제는 그녀를 자주 부를 수도 있었고, 아니면 전혀 부르지 않을 수도 있었다. 지난 날 수많은 여인들이 후궁으로 간택되고 난 뒤 황제에게 잊혀진 채 이 구중심처九重深處(임금이 있는 대궐) 안에서 처녀로 늙어 죽었다. 그래도 재물이 있는 여인들은 환관에게 뇌물을 주며 황제 앞에서 자신의 이름을 언급해 달라는 부탁이라도 할 수 있었지만, 지금 예흐나라로서는 그것조차 꿈꿀 수 없는 처지였다. 그러나 황제가 비의 자리에 오른 사코타에게 싫증을 내게 된다면, 그때는 그녀를 생각하게 될지도 몰랐다. 아니 눈까지 마주쳤으니 반드시 그렇게 될 것이다.

그러나 이 역시 한편으로는 억측일 수 있었다. 황제는 미인들에게 지나치게 익숙해져 있을 터인데, 그 많은 여인들 중 어찌 예흐나라만을 기억할 수 있겠는가?

예흐나라는 보료를 세 겹이나 깐 폭신폭신한 벽돌 침상에 누워 생각에 잠겼다. 이제부터는 매일매일 계획을 짜 단 하루도 낭비하지 않을 작정이었다. 자칫 잘못하다가는 황제에게 잊혀진 채 평생을 처녀로 혼자 살아가야 될지도 모른다고 생각하자 소름이 끼쳤다. 예흐나라는 매순간 더욱더 신중을 기해야만 했다.

일단 그녀는 자신의 목적을 이루는 데 중요한 다리가 되어줄 태후를 사로잡기로 결심했다. 태후에게 끊임없이 주의를 기울여 신뢰할 수 있는 사람이 되는 동시에 인간적인 호감도 불어넣는 것이다. 그러려면 수많은 후궁들 중 눈에 뜨일 만한 자질을 갖추어야 했다. 몸을 뒤척이며 생각에 골몰하던 예흐나라는 스승을 찾아 여러 가지를 배우는 것이 좋겠다고 결심했다. 지난 날 마음씨 좋은 숙부 덕분에 읽고 쓰는 법은 배웠지만, 그것만으로는 태후의 호감을 얻을 수 없을뿐더러 오래 전부터 가지고 있던 진정한 배움의 욕구도 만족시킬 수 없었다. 그녀는 지식에 관련된 것이라면 무엇이든 왕성한 의욕을 보였지만, 그중에서도 특히 역사와 시, 음악과 서화 등에 관심이 많았다. 그녀는 생전 처음으로 자신만을 위한 시간을 갖게 됨으로써 이를 기회 삼아 정신적인 수양을 할 수 있게 되었다.

물론 황제의 마음에 들기 위해서는 몸 관리에도 신경을 써야 했다. 질 좋은 고기를 먹고, 양 기름으로 손을 부드럽게 문지르고, 말린 밀감과 사향으로 향기를 내고, 목욕한 후에는 시녀를 시켜 매일 두 번씩 머리를 빗질할 것이다. 이는 모두 언젠가 황제에게 가게 될 날을 준비하는 것인 동시에 스스로 만족을 얻기 위함이었다.

물일에 거칠어진 손으로 부드러운 공단 누비이불을 쓰다듬자 갈라진 손끝이 스칠 때마다 사각사각 소리가 났다. 그녀는 문득 자신의 손을 바라보며 중얼거렸다.

"다시는 빨래를 하거나 물을 데우거나 곡식을 빻는 일은 하지 않게 되겠지. 이게 행복이 아니고 뭐란 말인가?"

지난 이틀간 그녀는 한시도 잠을 이루지 못했다. 집에서 보낸 마지막 밤에는 사코타와 이야기를 나누며 장래에 대한 꿈을 꾸고 마음 약한 사코타를 위로해주느라 밤을 지새웠다. 그리고 어젯밤에는 간택을 기다리는 처녀들과 함께 있었으므로 역시 잠을 이루지 못했다.

그러나 오늘밤은 한결 가뿐했다. 그녀는 간택되었고 방이 무려 세 개나 되는 자신만의 작은 집까지 갖게 되었다. 비록 크기는 작았지만 방들은 하나같이 호화스러웠으며, 벽에는 진귀한 족자들이 걸려 있었다. 또한 빨간 공단 방석이 씌워진 의자와 흑단으로 된 탁자, 밝은 색깔의 대들보에, 바닥에는 매끄러운 타일이 깔려 있었다. 격자창은 안마당을 향해 열려 있었고 햇볕이 내리쬐는 둥근 연못에는 아름다운 지느러미를 가진 금붕어들이 유유히 헤엄치는 중이었다. 게다가 방문 밖에 있는 긴 대나무 의자에는 오직 그녀만을 모시는 시녀가 잠들어 있었다. 그녀는 행복했고 그 누구도 두렵지 않았다.

그러나 이처럼 행복한 기분도 잠시였다. 예흐나라는 갑작스레 접견실에서 눈이 마주쳤던 독수리를 닮은 환관을 떠올렸다.

'그렇다, 환관들이 있었구나!'

현명한 예흐나라의 어머니는, 예흐나라가 집을 떠나기 전 신신당부를 했다.

"환관은 남자도 아니고 여자도 아니란다. 그들은 자금성에 입궁하기 전 남성을 거세해 버린 자들이지. 이런 사람들은 점차 성질이 사악해지기 마련이야. 그로 인해 그들은 원한을 잘 품고, 게다가 악랄하며 잔인하게 굴어 만사를 비참하게 만든단다. 그러니 환관들은 윗사람부터 아랫사람까지 모두 피하도록 해라. 부득이한 경우라면 그들에게 돈으로 보상해 주어라. 하지만 네가 그들을 두려워하고 있다는 걸 결코 드러내서는 안 된다."

예흐나라는 이연영이라 불리던 젊은 환관의 음흉한 얼굴을 떠올리며 중얼댔다.

"너 따위는 두렵지 않아."

그러나 그런 단호한 의지와는 달리 두려운 감정은 선뜻 가시지 않았다. 순간 예흐나라는 자신도 모르게 영록을 떠올렸다. 입궁을 하던 날 가마가 거대한 주홍색 성문에 다다랐을 때, 예흐나라는 대담하게도 장막을 밀치고 밖을 내다보았다. 그러자 대열 앞쪽에 노란 제복을 입고 칼을 똑바로 세운 황실경비병들의 모습이 보였다. 그리고 중앙의 성문 오른쪽에는 훤칠하고 잘생긴 영록이 서 있었다. 그는 붐비는 군중들에게 시선을 고정시킨 채 예흐나라가 탄 가마를 무심하게 흘려보냈으며, 예흐나라 역시 그에게 별다른 표시를 하지 않았다. 하지만 그로 인해 예흐나라는 마음의 상처를 입었고, 곧 영록을 마음속에서 지워버렸다. 지금 이 순간조차 그녀는 영록을 생각하지 않으려 애쓰는 중이었다. 언제 다시 만나게 될지 알 수 없었기 때문이다. 자금성 안에 함께 있으면서도 죽을 때까지 만나지 못하는 남녀들이 부지기수이거늘 그녀와 영록이라고 해서 뭐가 다르단 말인가.

그런데 어째서 두려움을 느끼자마자 갑작스레 영록이 떠오른 것일까?

그녀는 한숨을 내쉬고 이내 눈물을 흘렸다. 그리고는 자신이 울고 있다는 사실에 소스라치게 놀랐다. 그녀는 고개를 저어 영록의 얼굴을 떨쳐버렸고, 잠시 후 매우 지친 얼굴로 잠이 들었다.

거대한 궁전 도서관은 한여름에도 서늘한 기운이 감돌았다. 도서관의 육중한 문이 외부의 열기를 완전히 차단해버려 아무리 거센 햇빛도 일단 조개 격자창을 통하면 희미하고 서늘한 빛이 되어버렸다. 예흐나라는 스승으로 맞아들인 늙은 환관과 마주앉아 있었다. 나지막하게 책을 읽는 예흐나라의 목소리만 간간이 들릴 뿐 사방은 적막했다.

그녀는 주역周易을 읽으며 운율에 열중하느라 스승이 한동안 아무 말도 없다는 것을 눈치 채지 못했다. 문득 책장을 넘기면서 흘끗 보니 스승은 한창 졸고 있는 참이었다. 머리는 한껏 아래로 기울어 있었고, 느슨해진 손가락 사이에서 부채는 금방이라도 스르르 흘러내릴 것만 같았다. 예흐나라는 미소를 짓고는 계속해서 책을 읽어나갔다. 그녀의 발치에는 외로움을 달랠 요량으로 황실 관리인에게서 얻어온 강아지 한 마리가 잠들어 있었다.

입궁한 지 벌써 두 달이 돼가고 있었지만 황제의 부름은 오지 않고 있었다. 예흐나라는 가족은 물론 심지어 사코타도 보지 못했고, 아예 성문을 나설 일이 없었으므로 근무 중인 영록의 곁을 슬쩍 지나가 볼 수도 없었다. 그나마 미래에 대한 꿈마저 없었다면 이 적막한 우울함을 견디기 힘들었을 것이다.

그녀는 언젠가는 반드시 황후가 되겠다고 생각하고 또 생각했다. 황후가 되면 뭐든 하고 싶은 대로 할 수 있으리라. 원하기만 한다면 어머니에게 편지를 보내고, 핑계를 대서라도 영록을 가까이 둘 수 있을 것이 아닌가.

"이 편지를 맡길 테니 어머니께 가서 답장을 받아 오시오."

예흐나라는 이처럼 영록에게 밀서를 건네줄 것이며, 그 밀서는 두 사람만의 은밀한 비밀이 될 것이다. 따라서 그 모든 것이 이루어질 때까지는 수많은 것들을 준비해야만 했다.

그녀는 가장 학식이 뛰어난 환관을 수소문해 스승으로 두고 매일 다섯 시간씩 공부에 열중했다. 예흐나라의 스승은 환관이 되기 전에는 당나라식 문체로 수많은 시와 수필을 썼던 유명한 작가로, 이전에는 어린 태자였던 황제를 가르쳤고, 그 다음에는 황제의 후궁이 될 처녀들을 가르치기 위해 환관이 되었다. 늙은 스승은 여러 후궁들을 직접 대면해 본 결과, 후궁들 중 누가 학문에 관심이 있고 또 그렇지 않은가를 훤히 꿰뚫고 있었다. 그리하여 그는 예흐나라를 가르치기로 결정한 뒤 다른 환관들에게 그녀의 재능을 자랑했으며, 예흐나라가 의도한대로 태후에게까지 칭찬을 아끼지 않았다. 어느 날 예흐나라가 시중을 들기 위해 처소를 찾았을 때, 태후는 고개를 끄덕이며 예흐나라의 성실함을 칭찬했다.

"너는 글을 참 잘 배운다고 하더구나."

태후가 말했다.

"내 아들 황제는 지나치게 걱정이 많으니, 그가 불안하고 심약해질 때마다 시를 읊어주거나 그림을 그려 즐겁게 해주렴."

예흐나라는 수줍은 듯 고개를 숙였다.

한창 책에 몰두하고 있는데 갑자기 어깨에 섬뜩한 촉감이 느껴졌다. 예흐나라는 어깨에 얹혀진 부채 쥔 손을 보자마자 그가 젊은 환관 이연영이라는 것을 알아챘다. 그는 이미 수주일 전에 충복을 자처해왔고, 예흐나라는 그가 자신과는 관련 없는 서열 낮은 환관에 불과하다는 것을 알면서도 흔쾌히 받아들였다. 실로 이 젊은 환관은 여러 가지 사소한 면에서 쓸모가 있었다. 예흐나라가 과일이나 단 것을 먹고 싶어 하면 서슴없이 간식거리를 가져다 주었고, 자금성의 수많은 방들과 통로들, 수백 개가 넘는 궁에서 벌어지는 온갖 일들을 전해 주기도 했다. 그녀는 책을 읽는 것만으로는 부족하다고 느낀 나머지 궁 안에 흘러 다니는 소문에도 귀를 기울였고, 자금성 안에서 벌어지는 음모와 불행, 그리고 사랑에 대해서도 빠짐없이 알고자 했다. 그것만이 이곳에서 살아남을 수 있는 유일한 방법이라는 것을 본능적으로 깨달았기 때문이다.

예흐나라는 '쉿' 하고 손가락을 입술에 대고는, 용건이 궁금하다는 듯 눈썹을 치켜올렸다. 이연영은 부채를 들어 따라오라는 신호를 보냈다. 이연영은 발소리를 죽인 채 매끄러운 타일 위를 앞장서 걸었다. 예흐나라가 자리에서 일어서자 잠에서 막 깬 강아지도 예흐나라의 뒤를 졸졸 쫓았다. 이연영은 이 정도면 예흐나라의 스승을 깨울 염려가 없다 싶었는지 도서관 밖의 별채에 이르러 걸음을 멈추었다.

"마마께 전할 소식이 있습니다."

이연영이 말했다. 그는 큰 키와 떡 벌어진 어깨에 얼굴은 각이 졌으며 이목구비는 단정치 못해 조금은 야비해 보이기까지 했다. 또한 풍채는 강인하고 거칠었다. 애초에 마음을 다잡지 않았다면 예흐나라는 아직까지도 그를 두려워했을 것이다.

"무슨 소식이오?"

그녀가 물었다.

"어린 황후께서 회임을 하셨답니다!"

순간 예흐나라의 눈동자에 어두운 그림자가 스쳤다. 이처럼 빨리 일이 터질 줄은 생각지도 못했던 것이다.

예흐나라는 입궁한 이후로는 한 번도 사코타를 만날 수 없었다. 사코타는 죽은 언니 대신 황후가 됐지만 예흐나라는 일개 후궁에 불과했기 때문이다. 사코타는 황제의 침실에 불려가 자신의 의무를 충실히 이행했고 그 결과 아이를 가졌다. 만일 사코타가 아들을 낳는다면 그 아들은 용상을 물려받을 후계자가 될 것이며, 그것은 사코타가 태후의 자리에 오른다는 것을 의미했다. 반면 그때까지도 예흐나라는 여전히 후궁에 불과할 것이다. 겨우 이만한 대가를 얻기 위해 사랑하는 사람과 자신의 인생을 내팽개쳤단 말인가?

그녀의 가슴은 슬픔으로 터질 지경이었다.

"믿을 만한 근거라도 있는 건가?"

예흐나라가 근엄하게 다그쳤다.

"물론입니다, 마마. 황후마마의 시녀에게 뇌물을 주고 물어보니 황후께서 이번 달에 두 번째로 월경을 하지 않으셨다는군요."

"그래?"

예흐나라는 애써 불안과 슬픔을 감추었다. 이제는 그 누구도 그녀를 구원해줄 수 없다. 이 순간 그녀가 의지할 수 있는 사람은 오직 자신뿐이었다. 예흐나라는 다시금 마음을 가다듬었다. 만일 사코타가 딸을 낳는다면 운명은 일단 그녀의 편으로 돌아서게 된다. 그렇게 되면 아들이 태어날 때까지는 황제의 후계자가 없을 것이고, 이때 아들을 낳게 되면 그녀가 황후의 자리에 오르게 되는 셈이다.

여기까지 생각이 미치자 마음은 다시 차분하게 가라앉았다.

"황제께서는 그저 돌아가신 태자비에 대한 의무를 다하신 것뿐입니다."

이연영은 계속 말을 이었다.

"이제 황후께서 회임을 하셨으니 마음이 바뀌시겠지요."

그것은 바로 황제의 총애가 그녀에게 향할 수도 있다는 말이었다. 그러나 예흐나라는 아무 대답도 하지 않았다.

"마마께서도 준비를 하셔야 합니다. 아마도 황제께서는 엿새에서 이레 안에 후궁들을 찾으실 겁니다."

"어떻게 그걸 알 수 있다는 건가?"

그녀는 두려워하지 않으리라는 다짐과는 달리 다소 겁먹은 눈동자로 물었다.

"환관이라면 그 정도는 다 알고 있죠."

이연영은 음울한 미소를 지어 보였다. 순간 예흐나라는 못마땅하다는 투로 위엄 있게 말했다.

"감히 누구 앞이라고 건방지게 구는 거지?"

"제가 무례를 범했습니다."

이연영은 재빨리 머리를 조아렸다.

"마마, 잘못했습니다. 마마의 말씀은 항상 옳습니다. 저는 그저 마마의 종복일 뿐입니다."

예흐나라는 그가 싫고 두려웠음에도 곁에 있어줄 누군가가 필요했기 때문에 그 뻔뻔스런 사과를 받아들이지 않을 수 없었다.

"자네는 왜 날 섬기려는 거지? 대가로 줄 수 있는 돈 한 푼 없는데 말일세."

그녀는 이연영을 향해 평소 궁금했던 질문을 던졌다. 실제로 예흐나라는 가진 것이 없었다. 비록 매일같이 태후가 남긴 산해진미를 먹고 침실의 장롱 속에 아름다운 예복들을 챙겨놓고 비단 이불을 덮고 잠들었을 뿐 아니라 밤낮으로 시녀의 시중을 받았지만, 막상 손수건 한 장, 사탕 한 봉지도 제 힘으로는 살 수가 없었다. 또한 그렇게 좋아하던 경극도 입궁한 이후로는 보지 못했다. 태후는 죽은 선황인 도광제道光帝*의 상중이라는 이유로 궁 내에서 경극을 즐기는 것을 엄격히 금했다. 예흐나라는 경극을 볼 수 없게 되자 가족을 잃은 것보다도 더한 외로움을 느꼈다. 이때까지 그녀는 일이 힘에 부치거나 어머니에게 꾸지람을 들었을 때, 그리고 삶이 무료할 때마다 길이나 절의 안마당에서 벌어지는 유랑 배우들의 경극을 지켜보며 시름을 잊었다. 어쩌다가 돈이 생기더라도 경극을 보기 위해 모아 둘 정도였다. 심지어 돈이 없을 때는, 돈을 넣는 바구니가 관중들 사이를 지나가기 전에 살짝 빠져 나오기도 했다.

"마마, 제가 대가를 요구하리라 생각하십니까?"

이연영이 말했다.

"그렇다면 저를 잘못 보신 겁니다. 제가 말씀드리고 싶은 것은, 제가 마마의 운명을 알고 있다는 사실입니다. 마마께서는 누구도 갖지 못한 힘을 가지신 분입니다. 저는 마마를 처음 뵙자마자 그걸 깨달았지요. 또한 마마께서 권좌에 오르시면 저도 마마의 충실한 종으로서 마마를 따라 올라가게 될 것 아닙니까."

예흐나라는 이 교활한 환관이 자신과의 의무적인 관계를 통해 목적을 이루고자 한다는 것을 잘 알고 있었다. 따라서 그는 만일 예흐나라가 권좌에 오르게 되면 자신이 이런저런 도움을 주었다는 사실을 늘 상기시키려 들 것이 분명했다.

"왜 자네는 대가 없이 내게 봉사하려는 겐가? 보답을 바라지 않는 사람은 아무도 없지."

그녀가 무심한 듯 물었다.

---

* 중국 청나라의 제8대 황제로, 묘호는 선종宣宗, 시호는 성제成帝. 재위 기간(1820-1850년) 동안 기울어 가는 국세를 바로잡으려 했으나 별다른 성과를 보지 못함.

"우린 서로를 잘 이해하고 있지 않습니까?"
이연영은 다시 음흉한 미소를 지었다.
"그렇다면 기다릴 줄도 알아야 하네."
예흐나라는 이연영에게서 시선을 돌리며 말했다.
"여부가 있겠습니까, 마마."
그는 허리를 숙여 공손히 인사를 한 뒤 그림자처럼 사라졌다.

예흐나라는 깊은 생각에 빠진 채 도서관으로 발길을 돌렸다. 연로한 스승은 여전히 잠들어 있었다. 그녀는 자리에 앉아 다시 책을 읽기 시작했지만 이미 마음의 평정은 깨진 뒤였다.

예흐나라는 두근거리는 가슴을 손으로 가볍게 눌렀다. 그녀의 입술은 굳게 닫혀 있었고 눈매는 밝고 날카롭게 빛났다. 이연영으로부터 놀라운 소식을 접했던 짧은 순간, 그녀는 유약하고 여린 처녀의 면모를 벗어던지고, 자신의 운명을 바꾸려는 여인으로서의 강인함을 품게 된 것이다. 이런 상황에서 옛 시의 의미 따위를 생각할 겨를은 없었다. 그녀는 오직 황제의 부름을 받게 될 순간만을 떠올렸다.

부름은 어떤 식으로 올 것인가? 누가 그 전갈을 전해줄 것인가? 목욕을 하고 향수를 뿌릴 시간은 있을까? 아니면 항상 긴장하고 있어야 할까?

황제의 후궁들은 종종 모여 앉아 다른 후궁의 험담을 했고, 누군가 황제에게 불려갔다 돌아오면 침전에서 어떤 일이 있었는지 빠짐없이 알아내려고 혈안이 되어 있었다. 그 와중 예흐나라는 직접 묻지는 않되 그 소문들을 귀담아 들었다. 궁에서는 무엇이든 많이 아는 것이 유리했기 때문이다.

"황제께서는 상대방이 떠드는 걸 별로 좋아하지 않으셔."

이 말을 한 후궁은 예전에는 황제의 총애를 받았지만, 지금은 황제가 거들떠보지 않는 후궁들과 죽은 선대 황제의 나이 든 후궁들이 모여 있는 별채에 살고 있었다. 그녀는 겨우 스물네 살이었다. 그녀는 황제의 품에 안겼다가 버림받았으므로 남편이 있는 부인도, 그렇다고 미망인도 아닌 모습으로 살아가야 했다. 또한 아이가 없어 자식을 바라보며 위안을 얻을 수도 없었다. 그녀는 예쁘기는 했지만 게으른데다 머리가 텅 비었고, 버려진 뒤로는 자랑 반, 설움 반으로 황제와 함께 내전에서 살았던 화려했던 시절만 되풀이 이야기해 눈총을 받았다.

물론 예흐나라는 그 후궁의 얘기에 전혀 응수하지 않았다. 그녀는 황제를 즐겁게 해 줄 자신이 있었다. 예흐나라는 그에게 기쁨을 주고, 그를 애태우게 만들며, 노래와 재미있는 이야기를 들려줄 것이다. 그리고 몸이 하나가 된 것처럼 마음 또한 하나로 엮어갈 것이다.

이런저런 생각에 머리가 시끄러워지자 그녀는 주역을 덮어 옆으로 밀쳐놓았다. 사실 예흐나라는 이런 지루한 책보다는 이를테면 금서로 간주되는 홍루몽紅樓夢(중국 청나라 때 조설근曹雪芹이 지은 장편소설), 금병매金瓶梅(중국 명나라 때의 소설) 백사白蛇와 같은 책들에 관심이 있었고, 만일 이것들이 도서관에 없다면 이연영을 궁 밖으로 내보내 사 오도록 할 생각이었다.

이윽고 스승은 대개의 노인들이 그러하듯 조용하게 잠에서 깼다. 사실 노인들은 자는 것과 깨어 있는 것에 별 차이가 없었다. 스승은 꼼짝도 하지 않고 그녀를 바라보았다.

"자, 어디까지 읽었소?"

그가 물었다.

"남은 부분을 다 읽었소?"

"네, 다 읽었어요."

예흐나라가 말했다.

"그렇지만 소설책이나 신기한 이야기들이 담긴 뭔가 재미있는 책도 읽고 싶어요."

스승은 엄한 눈빛으로 그녀를 바라보고는, 죽은 야자수 이파리처럼 쭈글쭈글하고 마른 손으로 수염 없는 턱을 쓰다듬었다.

"그런 책들은 몹쓸 생각을 품게 할 뿐이오. 특히 여자들에게는 말이오."

스승은 단호하게 말했다.

"이 서가에는 3만 6천 권의 책들이 있지만, 어디에도 그런 책들은 찾아 볼 수 없소. 게다가 정숙한 부인들은 그런 책들의 제목조차 언급해서는 안 되오."

"그럼 어쩔 수 없군요. 다시는 언급하지 않겠어요."

예흐나라는 쾌활하게 대답한 뒤 강아지를 들어 소매 속에 넣고는 자신의 방으로 돌아갔다.

다음날 오후가 되자 사코타의 회임 소식은 궁중 안에 널리 퍼져 나갔다. 소식을 들은 이들은 하나같이 흥분된 기색이 역력했다. 황제는 황후와 많은 후궁들을 거느리고 있었지만 정작 아들이 없었다. 따라서 유력한 만주족 가문들은 만일 사코타가 딸을 낳을 경우 자신의 가문에서 후계자가 나올지도 모른다는 희망에 부풀어 있었다. 황제가 후계자를 보지 못할 경우 그 형제의 아들들 중에서 후계자를 선택하는 것이 관례였기 때문이다. 황제의 형제인 왕±들은 서로를 경계하며 자식들의 행동거지에 신경을 썼고, 누가 가장 유력한 후보인지를 가늠하기도 했다. 그러나 일단 때가 될 때까지는 잠자코 기다리며 앞날을 준비하는 수밖에 없었다.

궁 내외에는 팽팽한 긴장이 감돌았다. 이런 상황에서 사코타가 딸을 낳게 된다면 엄청난 암투가 벌어질 것이 분명했다.

예흐나라 역시 잔뜩 긴장했다. 예흐나라의 가문은 이 보이지 않는 서열 다툼에서 가장 유력한 힘을 가진 집안인데다 이미 세 명의 황후를 배출한 바 있었다. 따라서 그녀가 네 번째 황후 자리에 오르지 말라는 법도 없었다. 만일 사코타가 딸을 낳고 그녀가 황후로 간택되어 곧바로 아들을 낳게 된다면, 운명의 행로는 완전히 뒤바뀌게 된다. 그러나 그것은 쉬운 일이 아니었고 이를 위해서는 많은 준비와 용기가 필요했다.

일단 예흐나라는 황제와 관련된 모든 기록은 물론이고, 황제가 내린 칙령들까지 세세히 훑어보았다. 하늘이 자신의 운명을 보다 높은 곳으로 이끌어 준다 한들 철저한 준비가 없다면 잡을 수 없으리라는 생각에서였다. 따라서 무엇보다도 이 나라에 대해 좀더 자세히 아는 일이 중요했다. 그녀는 지금까지 줄곧 북경에서만 지냈으므로 알고 있는 세계도 아주 한정적이었다. 그녀는 황제와 관련된 문서들을 섭렵하면서 중국이 얼마나 광대하며, 얼마나 많은 백성들이 살고 있는 대국인지를 차츰 이해하기 시작했다.

그녀는 만주족이 현재 지배층이 된 것은, 그 선조가 2백 년 전 중국을 침략해 그 동안 지배 세력으로 군림해왔던 한족들의 권력을 장악하면서부터였다는 것을 알게 되었다. 이후 만주족 북방 왕조는 사방이 붉은 벽으로 둘러싸인 수도 북경의 자금성 안에 심장부를 건설했다.

황제의 자금성은 저녁 무렵이면 궁의 모든 통로와 구석구석까지 북소리가 울려 퍼졌고, 이 신호를 기해 황제를 제외한 모든 남자들은 궁을 떠나야 했다. 이후로는 비, 빈들과 궁녀들, 환관들만이 황제와 함께 남게 되는 셈이었다. 그러나 자금성은 단지 나라를 통치하는 중심부일 뿐 거대한 대륙에는 그 외에도 수많은 산과 강, 호수와 해변들, 도시와 마을들이 있으며, 그 안에 수억 명에 달하는 다양한 계층의 사람들이 살고 있었다. 상인, 농부, 학자, 직조공, 장인, 대장장이, 여관 주인 등 갖가지 직업을 가진 실로 엄청난 인구가 존재하는 것이다.

예흐나라는 비록 몸은 자금성의 성문을 넘지 못했지만, 풍부한 상상력을 통해 책 속의 모든 곳을 여행했다. 그러나 황제의 칙령만큼은 완전한 습득이 불가능했던 탓에 그중 남쪽 지방에서 일어난 반란에 대해서만 윤곽을 잡았다.

이 반란은 국내로 유입된 외래 종교로부터 발단된 사건으로, 반란을 일으킨 한족들은 스스로를 '태평군太平軍'이라고 칭하며 만주족 황실에 반기를 들었다. 반란군의 지도자는 홍洪씨 성을 가진 광적인 기독교도로, 스스로를 외국 신의 아들 예수의 환생한 동생이라고 주장했다.

그러나 사실 이러한 주장은 옛날이야기 책에 얼마든지 등장하는 것이었다. 이를테면 들판에서 땅을 갈고 있던 농부의 아내가 갑작스럽게 구름 속에서 나타난 신의 권능으로 임신을 해 열 달 후 신의 아들을 낳게 되었다든지, 어부의 딸이 아버지의 그물을 손질하다가 강에서 나타난 신의 아이를 가졌다든지 하는 이야기들처럼 말이다.

어쨌든 반란군들은 '태평천국'의 기독교적 교리 아래 홍을 중심으로 봉기했다. 이 때문에 청 왕조는 풍전등화의 처지에 놓이게 되었고, 이를 막기 위해서 잔인한 탄압을 가해야만 했다. 그러나 당시 황제였던 도광제는 나약한 군주였으므로 이들의 봉기를 효과적으로 진압하지 못했고, 그 뒤를 이은 지금의 함풍제咸豊帝 역시 나이가 어려 태후의 지시만 고분고분 따르고 있었다.

예흐나라는 이러한 역사의 면면을 살피고 나자 시급한 현 상황의 돌파구는 다름 아닌 태후라는 결론에 이르렀다. 그녀는 바로 다음날부터 하루도 빠짐없이, 꽃이나 잘 익은 과일을 따기 위해 궁궐 정원을 방문하는 태후를 찾아 문안을 올리기로 했다.

바야흐로 여름이 돌아왔다. 태후는 봄에 씨를 뿌려 키운 달콤한 참외를 무척 좋아했다.

예흐나라는 매일 참외 밭으로 들어가 이파리를 헤집고 앞으로 가장 달콤하게 익을 듯 보이는 참외를 찾아 덩굴 앞에 쭈그리고 앉았다. 그리고는 욕심 많은 환관이나 시녀들이 따 먹지 못하도록 참외 위에 태후의 이름을 적은 노란 종이 조각을 붙여 놓았다. 그리고 매일 엄지와 검지로 조심스럽게 눌러보며 익기를 기다렸다.

이연영이 사코타의 임신 소식을 전해준 지 7일째 되던 날, 드디어 참외에서 북소리와 흡사한 텅 빈 소리가 났다. 아주 잘 익었다는 표시였다. 그녀는 줄기째 딴 참외를 양손에 들고 태후의 처소가 있는 안마당으로 향했다.

"존귀하신 마마께서는 아직 주무십니다."

문 앞을 지키고 있던 시녀가 다소 불만 어린 목소리로 말했다. 그녀는 예흐나라가 갑작스레 태후의 총애를 받게 되자 몹시 질투하고 있었다. 그러나 예흐나라는 아랑곳없이 목소리를 높였다.

"이 시간에 아직 주무시고 계시단 말이오? 그렇다면 편찮으신 게 분명하오. 기침하실 시간이 한참이나 지났는데······."

그러나 그때 태후는 자기는커녕 아들에게 줄 검은 허리띠에 용을 수놓고 있었다. 태후는 예흐나라의 꾀꼬리같은 목소리에 고개를 들었다. 몸이 나른해져서인지 평소 즐기던 자수도 싫증이 난 터라 태후는 재빨리 바늘을 내려놓고 소리쳤다.

"예흐나라, 들어오너라. 내가 잠들었다고 한 자는 거짓을 고한 것이니라!"

예흐나라는 뽀로통한 표정의 시녀를 바라보며 달래듯 미소를 지었다. 그리고는 다시 소리쳤다.

"아무도 마마께서 주무신다고 하지 않았사옵니다. 제가 잘못 들었나 봅니다."

이처럼 격식을 차린 거짓말을 곁들인 예흐나라는 손에 쥔 참외를 한 번 살펴본 다음 여러 개의 방을 지나 태후의 침실로 들어갔다. 무더위 탓에 태후는 속옷 차림으로 앉아 있었다. 예흐나라는 공손한 태도로 태후에게 참외를 건넸다.

"오!"

태후는 탄성을 질렀다.

"안 그래도 달콤한 참외 생각이 나서 하나 먹었으면 하던 참이었는데 아주 때맞춰 와주었구나."

"환관을 시켜 북쪽 우물에 매달아 놓을까요? 아무래도 차갑지가 않습니다."

예흐나라가 말했다. 그러자 태후는 정색을 하며 말을 이었다.

"아니다, 됐다. 환관 녀석들은 일단 이 참외를 손에 쥐면 몰래 먹어버릴 게다. 그리고 내게는 파란 참외를 가져와선 쥐가 갉아먹었다고 둘러대거나, 우물 속에 빠져 건질 수가 없다고 핑계를 댈 게야. 내가 저 환관 놈들을 잘 아느니라! 그러니 지금 당장 먹어서 안전하게 내 뱃속에 넣어둘 참이야."

태후는 고개를 돌려 가까이 있는 시녀에게 소리쳤다.

"냉큼 큰칼을 가져오너라!"

즉시 서너 명의 시녀들이 달려가 잠시 후 칼을 가지고 돌아왔다. 예흐나라는 칼을 들고 솜씨 좋게 참외를 잘랐다. 태후는 그중 한 조각을 집어 어린아이처럼 턱에 단물을 흘리며 먹었다.

"수건을 가져오너라."

예흐나라는 태후의 비단 속옷에 참외 물이 떨어지는 것을 보곤 시녀에게 말했다. 그리고 가져 온 수건을 태후의 목에 감아 주었다.

"반은 남겨 두어라."

태후가 수건으로 입을 닦으며 말했다.

"오늘 저녁 천자께서 문안을 오시면 드려야겠구나. 곁에 둬야지 그렇지 않으면 저 환관 놈들이 훔쳐 먹을 것이 분명하다."

고개를 끄덕인 예흐나라는 접시와 사발을 가져오라고 한 뒤, 참외를 접시에 담고 그 위에 사발을 덮었다. 그리고 그것을 차가운 물이 담긴 수반 안에 넣었다. 그녀의 이런 행동은 다분히 계략적이었다. 이렇게 해 둘 경우, 황제가 문안 왔을 때 태후가 그녀의 이름을 거론할 것이라는 사실을 꿰뚫어 본 것이다.

예흐나라가 이런 식으로 일을 진행하는 동안 이연영 역시 나름대로 일을 추진해 나가고 있었다. 그는 황제의 경비를 담당하는 하인들에게 뇌물을 주며, 군주께서 불안해 보이시거나 황후에게서 눈길을 돌려 다른 여자를 찾으려 하실 때 예흐나라의 이름을 언급하도록 지시했다. 이렇게 두 사람은 조금씩 일을 성사시켜 나갔다.

태후에게 참외를 올렸던 날, 예흐나라는 도서관에서 책을 읽다가 조그맣게 접혀진 종이 한 장을 발견했다. 거기에는 서툰 필체로 다음과 같이 쓰여 있었다.

>용이 다시 깨어나면,
>봉황의 날이 오리라.

그 글귀를 보는 순간 그녀는 쪽지를 쓴 자가 이연영이라는 사실을 곧바로 알아차렸다. 그러나 그녀는 아무것도 물어보지 않기로 했다. 이연영이 모든 일을 완전무결하게 처리하려면, 심지어 예흐나라조차도 눈치 챌 수 없이 비밀스럽게 행동해야만 했기 때문이다. 그녀는 늙은 스승이 여러 차례 졸다 깨기를 반복하는 동안 잠자코 책을 읽었다.

요즘 들어 예흐나라는 오후 서너 시 무렵에 그림을 배웠다. 안 그래도 머릿속이 복잡해 성현의 잔잔한 경구에 집중할 수 없었던 차에 그림 배우는 시간이 돌아오자 그녀의 얼굴에는 다시 생기가 돌았다.

그녀에게 그림을 가르치는 스승은 묘씨 성을 가진 젊고 엄격한 부인으로, 남편과 일찍 사별한 한족 과부였다. 당시 청나라 궁중에서 한족 여인은 좀처럼 찾아볼 수 없었는데, 묘 부인 역시 아주 특별한 연유로 궁에 들어오게 되었다. 그녀는 비록 한족이었지만 만주식 관습에 따라 전족을 하지 않고 머리를 높이 올려 빗은 모습이었다. 게다가 만주식 예복을 입을 수 있도록 허락을 받았으므로 언뜻 보기에는 완벽한 만주인처럼 보였다.

그녀가 이런 특혜를 받을 수 있었던 것은 다름 아닌 뛰어난 재능 덕분이었다. 그녀는 한족 화가의 집안에서 태어났고 부친과 형제들도 모두 화가였다. 그중에서도 그녀는 유달리 재능이 탁월했고, 특히 수탉과 국화를 그리는 데 일가견이 있었다. 결국 그녀는 얼마 안 가 황실의 부름을 받아 곧이어 후궁들의 그림 선생으로 고용되었다. 그러나 묘 부인은 재능이 뛰어난 반면 참을성은 없는 편이라 의지나 재능이 없는 후궁들은 가르치려 들지 않았다. 그러던 와중 의욕적이고 재능 있는 예흐나라를 발견한 묘 부인은 그녀에게 더없이 엄격하게 대하면서도 매우 자랑스러운 기색이었다. 이렇게 해서 예흐나라는 묘 부인에게서 그림을 배우기 시작했고 짧은 기간 안에 눈부신 성과를 올렸다.

그러나 묘 부인은 아직까지도 예흐나라가 실물을 사생寫生하는 것만큼은 허락하지 않으려 했다. 대신 예흐나라에게 이미 고인이 된 대가들의 오래된 목판화나 판화를 공부시키고, 대가들의 필법과 유려한 선, 혼합된 색감을 생생하게 각인시켜 주었다. 이 과정이 끝나자 모사模寫를 시작토록 했지만 그럼에도 자유로운 그림은 허용하지 않았다.

오늘도 묘 부인은 여느 때처럼 네 시 정각에 도착했다.

황실 도서관에는 수세기 전 외국 사절들이 선물로 보내온 시계들이 걸려 있었다. 게다가 그 수가 얼마나 많았던지 태엽 감는 일만 담당하는 환관이 세 명이나 있을 정도였다. 하지만 묘 부인은 그림을 그리는 데 필요한 차분한 심경을 방해한다는 이유로 이 시계들을 탐탁치 않게 여겼으며 시간을 알고자 할 때도 언제나 도서관 한쪽 끝에 있는 물시계만 보곤 했다.

묘 부인은 날씬한데다 미인에 가까웠으나 눈이 작은 것이 결점이었다. 오늘 그녀는 자두색 예복을 입고 뒤통수 위로 한껏 올린 머리에는 만주식 구슬 장식을 달고 있었다. 잠시 후 묘 부인은 자신을 따라온 환관 한 명이 커다란 궤에서 꺼내 준 붓과 물감, 물통 등을 차분히 점검하기 시작했다. 그 동안 예흐나라는 일어나 스승 앞에 섰다.

"앉으세요, 앉아."

묘 부인은 자리에 앉으며 손짓을 했다.

그림을 배우면서 예흐나라는 예술이라는 또 다른 창을 통해 이 거대한 제국과 백성들을 보게 되었다. 그리고 스승의 말처럼 예술이라는 것이 수천 년을 거슬러 지금까지 이어져 오고 있다는 사실에 새삼 감탄을 금치 못했다. 특히 1천 5백 년 전에 살았던 유명한 화가 고개지顧愷之*의 그림에서는 대국의 면모를 보다 생생하게 실감할 수 있었다.

---

* 중국 동진 때의 화가. 다방면에 재주가 있는 중국 초기 화가들 중 한 사람으로 인물화의 정형을 제시함.

고개지는 구름 위에 탄 선녀들과 용이 끄는 마차를 주로 그렸으며, 긴 비단 족자 위에 황궁의 모습을 그리기도 했다. 이후 건륭제 乾隆帝*는 고개지의 이 그림에 호의를 보여 손수 그 위에 자신의 낙관을 찍고, 그 옆에 '이 그림은 그 생생함을 잃지 않는도다' 라는 글을 남기기도 했다. 길이 열한 자에 폭 아홉 자인 이 족자에는 갈색 도는 물감으로 황실을 묘사한 아홉 개의 그림이 담겨져 있었다.

예흐나라는 이 긴 그림들 중에서도 특히 여흥을 즐기기 위해 데려온 곰이 우리에서 탈출하여 황제에게 덤벼드는 순간, 한 여인이 몸을 던져 곰의 진로를 가로막는 그림에 감탄을 금치 못했다. 그리고 문득 그 여인에게서 자신의 모습을 상상하고는 깊은 감흥에 빠져들었다.

여자치고는 큰 키에 대담한 아름다움을 지닌 그림 속의 여인은 맹수 앞에서 팔짱을 낀 채 아무런 두려움도 느끼지 않는 듯 보였다. 반면 경비병들은 주저하는 얼굴로 뾰족한 창을 휘두르며 곰에게 달려들고 있었다.

이어 예흐나라는 황제와 황후, 그리고 그 두 아들들이 묘사되어 있는 장면을 보고는 또다시 깊은 생각에 잠겼다. 소년들 옆에 서 있는 유모와 스승들에게서는 가족적인 온정과 생명력이 느껴졌으며, 어린 동생은 매우 개구쟁이인 듯 이발사가 그의 정수리를 깎으려 하자 얼굴을 찌푸리고 있었다.

예흐나라는 아이의 표정을 보며 웃음을 터뜨렸다. 그리고 만일 황제가 원하기만 한다면 자신도 저처럼 건강하고 귀여운 아들을 낳을 수 있으리라 생각했다.

---

* 중국 청나라 제6대 황제. 재위 기간은 1735-1795년. 묘호는 고종, 시호는 순황제. 조부 때부터 이어온 재정적 축적을 계승하고, 안정적이고 문화적으로 성숙한 청나라 최전성기를 이룩함.

오늘 수업은 왕유王維*에 관한 것이었다. 그는 1천3백년 전에 태어난 인물로, 조상 대대로 전해지던 의술을 포기하고 시인이자 화가가 된 사람이었다.

"오늘은."

묘 부인이 특유의 맑은 목소리로 말문을 열었다.

"왕유의 그림을 공부해 보겠어요. 대나무 이파리가 어두운 바위를 배경으로 아주 섬세하게 뻗어 나간 모습을 잘 살펴보세요. 자두꽃이 국화와 섞여 있는 모습도 유의해서 보시고요."

스승은 그림과 관련 없는 말은 일체 허용하지 않았다. 예흐나라는 순종적인 태도로 그림을 관찰하고 난 뒤 입을 열었다.

"자두꽃과 국화가 함께 그려진 것은 좀 이상하지 않나요? 계절을 혼동한 듯싶군요."

그러자 묘 부인은 살짝 얼굴을 찌푸렸다.

"왕유에 대해 혼동 운운하는 것은 현명하지 못한 언사입니다."

그리고 나서 그녀는 말을 이었다.

"대가가 국화 사이에 자두꽃을 배치한 것은 그럴 만한 뜻이 담겨 있기 때문이에요. 그건 실수가 아닙니다. 왕유의 유명한 그림들 중 눈 내리는 풍경에 바나나 잎이 그려져 있던 것을 떠올려 보세요. 눈이 내리는데 바나나 잎이 필 수 있다고 생각하시나요? 하지만 왕유의 그림이라면 가능합니다. 이 시를 잘 생각해 보세요. 어떤 이들은 왕유를 화가보다는 시인이라고 부릅니다. 그의 시가 그림이고, 그의 그림이 시이며, 이것이야말로 예술이 아니겠어요. 사실적이지 않은 분위기를 묘사하는 것이야말로 이상적인 예술이죠."

---

* 699-761 중국 문화사의 황금기에 활동한 유명한 예술가이자 문인. 자는 마힐摩詰. 문인 취향의 그림인 남종화南宗畵의 시조로 추앙 받음.

묘부인은 예흐나라가 지켜보는 가운데 물감을 섞고 붓을 고르며 얘기했다.

"마마께서는 제가 왜 왕유의 작품을 모사하라고 했는지 궁금하실 거예요."

그녀는 이어 설명하기 시작했다.

"전 마마께서 정확성과 섬세함을 배우시길 바랍니다. 마마께서는 힘이 있어요. 그러나 이러한 힘은 내부에서 채워지고 통제되어야 합니다. 그래야만 재능을 발휘할 수 있지요."

"스승께 한 가지 여쭤 봐도 될까요?"

"그러시지요."

묘 부인은 환관이 가져온 사각의 탁자 위에 커다란 종이 한 장을 펼친 뒤 재빠른 필법으로 붓을 놀리고 있었다.

"저는 언제쯤 저만의 그림을 그릴 수 있을까요?"

그 질문에 묘 부인은 붓을 내려놓고 잠시 두 손을 꼭 마주 쥐더니 갸름한 눈으로 예흐나라를 바라보았다.

"제가 마마께 더 이상 지시를 내릴 수 없을 때가 오면 그렇게 하시지요."

예흐나라는 말없이 묘 부인의 눈동자를 응시했다. 그 말의 의미는 분명했다. 만일 예흐나라가 황제의 간택을 받게 된다면 더 이상 묘 부인은 그녀에게 어떤 지시도 내릴 수 없게 된다. 황제 다음으로 높은 지위에 오르게 되기 때문이다.

잠시 후 예흐나라는 다시 한 번 마음을 다잡은 뒤 국화 사이에 핀 자두꽃을 조심스레 모사模寫하기 시작했다.

가끔 예흐나라는 밤 시간을 가늠하지 못할 때가 있었다. 그럴 때면 밤이 깊어서야 간신히 곯아떨어졌고, 깊은 잠에 빠진 그녀를 깨우려면 어깨를 세차게 흔들어야만 했다.

오늘도 예흐나라는 누군가 어깨를 흔드는 것을 느끼고는 깊고 혼곤한 잠 속에서 가까스로 벗어났다.

그때 시녀의 목소리가 들려왔다.

"일어나세요, 마마. 어서 일어나세요! 천자께서 부르십니다!"

순간 예흐나라는 정신이 번쩍 들었다. 그녀는 재빨리 비단 누비이불을 젖히고 높은 침상에서 후닥닥 내려왔다. 시녀가 속삭였다.

"마마, 어서 목욕통 안으로 들어가세요! 제가 물 속에 향료를 뿌려두었어요. 제일 좋은 옷도 꺼내 놨고요. 엷은 자색으로요."

"자색은 안 돼."

예흐나라가 말했다.

"난 복숭앗빛 옷을 입을 거야."

잠시 후 다른 시녀들도 자다 일어난 듯한 얼굴로 하나 둘 방으로 들어왔다. 개중에는 상궁과 머리를 손질해줄 시녀, 그리고 황제의 부름을 받아야만 착용할 수 있는 황실의 보석을 관리하는 여자들도 있었다.

시녀는 목욕통 안에 무릎을 꿇고 앉은 예흐나라의 몸에 정성껏 비누칠을 했다.

"자, 이제 수건 위로 올라오세요."

시녀가 말했다.

"몸을 닦은 뒤에는 몸의 일곱 구멍에 반드시 향수를 뿌려야 해요. 황제께서는 특히 여자의 귀를 좋아하시니까 귀에는 더더욱 신경을 써셔야 합니다. 마마는 작고 예쁜 귀를 가지셨군요. 하지만 콧구멍도 잊으시면 안 돼요. 그리고 은밀한 곳은 제가 손봐 드리지요."

예흐나라는 모든 까다로운 절차를 순조롭게 받아들였고, 시녀는 한시라도 빨리 준비를 끝내기 위해 몹시 서둘렀다. 지금 황제는 고기만두를 곁들여 술을 마시고 있었지만 어느 순간 잠들어 버릴지 몰랐다. 환관들을 통해 이 소식을 들은 이연영은 커튼을 사이에 두고 쉰 목소리로 재촉했다.

"지체하면 아니 되옵니다, 마마. 황제께서는 원하시는 사람이 준비가 안 되었을 경우 다른 사람을 부르실 겁니다. 워낙 변덕이 심하신 분이옵니다."

"마마는 다 준비되셨소!"

시녀가 소리쳤다. 시녀는 예흐나라의 양쪽 귀 뒤에 꽃 모양의 보석을 꽂아준 뒤 그녀를 문밖으로 내보내다가 문득 발 밑의 강아지를 발견했다.

"저리 가렴, 귀여운 강아지야."

시녀가 속삭이듯 달랬다.

"아, 강아지를 놓고 갈 뻔했어."

예흐나라는 발치에 앉은 강아지에게 손을 뻗었다.

"안 됩니다, 마마. 강아지를 가져갈 순 없습니다!"

이연영이 다급하게 외쳤다. 그러나 예흐나라는 갑작스러운 부름에 두려움까지 느끼고 있었으므로 가슴에 안은 강아지를 놓으려 하지 않았다. 그녀는 발을 구르며 소리쳤다.

"난 강아지를 데려갈 거야!"

"아니 되옵니다, 마마!"

이연영이 다시 고함을 질렀다. 그러자 시중을 들던 시녀가 버럭 소리쳤다.

"오, 이런 맙소사! 강아지를 가져가게 하란 말이야, 이 무두장이만도 못한 놈아! 네 놈이 마마의 말씀을 듣지 않으면 마마는 가지 않으려 하실 테고, 그럼 우린 모두 어떡하라는 거야?"

시녀의 호통에 이연영은 입을 꾹 다물었고, 결국 예흐나라는 작은 사자처럼 생긴 강아지를 품에 안은 채 황제를 찾아가게 되었다. 그리고 이날 이후로, 환관이 되기 전 신발 수선공 견습생이었던 이연영은 '가죽 무두꾼 이 서방'이라는 별명으로 불리게 되었다.

예흐나라는 상쾌한 여름밤의 공기를 뚫고 이연영을 따라 자금성의 좁은 통로로 향했다. 그녀의 뒤에는 시녀 한 명이 따랐고, 이연영의 손에 들린 기름 먹인 종이 등불에서 퍼져 나오는 둥글고 희미한 불빛은 예흐나라의 발걸음을 안전하게 인도해 주었다. 발 밑의 돌은 이슬에 젖어 축축했으며 하얀 서리 같은 이슬방울들은 작은 씨앗 사이에 조용히 내려앉아 있었다. 어디선가 여인의 울음소리가 들렸으나 그것도 잠시, 자금성의 중심부가 가까워지자 깊은 적막감만이 감돌았다.

예흐나라는 황제가 사는 내전에는 처음으로 발을 딛는 셈이었지만, 여느 후궁들처럼, 세 개의 사당이 근접해 있는 황실 정원의 한가운데가 자금성의 중심부라는 사실쯤은 알고 있었다. 사당인 우화각의 지붕은 용의 몸체로 둘러싸인 금 기둥이 받치고 있었으며, 그 안에는 황제만이 들어갈 수 있는 제단이 있었다. 위대한 강희제康熙帝* 이후 황제들은 제를 올리는 관습을 행해야만 했으며, 궁의 사람들은 신이 황제를 보호해 주리라 믿었다.

예흐나라는 사당을 지나 황제의 내전 안뜰로 들어가는 출입문 앞에 이르렀다. 출입문이 조용히 열리자 이연영은 그녀를 이끌고 넓은 안뜰을 건너 거대한 방으로 들어갔다.

잠시 후 예흐나라는 불침번을 서는 몇몇 환관들을 빼곤 인적이 없는 조용한 복도와 거대한 방을 지나, 드디어 황금 용이 조각된 두 개의 높은 문 앞에 도착했다. 그곳에는 환관장 안덕해가 기다리

---

* 중국 청나라 제4대 황제로 시호는 인황제仁皇帝, 재위기간은 1661-1722년. 묘호는 성조聖祖. 청나라의 지배를 완성시키고 옹정제雍正帝, 건륭제로 계승되어 청나라의 전성기를 이룸.

고 있었다.

큰 키에 당당한 풍채를 지닌 안덕해는 자신만만하고 딱딱한 표정으로 팔짱을 끼고 있었다. 그는 무늬를 짜 넣은 자주빛 능라 공단 관복에 황금색 띠를 두르고 있었는데, 조각이 새겨진 허리띠는 긴 나무 촛대에서 불빛이 너울댈 때마다 희미하게 반짝였다. 그는 예흐나라를 보고도 말을 건네거나 아는 체를 하지 않고 그저 오른손을 들어 이연영에게 물러가라는 신호를 했다. 이연영은 잠자코 뒤로 물러났다. 잠시 후 안덕해는 예흐나라의 소매 속에서 빼죽 얼굴을 내민 강아지를 발견하고는 엄격하게 말했다.

"황제의 침실에 개를 데려갈 순 없습니다."

예흐나라는 고개를 들어 커다란 눈망울을 그에게 고정시킨 다음 부드럽게 말했다.

"그럼 들어가지 않겠어요."

예흐나라의 대담한 대답에 안덕해는 깜짝 놀란 눈치였다.

"감히 천자를 거역하겠다는 거요?"

그가 다그쳤다. 그러나 예흐나라는 아무 대답도 하지 않고 손을 들어 강아지의 부드러운 털을 쓰다듬을 뿐이었다.

"대형大兄."

조금 떨어진 곳에서 이를 지켜보던 이연영이 다가와 입을 열었.

"이 후궁마마는 아주 골칫거리입니다. 어린애처럼 굴지만 실은 암호랑이보다 더욱 사납답니다. 우리는 모두 이분을 두려워하고 있지요. 이렇게 된 이상 차라리 처소로 돌려보내십시오. 정말이지 이 마마님은 강요해도 아무 소용이 없습니다. 한번 우기면 황소고집이시니까요."

그러자 안덕해 뒤에 있던 커튼이 열리며 환관 한 명이 얼굴을 내밀었다.

"왜 이렇게 지체되느냐고, 직접 나오셔서 일을 처리해야 되느냐고 하십니다!"

"대형, 그냥 강아지를 갖고 들어가게 하세요."

이연영이 설득했다.

"소매 속이라면 숨길 수 있을 겁니다. 성가시게 굴면 데려와서 시녀들에게 줘 버리면 되지 않습니까?"

안덕해는 얼굴을 찡그렸지만, 예흐나라는 여전히 순진한 표정으로 눈을 동그랗게 뜨고 그를 쳐다보았다. 잠시 예흐나라의 얼굴을 응시하던 안덕해는 골치 아프다는 표정을 지었으나 이내 굴복하고 말았다. 그는 나지막한 목소리로 툴툴대며 손짓을 했고, 결국 예흐나라는 강아지를 안은 채 그를 따라 또 다른 방을 지났다. 방 끝에는 주홍색 용이 수놓아진 노란빛의 두꺼운 공단 커튼이 걸려 있었고, 그 뒤에는 조각이 새겨진 육중한 나무 문이 보였다. 안덕해는 커튼을 젖혀 문을 연 뒤 손짓을 했다. 이번에는 예흐나라 혼자 들어갔다. 뒤에서 커튼이 스르르 닫히자, 마침내 그녀는 황제 앞에 홀로 서게 되었다.

황제는 높은 단 위에 있는 넓은 침상에 똑바로 앉아 있었다. 침상은 모두 청동으로 만들어진 것이었으며, 그 기둥에는 승천하는 용의 형상이 휘감기듯 새겨져 있었다. 기둥 꼭대기에 걸린 황금 실로 짠 그물에는 다섯 개의 발톱을 가진 용들 사이로 과일과 꽃이 그려져 있었다. 황제는 노란 공단이 덮인 보료 위에 앉아 용이 수놓아진 노란 공단 이불을 덮었으며, 그의 뒤에는 똑같은 노란 공단으로 된 높다란 등 받침대가 놓여 있었다. 그가 입고 있는 빨간 비단 잠옷의 깃은 목 주위로 높이 올라와 있었고, 부드럽고 가느다란 손은 무릎 위에 포개진 채였다.

예흐나라는 간택될 당시 황제를 단 한 번 보았을 뿐이라 그 인상이 희미했다. 예흐나라는 고개를 들어 황제를 바라보았다. 그때처럼 관을 쓰고 있지 않은 탓에 짧고 검은 머리카락이 도드라지고 얼굴은 길고 좁았으며, 이마 아래 부분이 볼록하게 돌출되어 있었다. 이윽고 황제가 가까이 오라고 손짓했다. 예흐나라는 황제의 얼굴을 바라보며 천천히 다가가 바로 앞에서 걸음을 멈췄다.

"고개를 들고 들어온 여자는 네가 처음이구나."

그는 매우 가느다란 목소리로 말했다.

"모두들 날 쳐다보는 걸 두려워했지."

그렇다. 사코타는 틀림없이 고개를 푹 숙이고 들어왔을 것이다. 그리곤 두려움에 떨면서 이곳에 서 있었겠지. 지금쯤 그녀는 어디에 있을까? 여기서 멀지 않은 다른 방에서 자고 있을까?

"전 두렵지 않아요."

예흐나라는 부드럽고 단호하게 말했다.

"자, 보세요. 예쁜 강아지도 데려왔는걸요."

일전에 황제에게서 버림받았던 후궁의 말에 의하면 황제에게는 반드시 '만세의 주인이시며, 가장 높고, 가장 존귀하신 분'이라는 호칭을 붙여야만 했다. 그러나 예흐나라는 황제를 마치 평범한 남자 대하듯 바라보았다. 그녀는 강아지의 부드러운 털을 쓰다듬고는 시선을 떨군 채 말했다.

"입궁하기 전에는 이런 강아지를 가져본 적이 없었어요. 사자같이 생겼다는 얘기는 많이 들었지만 말이에요."

황제는 이처럼 사소한 대화를 어떻게 받아들여야 할지 모르겠다는 듯 그녀를 빤히 쳐다보았다.

"자, 이리 와서 내 옆에 앉거라. 그리고 왜 날 두려워하지 않는지 말해 보아라."

예흐나라는 단 위로 올라가 침상의 모서리에 앉은 뒤 다시 강아지를 품에 안았다. 강아지는 이곳저곳 코를 대고 킁킁거리더니 재채기를 했다. 그녀는 그 모습을 보고 웃음을 터뜨렸다. 그리곤 천천히 고개를 들어 황제를 바라보았다.

"코를 맵게 하는 향기가 나는 것 같군요."

"장뇌樟腦목 냄새란다. 그건 그렇고 어서 말해 보거라. 어째서 나를 두려워하지 않는 거지?"

그녀는 호기심과 열정이 가득한 황제의 시선을 느꼈다. 그의 눈길은 잠시간 예흐나라의 얼굴과 입술을 훑다가 이어 작은 강아지를 쓰다듬는 손에 머물렀다. 예흐나라는 한여름인데다 새벽바람조차 불지 않는데도 갑작스런 한기에 몸을 떨었다. 예흐나라는 강아지를 향해 시선을 떨구었다가 이내 고개를 들고는, 마치 어린아이처럼 상냥하고 수줍은 태도로 말했다.

"전 제 운명을 알고 있었어요."

"그래…… 어떻게 운명을 안다는 게냐?"

황제는 슬슬 흥미로워지기 시작하는지 가느다란 입술 끝을 치켜올렸다. 그의 그늘진 눈동자는 냉정하기는커녕 하염없이 부드러웠다.

"황실의 부름을 받고 난 뒤 저는……"

그녀는 여전히 수줍고 귀여운 목소리로 말했다.

"숙부님 댁의 안마당으로 갔지요. 부친께서 돌아가신 이후로 숙부님이 제 보호자가 되셨기 때문입니다. 그리고 석류나무 아래 있는 사당으로 들어가 관음보살께 기도를 올렸어요. 향을 피우고 나서……"

그녀는 입술을 떨며 잠시 말을 멈추었다. 그리고는 곧 미소를 지으려 애를 썼다.

"그런데?"

황제가 조바심을 내며 물었다. 그는 아름다운 예흐나라의 얼굴에 매료된 듯 혼곤하고 부드러운 눈빛으로 그녀를 바라보고 있었다.

"그날은 바람도 한 점 없었는데 향이 타오르면서 그 연기가 하늘을 향해 똑바로 치솟지 않겠어요. 그러더니 그 연기는 어느새 구름 속으로 스며들었고…… 전 그 구름 속에서 어떤 얼굴을 봤어요."

"남자의 얼굴 말이냐?"

예흐나라는 매우 수줍은 표정으로 고개를 끄덕였다.

"그게 누구의 얼굴이었느냐?"

황제가 기대감이 담긴 어조로 물었다.

"혹시…… 내 얼굴이었느냐?"

예흐나라는 고개를 들어 황제의 눈을 바라보며 속삭이듯 말했다.

"네, 폐하, 폐하의 용안이었어요……."

이틀이 지났지만 예흐나라는 여전히 황제의 침실에 머물러 있었다. 그 동안 그녀는 황제와 세 차례 잠을 잤고, 일을 마칠 때마다 문 쪽으로 나가 시녀를 불렀다. 그러면 시녀는 무릎으로 기어 커튼을 지나 규방을 넘어갔다. 그쪽에서 환관들은 석탄 위에 가마솥을 올려놓아 언제라도 목욕을 할 수 있도록 준비를 해 놓았으며, 시녀는 커다란 항아리 안에 따뜻한 물을 퍼 와 예흐나라의 몸을 씻겨 주었다. 또한 매번 깨끗한 예복을 대령하고 예흐나라의 머리를 매끄럽게 땋아 주었다. 황제가 명령하지 않는 이상 황제의 침실에 드나드는 여인들은 입을 열 수 없는 것이 관례였다. 그러므로 시녀 또한 어떠한 질문도 해서는 안 되었다.

시녀가 시중을 끝내면 예흐나라는 곧바로 황제의 침실로 되돌아갔다. 그때마다 노란빛의 커튼 뒤에서 육중한 문이 닫혔다.

예흐나라는 황제가 일어나기를 기다리며 창문 옆에 있는 의자에 앉아 있었다. 그녀는 황제가 유약한 성격에 변덕스럽고, 만족할 수 없는 열정에 사로잡혀 있음을 금세 간파했다. 그는 몸의 욕정보다 마음의 욕정이 더 간절한 사람이었다. 심지어 몸이 따라주지 못하면 예흐나라의 가슴에 얼굴을 묻고 울기까지 했다. 예흐나라는 이런 사람이 천자라는 사실을 믿을 수 없었다. 그러나 그녀는 막상 황제가 깨어나자 상냥한 태도로 본분을 다했다. 그녀는 천자가 허기를 느낄까 염려해 환관장 안덕해를 불러 황제가 즐기는 음식을 가져오게 했다. 그리고 자신도 함께 식사를 했다. 그녀는 강아지에게 고기를 몇 점 먹인 뒤 창문 너머 안뜰에 놓아주었다. 식사가 끝나자 황제는 안덕해를 시켜 창문에 걸려 있는 커튼을 닫아 햇빛을 가린 뒤, 자신이 부를 때까지 찾지 말라고 명했다. 내키기 전까지는 대신들을 만나지 않겠다는 뜻이었다.

이에 안덕해는 심상치 않은 기색으로 말했다.

"폐하, 남부 지방에서 좋지 않은 소식이 올라왔습니다. 태평군이 또 다른 성의 절반을 장악했다고 하옵니다. 대신들과 왕공들께서 알현을 몹시 기다리고 계십니다."

"난 가지 않을 것이다."

황제는 언짢은 듯 다시 베개에 얼굴을 묻었다. 결국 환관장은 침실을 떠날 수밖에 없었다.

"빗장을 걸어라."

예흐나라는 황제의 지시대로 문을 걸어 잠근 뒤 황제를 향해 몸을 돌렸다. 황제는 채워지지 않는 욕정과 스스로에 대한 두려움이 뒤섞인 눈길로 그녀를 응시했다.

"이리 오너라."

그가 낮게 중얼거렸다.

"이제 원기를 회복했다. 고기를 먹고나니 훨씬 낫구나."

예흐나라는 황제의 뜻에 순종했다. 그리고 황제에게서 버림받은 후궁들이 해 주었던 이야기를 떠올렸다. 소문에 의하면, 황제가 침실에서 너무 오래 지체할 경우 그가 좋아하는 음식에 강력한 약초를 섞는다고 했다. 그 약초를 먹으면 흥분의 강도가 높아져 예전에 없던 힘이 생긴다는 것이다. 그러나 지나치게 흥분할 경우 극심한 체력 소모 때문에 죽음에 이를 수도 있었다.

그리고 세 번째 날 아침, 우려했던 일이 벌어졌다. 황제는 반쯤 실신한 상태로 아무 말 없이 베개에 얼굴을 파묻었다. 입술은 검푸른 빛이었고 눈은 반쯤 감겼으며, 몸은 미동조차 하지 않았다. 심지어는 누르스름한 얼굴에도 창백한 푸른빛이 돌았다. 두려움에 사로잡힌 예흐나라는 도움을 청하기 위해 문 쪽으로 달려갔다. 그러자 대기하고 있던 환관장 안덕해가 다가왔다.

"즉시 태의를 부르시오!"

예흐나라는 허리를 곧게 펴고 지시했다. 그녀의 모습은 당당했고, 칠흑같이 검은 눈망울에는 감히 거역할 수 없는 힘이 있었다. 안덕해는 즉시 그녀의 말에 따랐다.

예흐나라는 잰걸음으로 다시 침상 옆으로 돌아왔다. 황제는 어느새 잠들어 있었다. 의식을 잃은 황제의 창백한 얼굴을 보자 갑자기 눈물이 왈칵 쏟아졌다. 그러나 예흐나라는 입을 꾹 다물어 울음을 참았다. 그리곤 쉼 없이 밀려드는 낯선 한기에 몸을 떨며 서 있었다. 잠시 후 문 쪽으로 다가간 예흐나라는 몸이 겨우 빠져나갈 정도로 살짝 문을 연 뒤, 나무 의자 위에서 꾸벅꾸벅 졸고 있던 시녀의 어깨를 부드럽게 흔들었다. 시녀는 부스스 눈을 떴다.

"부르셨습니까, 마마……? 참, 마마님의 강아지는요?"

순간 예흐나라는 멍한 눈으로 시녀를 응시했다.

"아, 이를 어째! 어젯밤에 안마당에 놓아주고는 까맣게 잊어버렸어!"

"걱정하지 마세요, 마마. 제가 찾아다 드리지요."

시녀는 안쓰러운 눈으로 예흐나라를 바라보았다.

"마마, 이 늙은이 손을 잡고 함께 가시지요……."

예흐나라는 시녀를 따라 좁은 복도로 내려갔다. 떠오르는 아침 햇살이 장밋빛 벽을 환하게 물들이고 있었다. 아침 햇살을 잠시 바라보던 예흐나라는 이어 자신의 처소로 발길을 돌렸고, 시녀는 그녀의 곁에서 위로의 말을 건넸다.

"모두들 일찍이 천자와 그토록 오랫동안 밤을 지낸 후궁은 없었다며 수군대고 있어요. 심지어 황후께서도 단 하룻밤을 보내셨을 뿐이니까요. 이연영이 말하길 이제 마마께서 가장 총애 받는 후궁이 되셨다는군요. 그러니 아무것도 두려워하실 필요가 없어요."

예흐나라는 미소를 지었지만 기쁨과는 달리 입술이 가늘게 떨렸다.

"사람들이 그렇게 말했단 말이지?"

그녀는 몸을 똑바로 세우고 평소와 다름없이 부드러운 걸음걸이로 침상을 향해 다가갔다. 침상에 누운 뒤 시녀가 나가자, 또다시 극심한 한기가 느껴졌다. 이제 죽을 때까지 침묵을 지켜야만 한다. 어느 누구에게도 지금 느낀 두려움에 대해 이야기해서는 안 되었다.

지금 그녀의 곁에는 아무도 없었다. 이 살벌한 곳에 모든 것을 털어놓을 친구 따위가 어디 있단 말인가? 그녀는 완벽히 혼자였고, 순간 덮쳐오는 외로움은 지독하게 절절했다. 예흐나라는 생각했다.

'정말 아무도 없단 말인가? 아무도? 하지만 내게는 영록이 있지 않은가?'

두 사람은 혈연으로 맺어졌으므로 결코 깨어질 수 없는 관계였다. 예흐나라는 침상에 앉아 눈물을 닦고는 손뼉을 쳐 시녀를 불렀다.

"예, 마마."

시녀가 문 앞에 모습을 드러냈다.

"이연영을 불러오게."

그러자 시녀는 망설이는 기색이 역력했다.

"하오나 마마, 이연영과 너무 가깝게 지내지 않으시는 것이 좋을 듯하옵니다. 그가 마마를 위해 무엇을 해 드릴 수 있겠습니까?"

하지만 예흐나라는 고개를 내저었다.

"그만이 할 수 있는 일이 있네."

시녀는 말없이 자리를 떴고, 잠시 후 이연영이 의기양양한 표정으로 황급히 들어왔다.

"무슨 일이옵니까, 존귀한 마마님?"

예흐나라는 커튼을 옆으로 젖혔다. 차분한 색의 수수한 옷으로 갈아입은 예흐나라의 얼굴은 수심에 가득 차 있었고, 눈 밑에는 그늘이 져 어두워 보였다. 그러나 지시를 내리는 목소리만큼은 누구보다도 위엄 있었다.

"어서 가서 내 친척 오라비 영록을 데려오게."

"황실경비대장 말입니까?"

이연영이 놀란 얼굴로 되물었다.

"그렇다네."

예흐나라는 거만한 목소리로 답했다. 이연영은 입가에 번지는 미소를 소매로 감추며 자리를 떠났고 이어 발자국 소리도 점차 멀어졌다. 순간 예흐나라는 권력을 잡게 되면 반드시 영록의 신분을 높여, 환관을 포함한 그 누구도 감히 그를 경비병이라 부르지 못하게 하리라 다짐했다. 그녀는 영록을 최소한 일품 벼슬인 군기대신軍機大臣*에 올려

---

* 정무에 대한 황제의 자문에 응하고, 군사 사항을 책안하며, 내정 외교를 처리하거나, 중대 범죄를 심리하며, 친임 문무관의 진퇴에 대해 상주하는 등 국정 전반의 업무를 다루는 군기처의 수장.

놓을 생각이었다.

영록을 떠올리자 마음속 깊은 곳에서 두려운 갈망이 솟구쳤다. 설사 영록을 만나 조언을 듣는다 해도, 할 수 있는 일이라고는 그저 얼굴과 목소리를 보고 듣는 것뿐이다. 그녀는 그를 부른 것을 금방 후회했다. 과연 지난 이틀 낮, 사흘 밤 동안 자신에게 일어났던 일과 지금 자신의 생각이 어떤 방향으로 흘러가고 있는지를 말할 수 있을까? 자신은 결코 입궁을 원치 않았으며 지금이라도 당장 도망치고 싶다고, 그러니 도와 달라고 사정할 수 있을까? 예흐나라는 바닥으로 내려와 벽에 머리를 기대고 눈을 감았다. 가슴 깊은 곳에서 뜨거운 고통이 솟구쳤다. 차라리 그가 오지 않았으면 하는 바람이었다.

얼마 지나지 않아 발자국 소리가 들려왔다. 영록은 부름을 듣자마자 달려와 이미 문 밖에 서 있었다. 곧이어 이연영이 커튼 저편에서 소리쳤다.

"마마, 친척 분께서 오셨습니다."

예흐나라는 무심코 꺼냈던 거울을 저만치 밀쳐놓고 자리에서 일어났다. 영록은 오랫동안 그녀를 보아왔으므로 특별히 예쁘게 꾸밀 필요가 없었다. 커튼을 젖히자 영록이 서 있었다.

"들어오세요, 오라버니."

"여기 있겠습니다. 침실에 함께 있는 건 적합하지 않습니다."

"하지만 오라버니와 단둘이서 할 말이 있어요."

예흐나라는 문득 이연영이 귀를 쫑긋 세우고 있다는 사실을 깨닫고는 영록에게 다시금 손짓을 했다.

"들어오세요."

그러나 영록은 굳은 듯 그 자리에 서 있었다.

예흐나라는 하는 수 없이 침실에서 나와 깊은 한숨을 쉬었다. 영록은 그녀의 핏기 없는 안색과 창백한 입술, 그늘진 눈가를 보고는 걱정스러운 표정을 지었다. 곧이어 예흐나라는 이연영에게 따라오지 말라고 명한 뒤 영록과 함께 안뜰로 향했다. 그러나 비록 일가친척이라고 해도 남자와 단둘이 있을 수는 없었으므로 시녀가 몇 걸음 뒤에서 따랐다.

예흐나라는 초조한 듯 옷소매를 쥐어뜯었다. 그녀는 이 순간 영록의 손길을 갈망하고 있었다. 그러나 그녀는 그의 손을 잡을 수도, 그가 자신의 손을 잡는 것을 허락할 수도 없었다. 예흐나라는 가능한 한 문에서 멀리 발길을 옮겨, 안뜰 가장 끝 쪽에 있는 대추야자 나무 아래 놓인 의자에 앉았다. 흰빛의 불투명한 자기로 만든 의자는 햇살 속에서 환하게 빛났다.

"앉으세요."

그러나 영록은 마치 자신이 성문을 지키는 일개 경비병에 불과하다는 듯 예흐나라 앞에 경직된 자세로 서 있었다.

"앉지 않을 거예요?"

그녀가 다시 한 번 사정하듯 영록을 올려다보았다.

"안 됩니다. 저는 단지 부름을 받고 왔을 뿐입니다."

결국 그녀는 더 이상 권하지 않고 깊은 한숨을 내쉬었다.

"소식 들으셨어요?"

예흐나라는 중얼거리듯 말했다. 그 목소리는 너무 작아 머리 위 나뭇가지에 앉은 새들조차도 알아들을 수 없을 지경이었다.

"들었습니다."

여전히 딱딱한 시선을 정면에 고정시킨 채, 영록이 말했다.

"제가 새로이 황제의 총애를 받게 되었어요."

"그것도 들었습니다."

그리곤 한참동안 침묵이 흘렀다.

황제와의 잠자리에 대해서는 아무것도 듣고 싶지 않아 하는 듯한 그에게 더 이상 무슨 말을 할 수 있단 말인가. 예흐나라는 영록의 얼굴을 바라보는 순간, 베개에 파묻힌 채 자신을 바라보던 병색이 완연한 황제의 모습을 떠올리곤 치를 떨었다. 영록은 젊고 잘생긴데다 눈빛이 강렬했으며, 강한 턱 위에 굳게 다문 입술은 남자다움이 물씬 배어났다.

"내가 바보였어요."

이윽고 예흐나라가 입을 열었다. 그러나 영록은 아무 대꾸도 하지 않았다. 아무 말도 할 수 없었던 것이다.

"집에 가고 싶어요."

그러자 영록은 팔짱을 낀 채 예흐나라의 머리 위로 뻗은 나뭇가지를 조심스레 쳐다보았다.

"여기가 당신 집이오."

그 말에 예흐나라는 왈칵 눈물이 치솟았다. 그녀는 아랫입술을 꼭 깨물었다.

"날 좀 구해주세요, 오라버니."

영록은 꼼짝도 하지 않았다. 만일 누군가 이 광경을 보았다면, 한낱 경비대장이 대추야자 나무 아래에 앉아 있는 이 아름다운 여인을 무시하는 것처럼 보였을 것이다. 그러나 결국 그는 자신을 올려다보는 예흐나라의 얼굴로 시선을 옮겼다. 순간 예흐나라는 그의 눈빛을 읽을 수 있었다.

'아, 내 사랑, 당신을 구해줄 수만 있다면 얼마나 좋겠소. 하지만 그럴 수 없소.'

그 눈빛과 마주치자 예흐나라는 격렬한 고통이 수그러드는 것을 느꼈다.

"혹시 나를 잊어버린 건 아니지요?"

"한 순간도 당신을 잊은 적 없소."

"그럼 내가 어떻게 해야 할지를 가르쳐줄 수 있나요?"

"당신은 자신의 운명을 잘 알고 있지 않소? 이건 당신이 선택한 길이오."

윗입술이 떨리더니, 예흐나라의 검은 눈망울에 눈물이 고였다.

"난 일이 이렇게까지 되리라고는 생각지 못했어요."

"이미 엎질러진 물은 담을 수가 없는 거요. 이제 당신은 옛날로도, 예전의 당신으로도 돌아갈 수 없소."

그녀는 그만 입을 다물고 흐느끼기 시작했다. 뺨 위로 계속해서 눈물이 흘러내렸다. 그녀는 행여 누군가 엿볼까 눈물도 닦지 못한 채 고개를 숙였다.

"당신은 존귀하신 천자를 택했소."

영록은 예흐나라의 감정이 수그러들자 다시 말문을 열었다.

"그러니까 당신도 존귀한 분이 될 거요."

예흐나라는 눈물은 삼켰지만 차마 고개를 들 수 없었다.

"당신이 약속만 해준다면……."

예흐나라는 떨리는 목소리로 말했다.

"무슨 약속 말이오?"

"내가 부르면 언제든지 오겠다고…… 반드시 약속해주세요. 그러면 난 안심하고 위안을 얻을 수 있을 거예요. 이렇게 항상 혼자일 수는 없잖아요?"

햇살이 나무 사이로 쏟아져 들어와 땀방울이 맺힌 영록의 이마를 비추었다. 영록은 딱딱하지만 확신과 애정이 담긴 목소리로 말했다.

"당신이 부르면 언제든지 올 거요. 다만 부득이한 경우가 아니라면 부르지 마시오. 이번에는 어쩔 수 없이 환관에게 뇌물을 줘야 할 것 같소만, 이런 일이 반복된다면 환관의 손아귀에 놀아날지 모를 일이오."

그제야 예흐나라는 자리에서 일어났다.

"그 약속…… 꼭 지켜주세요."

예흐나라는 한동안 영록을 바라보았다. 그리곤 자신도 모르게 그를 향해 손을 내밀까봐 주먹을 꽉 쥐었다.

"날 이해하지요?"

"그렇소."

"그럼 됐어요."

그녀는 영록을 다시 한 번 바라보고는 자리를 떠나 침실로 돌아왔다. 그리고는 커튼을 내렸다.

예흐나라는 일주일 동안 줄곧 침상 밖으로 나오지 않았.

궁 여기저기에 그녀가 아프다는 둥, 화가 났다는 둥, 심지어 금귀고리를 삼키려고 했다는 둥, 황제의 말을 따르려 하지 않는다는 둥, 수군거리는 소리가 진종일 떠돌았다. 황제는 궁의가 처방한 약 덕택에 다소나마 몸이 회복되자 다시 사람을 보내 예흐나라를 찾았다. 그러나 그녀는 그 명령을 일언지하에 거절했다. 이는 청 왕조 역사상 처음 있는 일이었다.

한편 예흐나라는 장밋빛 공단이 깔린 침상에 누워 시녀를 제외한 누구와도 대화를 나누려 않았다. 이연영은 자신의 계획이 수포로 돌아가자 이만저만 화가 난 것이 아니었다. 하지만 예흐나라는 이연영의 알현까지도 수차례 거절한 채 커튼마저 올리지 않았다.

"다들 내가 죽으려 한다고 생각하겠지."

예흐나라가 시녀에게 말했다.

"그래. 최소한 여기서 살고 싶지 않은 건 사실이니까."

시녀는 이 말을 곧장 이연영에게 전했다. 그러자 그는 이를 갈며 소리쳤다.

"황제가 사랑 때문에 정신만 안 나갔어도 그녀는 곧바로 죽임을 당했을 게야!"

이연영은 씩씩대며 말했다.

"물론 우물에 빠지거나 독약을 먹으면 이곳에서 벗어날 수 있겠지. 그렇지만 중요한 건 황제께서 온전하고 말짱한 상태의 그녀를 원하신다는 거야. 그것도 지금 당장!"

결국 환관장 안덕해가 직접 찾아왔지만 아무 소용이 없었다. 예흐나라는 그를 만나려고도 하지 않았다. 그녀는 은으로 도금한 찻주전자가 놓인 침상 곁의 작은 탁자에 귀고리를 올려두었다. 그리곤 안덕해더러 들으라는 듯 목청을 높여 말했다.

"누구든 저 문턱을 넘으면 귀고리를 삼켜버릴 거야!"

이 같은 실랑이가 며칠 간 계속되자 황제는 기어이 역정을 내며 환관들을 의심하기 시작했다. 환관들이 뇌물을 받을 목적으로 예흐나라를 데려오는 일을 지체한다고 여긴 것이다.

"그녀는 아주 순종적이었어."

황제가 초조해하며 소리쳤다.

"내가 요구하는 건 뭐든지 들어줬고 말이야!"

황제는 예흐나라에게 사로잡혀 오직 그녀의 얼굴만 생각하게 되었다. 황제는 스스로가 잠자리에서만큼은 매우 정열적이라고 믿고 있으며, 예흐나라를 사랑하는 동안에는 절대로 다른 후궁들에게 기력을 낭비하지 않겠다고 다짐한 터였다. 황제에게 있어 예흐나라는 처음으로 뜨거운 사랑을 느낀 상대였다. 다른 후궁들에게는 쉽게 싫증을 내던 그였지만 예흐나라에게만큼은 달랐다. 황제는 예흐나라와 마지막 밤을 보낸 지 일주일이 지났는데도 여전히 그녀를 원하고 있다는 사실에 스스로 감동했다. 따라서 그는 더더욱 예흐나라가 지체하는 것을 참을 수 없었다.

황제의 명이 있은 지 사흘째 되던 날 밤, 안덕해는 더 이상 가만있을 수 없다고 생각한 나머지 황실의 어른인 태후를 찾아가 모든 사태의 정황을 알리기로 마음먹었다. 그리고 예흐나라가 후궁의 신분을 망각하고 황제에게 복종하려 들지 않는다는 소식을 들은 태후는 역시 노발대발했다.

"이 나라 왕조에 그같이 방자한 계집이 있다니!"

태후는 핏대를 올려 소리쳤다.

"당장 그 계집을 내 아들에게 끌어다 놓아라!"

그러자 안덕해는 망설임이 깃든 얼굴로 조아렸다.

"마마, 그건 어려울 듯싶사옵니다. 제가 확신하건대 그녀는 억지로 강요해서는 말을 듣지 않을 겁니다. 달래고 어르는 것이 최선입지요. 그녀는 보기엔 버드나무 가지처럼 날씬하지만 힘이 아주 세고 몸집과 키는 천자보다도 크옵니다. 단둘이 있게 되면 천자를 물어뜯거나 얼굴을 할퀴는 일도 서슴지 않을 것입니다."

"이런 끔찍한 일이!"

태후는 창백하게 질린 얼굴로 소리쳤다. 그녀는 나이가 많고 간장병을 앓고 있었기 때문에 오랫동안 커다란 침상에 누워 있었다. 누가 봐도 병색이 완연한 것이 죽을 날이 머지않아 보였다. 태후는 잠시간 곰곰이 생각했다.

"그렇다면 그 아일 설득할 사람이 궁 안에 있느냐?"

"마마께서도 아시다시피 황후께서 그녀의 사촌이십니다."

그러나 태후는 고개를 내저었다.

"황후가 후궁에게 주군인 황제를 섬기라고 이르는 것이 과연 옳은 일이더냐."

"물론 범상하거나 적절한 일은 아닙니다만, 마마."

태후는 마치 잠이 든 듯 오랫동안 아무 말이 없었다. 안덕해는 살짝 고개를 들어 그녀를 살펴보았다. 그러나 깊이 생각에 잠겼던 태후는 이내 눈을 떴다.

"하는 수 없지. 그럼, 예흐나라를 황후의 처소로 보내거라."

"만일 가지 않겠다고 우기면 어찌 하오리까, 마마."

"어떻게 가지 않을 수 있단 말이냐?"

"그녀는 천자께도 가지 않겠다고 버티지 않았사옵니까?"

"그렇게 억센 계집은 생전 본 적이 없구나. 그럼 황후를 찾아가서 예흐나라가 아프니 문안을 가 보라고 일러라. 황후는 유순한 성격이니 분명 승낙할 게야."

"알겠사옵니다."

명을 받든 안덕해는 주저 없이 움직였다.

"편안히 주무십시오, 마마."

"그만 나가 보거라. 난 이제 남녀간의 문제를 처리하기엔 너무 늙었구나."

태후가 천천히 눈을 감는 것을 확인한 안덕해는 즉시 황후의 처소로 발걸음을 옮겼다. 그가 막 도착했을 때 황후 사코타는 태어날 아기에게 신길 신발에 호랑이 얼굴을 수놓고 있었다. 안덕해는 황후에게 절을 한 뒤 큰소리로 물었다.

"수를 놓을 궁녀들이야 얼마든지 있지 않습니까?"

"물론 있지만 그 아이들에게 이것마저 맡기면 나는 할 일이 전혀 없게 되오. 난 내 사촌 예흐나라처럼 영리하지도 못하니 책을 읽거나 그림을 배우는 것도 마땅치 않아서 말이오."

안덕해는 천천히 고개를 끄덕였다. 사코타는 골무와 금반지를 낀 작은 손을 들어 그에게 앉으라고 손짓했다. 그러나 안덕해는 선 채로 말을 이었다.

"제가 여기 온 것은 마마의 사촌 때문입니다. 또한 태후마마의 분부도 계셨습니다."

사코타는 맑고 선량한 눈을 들어올렸다.

"무슨 일이오?"

안덕해는 헛기침을 했다.

"마마의 사촌께서 저희를 무척 난처하게 하시는지라."

"그렇소?"

"지금 그분이 황제의 부름에 응하지 않고 계십니다."

사코타의 창백하고 흰 얼굴은 수치심과 난감함 때문에 발갛게 물들었다. 그녀는 얼른 시선을 바느질감에 고정시켰다.

"나도 궁녀들에게 그 얘기를 들었소."

"그분은 황제의 총애를 얻으셨음에도 황제께 가려 하지 않으십니다."

사코타의 얼굴이 더더욱 빨갛게 달아올랐다.

"그게 나와 무슨 상관이 있단 말이오?"

"황후마마의 말씀이라면 흔쾌히 들으실 것입니다."

사코타는 곰곰이 생각하더니, 섬세한 손길로 신발에 있는 조그만 호랑이의 노란 눈을 천천히 수놓기 시작했다.

"내게 그런 일을 요구하는 게 적절한 것이오?"

마침내 그녀가 입을 열었다. 이에 환관장은 고개를 더욱 깊이 숙이며 공손하게 말했다.

"실은 그렇지 않습니다만, 마마. 천자께서는 평범한 남자가 아니시오며 누구도 천자를 거역할 순 없습니다."

"황제께서는 언니를 매우 좋아하고 계시오."

사코타가 깊은 한숨을 내쉬며 중얼거렸다.

"물론 사실입니다만…… 그렇다고 해서 그분이 비난받을 이유는 없지 않습니까, 황후마마."

안덕해는 사코타의 안색을 조용히 살피며 되물었다.

안덕해를 잠시 바라보던 사코타는 한숨을 내쉬며 바느질감을 포개 상감 세공된 탁자 위에 놓은 뒤 두 손을 가지런히 모았다.

"우린 항상 친자매처럼 지냈소."

그녀는 상냥하고 애처로운 목소리로 말했다.

"언니에게 내가 필요하다면, 그리로 가도록 하겠소."

"감사합니다, 마마. 제가 마마를 모시고 가지요."

예흐나라는 여전히 침상에 누운 채였다.

잠시 후 그녀는 깊은 절망에 빠진 듯한 눈을 들어 문간에 서 있는 사코타를 바라보았다. 지금 그녀는 자신의 운명을 증오하며 황제를 선택한 것을 후회하고 있었다. 만약 이런 식의 대가가 오리라는 것을 진작 알았더라면, 결코 간택을 원하지 않았을 것이다.

"사코타!"

예흐나라는 울부짖으며 양팔을 내밀었다. 사코타는 측은한 얼굴로 즉시 달려갔다. 둘은 서로 부둥켜안고 눈물을 흘렸다. 두 사람 모두 황제와 관련된 이야기는 꺼내지 않았다. 사실 예흐나라 못지않게 사코타 또한 자신의 처지를 혐오하고 있었다.

"아, 불쌍한 언니. 사흘 밤이나 그곳에 있었다니! 나는 겨우 하루를 지냈을 뿐인데……."

사코타가 훌쩍거렸다.

"사코타, 나는 황제께 돌아가지 않을 거야."

예흐나라가 너무 힘주어 껴안은 나머지 사코타는 숨이 막혀 침상 위에 주저앉고 말았다.

"하지만 언니, 언니는 가야 해."

사코타는 예흐나라의 팔에서 간신히 몸을 빼내며 말했다.

"만약 돌아가지 않으면, 그들이 언니를 가만 둘 것 같아? 우린 이제 우리 마음대로 할 수 있는 처지가 아니야."

그러자 예흐나라는 언제나 그랬듯 주위를 살피더니 조심스럽게 속삭였다. 그녀의 눈에서는 눈물이 넘쳐흘렀다.

"사코타, 그렇지만 너는 사랑하는 사람이 없잖아? 이제야 나는 내가 그 사람을 사랑하고 있다는 걸 깨달았어. 그것이 견딜 수 없었어! 물론 누군가를 사랑하지 않는다면 아무래도 상관없어. 대체 정조란 뭐지? 그건 간직할 수도 있고 줘버릴 수도 있는 물건같은 것일 뿐이야. 상대를 사랑하지 않으면 아무런 가치도 없어. 정조란 단지 사랑하고 또 사랑 받을 때에만 소중한 거 아니니? 아, 사코타…… 나는……."

이름을 언급하진 않았지만, 사코타는 예흐나라가 사랑하는 이가 영록이라는 사실을 잘 알고 있었다.

"너무 늦었어, 언니."

그녀는 예흐나라의 눈물 젖은 뺨을 어루만졌다.

"이젠 도망칠 방법이 없는 걸."

그러자 예흐나라는 표독스럽게 그녀의 손을 뿌리치더니 소리쳤다.

"그럼 난 죽고 말 거야! 정말이지 살고 싶지 않다고!"

그리고 그녀는 다시 사코타의 어깨 위에 손을 얹고 울기 시작했다.

이 순간 사코타의 가슴은 예흐나라에 대한 애정으로 가득 차 있었다. 사코타는 부드러운 손길로 예흐나라의 이마와 뺨을 어루만지며 그녀를 도울 방법이 없을까 고민했다.

그러나 아무리 생각해도 처소를 벗어나 자금성을 빠져나가는 일은 불가능했다. 설사 빠져나간다 해도 숨을 곳이 없었다. 만일 숙부의 집으로 돌아간다면 온 가족이 몰살될 게 뻔했다. 또 낯선 사람들 사이에 숨는다 해도 의심을 받을 것이다. 후궁이 황제의 궁에서 도망쳤다는 소문이 바람을 타고 떠들썩하게 퍼지면, 온 마을마다 분명 큰 소란이 벌어질 것이다. 따라서 어디선가 흘러온 아름다운 여인을 의심 없이 바라볼 수는 없으리라. 따라서 어떤 도움의 손길이나 위로를 찾으려면 결국 궁 안에서 해결하는 수밖에 없었다.

실로 궁은 수많은 음모들이 난무하는 곳이었다. 그러나 그 와중에도 궁 안의 여자들은 낮 시간을 틈타 애인을 만났다. 밤에는 천자를 제외한 모든 남자들이 자금성을 떠나야 했기 때문이다. 마찬가지로 사코타가 마음만 먹는다면 낮 무렵 예흐나라를 영록과 만나게 해 줄 수도 있었다.

그러나 사코타는 이내 고개를 저었다. 제국의 황후인 자신이 어찌 수치심을 무릅쓰고 환관들과 밀약을 교환할 수 있겠는가? 그럴 경우 환관들은 이를 빌미 삼아 그녀를 좌우지하려 들 것이다. 사코타는 내심 소문이 두려웠거니와 본디 정숙했으므로 선뜻 그런 일을 자처할 수 없었다.

"사랑하는 언니."

사코타는 이러한 마음을 숨긴 채 말했다.

"영록 오라버니와 함께 얘기해 보는 게 어떨까. 더 이상 여기 머물 수 없다는 사실을 아버지께 전해 달라고 해. 그러면 아버지께서 언니를 자유롭게 풀어 주시거나, 황제께 선보일 다른 여인을 데려다 주실지도 몰라. 아니면 언니가 미쳤다고 하실 수도 있겠지. 어쨌든 지금은 안 돼. 언니도 알다시피, 지금 황제께서는 언니를 몹시 사랑하셔. 그러니 나중에 언니에 대한 총애가 다소 식고 다른 후궁이 언니의 자리를 차지하게 되면, 아마 그렇게 할 수 있을지도 몰라."

사코타는 아무 사심 없이 말했다. 그녀는 사랑하는 남자도, 예흐나라에 대한 질투심도 없었다. 그럼에도 예흐나라는 자존심이 상해 버렸다. 황제의 총애를 다른 후궁에게 빼앗기다니? 지금 사코타는 분명 후궁들과 환관들 사이의 쑥덕거림을 그대로 옮기고 있는 것이 분명했다. 예흐나라는 침상에서 일어나 얼굴에 흘러내린 머리카락을 쓸어 넘겼다.

"지금 나는 오라버니를 부를 수 없어, 사코타. 너도 알겠지만 소문은 삽시간에 퍼지지. 하지만 너도 그의 사촌이니 네가 부르면 문제없을 거야. 그러니 오라버니께 사람을 보내 내가 자살 직전까지 갔다고 전해 줘. 나는 누구에게도 관심 없고, 단지 여기서 벗어나고 싶어한다고 말이야. 사코타, 여기는 감옥이야. 우린 둘 다 감옥에 갇힌 거야."

"난 그런대로 행복한걸. 이곳 생활이 아주 싫지는 않아."

사코타가 부드럽게 말했다.

예흐나라는 눈을 가늘게 뜨고 차갑게 말했다.

"그래. 너야말로 편히 앉아 비단 수를 놓을 수만 있다면 어디서든 행복한 사람이니까."

사코타는 시선을 떨구고 입을 삐죽였지만 금방 애처로운 표정이 되었다.

"그럼 그것 말고 할 일이 뭐가 있겠어?"

예흐나라는 머리카락을 뒤로 넘겨 커다랗게 매듭을 지었다.

"그것 봐. 그것 보란 말이야!"

예흐나라가 갑작스레 목소리를 높였다.

"그게 바로 내가 말하려는 거야. 여기서는 아무것도 할 수 없어. 거리에 나갈 수도 없고, 문 밖으로 고개를 내밀어 거리 한구석에서 벌어지는 경극을 구경할 수도 없어. 궁에 들어온 후부터 난 경극을 한

편도 못 봤어. 너도 내가 경극을 얼마나 좋아하는지 알잖아. 그리고 내가 보는 책들과 그림말인데, 그래, 난 그림을 그리지. 그런데 누구를 위해서지? 바로 나 자신을 위해서야! 하지만 그것만으로는 충분하지 않아. 그리고 밤이면……."

순간 그녀는 몸을 떨며 바짝 웅크린 뒤 무릎에 턱을 괴었다. 사코타는 오랫동안 말 없이 앉아 있었다. 자신이 예흐나라에게 아무런 위로가 되지 못한다는 사실을 깨달았기 때문이다. 사코타는, 여자라는 존재는 아무리 발버둥쳐도 타고난 운명을 바꿀 수 없다고 생각했고, 따라서 예흐나라를 이해할 수 없었다. 사코타는 자리에서 일어났다.

"사랑하는 언니."

사코타는 부드럽게 예흐나라를 달랬다.

"이제 그만 나는 가볼게. 그 동안 목욕을 하고 옷도 갈아입고 좋아하는 음식을 좀 먹도록 해. 나는 사람을 보내 영록 오라버니를 부르겠어. 이건 언니를 위한 것이니, 그가 오면 거절하지 말고 꼭 만나도록 해. 만약 소문이 나면 내가 그를 불렀다고 말할게."

사코타는 여전히 무릎에 얼굴을 파묻고 있는 예흐나라를 깃털처럼 가볍게 어루만지고는 발걸음을 옮겼다.

사코타가 사라지자 예흐나라는 무너지듯 침상에 쓰러졌다. 그리곤 돌처럼 꼼짝도 하지 않은 채 한동안 머리 위의 차양을 응시했다. 순간 어떤 생각이 섬광처럼 머릿속을 스쳐갔다.

꿈, 계획, 계략.

만일 사코타가 그녀를 보호해 주기만 한다면 이 모든 것들은 얼마든지 가능해진다. 사코타는 황후이니 어느 누구도 그녀에게 죄를 추궁할 수 없지 않은가.

때마침 시녀가 주춤대며 들어왔고, 예흐나라는 고개를 돌려 시녀에게 말했다.

"지금 목욕을 하겠어. 새 옷도 필요하고. 그래, 녹색 예복이 좋겠군. 밝은 사과 빛이 도는 녹색말이야. 그리고 먹을 것도 준비해 주게."

"네, 존귀하신 마마, 물론이죠."

시녀는 기쁜 내색을 감추지 않은 채 커튼을 내렸다.

잠시 후 목욕 준비를 위해 바삐 복도를 내달리는 발자국 소리가 들렸다.

그날 오후, 황제를 제외한 모든 남자들의 통행금지를 알리는 북소리가 울리기 두 시간 전이었다.

사코타가 나가자, 예흐나라는 문을 닫아걸고 하루 종일 방 안에서 홀로 지냈다. 문밖에는 시녀만이 앉아 있었다. 예흐나라는 시녀에게 조용히 말했다.

"나는 지금 고통 속에 빠져있네. 그래서 내 사촌인 황후께서 이런 사정을 아시고 친척 오라비를 내게 보내어 고초를 들은 연후, 그것을 숙부님께 전하도록 할 걸세. 그가 이 안에 있는 동안 자네는 문 앞에서 기다리게. 그러나 처소에 들어와서도 안 되고, 또한 누구도 이 안을 들여다보게 해서도 안 되네. 그가 여기에 오는 것은 황후마마의 명임을 명심해야 할 것이야."

"명심하겠습니다, 마마."

이윽고 한 시간이 흘렀고, 시녀는 여전히 문 앞에서 대기하고 있었다. 예흐나라는 커튼 뒤로 문을 닫은 채 방 안에 틀어박혀 생각에 잠겼다. 머릿속은 갈팡질팡 종잡을 수 없었고 마음은 혼란스러웠다. 과연 영록이 자신의 청렴한 성격을 저버리고 그녀의 청을 들어줄 수 있을까? 예흐나라는 조용히 눈을 감고 그에게 어떤 말을 건넬지를 미리 생각해두기로 했다.

그리고 마침내 통행금지 두 시간 전 영록이 도착했다. 예흐나라는 그의 당당한 발자국 소리를 듣자 가슴이 두근거리는 것을 느꼈다. 영록이 자신의 신분을 밝히자, 시녀는 공손한 목소리로 예흐나라가 그를 기다리고 있다고 대답했다. 예흐나라는 문밖에서 들리는 영록의 목소리에 귀를 기울였다.

문을 여닫는 소리가 났으나 그는 들어오지 않았다. 지금 그는 크고 부드러운 손으로 커튼을 붙잡은 채 잠시 망설이고 있는 것이 분명했다. 예흐나라는 조각이 새겨진 검은 의자에 꼿꼿하게 앉아 그를 기다렸다. 마침내 커튼이 젖혀지고 모습을 드러낸 영록은 한참동안 그 자리에 서서 예흐나라를 바라보았다. 두 사람의 눈길이 조용히 마주쳤다. 예흐나라는 심장이 뜨겁게 고동치는 것을 느꼈다. 눈에서는 눈물이 솟구쳤고 입술은 가늘게 떨렸다.

이런 예흐나라를 바라보는 영록도 의지가 송두리째 흔들리는 것을 느꼈다. 물론 이전에도 화가 나거나 슬픔에 잠겨 눈물을 흘리는 예흐나라의 모습을 본 적이 있었다. 그러나 이처럼 자리에 앉아 꼼짝도 하지 않은 채, 마치 삶이 끝난 것처럼 절망적으로 소리 없이 우는 모습은 처음이었다.

영록은 탄식을 내뱉으며 두 팔을 활짝 벌린 채 그녀에게 성큼성큼 다가갔다. 예흐나라는 영록에게로 달려가 그 품에 안겼다. 두 사람은 서로 부둥켜안은 채 적막 속에서 두려움을 느끼면서도, 한편으로는 가슴 벅찬 희열감에 빠져들었다.

얼마나 지났을까. 뜨거운 뺨을 맞대고 있던 두 사람은 자신도 모르게 이끌려 입을 맞추었다. 잠시 후 영록이 말했다.

"당신도 이 궁을 떠날 수 없다는 것을 알고 있잖소."

그의 얼굴에는 괴로운 표정이 떠올랐다.

"이제 당신은 궁 안에서 자유를 찾아야만 하오. 더 이상 궁 밖에서는 자유로울 수 없소."

예흐나라는 영록의 품에 안겨 눈을 감은 채, 그의 아련한 목소리를 듣고 있었다.

"지위가 높아질수록 더 자유로워질 거요. 내 사랑, 부디 높은 지위에 오르시오. 그러면 권력은 당신의 것이오. 황후만이 모든 것을 명령할 수 있지 않소."

"그렇게 돼도 당신은 여전히 날 사랑할 건가요?"

그녀는 목이 메어 물었다.

"어찌 사랑하지 않을 수 있소. 당신을 사랑하는 것만이 내 유일한 삶이요. 이 목숨이 다할 때까지는 말이오."

"그렇다면 징표를 보여주세요."

예흐나라는 아주 작은 목소리로 속삭였다. 영록은 잠시 놀란 얼굴로 그녀를 바라보다가 눈을 감았다. 이어 어깨가 떨리더니 경직된 근육과 단단한 뼈가 한층 부드럽게 누그러졌다.

예흐나라는 다시 용기를 내어 말했다.

"만일 당신의 여자가 된다면, 여기서도 얼마든지 살 수 있어요."

그러나 영록은 대답이 없었다. 지금 그는 냉철하게 상황을 판단하려고 안간힘을 쓰고 있었다. 예흐나라는 고개를 들어 그를 바라보았다.

"당신의 여자만 된다면 어디서 살든 무슨 상관이겠어요? 당신 말이 맞아요. 나는 죽어야만 이곳을 벗어날 수 있어요. 그리고 궁 안에서 죽을 수 있는 방법은 얼마든지 있으니 죽음을 택할지도 몰라요. 아편을 먹거나 금귀고리를 삼키거나 작은 칼로 혈맥을 끊을 수도 있겠죠. 환관들과 시녀들이 아무리 감시한다고 해도 하루 종일은 무리예요. 만일 날 당신의 여자로 만들지 않으면, 나는 맹세코 죽고 말 거예요! 하지만 …… 하지만 당신의 여자가 된다면 평생 동안 당신 말대로 따르겠어요. 그리고 난 황후가 될 거예요."

그녀의 목소리는 영록의 차가운 가슴에 애절하게 다가왔다. 그녀의 나지막하고 부드러운 목소리는 한여름 태양처럼 그의 마음을 녹였고, 날카로운 칼과 같은 한 마디 한 마디는 영록의 마음을 송두리째 뒤흔들었다.

영록은 자신도 모르게 예흐나라의 가냘픈 어깨를 덥석 껴안았다. 아무리 강직하고 청렴한 성격을 가졌다고는 하나 그 역시 뜨거운 피를 가진 젊은 남자였다. 또한 그는 이제껏 자신의 품안에 안겨있는 이 여인 이외에는 그 누구도 사랑해 보지 않았다. 그러나 그 역시 경비대장이라는 지위 아래 예흐나라처럼 자유롭지 못한 몸이었다. 두 사람은 삶의 구태의연한 방식에 사로잡혀 감옥의 죄수처럼 자금성에 묶여있는 것이다.

그러나 영록과는 달리 예흐나라는 하고자 하는 일은 언제든 할 수 있었다. 만일 그녀가 황후가 된다면, 누구도 그녀를 막을 수 없을 것이다. 또한 그간의 성정으로 볼 때, 그녀가 죽음을 택한다면 반드시 그러고야 말 여인이었다. 영록은 그러한 예흐나라의 성격을 누구보다도 잘 알고 있었다.

영록은 지금 예흐나라가 삶을 포기하지 않도록, 자신의 모든 것을 내어주어야만 했다. 사코타는 영록을 예흐나라에게 보내면서 그 팔을 잡고, 할 수 있는 모든 일을 해주라고 말했다. 사코타는 예흐나라의 이 같은 요구를 예상하고 있었던 걸까?

그러나 혼란스럽던 마음도 이내 잠잠해졌다. 그는 더 이상 양심의 가책을 느끼지 않았다.

그는 자신의 품안에서 떨고 있는 아름다운 여인을 조용히 바라보다가 번쩍 안아 침상으로 데려갔다.

이윽고 통행금지를 알리는 북소리가 자금성의 안뜰과 복도에 울려 퍼졌다. 그 소리는 방안에 은밀하게 숨어 있던 두 연인의 귓전에도 스며들었다.

예흐나라는 반쯤 잠이 든 상태로 입가에 미소를 머금고 있었다. 영록은 그녀의 부드러운 얼굴을 잠시 바라보다가 서둘러 일어나 옷을 입었다. 그리곤 그녀에게 몸을 숙이며 말했다.

"맹세를 잊지 마시오."

"네, 맹세해요."

눈을 뜬 예흐나라는 팔을 뻗어 영록의 얼굴을 다시 끌어당겼다.

"나를 믿어요. 영원히 잊지 않겠어요."

북소리가 잦아들자 그는 서둘러 방을 떠났다. 예흐나라도 재빨리 일어나 구겨진 옷의 주름을 펴고 머리를 빗은 뒤, 단정한 자태로 의자에 앉았다. 문밖에서 시녀의 기척이 들렸다.

"들어오게."

그녀는 손수건을 꺼내 눈물을 닦는 척했다.

"마마, 또 우셨군요?"

예흐나라는 고개를 저었다.

"아니야. 이젠 울지 않을 걸세. 이제는 내가 무엇을 해야 할지 알았다네. 오라비는 내 의무가 무엇인지 알게 해주었어."

시녀는 머리를 갸우뚱하면서 물었다.

"의무라니요?"

"천자께서 부르시면 갈 것이네. 그리고 그분이 원하시는 대로 할 것이야."

한여름 더위는 오후 늦게까지 계속되었다.

오랫동안 비가 내리지 않은 탓에, 자금성은 작렬하는 태양에서 내리쬐는 뜨거운 열기로 가득했다. 왕자들과 궁녀들, 환관들과 후궁들은 무더운 정오가 되면 더위를 피해 궁궐 정원의 동굴에서 시간을 보냈다.

이 동굴은 남쪽의 강가에서 거룻배로 실어온 돌을 쌓아 만든 것으로, 동굴을 이루는 돌들은 하나하나 매우 정교하게 다듬어져 있어 언뜻 보면 마치 바람과 물에 의해 둥글게 닳은 듯 보였다. 동굴 입구에는 휘어진 소나무 가지가 늘어져 있었고, 금붕어들이 사는 안쪽 웅덩이의 잔잔한 수면 위에는 벽을 타고 흘러내린 물방울들이 똑똑 떨어지고 있었다. 궁의 여인들은 이곳에서 자수를 놓고 음악을 듣다가 그것도 지루해지면 마작을 즐겼다. 그러나 유독 예흐나라만은 이 동굴을 찾지 않고 책에만 열중했다. 그녀는 항상 미소를 잃지 않았고, 공부 시간에도 말보다는 침묵을 지켜 겉으로 보기에는 평온함을 되찾은 듯했다. 또한 황제의 부름을 받으면 즉시 목욕을 하고 새 옷으로 갈아입은 뒤 황제의 침실로 향했다. 황제의 총애가 변함없자 예흐나라는 더욱 신중한 태도를 취했다. 따라서 나머지 후궁들은 점차 불안을 느끼며 자신의 차례가 오기만을 기다렸다.

이연영 역시 그녀의 시종장 자리를 유지하기 위해 다른 환관들과 경쟁을 벌이고 있었다. 예흐나라는 이 모든 것을 다 알면서도 모른 척 넘어갔다. 또한 모든 이들에게 흠잡을 데 없이 예의를 갖추고 조심스러운 태도로 태후를 따랐다.

그녀는 매일 아침, 가장 먼저 태후에게 문안 인사를 올렸다. 연로한 태후는 병치레가 잦았으므로 갈 때마다 약초를 달인 차를 대동했다. 또한 태후가 잠을 이루지 못할 때면 그녀의 깡마른 팔과 다리를 주물러주거나 숱 없는 백발을 오랫동안 빗질해 주면서 곁에 머무르기도 했다. 태후를 정성스레 봉양하는 것은 예흐나라에게 매우 중요한 일이었다. 그녀는 태후를 모시는 데 한 치의 소홀함도 허용하지 않았고, 덕분에 얼마 안 가 황제는 물론이고 태후에게도 총애를 받게 되었다.

예흐나라는 태후가 간절히 손자를 바란다는 것을 눈치 채고는 매일같이 절에 동행했다. 그리고 태후가 향을 피우며 기도하는 동안 잠자코 기다려 함께 돌아오곤 했다. 이런 모든 일을 마친 후에는 개인적인 시간을 가졌다.

그녀는 언제나 도서관으로 가서 스승에게서 가르침을 받으며 책을 읽었고, 때로는 음악을 듣거나 낙타 털로 만든 붓으로 과거 위대한 명필가의 서체를 배우며 시간을 보냈다.

그러는 사이 그녀에게는 은밀한 비밀이 생겼다. 아니 어쩌면 주변에서는 이미 알고 있는데 혼자만 비밀이라 여겼는지도 몰랐다. 그 날도 평상시와 다름없이 아침저녁은 서늘했지만 낮에는 더없이 무더웠다. 예흐나라는 지난밤에도 황제의 부름을 받았던 터라 늦게까지 자고 있었다.

"마마."

시녀가 예흐나라의 침실로 들어와 조심스럽게 문을 닫았다.

"한 달이 지났는데도 월경을 하지 않으셨다는 것을 아시는지요?"

"그래?"

예흐나라는 대수롭지 않다는 듯 되물었지만 실은 누구보다도 자신의 몸에 일어난 변화에 대해 잘 알고 있었다.

"예, 마마. 확실합니다."

시녀가 자랑스럽게 말했다.

"천자의 아기씨를 잉태하신 게 분명해요. 이 기쁜 소식을 태후마마께 전할까요?"

"아닐세, 아직은 시기가 적절하지 않아."

예흐나라가 신중하게 말했다.

"황후가 출산을 할 때까지 기다리게. 만일 황후가 사내아이를 낳는다면 회임이 무슨 소용인가."

"하지만 황후께서 따님을 낳으시면요?"

시녀가 집요하게 물었다.

"그렇다면 내가 직접 태후께 말씀드리겠네. 그러니 자네는 이 사실을 누구에게도 발설해서는 안 될 것이야. 만일 이연영에게라도 말하는 날에는 갈기갈기 찢어 살가죽을 벗긴 뒤, 장대에 걸어 개 먹이로 줘버리겠어."

예흐나라는 짐짓 사납게 눈을 부릅떴다. 그러나 시녀는 그 말을 대수롭지 않게 웃으며 받았다.

"제 어머니의 이름을 걸고 아무에게도 발설하지 않겠어요."

그러나 그녀는 한편, 이 아름답고도 당당한 후궁이 혹시라도 이 농담을 행동으로 옮길지도 모른다는 생각이 들자 순식간에 얼굴이 창백해졌다.

그 무렵 궐내의 모든 사람들은 애타게 황후의 출산을 기다리고 있었다. 후궁들은 아침에 일어나자마자 내인들에게 새로운 소식을 캐물었고, 왕공들과 군기대신 숙순肅順 또한 새벽에 접견실로 들어가기 전이면, 꼬박꼬박 환관들에게 황후의 출산 예정을 묻곤 했다. 황제는 초조한 나머지 흠천감欽天監(황실 부속으로 천문 측후를 맡아보는 기관)의 점술가들에게 별점을 보도록 했고, 갓 잡은 닭의 내장으로 점을 쳐 아이가 사내아이인지 아닌지도 알아보게 했다. 그러나 점술가들은 갈피를 잡을 수 없었다. 아이가 사내아이일 수도 있고 여자아이일 수도 있다는 점괘가 나왔기 때문이다. 심지어는 남녀 쌍둥이라는 점괘까지 있었다. 진짜로 쌍둥이가 태어날 경우에는, 미신에 따라 여자아이는 태어나자마자 죽여야 했다. 여자아이가 황제의 후계자가 될 사내아이의 원기를 빼앗는다는 것이다.

가을이 깊어가자 궁 의원들은 황후의 건강에 각별한 신경을 썼다. 황후는 기다림에 지쳐 있었고, 출산이 늦어지자 점점 더 허약해져 먹지도 자지도 못하고 있었다. 심지어는 예흐나라의 알현도 거절했다. 시중드는 환관의 말에 의하면 몸이 너무 불편하다는 것이다. 그러나 예흐나라는 미심쩍은 얼굴로 발걸음을 돌렸다.

'아프다고? 어떻게 아프다는 이유로 나를 만나지 않을 수 있지?'

순간 예흐나라는 영록이 자신에게 몰래 다녀갔던 일을 사코타도 알고 있다는 데 생각이 미쳤다. 물론 사코타가 그날의 일에 대해 상세히 알 리는 만무했다. 그러나 아주 사소한 정보라도 사코타의 손에 들어간다면 치명적인 무기가 될 수 있었다. 사코타 자체는 나약하더라도 강력한 배후 조종자가 있다면 쉽게 이용될 수도 있는 것이다. 게다가 궐내 도처에서는 음모가 진행 중이었다. 예흐나라는 마음을 진정시킨 뒤 이러한 음모의 올가미들을 헤쳐 나갈 수 있을 만큼 강해져야겠다고 다짐했다.

지루하게 며칠이 흐르는 동안 도처에서는 흉흉한 소식들이 들려왔다. 남쪽 지방에서는 장발의 태평군들이 남경을 포위해 많은 사람들을 죽였으며, 관군들은 이 포악한 한인 반란군들과 제대로 싸워보지도 못한 채 연이어 패배했다. 또한 북경에서는 괴이한 소용돌이가 불어 닥치며 밤하늘에서 유성들이 떨어졌다. 심지어 곳곳에서 산모들이 쌍둥이나 기형아를 출산하기도 했다.

음력 8월 말 정오 무렵, 무섭게 쏟아지던 뇌우가 갑작스레 태풍으로 돌변했다. 태풍은 자금성이 있는 메마른 북쪽 평원을 지나 남쪽 해안 지역에서 기승을 부리기 시작했다. 무시무시한 천둥 번개와 마치 악마가 구름 속에서 조화를 부리는 듯한 무더운 남풍은 연로한 노인들조차 일찍이 경험해 보지 못한 것이었다. 게다가 홍수와 격류, 그리고 온 땅을 삼켜 버릴 듯한 사나운 물줄기를 동반한 폭우까지 가세해 전국은 온통 쑥대밭이 되었다. 바로 그날, 공포와 깊은 절망에 휩싸인 사코타는 온몸이 찢어지는 듯한 진통을 느꼈다. 그리고 이 소식은 순식간에 궐내에 퍼져나갔다.

이 시간 예흐나라는 도서관에서 평소처럼 책을 읽고 있었다. 하늘이 점점 어두워지자 환관이 등불을 켰다. 예흐나라는 스승이 옛 경전의 구절구절을 큰소리로 읽고 나면 그가 지켜보는 가운데 글씨를 써 내려갔다. 오늘 스승이 읽은 내용은 다음과 같았다.

"제齊나라의 재상 정공이 통치 방법에 대해 조언을 구했다. 성현께서 말씀하시기를 무엇보다도 부하를 어떻게 활용할지를 배우라고 하셨는데 첫 번째는 부하의 결점을 눈감아주고, 두 번째는 정직하고 능력있는 사람들을 발탁하라 이르셨다."

이때 이연영이 스승의 등 뒤쪽에서 나타나 예흐나라에게 손짓을 했다. 그의 표정은 다급했다. 이를 본 예흐나라는 급히 붓을 내려놓고 일어섰다. 사코타의 출산과 관계된 일이 분명했다.

"스승님, 태후마마께 가봐야겠어요. 저를 보자고 하신답니다."

예흐나라는 이미 오래 전부터 사코타의 출산 때 무엇을 할지 계획을 세워 놓고 있었다. 그녀는 태후의 곁에 머물면서 태어난 아이가 아들인지 딸인지 밝혀질 때까지 안심시켜 줄 생각이었다.

예흐나라는 스승이 미처 대답도 하기 전에 도서관을 빠져 나왔다. 그리곤 곧바로 이연영을 앞질러 태후의 처소로 향했다.

그때 갑작스러운 번개가 번쩍 하고 나무 위를 스쳤다. 정원은 순식간에 대낮처럼 밝아졌고, 지붕 덮인 통로 안쪽으로 바람이 휘몰아쳐 수면에 물보라가 일듯 빗방울이 흩뿌려졌다. 예흐나라는 발길을 재촉했다.

태후의 처소에 도착한 예흐나라는 문 앞에 서 있던 시녀들을 못 본 체하고 곧장 안으로 들어섰다. 태후는 천둥이 칠 때면 언제나 침상에 누워 있었는데, 이번에도 마찬가지로 베개를 베고 이불을 덮은 채였다. 그녀의 마른 얼굴은 백짓장처럼 하얗게 질려 있었고, 손에는 보석이 박힌 염주를 꼭 쥐고 있었다. 태후는 예흐나라를 보고도 미소 짓지 않았다. 그리고는 엄숙한 목소리로 입을 열었다.

"날씨가 이런데 어떻게 건강한 아이가 태어날 수 있겠느냐? 하늘이 노하신 게다."

예흐나라는 빠른 걸음으로 침상으로 다가가 무릎을 꿇은 뒤 태후를 달래기 시작했다.

"태후마마, 진정하시옵소서. 하늘이 노하신 것은 사악한 자들이 옥좌를 빼앗으려고 역모를 꾸몄기 때문입니다. 앞으로 태어날 아기는 우리 모두를 구원해 줄 것이 분명하옵니다. 하늘은 태어날 아기를 대신해 노하신 것입니다."

"정말 그렇게 생각하느냐?"

"마마. 어찌 소녀가 거짓을 고하겠습니까."

예흐나라는 손수 뜨거운 죽을 가져와 태후에게 올린 뒤, 그녀의 기분을 풀어주기 위해 재미있는 이야기책을 읽어 주었다. 또한 이따금 비파를 연주하고 노래를 불렀으며, 태후의 기도를 거들기도 했다. 그렇게 또다시 몇 시간이 지났다.

해가 질 무렵 바람이 잦아들었다. 궁궐과 정원은 마치 한바탕 모래바람이 쓸고 지나간 듯 음산한 노란빛으로 가득 찼다. 예흐나라는 커튼을 치고 촛불을 켰다. 그녀는 사코타의 출산이 임박했다는 소식을 들었지만 이를 태후에게 고하지는 않았다. 노란빛이 점차 사라지자 이번에는 갑자기 어둠이 깔렸다.

밤 무렵 환관장 안덕해가 태후의 처소로 찾아왔다. 예흐나라는 재빨리 태후 대신 얼굴을 내밀었다. 환관장의 표정은 딱딱하게 굳어 있었다. 예흐나라는 좋지 않은 소식임을 눈치 챘다.

"아이가 죽었소?"

"죽진 않았지만 연약한 공주이십니다."

안덕해는 맥없이 말했고, 예흐나라는 손수건을 꺼내 눈물을 닦았다.

"아, 하늘도 무심하시지!"

"태후마마께 대신 고하여 주시겠습니까?"

환관장은 고개를 숙인 채 정중하게 부탁했다.

"저는 폐하께 빨리 돌아가야 합니다. 황제께서는 지금 노여움 때문에 병환이 나셨습니다."

예흐나라는 흔쾌히 고개를 끄덕였다.

"내가 태후께 아뢸 테니 어서 가 보시오."

안덕해는 돌아서려다 말고 다시 몸을 돌려 말했다.

"오늘 밤 폐하께서 부르실 테니 준비를 하십시오. 폐하께서는 분명 마마가 필요하실 겁니다."

"나는 준비가 되었소."

예흐나라는 천천히 태후의 침실로 발길을 돌렸고, 좋지 않은 소식을 일찌감치 눈치 챈 시녀들은 예흐나라가 지나가자 목례를 하며 눈물을 흘렸다. 잠시 후 침실로 들어서자 태후 역시 예흐나라의 얼굴을 보곤 안색이 굳어졌다.

"사내아이가 아니구면."

태후는 오랜 기다림에 지친 듯 피곤한 목소리로 말했다.

"여자아이입니다."

예흐나라는 부드럽게 말한 뒤 다시 침상 옆에 무릎을 꿇고 태후의 손을 주물러 주었다.

"이렇게까지 됐는데 더 이상 살아야 할 이유가 없구나."

태후가 처량한 표정을 짓자 예흐나라는 재빨리 고개를 저으며 간곡하게 말했다.

"아닙니다, 마마. 마마께서는 오래 사셔야 합니다. 제 아들이 태어날 때까지 반드시 살아 계셔야지요."

그녀는 기다렸다는 듯 자신의 회임 사실을 귀중한 선물인 양 태후에게 선사했다. 예상대로 태후의 주름진 얼굴은 순식간에 환해졌다.

"아니, 그게 사실이냐?"

태후는 놀란 가슴을 가라앉히며 예흐나라의 손을 잡았다.

"이것은 진정 하늘의 뜻이다! 그래, 너는 건강한 몸을 가졌으니 분명 건강한 아들을 낳을 게야! 부처님께서 우리 소원을 들어주실 거란다. 내 이전에 너더러 억세다고 했던 것은 아주 강해 보인다는 말이었다. 오, 아가야, 어쩌면 손이 이다지 따뜻한 게냐!"

태후는 젊고 아름다운 예흐나라의 얼굴을 홀린 듯 응시했고, 예흐나라 역시 태후를 경건한 눈길로 바라보았다.

"제 손은 언제나 따뜻하옵니다, 마마. 어쨌든 전 아들을 낳을 거예요."

예흐나라의 말을 들은 태후는 침상에서 벌떡 일어났다. 방금 전까지만 해도 아팠던 사람이라고는 믿어지지 않는 놀라운 기력이었다.

"옥체 보전하시옵소서, 마마."

예흐나라가 태후를 부축하기 위해 바짝 붙었지만, 태후는 그녀를 조심스럽게 밀어냈다.

"환관을 내 아들에게 보내라!"

그녀는 떨리는 목소리로 외쳤다.

"좋은 소식이 있다고 전하라!"

태후의 고함 소리를 들은 시녀들은 미심쩍은 마음에도 불구하고 기쁜 내색을 감추지 않은 채 서로의 얼굴을 쳐다보았고, 그 와중 환관들은 서둘러 황제의 처소로 향했다. 이어 태후가 소리쳤다.

"목욕 준비를 해라!"

시녀들이 분주하게 움직이는 사이 태후는 다시 한 번 예흐나라에게 고개를 돌렸다.

"내 귀여운 아가."

태후는 부드러운 목소리로 말했다.

"넌 이제 내게 천자 다음으로 소중한 사람이다. 너야말로 바로 운명이 정해준 사람이야. 네 눈을 보면 알 수 있단다. 네게는 어떤 불행도 들이닥칠 수 없을 게야. 암, 그렇고 말고. 일단 네 방으로 돌아가서 쉬도록 해라. 그리고 이제 거처를 서궁에 있는 내실로 옮기자꾸나. 그곳은 툇마루에까지 빛이 들어오는 따뜻한 방이란다. 그리고 무엇들 하느냐! 어서 태의를 부르지 않고선!"

"전 아픈 곳이 없사옵니다, 마마."

예흐나라는 빙긋 웃었다.

"자, 보세요!"

그녀는 팔을 힘차게 뻗어 보이며 천천히 고개를 들었다. 그녀의 뺨은 상기되었고 검은 눈동자는 밝게 빛났다. 태후는 그녀를 빤히 쳐다보았다.

"예쁘구나, 정말 예쁘구나. 눈은 호수처럼 맑고, 눈썹은 초승달 같고, 살결은 어린아이처럼 보드랍구나!"

이어 태후는 시녀들을 향해 말했다.

"나는 황후가 딸을 낳으리라는 것을 알고 있었느니라. 내 일전에 얘기하지 않았느냐? 그렇게 뼈가 연약하고 살결이 늘어져선 딸밖에 생산하지 못한다고 말이야."

그러자 시녀들은 머리를 조아렸다.

"예, 마마, 예전에 저희들에게 그렇게 말씀하셨습니다."

이를 바라보던 예흐나라는 입가에 미소를 머금은 채 조심스럽게 말했다.

"그럼 전 매사를 마마의 분부대로 따르겠습니다."

그녀는 절을 한 뒤 태후의 방을 나왔다. 문 밖에서는 시녀와 이연영이 기다리고 있었다.

이연영은 예흐나라를 바라보며 싱긋 웃더니 손가락 마디를 뚝뚝 소리를 내며 꺾었다.

"자, 이제 존귀하신 황후께서는 분부만 내리시지요."

"경망스럽기는! 조용히 하게."

예흐나라가 목소리를 낮추어 꾸짖었다.

"아직은 시기상조라는 걸 모르는 게군."

"어찌 제가 마마의 운명을 모르겠습니까?"

이연영은 교활한 눈빛으로 예흐나라를 바라보았다.

"그만 가 보게."

예흐나라는 차가운 얼굴로 면박을 주고는 날렵하면서도 우아한 걸음걸이로 처소로 향했다. 그리고 잠시 뒤 걸음을 멈추어 이연영을 돌아보았다.

"자네만이 해 줄 수 있는 일이 하나 있네."

그녀가 말했다.

"내 친척에게로 가서 방금 자네가 보고 들은 것을 전하게."

그러자 이연영은 마치 거북이처럼 목을 길게 빼며 목소리를 낮추었다.

"마마께 가 보시라고도 할까요?"

"아닐세."

예흐나라는 누구나 들을 수 있을 정도로 명확한 목소리로 대답했다.

"지금 폐하 아닌 다른 남자의 면전을 대한다는 게 가당키나 한 일인가!"

그녀는 몸을 휙 돌려 시녀의 어깨에 손을 얹고는 다시금 자신의 처소로 향했다.

침실로 돌아온 예흐나라는 느긋한 마음으로 황제의 부름을 기다렸다. 소식을 들은 황제는 금방 예흐나라를 찾을 것이 분명했다. 그동안 시녀는 예흐나라의 몸을 정성 들여 닦은 다음 깨끗한 속옷을 입히고, 빗질해서 땋은 머리에 보석으로 된 장신구를 달아 주었다.

"오늘은 어떤 예복을 입으시겠어요, 마마?"

시녀가 다정하게 물었다.

"분홍빛 자두꽃을 수놓은 하늘색 옷과 녹색 대나무를 수놓은 노란 색 옷을 가져오너라."

하녀가 두 벌의 예복을 가져왔고 예흐나라는 둘 중 어떤 옷을 입을까 둘러보기 시작했다. 그때였다. 마당에서 심상치 않은 소란이 일더니, 갑작스런 통곡소리가 벽을 넘어 들려왔다.

"무슨 소리일까요?"

놀란 시녀는 재빨리 침상 위에 옷을 놓은 뒤 밖으로 뛰쳐나갔다. 그리고 입구를 막 빠져나가는 순간 이연영과 부딪쳤다. 이연영의 안색은 마치 시든 복숭아처럼 푸른빛이었고 거친 입술은 살짝 벌어진 채였다. 그는 숨을 헐떡이며 더듬더듬 말했다.

"태, 태후께서 돌아가셨네."

"무어라고?! 불과 두 시간 전에 우리 마마님과 함께 계셨는데!"

시녀가 소리쳤다.

"돌아가셨다니까!"

이연영이 되풀이해서 말했다.

"시녀들의 부축을 받으며 힘겹게 접견실로 들어가셨는데, 황제께서 재촉하시자 마치 목구멍이 턱 막힌 것처럼 숨을 헐떡이며 입을 여셨다네. 그러더니 천자께서 아들을 얻게 되었다고 외치시고는 그대로 쓰러지신 게야! 마지막 유언인 셈이지. 아무튼 태후마마의 영혼은 벌써 황천길로 영원히 떠나셨네."

"오, 이런 세상에!"

시녀가 울부짖었다.

"자네는 그런 불행한 소식을 듣고도 어찌 울지 않는 거지?"

시녀는 서둘러 다시 예흐나라에게 달려갔지만 바깥문으로 나오던 예흐나라는 이미 그 얘기를 다 들은 뒤였다. 예흐나라는 커다란 눈에 눈물을 담은 채 격렬하게 소리쳤다.

"쇠약하신 태후마마께 너무 감당하기 힘든 기쁨을 드렸구나!"

시녀는 예흐나라의 옷깃을 잡고 위로하기 시작했다.

"진정하세요. 기쁨 뒤에는 슬픔이 따라오게 마련이지요. 그리고 태후께서는 이미 정신이 오락가락하셨지 않습니까."

그러나 예흐나라는 아무런 대답도 하지 않은 채 다시 침실로 돌아가 앞에 펼쳐진 두 벌의 옷을 바라보았다.

"이걸 치워버리게."

마침내 그녀가 말했다.

"황제께서 국상을 끝내실 때까지는 부름을 받지 않을 것이네."

늙은 시녀는 훌쩍거리며 도로 예복을 접어 빨간 옻칠을 한 장롱에 집어넣었다.

시간이 흘러 다시 겨울이 다가왔다. 자금성은 태후의 국상 중이라 내내 조용한 분위기였고 천자는 상복을 차려입은 채 한동안 여자를 가까이 하지 않았다. 예흐나라는 세상을 떠난 태후의 따뜻한 애정을 그리워했지만, 태후가 없더라도 자신이 버림받지 않으리라는 사실을 잘 알고 있었다.

지금 그녀는 황제의 호의 속에서 누구보다도 자유롭고 편한 생활을 하고 있었다. 원하는 것은 무엇이든 가질 수 있었고, 대신 황제의 명에만 충실히 따르면 되었다.

그녀는 매일같이 맛있고 진귀한 음식을 먹으며 위안을 얻었다.

얼음과 눈으로 보관한, 먼 강에서 잡아온 고기와 황금 잉어, 미끈거리는 뱀장어 등 진귀한 음식은 물론이고, 유독 생선을 좋아해 매 끼니마다 생선 뼈를 고아 만든 국을 먹었다. 또한 어린 시절 길가 좌판에서 사 먹던 조잡한 간식거리들도 식단에서 빠뜨리지 않았으며, 그 중에서도 빨간 설탕 호떡이라든지 참깨 사탕, 쌀가루 지단에 농부들이 먹는 달콤한 된장을 넣은 만두를 특히 즐겨 찾았다. 그러나 입덧이 심해져 돼지고기나 양고기, 노릇노릇하게 구운 오리고기 등의 요리는 아예 입에 댈 수조차 없었다. 무엇보다 가장 먹기 힘든 것은 궁의가 매일같이 달여 오는 약초와 한약이었다. 그들은 태아에게 문제가 생길 경우 그 책임을 떠맡아야 했으므로 산모가 조산하거나 불구인 아기를 낳지나 않을까 전전긍긍하고 있었다.

매일 아침 궁의들은 몇 명씩 무리를 지어 예흐나라를 기다렸다. 그리고 예흐나라가 목욕을 마친 뒤 옷을 갈아입고 나타나면 맥을 짚고 눈꺼풀 아래를 살피고 혀를 검진했으며, 마지막으로 입 냄새를 맡아보았다. 그런 뒤에는 예흐나라의 건강 상태에 대해 두 시간 동안 협의한 다음 약을 처방하거나 새로운 약재를 준비했다.

예흐나라는 그렇게 해서 만들어진 녹즙과 검은 탕약을 하루에도 몇 사발씩이나 마셔야 했고, 이는 실로 커다란 곤욕이 아닐 수 없었다. 그러나 예흐나라는 뱃속의 아이가 만인을 통치할 군주가 될 것이라는 사실을 염두에 두고 아무 불평 없이 약들을 마셨다. 또한 뱃속의 아이가 아들이라는 것을 추호도 의심하지 않았으므로 언제나 즐거운 마음으로 생활할 수 있었다. 맛있게 먹고, 잘 자고, 약도 꼬박꼬박 챙겨먹은 덕에 그녀는 시간이 흐를수록 건강해졌다. 설레이는 기대감과 기쁨은 고요한 음악처럼 궁 내에 퍼져갔고, 더 나아가 온 나라에 넘쳐흘렀다. 백성들은 악이 물러나고 선이 찾아오는 새 시대가 도래했음을 외치며 희망에 부풀었다.

그간 예흐나라는 많은 변화를 겪었다. 그녀는 아이를 가지기 전까지는 철없는 소녀에 불과했다. 비록 독서를 좋아하고 지식욕이 강하기는 했지만, 고집이 세고 장난을 좋아하며 변덕스럽고 충동적이었다. 그러나 이제는 자신과 곧 태어날 아이의 올바른 처신을 배우는 동시에 고전을 읽거나 옛 서체를 쓰는 일에도 열심이었다.

그녀는 어느 날 노자의 경구에서 '모든 위험 중에서도 가장 위험한 것은 적을 가볍게 여기는 것이다' 라는 말을 접했고, 이에 깊은 인상을 받았다. 비록 수천 년 전의 사람이지만 이 순간 노자의 교훈은 그녀의 처지를 생생하게 드러내주는 것이었다. 그렇다. 그녀의 아들이 통치하게 될 이 나라는 어느 순간 적들에게 둘러싸이게 될지 몰랐다. 예흐나라는 불과 얼마 전까지만 해도 이러한 사실들을 염두에 두지 않았다. 그러나 이 경구를 접하는 순간, 아들의 적이야말로 곧 자신의 적이 된다는 사실을 깨달았다. 예흐나라는 노자의 경구가 나오는 부분을 자세히 살피며 물었다.

"대체 우리의 적은 누구지요?"

그러나 늙은 스승은 고개를 저을 뿐이었다.

"마마, 저는 국사에 대해서는 무지합니다. 그저 고대 성현들에 대해서만 알 뿐이지요."

예흐나라는 책을 덮었다.

"그렇다면 내 적이 누구인지 가르쳐줄 사람을 보내주시오."

스승은 매우 난처한 기색이었지만 그녀의 명령을 거부할 수 없었으므로 결국 이 사실을 환관장 안덕해에게 보고했다. 그리하여 안덕해는 죽은 황제의 여섯 째 아들인 공친왕 혁흔 恭親王 奕訢 을 찾아가게 되었다.

공친왕의 생모는 죽은 도광제의 후궁이었고 따라서 공친왕은 황제 함풍제의 이복동생이 되는 셈이었다. 이들은 연배가 비슷한 덕에 같은 스승 밑에서 공부와 검술을 배우며 자랐고, 서로에게 남다른 친밀감을 가지고 있었다. 함풍제가 허약하고 부드러운 모습을 가진 반면 공친왕은 머리가 좋고 남자답게 잘생긴 풍모였다. 또한 지혜롭고 총명한데다 성품도 침착해서 대신들과 왕, 환관들은 때때로 황제 대신 몰래 그를 찾아가 국정을 논하기도 했다. 또한 그는 상대를 배신하는 법이 없어 많은 이들에게 신뢰를 얻고 있었다. 안덕해는 자금성 밖에 있는 공친왕을 찾아가 황제가 총애하는 젊은 후궁을 가르쳐 달라고 부탁했다.

"그분은 매우 강인한 여인입니다."

안덕해는 예흐나라에 대해 간단한 설명을 곁들였다.

"실로 기력이 넘치고 남자들만큼 영리합니다. 따라서 저희는 그분이 다음 황제가 되실 아들을 회임하셨다는 사실을 믿어 의심치 않습니다."

공친왕은 한참 동안 숙고했다. 아무리 황제의 동생이라고는 하나 아직 젊은 남자인 이상 후궁들과 직접 대면하는 것은 보기 좋지 않다고 여긴 것이다. 그러나 달리 생각해 보니 황제를 통해 그녀와도 친척이 되는 셈이었다. 그러므로 관습을 무시해도 무방했다. 게다가 그들은 한인이 아니라 만주인이 아닌가. 만주인들의 생활 방식은 한인들보다 훨씬 자유로웠다.

한편 공친왕은 황제가 방탕하고 나약한 탓에 황실이 부패하고, 대신들과 왕들까지도 활기를 잃어 무능해졌다고 믿고 있었다. 실제로 국고는 바닥나고 농사는 흉작이어서 굶어죽는 백성들이 부지기수였다.

결국 분노한 백성들은 배고픔 때문에 반란을 일으켰다. 비밀리에 활동하는 반란군들은 전국 도처에서 황제에 대항하여 작당을 했으며 한인들은 이를 틈타 지금이야말로 2백 년 동안 자신들을 통치해 온 만주인 황제를 몰아낼 때라고 선언했다. 만주족을 몰아내고 한족의 대명 왕조를 부활시킨다는 기치 아래 모인 반란군들은 스스로를 한족 예수라 부르는 장발의 광인 홍洪의 지휘하에 거대한 무리를 이루었다. 또한 이들은 외국 종교인 기독교에서 추앙하는 예수의 이름을 내걸고 젊은이들을 유혹해 중국 전통의 조상신들을 버리도록 만들고 있었다.

공친왕은 결국 예흐나라를 가르치기로 결심했다. 상황이 좋지 않은 이상, 강한 어머니에게서 강한 후계자가 태어날 때까지 제국의 나머지 유산을 굳건히 지키겠다는 결심 때문이었다.

"그 후궁을 가르치겠소."

공친왕이 말했다.

"하지만 내가 있는 동안 그녀의 연로한 스승도 동석해야만 하오."

바로 다음날 예흐나라는 키가 훤칠하고 잘생긴 젊은이 하나가 스승 곁에 서 있는 것을 보았다. 안덕해는 그 자리에서 공친왕을 소개하며 그가 이곳에 오게 된 연유를 설명해 주었다. 예흐나라는 소매를 얼굴까지 올려 인사를 했지만 공친왕은 고개를 모로 돌려 그 시선을 피했다.

"앉으시죠, 육야*."

예흐나라는 특유의 맑은 목소리로 자리를 권하고는 자신도 평소 앉던 의자에 앉았다. 이어 연로한 스승이 탁자 끝에 자리를 잡자 환관장 안덕해도 공친왕의 뒤쪽에 허리를 곧게 펴고 섰다. 이어 네 명의 시녀가 예흐나라의 뒤에 정렬한 채 고개를 숙였다.

잠시 후 공친왕은 많은 이들이 지켜보는 가운데 입을 열었고, 이후 여러 달 동안 일주일에 한 번씩 수업을 진행하기로 약조했다. 그는 매번 예흐나라에게서 시선을 돌린 채 국정 전반에 대한 이야기와 나약한 왕권으로 인해 백성들의 반란이 일어났다는 사실, 북쪽 평원과 동쪽 바다를 넘어 적들이 침입하게 된 경위 등을 차근차근 설명해 주었다. 그중에서도 공친왕이 언급한 침략자의 기원은 예흐나라의 귀를 솔깃하게 만들었다. 내용인즉 이러했다.

3백 년 전, 맨 처음 중국에 발을 들여놓은 외국인은 포르투갈의 향신료 상인들이었다. 그들은 불법적인 약탈로 부를 축적했고 연이어 유럽 국가인 스페인과 네덜란드가 배를 타고 중국을 침략해 왔다. 또한 그 다음에는 영국이 아편 무역을 위해 전쟁을 일으켰다. 그 후로도 중국은 프랑스인들과 독일인들에게 차례로 위협을 받았다.

이야기를 듣는 동안 예흐나라의 눈동자는 점차 선명해졌으며, 얼굴은 창백해졌다가 다시 상기되었다. 그녀는 기어이 무릎 위의 두 주먹을 불끈 쥐었다.

"그런데도 우리는 아무 조치도 취하지 않았단 말인가요?"

그녀가 소리쳤다.

---

* 공친왕은 황제의 여섯 번째 형제. 비, 빈들은 흔히 그를 육야라고 부름.

"우리가 무엇을 할 수 있었겠소?"

공친왕이 반박했다.

"우리는 영국인들과 같은 항해 민족이 아니오. 그들의 나라는 바다에 둘러싸인 아주 척박하고 빈약한 땅덩어리에 불과하오. 결국 그들은 바다에서 약탈을 하지 않으면 굶어죽을 수밖에 없는 족속들이지요."

"그렇지만 제 생각에는……."

예흐나라가 반박하려는 순간 공친왕이 손을 들어올렸다.

"잠깐, 아직 할 얘기가 남았소."

공친왕은 침착하게 숨을 고르더니 영국인들이 끊임없이 일으킨 전쟁들을 열거하고 그때마다 그들이 승리했다는 사실을 말해주었다. 예흐나라가 물었다.

"어떻게 승리한 거죠? 그것도 전부 말이에요."

"약탈로 축적한 부를 무기 구입에 온통 쏟아 부었기 때문이오."

공친왕이 미간을 살짝 찌푸리며 대답했다. 이어서 그는 또 다른 적, 북쪽에서 온 러시아인들에 대해 말을 이었다.

"우리가 그들과 연을 맺은 것은 실로 오래 전 일이오. 5백 년 전, 중국을 다스리셨던 위대한 쿠빌라이 황제께서는 러시아인들을 자신의 호위병으로 삼았고, 원 왕조의 모든 황제들도 그러했소. 그런데 쿠빌라이 황제께서 돌아가신 지 2백 년 무렵이 되는 해에 예르마크라는 러시아인이 혼돈을 몰고 왔소. 그는 도적이면서 모험가였고 목에 현상금까지 걸려 있는 작자였지요. 그는 모피를 구하기 위해 도적 떼들을 이끌고 우랄 산맥을 넘었으며 옵Ob이라는 큰 강의 언덕에 살고 있는 북쪽 부족들과 싸워 그들의 수도인 시베르Siber를 차지했소. 그리고는 러시아의 통치자 짜르의 이름으로 자신들이 그 땅의 주인임을 주장했소. 그 이후로 시베르는 시베리아라 불리게 되었지요. 그는 이 야만적인 정복을 통해 사면되었고 그의 동족들은 오늘날까지도 그를 위대한 영웅으로 추켜세우고 있소."

공친왕의 말이 끝나자 예흐나라는 고개를 끄덕였다.

"그렇군요. 그게 다인가요?"

"아직 끝나지 않았소이다, 마마."

공친왕은 정중하게 말했다.

"영국인들 또한 우릴 가만두지 않았소. 그들은 위대한 건륭제의 아드님이신 가경제嘉慶帝* 시대 때 애머스트라는 사절을 보내왔소. 그는 황제께 의례적인 문안 인사를 올리라는 명을 받았지만 의복이 아직 도착하지 않았고 몸도 아프다는 핑계를 들어 이를 거절했소. 그래서 황제께서는 궁의를 보내 그 외국인의 상태를 검진하게 했지요. 그런데 그를 검진한 궁의들이 말하길 애머스트가 꾀병을 부린다는 것이었소. 화가 나신 천자께서는 애머스트를 고국으로 추방하라고 명하셨소. 하지만 이 백인은 아주 고집이 세어 완강히 버텼고, 천자 앞에서도 머리를 숙이거나 무릎을 꿇으려고 하지 않았소. 그가 말하길, 자기네들은 신이나 여자들 앞이 아니면 누구에게도 무릎을 꿇지 않는다는 거요."

"여자들이라고요?"

예흐나라는 깜짝 놀랐다. 그리곤 여자들 앞에서 무릎을 꿇는 백인들의 모습을 상상하다가 결국 웃음을 터뜨렸다. 급히 소매를 입 근처로 가져갔지만 작은 웃음소리가 새어나왔다.

예흐나라를 흘끗 바라본 공친왕도 그 눈에 어린 장난기를 발견하고 자신도 모르게 웃고 말았다. 이에 용기를 얻은 안덕해도 웃음을

---

* 중국 청나라 제7대 황제로, 재위 기간은 1796-1820년. 시호는 예제睿帝. 묘호는 인종仁宗. 쇠퇴하고 있던 청 제국을 부분적이나마 되살리려 노력함.

터뜨렸고, 시녀들 또한 비단 소매로 얼굴을 감추며 미소를 지었다.

"백인들은 아직도 천자에게 무릎을 꿇으려고 하지 않나요?"

웃음을 그친 뒤 예흐나라가 물었다.

"물론이오, 또한 앞으로도 꿇지 않을 거요."

공친왕이 대답했다.

예흐나라는 이에 아무 말도 하지 않았지만 마음속으로는 아들이 이 나라를 다스리게 될 시대에는 그들로 하여금 반드시 무릎을 꿇도록 만들리라 다짐했다. 만일 무릎을 꿇지 않거나 절을 하지 않는다면 기필코 그 목을 베어 버릴 것이다.

"육야가 판단하시기에 지금은 어떤가요. 우린 아직도 무기력한가요?"

공친왕은 잠시 숙고하더니 이내 입을 열었다.

"물론 저항을 할 시기지요. 그러나 군대나 전쟁을 통해서는 아닙니다. 그럴 만한 수단이 없기 때문이오. 하지만 외국인들의 요청에 핑계를 대서 결정을 지연하는 방법 등으로 저항할 수도 있소. 영국에 뒤이은 새로운 침략자 미국인들 역시 우리가 다른 서양인들과 강제로 맺은 조약의 특혜를 주장하고 있지요. 우리는 미국 정부에게 아편을 거래하는 자국민들을 보호하지 말라고 요구했고, 그들은 지금까지 이를 따르고 있소."

"그게 다인가요?"

"그걸 누가 짐작할 수 있단 말이오……."

공친왕은 무겁게 한숨을 내쉬었다. 명민하고 강건해 보이는 얼굴은 비통함과 슬픔으로 형편없이 구겨졌으며, 짙은 눈썹 사이에는 깊은 주름이 잡혔다. 잠시 후 그는 자리에서 일어났다.

"오늘은 이 정도로 충분한 것 같소. 근래 나는 특별히 당신을 위해 몇 가지 중요한 사건들을 기록하고 있습니다. 원한다면 계속 그 일을 진행하도록 하지요."

"그렇게 해 주시면 감사하겠어요."

예흐나라는 자리에서 일어나 인사를 했다.

그날 수업은 그렇게 끝이 났다. 침실로 돌아온 예흐나라는 밤새 잠을 이룰 수 없었다. 그녀의 운명은 어떻게 될 것인가? 그녀의 아들은 제국을 장악하고 외적들을 다시 바닷속으로 몰아낼 수 있을 것인가?

예흐나라는 더 이상 자신이 궁 안에 갇힌 죄수라는 느낌을 갖지 않게 되었다. 어느 순간부터인가 그녀는 모든 사람들에게 희망적인 존재가 되었고, 그녀가 어떤 음식을 먹는지, 잠을 잘 자는지, 권태로워하거나 아프지는 않은지, 안색은 어떻고 얼굴에 웃음기는 있는지, 어떤 식으로 고집과 변덕을 부리는지 등의 모든 행동들이 사람들에게 희망을 주는 관심사가 되었다.

그러는 사이 세월이 흘러 찾아온 겨울도 또 다시 지나갔으며, 자금성의 하늘은 구름 한 점 없이 밝은 햇살로 가득 찼다. 백성들은 희망에 부풀어 생기가 돌았고 국정도 잘 풀렸다.

남쪽에서 봉기한 태평군들은 남경에 정착했는데, 전해지는 소문에 의하면 반란군 지도자가 많은 처첩을 거느리고 술과 음식에 빠져 방탕한 생활을 하고 있다는 것이다.

그러나 예흐나라는 이 반가운 소식에도 흔들리지 않았다. 한족 반란군은 진정한 적이 아니었기 때문이다. 그녀가 지정한 주적主敵은 다름 아닌 외국인들, 즉 백인들이었다.

예흐나라는 그들을 자기네 나라로 돌려보내면 그만이라고 생각했다. 그렇게 되면 그들에게 적대감조차 가질 필요가 없게 되는 것이다. 예흐나라는, 우리는 오직 우리 민족만을 필요로 한다고 생각했다.

요즘 그녀는 심신의 평안에 도취되어 상쾌하고 완전한 건강 상태를 누리고 있었다. 약초를 달인 탕약 덕분인지 모성애 덕분인지는 몰랐지만 어쨌든 혈기가 왕성해진 것만은 확실했다. 그리고 이 모든 변화들 중 가장 큰 변화는 더 이상 황제를 싫어하지 않게 되었다는 점이었다.

그녀는 황제를 사랑하지는 않았지만 한편으로 동정하고 있었다. 그는 황금빛 예복으로 몸을 감싼 껍데기에 불과한 남자였다. 그녀는 밤에는 그를 안고 얼러주되 낮이 되면 지극한 존경과 경의를 표했다. 어쨌든 그는 자신이 낳게 될 아들의 아버지가 아닌가?

그러나 막상 예흐나라의 마음속에는 의심이 피어올랐다. 세상 모든 사람들은 곧 태어날 아이의 아버지가 황제라고 굳게 믿고 있었다. 그러나 예흐나라는 가슴속 은밀한 곳에 영록이 숨쉬고 있음을 느꼈으며, 그가 자신의 부름을 받고 찾아왔던 날을 단 한순간도 잊지 않고 있었다.

지금 그녀의 삶은 두 개의 물줄기로 나뉘어져 있었다. 하나는 뱃속에 황제의 후계자를 임신하고 있다는 자부심이었고, 또 하나는 남모르는 사랑의 감정이었다.

그녀는 전자를 위해서는 많은 고전을 읽고 공친왕에게 질문을 하는 등 아들이 다스리게 될 백성들의 역사를 열정적으로 공부했다. 반면 은밀한 사랑의 감정은 그녀로 하여금 언젠가 아들이 살게 될 이 세상의 아름다움을 새롭게 인식하도록 만들었다. 그녀는 따사로운 오후면 이따금 도서관을 가는 대신 궁녀들과 이연영이 뒤따르는 가운데 궁내를 거닐었다. 비록 자금성의 성문은 넘지 못했지만 성내의 볼거리만 해도 다 찾아보려면 몇 년이 걸릴 정도였으니 그다지 불만족스러울 것도 없었다. 또한 해가 높이 솟아오르고 찬바람도 불지 않을 때면 안마당을 지나 회랑을 내려와 황궁 정원과 연결된 좁은 도로의 높다란 장밋빛 벽 사이를 걸었다.

본래 자금성은 세 겹의 벽으로 둘러싸여 있었고, 그 벽들에는 동서남북 사방을 향하는 네 개의 성문이 있었다. 거대한 첫 번째 성문 안에는 세 개의 문이 있으며, 그 문들은 궁 안에 있는 다리와 정원, 황제의 정전正殿들과 연결되어 있었다. 정전들은 어느 것이나 남쪽을 향해 있었는데 그 빛깔은 만물의 구성 요소를 상징하는 것이었다. 겨울인데도 정원은 그 아름다운 자태를 잃지 않았고, 북방 대나무는 눈과 서리를 맞고도 여전히 푸르렀으며, 인도 대나무는 눈 속에서도 주홍색 열매를 달고 있었다. 천안문에는 조각된 용으로 둘러싸인, 두 개의 툇간退間(집채의 앞뒤나 좌우에 달았던 반 칸 폭의 마루)이 딸린 하얀 대리석 기둥이 서 있었다. 예흐나라는 그 하얀 기둥의 고결한 모습을 보면 왠지 정신이 고양되는 듯해 종종 그것을 보고 되돌아오곤 했다.

자금성은 하나의 궁 옆에 또 다른 궁이 늘어서 있는 형태로 수많은 접견실이 들어차 있었다.

예흐나라는 하늘에도 북극성이 있듯 신성한 자금성이야말로 지상의 중심이라는 것을 깨닫게 되었다. 그녀는 무겁고도 홀연한 고독을 느끼며 시녀들과 함께 걸음을 옮겼다. 그리곤 문득 이 자금성을 아들의 탄생지로 택했다는 사실에 처음으로 감사했다.

신년 춘삼월, 드디어 예흐나라는 아들을 낳았다. 그녀의 아들은 죽은 태후를 대신해 궁중의 나이 많은 부인들이 지켜보는 가운데 태어난 의심할 바 없는 후계자였다. 곧이어 산파들은 아이가 아들임을 선언하며 부인들 앞에서 아이를 번쩍 들어올렸다.

"마마님들! 아들이십니다. 아주 튼튼하고 원기가 넘치십니다!"

예흐나라는 반쯤 실신한 상태에서 눈을 떠 아들을 바라보았다.

산파의 손에 안긴 아이는 팔다리를 잠시 버둥대더니 이내 큰소리로 울어대기 시작했다.

이윽고 밤이 되었지만 날씨는 여전히 포근했다. 제단에 세워진 등불이 예흐나라의 궁 안마당을 환히 밝혔다. 침상에 누운 예흐나라는 나지막한 격자창을 통해 제단 너머에 왕자와 부인들, 환관들이 모여 있는 것을 보았다. 그들의 얼굴과 금은빛 실로 수놓은 여러 색의 공단 예복 위에 촛불이 어른거렸고 곧이어 하늘에 탄생 제물을 바치는 시간이 다가왔다.

황제는 제단 앞에 서서 감사 기도를 하고 자신의 후계자를 공표했다. 제단 위에는 삶은 돼지 머리, 머리와 꽁지만 남겨두고 털을 뽑아 삶은 하얀 공작, 주홍색 비단 그물 안에서 파닥거리는 살아 있는 물고기, 세 가지의 봉헌물이 놓여 있었다.

이 의식은 오직 천자만이 치를 수 있는 것으로, 연꽃이 있는 연못에서 산 채로 가져온 물고기는 다시 산 채로 그 연못으로 돌아가야만 했다. 그렇지 않으면 아이가 어른이 되기 전에 죽는다는 것이다. 황제는 아이를 위해서라도 의식을 치르는 동안 서두르거나 불경한 짓을 저질러 천지신명을 노하게 만들어서는 안 되었다.

그는 깊은 적막 속에서 팔을 들어올린 뒤 말없이 천지신명 앞에 무릎을 꿇었다. 그리곤 눈을 감고 간절하게 기도했다. 기도를 마친 뒤 그는 곧바로 살아있는 물고기를 양손으로 안덕해에게 넘겨주었고, 안덕해는 서둘러 연못으로 달려가 물고기를 넣은 후 다시 헤엄치는지를 확인해보았다. 만일 물고기가 헤엄을 치지 않으면, 후계자는 어른이 되기 전에 죽게 될 것이다.

환관장은 등불을 높이 들어 물 속을 자세히 들여다보기 시작했으며 모든 이들이 침묵 속에서 그의 대답을 기다렸다. 황제는 제단 앞에 꼼짝도 하지 않고 서 있었다.

불빛이 물 위를 어른거리며 주위를 비췄다. 드디어 안덕해가 고개를 들었다.

"물고기가 살아있습니다, 폐하!"

순간 사람들은 웃고 떠들며 환호하기 시작했다. 그들은 모닥불을 피운 뒤 모든 궁에 있는 새장의 새들을 풀어 주었으며, 폭죽을 터뜨려 밤하늘을 수놓았다. 순간 팔꿈치로 가까스로 일어난 예흐나라의 눈앞에서 하늘 전체가 쪼개지더니 어둠으로 가득한 하늘 한복판에 자줏빛이 감도는 거대한 황금의 원이 떠올랐다.

"마마, 이건 마마께 경의를 표하는 거예요!"

늙은 시녀가 소리쳤다.

모든 사람들이 그 장관으로 눈을 돌리자 다시금 하늘에서 우레와 같은 소리가 울려 퍼졌다. 예흐나라는 웃음을 터뜨리며 베개 속에 얼굴을 묻었다. 이때까지 그녀는 남자이기를 간절히 바라왔었다. 그러나 지금 이 순간만큼은 자신이 여자라는 사실이 그토록 기쁠 수 없었다. 대체 세상의 어떤 남자가, 황제의 아들을 낳은 그녀가 느끼는 이 환희의 감정을 알 수 있단 말인가?

"황후께서도 안마당에 계신가?"

예흐나라의 물음에 시녀는 안마당의 불빛과 그림자 사이를 샅샅이 살폈다.

"시녀들 사이에 서 계시옵니다."

시녀가 대답했다.

"그럼 황후께 가서 이리 오시라고 청해라. 내가 황후마마를 몹시 뵙고 싶어 한다고 말이야."

시녀는 명이 떨어지자마자 기쁜 내색을 굳이 감추지 않은 채 황후를 찾았고, 자신의 주인이 누워있는 침상 곁으로 와 달라고 부탁했다.

"마마께서는 황후마마를 윗사람으로 여기고 계시니 가셔서 축하의 말을 건네주시옵소서."

그러나 사코타는 창백한 얼굴로 고개를 저었다.

"난 이 의식 때문에 겨우 침상에서 일어났네. 그러니 다시 침상으로 돌아갈 것이야. 지금 몸이 별로 좋지 않다네."

그녀는 말을 마친 뒤 몸을 돌렸다. 그리곤 두 시녀의 부축을 받으면서 등불을 든 환관을 따라 둥근 보름달 같은 성문의 어둠 속으로 사라졌다.

주변 사람들은 사코타의 거절에 놀란 표정을 지었다. 시녀는 예흐나라에게 되돌아가 이 사실을 보고했다.

"마마, 황후마마께서는 오시지 않을 겁니다. 편찮으시다고는 하지만 제 생각에는 그런 이유가 아닌 듯싶사옵니다."

"그렇다면 왜 오지 않는다는 게지?"

예흐나라가 묻자 시녀는 주춤대며 대답했다.

"황후께서는 딸을 낳으셨고, 아들을 낳으신 건 바로 마마이십니다. 그러니 황후마마의 마음이 편하지 않으실 수밖에요."

"사코타는 그렇게 속 좁은 사람이 아니야."

예흐나라는 말은 그렇게 했지만 자신의 비밀을 알고 있는 한 그녀가 언제 목에 칼을 들이댈지 모른다고 생각했다.

"누가 알겠습니까."

시녀가 다시 반박했고, 예흐나라도 이번에는 아무 대꾸도 하지 않았다.

시간이 흘러 안마당은 텅 비었다. 황제와 신하들도 연회에 참석하기 위해 자리를 옮겼다. 오늘밤에는 전국에서 축제가 벌어지도록 되어 있었다. 따라서 백성들도 즐거운 시간을 보낼 것이었다.

동서남북에 있는 모든 감옥의 문이 열리며 죄의 경중을 고하하고 모든 죄수들이 방면되었다. 성(城)과 마을의 모든 상점들은 일주일 동안 문을 닫고 가축의 도살과 낚시도 금지되었다. 이미 잡힌 물고기라도 아직 살아있다면 반드시 있던 곳으로 되돌려 보내야 했다. 궁에서처럼 일반 가정에서도 새장에 갇힌 새들을 풀어주었다. 귀양 간 벼슬아치들도 다시 돌아와 그들의 직함과 토지를 되찾았다. 이 모든 것은 새로 태어난 후계자에 대한 경의의 표시였다.

　그러나 침상에 누운 예흐나라는 알 수 없는 외로움을 느꼈다. 그처럼 부드럽고 상냥했던 사코타가 아기를 찾아달라는 간곡한 제의를 매정히 거절하다니, 이는 분명 참견하기 좋아하는 환관들 탓이 분명했다. 그들은 틀림없이 사코타에게 온갖 이야기를 물어 날랐을 것이고, 사코타는 그로 인해 예흐나라에 대해 좋지 않은 생각을 가지게 됐을 것이다. 게다가 아들이 태어났으니 말할 나위도 없었다. 예흐나라는 특히 벼락출세한 군기대신 숙순과 그의 친구이자 황제의 조카인 이친왕을 경계했다.

　이연영이 전해준 바에 의하면, 그들은 예흐나라가 오기 전까지만 해도 황제의 돈독한 신뢰를 받았으나 황제의 지칠 줄 모르는 사랑이 예흐나라에게로 향하자 점차 황제와 멀어졌다는 것이다. 그러나 예흐나라는 그들에게 해를 끼친 적도 없었고 심지어는 필요 이상으로 정중하게 대해주기까지 했다.

　숙순은 서열이 낮은 집안 출신임에도 불구하고 거만한 성정을 가졌으며 야망에 가득 차 있었다. 그러나 예흐나라는 숙순의 열여섯 살 난 딸 '매'를 자신의 궁녀로 둠으로써 예의를 지키려 했다.

　한편 공친왕은 분명히 예흐나라의 친구였다. 그녀는 공친왕의 굳건하고 잘생긴 얼굴을 떠올리며 기필코 그를 자기편으로 만드리라 결심했다. 그리곤 커다란 커튼이 드리워진 침상에 누워 아들을 안은 채 자신과 아들의 운명에 대해 곰곰이 생각했다.

이 험한 세상에 맞서 서로를 믿으며 살아갈 수 있는 사람은 오직 두 모자뿐이었다. 그녀가 사랑한 사람은 결코 황제가 아니었다. 따라서 홀몸이기만 했다면 죽음을 무릅쓰고서라도 궁에서 도망쳤을지도 모른다. 그러나 이제 죽음은 더 이상 그녀가 선택할 수 있는 방법이 아니었다. 그녀는 아들을 낳았고, 이 아들을 궁궐의 얽히고설킨 암투에서 안전하게 지켜줄 수 있는 사람은 오직 어머니인 그녀밖에 없었다. 현실은 몹시 혼란스러웠고 하늘의 징조는 불길했으며 황제는 나약했다. 이제 아들의 옥좌를 굳건히 지킬 수 있는 사람은 그녀뿐이었다.

앞으로 다가올 수많은 밤 동안 그녀는 두려움을 떨쳐내고 두 눈을 부릅떠 운명과 맞서야 했다. 그래야만 다가올 새벽을 앞당길 수 있으리라. 예흐나라는 그 찬란한 새벽을 맞이할 수 있는 힘을 가진 사람은 오직 자신뿐이라는 사실을 깨달았다.

그녀는 적과 동지, 심지어 그녀의 비밀을 알고 있는 사코타와도 맞서야 했다. 자신의 품안에 안겨 있는 이 아이는 함풍제의 아들로 영원히 남아야 하며 그 외의 다른 이름은 어떤 것도 허용할 수 없었다.

황제의 아들이자 옥좌의 후계자!

이것이야말로 아들에게 주어질 유일한 호칭이었다. 그날 밤부터 그녀는 운명과의 기나긴 싸움을 시작하게 되었다.

자희황후[*]

오랜 관습대로 아기는 생후 한 달간은 생모와 함께 지내야 했으며, 유모조차도 아기를 모친의 처소 밖으로 데려가서는 안 되었다.

예흐나라는 작약이 선명하게 핀 정원으로 둘러싸인 여러 개의 방이 있는 궁 안에서 종일을 보냈다. 이 한 달간은 그야말로 기쁨과 행복의 시간이었다. 그녀는 황제가 총애하는 후궁으로서 부러움과 칭송을 받으며 '복 많은 어머니'로 불려졌다. 사람들은 아기를 보러 찾아와선 그 단단한 몸과 건강한 혈색, 잘생긴 얼굴과 튼튼한 사지를 침이 마르도록 칭찬했다.

그러나 여전히 사코타만은 아기를 찾아오지 않았다. 때문에 예흐나라는 여전히 무언가 부족하다는 느낌을 가졌다. 사실 가장 먼저

---

* 중국 청나라 제9대 황제인 함풍제(재위 기간 1851–1861년)의 귀비로 아들을 낳아 황후에 오름. 함풍제가 죽은 후에는 태후가 되어 '수렴청정'의 명의로 48년 동안 권력을 장악함.

찾아와 아기를 후계자로 인정해야 하는 사람은 다름 아닌 사코타였다. 그러나 그녀는 별점을 친 결과 자신과 아기의 탄생 달이 상극으로 나왔다는 이유를 들어 코빼기도 비치지 않았다.

예흐나라는 그러한 핑계를 잠자코 들을 뿐 별다른 내색을 하지 않았다. 그러나 마음속으로는 사코타에 대한 서운함이 가시지 않았고 아기가 생후 한 달이 다 되어갈 무렵에는 거의 진노할 지경이었다. 아기가 생후 한 달이 되기 사흘 전, 그녀는 이연영을 사코타에게 보내 다음과 같은 전갈을 전했다.

> 사촌이 방문하지 않으니 내가 직접 사촌을 찾아가 내 아들을 보호해 달라고 청하겠소. 이 아기는 법과 전통에 따라 우리 두 사람의 자식이라는 사실을 잊지 마시오.

사실 황후가 황제의 후계자를 자신의 아들로 인정하고 보호해야 하는 것은 명백한 의무였다. 그러나 예흐나라는 경쟁 상대인 환관들과 왕들의 은밀한 시샘과 그들이 퍼뜨린 악의에 찬 소문에 순진한 사코타가 이용이라도 당하지 않을까 내심 전전긍긍했다. 이러한 불화와 반목은 자금성 내에서는 빈번한 일이었다. 실제로 하급 관료들은 그들끼리의 권력 투쟁에서 승리하기 위해 끊임없이 상전들을 이간질했다. 그러니 사코타는 그렇다 치고 사코타의 아랫사람들을 어찌 믿을 수 있겠는가. 그러나 예흐나라는 아기의 장래를 위해서라도 사코타가 결코 자신에게 등을 돌리지 못하도록 만들겠다고 결심했다. 순순히 말을 듣지 않으면 억지로라도 지지를 얻어내려는 심산이었다.

드디어 예흐나라는 사코타의 처소로 향할 준비를 했다. 한편 아기를 위해서는 모든 안전 조치를 취해 놓은 상태였다.

그녀는 우선 이연영을 시켜 북경에서 가장 유명한 금세공인에게서 얇고 튼튼한 금줄을 사오게 했다. 그런 뒤 금줄을 아기의 목에 걸고 양쪽 끝을 자물쇠로 잠근 다음 그 열쇠를 목걸이에 끼워 한시도 몸에서 떼지 않았다. 자물쇠를 통해 아기는 상징적으로나마 귀신의 위협으로부터 보호받게 되었다. 그러나 이것만으로는 충분치 않다고 느낀 예흐나라는, 아들을 친족들 중 세도 있는 가문에 양자로 입양시키고자 했다. 그러나 그녀에게는 마땅한 친지가 없었다. 결국 그녀는 궁리 끝에 다음과 같은 계책을 고안했다.

일단 예흐나라는 국내에서 가장 존귀한 1백대 가문의 수장들에게 고급 비단 한 필씩을 요구했다. 그런 다음 궁궐 재단사를 시켜 1백 개의 비단을 조각낸 뒤 각각 하나씩 엮어 아들의 의복을 만들도록 했다. 이리하여 아기는 상징적으로 1백대 세도가에 속하게 되었고, 그들의 보호에 힘입어 귀신들조차 접근할 수 없게 되었다. 항간에 전해지는 속설에 의하면 귀신들은 잘생긴 사내아이를 시기하여 그 아이가 신처럼 강인한 어른으로 성장하기 전에 질병과 사고를 일으켜 해치려 든다고 했다.

그리고 예흐나라는 아들이 생후 한 달이 되기 사흘 전, 드디어 사코타를 찾기로 결심했다.

그녀는 출발에 앞서 작고 빨간 석류꽃을 수놓은 황금빛 예복을 입고, 머리에는 진주가 달린 검은 공단 머리장식을 썼다. 그리고 녹인 양고기 기름으로 얼굴을 닦은 후, 향료를 넣은 물로 세수를 하고 분을 발랐다. 아름다운 눈썹은 기름 먹인 붓을 먹물에 살짝 찍어 그렸고, 부드럽고 윤곽이 뚜렷한 입술은 빨간 염료로 매끄럽게 칠했다. 손가락에는 보석 박힌 반지들을 끼었는데 특히 엄지손가락에는 단단한 옥 반지를 끼었다. 또한 길고 윤이 나는 손톱을 보호하기 위해 작은 보석이 박힌 가느다란 금 손톱 덮개를 착용했으며, 귀에는 옥과 진주로 장식된 귀고리를 했다. 그리고 굽이 높은 신발을 신어 키가 커 보이도록 했다. 이렇게 몸치장이 끝나자 그 아름다움은 비길 데가 없었고, 궁녀들은 모두 박수를 치며 경탄을 금치 못했다.

그녀는 치장을 마치자 아기를 품에 안고 가마에 올랐다. 환관은 예흐나라의 도착을 알리기 위해 앞장서 걸었고, 궁녀들이 그 뒤를 따랐다. 황후의 처소에 도착한 예흐나라는 가마에서 내려 문턱을 넘었다. 그리고 접견실에서 사코타를 만났다.

사코타는 본래 안색이 창백했지만 아이를 출산하고 아직 원기를 회복하지 못해서인지 그 정도가 더 심해진 듯 보였다. 게다가 얼굴에는 주름이 졌고, 조그마한 손은 마치 병약한 아기의 그것처럼 힘없이 늘어져 있었다.

예흐나라는 싱싱한 히말라야 삼나무처럼 곧은 자세로 선 채 말했다.

"사코타, 아이를 대신해서 내가 왔어. 이 아이를 낳은 건 비록 나지만 아이에 대한 책임은 나보다 네가 더 클 거라 생각해. 아이의 아버지가 황제 폐하여서가 아니야. 황제 폐하는 내 주군이기에 앞서 네 주군이기도 해. 그러니 네가 우리 아들을 보호해 주길 바래."

사코타는 의자에서 반쯤 일어나 팔걸이에 몸을 의지한 채였다. 그녀는 입가에 희미한 미소를 띠며 애처롭게 말했다.

"앉아, 언니. 한 달 만에 처소 밖으로 나왔구나. 언니, 앉아서 좀 쉬어."

"내 아들에 대해 약속하기 전에는 앉지 않겠어."

예흐나라는 여전히 선 채로 단호하게 말했고, 검은 눈동자는 더욱 선명하게 빛을 발했다. 사코타는 의아하다는 얼굴로 더듬거렸다.

"어, 언니는 나를 못 믿는 거야? 어째서 이렇게까지 말하는 거지? 우리는 친척이잖아. 게다가 황제 폐하는 우리 두 사람 모두의 주군이고."

"이건 내가 아니라 우리의 아이를 위해서야. 다른 사람은 몰라도 너만은 아이의 적이 아니라는 걸 확신시켜 줘야 해."

이처럼 돌려 말하기는 했지만 사실 두 여인은 서로가 건네는 말의 의미를 잘 알고 있었다. 먼저 예흐나라는 왕들과 환관들의 끊임없는 암투 속에서, 사코타로 하여금 후계자를 폐하고 다른 사람을 옥좌에 앉히려는 음모에 가담하지 않겠다고 약속하라는 것이었다. 그러나 사코타는 침묵을 지킴으로써 이미 그런 음모가 진행 중이라는 것을 내비치고 있었다.

예흐나라는 아이를 잠시 궁녀에게 맡기고 앞으로 걸어 나갔다.

"사코타, 손 좀 내밀어 봐."

그녀의 목소리는 부드러우면서도 단호했다.

"아무도 우리 사이를 갈라놓지 못할 거라고 약속해 줘. 우리는 이 궁궐 안에서 죽을 때까지 함께 지내야 해. 그러니 적이 아닌 친구로 남자."

그러나 사코타는 망설이며 손을 내밀지 않았다. 갑자기 커다란 눈망울에 분노가 어리는 듯싶더니, 예흐나라는 다짜고짜 사코타의 작고 가냘픈 두 손을 움켜잡고 사정없이 눌러 버렸다. 사코타는 손을 뺄 생각도 못한 채 너무 아픈 나머지 눈물까지 흘렸다. 이는 두 사람이 어렸을 때 예흐나라가 즐겨 사용하던 방법으로, 그녀는 사코타가 토라지거나 말을 듣지 않을 때면 이처럼 손을 거세게 눌러 버리곤 했다.

"야, 약속할게!"

사코타는 거의 비명을 지르듯 소리쳤다.

"그럼, 나도 약속할게."

예흐나라는 단호하게 말한 뒤 사코타의 작은 두 손을 무릎 위에 내려놓았다. 그리고 그때서야 궁녀들이 이 모든 광경을 지켜보고 있었음을 깨달았다. 그러나 예흐나라는 한 마디 사과도 하지 않은 채 궁녀가 가져 온 차를 밀어내며 말했다.

"사촌, 이제 그만 가 봐야겠어."

그녀는 평상시처럼 상냥한 목소리로 말했다.

"나는 약속을 받으러 왔고 이제 약속을 받았어. 나와 내 아들의 목숨이 붙어 있는 한 이 약속은 유효한 거야. 그리고 나도 반드시 약속을 지키겠어."

말을 마친 예흐나라는 자부심에 가득 찬 얼굴로 주변에 서 있던 궁녀들과 환관들의 얼굴을 차례로 둘러본 뒤 금빛 예복을 휘날리며 사라졌다.

그날 밤 배불리 젖을 먹고 잠든 아기를 한참 바라보던 예흐나라는 그 즈음 항상 자신의 주위를 맴돌고 있던 이연영을 불러들였다. 그리고 그가 도착하자 환관장 안덕해를 대령시키라고 명했다.

"내게 걱정거리가 생겼다고 전하라."

한두 시간이 지난 뒤에야 겨우 도착한 안덕해는 공손히 인사를 한 후 말했다.

"마마, 늦어서 죄송합니다. 황제 폐하의 침소에서 분부를 수행하느라 바빴습니다."

"괜찮소."

그녀는 집게손가락으로 의자를 가리키며 앉으라고 지시했다. 그리고 자신은 방의 안쪽 벽에 놓인 의자에 앉았다. 궁녀들은 벌써 내보낸 뒤였으므로 주위에는 이연영과 늙은 시녀만이 남아 있었다. 이연영이 눈치를 보며 나가려 하자 예흐나라는 손짓을 해 그대로 남도록 했다. 그리곤 근엄한 표정으로 말했다.

"내 오른팔과 왼팔인 그대들 두 사람에게 묻겠소."

그리고 예흐나라는 궁녀들이 은밀하게 속삭여 준 음모에 대해 말하기 시작했다.

"내 아들이 차지할 옥좌를 누군가 빼앗으려 했다는데 혹시 사실이오? 만일 폐하께서……."

그러나 예흐나라는 별안간 입을 다물었다. 어느 누구도 황제의 '죽음'을 거론해서는 안 되었기 때문이다.

"마마, 모두 사실이옵니다."

안덕해가 자부심 강한 얼굴을 크게 끄덕이며 말했다.

"그렇다면 상세히 말해 보시오."

"마마."

그는 예흐나라의 지시에 따라 말을 이었다.

"당시 세도 있는 만주족 가문들은 황제께서 적자를 얻으시리라 생각조차 못하고 있었습니다. 그래서 황후께서 병약한 여아를 출산하셨을 때, 어떤 왕공들은 단단히 마음을 먹고 옥새를 훔칠 음모까지 세웠습니다. 안타까운 일입니다……."

그는 다시 고개를 저으며 말했다.

"폐하의 치세는 그리 오래 가지 못할 것입니다. 폐하께서는 비록 젊으시나 태후께서 지나치게 애지중지하신 까닭에 어렸을 때부터 단 것을 많이 드셨고, 배가 아플 때는 태후마마의 영에 따라 아편까지 드셨습니다. 게다가 열두 살이 되시기 전부터 환관들의 유혹에 넘어가 방탕한 생활을 하셨고, 열여섯 살이 되셔서는 이미 여자들 때문에 기력이 쇠해지셨습니다. 지금 마마께 말씀드리는 것은 모두 사실이옵니다."

안덕해는 크고 부드러운 두 손을 무릎에 얹은 채 매우 낮은 목소리로 말했으므로, 이연영은 그의 말을 듣기 위해 몸을 숙여야 했다.

"우리는 이제 아군과 적을 현명하게 구분해야 합니다."

안덕해가 엄숙한 표정으로 말했다. 예흐나라는 그가 말을 마칠 때까지 우아한 자태로 꼼짝 않고 앉아 있었다. 마침내 그녀는 당당하고, 두려운 기색이라고는 찾아볼 수 없는 얼굴로 그를 바라보며 물었다.

"그렇다면 우리의 적은 누구요?"

"가장 큰 적은 군기대신 숙순이옵니다."

환관장의 대답에 예흐나라는 경악을 금치 못했다.

"이런 일이 …… 그대도 알다시피 나는 지금 그의 딸을 궁녀로 두고 가장 총애하고 있지 않은가!"

"게다가 황제 폐하의 조카이신 이친왕과 정친왕 역시 우리의 적입니다. 마마께서 후계자를 출산하셨기 때문에 우선적으로 적이 되는 것이지요."

안덕해의 말에 그녀는 고개를 끄덕였다. 생각했던 대로 지금 그녀와 그녀의 아들은 매우 위험한 처지에 놓여 있었다. 그들은 황제와 혈연관계에 있는 강력한 세력가들인 반면 그녀는 연약한 여자일 뿐이었다. 그러나 예흐나라는 당당하게 고개를 들고 소리쳤다.

"그렇다면 우리 편은 누구요?"

환관장 안덕해는 목소리를 가다듬었다.

"가장 큰 아군은 황제 폐하의 동생이신 공친왕이시옵니다."

"정말 그가 우리의 아군이란 말이오……?"

그녀의 입가에는 어느새 미소가 번졌다.

"그렇다면 다른 사람은 필요 없소."

그녀는 아직 젊었으므로 어떤 난관에서도 희망을 품을 수 있었다. 그녀의 뺨에는 이내 발그스레한 혈색이 돌았다.

"공친왕께서 이런 말씀을 하셨지요."

안덕해가 입을 열었다.

"마마께서는 아주 영리하고 아름다우시기 때문에 나라에 행운을 가져올 수도 있고, 옥좌를 무너뜨릴 수도 있다고 말입니다."

그녀는 이 말을 의미심장하게 받아들여 한참을 곰곰이 생각했다. 그리고는 긴 한숨을 내쉬었다.

"행운을 가져오려면 그에 걸맞은 무기가 있어야 할 것 아니오."

"맞사옵니다, 마마."

안덕해는 대답하고는 경외의 표시로 고개를 숙였다.

"내 첫 번째 무기는 서열을 높여 힘을 발휘하는 것이오."

"그렇사옵니다, 마마."

안덕해는 고개를 조아렸다. 예흐나라는 잠시 생각한 다음 안덕해에게 지시를 내렸다.

"지금 바로 폐하께 돌아가서 태자가 위험에 처해 있다는 사실을 알려드리시오. 그리고 오직 나만이 태자를 지킬 수 있다는 사실과 또한 태자에게 영향력을 행사하거나 권력을 잡으려고 안달하는 자들에게 황후가 이용당하지 않도록 내가 황후와 동등한 지위로 올라가야 한다고 주지시켜 드리시오."

안덕해는 그녀의 결정에 미소를 지었고, 이연영은 신이 나서 손가락 관절을 꺾으며 웃음을 터뜨렸다.

"마마."

안덕해가 말했다.

"태자께서 건강하게 첫 달을 맞이하셨으니, 마마께 상을 내리시도록 폐하께 청하겠나이다. 그날은 가장 경사스러운 날이 될 것이옵니다."

"그렇게 하시오."

예흐나라는 환관장의 높고 매끄러운 이마 아래 움푹 들어간 검은 눈을 응시하다가 볼우물을 패며 활짝 웃었다. 그녀의 커다란 눈은 장난기를 띠는가 싶더니 이내 환희와 승리감으로 환하게 빛났다.

이윽고 태자는 생후 한 달을 맞이했고, 하늘에는 그가 태어난 날과 마찬가지로 환하게 보름달이 떴다. 이제 죽음의 위기는 태자에게서 한층 멀어진 셈이었다.

갓 태어난 아이들은 때때로 정신을 못 차릴 정도로 앓거나 설사와 변이 물처럼 흘러내리는 변통, 구토와 기침, 감기, 발열 등을 앓기 십상이었다. 태자는 이러한 위험들이 모두 지나가고 생후 한 달이 지나자 무척 건강해졌으며, 고집 센 성격을 드러내기라도 하듯 배가 고플 때마다 우렁찬 목소리로 울음을 터뜨렸다.

예흐나라는 아이가 허기를 느끼지 않도록 밤낮으로 유모를 대기시켰는데, 유모는 첫 아들을 출산한 젊고 건강한 한인 시골 아낙네들 중에서 선발된 여인들이었다. 예흐나라는 유모를 직접 골랐을 뿐 아니라 유모의 젖이 태자에게 잘 맞는다는 궁의의 판명에도 불구하고 직접 유모의 몸을 살펴보고 모유를 맛보았다. 또한 행여 모유가 시큼하지 않은지 냄새를 맡아보기도 했다. 그런 뒤에는 직접 식단을 짜 유모에게 항상 풍성한 식사를 제공해 좋은 젖이 나오도록 신경 썼다. 그리고 이처럼 건강한 유모의 젖을 먹은 태자는 여느 농부의 자식처럼 튼튼하게 자랐다.

태자가 생후 첫 달을 맞이하기 하루 전날, 황제는 전국에 연회를 열 것을 선포했고, 자금성도 연회 준비로 분주해졌다. 예흐나라는 어떤 선물을 받고 싶은지를 묻는 황제의 전갈을 가져온 안덕해에게 이렇게 대답했다.

"나는 재미있는 연극을 보고 싶소."

안덕해는 다소 놀란 표정이었다. 예흐나라는 말을 이었다.

"이곳에 들어온 이후로 한 번도 연극을 보지 못했소. 이전엔 태후께서 배우들을 좋아하지 않으셨기 때문이고, 이후에는 태후마마의 상중이라 감히 폐하께 청하지 못했기 때문이오. 어떻소, 폐하께서 내 청을 받아주실 것 같소?"

안덕해는 그녀의 얼굴이 어린아이처럼 빨갛게 상기되는 것을 보고 미소 짓지 않을 수 없었다.

"황제 폐하께서는 마마께서 어떤 부탁을 하시든 거절하지 않으실 겁니다."

안덕해는 대답했다. 그리고는 여러 차례 눈을 깜빡이며 고개를 끄덕임으로써 황제로부터 연극 구경보다 더 큰 상이 내려질 것임을 암시했다. 그리고는 서둘러 그녀의 요청을 전하기 위해 자리를 떠났다.

드디어 잔칫날이 다가왔다. 예흐나라는 그처럼 갈망하던 연극을 봄으로써 작은 소망을 이루었고, 이제 서열 상승이라는 보다 큰 선물을 기다리는 중이었다. 황제는 의식을 치를 장소로 보화전保和殿을 선택했다. 새벽부터 보화전은 전국 각지에서 몰려온 사람들로 가득 찼고, 환관들은 그들 사이를 이리저리 오가며 대들보에 걸린 커다란 등불을 관리하느라 여념이 없었다. 동물의 뿔로 만들어진 등불은 하객들의 밝은 빛의 예복과 보화전 내부를 비추었고, 불빛을 받은 옥좌의 금장식과 보석들은 형형색색으로 더욱 아름답게 빛났다. 그중 진홍색과 자주색은 그 빛이 유독 짙고 강렬했으며, 금색과 은색은 선명하게 반짝였다.

사람들은 조용히 천자를 기다렸다. 얼마 후 어스름한 여명이 떠올라 어두운 하늘을 비추자 황제의 행렬이 그 모습을 드러냈다. 가장 먼저 보인 것은 주홍색 제복을 입은 경비병들의 손에 들린, 아침 산들바람에 펄럭이는 황제의 깃발이었다. 경비병 다음으로는 왕공들이 나타났고, 그 뒤를 따라 자주색 예복에 금색 허리띠를 두른 환관들이 두 사람씩 천천히 행진했다. 또한 중간에는 열두 명의 가마꾼이 천자가 타고 있는 신성한 황룡 가마를 매고 걸었다. 보화전 안의 모든 사람들이 무릎을 꿇고 바닥에 머리를 아홉 번 찧으며 큰 소리로 외쳤다.

"만세—만세—만세!"

황제는 오른손은 동생인 공친왕의 팔에, 나머지 왼손은 군기대신 숙순의 팔에 얹은 채 가마에서 내려 황금 옥좌에 올랐다. 그리곤 근엄한 얼굴로 손바닥을 무릎 위에 놓고, 왕공들과 대신들이 태자에게 바치는 선물을 서열에 따라 받았다. 선물은 쟁반이나 은 받침대에 놓여져 있어 그것을 나르는 하인들조차 직접 만질 수 없었다. 공친왕은 선물의 목록과 선물들이 어느 지역, 어느 성에서 온 것인지를 낭독했다. 환관장 안덕해는 선물을 보낸 사람의 이름과 그 선물의 내역, 가치 등을 꼼꼼하게 적으면서 미리 자신에게 돈이나 선물 등 뇌물을 바친 사람들의 선물을 더 높게 평가하기도 했다.

예흐나라와 사코타는 옥좌 뒤에 세워진, 다섯 개의 발톱을 가진 용 문양이 정교하게 새겨진 가리개 뒤에 궁녀들을 대동하고 앉았다. 황제는 선물 증정이 끝나자마자 예흐나라를 불러냈다. 선물을 내리기 위해서였다. 황제의 명을 받은 환관장이 예흐나라를 데리고 나와 옥좌 앞으로 인도했고, 고개를 든 예흐나라는 좌우를 살피는 대신 정면을 똑바로 응시한 채 천천히 절을 했다.

잠시 후 황제는 자신의 앞에 무릎을 꿇은 예흐나라를 내려다보며 입을 열었다.

"짐은 오늘 여기 무릎 꿇은 태자의 생모를 현재의 황후와 모든 면에서 동일한 지위를 갖는 황후로 승격함을 선언하노라. 또한 혼동을 피하기 위해 현재의 황후는 동궁의 자안 慈安 황후로 불릴 것이며 태자의 생모는 서궁의 자희慈禧 황후로 불릴 것이다. 이것은 내 뜻이니 전국에 선포하여 모든 백성들에게 알리도록 하라."

순간 예흐나라는 피가 용솟음치는 것을 느꼈으며 가슴은 뜨거운 환희로 터질 듯했다. 이제 그녀를 해칠 수 있는 사람은 아무도 없었다. 이어 황제가 직접 예흐나라를 일으켜 세웠고, 그녀는 황감한 마음으로 이마에 손을 올리고 황제 앞에 3배, 3배 또 3배를 했다. 그리고는 자리에서 일어나 안덕해의 오른팔을 잡고 가리개 뒤에 있는 자신의 자리로 돌아갔다.

그녀는 자리에 앉을 때 사코타를 바라보지 않았고, 사코타 또한 그녀를 바라보거나 말을 건네지 않았다.

연회장의 수많은 군중들은 예흐나라가 용상 앞에 서 있는 동안 침묵을 지켰으며, 커다란 보화전에는 오직 황제의 목소리만이 근엄하게 울려 퍼졌다. 그리고 이날부터 그녀는 더 이상 예흐나라가 아닌, 성모聖母 자희 황후로 불려지기 시작했다.

모든 의식이 끝나고 난 밤 무렵, 자희는 드디어 황제의 부름을 받았다. 관례에 따라 출산 두 달 전부터 출산 후 한 달까지인 지난 3개월간 부름이 없었던 터였다. 자희는 이번 부름을 황제가 아직까지도 자신을 총애하고 있다는 증거로 생각하고 기쁘게 받아들였다. 사실 자희는 최근 들어 황제가 자신을 대신할 몇몇 후궁들을 불러 수발을 들게 했다는 것을 잘 알고 있었다. 아마도 그 후궁들은 예흐나라의 자리를 차지하기 위해 전력을 다했을 것이다. 그리고 오늘 밤, 과연 그 후궁들이 원하는 바를 이루었는지를 가늠해 볼 수 있었다.

자희는 궁 입구에서 자신을 기다리고 있을 안덕해를 따라 나서기 위해 서둘러 목욕을 하고 옷을 갈아입었다. 그러나 막상 준비가 끝났음에도 발이 떨어지지 않았다. 자신의 침상 곁에 놓인 아들의 침상이 발걸음을 붙잡았던 것이다. 그간 자희는 일찍이 준비해 놓은 태자의 방이 있었음에도, 밤이 되면 아들을 자신의 방에서 재우도록 했다. 그러나 오늘밤은 그럴 수 없었다.

예흐나라는 부드러운 분홍빛의 공단 예복을 입고 보석으로 치장한 뒤 마지막으로 향수를 뿌려 모든 준비를 마쳤지만, 젖 냄새를 풍기며 비단 이불 속에서 잠이 든 아들을 보자 마음이 애잔해져 좀처럼 떠날 수 없었다. 그녀는 아기 옆에 앉은 유모와 시녀를 향해 말했다.

"너희들은 잠시도 태자 곁을 떠나서는 안 되느니라."

시녀와 유모는 고개를 숙임으로써 대답을 대신했다.

"명심해라. 내가 돌아왔을 때 만약 상처를 입었거나, 울고 있거나, 붉은 반점이 있으면 매를 맞을 것이다. 또한 태자에게 무슨 일이 생긴다면 그 대가로 목을 내놓아야 할 것이야."

유모는 매서운 자희의 시선을 느끼고는 겁에 질렸고, 시녀는 스스로 잘 알고 있다고 생각해 온 이 상냥하고 예의바른 주인의 돌변한 모습에 깜짝 놀랐다. 그러나 시녀는 내심을 감춘 채 부드러운 목소리로 대답했다.

"동궁의 황후께서는 여아를 출산하신 뒤로 암호랑이가 되셨지요. 마마, 분부 이상으로 태자 마마를 잘 보살펴 드릴 테니 걱정마옵소서."

그러나 자희는 안심하기는커녕 또 다른 명령을 내렸다.

"이연영은 반드시 문 밖에서 대기하라. 그리고 궁녀들은 깊이 잠들어서는 안 된다."

"모든 것을 명심해서 거행하겠습니다."

시녀의 믿음직한 대답을 들었건만 자희는 여전히 자리를 떠나지 못했다. 그녀는 몸을 숙여 잠든 아들의 장밋빛 얼굴과 작게 내민 꽃잎처럼 붉은 입술, 큰 눈과 머리에 닿을 듯한 큰 귀, 두툼한 귓불을 바라보았다. 어디로 보나 아이는 똑똑하고 강건했다. 그렇다면 이처럼 조화로운 아름다움은 누구에게서 물려받은 것일까? 사실 그녀만을 닮았다고 하기에 아기의 생김생김은 남자답게 잘생긴 면모가 다분했다. 문득 자희는 영록의 얼굴을 떠올리곤 가슴이 죄어드는 듯한 고통을 느꼈다. 그러나 이내 혼란스런 생각을 털어낸 자희는 여느 어머니들처럼 아기의 오른손과 왼손을 차례로 잡아 손가락을 부드럽게 펴고 냄새를 맡아보았다. 이 아들은 그녀에게 있어 보석과도 같은 존재였다. 그때 문밖에서 부르는 안덕해의 목소리가 들려왔다.

"마마!"

안덕해는 몹시 초조한 듯했다. 행여 자희가 부름에 늦어 역정이라도 들을까 걱정돼서였다. 자희는 환관장 안덕해야말로 이 은밀한 궁중의 암투 속에서 자신을 도와 줄 든든한 동맹자라는 사실을 잘 알고 있었다. 그녀는 그를 염두에 두고 다시 행차를 서둘렀다.

자리를 나서기 전 자희는 옷장에서 금반지와 작은 진주가 박힌 팔찌를 꺼내어 금반지는 시녀에게, 팔찌는 유모에게 각각 나누어주었다. 아이를 잘 돌봐달라는 뜻으로 주는 일종의 뇌물이었다. 그리곤 서둘러 침실을 나와 문밖에서 기다리고 있던 이연영에게 아무 말 없이 금덩이를 건넸다. 이연영은 그것이 무엇을 의미하는지 잘 알고 있었다. 그녀가 나가 있는 동안 남아서 아기를 든든하게 보호해야 한다는 뜻이었다.

마지막으로 자희는 손을 들어 안덕해에게 줄 커다란 금덩이를 넣어 둔 소매를 만져보았다. 그러나 이것은 황제가 자신을 어찌 맞이하느냐에 따라 그의 손에 넘어갈 수도 그렇지 않을 수도 있었다. 그날 밤을 잘 보내면 안덕해는 이 값진 상을 받게 될 것이다. 그리고 안덕해 역시 이러한 자희의 속셈을 잘 알고 있었다. 그는 능숙한 걸음걸이로 자희를 자금성의 중심부로 향하는 좁은 길로 인도하기 시작했다.

자희는 황제가 자신의 아름다움을 한 눈에 볼 수 있도록 큰 침실의 문턱에 섰다.
"이리 오시오."
드디어 황제가 말했다. 그녀는 우아한 걸음걸이로 천천히 황제에게 다가간 뒤 반쯤은 진실이고 반쯤은 의도적으로, 부끄러운 듯한 태도를 취했다. 이처럼 그녀는 스스로를 가장하는 데 능숙해져 있었으며 언제 어디서나 계획한 대로 행동할 수 있었다. 또한 상대방뿐만 아니라 심지어 자기 자신도 속일 수 있을 만한 대담함을 가지고 있었다. 그러나 막상 노란 커튼과 금색 망 안쪽에 놓여진 황제의 침상 가까이 다가갔을 때, 자희는 마음 깊숙한 곳에서 연민이 솟구치는 것을 느꼈다. 이제나저제나 그녀를 기다려주던 이 사람은 분명 얼마 못 가 죽을 운명인 듯 보였다. 나이는 비록 젊었으나 너무 빨리 정력을 소진해 버린 탓이었다. 자희는 마지막 몇 걸음째에서는 참지 못하고 서둘러 다가섰다.
"아! 폐하!"
그녀는 울부짖듯 소리쳤다.
"이처럼 병환 중이신 것을 아무도 알려주지 않았군요."
황금 촛대에 꽂힌 커다란 촛불 아래 황제는, 마치 살아있는 해골처럼 피골이 상접한 모습으로 노란 공단 베개에 기대어 있었다. 두 손은 누비이불 위에 생기 없이 놓여 있었고, 노란빛이 감도는 얼굴은 지나치게 야윈 듯 보였다. 자희는 서둘러 침상 옆에 앉은 뒤 따뜻한 두 손으로 황제의 차가운 손을 부여잡았다.
"아, 폐하. 고통스러우신 모양이군요."

자희가 걱정스럽게 물었다.

"아니오."

황제는 힘없이 고개를 저었다.

"단지 좀 허약해졌을 뿐이오."

그러나 자희는 천천히 그의 왼손을 주무르며 말했다.

"하지만 이 왼손은 오른손과 느낌이 달라요. 더 차갑고 경직되어 있습니다."

"이제 더 이상 왼손을 자유롭게 쓸 수 없게 되었소."

황제가 마지못해 말했다. 자희는 황제의 소매를 걷고 가느다란 팔을 내려다보았다. 그의 팔은 오래된 상아처럼 누런빛을 띠고 있었다.

"아!"

그녀가 신음했다.

"왜 제게 말씀해주지 않으셨지요?"

"말 할 것이 무어 있소? 단지 이쪽 팔에 조금 한기를 느낄 뿐인데."

황제는 감추듯 자신의 손을 이불 밑으로 넣었다.

"자, 어서 침상으로 들어오시오. 난 당신만 있으면 괜찮소."

자희는 황제의 움푹 들어간 눈에 열정의 빛이 스며드는 것을 보았다. 그녀는 옷을 벗고 그 욕망에 부응할 준비를 했다. 그러나 자정이 넘어 음울한 시간이 지날 무렵, 자희는 깊은 슬픔에 빠지고 말았다. 황제는 이미 죽음의 한기에 사로잡혀 더 이상 남자 구실을 할 수가 없게 된 것이다. 그는 이제 여느 무기력한 환관들과 다를 바 없이 자신의 열정을 어쩌지 못하는 불구자에 불과했다.

"날 도와주시오."

그는 재차 자희에게 간청했다.

"날 도와주오. 그렇지 않으면 이 해소되지 않는 두려운 열정 때문에 죽고 말 것이오."

그러나 자희조차도 어찌할 수 없었다. 심지어 자신도 아무 도움이 되지 않는다는 것을 깨달은 자희는 침상에서 일어나 마치 어린아이 안듯 그를 품에 안았다. 황제는 자신이 성적으로 불구가 되었고, 그로 인해 한 때 그에게 즐거움을 주었던 일들을 다시는 할 수 없게 되었다는 걸 깨닫고는 그녀의 가슴에서 흐느껴 울었다. 황제는 서른도 채 되지 않은 젊은이였지만 지나친 성욕 탓에 그 육체는 이미 허약한 노인과 같았다. 그는 너무 일찍 자신의 욕망에 굴복했고, 환관들은 그 욕망을 과도하게 채워 주었다. 또한 궁의들은 약초와 약들을 지나치게 남용하여 그의 혈기를 북돋았다. 그는 이미 기력이 소진되었고, 이제 죽음을 기다리는 일만 남아 있었다.

자희는 황제를 가슴에 안는 순간 그가 곧 죽으리라는 것을 알았다. 그러나 겉으로는 부드럽게 황제를 위로했고, 그녀의 침착함과 확신 있는 어조에 동화된 황제는 점차 안정을 되찾았다.

"폐하는 너무 지치셨어요. 게다가 걱정하실 일이 한둘이 아닙니다. 우리에게는 많은 적들이 있으며, 그중에서도 군함과 군대를 갖춘 서양인들의 위협은 가장 심각한 것이지요. 저는 여자이기 때문에 폐하와는 달리 너무나 편하게 생활했어요. 그런데 폐하께서는 이러한 근심 걱정으로 마음고생을 하시느라 건강을 해치셨다니 정말 부끄러울 뿐입니다. 제가 아들을 출산하느라 여념이 없는 사이 폐하는 나라의 온갖 부담을 짊어지고 계셨습니다. 이제 제가 폐하를 돕도록 허락해 주세요. 폐하의 부담을 절반만 제게 나눠주세요. 제가 새벽에 접견실 가리개 뒤에 앉아 대신들의 말을 들을 수 있도록 허락해 주신다면, 그들의 불평을 듣고 고민해 보겠어요. 그리고 그들이 돌아간 후에는 제가 생각한 바를 폐하께 아뢸 수 있을 거예요. 그러나 저는 언제까지나 폐하의 부족한 조언자일 뿐 모든 결정은 폐하께 달려 있으며 저는 그것으로 소임을 다한 것입니다."

또한 자희는 황제의 후계자를 가졌다는 자부심과 만족할 수 없는 욕구를 발휘해, 그로부터 사랑의 밀어는 물론 국사와 적들의 위협, 왕권 자체의 강화에 이르기까지 모든 이야기를 듣고 싶어했다. 그리고 여러 가지 이야기를 나누는 동안, 황제가 얼마나 큰 부담감에 지쳐있는가를 알게 되었다.

황제는 땅이 꺼질 듯 한숨을 내쉬더니 몸을 일으켜 자희의 손을 잡고, 눈앞에 닥친 난처한 상황들을 토로하기 시작했다.

"도대체 골칫거리가 한도 끝도 없다오. 선대 때는 단지 북쪽에서 출몰하는 적들만 경계하면 되었소. 게다가 만리장성이 있었으므로 그들의 군사를 거뜬히 막았지. 하지만 이제 만리장성은 더 이상 쓸모 없게 되어버렸소. 백인들은 바다에서 몰려오기 때문이오. 영국인과 프랑스인, 네덜란드인, 독일인, 벨기에인까지, 정말이지 곤륜산맥崑崙山脈*의 국경 너머에는 얼마나 많은 나라들이 있는지 도무지 알 수 없을 정도요. 백인들은 아편을 팔기 위해 전쟁을 일으키고도 결코 만족할 줄 모르오. 게다가 미국인들까지 합세했단 말이오. 대체 그들은 어디서 온 거요? 미국이란 나라는 도대체 어디 붙어 있단 말이오? 미국인들은 그나마 다른 백인들보다는 좀 낫다고는 하나, 일단 양보를 시작하면 역시 터무니없는 특혜를 요구할 것이오. 올해는 그들이 우리와 조약을 갱신하는 해요. 하지만 난 어떤 백인 나라와도 조약을 갱신하고 싶지 않소."

"그렇다면 하지 마세요, 폐하."

자희는 침착하게 말했다.

---

* 중국 서부지방을 가로질러 2천km가량 뻗어 있는 아시아에서 가장 긴 산계山系

"폐하께서는 왜 하고 싶지 않은 일을 억지로 하시려는 겁니까? 대신들에게 거부하라고 명하세요."

"백인들은 가공할 만한 무기를 갖고 있소."

황제는 깊이 한탄했다.

"상황이 그렇다면 질질 끌면서 늑장을 부리세요. 그들이 지칠 때까지 말이에요."

자희는 황제의 눈을 바라보며 다시금 입을 열었다.

"즉 그들의 전갈이나 사절을 무시하시라는 겁니다. 그러면 일단 시간을 벌 수 있게 되지요. 그들이 우리가 조약을 갱신할 것이라는 희망을 가지고 있는 한, 공격을 시도하지 않을 거예요."

곰곰이 자희의 말을 되씹던 황제는 이내 눈을 빛내며 말했다.

"당신은 어떤 남자들보다도 내게 도움이 되는구려. 심지어 내 동생인 공친왕보다 낫소. 그는 백인들을 받아들이고 그들과 새로운 조약을 맺자고 주장했소. 그리곤 그들에게 얼마나 큰 군함과 대포가 있는지를 얘기하며 겁을 주었소."

자희는 나지막하게 미소를 지었다.

"절대 저들에게 겁먹지 마세요, 폐하. 공친왕에게도 마찬가지고요. 바다는 이곳과 멀리 떨어져 있어요. 제아무리 멀리 날아온다 한들 한낱 대포 따위가 여기 자금성을 넘을 수 있겠어요?"

그녀는 스스로의 말에 확신을 가지고 있었으며, 황제 또한 그녀의 말을 믿고 싶은 눈치였다. 황제는 애정과 신뢰가 가득 담긴 눈으로 자희를 응시하다가 오랜만에 깊은 잠에 빠져들었다. 자희는 새벽이 올 때까지 그의 곁에 앉아 있었다.

이윽고 아침이 되자 여느 때처럼 안덕해가 황제를 깨우러 왔다. 대신들이 아침 조회를 위해 기다리고 있었기 때문이다. 그러나 황제는 여전히 잠들어 있었고, 대신 자희가 일어나 안덕해에게 명했다.

"오늘부터 내가 접견실의 가리개 뒤에 앉겠소. 천자께서 그리 명하셨소."

안덕해는 무릎을 꿇은 채 바닥 가까이 이마를 대고 간곡한 어조로 외쳤다.

"마마, 이제 전 한시름 놓았습니다."

자희는 보일 듯 말듯 미소를 지었을 뿐 아무 대답도 하지 않았다.

그날부터 자희는 새벽 무렵 잠을 깨었다. 그리고 촛불 아래 목욕을 하고 예복을 입은 뒤 장막이 쳐진 가마를 탔다. 가마 앞에서는 이연영이 등불을 들고 걸었고, 접견실에 도착한 자희는 옥좌 뒤의 조각이 새겨진 거대한 가리개 뒤에 앉았다. 이연영은 항상 곁에서 그녀를 호위했고 만약을 대비해 품속에 단검을 숨겨두었다. 일이 닥치면 언제라도 그것을 뽑아들 작정이었다.

바로 그날, 어린 황태자는 드디어 모친의 침실을 벗어났다. 태자의 새로운 거처가 동궁東宮에 마련됨에 따라 환관장 안덕해가 그의 종복으로, 그리고 황제의 동생인 공친왕이 그의 보호자로 결정되었다.

그해 들어 추위는 유난히 빨리 찾아왔다. 몇 주 동안 비가 내리지 않더니, 화창한 가을 날씨는 온데간데없이 사라지고 건조하고 매서운 북서풍이 불어왔다. 먼 사막에서 날아온 뿌연 모래 가루가 북경을 온통 금빛으로 뒤덮었고, 처마의 갈라진 틈에 쌓인 모래들은 햇살에 반짝였다. 그러나 그중에서도 매끄러운 자금성의 지붕, 황실을 상징하는 파랑색과 황색 기와만큼은 하늘 아래 반짝이는 희뿌연 모래 가루 속에서도 선명하게 빛났다.

햇살이 따사로운 정오 무렵이 되면 노인들은 누비옷을 껴입고 집에서 빠져 나와 벽 사이의 모퉁이에 자리를 잡았으며, 아이들은 거리로 달려 나가 검게 탄 얼굴에 땀방울이 흐를 때까지 뛰어 놀았다. 하지만 저녁이 되어 해가 지면 뼛속까지 얼어붙는 듯한 건조한 냉기가 덮쳐왔다. 추위는 밤이 깊을수록 점점 심해져 자정부터 새벽 전까지 가장 맹위를 떨쳤다. 거리의 거지들은 얼어 죽지 않기 위해 밤새도록 이곳저곳을 뛰어다녔고, 심지어는 추위에 강한 들개들마저 쉽게 잠을 이루지 못했다.

그날 아침 자희는 평소대로 자신의 침상에서 잠을 자고 있었다. 야경꾼이 큰 소리로 놋쇠 징을 세 번씩 세 번, 도합 아홉 번을 울리자, 시녀는 자신의 초라한 침상에서 일어나 화로 위에 새 숯을 넣은 뒤 그 위에 물 주전자를 올렸다. 잠시 후 물이 끓었다. 시녀는 은으로 만든 오지항아리 안에 뜨거운 물을 부어 우려낸 차를 들고 자희의 침상 곁으로 다가갔다. 시녀가 커튼을 젖히고 어깨를 살짝 밀자 자희는 금방 눈을 떴다. 그녀는 근래 들어 깊은 잠을 자는 법이 없었다. 눈을 커다랗게 떠 정신을 차린 예흐나라는 침상 위에 앉아 말했다.

"이제 잠이 다 깼네."

자희는 시녀가 두 손으로 바친 차를 시간을 염두에 두며 천천히 마셨고, 빈 찻잔은 시녀가 다시 내어갔다. 욕실에는 김이 모락모락 나는 뜨거운 물이 목욕통 안에 담겨 있었다. 자희는 우아하고 흐트러짐 없는 동작으로 자리에서 일어나 목욕통으로 향했다. 시녀는 자희의 온몸을 부드러운 손길로 씻기고 난 뒤 물기를 닦아주고 접견에 걸맞은 옷을 입혀 주었다. 그녀는 향수를 뿌린 비단 속옷을 입은 뒤, 그 위에 북쪽 지방의 검은담비 털로 안감을 댄, 목까지 단추가 올라오는 전통 만주식 복장을 입었다. 그리고는 다시 작고 푸른 양각으로 봉황 문양을 수놓은 연한 황색 갑사를 덧입었다. 발에는 부드러운 비단 안감을 댄 버선을 신은 뒤 바닥에 두 개의 높은 굽을 댄 만주식 신발을 신었다. 마지막으로 머리에는 공단과 보석으로 문양을 새긴 꽃 모양의 머리 장식을 꽂고 작은 진주를 꿴 긴 줄들을 늘어뜨려 얼굴을 가렸다.

이 모든 준비가 이루어지는 동안 자희와 시녀는 말없이 움직였다. 시녀는 피곤했기 때문이었고, 자희는 맑은 정신으로 여러 가지 생각을 하기 위해서였다. 어제 공친왕은 자희와 사적으로 만난 자리에서 이렇게 말했다.

"백성들은 평화롭고 모든 것이 질서 있게 돌아갈 때는 통치자를 생각하지 않습니다. 그러나 위태롭고 질서가 문란해지면 통치자를 탓하지요. 이렇게 혼란스러운 시대에 나라를 다스린다는 것은 일종의 불행입니다. 그리고 안타깝게도 제 형이신 황제 폐하께서는 너무 나약하신 분입니다. 지금 백인뿐 아닌 한인 반란군들조차도 폐하를 두려워하지 않고 있습니다."

"만일 백인들만 바다를 건너오지 않게 된다면, 한인 반란군들은 그 진압이 쉬워지겠지요."

자희의 의견에 공친왕은 슬픈 듯하면서도 사려 깊은 얼굴로 동의했다.

"하지만 우리에게 무슨 방법이 있겠습니까?"

공친왕은 고개를 설레설레 저었다.

"그들은 이미 여기에 들어와 있지 않습니까. 1백여 년 전 우리 조상들은 서양인들이 우리와 다르다는 것을 인식하지 못함으로써 큰 잘못을 범했습니다. 우리 조상들은 서양인들의 교묘한 장난감과 시계에 반해 아무 사심 없이 그들을 받아들였지요. 그들이 예의바르게 돌아갈 것을 기대하면서 말입니다. 그리고 이제 와서야 우리는 처음부터 그 서양인들을 모조리 바다에 처넣었어야 했다는 사실을 깨닫게 되었습니다. 서양인들은 한 사람이 오면 백 사람이 따라오고, 게다가 한번 이 땅에 들어오면 도무지 돌아가려 들지 않기 때문입니다."

"정말로 이상하군요."

자희가 의아한 듯 물었다.

"존경하는 선대 황제이신 건륭제께서는 그토록 위대하고 현명하신 분으로 이 나라를 수십 년 간이나 통치하셨으면서 어찌 서양인들의 본성을 파악하시지 못했던 거죠?"

공친왕은 고개를 저으며 침울하게 말을 이었다.

"건륭제께서는 당신의 권력과 선의로 인해 과오를 범하신 겁니다. 건륭제께서 적이 아니라 여기시면 누구도 적이 아니었습니다. 심지어 그분은 스스로를 당시 생존했던 조지 워싱턴이라는 미국인에 비유하기도 하셨습니다. 그리고는 당신과 미국의 워싱턴은 서로 얼굴을 본 적은 없지만 형제라고 즐겨 말씀하시곤 했습니다. 두 사람의 치세가 동시대인 것은 사실이었습니다만."

이것이 그녀와 공친왕이 나눈 대화의 내용이었다. 요즘 공친왕은 그녀를 가르치면서 종종 곤혹스러움을 내비쳤다. 자희는 그가 한창 이야기를 하고 있노라면 그의 얘기를 경청하는 동시에, 비록 잘생기긴 했으나 한창 나이의 남자라고 하기에는 너무 슬프고 지쳐 보이는 얼굴을 빤히 바라보곤 했다. 그리곤 내심 공친왕이 장손으로 태어나 나약한 함풍제 대신 황제가 되었다면 얼마나 좋았을까 생각했다.

"준비가 다 되셨습니다, 마마."

시녀가 말했다.

"그리고 가시기 전에 뜨거운 수수죽이라도 한 사발 드시는 게……."

"돌아와서 요기를 하겠네."

자희가 대답했다.

"정신이 맑으려면 공복이어야 하니까."

자희는 자리에서 일어나 자로 잰 듯 정확한 걸음걸이와 꼿꼿한 자세로 문을 향해 걸었다. 궁녀들은 언제나 그녀를 곁에서 모셔야 할 의무와 책임이 있었고, 자희 역시 마음만 먹으면 그들을 엄격하게 다룰 수 있었다. 그러나 그녀는 순종적인 궁녀들에게는 언제나 관대했으므로 지나치게 일찍 일어나라는 명 따위는 내리지 않았다. 다만 시녀가 조금 먼저 일어나 있고 담당 환관인 이연영이 문에서 기다리고 있는 것으로 족했다. 그러나 유독 한 궁녀만은 자희보다 훨씬 일찍 일어나 있는 경우가 많았는데, 그녀는 바로 왕공이자 군기대신인 숙순의 어린 딸 매였다.

오늘 아침에도 바깥으로 향하는 문을 열자 매는 이미 그곳에 서 있었다. 그녀는 너무 이른 시간에 일어나서인지 다소 창백하긴 했으나 하얀 치자꽃처럼 신선한 모습이었다. 매는 이제 겨우 열여덟 살이었는데 작은 키에 아름다운 몸매를 갖추고 있었다. 또한 매우 사랑스럽고 상냥했으며 성격 또한 고분고분했다. 그래서 자희는 숙순이 자신의 적이라는 사실을 알면서도 그러한 그녀를 내심 귀여워했다. 자희는 아량이 넓고 공정한 성격이었으므로 냉혹한 아버지의 책임을 상냥한 딸에게까지 전가하는 어리석고 잔혹한 일은 범하지 않으려 했다.

자희는 어린 소녀에게 미소를 지어보였다.

"일찍 일어났구나."

"마마, 너무 추워서 잘 수가 없었어요."

자희는 매의 솔직한 대답에 웃으며 대답했다.

"조만간 네 침상을 따뜻하게 해 줄 남편 감을 정해 줘야겠구나."

그리고 그 말이 끝나자마자 자희는 매를 배려하는 마음에서 별 생각 없이 내뱉은 그 말이 얼마나 어리석었는지를 곧바로 깨달았다. 황태자의 첫 달을 기념하는 연회가 있은 후부터 갑작스레 매의 이름이 궁 안 여인네들의 입에 오르내리기 시작했다. 내용인즉 매가 황실경비대장 영록과 몇 번 만남을 가졌다는 것이다. 궁 안의 온갖 소문을 귀담아 듣고 있던 자희 역시 그 이야기를 전해 들은 터였다. 실로 자희는 궁중 안에서 일어나는 모든 일에 항상 신경을 곤두세운 채였지만, 궁의 사람들은 절친한 친구조차 없는 그녀가 이처럼 궁정의 모든 일을 훤히 알고 있으리라고는 짐작하지 못했다.

"마마, 황송하오나 저는 남편을 원하지 않습니다."

매는 나지막하게 중얼거리며 얼굴을 붉혔다. 자희는 매의 **뺨**을 살짝 꼬집었다.

"남편을 원하지 않는다고?"

"저는 항상 마마 곁에 있고 싶습니다."

매가 간절한 눈초리로 자희를 올려다보았다.

"안 될 것도 없지."

자희가 대답했다.

"하지만 남편을 얻지 말라는 뜻은 아니란다."

매의 얼굴은 창백해지는가 싶더니 홍조를 띠었고, 이내 다시 창백해졌다. 매는 불안했다. 자희가 어떤 남자와 결혼하라고 명하면 본인의 마음이야 어떻든 따라야 했던 것이다.

이때 이연영이 두 사람 앞에 나타났다. 깜박거리는 등불을 손에 든 그의 우악스러운 얼굴은 어둠 속에서 더욱 무시무시한 느낌을 주었다.

"이러다간 늦겠습니다, 마마."

그는 환관 특유의 높은 억양으로 말했다. 자희는 다시 침착함을 되찾고 본연의 모습으로 돌아왔다.

"아, 그렇지. 그 전에 태자를 좀 보고 가야겠구나."

자희는 매일 아침 조회에 참석하기 전 아들을 찾았다. 오늘도 그녀는 여섯 명의 가마꾼들에게 실려 동궁으로 향했다. 그리고 가마꾼들이 동궁 입구에서 가마를 내려놓자마자 서둘러 아들에게 달려갔다. 그 동안 궁녀들은 바깥에 서서 그녀를 기다렸으며, 동궁을 경비하는 환관들은 자희가 동궁의 침실을 지나갈 때까지 허리를 굽힌 채 꼼짝도 하지 않았다. 자희는 조심스럽게 침실 안으로 들어섰다. 탁자 위에 올려진 금촛대 안에서는 쇠기름으로 만든 붉은 빛의 초가 타고 있었다. 자희는 촛불의 희미한 불빛에 의지해 아들을 내려다보았다.

태자는 유모에게 안겨 깊은 잠에 빠져 있었다. 자희는 아들의 침상 옆에서 아쉬운 듯 머뭇거렸다. 태자는 유모의 팔을 베개 삼아 젖가슴에 얼굴을 파묻은 채였다. 요즘 태자는 밤중에 우는 일이 잦아졌고, 유모는 그때마다 깨어 젖을 먹였다. 때문에 피곤에 지친 두 사람은 인기척조차 느끼지 못한 채 세상모르게 곯아떨어져 있었다.

자희는 고통과 묘한 갈망이 뒤섞인 눈길로 두 사람을 가만히 내려다보았다. 밤중에 칭얼대는 소리를 들으며 아이에게 젖을 먹이고 평화롭게 단잠에 빠져야 하는 사람은 다름 아닌 바로 자신이었다. 이제까지 그녀는 자신의 운명을 바꾸는 일에 몰두하느라 그런 행복감에 대해서는 미처 생각지 못했다.

그러나 자희는 다시 마음을 가다듬었다. 선택의 순간은 지나갔다. 아들이 태어난 순간, 그녀의 운명은 이미 확정지어진 것이다. 이제 그녀는 한 아이의 어머니가 아닌, 용상을 물려받을 황태자의 어머니였다. 따라서 아들이 4억 명에 이르는 백성들의 황제가 되는 날까지

고스란히 마음과 정성을 바쳐야 한다. 이제부터 그녀는 혈혈단신으로 청 왕조의 산재한 난제들을 풀어나가야 했고, 나약한 함풍제의 뒤를 이을 강인한 아들을 위해 가장 좋은 나라를 물려주어야 한다. 자희는 이러한 목표를 가슴 깊이 담고 평생을 전진하겠노라 결심했고, 근래 들어서는 국사에 몰두하느라 도서관에서 공부하는 것조차 자제했다. 또한 묘 부인의 그림 수업도 받지 않았다. 언젠가는 묘 부인의 말처럼 어떠한 지시나 방해도 받지 않고 자신만의 그림을 그릴 수 있는 날이 올 것이었다. 그러나 아직은 때가 아니었다.

자희는 아들이 깨지 않도록 발소리를 죽여 빠져나와 다시 가마에 올랐다. 새벽 전에 불어오는 바람에 가마의 장막이 거칠게 휘날렸지만, 잠든 아들의 얼굴을 보고 난 그녀의 마음은 그 어느 때보다 훈훈했다. 예전에 그녀는 단지 황후가 되고 싶다는 야망으로만 가득했다. 그러나 이제는 아들을 위해 제국을 장악해야 한다. 그리고 이야말로 얼마나 큰 야망인가.

펄럭이는 장막 사이로 환관들의 등불에 반짝이는 자갈들이 보였다. 잠시 후 그녀는 좁은 통로와 안뜰을 거쳐 접견실 앞에 도착했다. 가마에서 내려 장막을 걷어 올렸을 때 저만치 공친왕이 달려나와 그녀를 맞이했다.

"마마, 늦으셨습니다."

공친왕이 근엄한 목소리로 말했다.

"태자와 너무 오래 있었나 봅니다."

자희의 솔직한 대답을 들은 공친왕은 다소 책망하는 듯한 투로 말했다.

"마마께서 태자마마를 깨우지 않으셨길 바랍니다. 태자께서는 반드시 건강하고 원기 넘치게 자라셔야 합니다. 그의 치세에는 험난한 역경이 닥쳐 올 테니까요."

"난 태자를 깨우지 않았습니다."

그녀가 위엄 있게 말했다. 그리고 이 말을 끝으로 두 사람은 침묵을 지켰다.

공친왕은 자희를 용상 뒤의 공간과 연결된 안쪽 통로까지 인도했고, 자희는 용 문양이 깊게 조각된 거대한 가리개 뒤에 차분히 앉았다. 뒤이어 그녀의 오른쪽에는 궁녀 매가, 왼쪽에는 환관 이연영이 섰다.

그녀는 가리개 너머로 접견실 앞의 넓은 테라스를 바라보았다. 어둠 속에 휩싸인 거대한 접견실은 자정 전에 도착해 있던 왕들과 대신들로 가득 차 있었다.

그들은 황제에게 바칠 진정서와 탄원서를 품은 채 낡은 털 띠를 두른 마차를 타고 달려와 안뜰에서 서열에 따라 무리를 나누었으며, 각각의 무리들은 황제를 기다리는 동안 각각 밝은 비단과 어두운 우단으로 만든 깃발 아래 모여 있었다. 밤하늘과 주위는 칠흑같이 어두웠지만 바닥 낮은 안뜰에서 타오르는 횃불을 받은 테라스는 환한 빛으로 물들어 있었다. 사방의 모퉁이에는 기름으로 가득 찬 청동 코끼리상이 서 있었는데, 그 치켜 올린 긴 코끝에는 붉은 횃불이 이글대며 타올랐다.

한편 1백 명 남짓의 환관들은 커다란 뿔 모양의 횃불을 손보거나 선명한 보석으로 장식된 예복을 추스리며 황제를 기다리다가 지루해지면 이따금씩 속삭이고는 했다. 모두가 목소리를 낮춘 가운데 접견실에는 어색한 침묵이 흘렀다. 한편 점술가들은 별의 운행에 따라 정해놓은 시간이 임박하자 무아지경에 빠진 듯 보였다. 사람들은 미동조차 없이, 경직되고 진지한 얼굴을 들어 머리 위 하늘을 바라보았다. 새벽이 오기 직전 나팔수가 놋쇠 나팔을 크게 불었다. 황제의 행렬은 그 신호를 기해 처소를 떠났고, 잠시 후 격이 낮은 정전을 천천히 통과했다. 행렬이 입구를 지나 또 한 번 입구를 지나는 순간 저만치서 환하게 동이 터 왔다. 황제의 행렬은 동이 트는 정확한 시간에 맞추어 격이 높은 정전에 도착한 것이다. 전령들이 일제히 외쳤다.

"만세의 군주를 보라!"

외침이 울리는 순간 황제의 행렬이 안마당으로 향하는 입구에 나타났다. 맨 앞에는 금빛 깃발을 휘날리는 전령들이 행진했으며, 그 뒤에는 영록이 이끄는 빨강과 금색의 긴 웃옷을 입은 황실경비병들이 걸었다. 그 다음으로는 노란 제복을 입은 1백 여 명이나 되는 가마꾼들이 황제의 육중한 금빛 가마를 메고 앞으로 나아갔고, 마지막으로는 기인들이 뒤따랐다.

대신들과 왕들, 환관들은 무릎을 꿇고 신성한 환영의 인사를 외쳤다.

"만세, 만세!"

그들은 무릎을 꿇은 채 손을 포개어 얼굴에 대고 절을 한 뒤 가마꾼들이 황제의 가마를 테라스로 연결된 대리석 계단 위에 올려놓을 때까지 엎드려 있었다. 가마에서 내린 황제는 용 모양으로 금자수를 놓은 예복을 휘날리며 빨강과 금색으로 칠해진 기둥 사이를 지나 천천히 높은 단으로 나아갔다. 그리곤 몇 걸음 올라가 용상 위에 앉았다. 그는 가느다란 손을 무릎 위에 올려 놓은 뒤 정면을 바라보았다.

다시 정적이 흘렀다. 무릎을 꿇은 군중들은 머리 위에 두 손을 댄 채 공친왕이 용상의 오른쪽에 자리를 잡을 때까지 꼼짝도 하지 않았다. 잠시 후 공친왕은 자리에 서서 서열에 따라 왕과 대신들의 이름을 크게 불렀고, 그때마다 호명된 사람들이 앞으로 나오면서 조회가 시작되었다.

한편 가리개 뒤에 앉아있던 자희는 한 마디도 놓치지 않기 위해 최대한 앞으로 몸을 숙였다. 그러나 보이는 것은 용상의 등 받침 위로 솟아오른 황제의 머리와 어깨뿐이었다.

창백하고 거만해 보이는 정면과 달리 뒷모습은 그의 약점을 고스란히 드러내고 있었다. 장식 술이 달린 관 아래의 목은 가늘고 누런빛을 띠어 마치 병약한 소년의 목과 같았다. 게다가 좁은 양어깨는 가느다란 목을 간신히 지탱하듯 보였고, 작은 체구에 걸맞지 않는 풍성한 예복을 입은 채 허리를 구부린 모습은 어딘가 온전치 못한 느낌을 풍겼다.

자희는 동정심과 혐오가 뒤섞인 감정으로 그 뒷모습을 응시하며, 침실에서 보았던 그의 마르고 병약한 몸을 떠올렸다. 그리곤 재빨리 용상 너머로 시선을 돌렸다. 그곳에는 젊음과 남자다운 활기로 충만한 영록이 서 있었다. 자희는 생각했다. 비록 이 순간은 남과 북처럼 멀리 떨어져 있지만 언젠가는 그를 높이 세울 것이며, 그 시간 또한 얼마 남지 않았다. 그러기 위해서는 모든 이들이 두려워할 만큼 강력한 힘을 손아귀에 넣어야 한다. 누구도 감히 그녀의 이름을 더럽힐 수 없을 정도의 높은 지위 말이다! 그 순간 자희는 갑자기 자신도 모르게 궁녀 매를 바라보았다. 매는 홀린 듯 가리개 앞에 바짝 붙어 영록을 바라보고 있었다.

"물러서라!"

자희는 표독스럽게 소리치며 매의 손목을 세게 비틀었다. 매는 공포에 질린 얼굴로 분노로 이글거리는 자희의 눈동자를 바라보았다. 자희는 더 이상 입을 열지는 않았지만 견딜 수 없을 만큼 매서운 눈초리로 그녀를 노려보았다. 결국 매는 고개를 푹 숙여버렸다. 이내 하얗게 질린 뺨에서는 눈물이 흘러내렸다. 그때서야 자희는 시선을 돌려 정면을 응시하며 다시금 차갑고 위엄 있는 황후로 돌아갔다. 한낱 감정 때문에 이성을 무너뜨릴 수는 없었다. 그녀는 더욱 주의를 기울여 접견을 지켜보며, 다시는 가질 수 없는 사랑을 갈망하지 않으리라 결심했다.

그때 갑작스럽게 광동성廣東省의 예 총독이 용상 앞에 모습을 드러냈다. 그는 방금 책임 지역이었던 남쪽 지방의 광동성에서 배와 말을 타고 서둘러 도착한 모양이었다. 그는 무릎을 꿇은 채 양손에 든 두루마리의 글귀를 날카롭고 높은 목소리로 읽어 내렸다. 그는 이름이 널리 알려진 학자였고 고전에서 쓰이는 사성에 맞춰 상주문을 썼기 때문에 학식 없는 이들은 그의 말을 이해할 수 없었다. 자희는 주의를 기울여 그의 말을 경청했다. 만일 그 동안 고전을 부지런히 공부하지 않았더라면 그녀 역시 그의 말을 아예 알아들을 수 없었을 것이다. 그녀는 단어의 뜻을 하나하나 새기면서 모르는 단어는 문맥을 통해 추측했다.

상주문의 요지는 다음과 같았다.

한 영국인을 중심으로 모인 서구 상인들이 압력을 가하며 트집을 잡고 있는데 그 이유는 차마 용상 앞에서 언급하기조차 부끄러운 사소한 것이었다. 그러나 과거부터 그들은 자신들의 방식대로 목적을 달성하려 들다가 일이 난관에 부딪치면 언제나 전쟁을 운운했다. 그리고 그 빌미로 사소한 것들을 트집 잡았다. 그들은 야만적이고 문명화되지 않았으므로 전쟁의 합당한 근거를 찾을 수 없었던 것이다. 그러나 보다 안타까운 것은 중국이 언제나 그 전쟁들에서 패배했다는 사실이었다. 이번 분쟁의 원인 또한 일개 깃발과 관련된 것이었다. 황제가 의아한 얼굴로 무어라 중얼대자 공친왕이 황제를 대변해 크고 명확한 목소리로 말했다.

"천자께서는 '플래그'가 뭐냐고 물으시오."

예 총독은 고개를 숙인 채 대답했다.

"폐하, '플래그'란 깃발을 말하는 것이옵니다."

황제는 다시 뭔가 중얼거렸고, 공친왕은 다시금 목청을 높여 황제의 말을 되풀이했다.

"그렇다면 어째서 그 영국인은 금방이라도 바꿀 수 있는 일개 천 조각 때문에 그토록 화를 내는 것이오?"

"폐하."

총독은 여전히 시선을 들지 않은 채 설명했다.

"영국인들은 미신에 사로잡힌 족속들입니다. 그들은 교육을 받지 않아 미개한 탓에 빨강과 흰색과 파랑으로 도안한 직사각형 천에 주술적인 애착을 갖고 있습니다. 그 깃발이야말로 그들을 상징하며 그들이 숭상하는 신에 대한 신성한 물건이라는 것입니다. 그래서 그 천 조각에 대해 존경을 표하지 않으면 불같이 화를 냅니다. 그들은 어딘가에 그 깃발을 꽂음으로써 그곳이 자신들의 소유임을 나타냅니다. 이런 연유로 인해 한인 해적들의 상선의 후미에도 이 깃발이라는 물건이 꽂혀 있었습니다. 한인 해적들은 지난 몇 세대 동안 저희 남부 지방의 골칫거리였습니다. 그들은 낮에는 자고, 밤에는 정박해 있는 배를 공격하여 심지어 해변 마을까지 약탈했습니다. 그러던 어느 날 이 배의 선장은 영국인들에게 돈을 주고 그들의 깃발을 배 후미에 달아도 된다는 허락을 받았습니다. 그 깃발을 달면 아무리 정부라도 감히 자신들을 제어할 수 없을 것이라고 생각했던 모양입니다. 하지만 존귀하신 폐하의 보잘것없는 종복인 신이, 그까짓 깃발 따위를 두려워하겠습니까? 저는 그 배를 억류하고 선장을 사슬로 묶었습니다. 그리고 나서 깃발을 내리라고 명했습니다. 그러자 광주廣州에 있는 영국인 무역 감독관인 존 보링이라는 자가 이 소식을 듣고 자신들의 신성한 상징을 모욕했다고 주장하면서 천자를 대신해 사과할 것을 요구했습니다."

순간 얼어붙는 듯한 공포심이 자리에 모인 청중들을 휩쓸고 지나 갔다. 심지어 황제마저도 소스라치게 놀랐다. 황제는 용상에 똑바로 앉아 직접 의견을 개진했다.

"사과를 하라고? 대체 무엇 때문에 그런 요구를 하는 것이냐?"

"폐하, 제 말이 그 말이옵니다."

총독이 말했다. 그러자 황제가 지시했다.

"일어나라."

이어 공친왕이 되풀이해서 말했다

"일어나라고 황제께서 명하신다."

황제 앞에서 무릎을 꿇지 않는 것은 이례적인 일이었지만 총독은 그대로 복종했다. 그는 남쪽 지방에서 태어난 나이 지긋한 한인으로 키가 크고 골격이 장대했다. 또한 한인임에도 불구하고 다른 만주인 학자들과 마찬가지로 황제에게 크나큰 충심을 가지고 있었다. 황제는 좋은 성적으로 과거에 합격한 학자들이라면 한인, 만주인을 구별하지 않고 총애하며 조정의 관리로 임명했다. 때문에 한인 관리들이 그에게 충심을 가지는 것도 당연했다. 그러나 사실 한인들이 국가의 요직에 올라 청 왕조와 긴밀한 유대를 유지하게 된 것은 이미 수백 년 전부터 있어왔던 일이었다.

"그래서 사과를 했느냐?"

황제는 다시 한 번 공친왕을 거치지 않고 직접 물었다. 이 사건에 깊은 관심을 가지고 있다는 뜻이었다.

이에 예 총독이 대답했다.

"폐하, 비록 미천하나 저는 황제께 임명을 받은 몸이옵니다. 그런 제가 어찌 사과를 할 수 있겠습니까? 그래서 미봉책으로나마 한인 해적 선장과 부하들을 그 영국인에게 보냈습니다. 하지만 이런 방법으로는 거만하고 무지한 그 보링이라는 자를 만족시킬 수 없었습니다. 보링은 그 한인들을 되돌려 보낸 뒤 자신이 원하는 사람은 이들이 아닌 바로 저라고 밝혔습니다. 그래서 저는 너무 분한 나머지 보링이 돌려보낸 소동의 장본인들의 목을 베어 버렸사옵니다."

"그래서 보링이라는 영국인은 만족했느냐?"

황제가 다시 물었다.

"아니옵니다, 폐하."

총독이 대답했다.

"그 자를 만족시킬 수 있는 것은 아무것도 없습니다. 아무래도 보링이라는 작자는 또다시 전쟁의 빌미를 찾기 위해 분란을 일으킨 다음 우리의 토지와 재산을 하나라도 더 차지하려는 듯합니다. 실제로 그는 갖가지 구실로 분쟁을 확대시키려고 인도에서 아편을 들여오는 밀수까지 조장하고 있습니다. 한인 상인들의 밀수가 판을 치는 가운데 한술 더 떠 영국인들과 인도인 심지어 미국인들까지도 우리 백성들의 풍속을 문란하고 나약하게 만드는 사악한 궐련의 밀수를 허용하라고 주장하고 있는 것입니다. 게다가 그들은 총까지 밀수해 남쪽의 한인 반란군에게 팔아넘기고 있습니다. 그것도 모자라 보링은 한인들을 납치해 막노동꾼으로 팔아넘기는 포르투갈인들을 지지한다고 외치고 있으며, 건물을 지을 수 있도록 허락된 지역이 너무 좁다고 불평을 합니다. 뿐만 아니라 광주의 문호를 개방해, 그들과 그들의 가족들이 거리에서 마음대로 활보할 수 있도록 해 달라고 요구하고 있습니다. 천자시여, 만일 그렇게 된다면 모두가 뒤죽박죽이 되어 백인 남자들은 우리의 어린 여자들을 빤히 쳐다볼 것이며, 백인 여자들은 수줍음이라고는 없는 남자들처럼 마구 거리를 휘젓고 돌아다닐 것이 분명하옵니다. 그리고 특정 백인 족속에게 이를 승인해 주면 과거에도 그랬듯 다른 백인들 또한 이를 허락해 달라고 덩달아 일어날 것이옵니다. 그렇게 되면 우리의 풍속은 파괴될 것이

뻔하며 백성들 또한 타락하지 않겠습니까?"

황제는 고개를 끄덕였다.

"다른 나라에서 온 이방인들이 우리의 거리에서 자유롭게 돌아다니는 것을 결코 인정할 수 없도다!"

"폐하, 그래서 결국 그것을 금지시켰습니다만, 영국인들이 그것을 핑계 삼아 다시 전쟁을 일으킬까 두렵습니다. 그리고 저같이 보잘것없는 사람은 그 책임을 감당할 수 없사오니 통촉하여 주시옵소서."

이것이 자희가 가리개 뒤에서 들은 내용이었다. 그녀는 오만하고 방자한 서양인들에 대한 분노와 증오심으로 고함이 터져 나오려는 것을 가까스로 참고 있었다. 이어서 황제가 말했다.

"그렇다면 그대가 우리의 의견을 그 보링이라는 영국인에게 전달하라!"

황제는 격앙된 채 날카로운 음성으로 소리를 질렀다. 총독은 불안을 감출 수 없었다. 황제의 목소리가 그처럼 높이 올라간 것을 들은 적이 없었기 때문이다. 그리하여 그는 용상 쪽으로는 얼굴을 들지 않고 공친왕을 향해 말했다.

"폐하. 보링은 지금 저와 동등한 자격으로 폐하를 알현할 수 있도록 해 달라고 주장하고 있습니다. 하지만 저는 그 요구를 받아들이지 않았습니다. 어찌 감히 한낱 이국의 상인에 불과한 자가 천자의 임명을 받은 저와 동등해질 수 있겠습니까? 이는 천자에 대한 모독일 것입니다. 저는 다른 속국의 백성들에게 하던 방식대로 그를 응대할 것이며, 그는 다른 속국의 백성들처럼 굴복하는 자세로 제게 다가와야 할 것입니다. 하지만 그는 그렇게 하려고 하지 않을 것이옵니다."

"그대 말이 맞다."

황제는 맥없이 화를 내며 말했다. 이에 고무된 총독은 좀 더 많은 사실을 털어놓았다.

"존귀하신 폐하, 게다가 이 보링이라는 자는 광주 주민들이 자신들을 비난하는 벽보를 써 붙이는 것을 즉각 금지시키라고 요구하고 있습니다. 근래 들어 한인들이 성벽과 성문에 영국인들을 야만인이라 칭한 벽보를 붙이고 이 해안에서 떠나라고 요구하고 있기 때문입니다."

"한인들의 말이 옳다!"

황제가 소리쳤다.

"지당하신 말씀이십니다, 폐하."

예 총독이 동의했다.

"더구나 제가 어찌 그들의 행위를 금지시킬 수 있단 말입니까? 생각하는 바를 말하고 공개적으로 항의함으로써 자신들의 요구를 통치자에게 알리는 것은 한인들의 오래된 특권이자 관습이옵니다. 그런데 어찌 그것까지 막을 수 있겠습니까? 이것은 새로운 반란을 일으키는 빌미가 될 뿐입니다. 작년 무렵 저는 관군을 시켜 모든 반란군을 죽이라고 명했고, 이에 한인들은 겁을 먹었습니다. 그리고 폐하께 보고 드린 대로 당시 8만여 명의 반란군이 죽임을 당했습니다. 그러나 어딘가에 아직 반란군들이 살아남아 있는 이상, 반역의 무리는 우후죽순처럼 퍼져 나갈 것입니다. 또한 한인의 관습을 억누르는 행위는, 이 제국이 오직 한인들에 의해 통치되어야 한다고 생각하는 한인 반란군 세력들에게 힘을 실어주는 결과가 될 뿐입니다."

그의 예측은 황제를 놀라게 할 만큼 예리했다. 황제는 떨리는 입술을 감추기 위해 소매를 들어 얼굴로 가져갔다. 사실 그는 자신을 압박하는 백인들보다 자신이 통치하고 있는 한인들에게 더 큰 두려움을 가지고 있었다. 그의 목소리는 희미하게 떨렸다.

"절대 그들을 제지해서는 안 된다."

공친왕은 즉시 황제의 말을 받아 마치 자신의 의무인 양 되풀이해 말했다.

"절대 그들을 제지해서는 안 된다."

그리고 무릎을 꿇은 대신들과 왕들은 찬성의 뜻으로 가라앉은 듯한 소리를 지르고는 모두 자리에서 일어났다.

"내일 짐이 다시 영을 내리겠다."

주위가 조용해진 뒤 황제가 말했다. 총독은 바닥에 머리를 아홉 번 찧고 절을 한 뒤 다음 대신에게 자리를 양보했다. 그리고 그곳에 모인 사람들은 황제가 왜 영을 미루었는지를 잘 알고 있었다.

그날 밤 자희는 황제의 부름을 받기 전, 자신이 무슨 말을 해야 할지를 빈틈없이 생각해 두었다. 그녀는 하루 종일 생각에 잠겨 있었으며 심지어는 아들조차 보지 않았다. 그리고 스스로의 분노와도 치열하게 싸워야 했다. 마음 같아서는 황제로 하여금 군대를 보내도록 하여 최후의 한 명까지 쫓아버린 뒤 다시는 중국 땅으로 돌아올 수 없도록 만들고 싶었다. 그러나 자희도 알다시피 지금은 때가 아니었다. 그녀는 자칫 분노에 굴복해 버릴 경우 더 나쁜 결과를 낳을 수 있다는 사실을 잘 알고 있었다. 논어에서도 보았듯 다른 사람을 다스리려면 먼저 자신부터 다스릴 줄 알아야 했다.

> 위정자의 행동이 옳으면, 명령을 내리지 않아도 국가는 효율적으로 운영될 것이다. 그러나 위정자의 사사로운 행동이 옳지 않으면, 명령을 내려도 백성들이 따르지 않을 것이다.

이 말이 남자에게 해당되는 것이라면, 하물며 여자가 나라를 다스릴 경우에는 더 말할 나위가 있겠는가! 그녀는 남자보다 몇 배, 아니 몇 십 배 자신에게 엄격해야 했다. 자희는 또다시 자신이 남자였더라면 얼마나 좋았을까 생각했다. 그랬다면 그녀는 직접 관군을 이끌고 전장으로 나가 침략자들과 맞섰을 것이다. 대관절 전생에 무슨 죄를 지었기에 강한 남자가 필요한 이 시대에 여자로 태어났단 말인가? 그녀는 그 궁극적인 의문에 대해 곰곰이 생각했고 까마득한 기억을 떠올려 내면 가장 깊숙한 곳까지 들여다보려 애썼다. 그러나 그녀는 어머니의 자궁을 떠올렸을 뿐 더 이상 자신의 존재를 확인할 수 없었다. 그리고 얼마 안 가 그것이 자신의 참모습이라는 것을 깨달았다. 어쨌든 그녀는 자신의 본래 모습, 즉 여자의 몸으로 남아야 했다. 그리고 다만 그 안에 남자의 강인한 정신을 담아 일을 처리해 나가면 되는 것이다.

그날 밤 황제를 찾아간 자희는, 황제가 자신의 습관적인 욕정을 두려워하고 있다는 사실을 알아챘다. 그의 욕정은 지나치게 강렬했고, 그의 허약한 육체는 이에 부응할 수가 없었다. 자희는 자신을 향한 황제의 열정 속에서 그의 두려움을 느꼈다. 이윽고 그는 두 손을 들어 그녀의 오른손을 잡고 손바닥을 쓰다듬으며 품고 있던 질문을 던졌다.

"대체 보링이라는 영국인을 어떻게 해야 되겠소? 그는 죽어 마땅하지 않소?"

"물론입니다."

자희가 부드럽게 말했다.

"천자를 모욕한 자는 어느 누구를 막론하고 죽어 마땅합니다. 그러나 폐하께서도 아시다시피 독사를 잡으려면 단칼에 그 머리를 베어야 합니다. 그렇지 않으면 그 짐승은 돌아서서 반격을 하게 되지요. 따라서 폐하의 무기는 날카롭고 확실해야 합니다. 아직까지는 그 무기를 찾지 못했지만, 어쨌든 그 뱀 같은 족속에게는 교활하면서도 강력한 무기가 필요합니다. 따라서 저는 확실한 방법을 찾을 때까지, 결코 양보하지도 거절하지도 않은 채 계속 핑계를 대며 지연책을 쓰시기를 간청합니다."

황제는 불안감에 휩싸인 얼굴을 잔뜩 찡그린 채 자희의 말을 계시처럼 경청하다가 그녀가 말을 마치자 열렬하게 반응했다.

"진정 당신은 자비로운 관음보살이 환생한 것 같소. 이 끔찍한 시대에 나를 인도하고 도와주기 위해 하늘이 보내 주신 관음보살 말이오!"

이때까지 황제는 자희에게 사랑한다는 말을 여러 번 속삭였고, 그 말은 모두가 진심이었다. 그러나 방금 황제가 한 말은 그간의 어떤 고백과 찬사보다도 자희를 기쁘게 했다.

"관음보살은 제가 가장 좋아하는 보살이십니다."

자희는 상냥하고도 힘 있게 말했다. 황제는 갑작스레 원기가 솟구치는 듯 침상에서 벌떡 일어났다.

"공친왕을 불러라!"

황제가 소리쳤다. 그도 여느 나약한 남자들과 마찬가지로 참을성이 없었으므로 일단 결정이 내려지면 곧바로 행동에 옮겨야 했다. 그럼에도 자희는 황제의 결정에 순응했다. 잠시 후 공친왕이 들어왔고, 그녀는 공친왕의 진지하면서도 잘생긴 얼굴을 보자 다시금 두터운 신뢰감이 솟는 것을 느꼈다. 이처럼 자희가 그를 믿고 있는 이상 누가 뭐라 한들 두 사람은 같은 운명을 지니게 될 것이다.

"앉아라, 앉아."

황제가 조급하게 말했다.

"서 있도록 허락해 주십시오."

공친왕은 정중하게 대답했다. 그리고는 황제가 특유의 높고 신경질적인 목소리로 적당한 말을 찾기 위해 더듬거리는 동안 꼿꼿한 자세로 그 자리에 서 있었다.

"우리는 아니, 짐은 일격에 백인들을 공격할 수 없다고 결론을 내렸다. 그들은 즉각 처형되어야 마땅하지만 뱀을 제압하려면, 다시 말해 뱀을 단번에 죽이기 위해서는 너도 알다시피, 그 머리를 뭉개버리던가 베어버려야 한다. 문제는……."

"무슨 말씀이신지 알겠습니다, 폐하."

공친왕이 말했다.

"만일 적들을 완전히 제압하리라 확신할 수 없다면 차라리 공격을 하지 않는 편이 낫다는 말씀이 아니옵니까?"

"그래, 그게 바로 내가 하려던 말이다."

황제가 약간 토라진 듯 말했다.

"물론, 언젠가는 해야 할 일이니 반드시 해야겠지. 하지만 그 동안은 자제해야 할 것이다. 너도 알겠지만, 양보하지 말고 거절하지도 말고 질질 끌어라."

"서양인들을 무시하란 말씀이십니까?"

공친왕이 물었다.

"바로 그것이다."

황제가 지친 듯 말을 마치고는 노란 공단으로 덮인 등 받침에 몸을 기댔다.

공친왕은 곰곰이 생각했다. 만일 이것이 황제의 결정이라면, 이는 언제나 문제를 두려워해 조치를 미루었던 무력감에서 기인한 것일 테다. 그러나 공친왕은 이번 결정이 자희의 조언에서 나왔다는 것을 알고 있었다. 또한 아름답고 매력적인 그녀의 얼굴 속에 감추어진 강인하고 합리적인 지성에 대해서도 잘 알고 있었다. 그러나 그녀는 아직 젊은데다 일개 여자일 뿐이었다. 그런 그녀가 과연 이러한 지혜를 생각해낼 수 있었을 것인가?

"폐하."

공친왕이 침착한 목소리로 입을 열었다. 그러자 황제는 버럭 화를 냈다.

"내가 이미 영을 내렸느니라!"

이에 공친왕은 머리를 조아렸다.

"그렇게 시행하겠습니다, 폐하. 제가 직접 폐하의 영을 예 총독에게 전하겠습니다."

한동안 금방이라도 깨질 듯한 위태로운 평화가 지속되었다. 음력 섣달이자 양력 1월의 겨울 아침, 자희의 아들은 9개월이 되었다. 자희는 습관적으로 잠에서 깨어 땅이 꺼질 듯한 긴 한숨을 내쉬었다. 그녀는 근래 들어 난데없이 밤중에 깨어 잠을 이루지 못하는 경우가 많았고, 깨어있는 동안에도 국사 문제로 고군분투하느라 온전한 휴식을 취하지 못했다. 부쩍 심해진 외로움은 그녀를 무겁게 짓눌러왔고 때때로 그 외로움은 도저히 그 손아귀에서 빠져나갈 수 없는 보이지 않는 위험처럼 느껴졌다. 예전에 양은 거리에 살 때는 언제나 조용한 아침, 격자창을 통해 비치는 햇살 속에서 눈을 떴다. 그러나 이제는 모든 것이 달라졌다. 작은 화병이 놓여있던 눈부신 창이며, 아침의 고요한 정적 속에 미세하게 떠다니던 황금빛 먼지들, 달콤하고도 차갑던 안뜰의 공기 속에서 조용히 미소 짓던 어머니의 모습. 자희는 자신의 운명을 바꾼 대신 이 모든 것들을 잃어버렸다. 동생과 함께 쓰던 침상은 아직도 그곳에 있을까, 자희는 문득 생각했다. 벽으로 둘러싸인 통로와 뜰과 궁이 복잡하게 뒤엉킨 이 거대한 자금성 안에서 그녀의 삶과 죽음에 진심으로 관여하려는 이는 아무도 없었다. 황제 또한 비록 그녀를 총애하긴 하지만 수많은 후궁들을 거느리고 있었으므로 언제 어떻게 변할지는 알 수 없는 노릇이었다.

"아, 어머니……."

자희는 공단 베개 속에 얼굴을 묻으며 나지막하게 한탄했다. 그리곤 고개를 들어 창 밖 안뜰의 높다란 벽을 넘어 살며시 스며드는 희뿌연 새벽 햇살을 바라보았다. 밤에 눈이 내린 터라 담벼락 위와 정원의 매끄러운 타일 위에도 소복하게 눈이 쌓여 있었다. 둥근 연못은 눈 속에 파묻혔고, 소나무는 눈의 무게를 못 이겨 휘청거렸.

자희는 문득 자신의 처지가 처량하게 여겨져 뼛속까지 한기를 느꼈다. 이는 몸이 아파서가 아니었다. 누비이불 아래 놓여진 그녀의 팔은 따뜻하고 튼튼했으며, 온몸의 피는 힘차게 샘솟고 정신 또한 맑았다. 자희는 그저 상심했을 뿐이었다.

'만일 어머니를 만날 수만 있다면, 나를 낳은 그분을 단 한 번만 볼 수 있다면…….'

자희는 현명하면서도 선량하고, 쾌활하면서도 예민했던 어머니의 얼굴을 떠올렸다. 그러자 지금 당장이라도 달려가 이 외롭고 두려운 마음을 하소연하고 싶었다. 양은 거리에서는 모든 것이 평온했고 두려움이나 불안한 미래 따위는 마치 그녀의 운명을 비켜가듯 흔적조차 없었다. 아침이면 일용할 양식을 얻기 위해 그날 해야 할 일들이 기다리고 있었을 뿐이다. 그런데 심지어 빛나는 명성이나 위대해지려는 욕망 따위라니…….

"아, 어머니……."

그녀는 다시 한숨을 내쉬었다. 이 순간 그녀의 마음속엔 어머니에 대한 그리움이 가득했다. 아, 나의 원천인 어머니에게 되돌아갈 수만 있다면!

다소 시간이 흘렀지만 어머니에 대한 갈망은 잦아들기는커녕 점차 커져만 갔고, 그녀는 눈 내리는 아침, 슬픔에 흠뻑 젖은 채 자리에서 일어났다. 그리고도 온종일 슬픔이 가시지 않아 내내 멍한 상태였다. 하얀 눈이 내리는 가운데 희뿌연 빛이 스며들었고, 대낮인데도 어두워 여전히 방 안에는 등불을 켜 두어야만 했다. 자희는 자신의 처소와 인접해 있는 오래되어 사용하지 않는 작은 궁 안에 자신만의 서재를 마련해 두었고, 지금 이 순간 그녀가 갈 수 있는 곳은 여기뿐이었다. 그녀는 우울한 날이면 이곳을 찾아 환관들에게 자신이 가장 좋아하는 책들과 즐겨 펼쳐보던 족자들을 모아 오라고 명했다. 그러나 오늘만큼은 이것들도 아무 위로가 되지 않았다.

그녀는 족자들을 하나씩 천천히 펼쳐보면서 시간을 보내다가 문득 몽골족이 지배하던 원 왕조 시대의 조맹부趙孟頫*라는 화가가 그린 17자 길이의 필사본 족자를 발견했다. 이 족자는 5백 년 이상 묵은 것으로 그녀가 가장 좋아하는 산수화의 대가인 위대한 왕유에게 영감을 받은 작품이었다. 왕유는 죽기 전까지 13년 간 살았던 집의 풍경을 즐겨 그리고는 했다.

겨울이 되자 궁을 둘러싼 성벽 너머로 보이는 것이라고는 회색빛으로 잔뜩 찌푸린 하늘과 소리 없이 떨어지는 눈송이들뿐이었다. 자희는 조용한 얼굴로 족자 양 끝으로 이어지는 봄날의 푸른 산수화를 응시했다. 하나씩 천천히 펼쳐볼 때마다 풍경들이 이어지면서 나무와 시내, 멀리 떨어진 언덕까지 하나하나 살펴볼 수 있었다. 자희는 상상을 통해 자신을 둘러싼 높은 성벽을 훌쩍 뛰어넘어 충만한 전원으로 들어섰다. 그녀의 얼굴에는 이내 기쁨의 빛이 어렸다.

---

* 화가이자 서예가로 송나라 종실 출신이었으나 몽골족의 조정에 출사한 것 때문에 비난을 받았다. 자연의 현상보다는 개인적인 표현을 추구한 문인화의 초기 대가로 존경받음.

그녀는 처음에는 졸졸 흐르는 시내와 넓게 펼쳐진 호수, 쉴 새 없이 흐르는 강을 지났고, 이어 나무 다리를 건너 높은 산허리로 뻗은 오솔길을 걸었다. 골짜기에서 내려다보니 상류의 샘에 고인 물이 급류가 되어 흐르는 것이 보였다. 그 급류는 평지를 지나 푸른 물보라를 일으키며 폭포 아래로 하염없이 떨어져 내렸다. 그녀는 다시 산에서 내려와 소나무 숲 안에 아늑하게 자리 잡은 작은 마을을 지났고, 대나무 숲 사이에 있는 골짜기로 들어가 한 시인의 정자 안에 잠시 머물렀다가 마침내 강이 만灣에서 바다로 합류하는 해안에 도착했다. 갈대 숲 사이로 떠 있는 어부들의 배는 갑자기 높아지는 조수를 만나기도 했다. 강이 끝나는 지점에는 수평선이 걸린 바다가 펼쳐져 있었고, 여기 저기 안개 낀 산들이 봉우리를 드러내고 있었다. 이 족자는 일찍이 묘 부인이 말했듯, 인간의 심성을 그린 문인화이자 지상의 아름다운 풍경을 지나 종국에는 머나먼 미지의 조망에 이르는 위대한 연작이었다.

"당신의 마음이 내게서 멀리 떠나 있는 것 같구려."

자희가 유달리 긴 낮 시간을 외롭게 보낸 그날 밤, 황제가 물었다.

"당신은 날 속일 수 없소. 비록 몸은 여기 있으나 활기가 없소."

황제는 자희의 손을 잡았다. 어느덧 그녀의 손은 한없이 고와져 거칠었던 흔적을 찾아볼 수 없었다. 또한 손가락은 가냘프지만 손바닥은 팽팽하고 강인해 보였다. 황제는 다소 심술궂은 투로 말했다.

"자희, 내 비록 지금은 당신의 손을 잡고 있지만, 또 언제 다른 여인의 손을 잡게 될지 모르는 일이오."

그러자 자희는 천천히 고개를 들어 슬픔이 어린 눈으로 황제를 바라보았다.

"저는 오늘 하루 종일 슬픔에 잠겨 있었습니다. 누구에게도 말을 건네지 않았고, 심지어는 태자도 부르지 않았어요."

황제는 자희의 손을 따뜻하게 쓰다듬었다.

"모든 것을 가졌는데 어째서 슬프단 말이오?"

순간 자희는 자신이 느낀 이 생소한 두려움을 말하고 싶었다. 그러나 감히 그럴 수는 없었다. 황제는 정신적인 면에서 자희에게 의지하고 있었고, 그녀가 두려움을 느낀다는 사실을 알게 되면 매우 당황할 것이다. 자희는 강인해 보여야만 한다는 강박이 얼마나 큰 부담인지를 난생 처음으로 깨달았다. 또한 이렇게 힘들고 외로울 때 힘을 얻을 수 있는 사람이 아무도 없다는 것도 슬펐다. 지금 그녀는 완벽히 혼자였다.

나약해지지 않으려는 의지와는 달리 그녀의 두 눈에는 눈물이 가득 고였다. 희미한 촛불에 비친 눈물을 보자 황제는 깜짝 놀랐다.

"무슨 일이오? 내 사랑."

그가 소리쳤다.

"이렇게 슬프게 울다니……."

그녀는 잡힌 손을 살며시 뺀 뒤 공단 소매 자락 끝으로 눈물을 닦았다.

"오늘 하루 종일 어머니가 몹시 뵙고 싶었어요. 왜 그런지는 모르겠어요. 아마 어머니께 효도를 다하지 못해서가 아닐까요? 폐하의 영을 받고 자금성에 들어온 이후로는 한 번도 어머니의 얼굴을 뵙지 못했어요. 저는 어머니가 어떻게 지내시는지도 몰라요. 아마 어머니는 죽어가고 계실지도 모르겠어요. 그런 생각 때문에 눈물이 나는 겁니다."

황제는 그녀를 위로하기 위해 애쓰는 모습이 역력했다.

"그렇다면 어머니를 방문하시오. 왜 진작 말하지 않았소? 어서 다녀오시오. 내일 당장 말이오! 내가 당신을 보내주겠소. 하지만 저녁때까지는 다시 돌아와야 하오. 이제 궁의 사람이 된 이상 궐 밖에서 밤을 지내게 할 수는 없는 노릇이오."

순간 언제 그랬냐는 듯 자희의 얼굴에 환한 기색이 떠올랐다. 그녀는 믿을 수 없다는 얼굴로 황제를 바라보았고, 이내 흐뭇해하는 황제의 가슴에 얼굴을 묻었다.

그리하여 자희는 단 하루 동안이긴 하지만 어머니를 만날 수 있게 되었고, 그날 밤 따뜻한 사랑으로 황제의 호의에 보답했다. 그러나 도착하기에 앞서 집에 준비를 일러 놓아야 했으므로 방문은 하루 동안 늦추어졌다.

드디어 집으로 떠나는 날, 이른 아침 궐을 떠난 환관들이 무양가의 집으로 찾아가 점심 무렵에 자희가 도착하리라는 사실을 알렸다. 이 소식을 들은 양은 거리는 온통 흥분의 도가니에 빠졌다. 자희 역시 간절한 소망이 이루어진 덕에 어느새 마음이 훈훈해졌다. 그녀는 입궁 이후 처음으로 기대와 설렘에 가득 차 잠자리에서 일어났으며, 무슨 옷을 입을지 망설이느라 벌써 한 시간을 보내고 있었다.

"화려한 옷은 별로야."

자희가 시녀에게 설명했다.

"가족들이 너무 거만해졌다고 생각할 테니까."

"마마, 친지 분들의 체면을 위해서라도 어느 정도는 화려한 옷을 입으셔야 합니다."

시녀가 조언했다.

"그럼 아주 약간만 화려한 게 좋겠어."

잠시 후 시녀가 옷들을 가져왔다. 자희는 하나하나 훑어보고 나서 결국 회색 털을 댄 빛깔 고운 연보라색 공단 예복을 집어 들었다. 이는 소매와 가장자리에 자수를 놓은 아름다운 옷으로 모양도 단아했다. 자희는 예복을 입어보곤 매우 만족했고 앞가슴에는 제일 좋아하는 비취 장신구를 달았다. 이렇게 해서 준비를 마친 뒤에는 궁녀의 끈질긴 권유에 못 이겨 약간의 음식을 먹었다. 이후 곧바로 안뜰에 대기하고 있던 가마에 오르자, 가마꾼들이 노란 공단 장막을 친 뒤 출발을 서둘렀다.

자금성은 성벽까지 약 1.6킬로미터 거리였는데, 자희는 자신이 지나치는 모든 궁들과 전각들의 수를 하나하나 세어보았다. 황제는 특별히 그녀가 오직 황제만이 출입할 수 있는 남쪽의 오문午門을 사용할 수 있도록 허락했고, 그 덕에 자희를 태운 가마는 계속해서 남쪽으로 이동할 수 있었다.

그리고 마침내 오문에 이르자 수행을 하라고 외치는 황실경비대장의 외침이 들려왔다. 그 익숙한 목소리를 듣는 순간 자희는 몸을 숙여 장막을 조금 젖힌 뒤 눈을 가져갔다. 그리고 그 거리가 열 자도 안 되는 가까운 곳에 선 영록을 보았다. 그는 얼굴을 옆으로 돌리고 칼을 바닥에 세운 채 긴장된 모습으로 서 있었다. 비록 고개를 돌리거나 하지는 않았지만, 자희는 문득 자신의 가마가 지나갈 때 그의 강건한 얼굴이 붉게 상기되는 것을 보았다. 자희는 다시 천천히 장막을 내렸다.

자희가 양은 거리 입구에 도착한 것은 정오 무렵이었다. 공단 장막 안에 앉아있던 자희는 가마가 집 근처에 다다랐음을 금방 깨달았다. 콩기름으로 튀겨 소금을 뿌린 꽈배기의 익숙한 냄새, 장뇌목의 사향 냄새, 아이들이 노상에 눈 소변에서 나는 비릿한 냄새, 그리고 숨이 막힐 듯한 먼지 냄새. 이 모든 것들이 바로 그녀가 살던 양은 거리의 냄새였다.

날씨는 건조하고 추웠으며 가마꾼들은 돌처럼 단단하게 얼어붙은 땅 위를 걸었다. 골목길 양쪽에 자리 잡은 집들은 옅은 색의 메마른 대지 위에 시커먼 그림자를 드리우고 있었다. 자희는 얼추 시간을 짐작해 보면서 가마와 장막 사이의 아래쪽을 응시했다. 이 골목길을 안 가 본 데 없이 이리저리 뛰어다녔던 덕에 자희는 바닥만 보고도 한 치의 오차 없이 시간을 알아 맞출 수 있었다. 아침 무렵 그림자는 서쪽으로 치우쳤고, 오후가 되면 다시 동쪽으로 기울었다.

정오의 햇살이 비치는 가운데 가마는 너무도 익숙한 대문으로 다가섰다. 그녀는 다시 장막의 틈 사이로 바깥을 내다보았다. 저만치 활짝 열려진 대문 앞에서 자신을 기다리는 가족들의 모습이 눈에 들어왔다. 대문 오른쪽에는 숙부와 어머니, 그리고 윗세대 일가 어른들과 부인들이, 왼쪽에는 여동생이 틀림없는 키가 크고 날씬한 소녀와 어느덧 훌쩍 자란 남동생들, 그리고 그 바로 뒤에 하녀인 루마가 서 있었다. 길 양쪽 벽면에는 양은 거리의 이웃들과 친구들이 있었다.

그들의 엄숙한 모습을 보자 자희는 갑작스레 눈물이 솟구쳤다. 사실 겉보기에는 딱딱해도 자신의 마음 또한 저들과 다르지 않다는 것을 알리고 싶었다. 그녀의 가슴은 반가움에 두근거렸다. 그러나 자희는 장막을 걷거나 가족들의 이름을 부르지는 않았다. 마음이야 어떻든 이제 그녀는 서궁의 황후이자 황태자의 모친으로서 본연의 자세를 잃지 말아야 했다. 그녀는 아무런 내색없이 잠자코 기다리기로 했다.

드디어 환관들이 제일 먼저 대문 가까이 다가갔다. 특히 환관장 안덕해는 황제로부터 그녀의 곁을 떠나지 말고 각별한 주의를 기울이라는 뜻으로 보물까지 하사받았으므로 맨 앞에서 당당히 걸어갔다. 가마를 멘 여섯 명의 가마꾼들은 계단을 올라 열린 대문을 통과해 마당의 출입문을 지난 뒤 마침내 집 앞에 가마를 내려놓았다. 잠시 후 환관장 안덕해가 직접 가마의 장막을 젖혔고, 자희는 햇살

속으로 걸어 나와 활짝 열려진 문 앞에서 집 안을 바라보았다. 너무나 익숙한 방들, 윤이 나고 깨끗한 대청마루와 식탁과 의자, 햇살에 반짝이는 타일을 깐 바닥, 이 모든 것이 자희의 가슴을 지난 추억으로 아련히 젖어들게 했다.
　바닥을 청소하고 의자를 똑바로 정리하고 가구의 먼지를 터는 것은 언제나 그녀의 몫이었다. 벽에 바짝 붙여 놓은 긴 탁자 위에는 빨간 조화가 담긴 꽃병이 놓여 있었고, 양은 촛대에는 새 양초가 꽂혀 있었다. 또한 의식용 의자 사이에 놓여진 사각 탁자 앞에는 다과가 담긴 접시와 찻주전자와 찻잔이 놓여 있었다.
　안덕해가 팔을 들어올리자 자희는 그 팔 위에 손을 올려놓았다. 안덕해는 사각 탁자의 오른쪽에 있는 상석으로 그녀를 인도했고, 자희가 자리에 앉아 발판 위에 발을 올려놓자 치마를 가지런히 정리해 주었다. 그리곤 대문으로 되돌아가 가족들을 불러들였다. 제일 먼저 그녀의 숙부가 들어왔고 그 다음으로는 어머니가, 그 다음으로는 같은 항렬의 나이 많은 친척들과 부인들이, 마지막으로는 형제자매와 아래 항렬의 어린 친척들이 들어와 환관들과 안덕해의 호위를 받으며 그녀의 앞에서 절을 했다.
　이 순간 자희는 완벽한 황후의 모습이었다. 그녀는 위엄 있고 진지하게 가족들의 절을 받았으며, 숙부와 어머니가 절을 할 때에는 환관장에게 신호를 보내 두 사람을 일으켜 자리에 앉도록 청했다. 이렇게 의식이 끝나자 잠시간 침묵이 오갔다. 사람들은 황후가 먼저 얘기를 꺼내기를 기다렸고 자희는 입을 열기 전에 한 사람씩 얼굴을 마주보았다. 순간 그녀는 높은 상석에서 내려와 예전처럼 이야기꽃을 피우고 자유롭게 집 주위를 뛰어다니고 싶은 마음이 간절해졌다. 그러나 안덕해가 지켜보고 있는 이상 바라는 대로 할 수는 없는 노릇이었다. 갑자기 그녀는 손톱 덮개가 덮인 손톱으로 윤기 나는 탁자를 톡톡 두드려 안덕해에게 신호를 보냈다. 그가 다가와 귀를 기울이자 그녀는 귓속말로 속삭였다.

"자네와 환관들이 곁에 서서 내가 하는 말을 빠짐없이 듣고, 내가 하는 행동을 샅샅이 살펴보는데 내 어찌 가족들과 즐겁게 해후할 수 있겠는가?"

이에 안덕해는 난감한 표정을 짓더니 정색을 했다.

"마마, 폐하께서는 절대 마마의 곁을 떠나지 말라고 하셨습니다."

그러자 자희는 발을 구르면서 황금 손톱 덮개로 탁자 위를 탕탕 쳤다. 그리고는 진주로 된 머리장식이 크게 흔들릴 정도로 그를 향해 마구 고개를 저어댔다. 이연영은 보석 박힌 담뱃대와 부채, 요강을 들고 곁에 서 있다가 잔뜩 화가 난 자희의 모습을 보고는 다급히 환관장의 소매를 잡아당겼다.

"대형, 그냥 마마께서 하시는 대로 놔두시는 게 좋겠습니다."

이연영이 속삭였다.

"대형께서는 좀 쉬시지요. 제가 마마를 곁에서 지켜보겠습니다."

안덕해는 자희의 고집과 황제의 영 사이에서 잠시 고민했으나 쉽게 지치는 체질인데다 이미 오래 서 있느라 피곤했으므로 결국 다른 방에 가서 쉬기로 했다. 그가 자리를 떠나자 자희는 마치 엄한 스승이 자리를 뜬 것처럼 갑작스레 활기를 되찾았다. 게다가 그녀에게 있어 이연영은 옆에 둔 일종의 가구와 마찬가지였으므로 별 신경 쓸 존재가 못되었다. 그녀는 서둘러 상석에서 내려와 숙부에게 인사를 하고는 두 팔을 활짝 벌려 어머니를 감싸 안은 뒤 그 튼튼한 어깨에 얼굴을 묻고 흐느껴 울었다.

"아, 제가 얼마나 외로웠는지 아세요?"

자희는 거의 울먹이듯 말했다. 그러자 사람들은 대경실색한 표정으로 자희를 바라보았고, 심지어 그녀의 어머니까지도 무슨 말을 해야 할지 몰라 그저 딸을 꼭 안아 줄 뿐이었다. 시간이 흐르고 마음이 진정되자 자희는 그들이 묵묵히 침묵을 지키고 있다는 것을 깨달았다. 이처럼 사랑하는 사람들조차 그녀에게 아무 도움을 줄 수 없는 것이다. 감정을 추스린 그녀는 다시 고개를 들었고, 여전히 눈물에 젖은 얼굴로 웃으며 여동생에게 소리쳤다.

"자, 이리 와서 이 거추장스러운 걸 좀 거두어 주렴."

여동생이 자희에게 다가가 머리에서 장신구를 들어올렸고, 이연영이 그것을 받아 조심스럽게 탁자 위에 놓았다. 이처럼 위엄과 존귀함을 상징하는 장신구가 사라지자 사람들은 자희에게서 예전과 똑같은 쾌활한 소녀의 모습을 볼 수 있었다. 곧이어 가족들 간에는 이야기꽃이 피었고, 여자들은 자희에게로 가까이 다가와 그녀의 손을 쓰다듬고 반지와 팔찌를 살펴보며 탄성을 질렀다.

"살결이 이렇게 희고 부드러울 수가!"

누군가 탄복했다.

"대체 피부에다 뭘 바르시는 거지요?"

"인도에서 온 연고인데 신선한 유지와 귤껍질을 빻아서 만드는 거죠. 이 연고는 우리가 바르는 양 기름보다 훨씬 좋아요."

"그러면 어디서 그런 유지를 얻는단 말이에요?"

누군가 물었다.

"나귀의 젖에서 뜨는 덩어리를 걷어내는 거예요."

자희가 대답했다.

사람들은 이처럼 사소한 질문만 했을 뿐, 자금성에서의 생활이나 황제가 어떻게 대해주는지 황제의 후계자인 태자는 어떤지 감히 물어볼 엄두를 내지 못했다. 자칫 말 한 마디라도 실수하는 경우에는 액운을 불러들일 수 있기 때문이었다. 예를 들어 황실을 나타내며 별다른 해가 없는 '황黃'이라는 말도, 또 다른 의미에서 보면 '죽음'

을 뜻하는 '황천黃泉'에 쓰이므로 천자나 태자 다음에 언급해서는 안 되었다. 그러나 자희는 아들에 대한 기쁨을 감추지 않았다.

"정말이지 제 아들을 여러분께 보여드리고 싶었어요. 하지만 폐하께서 사악한 기운이나 망령, 잔인한 귀신이 아이에게 해를 끼칠까 염려하셨지요. 그렇지만 장담하건대 그 아이는 누구나 흡족해할 만한 훌륭한 아이이니 직접 오셔서 보시길 바랍니다. 그 아이의 눈은 이렇게 크답니다."

그녀는 엄지와 검지로 두 개의 원을 만들어 크기를 가늠해 보였다.

"게다가 아주 통통하고 살결도 무척 향기로워요. 그리고 절대 울지 않아요. 또한 늘 식욕이 왕성하고 치아는 진주보다도 희답니다. 얼마 전에는 아직 때가 아닌데도 튼튼한 두 다리로 일어서려 했다니까요."

"쉿!"

그녀의 어머니가 소리쳤다.

"무지막지한 귀신이 들으면 어떡하려고 그러십니까? 아이를 해코지하려고 찾아다니지 않겠습니까?"

어머니는 경계하는 눈초리로 위아래와 사방을 둘러보고는 큰소리로 외쳤다.

"지금 말한 건 다 거짓이오. 태자께서는 보잘 것 없고 허약한데다가, 그리고……."

순간 자희는 웃음을 터뜨리며 손으로 어머니의 입을 막았다.

"난 두렵지 않아요."

"그런 말은 하시는 게 아닙니다."

자희의 어머니는 끝까지 손을 내저었다. 여전히 웃음기 가득한 얼굴로 사방을 둘러보던 자희의 눈길이 문득 여동생과 장난치며 놀던 작은 방에 머물렀다. 그 방은 이제 여동생 혼자 쓰고 있었다. 그녀는 어머니와 단 둘이 호젓한 방에 들어가 여동생의 결혼 계획에 대해 물었으며, 젊은 귀족들 중에서 좋은 신랑감을 구해보겠다고 말했다.

"정말로 젊고 잘생긴 남자를 찾아서 결혼하라고 명할 거예요."

자희가 말하자 어머니는 감사해마지 않는 표정이었다.

"그렇게 해 주시면 마마께서는 자식의 도리를 다하시는 것입니다. 그야말로 지극한 효도가 아니겠습니까?"

즐거운 시간이 흘러 오후 서너 시가 되자 잔치가 벌어졌다. 루마는 이것저것을 준비하고, 품삯을 주고 데려온 요리사들에게 호통을 치느라 정신이 없었다. 잔치 음식이 골고루 돌아가자 시간은 어느새 밤을 향해 달리고 있었다. 이윽고 안덕해는 자희에게 다가가 작별 인사를 하도록 요청했다.

"시간이 다 되었습니다, 마마. 저는 폐하의 영을 받았습니다. 거기에 복종하는 것이 제 의무입니다."

자희는 더 이상 회피할 수 없다는 것을 알았으므로 우아한 자세로 고개를 끄덕인 뒤 본래의 황후로 되돌아왔다. 이연영이 자희의 머리 위에 장신구를 다시 얹어주었고, 자희는 대청에 좌정한 채 근엄한 눈길로 사람들을 둘러보았다. 그 즉시 그녀의 백성이 된 가족들이 한 사람씩 앞으로 나와 작별의 절을 했다. 그녀는 각각의 가족들에게 적당한 말과 함께 선물을 주었으며, 마지막으로 루마에게는 돈을 주었다.

마침내 모든 인사가 끝났다. 그녀는 잠시 동안 망설이다가 집안 구석구석을 둘러보았다. 이번이 마지막 방문이며 다시는 이 집으로 되돌아올 수 없는 것이다. 오늘의 방문으로 자희는, 겉으로는 모든 것이 똑같고 애정도 여전하지만, 역시 변하지 않는 것은 없다는 사실을 깨달았다. 가족들은 여전히 그녀를 사랑했지만 그 애정은 그녀에게 바라는 은근한 소망과 욕구들로 뒤엉켜있었다. 숙부는 빚을 갚지 못한 것을 내비쳤고, 남동생은 오락거리를 원했으며, 어머니는 동생의 결혼 약속을 잊지 말라고 당부했다. 그것은 친척들도 마찬가지였다. 물론 자희는 동정과 인정을 베풀면서 가능한 부탁은 다 들어주겠다고 약속했다. 그러나 외로움은 내심 몇 곱절 무게를 더해 가슴을 짓눌렀다. 황후가 된 후 본래의 예흐나라 이상으로 사랑 받게 된 그녀는 자신의 능력과 재물 때문에 사람들이 자신을 반가워하는 것이라 생각하자 마음이 움츠러들었다. 비록 몸은 사랑하는 이들과 재회했지만 이 거리감은 앞으로도 영원히 사라지지 않을 것이다. 운명은 그녀에게 앞을 향해 나아가라고 속삭이고 있었으며 그녀는 이 속삭임에 응해야만 했다. 이제 다시는 예전으로 돌아갈 수 없었다.

이러한 깨달음을 얻자 흥겨운 기분은 곧 사라졌다. 그녀는 확고한 걸음으로 대청을 건너 가마에 올랐고 이어 안덕해가 장막을 내렸다.

이렇게 해서 자희는 다시 자금성으로 돌아왔다. 가마가 거대한 오문에 이르자 황실경비대는 오늘 하루가 막을 내렸음을 선언했다. 거대한 북 뒤에 선 고수鼓手가 빠른 박자로 둔탁하게 북을 쳤다. 북소리는 마치 거인의 심장 고동 소리처럼 규칙적으로 울렸다. 나팔수들은 제복을 입고 긴 놋쇠 나팔을 입술에 댄 채 서 있었다. 그들은 나팔을 일제히 들어올렸다가는 다시 같은 높이로 내린 뒤 오랜 진동을 일으키며 나팔을 불었다. 낮고 부드러운 음에서 시작한 나팔소리는 강하게 드높은 음까지 올라갔다. 그리고 다시 그 소리가 희미하게 잦아질 때까지 힘찬 북소리가 이어졌다. 나팔 소리는 여러 번 반복되다가 마지막으로 서서히 낮아지더니 이내 꼬리를 끌며 사라졌다. 동시에 고수의 북 소리도 점점 낮아져 마지막으로 천천히 세 번을 치고는 멈추었다. 잠시 동안 정적이 흘렀고, 영록이 청동으로 된 종을 세 번 울리며 하루를 마감했다.

이 모든 의식이 끝나자 언제나처럼 밤이 찾아와 사방을 어둠으로 뒤덮었다. 순찰을 도는 병사들이 행진을 시작했고, 자희의 가마는 서서히 거대한 성문으로 들어섰다.

잠시 후 자희는 뒤에서 육중한 성문이 닫히는 소리를 들었다.

봄은 아직도 오지 않고 있었다.

북쪽에서 불어오는 매서운 바람은 여전히 기승을 부렸다. 봄은 내내 주저하는 기색이었다. 온 도시를 휩쓴 모래바람은 예년과 다름없이 성가시기 짝이 없었다. 아무리 문과 창문을 꽁꽁 봉해도 바람은 모든 틈과 모퉁이를 비집고 희뿌연 모래알들을 몰아넣었다. 남쪽 지방은 여전히 어려운 상황에 둘러싸인 채 좋은 소식이 없었다.

예 총독은 황제의 명에 따라 보링의 수많은 전갈들에 회답하지 않았다. 또한 프랑스인 사제들이 살해되었다는 보고와 이를 징벌해달라는 프랑스 공사의 요구에도 일절 대답을 회피했다. 그러자 백인들은 수그러들기는커녕 전에 없이 동요하고 있었다. 이에 따라 예 총독은 곧바로 천자에게 전갈을 올려 다시금 방침을 내려줄 것을 촉구했다. 그는 전쟁이 다시 발발할 것을 우려해 불안감에 휩싸여 있었다. 또한 근래 들어 참수 당한 애로호* 선원의 유족들이 격분한 나머지 한인 반란군에 가담하면서 분분한 소요사태까지 일어났다. 그러나 개중에 가장 큰 골칫거리는 강력한 힘을 가진 영국인

---

* 1856년 영국 국기를 게양한 상선 애로Arrow호에 청나라 관헌이 들이닥쳐 중국인 해적을 체포한 사건. 영국과 중국 간의 분쟁 원인이 됨.

귀족 엘긴의 행태였다. 들리는 소문에 의하면 그는 북경을 방어하는 대고大沽 포대를 공격하기 위해 천진天津항으로 움직이고 있었다.

보고서를 받아든 황제는 충격을 받아 병석에 누운 채 아무것도 입에 대지 않았다. 황제는 공친왕에게 말없이 보고서를 건네준 뒤 자희에게도 그것을 읽어보게 했다. 그리곤 두 사람에게 조언을 하라고 명했다. 자희는 자신과 공친왕이 공공연하게 의견 차이를 보일 것이라는 사실을 깨닫고 만반의 준비를 갖춘 상태였다. 자희와 공친왕은 평소처럼 황실 도서관에서 만나 환관장 안덕해와 이연영이 수행원으로 참석한 가운데 논쟁을 펼쳤다.

"마마."

공친왕이 조리 있게 말했다.

"다시 한 번 말씀드립니다만, 백인들을 극한까지 몰고 가는 것은 현명한 방법이 아닙니다. 그들은 총과 전함을 가진 무지막지한 야만인들이 아닙니까."

이에 자희가 목소리를 높였다.

"그들은 자신들의 땅으로 돌아가야만 해요. 그간 우리는 놀라운 인내심을 발휘했습니다. 그러나 그 인내심도 아무 소용이 없지 않았습니까!"

그녀가 거만한 얼굴을 치켜들자 그 아름다움도 한층 빛을 발했다. 공친왕은 그녀의 자부심에 가득 찬 얼굴을 바라보며 한숨을 내쉬었다. 그는 비록 반대 의사를 개진하고는 있지만 내심 그녀가 나약한 황제는 물론이요, 자신조차 갖지 못한 강력한 힘을 품고 있다고 생각했다. 그리고 그런 힘이야말로 이 시대가 진정으로 요구하는 것이었다.

"그들을 돌려보낼 수 있는 방법이 없습니다."

공친왕이 고개를 저으며 말했지만 자희는 반박했다.

"확고한 의지만 있다면 왜 안 되겠습니까? 백인들이 아직 적은 수일 때 모조리 잡아 죽여 그 시체를 바다에 던져버리는 거예요. 죽은 자가 되돌아올 리는 없지 않습니까?"

공친왕은 자희의 무모함에 소스라쳤다. 그는 다시 엄격한 표정으로 말을 이었다.

"백인들 몇 명을 죽인다고 이 싸움이 끝날 것 같습니까? 그 소식을 들으면 수천 명이 벌떼처럼 몰려올 것입니다. 그것도 무기를 잔뜩 실은 수많은 전함을 대동하고 말입니다."

"그런 것 따위는 두렵지 않아요."

자희가 딱 잘라 말했다.

"전 두렵습니다, 마마."

공친왕은 그녀를 납득시키기 위해 다시 간곡한 어조로 말했다.

"제가 두려워하는 건 그들의 무기가 아니라 백인들 자체입니다. 백인들은 공격을 당하면 열 배로 보복을 가합니다. 안 됩니다, 마마, 절대로 안 돼요. 회유책만이 안전한 방법입니다. 그리고 이전에 마마께서 현명하게 조언하신 대로 협상과 지연책을 병용해야 합니다. 일을 지연시키고 약속을 지키지 않음으로써 그들을 난처하게 만드는 것이지요. 그리하여 그들에게 공격을 당하는 불행한 사태를 지연시켜야 합니다. 우리는 그들을 지치게 만들어 용기를 꺾어야 하며, 항상 정중하게 대해 굴복하는 것처럼 보이게 하되 실제로 굴복해서는 아니 될 것입니다."

그러나 자희는 계속해서 반대의 뜻을 굽히지 않았다. 공친왕은 그녀의 주의를 딴 곳으로 돌리기 위해 황제를 찾아가 자희가 하절기 동안 여름 궁전에서 지낼 수 있도록 윤허해 달라고 청했다. 호수와 정원으로 둘러싸인 곳에서 태자와 궁녀들과 함께 흥겹게 지내다 보면 골치 아픈 국정 문제를 잠시간 잊을 수 있을 것이라는 생각에서였다.

"서궁의 황후께서는 연극과 경극을 즐기시지요."

공친왕이 제안했다.

"서궁에 무대를 짓고 배우들을 고용하여 황후마마를 즐겁게 해 주십시오. 그 동안 저는 대신들과 남쪽에 보낼 답변을 논의하겠습니다. 그리고 봄이면 태자마마의 첫 돌이니 백성들이 선물을 준비할 수 있도록 미리 행사 예정을 발표하셔야 할 것입니다. 당면한 위험에 대해 심사숙고하는 것도 좋지만 사이사이 이런 일들을 치르다 보면 분위기도 다소나마 바뀌지 않겠습니까."

이처럼 공친왕은 단기적이나마 오락거리 등을 통해 백인들에 대한 자희의 분노와 복수심을 가라앉히려 했다. 또한 내심 서양인에 대한 두려움을 물리치지 못한 터라, 왕과 대신들과 상의하여 보다 신뢰할 만한 대책을 강구하려는 생각이었다. 공친왕은 서양인들의 위협이 머지않아 더 커질 것이라 추측했다. 신흥국가의 국민이자 빈곤에 시달리는 그들이 유구한 아시아의 보물을 발견한 이상 곱게 떠날 리 만무했다. 공친왕은 어떻게 해서든 그들을 회유할 생각이었다. 탄탄한 방어 계획이 마련되기 전까지는 굽히고 들어가야 하는 것이다.

그는 고민에 휩싸여 잠을 이루지 못했고, 수시로 끼니를 거르며 열 길 물속보다도 더 깊은 수심에 잠겼다. 이 가혹한 시대, 유구한 시간을 거쳐 이룩한 문명화된 평화와 지혜는, 단지 구식이라는 이유만으로 새로운 야만적인 무력에 위협받고 있었다. 과연 평화와 폭력 중 어떤 것이 우세한가? 과연 역사는 어느 쪽의 손을 들어줄 것인가?

그 즈음 황제 역시 괴로움과 걱정에 시달린 나머지 선대 명 왕조 이후 거의 관습으로만 남았던 참배 의식을 다섯 달만에 성대하게 재개했다. 음력으로 '망자亡者의 봄' 때 황실의 조상을 모신 최고 사원에서 참배를 올리겠다고 발표한 것이다. 이 사원은 넓은 공원 안에 자리 잡은 역사 깊은 곳으로 거대하게 자란 소나무들이 마치 지붕처럼 햇빛을 가리고 있었다. 이 소나무들은 그 나이를 짐작할 수 없을 정도로 오래된 것들이라 바람과 모래에 옹이가 지고 비틀어졌으며, 발치에는 융단보다도 두껍고 푹신한 이끼들이 깔려 있었다. 사원 안에는 신성한 사당이 마련 되어 있었는데 바닥에 깔린 노란 공단 방석 위에는 각각 선대황제들의 이름이 새겨진 목재 위패가 놓여 있었다. 그곳을 드나들 수 있는 자격을 갖춘 이들은 노란 예복을 입은 사제들뿐이었으므로 사원 주변은 수백 년 동안이나 무거운 정적을 지키고 있었다. 이곳을 드나드는 유일한 손님은 매해 봄이면 날아와 휘어진 소나무에 둥지를 틀고 어린 새끼들을 키운 뒤 가을이면 다시 날아가 버리는 흰두루미뿐이었다.

드디어 망자의 명절이 다가오자 황제는 왕들과 대공, 대신들과 고관들을 거느리고 사원으로 향했다. 북방의 건조한 날씨에도 불구하고 아직 날이 새지 않아서인지 사방은 지상에서 하늘로 피어오르는 희뿌연 안개로 가득했는데 그 빛이 워낙 짙어 그 사이를 걸으며 가까이 얼굴을 마주대어도 서로 알아보지 못할 정도였다. 참배 의식이 벌어지기 이틀 전, 사제들은 황실 도서관 근처에 있는 방들에서 선대 황제들의 위패를 모셔왔고, 환관장 휘하 환관들은 사원 내부의 열 한 개 사당에 미리 등불을 준비해 놓았다. 뿔 등잔만으로는 거대한 소나무 그늘을 밝힐 수 없었던 것이다.

이렇게 모든 준비는 완료되었고, 이제 천자의 도착만 기다리면 되었다. 황제는 금욕실에 들어가 식음을 전폐하고 밤을 지새웠다. 동시에 전국의 모든 백성들도 사흘 동안 고기와 마늘, 기름, 음주가무를 피했으며 연극을 보거나 손님을 초대하는 일도 자제했다. 때를 맞추어 법정도 사흘 간 폐정을 선언했다.

아직 날이 밝지 않아 푸르스름한 여명이 사방을 가득 메웠다.

황실의 푸줏간에서는 제물로 쓸 짐승들을 잡아 그 피를 사발에 따른 뒤 뼈와 털을 묻었다는 보고를 올렸고, 이어 왕들과 대공들이 대령해 신성한 제문이 완성되었다고 보고했다. 이제 천자가 이 제물과 제문으로 조상들 앞에 제를 올릴 차례였다.

황제는 제물을 봉헌할 때 입는 짙은 자주색으로 가장자리를 댄 무늬 없는 황금색 예복을 입고 가까운 사촌들에게 기대어 사원 안으로 들어섰다. 공친왕은 먼저 들어가 황제를 맞이했으며 문 앞에는 황제의 친척들만이 서 있었다. 천자가 사원으로 들어가기 전 마지막으로 환관들마저 물러나자, 주변은 모두 황제와 가까운 사람들만 남게 되었다. 왕들은 황제에게 절을 한 후 열을 지어, 황제를 열한 개의 신성한 제단으로 인도했다. 황제는 각각의 제단에 아홉 번 절을 하고 음식과 술을 바쳤으며 각 제단 앞에서 똑같은 제문을 읽었다. 그 제문은 서구에서 온 새로운 적에 맞서 평화와 안전을 희구하는 내용이었다. 황제는 장문의 제문을 최대한 목소리를 높여 천천히 열한 번 읽었다.

황제는 제단 앞에 서서 선대 망자의 영혼에게, 서양인들이 전쟁을 일으켜 중국 영토를 장악한 일, 야만적인 족속들이 대포를 뿜는 전함을 타고 와 위협을 가한 일 등을 상세히 고했다. 그리고 그들이, 원하지도 않는 무역을 강제로 요구한 것도 아뢰었다.

"존귀하신 조상님들이여, 우리에게는 우리 고유의 물건들이 있습니다."

황제는 제문을 읽어 나갔다.

"우리는 서양의 장난감이 필요하지 않습니다. 천지신명과 우리의 수호자이신 조상들께서 이처럼 돌보아 주시거늘 대체 무엇이 부족하겠나이까? 이제 우리를 보호하시는 조상들께 간청하나이다. 저 이방인들을 바다로 몰아내 주소서! 그들을 괴멸시킬 역병을 일으켜 주소서! 그들의 급소를 쏠 독충과 그들을 죽음에 이르게 할 독사를 보내 주소서! 오, 백성의 수호자들이여, 저희가 저희의 강토를 되찾을 수 있도록 힘과 평화를 내려 주소서."

황제가 제문을 다 읽자 저만치 동이 터 왔다. 사원의 넓은 처마에서 졸고 있던 흰 비둘기 떼가 새벽 햇살 속에서 일어나 날개를 펴고 커다란 소나무 위를 맴돌았다. 촛불은 초롱 속에서 희미하게 가물거렸고, 사원의 넓은 대문을 통해 스며든 어슴푸레한 햇살 속에는 금빛 먼지들이 떠다녔다. 제사가 끝나자 황제는 다시 부축을 받아 가마에 올랐고 곧바로 궁으로 돌아갔다. 이어 전국 방방곡곡의 백성들도 천자가 수호자이신 조상들께 나라의 사정을 고한 뒤 모든 백성을 대신해 기원을 드렸다는 사실에 위안과 격려를 받으며 다시금 생업으로 돌아갔다.

의식을 치른 뒤 황제는 매우 고무되었다. 그는 음력 6월, 여름의 기운이 달아오르자 자청해 두 황후를 거느리고 태자와 조신들과 함께 여름 궁전에 머물기로 결정했다. 그간 마음은 간절했지만 혼란스런 국정으로 인해 자금성을 비울 수 없었다. 북경을 떠나 있는 동안 한인 반란군들이 봉기하거나 서양인들이 갑작스레 격분해서 전함을 북쪽으로 돌려 해안선을 따라 올라오는 사태라도 벌어질까 우려했던 것이다. 이에 대해 예 총독은 여전히 비관적인 태도를 견지했지만 아직까지 그런 불행한 사태는 벌어지지 않고 있었다. 지연책과 회피 전략이 반란군과 서양인들의 발을 묶어두고 있는 것이 분명했다.

자희는 보름달이 환하게 뜬 여름날 밤 매혹적인 미소로 황제를 설득했다.

"폐하, 저와 함께 여름 궁전으로 가시지요. 그곳 언덕은 시원하니 폐하의 건강도 회복되실 거예요."

황제도 그렇게 되기를 절실하게 바라고 있었다. 지난 5년간에 걸친 만성적인 마비 증상이 팔다리에 심한 부담을 준 결과, 이제 그는 환관들의 부축 없이는 걸을 수조차 없게 되었다. 그리고 다음에는 손이 올라가지 않았다. 그의 몸 왼쪽은 마비 증상으로 인해 끊임없이 고통 받았고, 황제는 이윽고 몸 전체를 짓누르는 중압감에 시달리기 시작했다. 결국 황제는 세상 누구보다도 자신에게 큰 위안이 되는 이 아름다운 여인의 말에 따라, 지금부터 한 달 후 북경 성벽에서 20여 킬로미터쯤 떨어진 여름 궁전으로 떠나기로 결심했다.

허락이 떨어지자 자희의 마음은 한껏 부풀어 올랐다. 물론 겉으로는 황후로서의 위엄을 잃지 않았지만 젊음의 활기만은 어쩔 수 없어, 들뜬 심정이 마치 따뜻한 술이 온몸에 퍼지듯 배어들었다. 사실 그녀는 이 간소하면서도 웅장한 자신의 거처가 마음에 들지 않았다. 물론 궁 사이의 오래된 뜰에 테라스가 있는 비밀 정원을 꾸며 휴식을 취했고 키우던 애완견이 강아지를 낳아 기쁨을 주기도 했지만, 왠지 그것만으로는 부족했다.

자희는 귀뚜라미와 여러 빛깔의 깃털을 가진 새들을 키웠으나, 그중 가장 좋아하는 동물은 나무와 웅덩이에 둥지를 튼 야생동물들이었다. 그녀는 귀뚜라미의 날카로운 울음소리를 그럴 듯하게 흉내 낼 수 있었고 때로 집게손가락 위에 귀뚜라미를 올려놓고 소리를 내 구슬리며 얇은 날개를 쓰다듬기도 했다. 뿐만 아니라 끈기 있게 연습한 결과, 어스름한 황혼 무렵 나이팅게일이 짝을 부르는 소리도 흉내낼 수 있었다. 그녀가 붉은 입술을 오므리고 소리를 낼 때면 어디선가 옅은 나무 빛의 나이팅게일이 날아와 취한 듯한 날갯짓으로 그녀의 주위를 맴돌았다. 이 순간 만큼은 자희도 그녀 자체로 사랑 받는다는 느낌에 젖어 아이와 같은 행복감을 느꼈다.

이 동물들은 그녀의 능력이나 지위 따위는 상관하지 않았다. 자희는 아들을 무릎 위에 앉힌 뒤 이 아이가 태자라는 사실도 잊어버린 채 새로 부화한 오리새끼들과 바닥을 뒹구는 강아지들을 지켜보며 큰소리로 웃었다. 그럴 때면 궁녀들도 부채로 입을 가리며 미소를 지었다.

이처럼 자희는 사람들의 비웃음이나 비난을 두려워하지 않고 스스럼없이 행동했다. 이것이야말로 그녀 본연의 모습이었다. 그리고 앞으로도 그녀는 함께 즐거움을 나누었던 동물들처럼 자유로운 존재로 남을 것이었다.

그러나 눈앞을 가로막는 10킬로미터의 거대한 성벽은 절대 넘을 수 없는 장애물처럼 보였다. 자금성 안의 거대한 공간도 그녀에게는 작은 새장에 불과했다. 그녀는 언제나 성벽 너머의 세상을 꿈꾸었다. 그래서 그녀는 이번 기회에, 종종 듣기는 했지만 단 한 번도 방문한 적이 없는 여름 궁전으로 가게 되기를 간절히 바라고 있었다.

수백 년 전 선대 황제들은 여가를 즐기기 위해 아주 맑고 깨끗한 물이 끊임없이 솟아나는 '옥천玉泉' 근처에 여름 궁전의 장소를 정했다.

그러나 최초로 건립된 여름 궁전은 전란 중에 파괴되었으며, 지금의 여름 궁전은 2백여 년 전 나라를 다스렸던 강희제가 다시 건립한 것이었다. 이어 그의 아들 건륭제는 흩어져 있던 모든 건물들을 한 곳에 모아 거대한 공원에 호수와 강과 함께 배치한 뒤, 뛰어난 장인이 채색, 조각한 대리석 다리들과 경질 목재로 된 다리들을 놓았다.

건륭제는 자신이 이룩한 업적에 커다란 자부심을 가지고 있었는데, 한번은 프랑스 국왕 역시 멋진 정원을 가지고 있다는 소식을 듣고는 프랑스 공사와 예수회 사제들에게 프랑스 국왕의 소유물 중 자신에게 없는 것이 무엇인지 물어보기도 했다. 이처럼 당시 청 왕조의 황제들은 서양인들에게 흥미를 가지고 있었으며, 심지어는 그들을 환영하기까지 했다. 후일 그들이 이처럼 사악한 만행을 저지를 것이라고는 꿈에도 생각지 못했던 것이다. 어쨌든 프랑스 공사와 사제들로부터 프랑스 국왕의 아름다운 건축물에 대해 듣게 된 건륭제는 자신도 반드시 그 같은 것들을 가지고 말리라 결심했다. 그래서 그는 여름 궁전의 전통적인 양식에 서구식 미적 감각을 덧붙였다. 예수회 사제들은 건륭제의 청을 받아들여 유럽의 궁전의 것과 같은 프랑스와 이태리의 그림을 가져왔고, 건륭제는 그것을 면밀히 살펴본 뒤 자신의 기호에 맞는 것은 무엇이든지 받아들였다.

그러나 건륭제 이후 여름 궁전은 그다지 주목받지 못했고 심지어는 폐쇄 위기에까지 놓였다. 이유인즉 그의 후계자인 가경제가, 자신이 총애하는 후궁이 여름 궁전에 머무르다가 하늘에서 내리친 번개를 맞고 죽은 이후, 열하熱河*에 있는 북궁에만 관심을 두었기 때문이다. 또한 그 뒤를 이은 함풍제의 아버지 도광제는 검소한 성정의 인물로 지나친 경비를 우려한 나머지 궁정 전체가 단지 여가를 즐기기 위해 여름 궁전으로 옮겨가는 것을 탐탁치 않게 여겼다.

이윽고 출발 당일 새벽, 황실은 이른 준비를 시작했다. 여름 궁전으로의 여행이 시작된 것이다. 온 땅에 이슬방울들이 내리고 보기 드물게 안개가 낀 축축하고도 따뜻한 아침이었다. 자희는 일찍 일어

---

* 승덕承德의 옛 지명인 하북성河北省에 있는 도시. '뜨거운 강'이란 뜻의 '열하'는 승덕 위쪽에서 이 강으로 흘러드는 여러 개의 온천 때문에 붙여진 이름.

나 시녀들에게 전원에 어울리는 간편한 복장을 준비하라고 명했다. 시녀들은 곰곰이 궁리하다가 남쪽 섬 지방에서 수입된 파인애플 섬유로 만들어진 옅은 물색의 얇은 옷을 가져왔고 장신구는 진주만 대령했다. 그녀는 급히 서둔 덕에 황제가 일어나 옷을 입고 식사를 할 때까지 모든 준비를 마칠 수 있었다. 그러나 행차의 출발 시각은 정오였으므로 시간은 여유로웠다.

행차의 첫 대열에는 기수가 섰고, 그 다음에는 왕들과 그 가족들, 그리고 마지막으로는 크고 하얀 종마를 탄 영록이 이끄는 황실경비대가 뒤따랐다. 자희가 아들과 유모와 함께 탄 가마는 그들과 황제의 가마 사이에서 움직였고, 동궁의 황후 사코타는 바로 그녀 곁에 있는 가마를 탔다. 몇 달 동안 두 사람은 서로 얼굴을 보지 못한 터였다. 그리고 오늘 아침에서야 창백한 사코타의 얼굴을 보게 된 자희는 다시 한 번 자신을 탓하면서 일부러 시간을 내어서라도 그녀와 자매의 정을 돈독히 해야겠다고 생각했다.

행차가 지나가는 거리는 텅 비어 조용했다. 아침 일찍 천자가 지나가게 될 길마다 노란 삼각형의 깃발이 꽂혔다. 이는 행차가 지날 때 남녀노소 할 것 없이 거리에 나와서는 안 된다는 경고였다. 집마다 대문이 닫히고 창문에는 커튼이 내려졌으며, 교차로에서 주요 도로에 접어들 때마다 통행인의 출입을 막는 노란 비단 장막이 쳐졌다.

황제가 오문을 나서자 북과 징이 울렸고 이를 신호로 해 백성들은 모두 집안으로 모습을 감췄다. 또 한 번 북을 치고 징을 울리자 도로의 큰 돌을 골라내던 사람들도 물러갔다. 세 번째로 북과 징소리가 울리자 만주족 가문의 귀족들이 가장 좋은 옷을 입고 나와 1천 명의 경비대에 둘러싸인 천자의 행렬 양쪽에 무릎을 꿇었다. 이런 행차를 할 때 으레 황제들은 금으로 만든 굴레를 쓰고 보석 박힌 우단으로 덮인 안장으로 화려하게 치장한 커다란 아라비아산 말을 타게 되어 있었다. 그러나 함풍제는 말 위에 앉을 힘조차 없어 어쩔 수 없이 가마를 타야만 했다. 게다가 자신의 야위고 창백한 얼굴을 감추기 위해 장막조차 걷지 못하게 했다. 이처럼 황제는 장막 뒤에 조용히 숨어 아무 말도 하지 않았고, 무릎을 꿇은 귀족들은 황제의 가마가 모래 깔린 도로를 따라 저만치 사라질 때까지 그 모습은커녕 목소리조차 듣지 못했다.

이어 행렬은 북경 성벽 밖에 있는 해천이라는 마을의, 동쪽으로 길게 뻗은 길을 지나게 되었다. 이 작은 마을은 상업이 번창한 곳으로 원명원圓明園*과는 근접한 거리였다. 만일 이곳에 황실경비대를 거주토록 하고, 왕과 대공 그리고 다른 귀족들이 근처 교외의 토지를 구입하여 여름 별장을 짓게 되면, 여름 궁전에 머물게 될 황제를 모시는 일이 좀 더 손쉬워질 것이었다. 그리고 이처럼 궁정 전체가 여름 궁전인 원명원에 거주하게 될 경우 마을의 살림살이가 윤택해질 것이 분명했으므로 행차를 바라보는 마을 주민들은 하나같이 기대에 부풀어 있었다.

이윽고 해질녘에 이르러 황제의 행차가 여름 궁전의 정문 앞에 도착했다. 자희는 장막 사이의 틈을 통해 두 개의 황금 사자가 호위하고 있는, 하얀 대리석으로 조각된 우뚝 솟은 정문을 보았다. 정문은 이미 활짝 열려 일행을 맞이할 준비를 마친 상태였다.

그녀는 가마를 타고 높은 문턱을 넘어 조용하고 거대한 궁전 안으로 들어갔다. 자희는 참고 참았던 조바심이 솟구치는 것을 느끼며 직접 장막을 젖히고 밖을 내다보았다. 그러자 마치 꿈속과 같은 광경이 눈앞에 펼쳐졌다.

---

* 중국 북경에 있는 청나라 때의 황실 정원. 원명원, 장춘원長春園, 기춘원綺春園(후에 만춘원萬春園으로 개명됨)등의 3원을 통틀어 일컫는다. 1백50년 간 사용되다가 1860년 영국과 프랑스 연합군에 의해 소실됨.

푸른 언덕 위에 걸린 듯 세워진 탑과, 대리석으로 포장된 구부러진 도로 옆으로 잔물결을 일으키며 유연하게 흘러내리는 맑은 시냇물, 주변에 있는 1백 개 남짓의 정자를 향해 뻗어 나간 하얀 대리석 다리들은 그야말로 장관이 아닐 수 없었다. 각각의 정자들은 모두 다른 모습이었으며, 금과 채색된 기와로 뒤덮인 그 아름다움은 평생 봐도 다 알 수 없을 듯 여겨졌다. 게다가 눈에 띄는 것보다 보이지 않는 것이 더 많다고 하니 실로 선대 황제들의 정성어린 손길을 물씬 느끼지 않을 수 없었다.

그중에서 가장 유명한 물시계는 십이지신의 동물들이 옥천에서 끌어 온 물을 두 시간마다 한 번씩 내뿜었고, 각각의 궁에는 동양뿐만 아니라 유럽과 서양에서까지 들여 온 보물들로 가득 차 있었다. 자희는 이 모든 진귀한 것들을 곧 자세히 보게 되리라는 기대감에 날아갈 듯 기뻤고, 어서 가마에서 내려 이곳저곳을 둘러보고 싶어 견딜 수 없었다.

저녁 무렵, 이윽고 가마가 내려졌다. 자희는 이연영이 장막을 젖히자마자 미지의 신세계에 들어 선 사람처럼 흥분된 기색으로 벌떡 일어섰다. 그리고 주위를 둘러보는 순간, 전혀 무방비한 상태에서 영록과 눈이 마주쳤다. 그의 부하들은 벌써 거대한 동궁문에 들어서는 중이었고, 오직 그만이 홀로 그 자리에 굳은 듯 서 있었다. 그리고 그 역시 예기치 못한 순간 자희의 눈동자와 시선이 마주치자 다소 얼떨떨한 표정이었다. 자희는 순식간에 마음이 혼란스러워지는 것을 느꼈다. 자희는 급히 고개를 돌렸고, 영록 또한 자희에게서 시선을 거둔 채 뒷모습을 보이며 돌아섰다.

자희는 시녀들을 대동한 채 배정된 궁에 들어섰다. 그러자 영록으로 인한 슬픔과 혼란은 점차 사라지고 가슴 가득 기쁨이 넘쳐흘렀다. 그녀는 이 방 저 방을 둘러보며 형언할 수 없는 환희를 느꼈다. 자희가 머물게 될 '낙수당樂壽堂'은 오늘부터 완벽히 자희의 것이었다. 낙수당은 아주 오래된 궁이었고 자희는 바로 그 점에 매료되었다. 그 즈음 자희를 제외한 궁중 사람들도 화려하고 진귀한 풍경들 속에서 평안을 찾고 있었다. 자희는 볼거리들을 찾아 한참을 돌아다닌 뒤에야 비로소 입구로 되돌아와 서쪽을 향해 활짝 열려진 넓은 문 앞에 섰다. 그녀는 어스름 불빛 아래 조용히 떨어지는 낙조를 바라보며 팔을 뻗었다.

"공기가 너무 상쾌하구나."

자희가 궁녀들에게 말했다.

"이 신선한 공기를 맡아 보렴. 공기 한 방울 한 방울이 가슴속에서 가볍게 뛰어 놀지 않느냐. 실로 자금성 안의 답답한 공기와는 천지 차이구나!"

궁녀들은 자희의 지시대로 숨을 들이쉬더니 곧이어 탄성을 질렀다. 정말로 여름 궁전의 공기는 깨끗하고 시원했다.

"여기서 평생 살았으면 좋겠구나. 자금성으로는 절대 돌아가지 않겠어!"

그러자 궁녀들은 정색을 하며 고개를 저었다. 그리곤 어찌 황후께서 국정의 중심지에서 벗어나려 하시느냐고 되물었다. 그러자 자희는 다소 슬픈 얼굴로 말했다.

"자, 지금은 즐겨야 할 때니 즐겁지 않은 얘기는 하지 말자꾸나. 아무리 슬프고 화나고 고통스러운 일도 여기 오면 다 잊혀질 것만 같구나."

궁녀들은 자희의 한탄에 못내 안타까운 표정을 지었다. 잠시 골똘히 생각하던 자희는 이내 다시 즐거운 표정으로 돌아왔고, 가지각색의 궁들과 정원들을 계속 둘러보고 싶어 견딜 수 없다는 듯 부산하게 걸음을 떼었다. 그러나 날은 이미 저물어 해가 용마루 너머

뉘엿뉘엿 기울어가고 있었다. 호수와 시냇물에 비친 저녁놀도, 물 위에 어른거리던 대리석 다리의 그림자도 희미해졌다. 잠시 후 고요하게 어둠이 내려앉았다. 자희는 걸음을 멈추고 궁녀들에게 말했다.

"오늘은 일찍 잠자리에 들어 새벽에 일어나야겠구나. 볼 수 있는 것을 다 찾아보고 즐기려면 시간이 충분치 않을 테니 말이야."

궁녀들은 그 말에 공손히 고개를 숙였다.

자희는 달이 겨우 손톱만큼 돋아날 무렵 일찍 자신의 처소로 들어갔다. 그리곤 다과상에 차려진 가벼운 식사와 녹차를 즐긴 뒤 목욕을 했고, 잠시 후 기분 좋은 비단 잠옷으로 갈아입고 잠자리에 들었다. 그러나 상쾌한 밤공기 때문인지 쉽게 잠을 이룰 수가 없었다.

그녀는 시녀들이 지쳐 잠들자 조용히 침상에서 일어나 창문 밖을 내다보았다. 궁은 낮게 둘러싸인 성벽 위쪽에 높게 자리 잡고 있어 성벽 너머 먼 산과 창백한 달빛까지도 훤히 보였다. 잔잔한 풍경을 응시하는 동안 가슴속에 나른한 평온함이 스며들었다. 자희는 주변의 모든 것이 너무나 평화롭게 느껴져 모든 것이 꿈결인 듯싶었다. 고요한 풍경 위에 황금색 달빛이 내려앉는가 싶더니 어디선가 밤에 피어나는 백합의 향기가 바람결에 실려 날아왔으며 철 이른 들새의 선명한 울음소리도 들려왔다. 자희는 외로움이 차차 가라앉으며 이내 전쟁과 국정에 관한 온갖 걱정거리와 두려움이 사라지는 것을 느꼈다. 그녀의 마음은 더없이 평온해졌다.

회랑 너머 오른쪽에는 사코타에게 배정된 부영전이 있었다. 내일, 아니 꼭 내일이 아니더라도 이처럼 넉넉해진 마음만 변치 않는다면 언젠가는 사코타와 자매지간의 정을 다시 회복할 수 있을 것이었다. 실로 그녀와는 묘한 인연이었다. 어렸을 때 양은 거리의 한 지붕 밑에서 함께 자라 이제 한 남편을 섬기며 나란히 생활하고 있다는 것만 보아도 결코 흔치 않은 인연이 아닌가.

 잠시 후 들떠 있던 마음은 이내 영록에게까지 머물렀다. 아무 준비 없이 시선이 마주친 뒤 서로에게 눈을 떼지 못하던 순간과 고통스러운 듯 얼굴을 돌려버리던 영록의 모습이 고스란히 떠올랐다. 자희는 문득 영록의 목소리가 듣고 싶어졌다. 그를 가까이 느끼고 싶었다.

 그녀는 잠시간 먼 풍경을 응시하며 그의 얼굴을 떠올리다가 어떻게 하면 다시 그를 볼 수 있을까 방도를 생각하기 시작했다. 깊은 생각에 잠긴 자희의 얼굴에 희미한 달빛이 쏟아졌다. 그렇게 얼마간의 시간이 흐르고 자희는 입가에 희미한 미소를 띤 채 고개를 들었다. 그렇다. 만일 그에게 친척으로서의 조언을 얻고 싶다고 한다면 아무도 그녀를 말릴 수 없을 것이다. 그렇다면 어떤 조언을 얻고 싶다고 말해야 할까?

 그녀는 핑계거리를 찾아내려고 애썼고 머릿속은 점점 복잡해졌다.

 그러던 어느 순간 좋은 이유거리가 섬광처럼 머리를 스치고 지나갔다. 언젠가 숙부의 집에 갔을 때 동생의 혼인에 관해 어머니와 약속을 하지 않았던가. 아직 그녀는 그 약속을 지키지 못하고 있었다. 그리고 여동생을 황실의 왕공과 혼인시키는 문제에 대해 조언을 구한다고 밝힌다면 틀림없이 영록을 부를 수 있을 것이다. 우선 자희는 충성스러운 환관 이연영에게 이렇게 말하기로 결심했다.

 "어머니께 한 약속이 있는데 다급한 집안일이라네. 그래서 내 친척인 황실경비대 대장에게 조언을 구하고자 하는데, 그에게 전갈을 좀 전해주게나."

 달빛은 점점 황금빛으로 물들었고 공기는 어느 때보다도 향기로웠다. 그녀는 행복감에 젖어 깊은 한숨을 내쉬었다. 이곳은 신선이 노니는 곳이거늘 이처럼 마술 같은 일이 일어나지 말라는 법이 어디 있겠는가? 그녀는 남몰래 세운 계획을 다시 한 번 떠올리며 미소를 지었다. 그녀의 기쁨은 파랗게 날이 선 채 차갑게 빛났다. 지금 그녀는 영록에 대한 날카롭고 오래된 욕망을 서슴없이 되새기고 있었다. 그러나 머릿속은 이내 차가워졌고 그녀는 한 가지 사실을 깨달았다. 그것은 바로 그녀가 걱정할 일은 아무것도 없다는 사실이었다.

자희는 스스로의 처신을 경계할 필요가 없었다. 그것은 언제까지나 영록의 몫이었다. 그는 자신의 정갈한 성격과 흠잡을 데 없는 청렴함으로 그녀를 보호할 것이며, 자신의 욕망에 단단히 자물쇠를 채울 것이다. 그는 결코 타락할 수 없는 사람이었고, 그녀는 그러한 그를 믿기만 하면 되었다.

갑작스레 졸음을 느낀 자희는 커다란 눈을 몇 번 깜빡이더니 바닥 위에 침구를 깔고 잠든 궁녀들 사이를 조용히 빠져나가 자신의 침상으로 다가갔다. 그리곤 장막을 닫고 자리에 누웠다.

아침은 맑고 고요했다. 멀리서 불어오는 북풍의 여파로 쌀쌀한 기운이 돌았지만 그 외의 모든 것은 더없이 쾌적했다. 그녀는 이날만큼은 모든 것을 잊고 주변 풍경을 즐기며 무구한 행복을 만끽하고 싶었다. 사실 이곳 전부를 둘러보려면 여러 날이 필요했다. 수많은 궁과 호수, 마당, 회랑, 정원, 정자 등 방문할 곳이 한두 군데가 아니었으며, 특히 2백 년 간 청 왕조의 황제들이 받은 선물들을 고스란히 보관해 둔 원명원의 별채는 반드시 여러 시일에 걸쳐 천천히 둘러보아야 했다.

각각 1천 필씩인 비단 꾸러미들, 곤포綑包로 포장된 시베르 강을 넘어온 모피, 유럽 여러 나라와 영국의 섬에서 가져온 골동품들, 티벳과 투르케스탄에서 온 공물들, 조선과 일본 그리고 속국은 아니지만 중국의 천자를 자신들의 인도자라 여기는 여러 약소국들에서 보내온 선물, 남쪽 지방에서 가져온 훌륭한 가구들과 진귀한 도자기, 옥과 은으로 된 장난감과 상자, 인도와 남쪽 해안에서 가져온 금 화병과 보석, 이 모든 것들이 자희를 기다리고 있었다. 자희는 지금이라도 달려가 보물들을 유심히 살피고, 재빨리 손을 놀려 그 무게와 모양, 재질을 가늠해 보고 싶었지만 잠자코 때를 기다리기로 했다.

그녀는 매일 아침마다 황실 배우들이 공연하는 연극을 관람하면서 생전 처음으로 보고싶은 만큼 연극을 볼 수 있었다. 물론 역사책을 읽거나 전통 서화를 공부하는 것도 좋았지만, 연극을 통해 살아 숨쉬는 역사 속의 인물들과 만나는 일은 무엇보다도 즐거웠다. 그녀는 연극 속에 등장하는 여러 후궁들과 황후들에게 긴밀한 유대감을 가졌고, 자신보다 앞서 태어나 나라를 통치하고 죽어간 인물들의 삶에서 자신의 모습을 발견했다. 그날의 연극 내용이 사색적이었다면 잠자리에 들어서도 생각에 잠겼으며, 그 내용이 즐거웠다면 그날은 무엇을 하든지 즐거웠다.

또한 그녀는 모든 보물들 중에서도 지난 4천 년 간의 위대한 고전들에서 중요한 내용들만 수집해 엮은 건륭제의 장서들에 유달리 깊은 관심을 두었다. 건륭제의 치세 동안 많은 학자들이 영에 따라 이 장서를 작성했고, 이제 이것들은 무엇과도 바꿀 수 없는 귀중한 보물이 되었다. 학자들이 만들어 낸 두 벌의 필사본은 화재나 침략으로 소실되는 사태를 방지하기 위해 한 벌은 자금성에 다른 한 벌은 이곳 원명원에 보관되어 있었다. 자희는 이제껏 그 장서들을 이처럼 가까이에서 본 적이 없었다. 자금성 내부에 있는 장서들은 영화전榮華殿 내에 소장된 채 일년에 한 철, 즉 '경전의 향연'이 있는 때를 제외하고는 자물쇠로 굳게 잠겨진 문 너머에 보관되어 있었기 때문이다.

경전의 향연 동안 학자들은 고대 작품들을 발췌해 그 의미를 황제에게 상세히 설명하는 임무를 맡았고, 황제는 그 말씀에 따라 통치법을 쇄신하고 기강을 세웠다. 1천8백 년 전, 진시황이 유교 경전의 습득을 금지하여 경전들을 불태우고 저명한 학자들을 생매장시킴으로써 자신의 권위를 내세운 이래, 위로는 황제로부터 아래로는 백성들에 이르기까지 책에 대한 존경심을 가르치고 책을 보전하는 것이 학자들의 우선적인 임무가 되었다. 그리하여 아무리 무지막지한 통치자도 성현인 공자의 말씀을 말살할 수는 없었다. 심지어 사서오경은 돌에까지 조각되어 돌 기념물로 남았으며, 이 기념물들은 문화전文華殿에 세워진 채, 그 입구는 굳게 잠겨 있었다. 그러나 여기 원명원에서만큼은 여자인 자희도 고대 작품들을 읽을 수 있었다. 그래서 그녀는 비가 오는 날이나 주변 풍경이 지겨워질 때마다 반드시 이 책들을 읽으리라 결심했다.

자희는 이처럼 근 20일간 아름다운 풍경들과 원명원 사이를 왔다갔다하는 동안에도 영록과 재회하겠다는 결심을 한시도 잊지 않았다. 그녀는 황실의 유람선에서 야외 향연을 즐기고 꽃이 만발한 정원을 거닐면서도, 신선한 공기 속에서 더욱 건강해진 태자와 함께 놀거나 심지어 황제의 침실에 부름을 받았을 때조차 그에 대한 생각을 떠올렸다. 영록에 대한 갈망은 항상 뇌리에 맴돌았고, 자희는 언제든 이 감쪽같은 계획을 실천에 옮길 수 있도록 만반의 준비를 갖추었다.

어느 날, 드디어 자희는 영록을 부르기로 결심했다. 그녀는 지금 자유로운 마음과 여유로운 생활 덕에 한결 대담해져 있었다. 그녀는 보석 반지를 낀 손가락을 까딱여 이연영을 불렀다. 이연영은 즉시 다가와 무릎을 꿇고 그녀의 지시를 기다렸다.

"내 마음이 심히 어지럽도다."

그녀가 거만한 목소리로 말했다.

"사실은 여동생의 혼인 문제에 대해 친정어머니와 약속한 것이 있어 그간 고심했었네. 벌써 몇 달이 지났는데도 아무 소식이 없으니, 그간 친정집에서는 애만 태우지 않았겠는가. 그러다가 마땅히 내게 조언을 줄 자가 없어 생각을 해 보았더니 마침 경비대장이 곁에 있다는 사실이 떠올랐네. 진정 그 사람만이 이 혼사 문제를 도와줄 수 있는 자이니 지금 당장 그를 찾아 내게 들르라는 전갈을 전하게."

그녀는 미얀마산 코끼리 상아로 상감 세공된 옥좌에 앉아 단정한 자세로 지시를 내렸다. 그리고 지체가 높아져 더 이상 비밀을 간직하는 것이 어렵다는 사실을 염두에 두고, 일부러 궁녀들 앞에서 이 말을 꺼내어 실오라기 같은 의심까지 불식시켰다. 실제로 주위에 서 있던 궁녀들은 그녀에게 뭔가 다른 저의가 있다고는 생각지 못했다.

이연영은 주인의 성격을 잘 알고 있었으므로 지시가 떨어지기 무섭게 복종했다. 그녀의 명을 지체하는 것은 화를 자처하는 일이었기 때문이다. 그러나 그는 본능적으로 이 일에 대해 알아서도, 물어서도 안 된다는 것을 알고 있었다. 그는 일전에도 그러한 지시를 받고 영록을 그녀의 처소로 데려다 주었던 일을 분명히 기억하고 있었다. 그날 두 사람이 닫힌 문 안에서 오후 한나절을 보내는 동안, 이연영은 문밖에 서 누구도 출입하지 못하도록 경비를 섰다. 훤칠한 풍채의 경비대장은 저녁 무렵이 되어서야 당당하면서도 수심에 찬 얼굴로 그곳을 빠져 나왔다. 그러나 두 사람은 말을 하거나 인사를 하기는커녕 서로의 얼굴을 쳐다보지도 않았다. 그리고 다음 날 그녀는 곧바로 황제의 부름에 응했다. 그리고 열 달 만에 태자가 태어났다. 이연영은 싱긋 웃으며 손가락 관절을 뚝뚝 꺾은 뒤 황실경비대장을 찾으러 나섰다.

이제 자희는 예전과는 달리 궁녀들 앞에서 공개적으로 영록을 맞이할 수 있게 되었다. 그녀는 커다란 방의 옥좌에 앉아 영록을 기다렸다. 그녀는 입가에 만족스러운 미소를 띤 채, 아름다움과 기품이 넘치는 주변을 둘러보았다. 벽에는 채색된 족자가, 옥좌 뒤에는 설화석고로 만든 가리개가, 좌우에는 꽃이 활짝 핀 나무가 그려진 도자기 항아리가 있었으며, 바닥에는 그녀의 애완견들이 네 마리의 고양이들과 깡충깡충 뛰어다니고 있었다. 그녀는 그 동물들을 바라보며 자애로운 미소를 지었고, 급기야 옥좌에서 내려와 그것들을 품에 안았다. 그리고 근처를 돌아다니며 궁녀들의 외양과 머리장식 등을 칭찬했으며, 고양이들에게 비단 손수건을 던져 자신을 따라오도록 만들기도 했다. 그러나 얼마 안 가 이연영의 발소리를 뒤따르는 무거운 발소리를 듣고는 재빨리 옥좌로 올라갔다. 그리곤 보석을 낀 손을 포개고 엄숙한 모습으로 돌변했다. 그 모습을 본 궁녀들은 부채로 입을 가리며 미소를 지었다.

그녀의 얼굴은 진지했으며 입매는 차분했지만, 영록이 출입문의 높은 문턱을 넘어오자 커다란 눈동자에 갑작스러운 생기가 돌았다. 영록은 경비대의 진홍색 공단 웃옷과 검은 우단 바지를 입은 채 고개를 숙이고 아홉 걸음 앞으로 다가와 무릎을 꿇었다. 그리고 나서 그는 자신이 사랑하는 여인을 잠시 훑어보고는 다시 고개를 숙였다.

"어서 오세요, 오라버니."

자희는 특유의 낭랑하고 맑은 목소리로 말했다.

"이렇게 만난 지가 대체 얼마만이지요?"

"오랜만이옵니다, 마마."

영록은 무릎을 꿇은 채 대답하고는 다시 자희가 입을 열기를 기다렸다. 자희는 입가에 미소를 띤 채 그를 내려다보았다.

"조언을 구할 일이 있어서 오라버니를 불렀습니다."

"분부하십시오, 마마."

"내 여동생이 이제 혼기가 꽉 찼습니다."

그녀가 말을 이었다.

"오라버니는 그 아이를 기억하시는지요. 장난꾸러기에다 늘 징징대던 아이 말입니다. 항상 내게 달라붙어 내 물건을 탐내곤 했죠."

"전 아무것도 잊지 않았습니다, 마마."

그는 여전히 머리를 숙인 채 말했다. 자희는 그 말 속에 숨겨진 의미를 금방 알아채고는 가슴속에 보석처럼 담아두었다.

"그래요, 이제 동생에겐 남편감이 필요해요. 동생은 더 이상 응석받이가 아닙니다. 이제 여자가 다 되었지요. 날씬하고 아주 예쁘답니다. 게다가 나와 비슷한 눈썹을 가졌죠."

그녀는 잠시 말을 멈추고는 집게손가락을 들어 버드나무 이파리 같은 자신의 눈썹을 쓰다듬었다.

"그래서 제가 동생의 혼처를 폐하의 형제들 중에서 찾아보겠다고 약속했는데 어떤 왕공이 좋을까요? 왕공들을 좀 호명해 주시겠어요?"

"마마."

영록이 조심스럽게 대답했다.

"어찌 제가 종친들에 대해 마마만큼 잘 알 수 있겠습니까?"

"오라버니께서는 잘 알고 계시지 않나요? 흔히들 모든 소문은 궁궐의 성문에서 나온다고 하지 않습니까."

그녀는 영록의 대답을 기다리는가 싶더니 갑자기 고개를 돌려 소리쳤다.

"다들 물러가라!"

그녀의 매서운 시선이 궁녀들에게 머물렀다.

"너희들이 있는데 어찌 오라버니께서 말씀을 꺼내시겠느냐? 나가자마자 소문을 퍼뜨릴 게 뻔하니 말이다. 물러가라! 모두들 귀를 쫑긋 세우지 말고 오라버니와 단둘이 있게 하라!"

궁녀들은 겁먹은 나비들처럼 옷자락을 펄럭이며 흩어졌고 곧이어 주변은 텅 비었다. 자희가 웃음을 터뜨리며 옥좌에서 내려오는 동안 영록은 꼼짝도 않고 있었다. 그러자 자희는 몸을 숙여 그의 어깨를 어루만졌다.

"일어나세요, 오라버니. 이제 우리를 볼 사람은 아무도 없습니다. 저 자에 대해서는 신경 쓰실 필요 없어요. 그는 탁자나 의자와 마찬가지니까요."

영록은 마지못해 일어났지만 여전히 자희와 거리를 두려는 듯했다.

"전 누구든, 심지어 환관이라 해도 두려울 것이 없습니다."

그가 중얼거리듯 말했다. 그러자 자희는 입가에 차가운 미소를 띠었다.

"저 자는 괜찮아요. 만일 한 마디라도 지껄여 날 배신한다면 파리 잡듯 뭉개버릴 테니까요."

그녀는 진짜 파리라도 잡는 것처럼 엄지와 검지를 꼭 쥐어 보였다. 그리곤 어깨를 펴며 말했다.

"저쪽에 있는 대리석 의자에 앉으세요. 난 여기 앉겠어요. 이만하면 거리는 충분한 것 같은데요. 오라버니, 날 두려워하지 말아요. 황실의 어른인 이상 행실을 바르게 해야 한다는 것쯤은 나도 잘 알고 있어요. 왜 아니겠어요? 어쨌든 난 내가 원하는 걸 얻었어요. 내 아들, 태자 말이에요."

"입 다물어요!"

영록이 나지막하고 성난 목소리로 외쳤다. 그러나 자희는 짙은 속눈썹을 들어 순진한 표정으로 그를 바라보았다.

자희황후 **193**

"그럼 동생에게는 어느 왕야를 남편감으로 골라주어야 할까요?"

영록은 의자 모서리에 뻣뻣하게 앉아 곰곰이 생각하기 시작했다.

"폐하의 일곱 형제 중 어떤 분께 내 동생을 보내야 할까요?"

영록과 동시에 생각에 잠겼던 그녀가 재차 물었다. 드디어 영록이 고개를 들고 대답했다.

"동생 분이 첩실이 되는 것은 옳지 않습니다."

그러자 자희는 그를 향해 눈을 동그랗게 떴다.

"왜 안 된다는 거죠? 나도 아들을 낳기 전에는 후궁이었잖아요?"

"황제 폐하와는 다릅니다."

그가 상기시켜 주었다.

"그리고 마마께서는 이제 황후이십니다. 아무리 상대가 왕공인들 황후의 여동생이 첩실로 들어갈 순 없는 노릇 아닙니까."

"그렇다면 칠야만이 혼인을 하지 않은 걸로 알고 있는데······ 이를 어쩌나! 그는 폐하의 형제 중에서 가장 인물이 떨어지지 않던가요? 두꺼운 입술은 쳐졌고 눈은 작은데다 그 거만한 얼굴이라니. 난 내 동생이 나처럼, 못생긴 사람을 사랑하지 않길 바라거든요."

말을 마친 자희는 잠시 눈을 들어 영록을 바라보았다. 그러나 영록은 그 시선을 외면했다.

"순친왕醇親王도 인상은 나쁘지 않습니다. 최소한 인상이 나쁘지 않은 것만으로도 다행이지요."

그러자 자희는 조롱하듯 말했다.

"아, 그래요? 오라버니는 그게 중요하다고 생각하세요? 왕으로서 말이죠? 왕이라는 것만으로 충분하다는 건가요?"

영록은 그녀의 조롱을 무시했다.

"물론 그것만으로 충분하다고 보지는 않습니다."

그녀는 어깨를 으쓱거렸다.

"오라버니께서 순친왕을 권하신다면, 저도 그를 택하겠어요. 그럼 곧 어머니께 서신을 보내도록 하지요."

자희는 영록의 냉정함에 화가 치밀었다. 그녀는 알현이 끝났다는 것을 암시하듯 자리에서 일어선 다음 무심한 얼굴로 말했다.

"그리고 오라버니 …… 지금쯤 오라버니도 혼인하셨으리라 생각되는군요."

영록은 자희와 동시에 자리에서 일어나 침착하게 서 있었다.

"제가 혼인하지 않았다는 건 마마께서도 아시지 않습니까?"

"물론이에요, 하지만 어쨌든 오라버니도 혼인을 하셔야죠."

그녀는 말은 이렇게 내뱉었지만 마음속으로는 더없이 행복했다. 그녀의 말투는 어느새 예전처럼 부드러워졌다.

"저는 오라버니께서 혼인하시길 바라고 있어요."

그녀는 다소 슬프고 아련한 얼굴로 손을 내려다보며 깍지를 끼었다.

"그건 불가능합니다."

고개를 들어 잠시 동안 자희의 깊고 어두운 눈동자를 바라보던 영록은 작별 인사도 없이 나가버렸다. 자희는 그가 물러가라는 영도 내리지 않았는데 서둘러 나가버리자 망연한 얼굴로 잠시 그 자리에 서 있었다. 그때였다. 자희는 문간에 있는 장막이 슬쩍 흔들리는 것을 보았다. 그녀는 재빨리 다가가 장막을 잡아당겼고, 잠시 후 그 안에 웅크린 그림자를 보았다. 그것은 다름 아닌 그녀가 총애하는 궁녀이자 숙순의 딸인 매였다.

"네가? 네가 왜 지금 여기 있는 것이냐?"

자희가 물었다. 매는 겁에 질린 얼굴로 고개를 숙이고 가늘게 몸을 떨었다.

"자, 어서 말해!"

자희가 다그쳤다.

"왜 날 염탐한 게냐?"

"마마를 염탐한 것이 아니옵니다."

매는 거의 들리지 않을 듯한 작은 목소리로 속삭였다.

"그럼 누굴 염탐했단 말이냐?"

자희가 물었다. 매는 입을 꾹 다문 채 대답이 없었다.

"대답하지 못하겠단 말이냐?!"

자희는 어린아이처럼 겁에 질린 매를 노려보다가 갑작스레 그녀의 귀를 잡고 세차게 흔들었다.

"오호라, 그렇다면 그 사람을 염탐한 게로구나, 그렇지?!"

자희가 격렬하게 외쳤다.

"그 잘생긴 얼굴을 훔쳐본 거야, 감히 네가 그를 사랑한단 말이구나?!"

매는 자희의 손아귀에 휘어 잡힌 채 그렁그렁 눈물이 고인 눈동자를 들었다. 자희는 그 무기력하고 슬픈 눈과 시선이 마주치자 격렬한 감정이 솟구치는 것을 느끼고는 온 힘을 다해 그녀의 귀를 잡아 흔들었다.

"네가 감히 그를 사랑한단 말이지!"

드디어 매는 울음을 터뜨렸다. 자희는 그때서야 그녀의 귀를 놓아주었다. 귀고리가 깊이 파고들었는지 찢어진 귓불에서 붉은 피가 뚝뚝 떨어졌다.

"감히, 그가 널 사랑한다고 생각하는 모양이로구나?"

자희가 경멸하듯 물었다.

"그분은 절 사랑하지 않습니다, 마마."

매는 흐느껴 울며 대답했다.

"그분은 마마만을 사랑합니다. 그분이 마마만을 사랑한다는 걸 모두가 알고 있습니다."

이 말을 듣자 자희는 기묘한 기분에 빠져들었다. 원래라면 불경한 짓을 저지른 이 궁녀를 처벌해야 했지만 자희는 이 순간 오히려 매의 말에 커다란 기쁨을 느꼈다. 그래서 그녀는 웃어야 할지 아니면 그녀의 뺨을 내리쳐야 할지 갈피를 잡지 못하고 있었다. 결국 자희는 두 가지 모두를 행하기로 했다. 그녀는 보일 듯 말 듯 미소를 지은 뒤 다른 궁녀들이 소동의 원인을 알아내기 위해 문간에 서서 이곳을 유심히 살피는 것을 알아채고는, 스치듯 매의 뺨을 때렸다.

"여기, 그리고 거기서 엿보는 것들!"

노기 띤 얼굴로 자희가 말했다.

"혼찌검을 내기 전에 썩 물러나라! 이런 망측할 때가 다 있나? 그리고 넌 꼴 보기 싫으니 일주일 동안 내 앞에 나타나지 말거라!"

다시 한 번 매를 노려 본 자희는 우아한 자태로 몸을 돌려 다시 옥좌에 앉았다. 그리고는 미소를 지으며 매의 작은 발이 복도를 후닥닥 내달리는 소리를 들었다.

그날부터 영록의 모습은 자희의 뇌리 속에 깊이 각인되어 오랫동안 잊혀지지 않았다. 자희는 더 이상 그를 부를 수 없다는 것을 잘 알면서도 다시 만날 수 있는 계획을 짰다. 그것도 어쩌다 한번 만나는 것이 아닌 자유롭게 만날 수 있는 방법 말이다. 책을 읽거나 아름다운 풍경을 볼 때도 심지어는 밤에 잠이 깨었을 때에도 영록은 항상 그녀의 눈앞에 조금은 슬픈 듯한 얼굴로 서 있었다. 자희는 연극 속에 등장하는 영웅의 모습에서 영록을 보았으며 음악을 들을 때면 그의 목소리를 들었다. 여름이 지나갈 즈음 그에 대한 사랑의 상념은 점점 더 깊어만 갔다.

자희는 누구든 한번 보면 사랑할 수밖에 없는 여인이었지만 정작 그 자신은 극심한 외로움에 시달리고 있었다. 가까운 곳에 황제가 있다고는 해도, 사실 자희에게 그는 그저 꿈을 이루어줄 수 있는 상징적인 존재에 불과했다. 그러나 자희는 미래에 대한 꿈만으로는 만족할 수 없었다. 그녀는 자신의 곁에 늘 있어 줄 뜨거운 육체를 갈망했으며 그것을 이루기 위해 나아가고자 했다. 그리고 그렇게 되려면 영록을 높은 지위에 올리는 수밖에 없었다. 만일 그가 자희의 국사를 거드는 측근이 된다면 누구에게도 의심을 받지 않고 영록을 만날 수 있을 것이다.

그렇다면 문제는 세인들의 이목을 집중시키지 않고, 어떻게 그의 지위를 올리느냐였다. 좁디좁은 궁중 내에서 소문은 언제나 역병처럼 순식간에 퍼지게 마련이었다. 먼저 자희는 자신을 시기하는 군기 대신 숙순과 그의 동맹자인 정친왕과 이친왕을 떠올렸다. 반면 환관장 안덕해는 든든한 충복이었으므로 그와는 충실한 관계를 유지해야 했다. 그러나 그녀는 안덕해가 실제로는 내시가 아니며 궁녀들과 남몰래 만난다는 소문을 들은 바 있는지라 내심 마음이 놓이지 않았다.

자희는 또한 자신의 궁녀인 매가 숙순의 딸이라는 사실을 간과해서는 안 된다고 생각했다. 매가 자신을 미워하도록 만드는 것은 어리석은 일이었다. 자희는 매를 자신의 영향력 안에 둠으로써 숙순이 그녀를 첩자로 이용할 수 없도록 해야 했다. 그럴 경우 영록에 대한 매의 사랑은 그 어떤 것보다 커다란 이용 가치가 있었다. 그런데도 그토록 불같은 질투심을 드러냈다니……. 자희는 자신의 실수를 회복해야만 했다. 그녀는 매를 불러 격려해 주고 황후로서의 지위를 이용해 영록에 대한 애절한 사랑을 이루어 줄 작정이었다. 또한 이것은 매를 자신의 편으로 만드는 것 외에 영록을 높은 지위로 끌어

올리는 구실 또한 될 것이 분명했다.

그녀는 즉각적으로 이 같은 결정을 내린 뒤 신중을 기하기 위해 잠시 휴식기를 가졌다. 그리고 금족령을 내렸던 일주일이 지나자 이연영에게 매를 찾아오라고 명했다. 한 시간도 채 되지 않아 나타난 매는 주인의 앞에 무릎을 꿇었다. 자희는 자신이 가장 좋아하는 정자의 봉황 의자에 앉아 무릎을 꿇은 매를 잠시 동안 지켜보다가 자리에서 내려와 그녀를 일으켜 세웠다.

"많이 야위었구나."

자희가 애석하다는 듯 말했다.

"마마께서 화를 내시면 전 먹지도 못하고 잠도 잘 수 없사옵니다."

매는 애처로운 눈길로 자희를 바라보았다.

"이제는 화가 다 풀렸으니 걱정 말거라. 그나저나 불쌍한 것 같으니. 어디 얼굴을 좀 보자꾸나."

자희는 의자에 매를 앉힌 뒤 자신도 그 옆의 의자에 앉았다. 그리고는 매의 부드럽고 가냘픈 손을 쓰다듬으며 말을 이었다.

"이 철없는 것아, 네가 나를 섬기는데 그까짓 일쯤은 아무것도 아니지 않으냐. 네가 황실경비대장과 혼인하지 말라는 법이 있느냐? 그는 젊고 잘생긴데다 너와도 꼭 어울리는구나."

매는 자신이 들은 바를 믿을 수 없다는 표정이었다. 그녀의 얼굴은 살짝 상기되었고 눈에서는 눈물이 흘러내렸다. 그녀는 상냥한 자희의 손길에 매달렸다.

"마마, 전 마마를 숭배하옵니다."

"쉿, 나는 보살이 아니니 숭배 운운하는 것은 그만두거라."

"아닙니다, 마마. 제게 마마는 자비로운 관음보살 그 자체이십니다."

자희는 잔잔하게 미소를 지으며 잡고 있던 매의 손을 내려놓았다.
"자, 자, 아첨은 그만하고! 그간 내게 생각해 둔 계획이 있다."
"계획이라니요?"
"일을 성사시키려면 계획을 짜야 하지 않겠느냐?"
"그렇사옵니다만, 마마."
자희는 이쯤에서 자신의 계획을 털어놓았다.
"태자가 첫 돌을 맞이하게 되면 성대한 잔치가 벌어지리라는 것을 너도 알 게다. 바로 그때 내 친척 영록의 지위를 올리려는 내 의도를 모든 사람들이 알 수 있도록 직접 그를 초청할 것이야. 이 일만 잘 성사되면 앞으로 그의 지위는 한 단계씩 올라갈 것이고, 그러면 감히 누가 내 친척의 앞길을 막을 것이냐? 내가 그의 지위를 올리려는 것은 너와 서열을 같게 하기 위해서이니, 다 너를 위한 일이라는 걸 명심하거라."
"하지만 마마……."
자희는 손을 들어올렸다.
"의심할 바 없이 내가 말한 대로 될 것이다."
"의심하지 않사옵니다, 마마. 하지만……."
자희는 다홍빛으로 상기된 어여쁜 매의 얼굴을 유심히 살펴보았다.
"그래, 여러 달을 기다리는 게 지루하다는 게냐?"
순간 매는 재빨리 소매를 들어 얼굴을 감췄다. 자희는 웃음을 터뜨렸다.
"낯선 곳을 가려면 길부터 닦아야 하는 법이야."
그녀는 매의 뺨을 살짝 꼬집어 더욱 붉게 물들이고는 물러가라고 명했다.

이윽고 화려했던 여름이 지나 가을도 중반으로 접어들었다.

"지난 2백 년 동안, 외국 상인들의 무역은 남쪽 지방의 광주에 한정되어 있었습니다. 더욱이 그 무역들도 허가 받은 중국 상인을 통해서만 이루어질 수 있었지요."

공친왕의 말을 듣던 자희는 고즈넉한 오후 햇살이 내리쬐는 문 너머를 응시한 채 깊은 생각에 잠겼다. 그녀의 탁자에 놓인 자기 항아리에는 때늦은 국화들이 빨강과 금빛 또는 청동빛으로 활짝 피어 있었다. 그녀의 눈동자는 깊은 상념에 잠긴 채였고 공친왕의 말은 연못 위의 낙엽처럼 그녀의 마음속을 둥둥 떠다녔다.

공친왕은 자희의 몽상을 깨우기 위해 목소리를 높였다.

"제 말을 듣고 계십니까, 마마?"

"네, 듣고 있어요."

자희는 천연덕스럽게 말했다. 공친왕은 미심쩍은 얼굴로 그녀를 바라보고는 계속 말을 이었다.

"그렇다면 마마, 두 차례의 아편 전쟁에서 패했던 지난 기억을 돌이켜 보십시오. 당시의 패배는 우리에게 쓰라린 교훈을 일깨워 주었습니다. 즉 서구 여러 나라들이 우리의 속국이 아니라는 점 말입니다. 그들의 문명과 교육 수준은 결코 우리를 따라올 수 없는 야만적인 것입니다. 그럼에도 그들은 탐욕스럽고 무자비한 본성을 발휘해 악랄한 전쟁 무기를 발명했고, 그 가공할 만한 힘을 통해 우리를 지배할 수 있었습니다."

그 순간 자희는 공친왕의 굵고 낮은 목소리에 번쩍 정신이 들었다. 그리곤 지난 여름의 꿈결같은 추억에서 깨어났다. 그렇다. 이제 다시 자금성의 높은 성벽과 굳게 닫힌 성문 안으로 되돌아가야 한다.

"우리를 지배하다니요?"

그녀가 되물었다.

"정신을 차리지 않으면 서양인들에게 지배당하고 말 것이라는 뜻입니다."

공친왕이 확고하게 말했다.

"안타깝게도 우리는 그들의 요구를 다 들어 주었습니다. 막대한 보상금은 물론 가증스러운 국제 무역에 어쩔 수 없이 끼어들어 수많은 항구들을 개항하기도 했습니다. 게다가 한 나라가 이를 통해 수익을 얻으면 다른 나라들도 덩달아 그것을 요구해 왔습니다. 그리고 그들은 그 목적을 완수하기 위해 서슴지 않고 무력을 자행했습니다."

공친왕은 회색 공단 예복을 입고 엄격한 표정을 지은 채 자희의 옥좌 아래에 놓인 의자에 약간 구부린 자세로 앉아 있었다. 또한 그녀의 곁에 선 이연영은 빨간 도료가 칠해진 커다란 나무 기둥에 등을 기대고 여전히 음침한 눈빛으로 두 사람을 바라보고 있었다.

"그렇다면 우리의 약점은 뭐죠?"

이윽고 자희가 되물었다. 그녀는 끓어오르는 분노를 참지 못해 옥좌의 팔걸이를 양손으로 꽉 쥐고 입술을 떨었다. 어느덧 머릿속에서는 영록의 얼굴조차 희미하게 사라져 버렸다.

문득 공친왕은 우울한 눈빛으로 자희의 생동감 넘치는 모습을 바라보았다. 그리곤 어떻게 이 여인을 어려움에 빠진 왕조의 새로운 구도자로 단련시킬 수 있을지를 생각했다. 그녀는 아직 너무 젊은데다 남자가 아닌 연약한 여자였다. 그러나 공친왕은 마음속으로 자희를 굳게 믿고 있었다. 실로 아무리 사내라 한들 현재 그녀와 필적할 만한 상대는 아무도 없었다.

"우리 중국인들은 이처럼 무력과 야만이 판치는 시대에 지나치게 문명화되어 있었고, 그것이 화를 불러왔습니다."

공친왕이 말했다.

"예로부터 우리 성현들은 무력을 사악한 것으로 규정하고 파괴를 일삼는 군인들을 경멸해야 한다고 가르쳤습니다. 그러나 이러한 성현들은 모두 고대의 인물들이었기에, 새로이 무리를 짓기 시작한 서양의 야만적인 족속들에 대해서는 전혀 알지 못했던 겁니다. 게다가 우리 백성들 또한 다른 나라 사람들에 대해서는 아는 바가 없었습니다. 순진한 그들은 천자가 다스리는 이 중국을 지상에서 유일한 나라라 여기며 살아왔던 겁니다. 심지어 청조에 대해 반란을 일으킨 한인들조차도 진정한 적이 서양인들이라는 사실을 몰랐고 그것은 지금도 마찬가지입니다."

자희는 이 섬뜩한 말을 듣자마자 그 의미를 깨달았다.

"예 총독이 결국 백인들의 광주 출입을 허용했다는 말입니까?"

"아직은 아닙니다, 황후마마. 그러나 그것은 어디까지나 시간 문제입니다. 따라서 우리는 반드시 그러한 불행한 사태를 미연에 방지해야 합니다. 일전에 말씀드린 대로, 9년 전 그들은 주장강珠江* 어귀에 있는 우리의 요새에 대포를 발포함으로써 강기슭에 자리 잡은 광대한 토지를 빼앗았습니다. 그리고 그것을 자신들의 창고와 집으로 사용했지요. 또한 그것도 모자라 2년 내에 광주의 문호를 개방하라고 요구했습니다. 그러나 기한이 만료되자 예 총독은 그 조약을 거부했고, 영국인들은 더 이상 압력을 행사하지 않았습니다. 하지만 이것은 화평이 아닙니다. 비록 겉으로는 굴복하는 듯 보여도 실로는 더 큰 승리를 얻기 위한 전략인 것입니다."

자희는 고개를 끄덕였다.

"맞습니다. 일단 지연책을 쓰는 게 현명하지요. 그리고 하루빨리

---

* 중국 화남 지방 최대의 강으로 길이 2,129km. 유역면적 50만 km²이다. 동강東江, 북강北江, 서강西江 등 세 강으로 크게 나뉘며 그 중 서강[시장강]이 가장 길다.

힘을 길러 단번에 그들의 목줄을 끊어버려야 합니다."

"그러나, 마마. 지금의 사태는 그렇게 단순하지 않습니다."

공친왕은 습관처럼 되어버린 무거운 한숨을 다시 한 번 내쉬었다.

"이건 비단 백인들에게만 해당되는 문제가 아닙니다. 한인들 또한 점차 외래 무기에 대한 지식을 습득하게 되었고, 무엇보다도 정교한 논리 대신 잔인한 무력이 승리를 거두는 광경을 두 눈으로 목격했습니다. 이것은 결국 한인들의 행동 방식까지 변화시켰습니다. 한인들은 서양인들이야말로 자신들의 진정한 적이라는 사실을 깨닫지 못한 채 그것도 모자라 이제 그들을 따라 무력만이 세상을 구원할 수 있다고 외칩니다. 또한 억지로 따라야 했던 모든 잘못된 방식들에서 자신들을 자유롭게 풀어줄 수 있는 수단도 오직 무력뿐이라고 생각합니다. 서궁의 황후마마, 바로 이 점을 염두에 두시고 미래에 대한 거시적인 시선을 가지십시오. 이 같은 인식의 변화는 바로 이 나라의 변화를 뜻하는 것입니다. 지금 이 나라를 통치하는 것은 한인이 아니라 우리 만주인들입니다. 하물며 지배층인 만주인이 시대에 발맞추어 변화하지 않는다면 이 청 왕조는 태자께서 용상에 오르시기도 전에 무너질지도 모릅니다."

"그렇다면 한인들에게 무기를 내주세요."

그러나 공친왕은 탄식을 내뱉으며 고개를 저었다.

"그렇게 되면 그들은 먼저 우리에게 반기를 들 겁니다. 그들은 만주족의 조상이 이곳에 정착한 것이 근 2백여 년 전의 일이라는 것을 알면서도, 여전히 우리를 이방인이라고 부릅니다. 마마, 청 왕조의 옥좌는 이미 근본부터가 흔들리고 있습니다."

말을 마친 공친왕은 자희의 얼굴을 찬찬히 바라보며 과연 이 젊고 아름다운 여인이 이 시대의 위기를 이해할 수 있을까를 슬쩍 가늠해 보았지만 구하던 해답을 찾을 수 없었다.

그녀는 남자들처럼 몸과 마음과 정신이 따로따로 분리되어 있지 않았다. 그녀의 몸 속에서 이 세 가지는 삼위일체로 완벽하게 통일되어 있었다. 그래서 공친왕은 자신이 가르친 내용을 자희가 머릿속에서 어떻게 받아들이는지 오직 추측만 할 뿐이었다. 실제로 그녀의 정신은 모든 감각을 통해 작용했다. 백인들의 위협은 청 왕조뿐만 아니라 그녀 자신과 아들인 태자에게도 미치는 것이었다. 자희는 아들을 구하기 위해서라도 결코 이 나라를 호락호락 내주지 않을 작정이었다. 그것은 비단 태자가 용상을 물려받을 후계자이기 때문만은 아니었다. 자희는 뜨거운 열정 속에서 이 아이를 임신했고, 그 모성 또한 어떤 어머니보다도 강했다.

그날 공친왕이 자리를 뜨자 자희는 자신의 궁으로 돌아와 아들을 불렀다. 그녀는 아들을 품에 안고 미소를 머금은 채 예전에 자신의 어머니가 불러주었던 노래를 그 귓가에 조용히 읊어주었다. 그리고 여느 어머니처럼 작은 발가락과 손가락을 만지작거리고, 넘어지면 재빨리 일으켜 달래주었다. 그러나 이렇게 아들을 돌보는 동안에도 그녀의 머릿속은 하루라도 빨리 아들의 적들을 무찔러야 한다는 집념으로 가득했다. 그녀에게 있어 아들은 나라보다도 중요한 존재였다.

잠시 후 자희는 아들을 다시 유모에게 넘겨주고 각 지방에서 올라온 상주문들을 대령하라고 명했다. 그리고 가져온 상주문들 중에 특히 백인들이 물의를 일으켰던 남쪽 지방 광주에서 올라온 것을 유의해서 보았다. 내용인즉 광주의 한인들과 백인 상인들이 무역을 통해 부를 축적했음에도 이에 만족하지 못하고 계속해서 분란의 불씨를 일으켰다는 것이다. 이를 찬찬히 훑어본 자희는 전쟁도 감수하리라 각오했지만, 아직은 시기상조라고 생각했다. 외국과의 전쟁으로 혼란이 가중될 경우 한인 반란군들은 분명히 용상을 위협하고 성난 백성들을 선동해 황제를 퇴위시키려 할 것이다. 자희는 입술을 굳게 다물고 보일 듯 말 듯 고개를 끄덕였다. 무슨 일이 있어도 아들이 자랄 때까지는 시간을 벌어야 했다. 그리고 아들이 어른이 되면 그가 직접 전쟁을 이끌게 되리라.

첫눈이 내릴 무렵 광동성 총독의 밀사가 궁을 찾아들었다. 새 전함이 광주 근처의 항구에 정박했는데, 예전보다 훨씬 강력한 무기를 갖추고 있을 뿐만 아니라 영국에서 온 고위 사절단들까지 태우고 있다는 소식이었다. 총독은 끝까지 성을 지켜야 하는 것이 자신의 의무지만 가능하다면 잠시간 천자의 앞에 대령해 사태를 보고하고, 검푸른 바다 건너 몰려온 적들을 막아낼 수 없는 자신의 무력함을 통탄하고자 한다고 상주문에 적었다.

총독의 격분하고 원통한 마음을 읽은 황제는 심란한 얼굴로 조정 대신들을 소집했다. 근래 들어 이들은 새벽마다 쓰라린 심정으로 접견실에 모여들었고, 두 명의 만주인과 두 명의 한인으로 이루어진 전각대학사殿閣大學士들과 한 명의 만주인과 한 명의 한인으로 이루어진 협변대학사, 그리고 두 명의 만주인과 두 명의 한인으로 이루어진 내각대학사內閣大學士들이 황실의 왕공들과 6부, 즉 이부, 호부, 예부, 병부, 형부, 공부의 상서와 시랑으로 이루어진 군기처軍機處와 협의를 진행했다. 이들 주요 통치 기구 조신들은 용상 앞에서 상주문을 읽는 공친왕의 목소리에 귀를 기울인 뒤 황제에게 올릴 조언을 마련하기 위해 각각 흩어져 논의에 접어들었다. 그렇게 해서 조언들이 제출되면 황제는 다음날 주홍색 붓으로 자신의 의견을 옆에 적어 되돌려 보냈다. 그러나 대신들은 그 주홍색 붓글씨의 주인이 서궁의 황후라는 사실을 알고 있었다. 자희가 침수가 아닌 국사를 돕기 위해 매일 밤 황제의 침전에 불려간다는 말을 이연영이 떠들고 다녔던 것이다.

그녀는 황제가 침상에 누운 채 아편에 빠진 몽롱한 상태로 반쯤 꿈을 꾸는 동안 작성된 문서를 한 낱말씩 꼼꼼히 검토했다. 그러고 나서 방침이 결정되면 주홍색 붓을 들어 '교전' 혹은 '전쟁', '침략자에 대한 보복'이라는 낱말에 가로줄을 그었다. 그리고 그 자리에 '지연' 또는 '굴복하지 말되 저항하지도 말라. 약속하되 그 약속을 지키지 말라. 우리 제국은 광활하고 강대하다. 기껏해야 모기가 발가락을 물기로서니 온몸을 못 쓰게 되기야 하겠느냐'라고 적어 넣기도 했다.

조신들은 그것이 자희의 필적이라는 사실을 알고 있었지만 황제의 옥새가 찍혀 있었기 때문에 감히 불복할 수 없었다. 또한 황제를 제외하고는 오직 그녀만이 황제의 침전에 있는 보관함에서 옥새를 꺼낼 수 있었으며, 그녀의 명령은 8백 년 간 논평과 문서들을 발간해 왔던 궁정의 관보를 통해 황제의 칙령으로 간행되었다. 이 관보는 전국 각 지역의 사람들에게 황실의 의지를 천명하는 도구로 각 성의 총독과 각 현의 지주知州에게도 전달되었다. 이제 중국의 정국은 황제의 침전에서 홀로 깨어 있는 이 젊고 아름다운 여인의 의도대로 흘러가고 있었다.

공친왕은 문서에 적힌 주홍색 글씨를 읽고는 걱정이 이만저만 아니었다.

"황후마마."

다음날 그는 그늘이 드리워진 황실 도서관에서 자희를 만났다.

"제가 마마께 당부 드리지 않았습니까. 저 백인들은 다혈질인데다 야만적인 족속들로 우리처럼 수천 년의 역사를 향유해 보지 못했던 철부지에 불과합니다. 그래서 원하는 것을 보면 그걸 빼앗으려고 손을 뻗어옵니다. 이러한 상황에서 일을 지연시키고 약속을 지키지 않는다면 그들의 분노를 살 뿐입니다. 따라서 일단 서양인들과 협상을 해 우리 땅을 떠나도록 설득해야 합니다. 그리고 필요하다면 뇌물도 서슴지 말아야 할 것입니다."

자희는 반짝이는 눈동자로 그를 흘끗 바라보았다.

"대체 서양인들이 뭘 할 수 있겠어요? 설마 그들의 전함이 수천 리나 되는 우리의 해안을 거슬러 올라올 수 있으리라 보시나요? 그들이 일개 남쪽의 성 하나를 두고 못살게 군다면 그렇게 하라고 하세요. 아무리 그래도 감히 천자를 위협할 수는 없을 것입니다."

그러자 공친왕은 엄숙한 표정으로 말을 이었다.

"저는 그것도 가능하다고 봅니다."

그러자 자희는 입가에 미소를 띠며 응수했다.

"시간이 지나면 알 수 있겠죠."

공친왕은 잠시 깊은 한숨을 내쉬더니 입을 열었다.

"마마, 다만 그 시간이 너무 늦지 않기를 바랄 뿐입니다."

문득 자희는 공친왕의 얼굴에 어린 수심을 보고는 딱한 마음이 들었다. 그는 아직 젊고 잘생긴 남자였음에도 젊음의 활기라고는 찾아볼 수 없었다. 자희는 그를 위로해 줄 심산으로 부드럽게 말했다.

"육야께서는 지나친 부담감 때문에 우울한 심정에 빠지신 듯합니다. 다른 젊은이들처럼 때때로 여흥도 즐기셔야죠. 그리고 보니 육야께서 연극을 구경하시는 걸 한 번도 뵌 적이 없군요."

그러나 공친왕은 아무 대답 없이 자리를 떠났다.

자희는 여름 궁전에서 돌아온 이후로 황실 배우들을 가까이 두고, 황실 재정을 지원해 맛있는 음식을 대접하는가 하면 자금성 밖의 별채에 편안한 거처를 마련해 주었고, 심지어는 궐내에 극장까지 지었다. 그리곤 명절 때마다 공연을 지시해 황제를 대동했고, 황실의 부인들이나 후궁들, 환관들 그리고 서열이 낮은 왕들과 가족들까지 참석토록 했다. 모든 남자들과 그 가족들은 저녁 무렵이 되기 전에 궁을 떠나야 했지만 연극은 매일 두세 시간씩 계속되었다. 이렇게 기분전환을 하는 가운데 겨울이 지나 봄이 왔고 평화는 지속되었다.

작약이 개화할 즈음 궁 내는 태자의 돌잔치를 준비하느라 여념이 없었다. 그해 봄은 모든 것이 순조로웠다. 일찍이 봄비가 내려 흙먼지를 거둬가 버렸고 날씨는 맑고 따뜻했다. 때때로 먼 이국의 풍경화처럼 신기루가 아른거리기도 했다. 관보를 통해 태자의 돌잔치 소식이 퍼져 나가자 사람들은 축제를 환영하며 태자의 선물을 준비하기 시작했다. 국내 방방곡곡에는 조용한 평화의 분위기가 번져 있었다. 공친왕은 이 평화로운 분위기가 자희의 비밀스런 지혜로 인해 유지되고 있다는 것을 새삼 깨달았다.

그러나 광주에서는 백인들의 전함이 떠나지 않고 정박해 있었으므로 여전히 사소한 충돌이 끊이지 않았다. 그나마 다행인 것은 상황을 악화시키는 결정적인 사태는 일어나지 않았다는 것이다. 광주는 여전히 예 총독의 통치하에 있었고 이렇다할 만한 무력 사건도 없었다. 그러나 엘긴은 열등함을 인정하는 표시로 바닥에 머리를 조아리는 것만큼은 여전히 거부했다. 반면 자신의 직위에 대한 자부심이 강한 예 총독 또한 절을 하지 않는 외국 사절을 받아들이지 않으려 했다. 이처럼 양측 사이에는 팽팽한 대립이 유지되었으며 양측은 각자의 군주를 내세워 보다 우월한 자리를 점하고자 했다.

이러한 애매하고 아슬아슬한 평화가 유지되는 가운데 백성들은 궁정에서 벌어질 태자의 돌잔치를 경하하며 기쁨을 감추지 못했다. 그들은 잠시나마 고된 나날을 잊고 미래에 대한 희망을 가지고 싶었던 나머지 하루하루 잔칫날만 손꼽아 기다리고 있었다. 그리고 백성들뿐 아닌 자희에게도 태자의 돌잔치는 남다른 의미가 있었다.

혹독한 겨울을 보낸 자희는 한결 성숙해져 느긋하게 기다리는 법을 알게 되었고 자신의 감정에도 엄격해졌다. 그러나 바쁜 국사에 시달리거나 틈틈이 책을 읽을 때에도 영록의 얼굴과 그의 지위를 높여야 한다는 결심을 잊지 않았다. 그리고 돌잔치 전날 자희는, 우수에 가득 차 있는 매를 발견했다. 그녀는 손을 들어 매의 부드러운 뺨을 어루만졌다.

"얘야, 잊어버린 게 아니니 걱정하지 말거라."

매는 깜짝 놀라 물기 어린 눈으로 자희를 올려다보았고, 자희는 이 순간 매가 자신의 말을 이해하고 있다는 것을 알아차렸다.

그녀는 태자의 돌이 다가오기 며칠 전, 황제의 팔에 안겨 잠기운 섞인 나른한 목소리로 중얼거렸다.

"아, 잊어버릴 뻔 했군요······."

"뭘 말이오, 내 사랑?"

황제가 물었다. 그날 밤도 그는 자희에게서 남자로서의 만족감을 얻은 덕에 기분이 매우 좋은 상태였다.

"폐하께서도 황실경비대장이 제 일가친척이라는 사실을 알고 계신지요?"

그녀는 여전히 잠결인 듯 물었다.

"알다마다. 내 익히 들었지."

그러자 자희는 깊은 한숨을 내쉬었다.

"오래 전에 숙부이신 무양가 어른과 그 사람에 대한 약조를 한 바가 있는데 아직도 그 약조를 지키지 못한 것이 마음에 걸리는군요."

"아, 그렇단 말이오?"

"폐하께서 태자의 돌잔치에 그를 초대해 주신다면 이처럼 마음이 괴롭지는 않을 텐데요······."

그러자 황제는 졸린 듯한 눈에 놀라운 기색을 담고 말했다.

"하지만 그는 일개 경비병이지 않소? 그리 되면 서열 낮은 종친과 가족들이 시샘을 할 것이 분명하오."

"소인배들은 항상 시샘하기 마련이지 않사옵니까, 폐하. 그렇지만 폐하의 뜻이 정 그러하시다면 어쩔 수 없지요······."

그녀는 말꼬리를 흐리며 눈을 감았다. 그리고는 몸을 뒤척여 황제에게서 떨어지더니 길게 하품을 하며 말했다.

"이가 몹시 쑤시는군요."

물론 그녀의 이빨은 깨끗한 상아처럼 희고 단단했고 아픈 데도 없었다. 자희는 이내 침상에서 빠져 나와 공단 신발을 신으며 말했다.

"내일 밤엔 절 부르지 마옵소서, 폐하. 또한 환관장에게 폐하의 침소로 들지 않겠다는 말을 하고 싶지 않으니 환관장도 보내지 마시고요."

황제는 자희가 자신을 사랑하지 않는다는 사실을 알고 있었으므로 그 단호한 반응에 눈앞이 캄캄해졌다. 그리고 자희의 사랑을 애걸하기 위해서는 타협을 해야 한다는 것을 재차 떠올렸다. 그러나 이것은 궐내에 분란을 일으킬 수도 있는 문제였으므로 황제는 결국 아무 말도 못하고 그녀를 보낼 수밖에 없었다. 그렇게 이틀 밤이 지났다. 그간 자희는 황제를 찾지 않았으며 황제 또한 감히 그녀를 부르지 못했다. 자신이 또다시 자희에게 거부를 당했다는 소식이 환관들의 귀에 들어가면 궁 안의 웃음거리가 될 것이 분명했다. 그 동안 환관들은 자희의 수법을 여러 번 보아왔고 또한 황제가 그녀의 마음을 돌리기 위해 얼마나 자주 선물을 보냈는지도 알고 있었다. 한번은 이런 일도 있었다. 당시 자희는 코뿔새의 앞니를 가지고 싶어 안달을 했고, 결국 황제가 한 환관에게 코뿔새를 찾아오라는 명을 내려 성을 다섯 개나 거쳐야 하는 먼 남쪽 지방으로 보내고 나서야 황제의 침전에 들었다.

코뿔새로 말하자면 말레이 반도와 보르네오, 수마트라 등지의 정글에서만 서식하는 새로 투구를 쓴 듯한 부리를 가지고 있었는데, 그 부리의 앞니는 색다르고 진귀한 보물에 속했다. 이 새에 관한 이야기를 들은 자희는 진홍색의 부리에서 빼낸 노란 앞니로 만든 장신구가 갖고 싶어 병이 날 지경이었다. 그러나 이 앞니는 수백 년 전 보르네오에서 황실에 바쳐졌던 물건으로 너무 진귀한 나머지 오직 황제의 예복 단추와 혁대 고리, 그리고 엄지손가락에 끼는 반지의 재료로만 사용할 수 있었다. 또한 뿌리를 덮은 진홍색 껍데기는 황제의 의례용 허리띠 덮개로 사용됐다. 청 왕조의 황제들은 그 앞니를 매우 선호해 그로 만들어진 장신구를 자주 착용했다. 따라서 역대로 황제의 전유물이었던 이 장신구를 착용할 수 있었던 여자는 이제껏 아무도 없었다. 그리고 바로 그 점이 자희의 마음을 뒤흔들었다.

황제는 참을성을 발휘하여 자희에게 왜 그것을 가져서는 안 되는지를 차근차근 설명했다. 그리고 이는 선왕들에게 폐를 끼치는 일이라고까지 덧붙였다. 그러나 자희의 고집은 완강했다. 그녀는 몇 주 동안이나 황제의 침수를 거부하며 황제의 뜻을 꺾으려 했고, 낙심한 황제는 결국 승낙을 하고 말았다. 이처럼 황제는 자희가 때때로 엄청난 고집불통으로 변한다는 것을 알고 있었으므로 이번에도 어쩔 도리가 없었다. 그는 다음 날 환관장 안덕해에게 불평을 늘어놓았다.

"나도 이렇게 성가신 여자를 사랑하지 않았으면 좋겠구나."

그러자 안덕해도 자희에 대한 존경심과 불만이 뒤섞인 투로 말했다.

"사실 저희의 마음도 그러하옵니다, 폐하. 그래도 몇몇 싫어하는 사람을 빼고는 모두가 마마를 경애하오니 부디 마음을 너그러이 가지소서."

결국 황제는 이번에도 그녀의 청을 들어주었다. 자희가 황제의 침소에서 나온 지 사흘 째, 그리고 태자의 돌잔치가 열리기 하루 전날, 황제는 자희를 다시금 불러들였으며, 자희는 당당하고 쾌활한 모습으로 황제를 찾았다. 그리고 소기의 목적을 이룬 대가로 황제에게 열렬한 사랑을 퍼부었다.

그날 밤 영록은 돌잔치에 참석해 달라는 황실의 초대장을 받았다.

날은 따뜻하고 쾌청했다. 자희는 시끄러운 풍악 소리에 잠이 깼다.

북경 안의 모든 집들은 동이 트자마자 마당에서 폭죽을 터뜨렸고 거리에서는 북과 징이 울렸다. 그리고 각 지방마다 사흘간 일을 하지 말고 맘껏 즐기라는 포고가 전달되었다.

자희는 일찍 잠자리에서 일어나 여느 때처럼 깍듯하게 황실의 가장 웃어른에서부터 시녀에 이르기까지 궁중의 모든 여인들에게 부드럽고 세심한 주의를 기울였다. 그러나 그 얼굴은 그 어느 때보다 자부심으로 가득 차 있었다. 그녀는 목욕을 하고 옷을 입은 다음 아침 다과를 들었다. 궁녀들은 주홍색 공단으로 된 황실 예복 차림에 머리에는 남다른 지위를 상징하는 황실의 관을 쓴 태자를 자희에게 데려왔다. 그녀는 터질 듯한 애정과 자부심으로 태자를 품에 안고는, 향수를 뿌린 뺨과 작은 손바닥에서 나는 냄새를 맡았다. 태자의 살결은 포동포동하면서도 단단했다. 자희는 아들에게 속삭였다.

"난 오늘 이 세상에서 가장 행복한 여자란다."

태자는 아무것도 모르는 얼굴로 자희를 보며 방긋거렸고 그것을 바라보는 자희의 눈에는 어느덧 눈물이 흘렀다. 그렇다. 그녀는 결코 귀신 따위를 두려워하지 않을 것이다. 그녀의 강인함은 스스로와 아들을 보호하는 굳건한 갑옷이었고, 감히 그 어떤 귀신도, 그 어떤 인간도 그녀와 그녀의 아들에게 해를 끼치지 못할 것이다.

이윽고 자희는 태자를 안고 가마에 올라 황제가 의식 장소로 정한 자금성 중앙의 태화전太和殿으로 향했다. 신성한 전당이자 자금성의 주요 건물이기도 한 태화전은 길이 약 2백 자에, 넓이는 1백 자, 높이는 1백 10자로 자금성 내에서 가장 큰 건축물이었다. 측면은 두 개의 작은 누각과 접해 있었으며 전면에는 어도御道로 알려진 넓은 대리석 단이, 그리고 그 아래에는 용 조각 사이로 다섯 개의 계단이 있었다. 하늘과 땅의 상징인 금박을 입힌 수조와 향로, 해시계, 곡물 계량기 등이 놓여진 대리석 단은 대리석 난간으로 둘러싸여 있었는데, 이 난간 사이사이에는 중국 황실이 모시는 신성한 신들의 숫자와 같은 수의 기둥들이 우뚝 서 있었다. 이윽고 전당의 지붕은 떠오르는 아침 햇살을 받아 금빛으로 빛났고, 제초 성분의 독물을 회반죽에 섞어 만든 매끄러운 지붕 위에는 바람에 날려 온 잡초나 나무 씨앗들이 안착할 수 없었으므로 그 흔한 풀 한 포기도 보이지 않았다.

태화전은 중국 황실의 가장 신성한 장소로 여자들의 출입을 엄격히 금했다. 따라서 자희 역시 크나큰 자부심에도 불구하고 이날 전당 안에는 들어갈 수가 없었다. 그녀는 금빛의 지붕과 조각된 태화문, 채색된 처마를 잠시 바라보고는 곧바로 중화전中和殿으로 향했다.

그러나 황제는 자희의 섭섭한 마음을 염두에 두어 전국 각지에서 받은 수많은 선물들을 중화전으로 보냈다. 한편 태자는 황제의 옆에 있는 공친왕의 품에 안겨, 그 작은 손을 들어 허공의 먼지를 잡으려

하고 있었다.

　황제의 영으로 선물이 도착하자 자희는 느긋하게 풀어보며 칭찬을 아끼지 않았다. 선물들은 모두 가치 있고 진귀한 것들이었다. 물론 아들만큼 훌륭한 선물이 없었기에 그 기쁨을 넘치게 표현하지는 않았지만 그녀를 본 사람이라면 누구나 그 빛나는 눈동자에서 넘쳐 흐르는 생기를 눈치 챌 수 있었다.

　그날은 하루 종일 선물이 들어와 종일 풀어도 다 보지 못할 정도였다. 벌써 저녁 무렵이 되었지만 손도 대지 못한 선물들이 부지기수였고, 서열 낮은 왕들이나 조신들이 보낸 선물들은 아예 치워놓은 상태였다. 이윽고 달이 뜨자 대연회를 전담하는 황실 연회장에서 만찬이 벌어졌다. 황제와 두 황후는 가장 상석에 위치한 식탁에 따로 앉았고 옆 식탁에는 태자를 무릎에 앉힌 공친왕이 앉았다. 황제는 파리한 얼굴에 웃음기를 담은 채 태자에게서 한시도 눈을 떼지 않았다. 어린 태자는 들뜬 표정으로 자희를 닮은 커다란 눈을 들어 식탁 위에 놓여진 장식 술을 단 초롱불을 유심히 보다가 불꽃이 조금씩 흔들릴 때마다 손뼉을 치며 웃었다. 태자는 목에서부터 우단 신발 근처까지 이어지는 주홍색의 작은 용이 수놓아진 긴 노란 공단 예복을 입고, 머리에는 작은 공작 깃털로 장식된 주홍색 공단 관을 썼으며, 목에는 자희가 걸어준 자물쇠가 채워진 금목걸이를 하고 있었다. 연회에 참석한 사람들은 하나같이 태자의 모습에 감탄했지만 주위를 떠도는 교활한 악귀를 걱정해 칭찬이나 건강을 비는 말들은 입 밖에 내지 않았다.

　그리고 태자를 슬픈 눈으로 바라보던 동궁의 황후 사코타만이 온화하면서도 약간 언짢은 기색을 내비쳤다. 황제가 정중하게 요리 하나를 권하자 그녀는 고개를 젓더니, 배도 고프지 않을 뿐더러 그 요리야말로 자신이 가장 싫어하는 것이라고 대꾸했다. 그리고 자희가 경의를 표했을 때에도 못 들은 척 정면만 바라보았다. 텅 빈 듯한 눈동자로 연회석상에 앉아 있는 사코타는 새처럼 마른 몸에 작고 여린 손에는 너무 거창한 보석들을 끼어 다소 불안해 보였고, 높은 머리장식 아래 얼굴은 창백한 안색을 고스란히 드러내고 있었다. 반면 자희는 지금 이 순간, 어느 때보다도 아름답고 우아한 자태였다. 자희는 사코타의 투정에 인내심을 발휘하여 응대했으며, 사람들은 그런 자희의 모습에서 한없는 관대함을 읽고 내심 감탄했다.

환관들은 낮은 식탁 앞에 진홍색 방석을 깔고 앉은 수천 명의 하객들 사이를 분주히, 그러나 발소리를 죽여 움직이며 골고루 음식 접대를 했다. 전당의 맨 끝에는 궁 안의 부인들과 여러 왕공들, 대신들, 귀족들의 부인이 자리 잡았고, 그 맞은편에는 남자들이 앉았다. 자희의 바로 옆, 손이 닿을 듯한 곳에는 궁녀 매가 앉았다. 문득 자희가 매를 내려다보며 미소를 짓자 매는 수줍은 듯 고개를 숙였다. 이 순간 두 사람은 멀리 떨어진 식탁에 앉아있는 영록의 존재를 의식하고 있었다. 하객들은 일개 황실경비대장이 그토록 영광스런 대접을 받는 것에 의아함을 감추지 못하고 지나가던 환관에게 이유를 물었다. 그러자 환관은 대답했다.

"그는 서궁의 황후마마의 일가친척이며 마마의 명에 의해 초대되었습니다."

이 말에 하객들은 다만 고개를 끄덕일 뿐 더 이상 아무 말도 할 수 없었다.

어느새 연회는 무르익어 황실의 악사들이 비파를 연주하고 북을 쳤으며, 연극을 좋아하는 사람들은 무대 쪽으로 고개를 돌렸다. 무대는 황제와 두 황후를 위해 높게 올려졌지만 그들의 자리보다는 낮았다. 환관장 안덕해는 연극이 상연되는 동안 잠들어 버린 태자를 침소로 데려갔다. 찬란한 촛불 아래 촛농이 흘러내리고 연회는 거의 막바지에 이르렀다.

"귀족들에게 차를 준비하게."

공친왕은 이내 돌아온 안덕해에게 지시했다.

잠시 후 환관들이 분주히 움직이며 차를 나르기 시작했다. 그러나 영록은 귀족이 아니었으므로 아무도 그에게 차를 내오지 않았다. 그러자 모르는 체 모든 상황을 눈여겨보고 있던 자희는 보석 반지를 낀 손을 들어 이연영을 불렀다. 이연영은 재빨리 그녀의 곁으로 다가왔다.

"이 찻잔을 내 친척 오라비에게 가져다주어라."

자희가 낭랑한 목소리로 지시했다. 그리고는 입을 대지 않은 찻잔에 자기로 된 뚜껑을 손수 덮은 다음 양손으로 건네주었다. 심부름꾼 노릇에 득의양양해진 이연영은 양손으로 찻잔을 받아 영록에게 건네주었으며, 영록 역시 일어나서 양손으로 찻잔을 받았다. 그리곤 찻잔을 내려놓은 뒤 서궁의 황후를 향해 아홉 번 절을 함으로써 감사의 뜻을 표했다.

그 순간 좌중은 모든 대화를 멈추고 의아한 눈길을 마주쳤다. 그러나 자희는 짐짓 모른 체 궁녀인 매를 내려다보며 미소를 지었을 뿐이다. 그리하여 이 순간도 아무런 의심 없이 지나갔다. 악사들은 안덕해의 손짓에 따라 풍악을 올렸고, 흥겨운 음악소리는 마지막 요리를 내오는 동안 더욱 분위기를 고조시켰다.

어느새 달이 높이 떠올라 모두 돌아갈 시간이 되었다. 좌중은 황제가 자리에서 일어나 가마를 타기를 기다렸다. 그러나 황제는 무슨 일인지 꼼짝없이 앉아 있었다. 그리고 잠시 후 손뼉을 쳐 갑작스레 풍악을 중지시켰다.

"대체 무슨 일이죠?"

자희가 공친왕에게 물었다.

"저도 모르겠사옵니다, 마마."

그가 대답했다.

연회장은 침묵에 휩싸였고 사람들의 시선은 문 쪽으로 향했다. 황제는 자희에게 몸을 기울이더니 조용히 속삭였다.

"내 사랑."

자희는 황제의 눈에 떠오른 기쁨의 빛을 읽고는 조금 의아한 표정으로 그를 바라보았다.

"태화문 쪽을 보시오."

자희가 문 쪽으로 시선을 돌리자 여섯 명의 환관들이 구부정한 자세로 무거운 금쟁반을 머리에 이고 오는 것이 보였다. 쟁반 위에는 한쪽은 금색이며 다른 한쪽은 빨강색인 복숭아 모양의 커다란 조형물이 놓여 있었다. 복숭아는 원래 장수를 상징하는 과일이었다.

"태자의 복 많은 모친에게 선물을 발표하라!"

황제가 지시했다. 이에 공친왕이 일어나 소리쳤다.

"천자께서 태자의 복 많은 모친에게 내리는 선물이오!"

쟁반을 든 환관들이 그녀 앞에 서자 모든 사람들이 일어나 경의를 표했다.

"복숭아를 양손으로 받으라."

천자가 지시했다. 자희가 양손으로 거대한 복숭아를 쥐자 그것은 순식간에 두 조각이 났다. 그러자 그 안에 놓여있던 신발 한 켤레가 모습을 드러냈다. 그것은 분홍색 공단 바탕에 금실과 은실로 한 땀씩 공들여 꽃 모양을 수놓은 것으로 갖가지 빛깔의 보석이 올올이 박혀 있었다. 또한 신발 밑창에 달린 만주식의 높은 굽에도 인도에서 가져온 분홍색 진주가 점점이 박혀 있었다.

자희는 기쁨에 반짝이는 눈을 들어 천자를 바라보았다.

"폐하, 저에게 주시는 것이옵니까?"

"그렇소, 오직 당신에게만 주는 것이오."

그가 말했다.

당시 중국에서 신발 선물은 여자에 대한 남자의 성적인 사랑을 상징하는 매우 대담한 것이었다.

얼마 후 태자의 돌잔치에 대한 흥분도 가실 무렵 남쪽에서 불길한 소식이 전해져 왔다. 사실 전부터 심각한 갈등이 팽배해 있었지만 단지 예 총독이 경축일이 지날 때까지는 최악의 사태를 막고자 분투했던 덕에 표면에 드러나지 않았을 뿐이었다. 그러나 예 총독도 더 이상은 이 재앙을 무마할 힘이 없었다. 그는 황도까지 파발마를 대어 영국인 귀족 엘긴이 재차 광동성을 공격하겠다는 위협을 가해 왔다고 서둘러 보고했다. 현재 엘긴은 6천 명의 병사들을 투입한 뒤 주장강 어귀의 항구에 전함까지 대기시켜 놓은 상태였다. 그 즈음 광동성에는 비밀리에 활동하는 한인 반란군조차 없었지만 관군들은 성문도 제대로 지키지 못했다. 광동성은 홍수전洪秀全이라는 광인의 지휘 하에 기독교도를 자칭하는 반란군들의 행태에 기강이 무너질 대로 무너진 상태였다. 반란군 수령 홍수전은 무지하면서도 강력한 힘을 가진 인물로 만주족의 왕조를 전복하기 위해 예수라는 외래 신의 부름을 받았다는 터무니없는 주장을 계속하고 있었다.

이 절망적인 소식을 가장 먼저 접한 것은 공친왕이었다. 그러나 그는 차마 황제에게 북경으로 날아든 이 불벼락 같은 소식을 전할 수 없었다. 황제는 태자의 돌잔치 이후 병세가 악화되어 아예 자리에 누워버렸던 것이다. 황제는 연이은 폭식과 폭음으로 건강을 망쳤고 고통을 이기지 못해 밤낮으로 아편을 피워댔다. 잠시 고민하던 공친왕은 즉시 자희에게 전갈을 보내 알현을 요청했다.

자희는 정오 무렵 황실 도서관에 나타나 가리개 뒤에 자리를 잡았다. 이어 공친왕이 군기대신 숙순과 그의 동맹자인 재왕, 이친왕 등을 대동하고 나타났는데, 그중 이친왕은 특히 귀가 얇고 시기심이 많은데다 재치와 지혜가 없고 역정을 잘 내는 인물이었다. 그들은 시중드는 환관들에 둘러싸인 채 공친왕이 낭독하는 예 총독의 상주문을 귀 기울여 들었다.

"심각하군, 아주 심각해."

숙순이 중얼대었다. 그는 강인하고 거칠어 보이는 얼굴에 장대한 체구를 가진 사내로 섬세한 미모를 지닌 매와는 딴판이었다. 자희는 숙순을 볼 때마다 그가 매의 아버지라는 사실이 믿겨지지 않았다.

"그렇습니다. 심각한 문제군요."

숙순에 이어 이친왕 역시 약간 높은 음성으로 동의했다.

"여간 심각한 게 아닙니다."

공친왕이 한쪽 눈썹을 치켜 올리며 말했다.

"아마도 엘긴이라는 작자는 광동성을 장악해 자신의 위치를 확고히 다지고 나면 분명 황궁에까지 영향력을 행사하려 들 겁니다. 하루라도 빨리 협상에 들어가야 합니다."

그러자 자희는 주먹으로 바닥을 내리치며 목소리를 높였다.

"절대로 안 됩니다!"

"마마."

공친왕이 슬픈 듯이 말했다.

"그러나 그는 너무 강력한 적이므로 요구를 들어주지 않을 수 없습니다."

"그렇다면 술수를 써야지요!"

자희가 반박했다. 자희는 잠시 마음을 진정시킨 뒤 다시 차분하게 말을 이었다.

"약속을 하되 지연시키라 하지 않았습니까."

"어쨌든 그들을 이길 순 없습니다."

공친왕이 다시 한 번 단언했다. 그러자 군기대신 숙순이 나섰다.

"2년 전 영국인 세이무어가 광동성을 침입했을 때 우리는 그들을 물리쳤습니다. 공친왕께서도 그가 다시 쫓겨났다는 것을 기억하실 겁니다. 당시 우리는 영국인 한 명 당 은화 30냥의 상금을 걸었고 그렇게 해서 잡아들인 영국인의 목을 총독에게 바쳤습니다. 그리고 총독은 그 머리를 광동성 거리 전체에 전시토록 했습니다. 또한 외국인들의 창고를 불태워 버리라고 명했습니다. 그렇게 해서 결국 영국인들은 물러갔습니다."

"그랬지요."

이친왕도 동의했다.

그러나 공친왕은 입을 꾹 다문 채 꼿꼿하게 서 있었다. 사실 숙순 등은 공친왕과 비교할 때 훨씬 관록 있는 관리였다. 따라서 지금은 아직 국정에 능숙치 못한 젊은이에 불과한 공친왕이 대담하게 나설 만한 자리가 아니었다. 하지만 공친왕은 개의치 않고 명확한 어조로 말을 이었다.

"영국인들은 단지 더 많은 적들을 데려오기 위해 잠시 물러난 것뿐이며, 이제 그 적들이 다가오고 있습니다. 더욱이 이번에 우리의 인도차이나 반도를 점령하려 했던 프랑스인들이 영국을 도와주기로 약조했고, 그들은 또 한 번 우리가 광서성廣西省*에서 프랑스 신부를 고문해 죽인 것을 구실로 삼을 것입니다. 게다가 엘긴은 영국 여왕으로부터, 원할 시에는 언제든지 영국 공사를 황도 안에 주재할 수 있는 권리를 요구하라는 명을 받았다고 합니다."

자희는 공친왕에 대한 존중과 그의 충성심을 지켜 주려는 마음에

---

* 중국 남부에 위치하며, 광동성·귀주성·운남성과 접한다. 주도主都는 남영南寧.

서 정중하게 말했다.

"왕야의 견해가 옳다는 것은 믿어 의심치 않습니다만, 과연 영국 여왕은 엘긴이라는 자가 자신의 이름을 내세워 무엇을 요구하고 있는지 제대로 알고나 있을까요? 게다가 이 모든 일이 일어나기 전에 우리 쪽에서 먼저 그들을 쫓아 버리면 되지 않겠어요?"

공친왕은 여전히 참을성 있게 설명했다.

"황후마마, 몇 달 전 말씀드린 바와 같이 지연책은 인도인들의 폭동을 유발할 것입니다. 아시다시피 인도는 이제 영국인들에게 완전히 정복되었습니다. 그리고 최근 반란이 일어나 많은 영국인 남녀가 살해되자, 영국 군대는 무시무시한 폭력으로 응대했습니다. 상황이 이러니 그들의 야욕이 어디까지 미칠지 누가 알겠습니까? 섬나라 사람들은 인구가 많아지면 더 이상 뻗어 나갈 곳이 없어지므로 탐욕스럽기 마련입니다. 만일 우리가 무너지면, 우리의 지배 하에 있는 지역도 함께 무너질 겁니다. 따라서 우리는 어떤 대가를 치르더라도 이를 막아야 합니다."

"당연히 그래야죠."

자희는 고개를 끄덕였지만 이미 진지함을 잃은 채 무관심한 태도로 일관했다.

"그렇지만 그들과 우리는 상당히 먼 거리에 있고, 우리의 성은 튼튼하잖아요? 그러니 그런 재난이 그렇게 빠른 시일 내에 닥칠 리 없겠지요. 게다가 병환 중이신 천자께 심려를 끼쳐 드려서는 안 됩니다. 어쨌든 곧 여름을 지내기 위해 자금성을 떠날 테니 다시 돌아올 때까지 조치를 미루도록 합시다. 지금 바로 예 총독에게 전갈을 보내세요. 영국인들에게, 천자께 상주문을 올려 그들의 제안을 보고하겠다는 약속을 하라고 말이에요. 그리고 상주문이 올라오면, 천자께서 병환 중이시라는 것을 핑계 삼아 몸이 회복되는 겨울이 올 때까지 기다려야 한다고 응대하면 될 겁니다."

"지혜로운 묘안이십니다."

군기대신 숙순이 소리쳤다.

"정말 지혜로우십니다!"

이어서 재왕이 외쳤고 이친왕 역시 고개를 끄덕였다. 그러나 공친왕만은 아무 말 없이 가슴 깊은 곳에서 터져 나오는 듯한 무거운 한숨을 내쉬었다. 그러나 자희는 개의치 않고 알현을 마친 뒤 태자의 동궁을 찾아가 몇 시간 동안 머물렀다.

그녀는 잠든 아들의 모습을 조용히 지켜보다가 그가 잠이 깨자 무릎 위에 앉혔다. 그리고 그가 발을 내딛어 걸음마를 하자 손을 내밀어 부축했다. 그녀는 아들을 볼 때마다 힘과 결단력이 솟으며 두려움이 사라지는 것을 느꼈다. 근래 들어 그녀는 수심에 잠길 때마다 동궁에 들러 용기를 되찾았다. 아들은 그녀의 작은 신이자 연꽃 속의 보석이었고 그런 아들을 자희는 몸과 마음을 다바쳐 사랑했다. 그녀의 마음은 이내 샘솟는 사랑으로 부드러워졌다. 아들을 꼭 끌어안은 자희는 이 아이를 뱃속에 있었을 때처럼 안전하게 지켜 주리라 결심했다. 그녀는 잠시 후 원기를 회복했고 자신의 궁으로 되돌아와 황제 앞으로 도착한 모든 서신과 상주문을 살펴보며 그 답변을 써내려갔다.

그리고 얼마 후 자희는 드디어 여동생의 혼사 준비에 들어갔다. 상대는 황제의 일곱 번째 형제로 본명이 혁현奕譞인 순친왕이었다. 자희는 여동생을 대신해 그와 개인적인 자리를 마련했고, 그가 비록 얼굴은 못생겼지만 정직하고 야심이 없는데다 여동생과의 인연을 감사히 여기는 단순한 사람이라는 사실을 깨달았다. 혼사는 궁정이 원명원으로 떠나기 전에 이루어졌으며 황제가 병중임을 감안해 잔치는 생략했다. 북적대는 연회가 없었던 탓에 자희 역시 택일에 맞춰 여동생이 자금성 밖에 있는 순친왕의 궁에서 적절한 예식을 치렀다는 사실만 전해 들었을 뿐이다.

그해 여름, 원명원은 아름다운 풍경에도 불구하고 침울한 분위기에 휩싸여 있었다. 황제의 병중이라 풍악과 연극은 물론 잔치까지도 금지되었다. 자희는 황제가 부재중인 사이 홀로 국정 지시를 내리며 권위와 영광을 독차지했지만 자신의 위엄을 고려해 연꽃 연못에서의 뱃놀이조차 자제했다. 또한 태자의 돌잔치 이후 마른 숲에 불길이 번지듯 그녀가 한때 영록과 정혼했다는 소문이 퍼져 나갔으므로 더 이상 그의 이름을 언급할 수도 없었다. 누구도 감히 자신의 권력에 도전할 수 없는 위치에 오를 때까지 행동을 조심해야 했다. 자칫 잘못하면 영록의 이름은 황제에게, 그리고 황제의 사후에는 아들에게 험담으로 악용될 소지가 다분했다. 따라서 이처럼 시선이 집중되어 있는 동안만이라도 자중이 필요했다. 그녀는 비록 젊고 열정적이었지만 주체적인 동시에 마음만 먹으면 참을성 또한 강했으므로 어려운 시기를 묵묵히 참아내는 데 별다른 어려움을 겪지 않았다.

그해 가을 황실은 일찌감치 자금성으로 되돌아왔고, 중추절도 조용히 지나갔다. 자희는 외국인들과의 분쟁을 조정하는 데 자신의 대처가 커다란 효력을 발휘했다고 믿으며 평화로운 몇 달을 보냈다. 이는 예 총독이 전해온 희망적인 소식때문이기도 했다. 그의 말에 따르면 지휘관 엘긴은 일이 지체되자 부아를 내면서도 딱히 방법이 없는지라 발만 동동 구르고 있었다. 자희는 입가에 미소를 띤 채 단언했다.

"입증되지 않았소? 영국 여왕이 우리편이라는 사실 말이오."

그러나 나날이 심각해지는 황제의 병세는 자희의 기쁨을 도로 앗아갔다. 물론 그녀는 공단 침상 위에 꼼짝없이 누워있는 황제를 걱정하는 것이 아니었다. 그녀가 두려워하는 것은 바로 황제가 죽고 난 뒤 옥좌의 계승 문제를 둘러싸고 발생될 분란이었다. 어린 태자에게 옥좌가 주어질 경우, 누가 섭정이 될 것인가를 두고 끔찍한 암투가 벌어질 것이 분명했다.

자희는 섭정이 되어 아들을 지킬 자격이 있는 사람은 오직 자신뿐이라고 생각했다. 그러나 어떻게 이 뜻을 이룰 수 있을 것인가? 게다가 자칫하면 태자를 제쳐두고 새로운 황제가 나타나 옥좌를 차지할지도 몰랐다. 곳곳에 음모가 도사리고 있음을 느낀 자희는 불안에 시달렸다. 이연영이 전해 준 소식에 의하면 현재 숙순은 이미 이친왕을 설득해 음모에 가담시켰고 이번에는 정친왕까지 세 번째 주동자로 끌어들이려 하고 있었다. 또한 옥좌를 노리는 사람이 과연 숙순뿐이겠는가? 그보다는 덜할지언정 분명 어딘가에서 칼을 갈고 있는 자들이 또 있을 것이었다. 그러나 반면, 자희와 태자에게는 든든한 동맹자도 존재했다. 조언자이자 친지인 공친왕은 존경할 만한 인품에 음모 따위를 꾸밀 인물이 아니었고, 궁정을 통솔하는 환관장 안덕해 역시 자희에게 지극히 충성스러웠다.

안덕해는 병석에 누운 황제에게 몸을 기울여 꺼져가는 음성을 들은 뒤, 깊은 밤 자희를 찾아와 황제가 두려움 속에서 그녀의 손길을 그리워한다는 말을 전하곤 했다. 그때마다 자희는 어두운 색의 예복을 입고 환관장을 따라 다 타버린 촛불이 흔들리는 황제의 침전으로 들어섰다. 그리고 황제의 커다란 침상 옆에 자리를 잡고 앉아 그의 차가운 손을 쥐고 안심하라는 듯 부드러운 시선으로 황제를 바라보았다. 그럴 때면 황제는 생기 없는 얼굴로 그녀를 올려다보며 희미하게 미소를 지었다. 자희는 시간이 흘러 황제가 잠이 들면 다시 침전을 살짝 빠져 나왔다.

멀리서 그 모습을 지켜본 안덕해는 자희의 인내심과 변함없는 정중함, 주의 깊은 배려에 새삼 감탄했고, 그 뒤로 황제에게 바쳤던 헌신과 충성을 그녀에게도 똑같이 바쳤다.

그는 열두 살 무렵 친아버지의 완력에 의해 거세를 당한 후 입궁을 했고, 그때부터 줄곧 황제를 섬겨왔다. 어느 정도 자리가 잡히고 나자 그는 황제의 방대한 소장품을 가로채는 일도 서슴지 않았으며 이러한 부정 행위는 궁 안의 많은 이들에게 알려지게 되었다. 그러나 그는 엄지손가락만 살짝 내려 상대의 목을 칼로 내리칠 수 있을 만큼 커다란 권한이 있는데다 가끔씩 누구보다도 교활하고 잔인한 면모를 보였으므로 사람들은 웬만해서는 그의 심기를 건드리지 않으려 했다. 그러나 안덕해는 시간이 갈수록 점차 외로움을 느꼈고 그 결과 자신의 군주를 진심으로 사랑하게 되었다. 황제에 대한 그의 배려와 헌신은 실로 대단했다. 그리고 그토록 지극 정성으로 모셨던 황제가 사경을 넘나들게 되자, 그는 자신의 굳건한 사랑과 헌신을 황제가 누구보다도 사랑하는 젊고 아름다운 여인에게로 돌리게 되었다.

그해 초겨울 새벽, 끔찍한 소식이 도착했다. 다른 날과 마찬가지로 춥고 눈이 올 듯한 날씨였다. 북경은 잠잠하게 가라앉아 활기가 없었고, 성 안에 오고가는 인적도 드물었다. 황제의 알현 역시 끊긴 지 오래였다. 중요한 국사 결정은 온전히 공친왕의 몫이 되었으며, 그로 인해 정책 결정은 줄곧 연기되었다.

그간 자희는 서화를 그리며 시간을 보냈다. 그녀의 스승인 묘 부인은 더 이상 별다른 지시나 제재 없이 자희가 만개한 복숭아나무 가지를 그리는 모습을 자랑스러운 눈길로 지켜보았다. 자희는 스승을 기쁘게 만드는 일이 쉽지 않다는 사실을 알고 있었으므로 온갖 정성을 기울여 작업에 열중했다. 그녀는 붓을 들고 먹물을 묻혀 조심스럽고 완벽한 솜씨로 가지의 윤곽과 그림자를 그렸다. 이를 본 묘 부인은 경탄을 금치 못했다.

"잘 하셨습니다, 마마."

"아직 끝난 게 아닙니다."

자희가 대답했다. 그녀는 좀 전과 똑같은 주의를 기울여 처음의 가지 위에 또 다른 가지를 그려 서로 얽히게 만들었다. 그러자 묘 부인은 침묵을 지켰다. 자희는 얼굴을 살짝 찡그렸다.

"내가 그린 것이 마음에 들지 않는 모양이로군요?"

"글쎄요. 이건 좋아하고 말고 할 문제가 아닙니다. 다만 복숭아꽃을 그렸던 대가들은 이처럼 두 개의 가지를 한 데 얽히게 그린 적이 없지요."

"어째서인가요?"

자희가 물었다.

"이유는 없습니다. 그저 습관일 뿐이죠. 대가들은 규칙상 그렇게 하지 않았던 겁니다."

묘 부인이 대답했다. 자희는 눈을 동그랗게 뜨고 붉고 선명한 입술을 오므리며 언쟁을 벌일 준비를 했다. 그러자 묘 부인은 온화한 말투로 고개를 저었다.

"만일 마마께서 가지를 한데 얽히게 그리고 싶으시다면 그렇게 하십시오. 이젠 마마께서 그리고 싶으신 대로 그리실 수 있는 때가 온 겁니다."

묘 부인은 잠시 말을 멈추었다. 그리고는 가냘픈 얼굴을 들어 자희를 바라보며 사려 깊게 말했다.

"마마께서는 전문가가 아니십니다. 그리고 마마께서는 저처럼 전문가가 되실 필요도 없습니다. 반면 저와 제 가족은 모두 화가였기 때문에 전문가가 되어야 했습니다. 물론 마마께서 국사에 대한 부담 없이 자유롭게 그림을 그리셨다면 누구보다도 뛰어난 화가가 되셨을 겁니다. 저는 마마의 화필에서 힘과 섬세함을 발견할 수 있었지요. 그건 천재적인 소질이 분명합니다. 따라서 마마께서는 그림에만 몰두하신다면 누구보다도 뛰어난 화가가 되실 것입니다. 그러나 안타깝게도 마마께는 이런 일에까지 천재성을 발휘하실 만한 여유가 없습니다. 그것은……."

그러나 묘 부인은 말을 채 끝맺지 못했다. 갑작스레 안덕해가 그들이 앉아 있는 정자로 불쑥 뛰어들었기 때문이다. 자희와 묘 부인은 깜짝 놀라 그를 쳐다보았다. 그의 얼굴은 그야말로 사색이 되어 있었다. 그는 줄곧 뛰어온 듯 땀으로 흠뻑 젖은 창백한 얼굴에 불안하게 눈알을 굴리는 모습이 금방이라도 울음을 터뜨릴 듯했다. 쌀쌀한 날씨에도 불구하고 그의 턱 끝에는 이마에서 흘러내린 몇 방울의 땀이 맺혀있었다.

"마마!"

그가 울부짖었다.

"마마! 마음을 단단히 잡수십시오!"

자희는 벌떡 자리에서 일어났다. 혹시 황제가 죽기라도 했나 더럭 겁이 났던 것이다.

"마마!"

안덕해가 다시 소리쳤다.

"광동성에서 전갈이 왔습니다. 성이 함락되고 외국인들이 성을 장악했다고 합니다. 예 총독도 도망치기 위해 성벽을 내려가다가 잡혔다고 합니다!"

그러자 자희는 천천히 다시 자리에 앉았다. 그리고 차가운 목소리로 말을 이었다.

"정신 차리게."

안덕해는 부들부들 떨고 있었다.

"자네 꼬락서니를 보고 적들이 우리 궁 안에 들어온 줄만 알았네."

그녀가 붓을 내려놓자 묘 부인은 조용히 물러났다. 안덕해는 소매로 땀을 닦으며 지시를 기다렸다.

"육야를 서재로 모셔 오게. 그리고 자네는 돌아가 폐하 곁에서 소임을 다하도록 하게."

"네, 마마."

환관장은 공손하게 대답한 뒤 서둘러 물러났다. 잠시 후 공친왕이 서재에 나타났다. 그 역시 방금 전 기진맥진한 밀사로부터 예 총독의 인감이 찍혀 있는 상주문을 받은 터였다. 공친왕은 상주문을 꺼내었다.

"육야께서 읽어 주시겠어요?"

자희가 그의 인사에 답례하며 말했다. 공친왕은 천천히 상주문을 읽었고, 그녀는 작은 옥좌에 앉아 생각에 잠긴 얼굴로 탁자 위에 있는 노란 난초 항아리를 응시하며 한 문장 한 문장을 귀담아 들었다. 내용인즉 이러했다.

6천 명의 서양인 병사들이 해안에 상륙하여 광동성으로 진격했고, 관군은 요란한 소리를 내며 용맹을 과시했지만 결국은 모두 도망치고 말았다. 게다가 성 안에 숨어 있던 한인 반란군들이 성문을 열어 외국의 적들을 끌어들여 사태를 악화시켰다. 그러자 예 총독은 성벽에 있는 초소로 도망쳤다. 그러나 부관들이 내려준 밧줄을 잡고 반쯤 벽을 타 내려간 순간 그를 발견한 한인 반란군들이 서양인들을 향해 고함을 질렀고, 그는 결국 성벽으로 떼 지어 몰려든 서양인 병사들에게 인질로 잡혔다. 이와 동시에 대다수의 고위 관리들도 인질 신세가 되어 머나먼 인도의 캘커타로 압송되었다. 이것도 모자라 거만한 서양인들은 한인들로 구성된 새로운 정부를 세워 청 왕조에 도전장을 냈다. 이어지는 내용에 따르면 영국인들은 현재 그들의 여왕으로부터 받은 새로운 지시에 대해 입을 꾹 다문 채 북경의 황제 앞에서 이를 밝히겠노라 고집을 부리고 있다는 것이다.

공친왕의 낭독이 끝났지만 자희는 입을 열지 않았다. 그녀는 생각에 잠겨 있었다. 문득 공친왕은 자희가 측은하게 느껴졌다. 잠시 후 자희가 말했다.

"우리는 이 가증스런 이방인들을 궁중 안으로 들여 놓아선 안 됩니다. 게다가 그들의 여왕, 빅토리아라고 했나요? 어쨌든 그들은 자신들의 여왕에게 이 일을 알리지도 않은 채 제멋대로 그녀의 이름을 도용하고 있는 것이 분명해요. 그러나 그렇다고 해서 내가 그 먼 나라의 군주를 찾아가 우리 백성들의 충심이 해이해졌다는 사실을 밝힐 수는 없지 않습니까? 게다가 황태자는 너무 어린데다 황위 계승도 명확하게 정해진 것이 아닙니다. 그러니 외국인들의 황궁 출입은 애초에 그 싹을 잘라야 합니다. 따라서 어떤 대가를 치르더라도 겨울 동안 여러 가지 핑계를 대 다시 지연책을 반복할 것입니다."

공친왕은 자신의 지나친 경각심이 자희에게 걱정을 끼칠 것을 염려해 최대한 부드러운 어조로 말을 꺼냈다.

"황후마마, 이미 말씀드렸지 않습니까? 마마께서는 서양인들의 본성을 절대 이해하실 수 없습니다. 그들의 인내심은 이미 한계에 다다라 있습니다."

"그러니까 두고 보자는 말입니다."

그리고 자희는 다시 입을 다물었다. 공친왕이 재차 간청과 조언을 했지만 그녀는 완강히 고개를 저을 뿐이었다. 그녀의 얼굴은 창백했으며 비장해 보이는 눈 아래에는 짙은 그늘이 드리워져 있었다.

"두고 보지요."

그녀가 말했다.
"두고 보면 알게 됩니다……."

그해 겨울, 어느 때보다도 매서운 추위가 몰아쳤다. 잠자리에서 일어나 창 밖을 내다보면 밤새 내린 눈이 한층 더 높게 쌓여 있었다. 때문에 광동성에서 출발한 황제의 밀사가 황도에 도착하는 데는 평소보다 세 배의 시간이 걸렸고, 그녀의 답장이 광동성에 도착하는 데는 또다시 몇 달이 소요되었다. 연로한 예 총독은 캘커타의 감옥에서 점차 쇠약해지고 있었지만 자희의 마음은 이미 그에게서 돌아선 뒤였다. 황제를 실망시킨 것도 큰 죄이거니와 그의 패배를 용서할 만한 구실 또한 없었다. 자희는 그가 죽도록 내버려 두라고 명했다. 그녀는 지금도, 그리고 앞으로도 자신을 섬길 수 있는 자에게만 동정과 자비를 베풀 것이라고 결심했다.

겨울이 서서히 자취를 감추고 다시 봄이 왔지만 고통스럽고 불안한 나날은 계속되었다. 자희는 대추야자나무를 바라보며 어서 움이 트길 기다렸고, 그러한 열망은 푸른빛의 대나무 싹을 그리워하는 마음으로 발전했다. 그러나 그것들보다 먼저 신성한 꽃 백합이 활짝 피었다. 화분 안에서 타다 남은 재가 화분을 따뜻하게 데운 덕이었다. 얼마 안 가 뜨거운 난로의 온기를 받은 난쟁이자두나무도 항아리 안에서 꽃을 피웠다. 자희는 이 꽃들을 바라보며 충만한 봄의 기운을 느끼고 싶었다. 또한 새장에 갇혀있던 새들을 화분 위로 뻗어나간 나뭇가지에 올려놓고 그 울음소리를 듣기도 했다. 나라에 닥친 위험 탓에 근심걱정은 나날이 쌓여갔고, 그때마다 자희는 가끔 새장을 열어 새들이 자신의 어깨와 손에 내려앉도록 했으며, 새들이 그녀의 입술에까지 부리를 대어 음식을 쪼아먹는 모습을 보며 한없는 위안을 느꼈다. 또한 애완견의 부드러운 털을 쓰다듬으며 마음을 가라앉히기도 했다.

자희는 이 한없이 순진하고 낙천적인 동물들에게 깊은 애정을 품고 있었다. 그러나 무엇보다도 자희를 기쁘게 하는 것은 마치 어린 동물들처럼 순수하고 예쁜 아들이 오직 자신만을 사랑한다는 사실이었다. 바쁜 일정에 쫓겨 며칠 만에 찾아가도 아들은 어김없이 모든 사람들을 제쳐두고 그녀의 품으로 뛰어 들었다. 자희는 때때로 누구보다도 잔인해졌는데, 그 냉혹한 감정은 그녀의 뜻을 거역하려는 이들에게 향한 것이었다. 반면 나약하고 순진한 사람과 동물, 그리고 자신을 사랑하는 이들에게는 언제나 부드러운 태도로 일관했다. 그래서 자희는 음흉한 구석이 다분한 이연영조차 자신을 숭배한다는 이유로 총애하였다.

사실 이연영은 도둑질과 사악한 짓을 예사로 저질렀으며, 황제에게 청을 하기 위해 자신을 찾는 사람에게 뇌물을 요구하는 등 행실이 엉망이었다. 그러나 자희는 이를 짐짓 못 본 체하고 있었다. 또한 그녀는 황제의 무기력함과 퇴폐적인 행위, 그리고 다른 여자들과의 잠자리까지도 용서했다. 황제는 자희와의 잠자리에서는 남자로서의 행위가 불가능했지만 때때로 나이 어린 후궁들과는 가능할 때가 있었다. 그 때문에 황제는 여러 여자들을 거느려 그들과 침수를 들며 위안을 얻었다. 그러나 모두가 알고 있듯 그가 사랑하는 여인은 오직 자희뿐이었다. 그리고 자희 역시 그러한 황제의 사랑을 알고 있었으므로 싫은 내색 없이 다정하게 대했다.

이를 지켜본 공친왕 또한 이 모든 사실을 알고 있었다. 그리고 자희 역시 공친왕이 그 사실을 알고 있음을 모르는 바 아니었다. 그러나 두 사람은 이에 대한 얘기를 결코 입 밖에 내지 않았다. 다만 자희는 공친왕의 측은함과 연민이 담긴 눈빛에서 깊은 이해심을 느꼈고, 그의 부드러운 목소리에서 위안을 얻었다. 자희는 근래 들어 지독한 외로움에 시달리고 있었지만 내색할 수 없었다. 따라서 이를 잘 알고 있는 공친왕은 더욱 더 그녀에게 굳건한 충성심을 보였다. 그러나 그에게는 사랑하는 아내가 있었으므로 자희에 대한 배려는 남자로서의 애정과는 다른 차원의 것이었다. 공친왕의 아내는 청 왕조의 든든한 충복이자 조언자인 계량桂良의 딸로, 조용하고 상냥한 성격에 공친왕의 바람과 한 치도 어긋남이 없는 사랑스러운 여인이었다. 또한 공친왕의 장인 계량으로 말하자면 지금의 함풍제뿐만 아니라 선황 도광제의 시대에도 신임 받았던 사람이었다.

봄이 더디게 지나가고 여름이 무르익고 있었지만 아직까지도 자희는 여름 궁전으로 갈 것인지 말 것인지 결정을 내리지 못하고 있었다. 사실 자희는 내심 여름 궁전에서의 평화를 간절히 원하고 있었다. 겨울 내내 자금성 너머를 보지 못한데다 무엇보다도 원명원의 호수와 산이 너무나 그리웠다. 또한 자신을 둘러싼 모든 것이 불확실한 지금 그 어느 때보다도 아름다운 풍경, 하늘과 물과 땅, 그대로의 아름다움을 갈망하고 있었다. 심지어 꿈을 꿀 때조차 사랑하는 사람의 얼굴 대신 탁 트인 정원과 멀리 희미한 언덕에 달빛이 평화롭게 비치는 모습이 떠오를 정도였다. 또한 몇 시간씩 풍경화나 채색화를 유심히 들여다보면서 강가나 해안을 걷고 있다고 상상하는가 하면, 잠자리에 누워서는 소나무 숲 속이나 대나무 숲 속에 자리잡은 숨겨진 절에 있다고 생각하기도 했다. 때때로 어떤 꿈은 너무 현실적이고 선명해 오랫동안 뇌리에 남아 있었다. 그러나 말 그대로 그것은 어디까지나 꿈일 뿐이었다.

그러던 어느 날 폭풍이 밀려오듯 불길한 소문이 퍼졌고, 그녀는 미리 준비라도 했던 듯 그 즉시 원명원에 대한 모든 꿈을 깨끗이 버렸다. 서양인들이 전함을 타고 해안을 거슬러 오고 있다는 사실이 확인되자, 황실의 밀사들은 전함이 황도에서 1백 30킬로미터 남짓

떨어진 천진의 대고 포대에 도착하기 전 소식을 알려야 한다는 사명으로 불철주야 말을 달렸다. 이 소식을 접한 황제는 서둘러 대신들과 왕들을 접견실로 호출한 뒤 병색이 완연한 얼굴로 나타났다. 먼저 접견실에 자리를 잡은 그는, 이내 두 황후를 불러 용상 너머에 있는 가리개 뒤에 앉도록 했다. 자희는 이연영의 팔에 기댄 채 조용히 걸어가 두 개의 작은 보좌 중 높은 쪽에 앉았다.

잠시 후에 동궁의 자안 황후가 모습을 드러냈고 자희는 예의바르게 자리에서 일어나 그녀가 다른 의자에 앉기를 기다렸다. 그간 사코타는 한층 시들은 듯 보였다. 얼굴은 홀쭉하게 야위었으며 표정은 우울했다. 자희가 손을 꽉 쥐어왔을 때도 희미하고 애처로운 미소를 지었을 뿐이다. 자리에 모인 귀족들은 말없이 공친왕이 낭독하는 불행한 소식을 경청했다. 황금빛 예복을 입고 용상에 앉은 황제는 고개를 숙이고 오른손에 든 비단 부채로 얼굴을 반쯤 가린 채였다. 상주문을 다 읽자 공친왕은 적절한 인사말로 마무리를 한 후 이 나라에 닥친 가혹한 현실을 숨김없이 언급했다.

"폐하께서는 그들을 막기 위해 모든 조치를 취하셨습니다. 그러나 외국인들은 남쪽 지방에 머물러 있지 않았을 뿐만 아니라 심지어 무장한 전함에 병사들을 싣고 우리의 해안을 따라 북상 중이라 하니, 이제는 그저 그들이 대고 포대에서 진격을 멈추어 천진의 성 안으로 들어가지 않기만을 바라야 합니다. 천진과 이곳 신성한 자금성까지의 거리가 얼마 되지 않는다는 것은 모두들 알고 계시겠지요."

무릎을 꿇은 좌중들은 신음 소리를 터뜨리며 바닥에 머리를 조아렸다. 공친왕은 잠시 주춤했으나 다시 말을 이었다.

"이 말씀을 드리기에는 아직 시기상조인 듯싶지만, 저는 저 야만인들이 우리의 법과 예절까지 무시할까 두렵습니다. 만약 뇌물을 주고 다시 남쪽으로 돌아가라고 설득하지 않는다면, 그들은 지체 없이 이곳 자금성까지 쳐들어올 것입니다. 그러니 더 이상 무모한 낙관은 버리고 최악의 사태를 직시해야 합니다. 이제 마지막 순간이 왔습니다. 우리의 앞날에는 오직 가시밭길이 있을 뿐입니다."

공친왕이 스스로 작성한 상주문을 읽은 뒤 제출하자, 황제는 좌중에게 이 사태에 대한 판단과 조언을 강구하라고 지시한 뒤 물러갈 것을 명했다. 그리곤 두 명의 환관에게 부축을 받으며 용상에서 일어나려 했다. 그때 갑자기 가리개 뒤에서 자희의 또렷한 목소리가 들려왔다.

"저는 발언을 해서는 안 되지만 어쩔 수 없군요!"

깜짝 놀란 황제는 하마터면 다시 용상에 주저앉을 뻔했다. 그는 어리둥절한 표정으로 주변을 둘러보았고, 좌중은 무릎을 꿇고 바닥에 머리를 조아린 채 꼼짝도 하지 않았다. 자희는 침묵을 깨고 다시 한 번 높은 목소리로 외쳤다.

"이 야만인들과 인내심을 가지고 협상을 하자고 제안한 사람도, 지연책을 쓰면서 기다리자고 한 사람도 바로 접니다. 따라서 저는 이 모든 것이 잘못이었다는 사실을 인정하고자 합니다. 그리고 이제 마음을 바꾸었어요. 저는 인내심을 갖고 기다리는 정책에 반대합니다! 저 야만인들에게 전쟁을 선포해야 합니다. 그리고 남녀노소 할 것 없이 모조리 죽여야 합니다!"

만일 발언자가 남자였다면 어쨌든 조신들은 찬성이나 반대의 목소리를 외쳤을 것이다. 그러나 아무리 황후라도 발언자가 여자였으므로 모두들 입을 열기를 꺼렸다. 황제는 잠시 고개를 떨군 채 생각에 잠겼다가 이내 다시 환관들의 부축을 받으며 용상에서 내려왔다. 그 동안 사람들은 여전히 바닥에 머리를 조아리며 침묵을 지켰고, 황제는 기인들과 경비병들에게 둘러싸인 채 노란 가마를 타고 자신의 처소로 돌아갔다.

잠시 후 두 황후도 예의상 필요한 말만을 나눈 뒤 자리에서 물러났다. 자희는 사코타가 자신을 외면한다는 것을 느낄 수 있었다. 난감하고 씁쓸한 기분으로 자신의 처소로 돌아온 자희는 하루 종일 황제의 부름을 기다렸지만 아무런 소식이 없었다. 그녀는 아무렇지도 않은 듯 책을 읽고 있었지만 마음은 심란했다. 그날 저녁이 되었으나 여전히 부름은 없었다. 참다 못한 자희는 이연영을 불러 연유를 물었다. 그러자 이연영은 기다렸다는 듯이, 황제의 변덕을 늘 곁에서 보고 듣는 안덕해로부터 전해 들은 소식을 꺼내었다.

"마마."

이연영이 말했다.

"천자께서는 마마가 곁에 계시다는 것을 잊지 않으셨습니다. 그러나 앞일을 지나치게 두려워하고 계신 나머지 대신들의 결정만 기다리고 계십니다."

"그렇다면 내가 진 거로군!"

자희가 소리쳤다. 이 말은 황제를 단순한 인물로 평가한 말로 불경에 속했다. 그러나 이연영은 못 들은 체 옆에 놓인 찻주전자를 만지작대다가 너무 춥다느니 할 일이 많다느니 중얼대고는 찻주전자를 들고 바삐 나가 버렸다.

다음 날 상황은 자희의 예상대로 흘러갔다. 황제는 서양에서 온 침략자들에게 저항하지 않을 것이라는 의지를 표명한 뒤 대신들의 조언에 따라 세 명의 믿을 만한 특사를 천진으로 보내 엘긴과 협상을 진행하라고 지시했다. 세 명의 특사를 이끌고 갈 사람으로는 양식 있고 신중한 태도로 널리 알려진 공친왕의 장인 계량이 선택되었다.

"대체 이런!"

자희는 계량의 이름을 듣는 순간 자신도 모르게 음성을 높였다.

"그는 훌륭한 자이긴 해도 적과 대적할 인물은 못 되지 않나! 너무 나이가 많은데다 지나치게 신중하고, 또 너무 고분고분한 것을!"

그녀의 예상은 맞아떨어졌다. 7월 4일, 세 명의 특사와 서양인들을 찾아간 계량은 그로부터 1년 내에 황제가 직접 조인한다는 전제하에 굴욕적인 조약을 체결했다. 영국인과 프랑스인들은 서로를 지원하며 무력으로 위협을 가해왔고 미국인들과 러시아인들 역시 자신들의 요구 사항을 관철시켰다. 그들은 각 정부 공사를 주재시킬 것과 자국의 사제와 상인들이 중국의 법에 제약받지 않고 전국을 여행할 수 있도록 허용해 줄 것을 요구했으며, 또한 아편을 합법적인 무역 대상으로 간주할 것과 조약항으로 불리는, 제국의 중심부에 자리 잡은 거대한 하항河港인 한구漢口*에서 자신들과 그 가족들이 살 수 있도록 해 달라고 요청했다.

조약의 내용을 전해 들은 자희는 침실로 물러나 사흘 간 식음을 전폐한 채 씻지도, 먹지도 않았다. 또한 궁녀들조차 침실에 들어오지 못하도록 했다. 이에 더럭 겁이 난 시녀와 이연영은 결국 공친왕을 찾아가 서궁의 황후께서 수심에 잠긴 채 너무 많이 우신 나머지 기진맥진해서 침상에 누워 계시다고 보고했다. 보고를 받은 공친왕은 그 즉시 자희에게 알현을 청했다. 그러자 자희는 스스로 일어나 목욕을 하고 옷을 갈아입었으며 시녀가 가져다 준 고기 국물도 한 잔 마셨다. 그리곤 이연영의 팔에 기대어 황실 도서관으로 나가 공친왕을 맞이했다. 공친왕은 옥좌에 앉은 자희에게 차분한 어투로 사태를 설명했다.

---

* 중국 호북성에 있는 대도시이자 하항河港. 양자강과 한수가 합류하는 지점인 한수의 좌안에 자리 잡은 곳으로, 1861년 중국이 최초로 대외무역을 개방한 도시 중 하나임.

"황후마마, 제 장인은 존경할 만한 분으로 저항할 수 있었다면 굴복하실 분이 아닙니다. 지금 우리에게는 선택의 여지가 없다는 것을 마마께서도 잘 알고 계시지 않습니까. 만일 요청을 거절한다면 그들은 당장 이 자금성으로 진격해 올 것입니다."

그러나 자희는 붉은 입술을 약간 뒤틀며 경멸하듯 말했다.

"그건 단지 위협에 불과합니다!"

"위협이 아닙니다."

공친왕이 확고한 어조로 반박했다.

"제가 아는 한 영국인들은, 말한 대로 실행에 옮기는 자들입니다."

자희는 이 선량한 충복을 잠시 동안 가만히 바라보았다. 그렇다. 사실 옳든 그르든 간에 그는 충성스럽고 현명한 이였다. 또한 이미 조약이 체결된 이상 반박도 아무 소용이 없었다. 그녀는 이 모든 비극적인 상황들에 커다란 슬픔을 느꼈다. 태자는 너무 어려 아직은 스스로 싸워 나갈 힘이 없었다. 어려운 순간 마지막 걸었던 희망마저 물거품이 되자 자희는 깊은 절망에 빠졌다.

자희는 힘없는 얼굴로 물러나라는 몸짓을 했고 공친왕이 자리를 떠나자 자신의 침실로 돌아왔다. 그리고 그때부터 밤낮으로 비밀스런 계획을 짰다. 그녀는 자신의 마음과 생각을 감춘 채 모든 사람들을 친구로 만들고, 황제에게 복종하며, 황제가 하는 일을 조금도 비난하지 않기로 했다. 또한 그같이 침착하게 기다리는 동안 자신의 의지를 강철처럼 단단하고, 얼음처럼 차갑게 키우리라 다짐했다.

서양인들은 승리적인 조약에 만족하며 북쪽을 향한 진격을 멈추었다. 따라서 그해도 여느 해와 마찬가지로 큰 분란 없이 지나갔다. 그러나 어쨌든 내년 여름이 되면 조약에 조인을 해야만 했다. 자희는 조인을 막기 위한 계략을 준비했다. 이제 대신들이나 공친왕과의 대화는 더 이상 의미가 없었으며 그녀가 할 수 있는 일은 다만 나약한 황제를 설득하는 것뿐이었다. 올 한 해간 자희는 황제에게 부드럽고 따뜻한 모습을 보이며 자발적으로 침소를 찾기도 했다. 따라서 황제는 다시금 자희에게 몸과 마음을 바쳐 포로가 된 상태였다. 자희는 교묘한 방법을 통해 황제에게 조언을 함으로써 그를 자신의 편으로 만들고자 했다.

황제는 조약을 체결하기 전, 백인들이 다시 북쪽으로 진격하는 것을 막기 위해 뇌물을 전할 사절단을 뽑은 뒤, 영국인들이 임명한 한인 지방관을 통해 광동성으로 파견했다. 황제는 사절단을 보내며 이렇게 지시했다.

"그들이 남쪽에 한정되어 있는 무역에 만족하고 지금 있는 곳에 그대로 머물겠다면 우리도 우호적으로 대하겠다고 전하라. 사실 그들이 여기까지 침범한 적은 없지 않은가?"

그러자 공친왕이 되물었다.

"그들이 거절한다면 어떻게 하시겠습니까?"

그러자 황제는 어젯밤 자희가 했던 말을 떠올리며 이렇게 대답했다.

"그렇다면 나중에 조약을 체결하기 위해 상해로 찾아가 그들을 만나겠다고 전하라. 그러면 서로 중간 지점에서 만나는 것이 아니냐? 따라서 우리더러 관대하지 않다고 불평할 수 있겠느냐?"

황제의 말은 자희가 관심 없는 체 슬쩍 내던진 말을 그대로 옮긴 것이었다. 자희는 이렇게 말했다.

"왜 조약에 조인을 합니까? 백인들이 조약에 대한 희망을 갖도록 놔두시고, 정 참을 수 없다면 해안에서 반쯤 거슬러 올라간 상해에서 조인하자고 하세요. 그리고 그들이 그곳에 도착했을 때, 그때 가서 어떻게 해야 할지 결정하면 되지 않겠어요?"

그녀는 이렇게 말하는 순간 최후의 수단으로 전쟁까지 고려하고 있었다. 만일 침략자들이 상해로 오게 된다면 더 이상의 진격을 막기 위해 그들을 죽일 수밖에 없었다는 논리가 정당해질 것이라는 점을 염두에 둔 것이었다.

그해 초, 지시를 받은 사절단이 떠난 뒤 서리가 녹을 무렵이 되자, 황제는 천진 근처의 대고 포대를 강화하라는 지시를 내렸다. 곧이어 포대는 미국인 상점에서 들여온 총과 대포로 무장되었다. 이러한 계획은 비밀리에 이루어졌고 영국인들은 이를 꿈에도 짐작하지 못했다. 황제는 이 모든 계획을 자희의 은밀한 조언을 토대로 세웠다. 물론 자희는 의무적인 사랑으로 황제를 즐겁게 해 주었고, 더 나아가 환관들의 서재에서 발견한 금서에 나온 이야기들과 시구를 읽어주며 황제를 흥분시켰다. 그리고 그 흥분에 충분히 응대해줌으로써 암암리에 일을 진행시켰다.

그러나 얼마 안 가 파견된 사절단들로부터 놀라운 소식이 전해졌다. 서양인들이 황제의 제안에 타협하지 않고 있으며, 엘긴이 아닌 오프 제독을 새로이 지휘자로 내세운 와중 다시 한 번 전함을 상해를 훨씬 지난 북쪽으로 진격시키고 있다는 것이었다. 그러나 이번에는 무언가가 달랐다. 그들의 만행에 대처하는 백성들의 자세가 확연히 뒤바뀐 것이다. 궁정과 광동성의 평민들은 그들을 두려워하지 않을 것이라 선언했고, 대고 포대는 언제라도 전쟁을 치를 수 있도록 만반의 준비를 갖추어 놓은 상태였으며, 관군들은 용감한 전적의 대가로 후한 보상을 보장받았다. 이처럼 관군 백성 할 것 없이 중국 전역이 조용하게 전의를 다지는 가운데 적들의 공격이 임박했고, 드디어 전쟁이 터졌다. 그러나 이번에는 하늘의 도움이 있었는지 연일 놀라운 성과가 계속되었다. 관군은 강력한 전력으로 세 척의 전함과 3백 명 이상의 적들을 괴멸시킴으로써 단번에 적들을 격퇴하였다.

이 놀라운 소식을 들은 황제는 기쁨에 겨워 자희의 용기와 지략에 감탄을 금치 못했고, 그의 칭찬에 힘입은 자희는 침략자들의 모든 요구를 거절하라고 더더욱 강력하게 황제를 독려했다.

드디어 백인들이 물러나고 평화가 찾아왔다. 온 나라의 백성들이 지연책과 전쟁의 시기를 적합하게 잡아 전쟁을 승리로 이끈 황제의 지략을 찬탄했으며, 관군의 활약상과 저만치 꽁무니를 빼는 침략자들을 보며 기쁨의 눈물을 흘렸다. 이처럼 지연책과 타협을 겸비해 침략자들이 중국 조정의 힘을 과소평가하도록 유도하지 않았다면, 이번 승리는 불가능한 것이었다. 백성들은 다시 한 번 황제야말로 빈틈없는 지혜의 달인이라고 입을 모았다.

그러나 궁중의 모든 사람들은 그 지략이 누구의 머리에서 나온 것인지를 잘 알고 있었다. 전쟁 이후 서궁의 황후는 강력한 마력을 지닌 인물로 간주되었고, 그녀의 미모와 용감무쌍한 행동은 공공연하게 언급할 수는 없었지만 사적인 자리에서 크나큰 격찬을 받았다. 환관과 조신들은 그녀의 사소한 언급에도 경의를 표하고 복종을 자처했다. 그러나 오직 공친왕만이 여전히 두려워 하면서 말했다.

"서양인들은 교활한 들짐승과 같아서 상처를 입고 물러나면 반드시 되돌아와 공격할 것입니다."

그러나 공친왕의 우려와는 달리 이번 한 해도 잠잠하게 흘러갔다. 자희는 수많은 책을 읽으며 지식을 쌓았고, 태자는 여전히 튼튼하고 완강하게 자랐다. 태자는 자신의 애마인 아라비아 흑마를 타기 시작했으며 노래를 즐겼다. 게다가 웃음이 많아 얼굴 표정이 맑았다. 그는 어디를 가나 자신에게 친절한 사람들뿐이었으므로 늘 기분이 좋은 상태였다. 한편 자희는 자신의 힘에 만족한 나머지, 아들이 훌륭하게 성장해 나가는 모습을 지켜보는 동안 아무 두려움도 느끼지 않았다.

어느덧 늦봄이 지나 다시 여름이 다가왔다. 자희는 태자와 함께 궁녀들을 거느리고 여름 궁전으로 갈 계획을 세웠다. 올해는 그 어느 때보다 평화로우니 여름 궁전에서의 휴가 또한 더없이 즐거울 것이었다.

그러나 실로 운명은 한치 앞도 내다볼 수 없었다. 막 원명원으로 여름 휴가를 떠나려는 순간 사건이 닥쳤다. 보복을 결심한 영국 병사들이 아무 사전 경고도 없이 전 병력을 동원해 성난 파도처럼 해안을 따라 올라오기 시작한 것이다. 게다가 이번에는 프랑스의 지원까지 받고 있었다.

그해 7월, 마치 하늘에서 뚝 떨어진 것처럼 난데없이 2만 명의 무장한 병사들을 실은 2백 척의 배가 직례성에 있는 연대煙臺 항에 상륙했다. 그리고는 조약 체결이나 협상 타진도 없이 곧바로 북경을 침입하기 위해 진격을 시도했다. 불철주야 사색이 되어 달려 온 밀사들이 도착하자 궁 내는 아수라장이 되었다. 이제는 예전처럼 조인을 지연시킬 시간조차 없었다. 이어서 계량과 몇몇 귀족들에게는 침략자들의 진격을 막기 위한 협상의 임무가 맡겨졌다.

"약속을 하시오."

겁에 질린 황제는 작별 인사를 하러 온 사절단들에게 말했다.

"그들이 하자는 대로 양보하고 따르시오. 우리는 할 만큼 했소."

순간 황제의 곁에 있던 자희가 소리쳤다.

"안 됩니다, 폐하, 절대 안 됩니다! 그건 수치스러운 일입니다! 벌써 승리를 잊으셨습니까! 이제 더 많은 군대와 힘을 모아 전쟁을 치를 때입니다."

그러나 황제는 오른팔로 세차게 그녀를 밀치고는 아무 말도 듣지 않으려 했다.

"미처 빠뜨린 말도 알아들었으리라 믿겠소."

황제가 어두운 얼굴로 계량에게 말했다.

"폐하의 말씀, 분부대로 거행하겠습니다."

계량이 대답했다. 잠시 후 계량 일행은 호위병들의 보호 아래 노새 마차를 타고 서둘러 천진으로 떠났다. 하지만 침입자들은 이미 대고 항까지 장악한 상태였다. 계량이 서둘러 성문을 나서던 시간, 자희는 다시 한 번 단호하게 마음을 먹었다. 그날 밤, 그녀는 황제를 감싸 안고 부드러운 눈길과 달콤한 밀어를 퍼부으며 마음을 흔들어 놓았다.

"만일 백인들이 설득당하지 않으면 어떻게 하실 건가요? 목숨을 구할 준비를 해야 하지 않겠습니까?"

결국 그녀는 황제를 설득해 몽골인 장군 센구린친에게 관군을 이끌고 가서 백인들이 지나는 길목에 매복하라는 명령을 내리도록 했다. 센구린친은 대대로 청조 황제들에 의해 총애를 받았던 내몽골의 코르치우 왕족이자 용감하고 전술이 뛰어난 장군으로, 승왕僧王이라 불렸다. 그는 이전 남쪽의 한인 반란군들의 북쪽 진격을 봉쇄하고 전쟁에서 승리함으로써 청진에서 불과 40킬로미터도 남지 않은 지점에서 한인 반란군에게 승리를 거둔 전적이 있었다. 게다가 이는 한인 반란군을 상대로 한 싸움에서 거둔 최초의 승리였다. 또한 그는 연경燕京에서 퇴각하며 상당수를 포로로 사로잡아 기상을 드높였다.

자희는 지금의 절박한 순간을 이 무적의 장군에게 맡기기로 했다. 황제는 자희의 조언에 따라 동생인 공친왕에게도 알리지 않은 채 비밀 명령을 내렸으며, 황제의 영을 받은 승왕은 즉시 군대를 이끌고 대고 포대 근처에 매복했다. 그리곤 반란군들을 몰아냈듯 이번에도 저 야만적인 적들을 바다 속으로 처넣으리라 다짐했다. 영국과 프랑스 사자使者들은 승왕의 군대가 매복해 있다는 것을 눈치 채지 못한 채, 황제의 사절과 만나기 위해 휴전의 백기를 들고 나타났다. 그러나 승왕은 이 백기를 항복의 표시로 간주하고 앞장서서 뛰쳐나 갔다. 그 신호를 시작으로 승왕의 군대들이 떼를 지어 몰려가 서양 인의 대표단을 공격하기 시작했다. 그들은 두 명의 지휘관을 포로로 잡은 다음, 그들과 함께 있던 병사들까지 사로잡았다. 그들의 깃발 은 찢겨지고 흙먼지로 더럽혀졌으며, 포로들은 감금당한 뒤 잔인한 고문을 당했다.

이 소식이 황도인 북경에 전해지자 중국 전역은 다시 한 번 서양 인들을 격퇴했다는 기쁨으로 들끓었다. 황제는 진심으로 자희를 칭 찬하는 뜻에서 보석으로 가득 찬 황금 궤짝을 하사한뒤, 일주일 동 안 온 나라에 잔치를 베풀라고 명했다. 궁 안에서는 위안의 뜻으로 특별 연극이 마련되었고, 승왕에게는 높은 명예와 많은 보상금이 지급되었다.

그러나 이 기쁨은 너무 성급한 것이었다. 잔치와 연극이 미처 끝 을 맺기도 전에 서양인들이 쳐들어왔다. 그들은 청 왕조의 배신 행 위를 전해 듣고는 불같은 태세로 전투를 벌였고, 승왕과 그의 부하 들은 서양인들의 맹공에 패배하고 말았다. 병사들이 혼비백산해 도 망치자 전열이 무너지면서 수많은 이들이 서구식 총에 맞아 죽임을 당했다. 침략자들은 의기양양하게 전의를 다지며 북경으로 향했고, 팔리교八里橋라고 불리는 대리석 다리까지 아무 방해 없이 진격했다. 팔리교는 북경에서 불과 16킬로미터 떨어진 동주라는 작은 도시 근 처의 백호강을 가로지르고 있는 다리였다. 그리고 관군들은 그들이 이 다리까지 이르러서야 그 앞을 막아설 수 있었다. 승왕이 보낸 밀사가 가까스로 뒤늦게 소식을 전한 탓이었다.

이윽고 벌어진 전투에서 관군은 무참히 격퇴되었고, 간신히 살아 남은 관군들만이 북경으로 되돌아와 패배를 알렸다. 이 소식을 들은 백성들은 길을 가득 메우며 자금성 안으로 몰려들어 서둘러 성문을 걸어 잠갔다. 북경은 순식간에 혼란에 빠졌다. 백성들은 사방으로 뛰어다니면서도 정작 어디로 도망쳐야 목숨을 보전할 수 있을지를 알지 못했다. 여자들과 아이들은 큰소리로 울부짖었고, 남자들은 소리치며 세상을 저주했다. 그들은 오직 하늘만이 자신들을 구해줄 수 있으리라 믿었다. 상인들은 침략자들의 약탈에 대비해 진열장의 전시대를 들여놓았고, 젊고 아름다운 부인과 첩 또는 딸을 가진 사람들은 가족과 함께 서둘러 도시를 떠나 작은 마을이나 교외로 도망쳤다.

원명원도 혼란스럽기는 마찬가지였다. 왕들은 황제와 태자, 두 황후와 후궁들을 보호하기 위해 서둘러 모였다. 그러나 지나치게 서두른 나머지 저마다 의견이 달라 혼란만 가중되었다. 그 와중 황제는 두려움에 떨며 아편을 삼켜 버리겠다고 울부짖었다.

공친왕은 곧이어 황제의 침실로 향했고, 그곳에 태자와 함께 있는 자희를 발견했다. 황제가 자살해 버리겠다고 고집을 부리는 바람에 환관들과 조신들이 그를 말리는 중이었다.

"아, 육야께서 오셨군요!"

자희는 공친왕을 보자마자 소리쳤다. 자희는 공친왕의 차분한 표정과 단정한 옷차림, 침착한 태도를 보자마자 마음이 가라앉는 것을 느꼈다. 공친왕은 자신의 형이기 전에 만백성의 군주인 황제 앞에 절을 하며 말했다.

"감히 천자께 조언을 드리고자 합니다."

"말하라. 어서 말하라."

황제가 신음하듯 말했다. 공친왕은 말을 이었다.

"부디 진격하고 있는 적들의 지휘관에게 서찰을 써서 휴전을 요청하도록 허락해 주십시오. 제가 그 서찰에 옥새를 찍도록 하겠습니다."

그 얘기를 듣고도 자희는 아무 말도 할 수 없었다. 상처 입은 들짐승이 복수를 위해 돌아올 것이라는 공친왕의 우려가 그대로 맞아떨어졌기 때문이다. 그녀는 태자를 품에 안고 그 부드러운 머리칼에 뺨을 비비며 말없이 앉아 있었다.

"그리고 폐하께서는 태자마마와 두 황후마마, 그리고 궁정의 조신들을 대동하고 열하熱河로 피신하셔야 할 겁니다."

"그래, 그러기로 하지."

황제가 공친왕의 말이 끝나기가 무섭게 피신에 동의하자 궁녀들과 환관들은 나지막하게 한숨을 내쉬었다. 순간 자희는 아들을 품에 안은 채 자리에서 벌떡 일어나 소리쳤다.

"황제께서는 지금 황도를 떠나실 수 없습니다! 황제께서 백성들을 버리신다면 그 백성들은 나랏님을 어찌 생각하겠습니까? 분명 스스로 적에게 무릎을 꿇고 완전히 괴멸될 겁니다. 태자를 서둘러 피신시키는 것에는 동의하지만 어쨌든 천자께서는 남아 계셔야 합니다. 그리고 저 역시 폐하 곁에 남아 폐하를 모시겠습니다."

그러자 사람들의 눈길은 이 당당하고 아름다운 서궁의 태후에게로 쏠렸다. 실로 그 누가 그녀의 갸륵한 열정과 위엄을 부인할 수 있을 것인가. 공친왕은 연민이 가득 담긴 눈길로 그녀를 바라보았다.

"황후마마."

그는 고통과 연민이 뒤섞인 부드러운 목소리로 입을 열었다.

"마마의 용기는 실로 놀라우시나, 마마까지 위험에 빠뜨릴 수 있습니다. 그러니 이제 명분과 용기 있는 결단에 주력하시기보다는 스스로를 보호하셔야만 합니다. 백성들에게는 황제께서 열하에 있는 궁으로 사냥 여행을 떠나신다고만 말씀하십시오. 서두르지 말고 평소대로 며칠을 보낸 뒤 가까운 시일 내로 떠나시는 겁니다. 그 동안 저는 적들에게 휴전을 청원하고 승왕의 처벌을 약속하겠습니다."

자희의 얼굴이 어두워졌다. 공친왕과의 논쟁에서 졌다는 것을 깨달았기 때문이다. 위로는 황제로부터 아래로는 가장 서열이 낮은 환관들까지 모두들 그녀의 용기에 탄복하면서도 반대를 표명했다. 더 이상은 아무 말도 할 수 없었다. 그녀는 조용히 유모에게 아들을 넘긴 뒤 고개를 깊이 숙여 인사하고는 황제의 침실에서 물러났다. 곧이어 궁녀들도 풀이 죽어 그녀의 뒤를 따랐다.

그로부터 닷새 후, 차비를 마친 궁정 일행은 남서쪽의 몽골을 향해 길을 떠났다. 북경의 성문은 적의 공격에 대비해 굳게 닫혀 있었으며, 가마와 노새가 끄는 마차의 행렬은 무거운 짐을 진 무려 1천여 명의 인원과 함께 1백60킬로미터나 되는 긴 여정에 올랐다. 행렬 앞에는 여러 가지 색의 깃발을 든 기인들이, 그 뒤에는 경비대장 영록이 이끄는 황실경비대가 말을 타고 지나갔다. 황제는 노란색에 금빛 테두리를 두른 자신의 가마를 탔고, 그 뒤로는 동궁의 자안 황후의 마차가 있었다. 태자는 자안 황후의 뒤쪽 마차에 유모와 함께 탔으며, 또다시 그 뒤로는 자희가 홀로 탄 마차가 있었다.

그녀는 지금 누구와도 함께 있고 싶지 않았다. 자신의 분노를 완전히 억누를 수 있을 때까지 몇 시간이고 울고 싶다는 생각뿐이었다. 그녀는 커다란 상실감에 휘청거렸고, 평소 가졌던 크나큰 용기로도 그 상실감을 극복할 수 없었다. 자희는 흘러내리는 눈물을 소매 끝으로 닦은 뒤 뚫어져라 앞을 바라보며 생각에 잠겼다. 앞으로 어떻게 될 것인가? 언제 다시 북경으로 돌아갈 수 있을까? 정말 이런 식으로 모든 것을 다 잃고 마는 것인가?

그러나 누구도 이 질문에 답을 줄 수 없었다. 심지어는 온 백성들이 믿고 있는 공친왕도 마찬가지였다. 그는 최악의 경우 성문 밖에서 적들과 대면해야 했으므로 원명원 근처에 있는 자신의 여름 별궁에 머무르기로 했다.

"가능한 한 얻을 수 있는 건 모두 얻도록 하라."

황제는 가마 안으로 들어가며 동생에게 속삭였다. 그는 병들고 지쳐, 심지어 오늘 아침에는 마치 어린아이처럼 환관장의 두 팔에 번쩍 들려 가마에 타기도 했다.

"저를 믿으십시오, 폐하."

공친왕이 허리를 숙이며 대답했다.

한편 자희는 이런 암담한 상황에서도 마냥 울고만 있을 수 없다. 그녀는 눈물이 말라 버리고 온몸이 가라앉을 듯 무거워질 즈음, 운명을 받아들일 수밖에 없다는 것을 깨달았다.

시간은 더디게 흘렀다. 돌이 깔린 울퉁불퉁한 길을 지나자 마차가 심하게 흔들렸고, 공단 방석을 깔았음에도 몸 여기저기에 멍이 들었다. 점심식사 시간이 되자 행렬은 잠시 멈추었다. 곧이어 하인들은 식사 준비를 위해 분주하게 움직이기 시작했다.

자희는 실컷 눈물을 흘린 뒤 노새 마차에서 내려 주위를 둘러보았다. 드넓게 펼쳐진 푸른 들판과 길게 자란 옥수수, 열매를 맺은 싱싱한 나무들을 보자 흥분한 마음이 다소나마 가라앉았다. 그렇다. 아직까지는 이렇게 굳건히 살아있고, 또 사랑하는 아들은 아우성치며 그녀의 품을 원하고 있지 않은가. 그녀는 팔을 뻗어 아들을 품에 안았다. 이처럼 숨을 쉬고 아들이 품에 있는 한, 절대 모든 것을 잃어 버릴 수 없었다. 잠시 후 모험에 익숙한 그녀의 정신은 곧이어 침체된 마음에도 활기를 불어넣었다.

순간 그녀는 자신의 근처에 서 있던 매와 우연히 눈길이 마주쳤다. 두 사람은 마주보며 미소를 지었다. 매는 용기를 내어 입을 열었다.

"마마, 북궁은 모든 황실 궁전들 중에서 가장 아름다운 곳이라는 군요."

자희는 고개를 끄덕였다.

"그래, 나도 그 얘기를 들은 적이 있구나. 이왕 가게 된 이상 즐기도록 하자꾸나."

자희는 다시 마차로 들어가기 전 자신도 모르게 북경 쪽을 돌아보았다. 그 순간, 하늘과 땅이 맞닿은 곳에서 시커먼 연기가 뭉실뭉실 피어오르는 것이 보였다. 그녀는 깜짝 놀라 주위를 돌아보며 소리쳤다.

"지금 북경이 불타고 있는 게냐?!"

그러자 일행은 잠시 멈춰 서서 한여름의 짙푸른 하늘을 향해 굽이쳐 올라가는 시커먼 연기를 바라보았다. 시가지는 이글거리는 거대한 불길 속에 타고 있었다.

"서둘러라. 서둘러!"

황제가 가마에서 소리치자 일행은 다시 황급히 마차에 올랐다.

그날 밤 다른 사람들은 야영지에 도착해 여장을 풀고 휴식을 취했지만, 자희는 자신의 천막 안에서 발을 동동 구르며 안절부절못하고 있었다. 그녀는 자금성의 상황이 걱정된 나머지 몇 번씩이나 이연영을 시켜 소식을 알아보도록 했다. 마침내 자정이 다 될 무렵 궁에서 보낸 밀사가 야영지로 달려왔다. 미리 지키고 있던 이연영은 재빨리 그의 옷깃을 잡아끌어 자희 앞에 대령시켰다. 그간 자희는 잠자리를 준비하는 시녀들마저 물리친 채 여전히 소식을 기다리고 있었다. 기다림에 지친 시녀들은 벌써 천막 안의 맨땅 위에 융단을 깔고 잠든 지 오래였다.

자희는 밀사의 창백한 안색을 찬찬히 훑어보고는 손가락을 입술에 갖다댔다. 목소리를 낮추라는 뜻이었다.

"마마."

이연영이 소곤대듯 말했다.

"천자께서 지금 침수에 드신 탓에 이 자를 여기로 데려올 수밖에 없었습니다. 환관장의 말로는 폐하께서 평소 복용하시던 아편의 두 배를 준비하라고 하셨답니다."

자희는 이연영의 말을 다 듣고 나자 이번에는 겁에 질려 창백해진 밀사의 얼굴을 뚫어져라 바라보며 물었다.

"그래, 어떤 소식을 가져왔느냐?"

"마마."

밀사는 이연영이 재촉하듯 등을 밀치자 숨을 헐떡거리며 말했다.

"적들은 날이 밝자마자 총공세를 펼쳤습니다. 휴전 협정은 오늘 밤부터 적용될 겁니다. 이 야만인들은 승왕이 영국인들을 포로로 잡아 고문하고 하얀 천으로 된 깃발을 찢어버렸던 일을 핑계 삼아 하루 종일 보복 만행을 그치지 않았습니다."

자희는 뼛속까지 한기를 느꼈고 심장이 오그라드는 듯했다.

"이 자를 놔주어라."

그녀는 가라앉은 음성으로 말했다. 밀사는 이연영의 손아귀에 벗어나자 빈 가마니처럼 융단 위에 고꾸라졌다. 그녀는 밀사를 내려다보았다.

"그렇다면 성문을 지키지 못했단 말이냐?"

자희는 입술이 바짝 말라 더 이상은 한 마디도 이어가기 힘들 지경이었다. 밀사는 바닥에 머리를 찧으며 울부짖었다.

"마마, 그들이 공격한 것은 성문이 아니옵니다!"

"그렇다면 아까 구름까지 높이 솟아오르던 연기는 대체 뭐란 말이냐?"

"마마, 그…… 그것은 원명원이옵니다. 이제 원명원은 흔적도 없이 사라졌습니다……!"

"여름 궁전이!?"

자희는 날카롭게 소리쳤다. 그리고는 가늘게 떨리는 손으로 얼굴을 가린 채 말을 이었다.

"그럼 그 불길은 자금성에서 터져나온 것이 아니었다는 말이냐……?"

"아닙니다, 마마."

밀사는 기어코 눈물을 흘렸다.

"……여름 궁전이 다 타 버렸습니다. 그 야만인들은 궁 안의 보물들을 약탈한 뒤 불을 질렀습니다. 공친왕께서 서둘러 그들을 막으려 하셨지만 결국 실패하셨습니다. 게다가 공친왕께서도 환관들의 처소에 있는 작은 문으로 피신하신 덕에 겨우 목숨을 보전하신 것입니다."

그녀는 귓가에 어지러운 이명耳鳴이 윙윙대는 것을 느꼈다. 마치 눈앞에서, 자기로 만든 순백색의 탑과 금빛의 지붕이 불꽃과 연기에 휩싸여 무너져 내리는 광경이 펼쳐지는 듯했다. 그녀는 떨리는 가슴을 누르고 다시 밀사에게 시선을 옮겨 띄엄띄엄 물었다.

"그렇다면…… 이제 아무것도 남지 않았다는 말이냐?"

밀사는 여전히 고개를 들지 않은 채 대답했다.

"마마…… 모든 것이 잿더미가 됐습니다! 이제 재밖에 남지 않았습니다!"

"창문을 닫아라."

자희는 시녀에게 손짓을 했다.

열하 너머의 북서쪽에서 불어오는 뜨겁고 건조한 바람은 북궁의 담을 넘어 자희의 침상에까지 불어왔다. 자희는 그 바람을 견딜 수가 없었다. 앞마당의 꽃들은 모두 시들어 버렸고, 대추야자 나뭇잎은 갈기갈기 찢긴 지 오래였다. 굵고 옹이 진 소나무조차 바람의 거친 숨결을 견디지 못해 밑둥부터 누렇게 썩어 들어갔다. 또한 황제는 이곳에 도착한 뒤로는 단 한 번도 그녀를 찾지 않았다.

시녀가 창문을 닫자 자희는 다시 지시를 내렸다.

"부채질을 하라."

기둥 뒤에 서 있던 이연영이 서둘러 자희의 옆으로 다가와 커다란 비단 부채를 앞뒤로 부치기 시작했다. 그녀는 커다란 의자에 등을 기댄 채 눈을 감았다. 이제 그녀는 망명객이자 이방인이었다. 모든 것이 뿌리째 뽑히고 만 것이다. 그렇지 않다면 어째서 황제는 그녀를 부르지 않는 것일까? 누군가 그녀의 자리를 대신 차지한 것일까?

황제의 생일이었던 한 달 전만 해도 자희는 모든 궁정 사람들의 축하를 받으며 황제의 선물을 받았다. 그러나 지금 이 순간 그녀는 한 번도 부름을 받지 못했다. 밝은 빛의 공단 옷을 입고 가장 좋은 보석을 걸친 후 처소에서 기다렸지만 부름은 오지 않았다. 그녀는 하루 종일 황제의 부름을 기다리다가 마침내 격정과 분노에 휩싸여 예복을 찢어버린 뒤 밤새도록 잠을 이루지 못했다.

병약했던 황제는 그 즈음 병이 더더욱 악화되었다. 그의 생일날, 천문을 담당하는 흠천감이, 별들이 일렬로 늘어서고 북서쪽 하늘에 혜성이 지나갔다는 길조를 발표했음에도, 이미 그것은 무용지물이 되어버렸다. 들리는 소문에 의하면 황제는 병석에서 죽어가고 있다고 했다. 예전같았으면 이러한 순간 반드시 자희를 찾았을 것이다. 그러나 지금은 달랐다. 며칠째 부름은커녕 아무 소식도 전해오지 않고 있었다.

"부채질을 멈춰라."

이연영은 자희의 지시가 떨어지자 곧바로 팔을 내렸다.

그녀는 똑바로 앉아 초점 잃은 두 눈을 부릅뜨고 있었다. 그녀는 황제의 침전에서 무슨 일이 벌어지고 있는지 반드시 알아야겠다고 생각했다. 그러나 부름이 없는 이상 침전에 들 수도 없는 노릇이었다. 만일 공친왕이 있었다면 그의 조언을 구했겠지만 그는 아직도 멀고 먼 북경에 있었다. 아마도 그는 지금쯤 야만인들의 수중에 들어가 버린 북궁을 지키기 위해 협상을 벌이고 있을 것이다. 그러나 이것도 환관들 사이에서 떠도는 소문에 불과할 뿐 황제의 부름을 받지 못한 그녀로서는 공친왕이 황제에게 어떤 전갈을 보냈는지를 정확히 알 수 없었다. 그 동안 자희는 궁전의 익면翼面(날개의 한쪽 면과 같은 궁전의 일부)에 마련된 처소에 머물렀다. 이틀 전에는 불안과 고독에 시달리다가 사코타에게 만남을 청했으나, 사코타는 두통을 핑계로 이를 거절했다.

"내 앞으로 오라."

자희가 명하자 이연영은 그녀 앞으로 걸어가 머리를 숙였다.

"환관장에게 인도하라."

그녀는 고개를 꼿꼿이 든 채 거리낌 없이 말했다. 그러자 이연영이 대답했다.

"마마, 지금 환관장은 천자의 침전을 떠날 수 없습니다."

"떠날 수 없다니, 누가 그의 행보를 막기라도 한단 말이냐?"

그녀가 물었다. 이연영은 주춤대며 대답했다.

"마마, 아무래도 그 3인방이……."

3인방이란 그녀의 적인 이친왕과 정친왕, 군기대신인 숙순을 일컫는 것이었다. 그들은 야만인들이 황도를 지배하고 자희가 혼자 고립된 틈을 타 손쉽게 권력을 장악했다.

"부채질을 하라."

그녀는 고개를 뒤로 젖히고 두 눈을 감았다. 이연영은 다시 부채질을 시작했다.

자희는 머릿속이 혼란스러워지는 것을 느꼈지만 도무지 이를 통제할 여력이 없었다. 이제 그녀는 홀로 버려진 나그네 신세였다. 원명원이 사라진 이상 마음의 고향도 잿더미로 변해버린 것과 다름없었다. 야만인들은 원명원의 보물을 약탈하고 조각이 새겨진 판벽과 가리개에 불을 질렀다. 북경의 소식을 알아보기 위해 파견했던 밀사가 가지고 온 이 끔찍한 소문은 금방 궁 전체에 퍼졌다.

그 사이사이 그녀는 모든 상황을 파악하고자 손수 비밀리에 밀사를 보냈다. 밀사의 말에 의하면, 황실 일행이 떠난 지 얼마 되지 않아 적들이 들이닥쳤다고 한다. 황실은 간만의 차이로 위기를 모면한 셈이었다. 또한 원명원에 도착한 엘긴은 여름 궁전의 아름다움에 감탄을 금치 못한 나머지 부하들에게 파괴와 노략을 금지시켰지만, 그 역시 광기 어린 무리들을 통제하기에는 역부족이었다. 근처의 사원에 마련한 은신처에 머물러 있던 공친왕이 이에 대해 격렬한 항의를 표하자, 엘긴은 "부하들은 지금 승왕에게 고문당하고 살해당한 동료들에 대한 복수심 때문에 제정신이 아니다"라고 대답했을 뿐이었다. 자희는 이 말을 듣자마자 할말을 잃고 말았다. 백인들을 공격하기 위해 승왕을 보낸 사람은 다름 아닌 자신이었기 때문이다. 자희는 통탄을 금치 못했다.

"불길과 먼지 때문에 숨조차 쉴 수 없을 정도였지만 그들은 가져갈 수 있는 것은 모두 약탈해 갔습니다. 천장에 있는 금으로 된 판금과 제단에 있는 금조각상은 물론 옥좌에 박혀 있는 보석들까지 떼어갔습니다. 보석이 박힌 휘장들은 마차에 실어갔습니다. 몇몇 안목 있는 놈들이 도자기의 가치를 알아보고 빼돌리긴 했지만 대부분은 땅에 떨어져 박살이 났습니다. 옥잔들도 도둑맞거나 깨졌습니다. 결국 남은 것은 그나마 적들이 감상하기 위해 일부러 남겨 놓은 십분의 일도 안 되는 보물들뿐입니다. 그 나머지, 아름다운 유물과 선대 황제들께서 남기신 유산들은 총 개머리판에 깨지거나 그들이 웃고 떠들며 공중으로 내던지는 가운데 산산조각이 났습니다. 그것도 모자라 그들은 결국 궁에 불까지 질렀습니다. 이틀 내내 하늘은 번쩍이는 불꽃과 검게 피어오르는 연기로 뒤덮였습니다. 그래도 만족하지 못했는지 야만인들은 멀리 떨어진 언덕의 습곡까지 밀고 올라가 탑과 사당, 정자를 파괴했고, 그들이 한바탕 휩쓸고 사라지자 이번에는 그 지역의 도둑과 강도들이 몰려와 약탈을 자행했습니다."

밀사의 보고를 떠올리던 자희는 드디어 눈을 감은 채 눈물을 흘렸다. 이를 지켜보던 시녀가 손수건으로 그녀의 눈물을 닦아주었다.

"울지 마시옵소서, 마마."

시녀가 부드럽게 말했다.

"그래…… 이미 사라진 것들 때문에 우는 건 어리석은 짓이지. 그렇지만 마음이 아프구나."

자희가 눈물을 감추며 말했다. 그러자 이연영이 측은한 기색으로 자희를 위로했다.

"마마, 이 궁전도 아름답지 않사옵니까?"

그러나 자희는 입을 다문 채 대답하지 않았다. 그녀는 단 한 번도 이 열하의 북궁을 아름답다고 생각해 본 적이 없었다.

지금 자희가 머물고 있는 북궁은 수백 년 전, 건륭제가 세운 것으로 북경에서 약 1백60킬로미터 정도 떨어져 있었다. 이곳은 모래와 바위가 몇 킬로미터씩 펼쳐져 있었으며, 멀리 푸른 하늘을 향해 끝없이 뻗은 산자락에도 모래와 바위가 가득했다. 이 황량한 모래의 장관을 매우 사랑했던 건륭제는 이곳에 그 풍경과는 대조적인 호화로운 궁전을 지었다. 궁의 벽에는 무늬를 넣어 짠 비단과 여러 색의 비단 자수를 걸고 천장에는 주홍색과 황금색으로 된 판벽을 끼웠으며, 판벽 위에는 보석을 박아 넣은 황금빛 용을 그려 넣었다. 남쪽 지방에서 가져온 탁자와 의자, 커다란 침상에는 각각 보석으로 상감 세공을 했다.

이처럼 북궁은 원명원 못지않게 구석구석 호화로운 물건이 가득했으며, 마음만 먹는다면 그 모든 것을 둘러보고 즐길 수도 있었다. 그러나 자희는 원명원의 짙푸른 정원과 호수, 샘과 개울이 더없이 그리웠다. 이곳은 물이 옥보다도 귀했고 물을 쓰려면 사막에서 파낸 작은 우물가로 가서 직접 등에 지고 길어 와야 했다. 그렇지 않으면 멀리 떨어진 오아시스까지 가야 했다.

이제 원명원은 잿더미로 변했고 황도인 북경에서는 공친왕이 탄원을 거듭하고 있었다. 게다가 자희는 이 멀고 끔찍한 궁전에 갇힌 것과 다름없었다. 게다가 사방에는 적들이 가득했고, 그 적들에게 가로막혀 황제에게는 접근조차 할 수 없었다. 자희의 마음속에는 밤낮으로 분노의 불길이 타올랐다. 그녀는 분노와 불안으로 미칠 지경에 이르러, 스스로의 감정을 자제하기 위해 안간힘을 써야만 했다. 이제 자희는 믿고 지낼 만한 사람이 아무도 없었다.

여름 궁전을 도망쳐 나왔던 그 끔찍했던 날, 3인방은 피신을 거부하는 자희에게 거리낌 없이 반대 의사를 표명했다. 그리고 그 틈을 타 두려움에 주눅 든 황제를 설득하는 데도 성공했다. 자희는 침전 탁자 위에 담뱃대, 모자와 같은 소지품까지 내버려 둔 채 황급히 궁을 떠나던 황제의 모습을 떠올렸다. 여름 궁전에 도착한 야만인들이 그 광경을 목격하고 겁먹은 천자를 얼마나 비웃었을까를 생각하니 다시금 분노가 치밀었다. 다른 일들은 어느 정도 잊혀졌음에도 그 일만은 그녀의 가슴에 비수가 되어 꽂혔다.

자희는 의자에서 벌떡 일어나 부채를 손으로 밀쳐 버리고는 불안한 표정으로 방 안을 거닐기 시작했다. 닫힌 창문 밖에서 뜨거운 바람이 윙윙거렸다.

지금 자희는 숙순과 그의 동맹자들이 무슨 음모를 꾸미는지에 대해 소상히 알고 있었다. 그들은 황제의 피신을 주선하는 가운데, 자신들의 일파에 반대하고 자희를 도울 만한 상서와 대신들을 모두 황도에 남겨두었다. 그리고 자희가 이 음모를 알아차렸을 때에는 이미 모든 것이 손쓸 수 없을 정도로 늦어버린 상태였다.

그럼에도 아직까지 그녀에게는 한 명의 동지가 남아 있었다. 바로 황실경비대장 영록이었다. 아무리 숙순인들 황제를 보호할 임무가 있는 황실경비대를 막을 수는 없을 터였다.

여기까지 생각이 미치자 그녀는 황급히 이연영에게 몸을 돌렸다.

"내 친척 오라비인 황실경비대장을 불러라! 그의 조언을 구해야겠다."

그러나 이연영은 부채를 손에 든 채 망설이고 있었다. 이제껏 자희의 지시에 단 한 번도 주저한 적이 없었던 그였다.

"어서 가지 않고!"

자희가 재촉했다. 그러자 이연영은 무릎을 꿇고 애걸하듯 말했다.

"마마, 이 분부만은 거두어 주시옵소서."

"무슨 말이냐?"

그녀가 엄한 얼굴로 물었다.

"마마, 감히 아뢰옵기 황공하오나……."

이연영이 더듬거리며 말했다.

"만일 이 사실을 아뢴다면 마마께서는 제 혀를 잘라버리실 겁니다."

그 말에 자희는 고개를 저었다.

"그렇게 하지 않겠노라."

그럼에도 이연영은 두려운 내색을 감추지 못한 채 안절부절못했다. 그러나 잠시 후 자희가 격분한 어조로, 즉시 말하지 않으면 목을 베어버리겠다고 위협하자 비로소 입을 열었다. 그리고 자희는 그 대답을 통해, 어째서 황제가 지금까지 자신을 부르지 않았는가를 깨닫게 되었다. 그녀의 적인 숙순 일행이 황제를 찾아가 그녀와 영록의 관계가 의심스럽다고 고해바쳤던 것이다.

"그들이 우리가 연인 사이라고 말했느냐?"

그녀가 물었다. 이연영은 고개를 끄덕이며 손으로 얼굴을 가렸다.

"발칙한 것들, 그런 터무니없는 거짓말을 하다니!"

그녀는 분에 못 이겨 애꿎은 이연영을 힘껏 걷어찼다. 이연영은 뒤로 벌렁 넘어져서는 다시 그 자리에 엎드린 채 꼼짝도 하지 않았다. 자희는 여전히 분을 삭이지 못하고 마치 산을 오르듯 커다란 방 안을 왔다갔다하다가 마침내 멈춰 섰다.

"일어나라."

그녀가 지시했다.

"그것 말고 말하지 않은 것이 또 있느냐? 입을 찢어버리기 전에 당장 말하라!"

이연영은 무릎으로 기어 자희에게 다가선 뒤 옷소매를 들어 얼굴에 흐르는 땀을 닦았다.

"마마, 다시 아뢰옵기 황공하오나 그 세 사람이 음모를 꾸미고 있다 하옵니다. 그 소식을 듣고 소인은 밤내 잠을 이룰 수 없었습니다."

그녀는 커다란 눈을 크게 부릅떴다.

"대체 무슨 음모를 꾸몄단 말이냐!?"

"마마……."

이연영은 더듬거리며 말했다.

"저는 그 역모에 대해 감히 말씀드릴 수 없습니다. 그들은……그들은…… 스스로 섭정이 된 후에, 그 다음에……."

"내 아들을 죽인단 말이냐!"

자희는 자신도 모르게 날카롭게 소리쳤다.

"마마, 맹세합니다만, 저도 그 이상은 듣지 못했습니다. 제발 진정하십시오."

이연영은 바닥에 납작 엎드려 벌벌 떨고 있었다.

"그렇다면 그 소리를 들은 건 도대체 언제쯤이냐?"

자희는 다시 자신의 의자에 앉아 상기된 뺨을 손바닥으로 매만졌다.

"몇 달 전이었습니다만, 마마, 그저 근거 없는 소문에 불과합니다."

그러자 자희는 노여운 기색으로 버럭 소리를 질렀다.

"그런데도 아무 말도 고하지 않았단 말이냐?"

"마마!"

이연영은 애원하듯이 말했다.

"만일 마마에 대해 떠도는 소문을 모두 말씀드렸다면, 마마께서는 제 입을 막고자 저를 옥에 처넣으셨을 겁니다. 높은 곳에 계신 분들은 항상 모욕적인 험담에 시달리게 마련입니다. 그리고 마마께서는 누구보다도 지체가 높으신 분이거늘 천자께서 그런 비열한 자들의 말을 염두에 두시리라 어찌 생각이나 할 수 있었겠습니까?"

"어리석구나! 머리를 제대로 굴렸어야지!"

자희는 의자 팔걸이를 땅땅 내리치며 말을 이었다.

"내가 입궁하기 전 몇 년간 황제께서 가장 총애하시던 사람이 숙순이라는 사실을 잊었느냐? 당시 숙순은 폐하와 연배가 비슷했고, 폐하께서는 나약하고 부드러운 성정을 가지신 탓에 사냥과 술, 마작 등을 즐기는 거칠고 야만적인 숙순을 총애하셨던 게다! 숙순이 어떻게 미천한 지위에서 호부의 시랑에까지 오르게 되었는지 생각해 보아라. 그리고 그가 권력을 잡기 위해 어떤 식으로 훌륭하고 존경할 만한 대신인 보순 상서를 죽음으로 몰아넣었는지도 말이다!"

자희의 말은 사실이었다.

태자가 태어나기 얼마 전, 한번은 나이 지긋한 종친인 보순이 그녀를 찾아왔다. 당시 그녀는 너무 어렸던 탓에 궁궐 내의 일들에 익숙지 못해 이리저리 얽히고설킨 음모들을 파악할 수 없었으므로 황제에게 자신을 변호하는 조언을 올려달라는 보순의 간청을 아무 사심 없이 받아들였다. 실로 보순은 훌륭한 대신이었기 때문에 그를 믿은 것이다.

"이제 폐하께서는 내 말을 들으려고 하시지 않소."

그는 하얗고 듬성듬성한 수염을 쓰다듬으며 씁쓸하게 말했다.

"그렇다면 숙순은 그대를 어떤 죄목으로 비난하고 있는지요?"

그녀의 물음에 보순은 깊은 한숨을 내쉬었다.

"황실의 경비를 착복해 재산을 모았다는 죄목이라오. 숙순은 내가 국고에서 돈을 빼돌렸다고 주장하며 폐하께 고자질을 했소."

"그렇다면 그자는 무엇 때문에 그런 행동을 하는 겁니까?"

"도둑질을 한 것은 내가 아니라 그자고, 내가 그의 혐의를 알고 있기 때문이오."

연로한 상서는 다시 한숨을 내쉬며 고개를 떨구었다. 자희는 보순의 소박하고 솔직한 모습을 익히 알고 있었던 터라 순진하게도 그를 변호해 주겠다고 약속했고, 며칠 뒤 실제로 황제의 침전에서 보순의 결백을 주장했다. 그러나 당시 황제는 여전히 숙순을 총애하고 있었으므로 결국 보순은 참수되고 숙순이 그의 자리를 대신 차지했다. 그리고 그때부터 숙순은 자희를 유독 미워하기 시작했다.

자희는 이런 경위들을 떠올리자 분노가 솟구쳤다. 그리고 숙순의 보복으로부터 자신을 지켜줄 수 있는 것은 오직 황제의 사랑뿐이라는 사실을 떠올렸다. 그러나 이 순간 황제는 그녀에게서 한 걸음씩 떠나가고 있었다. 자희는 지금껏 스스로의 힘과 매력을 지나치게 과신해 왔던 것이다.

갑자기 그녀는 치밀어 오르는 분노를 참을 수 없어 갑작스레 자리에서 일어나 이연영의 따귀를 올려붙였다. 이연영은 자희의 매서운 손찌검에 화들짝 놀라 숨도 쉴 수 없을 지경이었다. 그러나 그러한 분노를 감당하는 것 역시 그의 임무였으므로, 그는 아무 말 없이 고개를 숙였다.

"오냐, 네가 그런 소문을 즉시 고하지 않았단 말이지? 어리석게도 침묵을 지키다니!"

잠시 이연영을 노려보던 자희는 다시 자리에 앉아 깊은 한숨을 내쉬었다. 이연영은 자희가 이토록 격분하는 것을 본 적이 없었기 때문에 다만 돌처럼 무릎을 꿇고 앉아 있었다.

그러나 시간이 흐르자 자희는 다시 정신이 맑아지는 것을 느꼈다. 그녀는 자리에서 일어나 책상을 향해 우아하고 재빠른 걸음걸이로 다가갔다. 그리곤 벼루에 먹을 갈고 붓을 들어 비단으로 된 작은 양피지 조각에 글을 썼다. 공친왕에게 자신이 처한 곤경을 알리고 즉각적인 도움을 청하는 편지였다. 그녀는 편지를 접어 그 위에 자신의 인장을 찍은 다음 이연영을 일으켜 세웠다.

"너는 즉시 북경으로 가서 이 편지를 공친왕께 직접 전달하고 그의 답장도 가져오너라. 이 모든 일을 나흘 안에 마쳐야 할 것이야."

그러자 이연영은 난처한 표정을 지었다.

"마마, 제가 무슨 수로 이곳을 빠져나간단 말입니까…… 게다가 북경은……."

순간 자희는 그의 말을 가로막았다.

"응당 너밖에 이 일을 할 사람이 없으니, 네가 해야 하느니라."

이연영은 괴로운 표정을 지으며 짧은 신음 소리를 흘렸다. 그러나 자희는 전혀 누그러질 기세가 아니었다. 결국 이연영은 그녀의 지시에 따르는 수밖에 없었다.

이연영이 서둘러 나가자 자희는 다시금 방 안을 서성댔다. 시녀들은 줄곧 불안에 시달리는 자희의 모습을 지켜보았고, 궁녀들도 장막 사이로 방 안의 동정을 살피고 있었지만, 모두들 감히 말을 걸거나 기척을 낼 엄두를 내지 못했다. 잠시 후 그들은 모두 자희의 곁에서 물러갔다.

이연영에게 지시를 내린 지 나흘째 되던 날 밤, 답장 대신 공친왕이 몸소 북궁에 도착했다. 그는 긴 여정에 지친데다 온통 먼지투성이였다. 그는 도착하자마자 자희가 머물고 있는 거대한 궁의 외면으로 향했다.

그 동안 자희는 처소 밖으로는 한걸음도 내딛지 않고 거의 먹지도 않고 잠도 설쳐가며 공친왕의 답장을 기다렸다. 오직 그 답장만이 한줄기 희망이었다. 이러한 순간, 자희는 공친왕이 씻기는커녕 수수죽 한 그릇 마실 시간도 없이 서둘러 달려오자 기쁘지 않을 수 없었다. 이연영이 다소 지친 듯한 목소리로 공친왕의 알현을 알리자 자희는 자리에서 벌떡 일어났다. 그리고 허기지고 피곤해 보이는 이 충성스러운 환관은 아랑곳 않고 침실 밖으로 달려 나가 공친왕을 맞이했다.

자희는 눈물을 흘리며 신에게 감사를 표한 뒤 따뜻한 눈길로 공친왕을 바라보았다. 눈앞에 있는 메마르고 야윈 공친왕의 얼굴은 이제껏 보아본 그 어떤 이의 얼굴보다도 친근하고 강인해 보였다. 자희는 그가 있다는 사실만으로도 곧바로 안심이 되었다. 공친왕은 허리를 굽혀 인사를 하며 입을 열었다.

"제가 왔습니다, 마마. 그러나 본래는 황제 폐하께 먼저 들려야 하는 것이 도리이므로 지금은 은밀하게 방문한 것이라는 사실을 기억해주십시오. 그리고 마마께서 이연영을 보내시기 전, 이미 환관장이 보낸 밀사에게서 모든 소식을 전해 들었습니다. 환관장이 자신의 수하를 거지로 변장시켜, 악명 높은 3인방이 저를 모함했다는 전갈을 보내왔더군요. 내용인즉 그 악한들이 폐하께, 제가 옥좌에 올려주겠다는 약속에 매수되어 북경의 적들과 비밀리에 동맹을 맺었다고 고했다는 겁니다. 그리고 연이어 마마의 편지가 도착했고, 결국 저는 이 엄청난 모함을 해명하기 위해 서둘러 올 수밖에 없었습니다……."

그때였다. 그의 말이 끝나기도 전에 갑작스럽게 자희의 시녀가 바깥마당에서 뛰어 들어왔다.

"마마!"

시녀가 흐느끼며 말했다.

"오, 이럴 수가! 마마! 아드님이, 태자께서……!"

"태자가 뭐라고……? 대체 태자가 어찌됐단 말이냐……?"

자희가 날카롭게 소리쳤다. 그리고는 시녀의 어깨를 붙잡고 재촉하듯 바라보았다. 이때 공친왕이 반쯤 얼이 빠진 시녀에게 소리쳤다.

"어서 고하라 하시지 않느냐!"

시녀는 떨리는 목소리로 입을 열었다.

"누군가 태자마마를 몰래 데려가 이친왕의 부인께 맡겼다고 합니다. 부인께서는 오늘 아침 사냥용 숙소로 부름을 받았습니다. 그리고 다른 모든 여자들은 물러가고 부인과 하녀들만 남아 태자마마를 모시고 있다 하옵니다……."

자희는 힘없이 자리에 주저앉았다. 그러나 공친왕은 그녀가 두려움에 떨도록 놔두지 않았다.

"마마!"

그가 확고하게 말했다.

"허둥댈 겨를이 없습니다."

그러나 공친왕이 다시 말할 필요도 없이 자희는 그 즉시 입술을 깨물고 주먹을 움켜쥐더니 이글거리는 눈빛으로 허공을 노려보았다.

"우리가 먼저 움직여야 해요!"

그녀가 큰소리로 외쳤다.

"무엇보다도 옥새를, 천자의 옥새를 찾아야 합니다. 그래야만 힘을 얻을 수 있습니다!"

공친왕은 탄성을 질렀다.

"그렇군요, 마마. 그런 생각을 해내시다니 절로 고개가 숙여집니다!"

자희는 그의 칭찬을 마저 듣지 않고 서둘러 자리에서 일어났다. 그러자 공친왕은 손을 내밀어 자희를 제지했다.

"마마께서는 이 방을 떠나지 마십시오. 제가 우선 태자께서 얼마나 위급하신지 알아보겠습니다. 이번 음모는 상상할 수 없을 만큼 엄청난 것임이 분명합니다. 제가 돌아올 때까지 여기서 기다리십시오, 마마."

그는 인사를 하고 재빨리 걸어 나갔다.

그가 사라지자 자희는 다시 초조해지기 시작했다. 그러나 그녀는 공친왕의 말을 따를 수밖에 없었다. 만일 섣불리 움직였다가 궁 안의 음침한 복도에 매복해 있는 자들에게 살해되기라도 한다면 과연 누가 태자를 구할 것인가? 아, 불쌍한 아들! 너무나 어리고 가엾은 용상의 후계자여!

자희는 공친왕이 사라지자 그 자리에 꼼짝 없이 서 있었다. 그리고 궁 안의 수많은 탑 사이를 빠져나가는 바람 소리를 들으며 창문 쪽으로 고개를 돌렸다. 거센 돌풍에 실려 돌로 된 흙벽에 내동댕이쳐진 누런 모래알들은 벽을 타고 내려가 해자垓子(성 밖으로 둘러서 판 못) 안으로 스며들었다. 해자 안은 메마른 채였고 하늘의 구름들은 거센 바람에 흩어져 버렸다. 그녀는 북궁으로 오는 황량하고 긴 여정에서 황제의 몸속에 남아있던 마지막 생명의 불꽃을 소진시켜버린 것이 바로 이 바람이라는 사실을 믿어 의심치 않았다. 자희는 모래바람을 노려보며 주먹을 쥐었다.

어떻게 하면 아들을 구할 수 있단 말인가?

자희는 한동안 창 밖을 응시하며 조용히 마음을 가라앉혔다. 그리곤 시녀와 환관들이 보는 가운데 급히 책상으로 다가가 글 쓸 준비를 했다. 그녀는 서두르면서도 조심스럽게 벼루 위에 진하게 먹을 간 다음 낙타털 붓에 먹물을 묻혀 붓끝을 뾰족하게 다듬었다. 그리고는 대담한 필체로 황제의 즉위 계승에 대한 포고문을 써 내려가기 시작했다.

> 중국의 황제이자 속국인 조선과 티벳, 인도차이나 반도와 남쪽 섬들의 황제인 나 함풍제는 오늘 선대 황제들과 같은 반열에 나란히 서라는 부름을 받았다. 이로써 나 함풍제는 온전한 정신과 의지로, 나의 후계자는 서궁의 황후인 자희가 출산한 남아로, 오직 그만이 내 뒤를 이어 용상에 오를 새 황제임을 만인에게 선포하는 바이다. 그리고 그가 16세에 이를 때까지, 두 황후인 서궁의 황후와 동궁의 황후를 내가 죽는 날부터 섭정에 임명한다.

자희는 이 부분에서 공간을 비워둔 다음 다시 내용을 덧붙였다.

그리고 나는 내 이름과 옥새를 여기에 나온 유지遺志와
포고문에 따라 양도하도록 한다.

그녀는 이 부분에서 또 한 번 공간을 비워두었다.

붓을 내려놓고 마지막으로 내용을 훑어본 자희는 모든 것이 완벽하다 싶자 양피지를 말아 소매에 넣었다. 그녀는 사코타를 공동 섭정으로 선택해 자신의 동맹자로 만듦으로써 그녀와 적이 되는 비극을 막을 셈이었다. 자신의 묘책에 스스로 감탄한 나머지 자희의 입가에는 어느덧 미소가 번졌다.

그 동안 시녀와 이연영은 자희의 지시를 기다렸다. 이연영은 몹시 피곤했지만 감히 쉬고 싶다는 청을 꺼낼 수 없었다. 그때 갑자기 시녀가 닫힌 문 쪽으로 고개를 돌렸다. 그녀는 수년 동안이나 주인의 목소리에 귀를 기울여야 했으므로 다른 이들에 비해 청각이 매우 예민했다.

"발자국 소리가 났습니다."

시녀가 중얼거렸다.

"대체 누구지?"

이연영은 오른손으로 예복 자락을 휘어잡고 빗장을 열어 그 틈으로 빠져나갔다. 시녀는 서둘러 그의 뒤를 따라가 문에 등을 맞대고 섰다가 다시 문을 닫았다. 곧이어 이연영이 손바닥으로 나지막하게 두드리는 소리가 들리자 시녀는 문을 살짝 열고 밖을 내다보았다. 그리고는 자희에게로 몸을 돌렸다.

"마마."

시녀가 작은 목소리로 말했다.

"마마의 친척 분께서 오셨습니다."

책상 앞에 앉아 있던 자희는 시녀의 말을 듣자 민첩한 동작으로 고개를 돌렸다.

"안으로 모셔라."

자희 역시 목소리를 낮추어 말하고는 자리에서 일어섰다. 시녀가 문틈을 좀더 벌리자 그 사이로 영록이 들어왔다. 시녀는 서둘러 문을 닫고 빗장을 걸었으며 문 밖에서는 이연영이 보초를 섰다.

"어서 오세요, 오라버니."

자희의 목소리는 상냥하고 부드러웠지만 영록은 입을 꾹 다문 채 앞으로 걸어나가 재빨리 절을 했다.

"오라버니."

그녀가 말했다.

"그렇게 무릎을 꿇지 마시고 저기 있는 의자에 앉으세요. 늘 그랬듯 허물없이 대해 주시면 좋겠군요."

그러나 영록은 자리에 앉지 않고 바닥에 시선을 고정시킨 채 말을 꺼냈다.

"마마, 지금은 예의를 차릴 시간이 없습니다. 황제께서 운명하려고 하십니다. 저는 환관장의 부탁을 받고 마마께 그 사실을 알려드리기 위해 찾아 온 것입니다. 또한 한 시간 전 숙순이 이친왕과 정친왕을 데리고 폐하의 침전에 들었습니다. 자신들을 태자의 섭정으로 임명하는 포고문을 제멋대로 작성해 폐하의 서명을 받아내려 했던 모양입니다. 그러나 황제께서는 서명을 거부하셨고, 그들이 다시 강요하자 의식을 잃으셨습니다. 하지만 그들은 자신들의 목표를 관철시키기 위해 반드시 다시 올 겁니다."

순간 자희는 잠시도 머뭇거리지 않고 곧바로 달려 나갔다. 영록이 서둘러 그녀를 뒤따르자 이연영도 재빨리 발걸음을 옮겼다. 그녀는 달려가면서 어깨 너머로 이연영에게 지시를 내렸다.

"내가 태자를 데리고 가겠다고 천자께 아뢰어라!"

지시를 마친 자희는 바람처럼 사냥용 숙소로 달려갔고, 그 누구도 문을 박차고 들어오는 그녀를 막을 수 없었다. 안으로 들어서자 문득 어린아이의 울음소리가 들렸다. 자희는 잠시 멈춰 서서 그 울음소리가 아들의 것인지를 확인하려고 했다.

아, 그것은 바로 아들의 울음소리였다. 때마침 들린 그 소리가 그녀를 인도해 준 것이다. 그녀는 겁에 질린 여자들을 사정없이 밀치며 이 방 저 방을 헤매다 마침내 아들이 있는 방을 찾아냈다. 그녀는 활짝 문을 열어젖히고 아들을 달래고 있던 낯선 여자를 무서운 눈길로 노려보았다. 여자는 자희를 보자 새파랗게 질렸다. 자희는 아들을 낚아채어 품에 안았다. 그러자 아들은 어머니의 목에 바짝 매달려왔고, 깜짝 놀란 동시에 한편으로는 안심이 되어 울음을 그쳤다. 그녀는 서둘러 복도를 지나 돌계단을 오른 뒤 다시금 전당과 방을 지나 깊숙이 자리 잡은 황제의 침전에 도착했다. 그리고 잠시도 지체하지 않고 환관장이 열어주는 문 안으로 들어섰다.

"천자께서는 아직 살아 계신가!"

그녀가 소리쳤다.

"네, 살아 계십니다."

안덕해가 대답했다. 그는 슬픔에 잠긴 채 목청 높여 울고 있던 터라 목소리가 잔뜩 쉬어 있었다. 묏자리처럼 높이 올려진 황제의 침상 주위에는 환관들이 무릎을 꿇은 채 울고 있었다. 환관들은 자희가 지나가자 마치 숲 속의 나무들이 인사를 하듯 허리를 굽혔다. 자희는 그 사이를 당당하게 빠져나갔다. 그리고는 아들을 품에 안고 황제를 향해 똑바로 걸어갔다.

"폐하!"

그녀는 크고 명확한 목소리로 황제를 불렀다. 그러나 황제는 기력이 완전히 쇠하여 그 부름에 대답할 수 없었다.

"폐하!"

그녀는 다시금 목소리를 높여 황제를 불렀다. 순간 마법같은 일이 일어났다. 죽음 가까이에서 자희의 목소리를 들은 황제가 무거운 눈꺼풀을 들어올린 것이다. 이를 목격한 환관들의 입에서는 탄식이 흘러나왔다. 황제는 힘겹게 고개를 돌려 가물거리는 눈으로 자희의 얼굴을 바라보았다.

"폐하! 여기 태자가 왔습니다."

자희는 죽어가는 황제의 앞으로 아이를 내밀어 그 얼굴을 보여주었다. 아이는 자희를 닮은 크고 검은 눈동자로 황제를 내려다보았다. 자희는 연이어 말했다.

"폐하! 폐하께서는 이 아이가 폐하의 후계자임을 선포하셔야 합니다. 제 말이 들리시면 오른손을 들어 보시옵소서."

자희의 말이 떨어지자마자 안에 있던 모든 사람의 눈길이 일제히 황제의 오른손으로 쏠렸다. 누런 살갗에 뼈밖에 남지 않은 그의 손은 잠시 동안 꼼짝도 하지 않는 듯하더니 이윽고 안간힘을 다해 움직이기 시작했다. 좌중은 나지막한 신음소리를 흘렸다.

"폐하!"

자희는 다급하게 말했다.

"이 아이의 섭정은 다름 아닌 제가 되어야 합니다. 저 이외에는 그 누구도 태자를 해치려는 자들로부터 그의 생명을 보호할 수 없습니다. 다시 한 번 오른손을 움직여 폐하의 의사를 표시해 주시옵소서!"

곧이어 사람들은 황제의 오른손이 다시 한 번 천천히 움직이는 것을 보았다. 자희는 침상 앞으로 나아가 황제의 손을 쥐고 애원하듯 외쳤다.

"폐하, 잠시만이라도 정신을 차리소서!"

자희의 애절한 부름을 들은 황제는 혼신의 힘을 다해 가물거리는 정신을 바로잡으려 했다. 그리고는 희미한 눈을 들어 그녀의 얼굴을 바라보았다. 자희는 서둘러 소맷자락에 손을 넣어 준비해 둔 양피지를 꺼냈다. 자희의 뜻을 눈치 챈 영록은 재빨리 옆의 탁자에서 주홍색 붓을 가져와 그녀의 손에 쥐어준 다음 칭얼대는 태자를 받아 안았다.

"폐하께서는 이 포고문에 서명을 하셔야 합니다."

그녀는 한 마디 한 마디 힘을 주며 또렷하게 말했다.

"제가 폐하의 손을 잡아드리겠습니다. 네, 이렇게. 손가락으로 붓을 잡으시고, 이렇게……."

황제가 손을 내밀자 자희는 그 손을 굳게 움켜잡았다. 이어 붓을 쥔 황제의 손가락이 천천히 움직이면서, 아니 움직이는 듯하면서 양피지에 자신의 이름을 썼다.

"감사합니다, 폐하……."

그녀는 잠시간 고개를 숙이고 있다가 양피지를 소중히 접어 소맷자락에 넣었다. 그리곤 다시 한 번 황제의 손을 잡았다.

"이제 쉬십시오, 존경하는 폐하."

그녀는 뒤를 돌아 고갯짓으로 모두에게 물러갈 것을 명했다. 영록은 태자를 안고 침실 밖으로 모습을 감추었으며 환관들은 멀찍이 서서 소매로 눈물을 닦았다.

주위가 조용해진 것을 확인한 자희는 침상에 기대어 황제의 머리를 감싸 안았다. 그리곤 황제의 가슴에 귀를 대고 미약한 고동소리를 들었다. 자희의 숨소리를 들은 황제는 눈을 번쩍 뜨고는 크게 숨을 들이쉬었다. 그리곤 한 마디를 내뱉었다.

"그대의 향기가…… 좋구려……"

순간 황제는 숨을 멈추고 목구멍에 무엇이 걸린 듯 갑자기 큰 한숨을 내뱉더니 곧바로 숨을 거두었다. 그녀는 황제의 머리를 배게 위에 천천히 내려놓고 그의 몸에 엎드려 두 차례 탄식했다.

"아 — 아 —."

잠시 후 자희의 눈에서는 비 오듯 눈물이 흘러내렸다. 그것은 젊은 나이에 죽은, 단 한 번도 사랑해본 적 없는 한 남자에 대한 순수한 동정의 눈물이었다. 돌이켜보면 자희는 그를 사랑할 수도 있었다. 그러나 자희는 그렇게 하지 않았고, 바로 그 사실이 그녀의 마음을 아프게 했다.

침상에서 일어나 황제의 침실을 빠져나온 자희는 미망인이 된 황후답게 무겁고 침착한 걸음걸이로 처소를 향했다.

황제가 운명했다는 소식은 바람보다 빨리 궁 안에 퍼져나갔다. 황제의 유해는 접견실에 안치되었으며 접견실의 문에는 커다란 빗장과 자물쇠가 걸렸다. 거대한 접견실의 각 출입문은 영록을 비롯한 황실경비대 1백 명 남짓이 경비를 섰다. 그 문 사이를 자유롭게 오갈 수 있는 것은 오직 2단으로 된 지붕 위 단청 사이에 둥지를 튼 새들뿐이었다.

육중한 처마 밑에 깊은 적막이 내려앉았다. 그러나 이 적막 속에도 평화로운 분위기는 없었다.

궁궐 안의 온 벽들은 치열한 권력 투쟁을 감추고 있었으며, 최후의 결전이 어디서 벌어질지는 누구도 알 수 없었다.

황제가 운명하자 태자의 생모인 자희는 태후의 칭호를 받았다. 그러나 그 칭호가 자희를 보호해 줄 수는 없었다. 그녀는 채 서른이 안 된 젊은 여인인데다 황실의 직계 혈통인 왕들과 그녀를 시샘하는 막강한 만주족 가문의 수장들이 주위에 포진해 있는 상황이었다. 자희는 비록 태후였지만 그들을 누를 만한 힘이 없었다. 궁 내의 사람들이라면 누구나 숙순과 죽은 황제의 혈육인 두 왕들이 그녀의 적이라는 사실을 알고 있었다. 그렇다면 공친왕은 여전히 그녀의 동맹자일까? 사람들은 어느 쪽에 충성을 바쳐야 할지 결단을 내리지 못한 채 우물쭈물하고 있었다. 조신들 또한 양측 세력 사이에서 신중을 기하며 어느 쪽에도 호의나 적대감을 표시하지 않았다.

한편 군기대신 숙순은 첩자를 통해 황제의 서거 소식을 듣자마자 환관장을 불러 태후에게 보낼 전갈을 일렀다.

"태후께 전하라."

숙순이 거만하게 말했다.

"황제께서 운명하시기 전에 나와 이친왕을 몸소 섭정에 임명하셨다. 따라서 그 사실을 직접 알려드리기 위해 마마를 찾아뵙겠다고 아뢰어라."

안덕해는 말없이 절을 하고는 숙순의 앞에서 물러나왔다. 그리고 자희의 처소로 향하는 도중 긴장된 모습으로 자신을 기다리던 영록에게 들러 이 사실을 알려주었다. 영록은 즉시 지시를 내렸다.

"가능한 한 빨리 그 3인방을 태후께 데려가도록 하시오. 나는 문 밖에 숨어 있다가 그들이 떠나는 즉시 안으로 들어가겠소."

한편 자희는 관례에 따라 머리장식과 신발, 예복까지 모두 흰색으로 갖춰 입은 후, 자신의 궁에 있는 넓은 방에 앉아 있었다. 또한 황제의 서거가 발표된 후부터는 음식과 차 등을 입도 대지 않고 모두 물렸다. 자희는 무릎 위에 손을 포갠 채 먼 곳을 바라보고 있었으며, 궁녀들은 그녀 곁에 서서 연신 비단 손수건으로 눈물을 닦았다. 그러나 정작 자희는 울지 않았다.

자희는 안덕해가 찾아와 숙순의 전갈을 전하는 동안 여전히 먼

곳을 바라보고 있었다. 그리고 보고가 끝나자 숙순의 제안이 마치 귀찮은 의무라도 되는 듯 무심하게 말했다.

"정 그러시다면 숙순 대감과 정친왕, 이친왕을 이곳으로 모셔오도록 하게. 그리고 지체 높으신 세 분께, 이제 황천에 계신 폐하의 유언을 따라야 한다는 말을 전하게."

안덕해는 자희의 말이 떨어지기가 무섭게 자리를 떠났고 잠시 후 두 왕을 대동한 숙순이 자희의 방으로 들어섰다. 그들이 나타나자 자희는 고개를 들어 총애하는 궁녀이자 숙순의 딸인 매에게 부드럽게 말했다.

"잠시 물러가 있거라. 네 아비의 면전인데 내 곁에 있는 것은 어울리지 않는구나."

자희는 매가 방을 나갈 때까지 잠시 기다린 뒤 그들의 절을 받았다. 그리곤 주군이었던 황제가 죽은 상황에서 겸허한 태도를 보이기 위해 답례로 자리에서 일어나 절을 했다.

그러나 숙순은 두 왕들과는 달리 지나치게 거만하게 굴었다. 그는 짧은 턱수염을 쓰다듬으며 고개를 치켜들고는 대담한 눈길로 자희를 쳐다보았다.

"마마."

숙순이 말했다.

"제가 이곳을 찾은 것은 섭정에 대한 칙령을 발표하기 위해서입니다. 천자께서 마지막으로 운명하실 때……."

순간 자희가 그의 말을 가로막았다.

"미리 말해두지만, 만일 그대가 천자의 친필 서명이 든 유언장을 가지고 있다면 나 역시 본분에 맞게 천자의 유언에 따르겠소."

"안타깝게도 유언장은 없지만 증인은 있습니다. 이친왕께서……."

그러자 다시 한 번 자희는 그를 제지했다.

"그렇군요. 그러나 내게는 유언장이 있소. 물론 천자께서 직접 내 면전에서 서명하신 것이오. 게다가 많은 환관들이 이를 목격했소."

그녀는 환관장 안덕해를 찾기 위해 주위를 둘러보았다. 그러나 안덕해는 언제 닥칠지 모르는 위험을 모면하기 위해 이미 문 밖으로 도망친 뒤였다. 그러나 자희는 숙순 일행의 기세에 압도당하기는커녕 침착한 손길로 황제가 서명한 문서를 가슴에서 꺼낸 뒤 숙순과 두 왕들이 듣고 있는 가운데 부드럽고 차분한 목소리로 한 자 한 자 읽어나갔다.

미간이 파르르 떨린다 싶더니 숙순은 자신의 수염을 잡아당기며 소리쳤다.

"마마! 그 서명을 좀 보여 주시지요!"

자희가 서슴없이 문서를 들어 보이자 숙순 또한 황제의 서명을 알아볼 수 있었다.

"허나 여기에는 옥새가 찍혀 있지 않군요?"

그가 소리쳤다.

"옥새가 찍혀 있지 않은 칙령은 아무 소용 없는 것 아닙니까!"

말을 마친 숙순은 자희의 대답을 기다리지도 않고 곧바로 몸을 돌려 쏜살같이 사라졌다. 이어서 두 왕들도 그림자처럼 그를 뒤따랐다. 곧이어 자희는 어째서 그들이 그렇게 서두르며 나가 버렸는지를 깨달았다. 그들은 옥새를 노리고 있는 것이다. 옥새는 황제의 시신이 안치된 방 안의 자물쇠가 채워진 상자 속에 들어있었다. 이제 그것을 먼저 차지하는 사람이 승자가 되는 셈이었다.

그녀는 미처 옥새를 생각하지 못했다는 것에 참을 수 없는 분노를 느꼈다. 그녀는 이를 갈며 머리장식을 뜯어내 거칠게 바닥에 내던진 뒤 자신의 귀를 꼬집었다.

"이 바보 같으니!"

자희는 날카롭게 소리를 지르며 자신을 질책했다.

"내가 이렇게 어리석고 멍청할 줄이야! 또한 미리 이를 일깨워 주지 않았던 공친왕은 나보다 더 어리석고, 경비대장도 마찬가지다! 미덥지 못한 환관 놈들은 또 무얼 하고 있었단 말이냐! 대체 옥새는 지금 어디 있느냐?"

그녀는 벌떡 일어나 문을 열어젖혔다. 그러나 밖에는 아무도 없었다. 환관장 안덕해는 물론 이연영까지도 사라진 것이다. 숙순 일행을 뒤쫓아 갈 사람이 아무도 없다는 것을 깨달은 자희는 바닥에 몸을 내던지며 울음을 터뜨렸다. 그간의 노고는 모두 허사로 돌아가고 결국 모두에게 배신을 당한 것이다.

그때 무늬를 넣어 짠 능라 장막 사이로 이 모든 광경을 엿보고 있던 궁녀 매가 뛰쳐 들어왔다. 그녀는 죽은 듯 엎드린 자희의 곁에 무릎을 꿇고 신음하듯 물었다.

"존귀하신 마마! 어디 다치기라도 하신 건가요?"

매는 울고 있는 주인을 일으키기 위해 가냘픈 팔로 자희의 몸을 부축했다. 그러나 혼자 힘으로는 역부족이라는 것을 깨닫고는 도움을 청하기 위해 밖으로 뛰쳐나갔다. 그리고 열려 있는 문으로 달려 나가다가 영록과 마주쳤다. 그의 뒤에는 방금 당도한 이연영의 모습도 보였다.

"아!"

매는 작은 탄성을 지르며 뒷걸음질쳤고 금세 얼굴이 빨갛게 달아올랐다. 그러나 영록은 그녀에겐 시선조차 주지 않고 황급히 자희에게로 다가갔다. 그리곤 노란 비단으로 감싼 물건 하나를 바닥에 내려놓은 뒤, 바닥에 쓰러져 울고 있는 자희를 안아 일으켰다. 그는 자희의 얼굴을 바라보며 나직이 말했다.

"마마, 옥새를 가져왔습니다. 일어나십시오."

그러자 자희는 영록의 손을 뿌리치고 혼자 힘으로 일어섰다. 그리곤 고개를 들어 심각한 얼굴로 자신의 곁에 서 있는 영록을 바라보았다. 영록은 그 시선을 피하며 다시 두 손으로 옥새를 들어올렸다. 단단한 옥으로 만들어진 옥새는 황제의 인장으로 1천 8백년 이전에 당시 중국을 통치하던 진시황의 영에 의해 도안된 것이었다.

"마마를 보호하기 위해 문밖에 서 있는 동안 숙순의 말을 들었습니다."

영록이 말했다.

"그 길로 저는 한쪽 길로, 이연영은 다른 쪽 길로 달려 시신이 안치된 방에 먼저 도착하는 쪽이 옥새를 찾아오기로 했습니다."

이때 자신의 공을 내세우고 싶어 안달하던 이연영이 끼어들었다.

"마마, 전 몸집이 작은 환관을 함께 데려가 통풍구를 통해 시신이 안치된 방까지 기어 들어갔습니다. 아시다시피 커다란 출입문에는 이 황량한 변방에 도적이라도 들까 자물쇠가 채워져 있었습죠. 저는 다른 환관이 망을 보는 사이 우선 머리를 집어넣었습니다. 그리고 옥새가 든 나무 상자를 옥 화병으로 내리쳐 부순 뒤 옥새를 꺼냈습니다. 작은 환관이 저를 다시 끌어당기는 순간 왕야들이 출입문의 자물쇠에 열쇠를 끼우는 소리가 들리지 않겠습니까. 애써 들어와 텅 비어있는 상자를 보게 되었을 때 그들의 표정이 어떠했을지 보지 못한 게 안타까울 뿐입니다."

그러자 자희의 입가에는 자신도 모르게 웃음이 번졌다.

"한가하게 웃고 계실 시간이 없습니다."

영록이 다급하게 말했다.

"태후마마, 그들은 권력을 빼앗지 못할 경우 마마의 목숨을 노릴지도 모릅니다."

그때 자희가 영록의 옷소매를 붙잡았다.

"오라버니, 부디 내 옆에 있어줘요."

그 동안 자희의 시녀는 줄곧 문에 귀를 댄 채 바깥의 기척을 살폈다. 그러다가 갑작스레 그녀는 놀란 표정으로 황급히 문을 열었다. 이어 공친왕이 창백한 얼굴로 급히 예복을 감싸며 문 안으로 들어섰다.

"마마!"

그가 다급하게 소리쳤다.

"옥새가 사라졌습니다. 소식을 듣자마자 천자의 시신이 안치된 방으로 가서 경비병들에게 문을 열라고 지시했지만, 이미 숙순의 명에 따라 문이 한 번 열려진 뒤였습니다. 안으로 들어가 보니 상자는 텅 비어 있었습니다. 이제……"

순간 그는 뚝 하고 말을 멈췄다. 노란 비단에 싸여진 옥새를 발견한 것이다. 그는 긴장된 얼굴을 누그러뜨리고 천천히 미소를 지었고, 음울했던 눈동자에는 어느덧 싱싱한 생기가 떠올랐다. 그가 설레설레 고개를 저으며 말했다.

"이제야 알겠군요. 왜 숙순이 미리 제거하지 않으면 마마께서 세상을 지배하실 것이라고 했는지 말입니다."

자희는 옥새를 자신의 침상 아래에 숨긴 뒤 침상 위에 다시 장밋빛의 붉은 공단 장막을 드리웠다. 전 궁중에서 옥새가 거기 있다는 사실을 아는 사람은 자희와 자희의 시녀, 그리고 이연영뿐이었다.

"옥새를 어디에 숨겼는지는 제게도 말씀하지 마십시오."

공친왕이 말했다.

"혹시 누가 물을 경우 옥새의 소재를 모른다고 얘기해야 하는 것이 제 의무니까요."

옥새가 손아귀에 들어온 이상 자희는 무엇이든 원하는 대로 할 수 있었다. 마음속에 자리 잡았던 불안과 흥분은 사라지고 오직 평온함만이 감돌았다. 물론 옥새가 사라지자 궁 안은 발칵 뒤집혔다. 그러나 자희는 동요하지 않았다. 사람들은 옥새가 그녀의 손아귀에 있으리라 추측하고는 건방진 언행과 오만한 태도를 삼갔다. 또한 그녀의 적인 3인방은 자신들의 음모를 실행할 수 없게 되자 제정신을 잃고 말았다. 궁 전체가 혼란과 충격에 휩싸인 가운데, 자희만은 편안하고 기분 좋은 하루하루를 보냈다.

그녀가 처음으로 한 일은 이친왕의 부인에게 이연영을 보내 아들을 돌봐 주어서 고맙다는 말을 전한 것이었다. 그리고 이젠 스스로 아들을 돌볼 것이니 다시는 이러한 소동을 일으키지 말라고 은근히 경고했다. 그녀는 여전히 황제의 죽음을 애도하고 있었지만, 더 이상 그를 필요로 하지는 않았다. 대신 그녀는 가까스로 되찾은 태자에게 모든 기대를 걸었다.

또한 그녀는 사촌인 사코타를 찾아가 태자가 성장할 때까지 함께 섭정 자리를 맡아야 한다는 황제의 포고문을 전해 주며 눈물로 호소했다.

"친애하는 사촌, 사촌과 난 이제 자매가 될 거야. 우리의 주군께서는 나라의 장래를 위해 우리가 힘을 합치길 바라셨고, 우리가 살아있는 한 나 역시 사촌을 사랑하고 존경할 것을 맹세할게."

그녀는 깊은 생각에 잠긴 듯한 사코타의 작은 손을 잡고 부드러운 미소를 지었다. 사코타는 달리 할 말이 없었으므로 반쯤은 자희에게 감사하는 마음으로 역시 미소를 지었다. 그러자 두 사람은 한순간이나마 어린 시절의 순수한 동심으로 돌아간 듯했다.

"언니, 사실 난 언니와 친구가 돼서 얼마나 기쁜지 몰라."

"친구가 아니라 자매가 되는 거야."

자희가 말했다.

"자매라면 더 좋아. 우린 원래 자매였잖아."

잠시 후 미소를 짓던 사코타의 얼굴이 어두워졌다.

"사실 난 숙순이 두려웠어. 그는 사납고 농간을 잘 부리는 자였거든. 그는 내게 많은 것을 약속했지만 누가 알아, 그가 어떻게……."

"숙순이 무슨 약속을 했니?"

자희는 사코타의 말을 부드럽게 자르며 되물었다. 사코타의 얼굴이 발갛게 상기되었다.

"자기가 섭정으로 있는 한, 내가 태후가 될 것이라고 말했어."

"그럼 나는 처형당한단 말이니?"

자희가 좀 전과 똑같이 부드럽고 조용한 어조로 물었다.

"하지만 나는 그것에는 절대 동의하지 않았어."

사코타가 변명하듯 재빨리 말했다. 그러나 자희는 아랑곳없이 평소대로 예의를 지키면서 말했다.

"나도 사촌이 그렇게 하지 않았으리라 확신해. 나는 이제 사촌에 대해 모든 걸 잊을 수 있어."

"단 한 가지……."

순간 사코타는 주저하는 기색이었다.

"단 한 가지라니?"

자희가 물었다.

"언니도 잘 알고 있겠지만……."

사코타가 마지못해 말했다.

"그들은 나라 곳곳에 있는 외국인들을 모두 살해하려고 했어. 그리고 자신들의 음모에 가담하지 않으려는 천자의 형제들도 처형하려 했고 이러한 음모를 실행할 칙령을 모두 작성해 놓고 있었어. 한마디로 옥새만 찍으면 되도록 준비되어 있었던 거지."

"그게 정말이야?"

미소를 지으며 대수롭지 않은 듯 중얼거렸지만 내심 자희는 아연실색했다. 그렇다면 이번 일로 도대체 얼마나 많은 인명을 구한 것인가?

그녀는 굳건한 표정으로 사코타의 손을 잡았다.

"이제 우리 서로 비밀 같은 거 없이 살자, 사촌. 그리고 아무것도 두려워하지마. 그 음모자들에게는 옥새가 없고, 따라서 계획했던 칙령도 아무 소용 없어졌으니까. 우리의 조상 진시황 때부터 전해진 대로, '적법하게 전해진 권위'라는 말이 새겨진 옥새를 가지고 있는 자만이 용상의 승계를 주장할 수 있잖아."

이처럼 이모저모를 차분히 설명하는 자희의 모습은 더없이 순수하고 침착하게 보였으므로, 사코타는 감히 그녀에게 옥새의 근황을 물어볼 수 없었다. 사코타는 고개를 숙인 채 가느다란 목소리로 중얼거렸다.

"알았어, 언니."

사코타는 손수건을 꺼내어 눈가에 가져가더니 황제의 죽음을 애도하듯 잠시간 눈물을 흘렸다. 이에 자희는 그녀에게 위로의 말을 건넸고, 잠시 후 화기애애한 분위기에서 자리를 떴다.

이제 북경으로 돌아가기 전까지 자희가 할 일은 좀더 많은 적들이 노출되기를 기다리는 것뿐이었다. 그리고 그녀는 오히려 이러한 상황을 즐기는 것처럼 보일 정도로 침착하게 일을 진행해 나갔지만, 아직까지는 누구를 믿어야 할지 확신이 서지 않았으므로 속내를 감춘 채 흰 상복을 입은 미망인으로서 처신했다.

그 동안 공친왕은 국상을 치르기 위해 황제의 시신이 황도인 북경으로 돌아갈 수 있도록 적들과의 특별 휴전을 협상하기로 했다.

"마마께 한 가지 당부할 게 있습니다."

공친왕은 작별을 고하며 말했다.

"이제 마마께서는 황실경비대장인 영록과 어떠한 만남도 가져서는 안 됩니다. 저 역시 영록의 충성심과 용기를 누구보다도 높이 평가하고 있습니다. 그러나 이제 적들은 자신들의 일이 틀어진 이상 이 해묵은 소문을 트집 잡으려고 눈독을 들일 겁니다. 대신 마마, 환관장 안덕해를 믿으십시오. 그는 전력을 다해 마마와 태자마마를 섬길 것입니다."

그러자 자희는 공친왕에게 나무라는 듯한 시선을 보냈다.

"제가 바보인 줄 아십니까?"

"지나쳤다면 용서하십시오."

그는 정중하게 사과한 뒤 뒤돌아섰다.

그러나 실로 공친왕의 충고는 유혹을 이겨내는 데 커다란 도움이 되었다. 자희는 정열적이고 모험적인 성격 탓에 황제가 죽은 이 시점, 밤이 되면 무모하고 은밀한 생각에 사로잡혔다. 그것은 어두운 통로와 인적이 드문 전당을 살며시 지나 황실경비대가 있는 성문 숙소로 들어가 사랑하는 남자를 찾는 상상이었다. 그녀의 마음은 슬픔에 젖은 비둘기처럼 영록의 주위를 맴돌았다. 때때로 어렸을 때 그의 모습이 떠오르기도 했다. 그는 훤칠한 허우대에 솔직하고 고집스러운 성격이었다. 그리고 스스로 양보하지 않는 이상 절대로 굴복하는 법이 없었다. 자희도 강인했지만 영록은 그녀보다 더욱 강인했다. 또한 예나 지금이나 잘생긴 외모에 죽은 황제처럼 섬세하고 여린 구석은 찾아볼 수 없는 남자다운 사람이었다.

자희는 그에 관한 추억에 젖어들 때마다 공친왕의 당부를 방패삼아 욕망을 억제했다. 겉으로 보기에는 그 누구보다 차분했지만 그녀의 가슴속에는 꺼지지 않는 불꽃이 타올랐다.

그러나 자희는 지금 하고 싶은 대로 해서는 안 되는 처지였다. 이루고자 하는 과업이 완수되지 않았기 때문이다. 그녀는 용상을 차지해 아들에게 넘겨 줄 때까지는 한 시도 마음을 놓아서는 안 되었다. 따라서 그녀는 자신의 매력을 한껏 발휘해 매순간 모든 사람들에게 위엄과 예의를 갖추었다. 그리고 이러한 신중한 처신은 적들을 제외한 모든 사람들에게 호감을 심어 주었다. 특히 황실경비대에 대한 자희의 배려는 특별했다. 그녀는 병사들과 경비대장을 구별하지 않고 선물과 친절을 베풀었다. 또한 황제의 시신을 지키는 책무에 대한 감사의 말도 잊지 않았다.

한편 그녀는 환관장 안덕해를 완전한 자신의 동맹자로 받아들였다. 안덕해는 이 같은 은혜에 보답하기 위해 이전에 항상 황제의 곁을 지켰듯 그녀의 곁을 지켰다. 자희는 그를 통해 적들의 약점을 알아낸 뒤 결국 3인방과 추종자들을 해체시킬 계획을 짜기 시작했다.

3인방은 황제가 죽자마자 자신들이 황제의 명에 의해 섭정에 임명됐다고 선포하는 칙령을 발표한 뒤 조정의 모든 업무에서 자희를 배제시켰다. 그러나 다음날 옥새를 놓쳐 버리자 급히 자희를 회유하기 위해 두 황후를 태후로 선언한다는 또 다른 칙령을 발표했다.

"마마."

환관장은 너무 기쁜 나머지 다소 경박하게 낄낄댔다.

"이는 마마께서 새로운 황제의 모후가 되셨을 뿐만 아니라, 이 궁을 지키는 만주족 병사들의 지지를 받으셨다는 것을 뜻합니다."

자희는 부드러운 뺨에 보조개를 지었다.

"그들은 아직도 날 죽일 작정이란 말이오?"

그녀는 순진무구한 표정으로 물었다.

"북경으로 돌아가서 기반을 다질 때까지는 꿈도 꾸지 못할 것입니다."

두 사람은 은밀하게 웃음을 나눈 뒤 헤어졌다.

안덕해는 매일같이 공친왕에게 밀사를 보내 보고를 올리는 역할을 맡은 반면, 자희는 그저 사랑스러운 여인으로서 제 역할을 다하면 그만이었다. 그녀는 궁 내를 걷다 우연히 3인방을 만나도 완벽하게 예의를 갖추었으며, 그러한 태도는 왠지 그녀가 처한 위험과는 어울리지 않는 것처럼 느껴졌다. 따라서 숙순 무리들은 그녀가 자신들의 음모를 아직까지 눈치 채지 못했다고 굳게 믿게 되었다.

음력 9월 2일, 마침내 침략자들과의 휴전이 성립되었다. 섭정 위원회는 빠른 시일 안에 황제의 시신을 실은 행렬을 북경으로 보낼 것이라고 선포했다.

자희는 서둘러 아들과 함께 북궁을 떠날 준비를 했다. 황제가 자신의 묏자리에서 멀리 떨어진 곳에서 죽었을 경우, 황후들은 황제가 최후의 안식처로 돌아왔을 때 따뜻하게 맞이할 수 있도록 먼저 여행을 떠나는 것이 수백 년간의 관행이었다. 그리고 이 관행은 자희에게 유리한 기회가 되었다. 자희는 일이 순조롭게 진행되자 기쁨을 감추지 못했다.

그녀의 적인 3인방은 의무적으로 황제의 관대棺臺를 뒤따르게 되어 있었는데, 황제의 관대는 실로 엄청난 규모와 무게를 자랑하는 탓에 1백20명의 남자들이 간신히 들 수 있는 정도였으므로 행렬의 속도는 자연스레 늦춰질 수밖에 없었다. 게다가 관대를 지는 사람은 서로가 지칠 것을 염려해 24킬로미터마다 한 번씩 쉬어야 했다. 이 모든 상황을 따져 봤을 때 관대의 북경 도착 예정일은 열흘 후였다. 그러나 자희는 가벼운 노새 마차를 타고 닷새면 북경에 도착할 수 있었다. 따라서 숙순에 맞서 자신의 위치와 권력 기반을 확고히 다질 수 있는 절호의 기회를 맞이하게 된 셈이었다.

안덕해는 자희가 떠나기 전날 밤, 이렇게 말했다.

"적들은 낙담하고 있는 게 분명합니다. 따라서 그들의 일거수일투족을 지켜보아야 할 것입니다."

자희는 고개를 끄덕였다.

"자네의 귀를 믿겠네."

그러자 안덕해는 다시 말을 이었다.

"아무래도 낌새가 수상합니다. 숙순은 황제의 시신을 지키는 데 황실경비대가 필요하다는 구실을 내세워 온당 황실경비대가 해야 할 마마의 호위를 자신의 사병들에게 맡겼고, 저와 이연영마저도 관대를 옮기라는 명을 받았습니다."

"뭐라고!?"

자희의 얼굴이 순식간에 굳었다. 그러자 안덕해는 자신의 커다란 손을 들어 올리며 말을 이었다.

"더 나쁜 소식도 있습니다. 황실경비대의 영록 대장은 여기 열하의 궁에 계속 남으라는 지시를 받았습니다. 그것도 영원히 말입니다……."

자희는 두 손을 꽉 마주 쥐었다.

"영원히……라고 했나?"

환관장은 고개를 끄덕였다.

"영록 대장에게 직접 들은 말이니 틀림없습니다."

"그렇다면 이제 어떡하면 좋겠는가?"

자희는 어두운 얼굴로 안덕해를 바라보았다.

"이건 내게 죽으라는 소리나 마찬가지야. 적막한 산속에서 살려 달라고 외친들 누가 나를 구해 주겠는가?"

"그러나 마마, 마마의 친척 분이신 영록 대장은 나름대로 계획을 갖고 있습니다. 그는 언제나 마마 곁에 있을 겁니다. 자신을 믿어 달라고 하더군요."

지금 자희를 지탱할 수 있는 힘은 이처럼 보이지 않는 믿음뿐이었다.

다음 날 새벽, 자희는 귀향길에 나섰다. 태자의 마차가 맨 앞을 달리고 그 다음에 그녀와 사코타의 마차가 이어졌다. 그리고 환관장이 경고했던 대로 낯선 경비대들이 마차 주위를 에워쌌다. 그러나 자희는 차분하고 두려움 없는 태도로 누구에게나 예의바르게 대했다. 그리고 막간을 이용해 여기저기 주의를 기울이는 척하다가 갑자기 생각난 듯 가장해 커다란 변기통을 발 아래 두었다. 그리고 그 속에 황제의 옥새를 감추었다.

모든 준비를 마친 자희는 장막 뒤에 자리를 잡았다. 그간 줄곧 이 음침한 궁을 떠나고 싶어 했던 자희였지만, 막상 앞날에 무슨 일이 닥칠지 예측할 수 없게 되자 이 북궁마저도 따뜻한 안식처처럼 느껴졌다.

여름 가뭄도 끝나 가는지 연이어 비가 내렸다. 깨끗하고 거센 빗방울이 모래땅에 스며들자 산에서 흘러내리는 시냇물이 불어나 좁은 산길을 메워버렸다. 이런 상태로 밤이 다가왔다. 일정이 지체된 일행은 결국 휴식 장소에 도착할 수 없었다. 일행은 불어난 강물이 내다 보이는 장산의 어느 골짜기에 멈춰 서서 가져온 천막으로 쉬어 갈 장소를 마련했다. 짐꾼들이 천막을 세우는 동안 어둠 속에서 기어이 위협이 닥쳤다. 줄곧 자희에게 적대적인 태도를 보이던 경비대 지휘관이 다가와 태후와 태자는 신분이 높으니 다른 천막들과 떨어져 천막을 세워야 한다고 단언했다.

"제가 마마의 호위를 맡겠습니다."

그는 자희의 앞에서 거칠고 커다란 목소리로 떠들어댔다. 그리고 오른손에 든 긴 칼을 땅에 끌면서 경의를 표하기 위해 고개를 숙였다.

시선을 반쯤 내리깐 채 골똘히 생각에 잠겼던 자희의 눈길은 자연스레 그의 칼을 쥔 오른손으로 향했다. 그의 엄지손가락에는 깨끗하고 빨간 옥가락지가 등불을 받아 반짝이고 있었다. 그 옥가락지는 범상한 것이 아니었고, 아주 순식간이었지만 그 붉은빛은 그녀의 마음을 사로잡았다.

"고맙네."

자희는 최대한 침착하게 말했다.

"여정이 끝나면 내 그대에게 상을 내리겠네."

"저는 소임을 다할 뿐입니다, 마마."

그는 요란하게 떠벌리며 천막 주위를 부산하게 돌아다녔다.

밤이 깊어가자 좁은 골짜기에 비바람이 불었고, 강의 수면이 높게 불어나 산 아래까지 강물이 밀려들었다. 산허리에서는 바위가 쪼개져 뒹굴었으며 자희가 앉아 있는 천막 위에도 천둥이 내리쳤다.

태자의 유모는 잠이 들었다. 이어 시녀마저도 바다 한켠에서 벌써 잠든 뒤였다. 태자 또한 자희의 손을 잡고 깊은 잠에 빠져 있었다. 그러나 자희는 도무지 잠을 이룰 수 없었다. 그녀는 천막 안에 조용히 앉아 뿔 등불 안에서 초가 녹아내리는 것을 바라보며 변기통 안에 있는 황제의 옥새를 지켰다. 설사 그로 인해 목숨을 잃는다 할지라도 옥새는 그녀에게 무엇보다도 귀중한 것이었다.

적들에게 이 순간은 그녀를 해치울 절호의 기회였다. 힘없는 여자와 아이밖에 없는 지금, 홀로 옥새를 지켜내는 것은 무리였다. 설사 소리를 지른다고 해도 다른 천막들과 너무 멀리 떨어져 있어 들리지 않을 것이며, 또 과연 누가 그 외침을 들으려고나 하겠는가.

오늘 하루 그녀는 어디에서도 영록의 모습을 찾아볼 수 없었다. 가는 도중 바위와 산허리를 둘러보았지만 그의 모습은 없었고, 일반 병사로 가장해 경비대에 섞여 있지도 않았다. 자희는 시간이 흐를수록 점차 불안해졌다.

자정이 되자 경비대는 경비에 아무 이상이 없음을 알리는 놋쇠 북을 쳤다. 자희는 북소리를 들으며 자신의 불안감이 쓸데없다고 생각하려 애쓰는 중이었다. 아무리 방해가 되더라도 왜 하필 오늘 밤, 이런 장소에서 그녀를 죽이려 들 것인가? 차라리 황실 요리사를 매수해 음식에 독을 타거나 지나는 문 뒤에 자객을 매복시켜 덮치는 편이 쉽지 않을까? 그녀는 두려움을 떨쳐 버리기 위해 이런 저런 생각을 했다. 또한 저들도 죽은 황후의 시신을 숨기려면 성가신 점이 이만저만이 아닐 것이다.

시간이 흐르자 이제 그녀는 촛불이 꺼져가는 것조차 두려웠다. 그녀는 문득 아들을 바라보았다. 자신의 두 손바닥으로 손을 감싸고 있는 터라 아들은 그녀가 몸을 움직이자마자 단잠에서 깨어날 것이 분명했다. 그녀는 어서 시녀를 깨워 새 초를 갈아 넣을 생각이었다. 시녀를 부르기 위해 고개를 든 자희의 눈길은 어느새 아이의 잠든 평화로운 얼굴에 머물렀다. 그 순간 천막의 벽면이 펄럭였다. 분명 바람이 불거나 비가 쏟아지는 것이리라 생각하면서도 막상 그녀는 하얗게 질린 채 눈을 돌릴 수도, 누군가를 부를 수도 없었다.

그때, 날카로운 단도의 푸른 날이 조심스레 가죽장막을 뚫고 들어왔다. 그리곤 꺼져가는 촛불에 비쳐 희미한 빛을 발하며 조용히 가죽을 잘랐다. 사각사각하는 부드러운 소리가 나는 듯싶더니 어느덧 남자의 손이 잘려진 틈으로 쑥 들어왔다. 그 엄지손가락에는 다름 아닌 낮에 보았던 빨간 옥가락지가 끼워져 있었다. 자희는 터져 나오는 비명을 가까스로 억누르며 아이를 끌어안고 뒤로 물러섰다. 순간 또 다른 손이 달려들어 단도를 든 손을 잡아챘다. 자희는 눈물을 흘릴 뻔했다. 자신을 구원한 그 손길이 누구의 것인지 너무 잘 알고 있었던 것이다.

가만히 서서 귀를 기울이자 이내 남자들이 싸우는 소리가 들려왔다. 그들이 한 데 뒤엉켜 우당탕 천막 쪽으로 넘어지자 천막의 옆면이 또다시 크게 떨려왔다. 이어서 묵직한 신음 소리가 들리더니 주변은 곧 조용해졌다.

"이게 네 최후다……."

자희는 중얼거리는 목소리를 듣자마자 안도감이 밀려드는 것을 느꼈다. 그녀는 품에 안았던 아이를 내려놓고 융단이 깔린 바닥을 지나 천막 문으로 살짝 빠져 나왔다. 그리고 비바람이 부는 밤 풍경 속에 우두커니 서 있는 영록을 바라보았다. 그는 자희의 앞으로 세 걸음 정도 다가와 자희의 얼굴을 물끄러미 바라보았다. 두 사람은 서로 눈을 마주친 채 가슴 가득 비감과 환희가 뒤섞인 감정을 느꼈다.

"난…… 당신이 찾아올 줄 알았어요."

자희는 서둘러 눈가의 눈물을 훔치며 작은 목소리로 중얼댔다.

"무슨 일이 있어도 마마를 떠나지 않을 겁니다."

영록이 가라앉은 목소리로 대답했다.

"그자는 죽었나요?"

"그렇습니다. 시체는 골짜기 아래로 던져버렸습니다."

"그들이 눈치 채지 않을까요?"

"제가 마마를 수행한다는데 누가 감히 막을 수 있겠습니까? 저는 마마를 지킬 의무가 있는 황실경비대장입니다."

그들은 서로의 눈을 마주보았지만 선뜻 다가서지는 않았다.

"어떤 보상이 적합할까를 고민해 보고, 차후 보상을 해 드리겠어요."

자희가 말했다.

"마마께서 살아 계신 것만으로도 충분한 보상이 됩니다."

그가 대답했다. 두 사람은 잠깐 동안 말없이 서 있었다. 잠시 후 영록이 불안한 기색으로 입을 열었다.

"마마, 머뭇거려서는 안 됩니다. 적들이 도처에 깔려 있습니다. 어서 안으로 들어가십시오."

"여기에는 당신 혼자뿐인가요?"

"아닙니다, 제 부하 스무 명도 함께 왔습니다. 그보다 옥새는 가지고 계십니까?"

"저기……."

자희가 눈짓으로 천막을 가리켰다. 고개를 가볍게 끄덕인 영록은 이내 몸을 돌려 어둠 속으로 사라졌다. 자희는 다시 안으로 들어가 장막을 내리고 발소리를 죽여 침상으로 되돌아왔다. 천막 밖에서 영록이 경계를 선다고 생각하자 아무것도 두렵지 않았다. 비록 그 모습은 어두운 밤의 그늘에 가려 보이지 않았지만 자희는 멀리서도 영록의 움직임을 느낄 수 있었다. 그녀는 수주일 만에 처음으로 깊고 평온한 잠에 빠져들었다.

새벽 무렵 비가 그치자 구름도 사라졌다. 자희는 천막 사이로 바위들이 깔린 언덕 너머 푸른 골짜기와 하늘을 바라보았다. 그녀는 마치 전날 밤 아무 일도 없었던 것처럼 유모와 시녀에게 평소처럼 다정하게 인사를 한 뒤 아들의 손을 잡고 천막을 나왔다. 그리고는 아들과 함께 모래 위에서 예쁘고 작은 돌들을 찾기 시작했다.

"이 돌들을 손수건 안에 넣어 묶어줄게. 여행하는 동안 가지고 놀자꾸나."

그 어느 때보다 차분해진 자희의 모습은 마치 조용히 운명을 감수하려는 것처럼 보였다. 장례 행렬인 탓에 남다른 표시는 내지 않았으나 그녀의 행동은 안정되고 단호한 구석이 있었다.

사람들은 경비대 지휘관의 자리를 영록이 차지한데다 그가 스무 명의 부하들까지 몰고 온 것을 두 눈으로 뻔히 보면서도 아무 말도 할 수 없었다. 불확실한 시기라 감히 질문을 던지지 못했던 것이다. 그러나 이 여행 기간 동안 자희가 승리를 거두었다는 것만은 확실했다.

자희가 식사를 마치자 천막이 거두어지고 마차가 준비되면서 다시금 여행이 시작되었다. 영록은 백마를 탄 채 태후와 태자를 호위했으며, 그의 부하들은 자희의 마차 양쪽에 열 명씩 나뉘어 함께 말을 타고 갔다. 자희는 푹신푹신한 자리에 앉아 바깥 풍경을 내다볼 수 있도록 장막을 활짝 열어놓았다. 그러나 누구도 그녀가 경비대장을 바라보고 있다고는 생각지 못했다.

더 이상 자희는 앞으로 벌어질 일들에 대해 마음을 쓰지 않았고, 한때 느꼈던 불안도 진정된 후였다. 그녀는 스스로가 안전하다고 느꼈으므로 며칠간의 여행을 온전하게 즐길 수 있었다. 이제 눈앞에 남겨진 옥좌에 대한 마지막 결전은 황제의 관대를 영접할 때 벌어질 것이었다.

이대로만 간다면 자희의 행렬은 장례 행렬보다 닷새 앞서 자금성에 입성할 예정이었다. 일단 궁에 도착하면 가문의 일가친척들과 선황의 형제들을 불러들여야 했다. 그리고 서로 합심해 역적들을 잡아들일 계획을 세워야 했다. 만일 그 과정에 무력이 쓰일 경우 백성들의 항의가 터져 나올 것이 분명했지만, 법과 예법에 따라 그들의 그릇되고 사악한 본질을 증명하고 태자의 섭정으로서 그 권리를 주장한다면 결국에는 그들도 자희의 결단을 수긍하게 될 것이다. 그럼에도 자희의 마음 한구석에는 이처럼 위험한 상태에서 무작정 계획을 실행한다는 것은 불안하고 위협적이라는 생각이 자리 잡고 있었다. 그러나 자희는 금방 용기와 지혜를 회복했다. 산뜻한 가을날 교외를 여행하는 일은 그 자체로도 분명 즐거운 일인데다가 영록까지 동행하고 있지 않은가.

위험한 산악 지대는 점차 멀어졌다. 자희는 영록과 말을 나눌 수도, 서로 쳐다볼 수도 없다는 것이 무엇보다 참기 힘들었다. 그러나 영록이 곁에 있는 이상 자희는 자신의 목숨을 그에게 맡긴 셈이었다. 상쾌한 북녘의 공기는 지쳐버린 심신에 활기를 불어넣었다. 그녀는 밤에는 단잠을 잤고, 아침에는 가벼운 허기를 느끼며 눈을 떴다.

음력 9월 29일, 드디어 그녀는 평지를 둘러싸고 솟은 거대한 북경의 성벽을 보았다. 성문은 열려 있었다. 북경 안의 거리에는 인적이 없었지만 자희는 행여 외국인 적들이 볼까 싶어 장막을 내렸다. 북경은 불안한 침묵으로 가득했다. 황실이 돌아온다는 소식이 어느새 그들보다 더 빠르게 이곳에 도착해 있었다. 또한 가장 미천한 백성들조차 궁중의 실력자들이 암투를 벌이고 있으며 그 승리자가 분명하지 않다는 소식을 들었다. 그러나 이처럼 불확실한 때, 사람들은 다만 기다릴 뿐이었다.

자희는 앞으로 진행시켜야 할 계획을 짰다. 그녀는 삼베 소복을 입고 아무 장식도 걸치지 않은 모습으로 궁 안으로 들어섰다. 그리고 좌우를 둘러보거나 시선을 옮기지 않고 마차에서 내린 뒤, 완전한 예의를 갖춰 사코타가 마차에서 내리는 것을 도와 그 손을 잡고 이끌었다. 마지막으로 자희는 자신의 궁으로 들어가기 전 사코타의 궁까지 동행함으로써 사코타가 공동 섭정임을 간접적으로 선포했다.

궁에 도착한 지 채 한 시간도 안 돼 환관 한 명이 공친왕의 전갈을 가져왔다.

"슬픔과 여독으로 지치신 태후께 이런 말씀을 여쭙게 되어 손아래이신 공친왕께서 삼가 용서를 청하셨습니다. 그렇지만 국사가 워낙 다급한지라 잠시도 지체할 수가 없어 황실 도서관에서 알현을 기다린다고 말씀 올리라 하셨으니 통촉하여 주시옵소서. 지금 공친왕께서는 선황 폐하의 형제 분들과 만주족 가문의 귀족들과 함께 마마를 기다리고 계십니다."

"공친왕께 지체 없이 가겠다고 말씀 드려라."

환관에게 답을 전한 자희는 옷을 갈아입거나 음식을 먹을 겨를도 없이 사코타의 궁으로 향했다. 의례를 생략하고 안으로 들어서자 저만치 침상에 누운 사코타의 모습이 보였다. 사코타의 주변에는 시녀들이 오가며 사코타의 머리를 빗기거나 차를 대령했으며, 사코타가 좋아하는 향료를 그녀의 몸에 발라주기도 했다.

자희는 시녀들을 옆으로 밀치며 말했다.

"사촌, 괜찮다면 일어나. 우리는 쉴 수 없어. 알현을 받아야지."

사코타는 잠시 토라진 듯했지만 당당하고 아름다운 자희의 얼굴을 보자 깊은 한숨을 내쉬며 일어났다. 곧이어 시녀들이 달려들어 그녀에게 겉옷을 입혀 주었다.

사코타는 두 명의 환관에게 기댄 채 자희를 따라 가마가 대기한 안마당으로 향했다. 두 사람은 서둘러 가마를 타고 황실 도서관에 도착했다. 이어서 자희가 사코타의 손을 잡고 넓은 방 안에 나란히 들어섰다. 좌중이 모두 일어나서 절을 했다. 잠시 후 하얀 삼베 상복을 갖춰 입은 공친왕이 엄숙한 표정으로 앞으로 나와 두 여인을 보좌로 이끈 뒤 자신은 자희의 오른쪽에 앉았다.

은밀한 회의는 몇 시간 동안이나 진행되었다. 도서관의 각 문마다 호위병들이 늘어섰으며, 엿들을 것을 염려해 환관들은 구석으로 밀려났다.

"문제가 심각합니다."

마침내 공친왕이 말했다.

"그러나 우리는 강력한 힘을 가지고 있습니다. 태후께서 은밀히 보관하고 계신 천자의 옥새만으로도 강력한 군대를 일으킬 수 있습니다. 그러므로 합법적인 계승권은 아드님을 대신하여 자매 섭정이신 서궁의 태후마마와 동궁의 태후마마께 함께 있습니다. 하지만 우리는 모든 예법과 적법한 절차에 따라 각별히 주의를 기울여야 합니다. 우리가 스스로 예를 지키지 않고서야 어찌 역적들을 잡아들일 수 있겠습니까? 따라서 황제 폐하의 장례식에서 폭력을 사용해서는 안 될 것입니다. 이처럼 무례한 행동은 선례도 없었을 뿐더러 신성한 영전에서 적들과 싸움을 벌이는 것은 그 자체로 불경한 일입니다. 백성들은 이같은 통치자를 받아들이지 않을 것이며, 그럴 시 후계자의 치세는 불길한 먹구름이 낀 가운데 시작될 수밖에 없습니다."

좌중은 공친왕의 말에 전적으로 동의했다. 그리고 심사숙고하며 논쟁을 벌인 끝에 왕조의 고귀한 전통에 따라 신중하고 위엄 있게 단계를 밟아 나가기로 결정했다. 태자의 모친이자 새롭게 정권을 잡은 자희도 이에 동의를 표했고, 사코타는 머리를 숙여 인사를 했을 뿐 목소리를 높여 찬성이나 반대 의사를 표하지는 않았다.

사흘이 지나 모두가 기다리던 시간이 찾아왔다. 자희는 황제의 시신을 실은 행렬이 북경의 성문에 당도하며 어떤 모습으로 나서서 무엇을 할 것인지에 대해 계획하고 심사숙고하며 며칠을 보냈다. 나약한 모습은 절대 금물이었고, 동시에 모든 행동은 예법에서 한치도 어긋나서는 안 되었다. 엄숙하면서도 대담하고, 냉혹하면서도 정당한 일 수행이 필요했던 것이다.

며칠 뒤 아침, 그간 매일같이 관대의 도착 시간을 알리는 특사가 당도하더니, 마침내 마지막 특사가 달려와 관대가 자금성의 동화문東華門에 당도했다는 보고를 올렸다. 소식을 들은 자희는 준비를 서둘렀다.

전날 밤, 공친왕은 자희의 영에 따라 성문 근처에 충성스러운 병사들을 배치시켰다. 세 명의 역적들이 황제의 시신이 당도했다는 사실을 이용해 자신들을 새로운 황제의 섭정으로 선포하지 못하도록 하기 위해서였다.

이윽고 황제의 관대가 도착했다는 소식이 전해지자 두 태후는 고인이 된 남편을 맞이하기 위해 태자와 함께 출발했다. 하얀 삼베로 뒤덮인 두 태후의 가마가 조용하고 텅 빈 거리를 통과했고, 그 뒤로는 흰옷을 입은 경비병들이 따랐다. 또한 그 뒤에는 말을 탄 왕들과 지체 높은 가문의 수장들이 역시 상복 차림으로 뒤따랐다. 행렬은 선황을 애도하며 천천히 나아갔고, 장례식의 연주자인 불가의 승려들이 황실의 조문객들을 위해 길을 인도하면서 구슬픈 음색으로 피리를 불었다. 나머지 사람들은 말없이 행렬을 뒤따랐다.

일행은 북경으로 들어서는 거대한 성문에서 잠시 멈춘 뒤 가마에서 내렸다. 그리고 말들도 무릎을 꿇으니 수백 명의 운반자들이 옮기고 있는 거대한 관이 좌중에게 보이기 시작했다.

먼저 하얀 삼베옷으로 몸을 감싼 태자가 무릎을 꿇자 그 뒤로 황제의 미망인인 자희와 사코타가 함께 무릎을 꿇었다. 두 태후를 따라 이번에는 왕들과 가문의 수장들, 관료들이 서열에 따라 무릎을 꿇었다. 백성들은 창문 뒤에 몸을 숨긴 채 애도하는 소리와 곡소리, 한숨 소리 등에 귀를 기울였다.

이친왕과 정친왕, 군기대신 숙순 등 3인방은 황제의 시신을 안전하게 자금성으로 모셔 온 뒤, 태자에게 모든 보고를 함으로써 임무를 마치게 되어 있었다. 곧이어 이 의식을 거행하기 위해 성문 안에 거대한 천막이 세워졌다. 자희는 아들과 사코타를 동행하고 그곳으로 들어섰다. 한껏 위축된 사코타는 순순히 자희를 따랐다. 두 명의 대신들이 앞서자 황제의 형제들과 궁중의 관료들 역시 그 안으로 함께 들어가 자리를 잡았으며 자희는 태자의 오른쪽, 사코타는 그 왼쪽에 앉았다. 곧이어 자희는 잠시도 지체하지 않고 특유의 조용하고 우아한 목소리로 입을 열었다.

"우선 이친왕, 정친왕 그리고 숙순 대신께 감사드립니다. 여러분의 성실한 보살핌 덕분에 우리는 친애하는 선황을 이처럼 극진히 모시게 되었습니다. 따라서 우리의 새로운 황제이자 현재 통치권을 가지신 천자의 이름으로 감사드립니다. 또한 저를 포함한 선황의 두 황후는 선황께서 서명하신 칙령에 의해 정당하게 섭정으로 임명되었음을 알려드리고, 이제 여러분의 임무도 끝났으니 그 부담을 덜어드리고자 합니다."

이처럼 자희는 한 마디 한 마디를 우아하고 섬세한 예법을 써서 말했다. 그러나 사람들은 그 이면에 확고한 의지가 숨어 있다는 것을 알 수 있었다.

이를 귀 기울여 듣던 이친왕은 금세 불안감을 느꼈다. 그는 자신의 위쪽에 앉아있는 잘생긴 사내아이와 그 오른쪽에 앉은 실질적인 통치자인 자희를 잠시 바라보았다. 그녀는 누구도 두려워하지 않는 강인함을 지닌 여인이었고 많은 이들이 그 강한 매력에 무릎을 꿇고 있었다. 이들의 뒤에는 왕들과 고귀한 만주족 가문의 수장들이 서 있었고, 그 뒤에서는 황실경비대가 호위를 하고 있었다. 이친왕은 무시무시하고 사나운 기세의 영록을 보고는 내심 심장이 떨려왔다. 그러자 숙순이 그의 귀 가까이 속삭였다.

"내 말대로 저 마귀 같은 여자를 진작 없애 버렸다면 안전할 수 있었을 거요. 그러나 당신은 지나치게 우유부단했던 나머지 단호한 결정 대신 어정쩡한 계획을 택했소. 이제 우리 목은 언제 떨어질지 모르오! 그대가 우리의 대표이니, 그대가 실패하면 우리까지 죽게 되오."

결국 이친왕은 겨우 용기를 내어 어린 황제 앞으로 다가갔다. 그리고 입술을 떨면서도 대담해지려 애쓰며 용상을 향해 말했다.

"그러나 폐하, 폐하의 섭정에 임명된 사람들은 저희들이옵니다! 선황이신 폐하의 부친께서는 폐하를 대신해 국사를 수행할 섭정으로 저와 정친왕 그리고 숙순 대신을 임명하셨습니다. 우리는 폐하의 충실한 종으로서 충성을 맹세했습니다. 따라서 정당한 섭정인 저희야말로 두 명의 황후께서 본인의 직권을 넘는 권위를 행사하실 수 없다는 것과, 나라를 통치하는 섭정인 저희의 허락 없이 알현에 참석하실 수 없다는 것을 선포합니다."

이친왕이 가늘게 떨리는 목소리로 처지를 호소하는 동안 어린 황제는 주변을 두리번대며 하품을 하더니 삼베옷의 허리끈으로 장난을 쳤다. 그러다가 어머니의 손을 잡으려고 했으나 자희는 확고한 몸짓으로 그의 손을 다시 무릎 위에 놓았다. 황제는 어머니에게 순종하여 손을 무릎 위에 놓은 채, 창백하게 질린 이 연로한 남자가 말을 끝내기를 기다렸다. 이윽고 이친왕이 물러섰을 때, 자희는 조금도 주저하지 않고 오른손 엄지손가락을 아래로 내리며 또렷한 목소리로 지시했다.

"저 세 명의 역적들을 잡아들여라."

그 즉시 영록이 황실경비대들과 함께 걸어 나와 세 명을 포박했다.

반역자들은 저항할 생각조차 하지 못했다. 실로 그들을 도울 수 있는 사람은 아무도 없었다. 엄숙하고 질서 정연한 분위기 속에서 다시 장례식이 진행되었고, 어린 황제는 거대한 관을 뒤따랐다. 두 태후 역시 황제의 좌우에서 걸었고, 그 뒤로는 귀족들과 왕들이 열을 지어 따랐다. 반역자들은 먼지를 뒤집어쓴 채 맨 마지막 대열에서 침통한 얼굴로 걸었다. 거리에 줄지어 있던 황실의 군사들은 조용히 이 장면을 지켜보았다.

이리하여 함풍제는 다시금 자금성으로 돌아와 조상들 곁에 나란히 안치되었다. 황실경비대는 그의 관대가 안치된 신성한 전당을 밤낮으로 지켰으며, 불가의 승려들은 촛불이 끊임없이 타오르는 가운데 황제의 혼령을 위로하고 세속의 7정七情을 달래기 위해 향을 피우고 경을 읽었다. 그리고 자희는 정당한 절차와 관례를 밟아 다음과 같은 요지의 포고문을 발표했다.

> 이 국토가 적들에 의해 무참하게 유린된 것은 이친왕과 그의 동맹자들의 과실이다. 그들은 백인들을 속여 모욕을 주었고, 이에 분노한 백인들은 보복을 감행해 여름 궁전을 불태워버렸다. 그런데도 역적들은 악행을 멈추지 않은 채 현 황제께서 지극히 어린 나이임을 이용해 고인이 되신 황제께 섭정으로 임명받은 것처럼 가장했으며, 선황께서 두 명의 태후를 섭정으로 임명하신 유지를 무시하고 스스로 권력을 잡기 위해 횡포를 부렸다. 공친왕은 승상들과 6부 9경의 대신들과 협의하여 역적들에게 어떠한 처벌을 가할 것인지 숙고하여 용상에 보고하라. 그리고 대신들로 하여금 태후들이 섭정으로서 어떻게 처신할 것인지를 숙고하여 조언하도록 지시하라. 또한 절차에 따라 이를 문서로 제출하라.

포고문 낭독이 끝나자 서태후는 포고문 아래쪽에 황제의 옥새를 찍었다. 그리고 이 포고문이 백성들에게 널리 발표되자 또다시 공동 섭정인 사코타의 이름으로 두 번째 포고문을 작성해 역적들의 모든 명예와 관직을 박탈한다고 발표했다. 그리고 기간을 두고 다시 한 번 단독 명의로 된 포고문을 발표했다. 그 내용은 다음과 같았다.

> 숙순은 대역죄를 범하고 직권을 남용했을 뿐 아니라 뇌

물을 수수하고 갖은 악행을 범했다. 그는 군주와 신하의 신성한 관계를 망각하고 태후들에게 불경한 언행을 저질렀다. 게다가 열하에서 황제의 관대를 호송할 때 감히 처첩을 거느렸다. 황제의 관대에 여인을 동반할 경우 극형에 처한다는 사실을 알았을 터, 이는 명백한 잘못이다. 그러므로 궁정은 숙순을 능지처참으로 다스려 그의 육신을 갈기갈기 찢어 놓을 것이다. 또한 황도와 열하에 있는 재산을 몰수하고 그와 그의 가족들에게 한 치의 자비도 베풀지 않을 것이다.

자희의 이 같은 포고문은 실로 대담한 것이었다. 숙순은 건륭제의 재위 하에 살았던 허신을 제외하면 청나라 왕조 역사상 가장 큰 부자였다. 허신은 절도와 고리대금으로 부를 축적하다가 결국 건륭제로부터 사형을 언도 받았다.

이 포고문에 따라 숙순의 막대한 재산은 허신과 마찬가지로 황실에 넘어가게 되었다. 그러나 숙순의 재산이 얼마나 되는지를 정확히 아는 사람은 아무도 없었다. 자희는 숙순의 서재를 점유한 뒤 그의 창고에 있는 모든 보물들에 대한 기록을 압류하라는 영을 내렸다. 그리고 그 기록들 가운데에서 궁녀인 매가 숙순의 친딸이 아니라는 사실을 발견했다. 이는 그나마 자희에게 위로가 되었다. 이 일이 보고되자 자희는 그 문서를 가져오라고 지시했다. 문서 안에는 상전인 숙순에 대해 원한을 가졌던, 신원을 알 수 없는 한 서기가 개인적으로 첨부한 쪽지가 들어 있었다. 자희는 그것을 신중하게 읽어 내렸다. 그리고 어떤 토지와 집에 관한 회계 장부 아래에 쓰여진 다음과 같은 내용을 발견했다.

본래 이 재산들은 순백기 가문의 귀족에게 소속된 것이다. 숙순은 그에게 무고한 죄목을 씌워 사형을 받게 한 뒤 이 집안의 보물들을 차지했다. 그리고 보물을 가지러 왔을 때 아주 어린 여자아이 한 명을 발견했다. 그는 그 아이를 자신의 집으로 데려와 매라는 이름을 주었고, 그녀는 지금 서궁 황후의 궁녀로 있다.

자희는 이 쪽지를 읽자마자 매를 부르기 위해 사람을 보냈다. 그리고 매가 도착하자 그 기록을 보여 주었다. 매는 한동안 눈물을 흘리다가 이윽고 하얀 비단 손수건으로 눈물을 닦은 뒤 차분하게 말했다.

"마마, 사실 저는 왠지 숙순을 아버지로서 사랑할 수 없었습니다. 때문에 죄책감과 의아한 감정을 느꼈지요. 그러나 이제 그 부담을 덜게 되었으니 마마의 은혜에 감사드릴 뿐이옵니다."

매는 자희 앞에 무릎을 꿇으며 감사를 표했고, 그날부터 더더욱 충실하게 자신의 주인을 섬기게 되었다. 그녀는 이렇게 말했다.

"이제 저는 고아이니 마마께서 제 어머니이십니다."

이처럼 숙순에게 감행한 모든 복수에도 불구하고 자희는 결코 만족할 수 없었다. 그녀는 계속해서 복수를 진행시켜 왕들과 대신들, 각 성의 관료들에게 포고문을 내놓았고, 그들은 일언반구 없이 자희에게 머리를 숙였다. 그러나 오직 공친왕만은 목소리를 높여 조언했다.

"마마."

공친왕이 말했다.

"숙순의 처벌 방식에 좀더 자비를 베푸셨으면 합니다. 그를 능지처참보다는 참수로 다스리소서."

순간 감히 누구도 눈을 들어 자희의 얼굴을 바라보려 하지 않았다. 그녀는 한동안 아무 대답도 하지 않았고, 이를 통해 좌중은 그녀의 뜻이 공친왕의 발언과 어긋난다는 사실을 알아차렸다. 그러나 자희는 결국 자신의 뜻을 굽혔다.

"그렇다면 우리가 자비를 베풀도록 합시다. 허나 그의 참수는 공개적으로 진행될 것이오."

그리하여 숙순은 북경의 장터에서 참수당하게 되었다.

그날 아침은 맑고 화창한 햇살로 가득했으며 그의 사형 장면을 구경하기 위해 여기저기서 일손을 놓고 몰려들었다. 숙순은 수많은 죄를 저지른 악한이었음에도 불구하고 용감하게 군중들 앞으로 걸어 나와 고개를 꼿꼿이 들고 움직이지 않았다. 그리곤 최후까지 당당하게 받침대 위에 목을 내려놓았다. 곧이어 사형 집행인이 날이 넓은 칼을 들어 그의 목을 내리쳤다. 숙순의 목은 단칼에 잘려 나가 흙바닥에 나뒹굴었다. 그는 그 동안 많은 사람들을 해쳐 악행을 쌓았으므로 사형을 지켜보던 사람들은 환호성을 질렀다.

이친왕과 정친왕은 황실의 혈통이라는 이유로 참수는 면했지만, 황실의 감옥으로 쓰이는 텅 빈 접견실에서 목을 매어 자결하라는 명을 받았다. 영록은 그들에게 비단 끈을 준 뒤 곁에 서 있었다. 그리고 한 사람은 방의 남쪽 끝에서, 나머지는 북쪽 끝에서 각각 대들보에 목을 매어 자결했다. 정친왕은 단호하게 자결한 반면 이친왕은 한참을 훌쩍거리다가 가까스로 목을 매었다.

이로써 3인방이 모두 죽자 그들 밑에서 입신출세를 꿈꾸던 추종자들 또한 귀양을 떠났다. 그리고 바로 이날부터 자희는 황제가 임종 시에 부여한 태후의 직함을 공식적으로 맡게 되었다.

그리하여 어린 황제의 치세가 시작되었고, 이제 백성들은 누구나 이 깍듯하고 아름다운 젊은 태후가 최고 통치자가 되었다는 사실을 깨닫게 되었다.

서태후

서서히 북쪽에서 겨울이 다가오자 북경의 거리는 추위에 움츠러들었다. 짙푸른 녹음과 만발한 꽃을 자랑하며 거대한 열대 정원을 이루었던 교외의 나무들은 어느새 잎을 떨군 채 앙상한 가지를 드러냈다. 나무 꼭대기에는 어렴풋한 은회색 서리가 내려앉았고, 도랑과 호수는 온통 얼음으로 뒤덮였다. 거리를 지나가는 사람들은 추위에 떨며 몸을 움츠렸다.

때마침 군고구마 행상은 나름대로 재미를 보았다. 군고구마는 가난한 백성들의 언 손을 녹이고 허기진 배를 따뜻하게 채워 주었다. 말을 하려고 입만 뻥긋해도 어김없이 입김이 연기처럼 피어올랐고, 어머니들은 행여 체온이라도 빼앗길까 호된 꾸지람으로 아이들의 입을 단단히 막았다.

그해 겨울은 유난히 추워 뼛속까지 한기가 스며드는 매서운 한파가 몰아닥쳤다. 그 즈음 황제의 시신은 매장되기를 기다려 궁궐 사원에 안치되었으며 승계 문제도 결정되었다. 암흑과도 같았던 수년간의 세월이 지나자 백성들과 양식 있는 지성인들은 드디어 자기 기만을 훌훌 벗어 던졌다. 어쨌든 공친왕이 백인 침략자들과 맺은 조약은 중국의 패배를 의미하는 것이었고, 이제 모두들 그것을 인정하는 분위기였다.

이 겨울날 아침, 태후는 개인 접견실에 홀로 앉아 탁자 위에 놓인 조약 문서를 살피고 있었고 가까운 거리에는 이연영이 대기했다. 그의 임무는 그녀가 자리를 옮기거나 말을 걸 때까지 기다리는 것이었다. 그러나 태후는 마치 이연영을 존재하지 않는 사람처럼 여긴 채 주의 깊게 한 단어씩 음미하며 조약 문서를 반복해 읽었다. 또한 상상력을 발휘해 각각의 의미를 되새겨 보기도 했다.

영국인과 프랑스인, 그리고 그밖의 외국인들은 빠른 시일 내에 북경으로 몰려들 기세였다. 게다가 외국 정부의 주재 사절도 이곳에 상주하게 될 것이다. 그렇게 되면 자연히 그들의 처자식과 하인들, 가족들, 호위병들과 전령들도 따라올 것이다. 그리고 이 거칠고 야만적인 백인들은 중국의 여인들과 동침할 수단을 찾기 위해 어떤 짓도 서슴지 않을 것이 분명했다. 이야말로 하늘의 이치에 어긋나는 일이 아닌가.

게다가 그들은 이 조약을 통해 전쟁 보상금으로 수천 파운드의 금을 물어내라고 요구하고 있었다. 그러나 전쟁을 일으킨 것은 어디까지나 그들이었다. 원하지도 않은 전쟁을 치른 것도 억울한데 보상금까지 지불하라니 정말 어이없는 일이 아닐 수 없었다. 게다가 조약에는, 서양에서 온 백인들에게 새로운 항구를 개항하되 심지어 황도인 북경에서 불과 1백60킬로미터도 떨어지지 않은 천진항까지 개항해야 한다고 명시되어 있었다. 그렇게 될 경우 북경에는 서양인들뿐만 아니라 그들의 물건까지 유입될 것이며, 외국 문물에 어두운 백성들은 분명 그 물건들에 현혹되어 큰 혼란을 초래할 것이었다. 또한 외국인 사제들이 마음대로 이 나라 전역을 돌아다니며 그들의 신을 전파할 수도 있었다. 실제로 중국은 이미 그로 인해 커다란 재난을 겪은 터였다.

서태후는 우울한 나날을 보내며 조약의 수많은 부조리한 조항들에서 눈을 떼지 못했다. 궁녀들이 음식을 내와도 먹지 않았고 밤이 돼도 잠자리에 눕지 않았다. 그러나 누구도 감히 그녀에게 말을 걸거나 음식을 권하지 못했다.

이연영은 탁자 위에 태후가 좋아하는 녹차를 담은 주전자를 올려놓고 차를 따른 다음 그녀의 손이 닿는 곳에 찻잔을 놓아두었다. 그러나 태후는 그것을 쳐다보지도 않았다. 때때로 조약 문서를 옆으로 치워두기는 했지만, 그렇다고 먹거나 잠을 자려는 것은 아니었다.

붉은빛의 커다란 초는 황금 촛대 위에서 마지막 불꽃을 태웠고, 높이 솟은 천장의 대들보 위에는 불꽃의 그림자가 기이한 형상으로 어려 있었다. 이것을 주의 깊게 바라보던 이연영은 조용한 걸음걸이로 다가와 새 초를 끼우고는 다시 제자리로 돌아갔다.

태후는 오른손으로 턱을 괴고 깊은 생각에 잠겼다. 어린 황제는 이제 불과 다섯 살이었다. 그리고 열여섯 살이 되기 전에는 용상에 오를 수 없었다. 태후는 지금 스물여섯 살로 나라를 통치하기에는 너무 젊은 나이였다. 그러나 황제가 열여섯 살이 되기 전까지 근 10년간은 어쩔 수 없이 그 자리를 맡아야만 했다. 그렇다면 그녀가 다스려야 할 중국은 어떤 나라인가? 이곳은 상상할 수 없을 정도로 넓은 면적과 선사 시대부터 내려오는 유구한 역사, 그리고 셀 수 없을 만큼 많은 인구를 가진 나라였다. 또한 대다수의 백성은 한족인 반면, 태후 자신은 만주족으로 이방인에 속했다. 물론 치세가 평화롭기만 한다면야 그나마 나을 것이지만 나라를 다스린다는 것은 그 자체로도 엄청난 부담이었다.

게다가 지금은 평화와는 거리가 먼 분위기가 대륙을 떠돌고 있었다. 한족이 실권을 잡았던 명조 시절, 남쪽의 도읍이었던 남경에서 봉기한 반란군 괴수 홍수전이 반란군들의 황제로 군림하면서 나라는 분열되었다. 무수한 관군들이 그들과 싸우다 죽어갔지만 홍수전의 권력은 요지부동이었다.

이 와중 전쟁의 틈바구니에서 시달리던 백성들은 거지가 되거나 굶어죽었다. 한편 관군은 급료가 지불되지 않자 백성들에게 구걸을 하거나 노략질을 일삼았다. 그 노략꾼들은 그나마 반란군보다는 그 흉폭함이 덜했지만, 역시 마을을 불태우고 농작물을 못 쓰게 만들었으므로 반란군과 마찬가지로 주민들의 원성을 샀다.

이와 동시에 남쪽의 운남성雲南省에서는 회교도들의 반란이 일어났다. 회교도들은 중동 지역 부족의 후손들로, 몇 백 년 전 그들의 선조가 상인으로 건너왔다가 중국 여인들과 결혼하여 혼혈아들을 낳아 기르면서부터 이곳에 정착했다. 회교도들은 자신들 고유의 신에 몹시 애착을 가지고 있었으며, 후손들의 수가 늘어남에 따라 한결 대담해졌다.

그러나 그들의 대항에는 그만한 이유가 있었다. 천자의 임명을 받고 부임한 총독들이 북경과 멀리 떨어져 있다는 점을 이용해 탐욕스러운 수탈과 압제를 일삼았던 것이다. 이에 회교도들은 반란을 일으켰고, 자신들의 땅을 제국에서 분리시켜 독립된 국가를 세울 것이라고 선언했다. 이 또한 태후에게는 반드시 해결해야 할 크나큰 난제였다.

또한 문제는 이것 말고도 많았다.

중국인들은 자신들을 다스릴 통치자로서 여자를 원하지 않았다. 여자가 권력을 잡으면 악랄한 통치자가 된다는 것이다. 태후 또한 이들의 말이 어느 정도 사실이라는 것을 인정했다.

오래 전 태후는 적적함을 달래기 위해 역사책을 읽던 도중 8세기경 위대한 당 태종의 후궁이었던 측천무후則天武后*가 자신의 친아들에 맞서 권력을 잡은 뒤 악랄하게 치세했다는 것을 알게 되었다. 여자 지도자들에 대한 오명은 바로 이 측천무후의 시대로부터 흘러나온 것이었다. 측천무후가 무소불위의 권력을 휘두르자 결국 봉기를 일으킨 대신과 장수들은 측천무후에 대항해 감금당해 있던 젊은 황제 중종을 풀어 주었다. 그러자 이번에는 부인 위 황후가 용상을 노렸다. 위 황후는 커튼 뒤에 숨어 이런저런 소문을 엿듣고는 용상에 반역하는 역모를 꾸민 뒤 얼마 후 형장의 이슬로 사라졌다. 그럼에도 여전히 위험은 도사리고 있었다. 위 황후의 무덤에 무거운 비석이 올려지자마자 또다시 태평 공주가 황제의 아들인 황태자를 독살하려는 음모를 꾸몄던 것이다. 그러나 이 일 역시 실패로 돌아가 공주는 끝내 자결했다.

자신의 누이에게 독살을 당할 뻔했던 이 황태자는 훗날의 현종으로 아름다운 후궁 양귀비의 손아귀에 놀아나며 점차 타락해갔다. 양귀비는 뛰어난 미모와 재주로 황제를 유혹해 제멋대로 처신했고, 보석과 비단, 향료 등을 탐하는 등 낭비벽이 심해 결국 황제와 그 제국을 파멸로 이끌었다. 백성들은 반란을 일으킨 뒤 황제가 보는 앞에서 그 애첩 양귀비를 처형시켰다. 양귀비가 죽자 당 왕조의 영광도 함께 사라졌다. 양귀비를 잃은 슬픔에 빠진 현종이 나라를 제대

---

* 당나라의 제3대 고종高宗의 황후. 뛰어난 미모로 14세 때 태종太宗의 후궁이 된 후, 황제가 죽자 다시 비구니가 되었다가, 고종의 눈에 띄어 총애를 받았다. 그후 간계를 써서 황후 왕씨王氏를 모함하여 쫓아내고 655년 스스로 황후가 되었다.

로 통치하지 않았기 때문이다.

 이처럼 역사 속에 등장했던 사악한 여인들은 비록 이름은 사라졌지만 지금의 태후에게는 적과 다름없었다. 역사가 이러하니 그 누가 여자들도 공정하고 훌륭하게 나라를 다스릴 수 있으리라고 믿겠는가?

 그러나 태후는 무엇보다도 스스로에 대한 부담감에 짓눌리고 있었다. 그녀는 웬만한 학자들을 훌쩍 능가할 만큼 많은 지식을 쌓음으로써 자신의 결점과 그 결점이 불러올 수 있는 커다란 위험성을 잘 알게 되었다.

 그녀는 젊은데다 열정적이었으므로 자칫 욕망에 휩싸여 일을 그르칠 수도 있었다. 또한 한 사람이 전체를 대신할 수는 없는 반면, 한 명의 여자가 전체의 여자들에게 영향을 끼칠 수 있다는 사실도 깨달았다. 그녀는 겉보기처럼 늘 침착하고 강한 것은 아니었다. 그것은 내면에 감춰진 지극히 여성스러운 면모였다. 또한 많은 여자들이 그러하듯 자신보다 강한 믿을 수 있는 남자를 갈망했다. 그렇다면 그녀의 욕망에 부응할 수 있는 강한 남자는 과연 어디에 있단 말인가?

 태후는 깊은 한숨을 내쉰 뒤 실의에 빠진 얼굴로 일어섰다. 곧바로 이연영이 다가와 간청하듯 말했다.

 "마마, 이제 정말 쉬셔야 합니다."

 이연영은 고개를 숙인 채 조심스럽게 팔을 내밀었다. 태후는 이연영의 팔에 의지해 자신의 침실을 향해 걸었다. 이연영이 문을 열자, 침실에서 기다리고 있던 궁녀들이 안쓰러운 얼굴로 태후를 맞이했다.

 태후는 창문으로 쏟아져 내리는 눈부신 겨울 햇살을 느끼며 눈을 떴다. 그리곤 어젯밤 했던 생각들을 돌이키며 가만히 침상에 누워 있었다.

이 무수한 문제들을 해결할 방법은 정녕 없는 것일까?

그녀는 아직 젊은 나이였다. 젊다는 것은 분명 그 자체로 힘이 될 수 있었다. 또한 그녀는 평범한 여자가 아닌 황제의 어머니였다. 그러나 그녀는 혼자서 정권을 쥐기 위해 아들마저 내친, 역사 속의 사악한 여자들과 같은 전철을 밟으려는 생각은 추호도 없었다.

그녀는 앞으로 섭정으로 있게 될 10년 동안 오직 아들만을 생각해 누구에게나 부드럽고 예의바르게 대할 것이며, 절대 자신의 이익을 생각하지 않되 아들이 무시당할 때는 불같이 화를 낼 것이라고 다짐했다. 또한 장차 황제가 될 것을 준비해 아들에게 늘 주의를 기울이고, 아들이 용상에 오르는 그날까지 이 제국을 강하고 건실하게 만들어 놓을 생각이었다. 그래야만 아들이 천자의 자리를 계승했을 때 아무도 그와 겨룰 수 없을 것이다. 또한 태후는 그의 걸림돌이 되지 않기 위해 자리에서 물러날 생각이었다. 그리고 이 모든 것을 무리 없이 해낸다면, 이로써 여자도 훌륭한 통치자가 될 수 있다는 사실을 증명해 보이는 셈이었다.

태후는 자신의 젊음과 건강, 의지가 이를 도울 수 있을 것이라 확신하며 활기를 되찾아 침상에서 일어났다.

이날부터 서태후는 새로운 모습으로 거듭났고, 사람들도 그녀의 변화를 쉽게 눈치 챌 수 있었다. 그녀는 강하면서도 부드럽게 사람들을 대했다. 얼굴에는 그전의 패기와 남성다움이 사라지고 대신 지극히 온유하고 여성스러운 표정이 어렸다. 또한 그녀는 서열이 높고 낮음을 떠나 모두에게 정중했다. 이와 같은 부드러운 위엄으로 인해 그녀는 모든 사람에게 훨씬 높고 먼 존재가 되었다. 누구도 감히 그녀와 허물없는 친구가 될 수 없었으며 따라서 누구도 그녀의 생각이나 꿈을 알 수 없었다. 그녀는 혼자 힘으로 하루하루를 견뎌 나갔고, 자신이 만든 견고하고 침범할 수 없는 벽 속에 스스로를 은둔시켰다.

또한 그녀는 스스로의 과거와 단절하려는 듯 오랫동안 자신의 처소였던 서궁을 떠나 멀리 떨어져 있는 겨울 궁전에 새로운 처소를 마련했다.

그곳에는 무수한 정원들과 건륭제가 갖추어 놓은 가구들로 꾸며진 동로東路가 있었다. 또한 동로 옆에는 역시 건륭제가 지은 넓은 서재가 있었는데, 이곳은 위대한 학자들의 지식과 유산이 담긴 3만 6천 권의 고서들로 가득 차 있었다.

궁으로 향하는 출입문에 세워진 휘장 위에는 여러 가지 색의 자기로 만들어진 아홉 마리의 용이 조각되어 있었다. 접견실로는 바깥쪽으로 넓은 대리석 테라스가 연결된 휘장 뒤의 가장 큰 전당을 사용했으며, 접견실 뒤쪽에는 각각 정원이 딸린 또 다른 방들이 있었다. 태후는 그중에서 개인 접견실로 사용할 방을 하나 골라 단독으로 알현을 청하는 왕들이나 대신들을 맞이했다. 그리고 접견실 옆에 붙어 있는 작고 조용한 방에 침실을 마련했다.

그곳은 한쪽 벽 속으로 들어간 침상과 노란 공단으로 된 보료, 그녀가 유독 좋아하는 빨간 석류가 수놓아진 얇고 노란 견직 커튼 등이 차분하고 조용한 분위기를 자아냈다. 또한 그녀는 다른 방에 자신만의 은밀한 불당을 만들어 대리석 제단 위에 금으로 만든 불상을 세웠고, 그 오른쪽에는 역시 금으로 만든 작은 관음보살상을, 왼쪽에는 지혜를 이끌어주는 도금된 나한상을 놓았다. 환관들은 불당 뒤에 있는 긴 방에 몸을 숨긴 채 항상 그녀 곁을 맴돌며 경계를 섰다.

곧이어 방에는 그녀가 좋아하는 상감 세공을 한 탁자와 의자, 진홍색 방석을 놓은 긴 의자 등 호화로운 가구들이 들여졌고, 많은 시계와 꽃과 새들, 수를 놓은 애완견용 작은 침상, 책을 읽고 글을 쓰기에 적합한 책상, 두루마리를 넣어 둘 장식장들도 새로이 마련되었다. 두 개의 방 사이에는 주홍색으로 칠해진 문이, 그리고 그 위쪽으로는 도금한 작은 지붕이 돌출되어 있었다.

그녀가 생활하는 내궁에서 시선을 돌려 옆문으로 나서면 건륭제가 아끼던 정원이 나타난다. 노년기의 건륭제는 그곳에 앉아 대나무 잎 사이로 쏟아지는 햇살 아래 낮잠을 즐겼다. 정원으로 나 있는 문에는 섬세하게 조각된 대리석 테두리가 둘려져 있었으며, 그 모양은 마치 둥근 달같은 아치형이었다. 오랜 세월 풍파를 견디느라 땅을 향해 구부러진 소나무들 아래에는 두꺼운 이끼가 자라났고, 햇빛이 비치면 솔잎 향기가 진동했다. 멀리 떨어진 구석에 자리 잡은 따뜻한 햇빛이 내리쬐는 사당은 위대한 선황 건륭제의 시신이 매장을 위한 길일을 기다리는 동안 안치되었던 곳으로 늘 잠겨 있었으며, 그 열쇠는 오직 서태후만이 가질 수 있었다.

서태후는 오래된 고궁의 적막 속에서 홀로 산책을 했다. 맡은 바 책임에 대한 중압감이 점점 커지자 이루 말할 수 없는 불안감을 느꼈던 것이다. 그러나 스스로가 선택한 삶을 견뎌내려면 보다 강해지는 수밖에 없었다.

그녀는 매일 새벽 추위를 뿌리치고 일어나 예복을 차려 입은 후 가마를 타고 접견실로 향했다. 그리고 철저히 예법을 지키는 겸손한 모습을 보이기 위해 공동 섭정인 사코타를 접견실 내 장막 뒤에 있는 두 번째 보좌에 앉혔다. 게다가 반드시 자신의 보좌 앞에도 장막을 드리우도록 했다. 그녀는 어린 황제가 스스로 나라를 통치할 수 있을 때까지 용상을 비워둘 것이라고 언명한 뒤 비단 장막 뒤에 사코타와 함께 나란히 앉았고, 빈 용상의 오른쪽에는 공친왕을 세

왔다.

이어 왕들과 대신들, 청원을 하기 위해 온 모든 사람들이 상주문을 읊기 시작했다. 태후가 맨 먼저 접견한 이들은 반란군 홍수전의 지배를 막고 축출된 부정한 총독들 대신 시정을 해달라는 탄원을 가지고 온 남쪽 지방의 관리들이었다.

오랫동안 광주성을 다스렸던 연로한 총독은 뚱뚱한 체구에다 윗입술에는 희끗희끗한 두 갈래의 수염을 길게 늘어뜨린 모습이었다. 그는 태후의 모습을 가린 비단 장막 앞에 불편한 자세로 무릎을 꿇었다. 곧이어 말 털로 만든 방석을 통해 대리석 바닥의 한기가 스며들었다.

"홍이라고 하는 반란군의 우두머리는 기독교도를 자칭하며 불온한 행각을 벌이고 있습니다. 그는 실제로는 한족도 아닙니다. 그는 외국의 종교에 심취한 광신자일 뿐이고, 그의 아비는 배우지 못한 무지한 농부로서 남쪽 고원지대에 사는 검은 피부의 객가客家(하카족, 중국 동남부의 광동지역의 백성)입니다. 어찌됐든 이 자는 입신출세를 위해 공부를 했으나 번번이 과거에서 낙방했습니다. 그렇게 세 번을 낙방하고 난 뒤 우연히 한 기독교도를 만났는데, 그 기독교도는 그에게 외래 신인 예수가 인간의 육신으로 세상에 내려와 적들에게 살해되었다가 다시 살아나 하늘로 올라갔다는 이야기를 들려 주었습니다. 그러자 거듭된 낙방으로 낙담해 있던 홍은 그 신을 부러워하며 허황된 꿈과 환상을 가지게 되었고, 스스로를 예수의 화신이라 선언하기에 이르렀습니다. 그리고는 모든 불평불만주의자들과 황제에게 반항하는 자들을 모아 추종자로 삼았으며, 그들의 도움을 받아 청 왕조를 전복하고 자신이 통치하는 '태평천국'이라는 새로운 왕국을 세우고자 했습니다. 또한 그는 부자들을 가난하게 만들고 가난한 자들을 부자가 되게 하며, 지위가 높은 자는 끌어내리고 비천한 자는 높이 올려 주리라 맹세했습니다. 이러한 약속에 현혹된 추종자들은 갈수록 그 수가 늘어나 오늘날 수백 만에 이르렀습니다. 그는 약탈과 살인으로 토지와 재산을 차지한 뒤 백인들로부터 총을 사들였습니다. 시간이 흘러 산적들과 무법자들도 그에게 합세해 그를 '천왕'이라고 일컬으며 따랐습니다. 실로 그의 주술적인 힘은 추종자들을 무아지경에 빠뜨리고 환상을 보게 만든다 합니다. 그리고 이 천왕이 종이에 숨결을 불어넣어 사람을 만들 수 있다는 소문이 퍼지자 선량한 백성들은 두려움에 혼비백산하고 있습니다. 이처럼 극악무도한 자들이 괴멸되지 않는다면 나라 전체는 혼란에 휩싸이고 결국은 패망하고 말 것입니다. 그러나 모두들 양심이라고는 찾아볼 수 없고, 두려움도 없으며, 선악도 구별하지 않고, 정의조차 혼돈하고 있는 이 자에게 감히 대항할 생각을 못하고 있으니 이야말로 큰 문제가 아닐까 합니다."

서태후는 노란 장막 뒤에서 분노를 삭이며 상주문을 들었다. 아들이 미처 용상에 앉기도 전에 일개 광인이 나라 전체를 망치려 들다니 분개를 금치 못할 일이었다. 그렇다면 무엇보다도 먼저 관군을 재정비해야 했다. 또한 새로운 장수도 임명해야만 했다.

태후는 관대해도 되는 부분에서는 한없이 너그러울 수 있었다. 그러나 패악무도한 반란군의 행태는 더 이상 참을 수 없었다. 만일 그 광인이 나라 전체를 집어삼키게 된다면, 그때는 누가 그를 몰아낸단 말인가?

조회가 끝나자 공친왕은 평소대로 논의를 진행하기 위해 내궁의 개인 접견실로 태후를 찾아갔다. 그리고 논의 도중 그는 태후의 냉정하고 오만하며 단호한 면을 눈으로 확인하게 되었다. 그것은 공친왕도 알지 못했던 또 다른 면모였다. 사실 태후는 남성적이면서도 여성적인 두 가지 면모를 보일 때가 많았다. 그녀는 관대한 면모를 보일 때는 자애롭고 신성한 어머니 또는 인자한 표정의 관음보살이라 불렸지만, 막상 자신을 가로막는 장애물이 나타나면 누구보다도 냉혹하고 잔인해졌다. 이날 공친왕은 그녀에게서 자애로운 어머니나 인자한 관음보살이 아닌, 신하들의 나약함을 허용하지 않으려는 분노한 군주의 모습을 보았다. 접견 도중 태후는 보좌의 팔걸이를 내리치며 소리쳤다.

"대체 우리 관군을 지휘하는 증국번曾國藩*은 어디 있단 말이오?"

현재 한족 반란군과 접전을 벌이고 있는 관군 사령관 증국번은 중남부 지역인 호남성湖南省에서 번성한 지방 유지의 아들로 일찍이 조부인 증옥병으로부터 지혜와 학문을 전수 받았다. 이에 커다란 영향을 입은 그는 어린 나이에 과거에 응시해 좋은 성적을 거두었으며 곧 황도로 불려와 조정의 요직을 맡게 되었다. 증국번은 다년간 국사에 전념해 경험을 쌓은 노련한 관리였고, 반란이 일어나자마자 천자의 임명을 받아 남쪽으로 향해 홍수전에게 패한 관군을 재정비했다. 그는 '상군湘軍'이라 불리는 정예군을 훈련시킨 뒤 반란군과 맞붙기 전 우선 지방 산적들과의 싸움에 출전시킴으로써 패기와 군 기술을 단련시켰다. 그러나 홍수전은 이미 남쪽 지방의 절반을 휩쓸어 버린 뒤였다. 그러자 다른 장수들은, 증국번이 자질도 없는 농부 출신의 상군을 지나치게 오랫동안 훈련시키며 때를 지체한다고 불만을 토로했다. 그리고 서태후에게 올려진 상주문에도 이러한 불만 사항이 고스란히 적혀 있었다.

서태후는 공친왕을 똑바로 바라보며 외쳤다.

"반란군이 남쪽 지방을 유린하는 상황에서 감히 상군 전체를 후방에 배치하다니, 이 증국번이라는 자의 저의가 심히 의심스럽소.

---

* (1811-1872) 중국 청대의 행정가·군사지도자. 태평천국운동(1850-1864)을 진압하여 청조淸朝의 붕괴를 막는 데 공헌함.

영토를 다 빼앗기면 군대가 무슨 소용이 있단 말이오?"

"마마, 상군은 본래 지방을 지키는 관군이므로 아무리 공격 시라 해도 아무 데나 출동할 수는 없사옵니다."

공친왕이 대답했다.

"그럴 순 없소! 그들은 어디든지 즉시 출동해야 합니다."

서태후가 단언했다.

"군사들을 각지로 보내는 것이 지휘관의 의무 아니오? 반란군이 여기 모였으면 여기를 공격하고, 저기 모였으면 저기를 공격하고, 우리 군대를 쳐부수려고 위협하는 곳이라면 어디든지 출동하는 것이 합당하지 않소? 그럼에도 이 고집불통인 증국번은 독단적으로 작전을 수행하고 있군요."

"마마, 제가 감히 반란군을 무찌를 전략을 하나 제안하고자 합니다. 최근 우리와 정전 협정을 맺은 영국인들이 자신들의 군대를 우리의 관군에 편입시켜 함께 반란군을 진압하겠다고 나서고 있습니다. 백인들은 처음엔 그들을 단순히 기독교도라는 이유만으로 인정했으나 이제는 미치광이로까지 취급하게 되었습니다. 그리고 이는 우리에게 더없이 유리한 상황입니다."

서태후는 공친왕의 제안을 곰곰이 따져보기 시작했다. 그녀의 가냘픈 손은 보좌의 팔걸이에 놓여진 채 작은 새의 날개처럼 편안하게 늘어져 있었다. 그러나 곧 손가락 끝으로 불안하게 팔걸이를 두드리기 시작하더니 이윽고 금으로 된 손톱 덮개로 단단한 목재를 탕탕 내리쳤다.

"증국번도 이 사실을 알고 있습니까?"

태후가 물었다.

"그렇사옵니다."

공친왕이 대답했다.

"그러나 증국번은 영국군을 받아들일 생각이 없는 듯하옵니다. 아마도 지나치게 완고한 나머지, 외국인의 도움으로 승리를 거두느니 차라리 반란군에게 영토를 빼앗기는 게 낫다고 생각하는 것 같습니다."

그 순간 태후의 입가에 미묘한 미소가 떠올랐다. 갑자기 이 증국번이라는 자에게 관심이 기울었던 것이다.

"그런 이유로 영국인들의 제안을 거절했단 말이오?"

그녀가 다시 물었다. 공친왕은 고개를 끄덕였다.

"도움을 받을 경우, 반드시 대가를 요구해 올 것이라는 겁니다."

순간 그녀는 의자의 팔걸이를 힘차게 움켜잡았다.

"그의 말이 맞습니다!"

그녀가 소리쳤다.

"그들은 반드시 우리의 땅을 요구해 올 것입니다. 아, 왠지 이 증국번이라는 자에게 믿음이 가는군요. 그러나 더 이상 지체할 수는 없습니다. 즉시 훈련을 중단하고 공격에 나서야 합니다. 군대를 모두 모아 남경에 대한 포위 작전을 펼치도록 하십시오. 만일 우두머리인 홍수전이 죽게 되면 추종자들도 흩어질 것입니다."

그러자 공친왕은 냉정하고도 침착한 어조로 입을 열었다.

"마마, 감히 아뢰옵건대 전술에 관한 한, 증국번에게 지시를 내리는 것은 현명한 일이 아닌 줄로 압니다."

그러자 태후는 커다란 눈동자에 당황과 분노를 담은 채 그를 바라보았다.

"난 그대의 조언을 구하지 않았습니다."

비록 목소리는 부드러웠지만 순간 그녀는 분노와 모멸감을 참기 위해 창백한 안색으로 부들부들 떨고 있었다. 이를 본 공친왕은 고개를 숙여 절을 하고는 그녀의 면전에서 즉시 물러났다. 공친왕이 자리를 떠나자 그녀는 보좌에서 내려와 책상으로 향했다. 그리고 붓을 들고 증국번에게 보낼 칙령을 써 내려갔다.

> 그대가 많은 중압감에 시달리고 있음은 알고 있다. 그러나 이제 모든 힘을 쏟을 때가 왔다. 그러니 그대의 동생 증국전曾國荃을 데려가 그대를 지원토록 하라. 강서성江西省*에 있는 증국전을 불러 함께 안휘성安徽省**으로 진격하라. 그리하여 성도인 안경安慶을 점령하라. 이는 남경을 수복하려는 원대한 계획의 첫 단계가 될 것이다. 안경이 9년 동안이나 반란군에게 점령당했던 것은 주지의 사실이며, 그들은 의심의 여지없이 그곳에 본거지를 이루고 있을 것이다. 따라서 만일 그곳에서 반란군을 격퇴한다면 그들은 자신들의 보루를 잃게 된다. 다음으로는 유격전을 벌이고 있는 포초鮑超 장군을 소환하라. 이 자는 두려움 없이 용맹하며, 왕조에 충성스럽다. 잦은 부상에도 불구하고 그가 유주柳州와 무창武昌에서 반란군들을 어떻게 무찔렀는지 상기해 보라. 그를 적절하게 배치하여 그의 군대가 신속하게 움직일 수 있도록 배려하라. 그대가 성도인 남경을 포위해 조금씩 압박해 가는 동안 만일 반란군들이 그대의 배후인 강서성에서 다시 봉기하더라도 포초 장군이라면 신속하게 원군을 후방으로 파견할 수 있을 것이다. 따라서 그대는 이중의 임무를 지고 있는 셈이다. 즉 반란군 우두머리인 홍수전을

---

* 중국 중남부에 있는 성省. 북으로 호북성湖北省과 안휘성安徽省, 동쪽은 절강성浙江省과 복건성福建省, 남으로 광동성, 그리고 서쪽은 호남성과 경계를 이루고 있다.
** 중국 동부 양자강 하류 및 회하淮河 강 유역에 있는 성. 23개 성 가운데 면적이 가장 작은 편에 속함.

죽여 반란 평정에 박차를 가하는 동시에 포위망의 배후에서 봉기하는 모든 저항을 진압해야 하는 것이다. 그리고 임무 수행 중에는 따로 보고를 하지 않아도 좋으며, 그것으로 그대는 황실의 간섭을 피할 수 있을 것이다. 반란군은 반드시 평정되어야 하며, 반드시 평정되고야 말 것이다. 만일 그대가 이 일에 실패하더라도 곧이어 다른 사람이 성공할 것이다. 만일 그대의 손에 반란군 괴수인 홍수전이 처단되면 후한 포상을 내리리라.

서태후는 의례적인 발언을 군데군데 섞어 칙령을 완성했고, 직접 양피지 위에 옥새를 찍었다. 그리고 안덕해를 통해 이 칙령을 공친왕에게 전한 다음, 기록을 위해 사본을 만든 뒤 이를 다시 밀사를 통해 증국번에게 전달하도록 했다.

잠시 후 안덕해는 옥으로 된 징표를 가지고 돌아왔다. 그것은 칙령을 받았으며 이에 따른다는 공친왕의 답변이었다. 옥 징표를 받아든 서태후는 검은 속눈썹 밑에 빛나는 눈동자를 들어 미소를 지었다.

"공친왕께서 무어라 하시더냐?"

"호의적으로 답변하셨습니다."

안덕해가 대답했다.

"공친왕께서는 칙령을 한 줄 한 줄 꼼꼼히 읽으시더니, '여인의 머릿속에 황제가 자리 잡고 계시는구나' 라고 말씀하셨습니다."

그러자 서태후는 자수를 놓은 소매 끝으로 입술을 가리며 부드럽게 웃었다.

"공친왕께서 정말 그리 말씀하셨단 말이냐?"

안덕해는 태후가 이런 식의 칭찬을 간절하게 원한다는 것을 알고 있었으므로 이렇게 덧붙였다.

"마마, 공친왕께서는 진심으로 그렇게 말씀하셨으며 저희들 또한 그렇게 생각하고 있사옵니다."

그는 선이 또렷한 입술에 미소를 머금으며 태후가 자신의 아첨을 나무라기 전에 재빨리 물러났다. 태후는 안덕해가 사라진 뒤에도 여전히 웃음기를 거두지 않은 채 생각에 잠겼다.

아들에게는 황제로서 어떤 칭호가 적합할까?

이전에 숙순을 비롯한 세 명의 역적들은 아들에게, '경사스러운 행복'을 뜻하는 길상吉祥이라는 칭호를 붙이려 했다. 그러나 이렇게 무의미하고 공허한 낱말을 황제의 칭호로 정할 수는 없었다.

그녀는 적극적이고 순종적인 백성과 자애로운 군주가 협심 단결하여 이루는 건실하고 강력한 평화를 갈망했다. 평화와 자애! 그녀는 정신이 번쩍 들었다. 이 단어야말로 시대에도 적절하고 의미상으로도 잘 들어맞았다. 태후는 그 말이 매우 마음에 들었고 오랜 고심 끝에 두 글자를 선택했다. 그것은 '널리 퍼진다'는 뜻의 동同과 '마음과 영혼 깊이 뿌리내린 고요한 평화'라는 뜻의 치治였다. 적들에게 둘러싸인 이 혼란스런 상황에서 이러한 호칭을 붙인다는 것은 실로 대담한 일이었다. 그러나 태후는 이러한 호칭을 통해 평화에 대한 자신의 의지를 표명했으며, 의지를 내보인다는 것은 곧 이를 실현하게 되리라는 것을 의미했다.

얼마 안 가 태후는 조신들의 신뢰를 얻었다. 그녀의 접견실에서는 매일같이 나라 전체에서 벌어지는 크고 작은 문제들에 대한 진지한 토의가 이루어졌다. 그녀는 변방의 지주가 자신의 담당 구역을 무자비하게 수탈했다든지, 몇몇 소수의 사람들이 작년 수확량의 잉여 분을 독점하는 바람에 쌀값이 너무 올랐다든지 하는 문제 등을 고심해서 처리했고, 밀밭에 비료가 될 눈을 때맞춰 내려 주지 않은 신들을 사흘 동안 공개적으로 비난하고, 그 보복으로 쾌적한 사원에 자리 잡은 신들의 거처를 얼어붙은 들판으로 옮기라는 포고문을 내리는 등 대담한 조치를 취하기도 했다. 물론 이런 사소한 문제를 제외하고도 외국 군함에 대항해 해안선을 방어한다든지, 백인과의 굴욕적인 아편 무역을 지속적으로 가져갈 것인지에 대한 중대한 문제에 이르기까지 모든 사항에 대해 인내심을 갖고 임했다.

또한 그녀는 방대한 황실의 운영과 그 식솔들에게도 관심을 기울였다. 특히 황제인 아들에게는 특별한 애정을 보여 가능하면 늘 곁에 두려고 했다. 어린 황제는 접견실에서는 물론이고 태후가 개인 서재에서 상주문을 읽거나 칙령을 쓸 때에도 그 곁을 떠나지 않았다.

태후는 일하는 도중에도 때때로 눈을 들어 아들을 바라보았다. 그리고 아들의 피부가 땀에 젖어 있지는 않은지, 몸에 열은 없는지 등을 살폈다. 태후의 우려와는 달리 아들의 검은 눈동자는 언제나 선명했고, 흰자위와 눈동자는 티 없이 깨끗했다. 그러나 태후는 여전히 아들의 건강에 주의를 기울여 혹여 이가 썩지 않았는지, 혀는 건강한 붉은 색인지, 입 냄새는 나지 않는지 살펴보았으며 심지어는 목소리와 웃음소리까지도 귀담아 들었다.

태후는 이처럼 아들을 돌보는 사이 다른 궁중 사람들의 행동도 엄격하게 살폈다. 그녀는 궁중의 지출 내역과 공물로 들어온 식품 및 구입한 식품의 목록, 진상 받은 비단과 공단의 목록 등을 훑어보았다. 태후가 섭정이 된 이후부터는 비단 한 필이라도 그녀의 인감 없이는 창고에서 내올 수 없었다. 태후는 궁중에서 성행하고 있는 장물 거래에 주의를 두고, 이 장물들이 전국으로 퍼져 나가는 것을 우려했다. 그래서 그녀는 모든 궁중 사람들로 하여금 자신이 항상 그들을 주시하고 있다는 것을 깨닫도록 했다.

그러나 태후는 제약과 동시에 보상 또한 넉넉하게 자주 주었다.

충심이 강한 환관들은 은자를 받았고, 다소곳하고 충성스러운 시녀들은 공단 상의를 하사 받기도 했다. 그러나 매번 값비싼 상을 주는 것은 아니었다. 그녀는 그처럼 상을 주지 않고도 아랫사람들을 잘 다루는 법을 알고 있었다.

예를 들어 그녀는 궁녀들이 지켜보는 가운데 요리를 다 먹은 후 가장 맛있는 요리를 만든 요리사를 불러 총애를 표시함으로써 그의 지위를 확고하게 만들었다. 사람들은 태후가 총애하는 자를 먼저 떠받들고자 하기 때문이었다.

한편 그녀는 영록과 공친왕에 대해서는 어떤 보상을 내릴지 결정하지 못한 상태였다. 실로 두 사람의 공은 우열을 가리기 힘들었다. 영록은 태후와 황제의 생명을 구했다는 것만으로도 원하는 보상을 모두 얻을 수 있는 일등 공신이 분명했다. 공친왕 역시 협상을 통해 평화적으로 황도를 지켜낸 최고의 공로자였다. 물론 그로 인해 잃은 것 또한 많았다. 그가 적들과 맺은 조약은 황제의 권한에 장애물이 되었으며, 황도 안에 들어온 백인들은 아무 거리낌 없이 측근이나 가족들과 함께 여유로운 생활을 즐겼다. 태후는 이 사실을 한시도 잊지 않고 있었다.

또한 북경은 파괴되지 않았지만 여름 궁전이 사라졌다는 것은 태후에게 잊을 수 없는 슬픔이었다. 풍성하게 꾸며진 정원과 호수, 암석 정원, 작은 동굴, 언덕 사이에 세워진 아름다운 탑, 사방에서 들어온 공물로 가득 찬 보물 창고, 책과 옥과 반짝이는 가구들로 가득 찬 서재 등이 문득문득 떠올라 그녀를 한숨짓게 했고, 그럴 때마다 태후의 마음속에는 공친왕에 대한 반발이 치솟았다. 아무리 훌륭한 협상 기술을 발휘했다 한들 어쨌든 공친왕은 그 끔찍한 손실을 막아내지 못한 셈이었다. 사실 태후에게 있어 그토록 사랑하던 여름 궁전을 잃은 것은 한 나라를 잃은 것보다 더 큰 손실이었다.

머릿속에 떠올리는 모든 아름다움도 원명원에 비하면 한낱 사소한 풍경에 지나지 않을 만큼, 원명원은 그 자체로 신성한 보물이었다. 결국 태후는 영록을 가장 높은 지위에 올리기로 마음먹었다. 그러나 신중을 기해야 했으므로 일단 공친왕을 불러 그의 조언을 구하는 것처럼 가장하기로 했다.

오랜 가뭄 끝에, 사람들의 간청과 비난을 못 이긴 신들은 마침내 마른 들판과 굶주린 농부들에게 눈송이를 내려 주었다. 이번 눈은 엄청난 폭설인 탓에 그 흔적이 사라지기까지 꼬박 3주일이 걸렸다. 죽음의 기운이 감돌던 들판은 대지를 덮은 눈 밑에서 축축하게 젖은 채 부드럽고 파릇파릇한 새싹을 피워 올렸다. 그리고 며칠간 온화한 날씨가 계속되었다. 이 일로 인해 마을 곳곳마다 서태후에 대한 칭송이 울려 퍼졌다. 백성들은 그녀의 인자함과 능력을 신들조차 거역할 수 없었다고 입을 모았다.

태후는 늦겨울의 봄기운이 느껴지는 어느날 드디어 공친왕을 부르기로 결정했다. 자금성은 온통 푸근한 안개에 휩싸여 있었고 따사로운 태양빛이 차가운 대지를 내리쬐었다. 태후는 안덕해를 보내 공친왕을 자신의 개인 접견실로 호출했다. 공친왕은 발목까지 내려오는 바닷빛의 능라로 짠 아름다운 관복을 입고 즉시 태후를 찾아왔다. 황제의 서거 이후 3년간은 상중이었으므로 모두가 마찬가지로 짙은 색 관복을 입어야만 했다.

공친왕은 위풍당당하고 다소 거만해 보이는 걸음걸이로 태후의 보좌를 향해 걸어왔다. 문득 태후는 그의 거리낌 없는 행동에 불쾌감을 느꼈으나 내색하지는 않았다. 일단은 그를 설득해 원하는 바를 이루어야 했기 때문이었다.

"우리 사이에 굳이 격식을 차리지 않았으면 해요."

그녀는 노래하는 듯한 목소리로 말했다.

"함께 의논할 일이 있습니다. 공친왕께서는 저의 시동생이 되시지요. 선황께서는 늘 공친왕께 의지하라고 하셨습니다."

태후는 그에게 의자에 앉을 것을 권했다. 그리곤 자신이 권하기는 했지만 공친왕이 너무 순순히 의자에 앉자 기분이 나빠졌다. 공친왕은 불과 한두 번 사양의 말을 했을 뿐이다. 그러나 자희는 겉으로는 여전히 미소를 띤 채 말을 이었다.

"이번에 나는 경비대장에게 하사할 보상을 준비하고 있어요. 역적들이 목숨을 노렸을 때 그는 자신의 몸을 던져 나와 황제를 구했지요. 천자에 대한 그의 충성심은 마치 산과 같아 절대 흔들리지 않고 어떠한 역경에도 확고부동합니다. 난 스스로를 과대평가하지는 않지만, 만일 내가 죽었다면 역적들이 용상을 차지했을 것이고, 태자는 절대 황제가 되지 못했을 겁니다. 그에 대한 보상은 내가 아니라 바로 내 아들 황제를 위해서라도 반드시 주어져야 합니다. 역적들이 소기의 목적을 달성했다면 용상의 권위는 무너져 버렸을 것이 아니겠어요?"

태후가 말하는 동안 공친왕은 고개를 들지 않았다. 그러나 그는 기민한 판단력으로 태후의 속뜻을 벌써 파악하고 있었다.

"마마."

공친왕이 드디어 고개를 들었다.

"그렇다면 어떤 보상을 염두에 두고 계십니까?"

태후는 대담하게 그 순간을 기회로 포착했다. 그녀는 위기를 피해 가는 것을 좋아하지 않았다.

"숙순이 죽은 이후 군기대신 자리가 공석입니다. 그래서 그를 그 자리에 앉힐까 합니다."

말을 마친 그녀는 공친왕의 안색을 살피려고 고개를 들었다. 공친왕 역시 태후의 강렬한 시선을 피하지 않았다.

"그건 불가능합니다."

공친왕은 단호하게 말했다.

"내가 하고자 한다면 불가능한 건 없습니다."

그녀는 말 한마디 한마디에 힘을 주며 그를 마주보았다. 그러나 공친왕은 두려움 없이 의견을 개진했다.

"지금 궁중에서는 영록에 관한 소문이 끊이지 않고 있습니다. 마마께서도 아시다시피 소문은 환관들의 입을 통해 끝없이 퍼져 나갑니다. 저는 용상과 황실의 명예를 위해 그 소문을 부인했지만, 결코 잠재울 순 없었습니다."

그러자 태후는 이글거리는 눈빛을 거두고 순진한 얼굴로 물었다.

"무슨 소문 말입니까?"

물론 공친왕은 태후의 이러한 태도가 어느 정도 가장된 것이라는 사실을 알고 있었다. 그러나 그녀는 아직 젊은 여인이었고 실제로도 순진한 면이 있었다. 결국 공친왕은 모든 것을 사실대로, 직설적이고 간결하게 말하기로 했다.

"어린 황제의 아버지가 누구인지 의심하는 사람들이 있습니다."

그러자 그녀는 믿을 수 없다는 듯 입술을 떨며 고개를 돌려 버렸다. 그리고는 비단 손수건을 입에 가져가며 신음소리를 흘렸다.

"아, 아직도 내 적들이 남아있단 말입니까?"

그러자 공친왕이 말했다.

"지금 저는 마마를 위해 말씀드리는 겁니다. 저는 마마의 적이 아닙니다."

태후의 눈에 잠시 눈물이 맺히는가 싶더니 이내 분노로 인해 메말랐다.

"그렇다면 그대는 나에 대해 그 같은 망언을 일삼는 자들을 처형해야 하는 것이 의무 아닙니까? 그런 놈들을 한시도 살려두어서는 안 될 것입니다. 그대가 그렇게 하지 않는다면 내가 하겠어요!"

공친왕은 내심 그녀의 결백을 의심했지만, 그것은 결코 알 수 없는 일이었고 알고 싶지도 않았다. 그는 침묵을 지켰다. 태후는 보좌에서 몸을 똑바로 세운 뒤 다시 입을 열었다.

"이제 나는 더 이상 누구에게도 조언을 구하지 않겠어요. 그리고 그대가 물러가는 즉시 영록을 군기대신으로 선포하겠어요. 그리고 누구라도 감히 그에 대해 험담을 한다면……."

그때 공친왕이 태후의 말을 가로막았다.

"궁중 전체가 소문에 휩싸이면 어찌 하시겠습니까?"

그러자 태후는 격렬한 몸짓으로 벌떡 일어나더니 예의를 무시한 채 소리쳤다.

"내가 그 입을 막아 버리면 되지 않소! 그리고 공친왕 그대도 입 다물어야 할 겁니다!"

두 사람은 수년 동안 알고 지냈지만 이처럼 크게 화를 낸 적은 없었다. 그러나 한바탕 폭풍이 지나가자 두 사람은 서로에게 주어진 성실한 의무감을 상기하며 감정을 누그러뜨렸다.

공친왕이 먼저 사과를 꺼냈다.

"마마, 용서하십시오."

이어서 그는 자리에서 일어나 공손한 자세로 절을 했다. 그러자 태후 역시 부드러운 목소리로 대답했다.

"미안합니다. 내가 경거망동을 했군요. 그대는 내게 모든 것을 가르쳐 준 사람입니다. 용서를 빌어야 할 사람은 바로 나예요."

공친왕이 다시 입을 열려 하자, 그녀는 손을 들어 제지했다.

"아니에요. 잠시 내 말을 먼저 들으세요. 오랫동안 나는 누구보다도 그대에게 가장 큰 보상을 주어야 한다고 생각하고 있었어요. 따라서 그대는 종친 고문관의 작위와 수당을 받게 될 겁니다. 그리고 동태후와 나의 특별 칙령에 의해, 돌아가신 주군께서 그대에게 하사하신 '친왕'의 칭호를 대대로 상속토록 할 것입니다."

실로 중국에서 왕이 내린 칭호를 대대로 물려받는 것은 매우 명예로운 일이었다. 공친왕은 갑작스런 작위 수여에 당황하지 않을 수 없었다. 그는 황감한 마음으로 절을 한 뒤 평소와 같이 부드럽고 온화한 태도로 말했다.

"마마, 저는 마땅히 해야 할 의무에 대한 보상을 받고 싶지는 않습니다. 제 의무는 우선 형님이신 선황 폐하께 충성하는 것이었습니다. 그리고 이제는 형님의 아드님 즉 조카이신 어린 황제께 충성하고 그 다음으로는 섭정이신 두 태후마마께 충성을 다하는 것이 제 의무입니다. 태후께서도 제 의무가 얼마나 벅찬 것인지 아시리라 믿습니다. 그러나 그로 인해 보상을 받을 수는 없습니다."

"그러나 이것은 나의 뜻이니 받아들여야 합니다."

두 사람 사이에는 정중한 실랑이가 벌어졌다. 그리고 서로의 뜻을 굽히지 않는 사이 마침내 타협점을 찾게 되었다.

"그렇다면 마마, 최소한 선황께서 내려주신 작위를 제 아들이 물려받도록 선처하시겠다는 명만은 거두어 주십시오."

마침내 공친왕이 말했다.

"아들이 아버지의 작위를 물려받는다는 것은 전통에 어긋날 뿐 아니라, 저는 제 아들이 스스로 명예를 얻길 바랍니다."

공친왕이 간곡하게 거절의 뜻을 표하자 태후도 어쩔 수 없다는 듯 그의 말에 동의했다.

"정 그렇다면 그 문제는 좀 더 적당한 때를 기다리도록 합시다. 하지만 나도 그대에게 부탁할 게 있습니다."

"말씀하십시오."

공친왕이 말했다.

"그대의 딸인 영수를 공주로 입양하게 해 주세요. 그렇게 되면 나도 양녀를 얻은 즐거움을 누릴 수 있을 테고, 무엇보다도 열하에서 그대가 역적들에 맞서 보여준 진실하고 충성스러운 행동에 작은 보상이 되지 않겠어요?"

이제는 공친왕이 태후의 뜻에 따를 차례였다. 그는 태후의 제안을 흔쾌히 받아들였다. 그리하여 얼마 후 공친왕의 딸은 황실의 공주가 되었고 매우 충성스럽게 태후를 섬겼다. 그 대가로 서태후는 그녀에게 황실을 뜻하는 노란 장막이 쳐진 가마를 증정했다. 그녀는 본래부터 공주이긴 했으나 새롭게 황실의 공주가 됨으로써 평생 노란 장막이 쳐진 가마를 사용할 수 있는 영예를 얻게 되었다.

이처럼 서태후는 자신의 원대한 계획을 무리 없이 이루었다. 그녀는 경솔하게 행동하거나 서두르지 않았다. 계획이라는 것은 소망과 갈망, 욕망의 씨를 뿌림으로써 시작되는 것이었고, 서태후는 그 씨앗이 무럭무럭 자라 꽃을 피우기까지 1년, 2년, 10년이라도 기다릴 수 있었다.

세월이 흘러 다시 여름이 시작되었다. 쾌적한 남동풍은 안개와 보슬비뿐만 아니라 짭짤한 바다 냄새까지 몰고 왔다. 태후는 연못이나 샘, 호수를 좋아했지만, 말로만 들었던 바다 풍경에 막연한 동경이 있었다. 한여름의 나른한 무더위가 자금성을 넘어 가슴에도 스며들 즈음, 그녀는 이제 영원히 사라져 버린 원명원에 대한 그리움으로 잠을 이루지 못하는 날이 많았다. 태후는 잿더미가 된 원명원의 모습을 보는 것이 두려워 궁전이 있던 터에 감히 찾아가 보려 하지 않았다. 그러나 그녀에게는 아직 유명한 바다 궁전이 남아 있었다. 태후는 바다 궁전으로 갈 계획을 세웠고 그러는 동안 왜 자신은 스스로를 위해 아름다운 궁전을 세울 수 없는지를 생각하게 되었다.

드디어 태후는 의자나 가마, 노새 수레, 말 등을 탄 궁녀들과 환관들을 동행하고 북해궁北海宮*으로 향했다. 북해궁까지 가는 길은 8백 미터도 채 되지 않았지만 궁중 행차는 항상 혼란과 소요를 동반하기 마련이었다. 따라서 행여 불온한 자가 행패를 부릴 가능성에 대비해 황실경비대가 먼저 나서 거리를 완전히 통제했다.

사실 태후는 북해궁 방문이 처음은 아니었다. 해마다 봄 무렵이면 뽕나무의 신에게 제물을 바치기 위해 누에 제단을 찾아야 했던 것이다. 또한 이런 연례행사를 제외하고도 가끔씩 찾아, 각기 바다의 이름을 붙인 '중해中海', '남해南海', '십찰해什刹海' 등의 호수에서 뱃놀이를 즐겼고, 겨울이면 궁중 사람들이 '북해北海' 호수에서 얼음 지치는 모습을 구경했다. 태후는 환관들이 밝은 빛의 옷을 입고, 명절이 오기 전 뜨거운 다리미로 매끄럽게 만들어 놓은 두꺼운 얼음판 위에서 능숙하게 얼음 지치는 것을 구경하며 매우 즐거워했다.

이 인공 호수는 무려 5백 년 전 타타르족 황제에 의해 처음 만들어졌다. 그러나 타타르족 황제들은 후에 명 왕조의 태조인 주원장朱元璋**이 이를 얼마나 더 아름다운 모습으로 바꾸어 놓을지는 감히 상상조차 할 수 없었을 것이다. 주원장은 호수를 더 깊게 파고 각기 다른 모양으로 조각된 정자를 세운 작은 섬에 다리를 놓았다. 또한 남부와 서북 지방에서 강물의 풍화 작용으로 인해 기이한 모양으로 다듬어진 거대한 바위들을 가져와 정원을 만들고, 그 안에 궁전과

---

* 자금성 안에 있는 북해北海를 중심으로 하는 공원으로, 원나라까지는 궁전이던 것을 명·청대에 이르러 황제의 정원으로 사용하였음.
** 중국을 약 3백 년 동안 지배한 명明나라의 초대 황제. (1328-1398) 연호는 홍무제洪武帝, 묘호는 태조太祖, 시호는 고황제高皇帝. 재위 중에 모든 권력을 황제에게 집중시키기 위해 군사·행정·교육의 개혁을 완수함.

전당을 세웠다. 여기다 덧붙여 오래된 나무들을 심어 조심스럽게 돌보았으며, 심지어는 그중 몇몇에게 대공이나 왕과 같은 작위를 주기까지 했다. 그리고 황극전皇極殿 안에 '옥부처'라고 불리는 거대한 불상을 놓았다. 그것은 비록 옥으로 만들어진 것은 아니었지만 티베트에서 가져온 희고 깨끗한 돌로 정교하게 조각되어 있어 언뜻 보면 불투명하고 성스러운 옥 조각상처럼 보였다.

위대한 선조인 건륭제는 이 북해궁을 매우 좋아해 그 안에 서재를 짓고 '송안松岸'이라 이름 붙였다. 그리고 거기에 딸린 세 개의 전당을 각기 '수정전水晶殿', 음력 5월 5일에 난초를 씻는 의식이 벌어지는 곳인 '세란루洗蘭樓', 서예가이자 시인인 왕희지가 어느 겨울날 갑자기 내린 눈에 대한 기쁨을 표현한 시에서 따온 '서설전瑞雪殿'이라고 명명했다. 또한 이곳에 왕희지의 시 구절이 적힌 대리석을 보관했다. 이 대리석은 한 평범한 농부에 의해 발견되기 전까지 수백 년 동안이나 폐허 속에 갇힌 채 까마득히 잊혀졌던 것이었다. 건륭제는 대리석 조각이 발견됐다는 소식을 듣자 기쁨을 감추지 못한 채 그것을 신성한 전당에 보관해 두라고 지시했다.

서태후는 예전에 읽었던 여러 책들을 통해 북해궁 곳곳에 전해 내려오는 여러 전설들을 상세히 알고 있었다. 그녀는 이 유래 깊은 장소들 중에서도 유독 '부망각復望閣'이라 불리는 남해의 쾌적한 정자를 좋아했다. 이 정자는 2층짜리 건물로, 건륭제가 총애하던 후궁 향비香妃가 떠나온 고향 쪽을 바라볼 수 있도록 지어진 것이었다. 향비는 아름다운 몸에서 흘리는 땀이 향료처럼 달콤한 냄새를 풍겨 지어진 이름이었으며 본래 투르케스탄 출신으로 카쉬가리아의 공주였지만 일종의 전쟁 전리품으로 남편과 떨어져 건륭제의 휘하에 들어가게 되었다.

당시 건륭제는 그녀의 신비스러운 미모, 그중에서도 특히 부드럽고 흰 피부에 대한 이야기를 전해 듣고 장수들에게 필요하다면 강제로라도 데려올 것을 명했다. 그러나 그녀가 남편에 대한 정절을 지키고 고향을 떠나려 하지 않으려 하는 바람에 이는 전쟁으로 번졌다. 결국 그녀의 남편은 전쟁에 패해 목숨을 잃었고, 무방비 상태가 된 공주는 제대로 저항 한번 해 보지 못하고 건륭제에게 압송되었다. 하지만 그녀는 그 앞에 끌려와서도 결코 자신의 뜻을 굽히지 않았으며, 그녀에게 첫눈에 반한 황제 또한 그녀가 스스로 마음을 돌리기를 기다리며 억지로 그녀를 소유하려 들지 않았다. 황제는 그녀가 잃어버린 고향 쪽을 바라볼 수 있도록, 탑이 포함된 정자를 세운 뒤 그녀가 자신을 받아들일 때까지 참을성 있게 기다렸다. 한편 건륭제의 모친인 태후는 격분을 금치 못하며, 당장 그 아름답고 완강한 여인을 투르케스탄으로 되돌려 보내라고 명했다. 향비는 만일 황제가 자신에게 손을 댈 경우 자신은 물론 황제까지도 죽이겠다며 한사코 거부했던 것이다.

어느 겨울날, 건륭제가 백성들을 대신해 천단 天壇*에 제를 올리기 위해 나간 사이, 그의 모친인 태후는 향비를 불러 복종과 자결 중 하나를 선택하라고 명했다. 그러자 향비는 자결을 택했고 태후는 그녀를 빈 건물로 데려가 비단 끈을 주며 자결하도록 명했다. 그리하여 이 외로운 여인은 스스로 목을 매었다. 그때 이를 목격한 한 충성스런 환관이 금욕실에서 단식을 하고 있던 황제를 남몰래 찾아가 이 소식을 전했다. 황제는 다급한 나머지 자신의 의무를 망각한 채 급히 환궁했다. 그러나 그가 사랑한 여인은 이미 떠나 버린 후였다. 그리고 아름다운 향비에 관한 이야기는 이후 오랜 전설로 남았다.

서태후는 중해 근처에 있는 양심전 養心殿의 전당들과 마당, 연못

---

* 중국 명·청대(1368-1911)에 황제가 하늘에 제사를 지내고 풍년을 기도했던 제단.

과 화원 등을 처소로 택했고, 특히 양심전의 암석 정원을 아꼈다. 그녀는 이번만큼은 원명원에서처럼 회합이나 떠들썩한 모임은 갖지 않을 작정이었다. 그곳에서는 궁녀들과 여신이나 정령 복장을 하고 장난스러운 분위기를 즐겼지만, 지금은 남편인 함풍제가 서거한 상황이었으므로 그런 놀이는 어울리지 않았다. 따라서 그녀는 간만에 경극을 보는 것만으로 만족해야 했다. 경극들도 규모가 큰 희극이 아닌, 영혼의 지혜를 묘사한 비극적이고 조용한 소규모 경극이었다.

그녀는 암석 정원 출입문을 열고 폐쇄된 전당 옆의 마당으로 들어섰다. 그리곤 목수와 칠장이와 석공 출신이었던 환관들에게 쾌적한 곳에 무대를 설치하라고 명했다. 태후의 관람석은 방 하나만 한 크기로 마당을 통과하여 흐르는 좁은 개울 위에 세워졌다. 관람석 밑으로 흐르는 영롱한 개울물 소리 덕에 배우들의 목소리는 음악소리처럼 부드럽게 들렸다.

그러던 어느 날, 태후는 자신의 계획을 시행할 시기가 다가왔음을 느꼈다. 그녀는 영록을 양심전으로 불러들이라고 명했다. 그 즈음 태후는 절대로 두 가지 일을 근접한 시기에 연달아 벌이지 않았다. '처음엔 이렇게 하시더니 나중엔 저렇게 하시더라'라는 구설수를 피하고 자신의 속마음을 들키지 않기 위해서였다. 때는 공친왕의 딸을 양녀로 삼은 지 두 달이 지난 시기였고, 오늘 영록을 부른 것도 문득 생각난 것처럼 가장했다. 그녀는 매우 현명했기 때문에 결코 변덕스러운 기분에 흔들리지 않았다.

이윽고 공연이 시작됐다. 건륭제 이후로는 여자가 무대 위에 서는 것이 금지되었으므로 배우는 모두 환관들이었다. 건륭제는 배우였던 자신의 생모를 존중하는 의미에서 이후 어떤 여자도 어머니와 같은 일을 해서는 안 된다고 선포했던 것이다.

이번 공연은 '조씨 가문의 고아'라는 매우 유명한 내용의 경극이었다. 서태후는 이미 그 경극을 여러 번 본 터라 노래조차 지겨울 정도였지만, 배우들의 마음을 상하게 하지 않기 위해 즐거운 표정으로 노래를 듣고 다과를 먹었다. 그리고 그 와중에도 정신은 온통 자신의 계획에 쏠려 있었다. 그 계획이란 다름 아닌 사람들이 모인 자리에서 공개적으로 영록을 불러 자신의 뜻을 알리자는 것이었다. 보상을 하려면 그에 앞서 반드시 숙순의 자리를 기꺼이 수락하겠다는 그의 대답을 들어야만 했다.

그녀는 손짓으로 이연영을 불렀다.

"내 친척 오라비를 이곳으로 오게 하라. 지시할 게 있느니라."

이연영은 싱긋 웃고는 손가락의 관절을 꺾으며 물러갔다. 태후는 다시 무대 쪽으로 고개를 돌린 뒤 경극에 몰두한 듯 눈을 가늘게 떴다. 그녀의 주변에 자리 잡은 궁녀들은 태후의 시선이 자신에게 와 닿을 경우 자리에서 일어나도록 되어 있었다. 그중에서도 유난히 태후에게 집중하는 매는, 오늘도 태후의 모습을 동경과 사랑이 가득한 눈길로 바라보고 있었다. 잠시 후 문득 사려 깊은 태후의 시선이 자신에게로 향하는 것을 느낀 매는 즉시 일어나 고개를 숙였다. 태후는 가까이 다가오라는 듯 손짓을 했고, 매는 수줍어하며 태후에게 다가갔다.

"귀 좀 빌려다오."

태후가 다시 한 번 손짓했다. 무대 위에서 부르는 노랫소리 때문에 제대로 말을 전달할 수 없었던 것이다. 매는 노랫소리 속에서 낮게 속삭이는 태후의 음성을 놓치지 않기 위해 몸을 더욱더 숙였다.

"얘야, 일전에 내가 한 약속을 기억하느냐. 오늘 그 약속을 이행해 주마."

그러자 매는 고개를 푹 숙여 발갛게 달아오른 얼굴을 감췄다. 그 모습을 바라보던 태후는 조용히 미소를 지었다.

"내 말이 무슨 뜻인지 너도 알 게다."

"마마께서 하신 약속을 어찌 감히 잊겠사옵니까."

매는 조금 떨리는 목소리로 대답했다. 태후는 부드러운 손을 들어 매의 뺨을 쓰다듬었다.

"예쁘구나. 자, 이제 곧 그가 올 것이야……."

바로 그때, 저만치 영록이 나타났다. 그는 선황의 상중인지라 짙은 감색 제복을 입고, 허리에는 날이 넓은 칼이 든 번쩍거리는 은칼집을 차고 있었다. 그는 당당한 발걸음으로 태후의 앞으로 다가와 깊숙이 절을 했다. 태후는 그에게 손짓을 해 자신의 옆에 놓인 낮은 의자에 앉으라고 명했다. 영록은 잠시 망설이다가 자리에 앉았다.

한동안 그녀는 영록의 존재를 잊은 듯 무대만 바라보았다. 잠시 후 경극은 절정에 달했고 주인공이 등장해 가장 유명한 노래를 부르기 시작했다. 관객들의 시선이 그에게 집중되자 그녀 또한 배우에게로 시선을 돌렸다. 그러다가 갑자기 무대에서 눈을 떼지 않은 채 입을 열었다.

"오라버니, 나는 지금 오라버니의 충심에 적당한 보상을 내리고자 하고 있어요."

"마마, 저는 제 임무를 다했을 뿐입니다."

영록이 말했다.

"어쨌든 오라버니는 우리 모자의 목숨을 구해 주셨잖아요?"

그녀가 말했다.

"그 역시 제 임무입니다."

그러자 태후는 조용한 눈길로 영록을 바라보았다.

"내가 잊어버렸다고 생각하세요? 그때나 지금이나 난 아무것도 잊지 않았어요. 하여간 난 오라버니에게 보상을 하겠어요. 역적 숙순이 빠져나간 군기대신의 공석을 맡아주세요."

"마마!"

영록이 다급하게 입을 열었지만, 태후는 손을 올려 이를 제지했다.

"내 명이니 받아들여야 합니다."

그녀는 여전히 무대 쪽을 응시하면서 말했다.

"나는 오라버니를 내 곁에 두고자 합니다. 나는 지금 믿을 수 있는 사람이 없어요. 물론 오라버니는 지금 공친왕을 언급하고 싶겠죠. 물론 나는 그를 믿어요. 하지만 그가 날 사랑하는 건 아니잖아요? 그리고 나 역시 그를 사랑하지 않고요."

"그런 말씀은 꺼내실 만한 이야기가 아닙니다."

그는 목소리를 낮추고 중얼거렸다.

배우의 노랫소리가 점점 커지더니 이어 북소리가 둥둥 울렸다. 궁녀들은 노래하는 환관에게 꽃과 다과를 던졌다.

"난 항상 당신을 사랑해왔어요."

태후가 꺼질 듯 가라앉은 목소리로 말했다. 그러나 영록은 여전히 고개를 숙인 채였다.

"또한 당신도 날 사랑하고 있고요."

영록은 아무 말도 하지 않았다. 그러자 태후는 다시 한 번 영록에게 시선을 돌렸다.

"아니면…… 날 사랑하지 않나요?"

그녀가 다그치듯 물었다. 영록은 무대를 응시한 채 중얼거렸다.

"저는 당신께서 저 때문에 존귀한 자리에서 전락하시는 것을 원치 않습니다."

태후는 잠시 미소를 지었다. 그리고는 고개를 다시 무대 쪽으로 돌리고 짙은 눈동자를 반짝이며 말했다.

"오라버니가 군기대신이 되시면, 어려운 국사에 부딪칠 때마다 오라버니를 부를 수 있을 겁니다. 본래 섭정은 왕들이나 군기대신, 상서에게 의지해야 하니까요."

"그것은 마마의 결정일 뿐 군기처의 모든 관리들과 협의가 이루어지지 않은 걸로 알고 있습니다. 저는 그 제안을 받아들일 수 없습니다."

"아니에요, 오라버니는 받아들이게 될 겁니다."

"마마께서 오명을 쓰시게 되는데도 말입니까?"

"물론 명예 또한 지킬 수 있어요. 오라버니가 내가 선택한 여자와 결혼만 해주신다면 말이죠. 오라버니가 젊고 아름다운 여인을 아내로 맞이한다면 더 이상 누가 감히 험담을 할 수 있겠어요?"

"난 누구와도 혼인하지 않습니다!"

그는 이를 악물며 완강하게 말했다.

곧이어 배우가 노래를 마친 뒤 무대 위에서 마지막 인사를 하며 자리에 앉자 소도구를 담당하는 환관 하나가 앞으로 달려나가 차 한 잔을 가져다 주었다. 차를 받아 든 배우는 현란한 빛깔의 육중한 관을 벗고 비단 손수건으로 땀을 닦았다. 시중을 드는 환관들은 향료를 넣은 따뜻한 물을 담은 대야에 부드러운 수건을 적셔 여기저기 던져 주었고, 사람들은 그것을 잡으려고 손을 올리며 아우성이었다. 이어서 이연영이 금 쟁반에 향기 나는 뜨거운 수건을 담아 태후에게 가져왔다. 그녀는 수건을 집어 우선 관자놀이를, 그 다음에는 손바닥을 섬세하게 닦았으며, 이연영이 수건을 받아들고 사라지자 낮고 날카로운 목소리로 말을 이었다.

"오라버니, 매와 혼인하세요. 더 이상 아무 말도 마세요. 매는 이 궁정에서 가장 여리고 진실한 영혼을 가진 아이입니다. 그리고 그 아이는 당신을 사랑하고 있어요."

"아무리 존귀하신 분이지만 제 마음까지 이래라 저래라 명하실 수는 없습니다."

영록은 숨을 죽이며 낮게 외쳤다. 그러자 태후는 냉정하게 말했다.

"굳이 매를 사랑하실 필요는 없어요."

그러자 영록은 고개를 저었다.

"어쨌든 저는 제 자신을 속이면서까지 그녀에게 부당한 짓을 할 순 없습니다."

"만일 그 아이가 당신의 사랑을 얻을 수 없다는 것을 알면서도 여전히 당신의 아내가 되길 원한다면요?"

그러자 영록은 한동안 생각에 잠겼다. 그 즈음 무대 위에는 젊은 배우가 등장해 열심히 연습한 노래를 부르고 있었다. 그러나 그는 유명한 사람이 아니었으므로 그다지 주목받지 못했다. 이어 사람들의 시선은 슬며시 태후에게로 향했다. 태후는 영록을 물려야 한다는 것을 깨달았다.

마지막으로 태후는 이를 악문 채 낮게 소리쳤다.

"오라버니는 날 거역할 수 없어요. 이것은 법령으로 선포될 것입니다. 그리고 바로 그날 오라버니는 군기대신의 자리에 오를 것입니다. 자, 이제 물러나시오!"

영록은 자리에서 일어나 머리를 깊이 숙여 절을 했다. 그의 침묵은 동의를 의미하는 것이었다. 태후 역시 답례로 고개를 숙여 보였다. 그런 뒤 신중하면서도 우아한 동작으로 고개를 들고, 공연에 열중하듯 뚫어져라 무대를 바라보았다.

그날 밤 태후는 홀로 앉아 낮에 있었던 일을 떠올렸다. 영록이 자리를 떠난 후부터는 무대 위에서 어떤 공연이 펼쳐졌는지, 배우가 어떤 노래를 불렀는지 기억나는 것이 없었다. 그녀는 관람석에서 직접 부채질을 하며 마음을 다스렸지만 눈앞에서 무대가 흐릿해지는가 싶더니 온몸이 딱딱하게 경직되었다. 그녀는 부채를 접고 꼼짝도 하지 않은 채, 몸 구석구석 스며드는 고통을 느끼며 무대를 응시했다. 그녀는 오직 한 사람만을 사랑했고 죽을 때까지 그만을 사랑할 것이었다. 영록은 그녀가 갈망하는 연인이자 스스로 내쳐 버렸던 사랑이었다.

태후의 마음은 새장에 갇힌 새처럼 이곳저곳에 부딪치며 날개짓을 시작했다. 그녀는 언젠가 공친왕이 이야기해 주었던 영국의 빅토리아 여왕을 떠올렸다. 그녀는 운이 좋았고, 그 결과 사랑하는 남자와 결혼할 수 있었다. 물론 빅토리아는 후궁이나 황제의 미망인이 아니었다. 그녀는 본래 왕위 계승자였다는 점에서 태후와는 달랐다. 그녀는 사랑하는 사람을 곁에 두기 위해 그의 지위를 높였고 마지막에는 결혼까지 성사시켰다. 그러나 중국은 여자에게 용상을 허락하지 않는 나라였다. 따라서 태후는 스스로의 힘으로 그것을 잡아야 했다.

태후는 문득 영국 여왕보다 강해질 것이라고 다짐했다. 게다가 이젠 실질적인 왕권까지 잡지 않았는가. 그러나 이 순간 그녀에게는 크나큰 권력조차 아무 위안이 되지 못했다. 순찰병이 자정에서 두 시간을 지났다는 것을 알리기 위해 징을 두 번 울렸지만, 그녀는 여전히 침상에 누운 채 잠을 이루지 못했다. 곧이어 뜨거운 고통이 혈관을 타고 온몸에 번지기 시작했다.

'어째서 나는 완전한 여자가 되지 못했을까? 왜 사랑하는 사람의 아내가 되는 것에 만족하지 못했을까? 아직도 더 높은 권력을 잡으려고 허우적대다니, 왕조가 유지되든 무너지든, 그것이 대체 무슨 상

관이란 말인가?'

 태후는 마침내 자신에게서 은밀한 욕구와 갈망을 지닌 여자로서의 모습을 보았다. 그렇지만 그것은 세속적인 욕정이 아니었다. 또한 현재로서는 이처럼 지위와 권력, 자신을 지키려는 자존심이 반드시 필요했다. 그러나 그녀는 원대한 야심을 품은 여인이기 전에 한 아이의 어머니였다.

 그녀는 자신에게 있어 아들은 언제나 아이이며, 아들에게 있어 자신의 존재는 언제나 어머니라는 사실을 충분히 깨닫고 있었다. 게다가 아들은 평범한 아이가 아닌 일국의 황제였다. 이런 상황에서 어찌 일반적인 모성애가 충족될 수 있겠는가.

 태후는 이처럼 감당하기 힘든 운명을 품고 태어난 자신을 저주하며 베개에 얼굴을 묻었다. 그리곤 자기 연민에 빠져 소리 죽여 울음을 터뜨렸다. 이미 그녀는 평범한 여인으로서 사랑을 좇을 수 없는 운명이었다. 만일 사랑을 위해 모든 것을 포기한다면 언젠가는 그 감정도 메말라 증오밖에 남지 않을 것이다. 그녀는 그러한 자신에 대해 너무 잘 알고 있었다. 또한 그럼에도 불구하고 영록을 사랑했다.

 또다시 멀리서 순찰병의 목소리가 들려왔다.

 "자정을 지나 세 시오!"

 태후는 점차 더 깊은 슬픔에 빠져 울음을 멈출 수 없었다. 그녀는 한동안 사랑에 대해 곰곰이 생각했다. 영록이 매와 혼인을 하게 되면, 궁 내의 후미진 곳 아무도 모르는 방에서 그와 단둘이 만날 수 있게 될 것이다. 이연영에게 두둑한 사례를 주어 경계를 서도록 할 것이며, 혹시라도 그가 의심스러운 짓을 하거나 혀를 잘못 놀릴 경우 그 가슴에 비수를 꽂으리라. 전부를 소유할 수 없다면 평생에 몇 번만이라도, 아니 한두 번만이라도 여자로서 그를 만날 것이며,

그것만으로도 그런 대로 행복할 수 있을 것이다. 그러나 그녀는 더 이상 영록의 마음을 독차지할 수 없으리라는 것을 각오해야만 했다. 그녀가 옥좌에 앉아 있는 동안 그는 다른 여자와 잠자리를 함께 할 것이다. 그 역시 피가 끓는 남자가 아닌가. 그러니 자신이 사랑하는 사람은 자신의 품에 안겨있는 여인이 아니라 서궁의 태후라는 사실을 항상 염두에 둘 수는 없으리라.

여기까지 생각이 이르자 갑작스레 복받치는 질투심으로 눈물조차 말라버렸다. 그녀는 침상에서 일어나 비단 이불을 거둔 뒤 몸을 웅크려 무릎 위에 이마를 묻었다. 단단히 깨문 입술 사이로 간간이 흐느낌이 새어나왔다.

"자정을 지나 네 시요!"

태후는 한동안 실컷 눈물을 흘린 다음 지친 얼굴로 자리에 누웠다.

그러자 마음 깊은 곳 어디에선가 이상한 힘이 솟구쳐 올랐다. 만일 이대로 사랑과 질투심에 무너져 버린다면 그것은 스스로를 파괴하는 어리석은 행동이었다. 이는 타고난 역량을 충분히 발휘하지 못할 만큼 위대하지 못하다는 증거가 아닌가.

"하지만 나는 누구보다도 강인하다……!"

태후는 중얼거리며 눈물을 닦았다. 그녀는 스스로를 위로할 수 있는 강인한 여인이었다. 곧이어 눈시울에서는 눈물이 마르고, 가슴 속에서는 스스로에 대한 강력한 신뢰가 솟구쳤다. 그녀는 찬찬히 생각을 정리하여 진실과 거짓을 구별했다.

후미진 궁의 은밀한 방에서 그와 단둘이 만난다는 것은 실로 어리석고 헛된 망상이었다. 영록은 절대 그 제안에 따르지 않을 것이다. 그러나 태후가 사랑을 위해 모든 것을 포기한다면 매우 자랑스럽게 그녀의 애인이 될 것이다.

태후는 문득, 단 한 번 온전히 그를 가질 수 있었던 순간을 떠올렸다. 당시 그는 아직 소년이었으며 여자와의 잠자리도 처음이었다. 태후는 그때 오래 간직할 수 있는 추억을 얻었고, 추호도 그것을 마음속에서 밀어내려 하지 않았다. 그러나 영록은 이제는 두 번 다시 태후의 청에 응하려 하지 않을 것이다.

순간 그녀는 불현듯 깨달았다. 어차피 이제는 모든 것을 버리고 사랑을 택할 수 없는 처지가 아닌가. 그러니 운명대로 흘러가는 것이 가장 옳지 않을까. 영록이 온 마음을 다해 그녀를 사랑하고 봉사하도록 내버려 두는 것이 그에게 주는 가장 큰 선물이 되지 않을까?

'영록의 사랑을 받아들여 내 안식처로 삼는 것이 그를 가장 사랑하는 방법일 수도 있겠구나.'

순간 다시금 마음의 평화가 찾아왔다. 그녀는 조용히 눈을 감았다.

순찰병이 다시 한 번 징을 울리며 새벽을 알렸다.

"새벽이요!"

다시 구성진 외침이 들려왔다.

"이상 없음이요!"

태후는 일찌감치 영록의 혼인날을 잡고 준비를 서둘렀다. 혹시라도 그 혼인을 취소하게 될까 내심 두려웠기 때문이다. 한편 매는 숙순의 처형 뒤로 거처를 잃어버린 상태였지만 그렇다고 황궁에서 혼인을 올릴 수는 없었다.

"환관장을 불러라."

이연영은 평소처럼 황실 서재 문 옆에서 잠자코 서 있다가 태후가 네 시간 만에 처음으로 입을 열자 전속력을 다해 달려갔다. 안덕해는 자신의 방에서 여러 가지 고기반찬을 곁들여 늦은 아침 식사를 먹던 중이었다. 그는 자신이 모시던 군주가 죽자 느긋한 세월을 보냈지만, 태후의 호출을 받았을 때만큼은 언제나 재빠르게 행동했다.

환관장이 나타나자 태후는 책에서 눈을 떼고는 매우 불쾌한 어조로 소리쳤다.

"안덕해, 네 이 놈! 그렇게 거들먹거리고 다닐 테냐! 네 놈은 상중에도 비곗살이 쪘구나!"

태후의 호통에 안덕해는 애처로운 표정으로 쩔쩔 맸다.

"마마, 이건 그저 몸이 아파서 찐 물살이옵니다. 찌르면 물만 흘러나옵지요."

태후는 때때로 꾸짖음이 필요하면 누구보다도 엄격했으므로 그의 변명에 호락호락 넘어가지 않았다. 그녀는 비록 마음속은 남모르는 고뇌로 가득 차 있었지만 그 눈길만은 여전히 예리했으므로 안덕해의 몸이 불어난 것과 같은 아주 사소한 변화까지도 즉시 알아챌 수 있었다.

"나는 그대가 얼마나 호의호식하는지 알고 있다."

태후는 고개를 치켜들며 말을 이었다.

"게다가 재물도 점점 쌓이고 있겠지? 너무 탐욕스럽게 굴지 않도록 조심하라. 내가 자네를 지켜보고 있다는 사실을 잊지 말아야 할 것이야."

환관장은 겸손하게 대답했다.

"마마, 마마께서는 한 번 눈길로 모든 걸 꿰뚫어 보신다는 걸 저도 잘 알고 있습니다."

그는 태후가 한동안 자신을 엄하게 노려보는 바람에 감히 눈을 들 엄두를 내지 못했다. 이어 등줄기에서는 차가운 식은땀이 배어나왔다. 잠시 후 태후는 노여움을 거두고 다시 미소를 지었다.

"자네같이 잘생긴 사람은 풍보가 되면 안 되지."

그녀가 부드러운 투로 말했다.

"허리에 허리띠도 두르지 못하게 되면 어찌 무대 위의 주연 배우가 될 수 있겠는가?"

순간 안덕해의 얼굴에 화색이 돌았다. 그는 자신이 궁중 경극에서 매번 주연을 맡는다는 것을 매우 영광스럽게 생각하고 있었다.

"마마, 마마를 즐겁게 해 드리기 위해서라도 굶어야겠습니다."

그가 다짐하듯 말했다. 분위기는 다시 온화해졌고 태후는 말을 이었다.

"자네를 부른 건, 실은 자네 때문이 아니라 궁녀 매와 경비대 대장 영록의 혼인을 준비하도록 하기 위해서라네."

"알고 있사옵니다, 마마."

안덕해가 말했다. 그는 궁중에서 일어나는 모든 일을 손바닥 보듯 훤히 알았으므로, 이 범상치 않은 혼인 사실도 일찍이 짐작하고 있었다. 게다가 본래 새로운 소문을 퍼뜨리는 것을 좋아하는 이연영이 안덕해에게 모든 것을 이야기한 참이었다. 또한 이연영은 다른 환관들과 시녀들에게도 이에 대해 한참동안 떠들어놓은 뒤였다. 태후 역시 이를 알고 있었지만 모른 척 넘어가기로 했다.

"매는 부모가 없으니 내가 그 아이의 부모를 대신해야 할 것이야. 하지만 나는 섭정으로서 어린 황제의 자리를 맡고 있지 않은가. 따라서 궁녀의 혼인에 나타나 공주인 양 행세하는 것은 적절치 못하지. 그러니 자네가 매를 내 조카인 휘 국공의 집에 데려다 주도록 하게. 그리고 모든 예법과 격식을 차려 그 아이를 대해야 할 것이네. 또한 그 집에서 경비대장이 매를 맞이하는 것을 도와주도록 하게나."

"그럼 혼인날은 언제로 잡을까요?"

안덕해가 물었다.

"내일 매가 휘 국공에게 갈 것이니 오늘 자네가 미리 거기로 가서 그 집 식솔들이 매를 맞이할 준비를 할 수 있도록 지시를 내리게. 조카에게는 두 명의 연로한 숙모가 계시니 그들에게 매의 모친 역할을 넘기면 되겠지. 그리고 경비대장에게 가서 이틀 후에 혼인을 치르기로 결정했다고 전한 뒤, 모든 일이 끝나면 내게 와서 보고하게. 허나 매가 그의 아내가 될 때까지는 나를 방해하지 말아야 할 것이야."

"마마, 저는 마마의 종이니 분부대로 거행하겠습니다."

안덕해는 떠나기 전 인사를 했으나 그녀는 이미 책으로 시선을 돌린 뒤였으므로 고개를 들지 않았다.

그로부터 태후는 꼬박 이틀 동안 책 속에 파묻혀 지냈다. 시중드는 환관들이 초를 손질하고 소매로 입을 가리며 하품을 하는 늦은 밤이 될 때까지, 그녀는 책 한 권을 천천히 주의 깊게 읽고 나서 또 다른 책을 집어 들었다. 책들은 모두 의술과 법의학에 관한 것이었다.

그녀는 의술에 관해서는 문외한이었지만 언제부턴가 그에 대한 호기심이 왕성해져 이에 정통하기로 마음을 먹었다. 이러한 지적 욕구는 우주의 원리에 관한 의문으로 시작해 곧이어 그녀에게 있어 최고로 깊이 있는 분야로 자리 잡았다.

태후는 영록의 혼인이 치러지기 이틀 전부터 머릿속에 떠오르는 생각들을 완강하게 부인하면서 법의학에 관한 오래된 저술들에 온 신경을 쏟았다. 여러 권으로 만들어진 이 책들은 판관들 사이에서도 잘 알려져 있었다. 심지어는 전국 하급 법정의 지방 판관들조차 죽은 이의 사인을 알 수 없는 경우 이 책의 지침에 따른다고 했다. 1천8백

년 전 도황은 이전의 의학서들이 정리되어 있지 않아 그 활용에 어려움을 겪던 끝에, 유명한 판관인 숭자에게 명하여 이전의 모든 의학서를 하나의 판본으로 집대성하도록 지시했고, 그 결과 태후가 지금 읽고 있는 이 위대한 책이 탄생했다. 이 책은 실로 어떤 의학서보다도 마음에 와 닿았다.

태후는 인간의 육체에 대한 공부에도 몰두했다. 인간의 몸은 양력 1년 간 해가 뜨고 지는 숫자와 같은 3백 65개의 뼈로 이루어져 있다, 남자는 양쪽에 각각 열두 개의 갈비뼈를 가지고 있으며 여덟 개는 길고 네 개는 짧은 데 비해 여자는 양쪽에 각각 열네 개의 갈비뼈를 가지고 있다, 부모와 자식, 남편과 아내가 물을 담은 그릇에 피를 떨어뜨리면 하나로 섞이지만, 그런 연분으로 맺어지지 않은 이들의 피는 절대 섞이지 않는다, 독은 병을 치유하기 위해 또는 살상을 위해 사용되며, 독의 사용을 감추는 법 또한 여러 가지다 등등 수많은 내용들은 순식간에 그녀를 사로잡았다.

태후는 근 이틀간 식사를 하거나 잠을 자기 위해 들어가는 것을 제외하고는 한 번도 황실의 도서관을 떠나지 않았다. 드디어 사흘째 되던 날 아침, 환관 이연영이 자신의 존재를 알리기 위해 멀리서 헛기침을 했다. 그녀는 독약의 마취제로서의 효능에 대해 읽고 있던 중 기침소리에 고개를 들었다.

"무슨 일이냐?"

태후가 물었다.

"마마, 환관장께서 돌아오셨습니다."

그녀는 책을 덮고는 옥으로 된 어깨 단추에 걸려 있던 비단 손수건의 끝을 잡아 입술에 대었다.

"들라 하라."

곧이어 환관장이 들어와서 절을 했다.

"고할 것이 있으면 내 뒤에 서서 말하게."

안덕해는 지시에 따라 뒤에 서서 보고를 시작했다. 태후는 보고를 듣는 내내 열린 문 너머로 보이는 넓은 안마당을 응시했다. 안마당에는 진홍빛과 황금빛으로 불타는 듯한 국화가 고적한 가을 햇살 속에 피어 있었다.

"마마, 모든 일은 적절한 격식과 예절을 갖추어 치러졌습니다. 경비대장은 신부의 빨간 가마를 휘 국공의 궁으로 보냈습니다. 국공의 두 숙모는 마마의 영에 따라 신부를 수행하여 가마에 태운 뒤 안쪽 장막을 치고 문을 닫았습니다. 그런 다음 가마꾼들이 그 가마를 경비대장의 집으로 운반했습니다. 두 명의 노부인은 각자 다른 가마를 타고 동행했습니다. 경비대장의 집에서는 그의 부친 쪽 사촌인 다른 두 명의 노부인이 신부의 가마를 맞이했고, 네 명의 부인들이 함께 신부를 집 안으로 인도했습니다. 그곳에는 경비대장과, 그의 돌아가신 부모를 대신해 항렬이 같은 친척들이 서 있었습니다."

"부인들이 신부의 얼굴에 쌀가루 분을 발라 주던가?"

태후가 물었다.

안덕해는 고개를 반쯤 숙인 채 기억을 되살렸다.

"물론 그리 하였습니다. 그리고 신부는 순결을 상징하는 빨간 비단 덮개로 얼굴을 가린 뒤 격식에 따라 안장을 밟고 지나갔습니다. 그 안장은 경비대장이 조상들에게서 물려받은 것으로 몽골식이었습니다. 다시 신부는 부인들에게 둘러싸여 숯이 타다 남은 재 위를 밟으며 그의 집으로 들어갔습니다. 그러자 나이 지긋한 혼인식 가수 歌手는 신랑 신부로 하여금 두 번 무릎을 꿇은 뒤 천지신명에게 감사하라고 명했습니다. 이후 부인들은 신랑 신부를 침실로 인도하여 침상에 앉혔습니다."

"누구의 예복이 가장 보기 좋았는가?"

태후가 물었다.

"영록 대장의 예복입니다."

안덕해는 이어 입가에 미소를 띤 채 말했다.

"마마, 그는 반드시 집안을 휘어잡을 겁니다."

"나도 잘 알고 있네."

그녀가 말했다.

"그 사람은 태어날 때부터 고집이 셌지. 어쨌든 이야기를 계속하게!"

"그리고 두 사람은 빨간 공단으로 감싼 잔에 술을 따라 입을 댄 뒤 서로 교환했습니다. 이어서 적절한 방식에 따라 떡을 함께 먹었습니다. 그 후에는 피로연이 열렸지요."

"잔치는 어땠는가, 성대하게 치렀는가?"

태후가 물었다.

"적당하게 성대한 잔치였습니다."

안덕해가 신중하게 대답했다.

"그럼 그 다음엔 틀림없이 닭고기 국물에 밀가루 푼 것을 먹었겠지."

"네, 장수를 의미하는 뜻에서 그리 했습니다."

말을 마친 안덕해는 잠시 침묵을 지켰다. 가장 중요한 마지막 질문이 남아있었기 때문이다. 관례상 혼인식 다음날 아침이 되면 이 질문을 꼭 던지도록 되어 있었다. 태후는 오랜 침묵 끝에 마침내 입을 열었다.

"신방은 잘 꾸몄는가?"

태후의 목소리는 가늘고 생소했다.

"예."

안덕해가 말했다.

"그날 밤 새벽, 그들과 함께 있었던 시녀가 소식을 전해 주었습니다. 자정이 되자 경비대장은 관례대로 저울의 지렛대를 사용해 신부의 덮개를 올렸습니다. 그리고 시녀는 새벽이 될 때까지 물러나 있다가 다시 불려갔습니다. 그러자 나이 많은 사촌들이 그녀에게 붉게 얼룩진 천을 건네 주었습니다. 신부는 처녀였지요."

태후는 잠시 동안 아무 말 없이 앉아 있었다. 안덕해는 물러가라는 지시가 없자 헛기침을 해서 자신의 존재를 알렸다. 한참 후에야 태후는 생각난 듯 말문을 열었다.

"물러가라."

그리고 약간 창백해진 얼굴로 안덕해를 바라보았다.

"내일쯤 수고한 대가로 상을 보내겠네."

"마마, 황공하옵니다."

안덕해는 곧 자리를 떴다.

태후는 화려한 꽃송이 위로 떨어지는 햇살을 바라보며 그대로 앉아 있었다. 그때였다. 어디선가 날아온 철 늦은 노란 나비 한 마리가 진홍색 꽃 위에 앉더니 바람에 이리저리 흔들리며 날개를 떨었다. 노란빛은 황실을 상징하는 색이었다. 태후는 눈을 가늘게 뜨고 그것을 바라보았다. 무언가 징조를 나타내는 듯한 느낌이 들었다. 그녀는 천문역법을 관장하는 흠천감을 불러 이것이 무엇을 의미하는가를 알아보기로 했다. 이 나비는 분명 길조였다. 그러나 이처럼 상심한 순간에 나타나다니 묘한 일이었다. 그러나 태후는 스스로를 위로하며 모든 것을 떨쳐 버리고자 했다.

그녀는 책을 덮고 자리에서 일어났고, 충실한 환관 이연영이 멀찌감치 뒤따르는 가운데 자신의 궁으로 되돌아갔다.

그날부터 태후는 삶의 목적을 아들에게로 옮겼다. 그녀는 오직 아들만을 바라보고, 아들에게만 주의를 기울였다. 아들은 과거에도 그랬 듯 현재도 변함없이 그녀가 행하는 모든 일들의 이유이자 근거였다. 가슴 벅찬 아들의 존재를 느끼자 태후는 끊임없는 걱정과 생각을 떨쳐버릴 수 있었다. 아들은 그녀의 상처를 치유하고 위로를 주는 존재였다. 태후는 통제할 수 없는 온갖 생각들로 머리가 어지러워 잠을 이루지 못하거나 외로움 속에서 잠이 깰 때면 언제나 아들을 찾았다. 깊이 잠든 아들의 따뜻한 손을 잡고 그 옆에 앉아 있다가 칭얼댈 때는 품에 안고 얼러 주었다.

어린 황제는 튼튼하고 잘생겼을 뿐만 아니라 백옥같이 흰 피부를 갖고 있었다. 심지어 궁녀들은 태자가 여자가 아닌 것이 아깝다고 탄식하기도 했다. 그러나 그는 잘생긴 외모 이상으로 비상한 재능 또한 갖추었다. 태후는 아들의 두뇌가 명석하고 학습 능력이 뛰어나다는 사실을 진작에 알아챘다.

그녀는 아들이 다섯 살이 되자 스승들을 선택했다. 그 즈음 아들은 모국어인 만주어뿐만 아니라 중국어 책까지 술술 읽어 내리고 있었다. 또한 타고난 화가처럼 붓을 잡고 미숙하지만 종국에는 힘과 양식을 갖출 수 있을 듯한 대담한 필체를 발휘했다. 기억력 또한 놀라워 한두 번 읽어 주기만 하면 그 내용을 모두 알아들었다. 그러나 태후는 스승들이 지나친 칭찬으로 그를 우쭐하게 만드는 것을 용납하지 않았다. 간혹 스승들이 아들을 칭찬했다는 말을 들으면 태후는 오히려 그들을 나무랐다.

"그대들은 황제를 여느 아이들과 비교해서는 안 되오. 황제가 자신이 지닌 능력을 스스로 얼마나 발휘하고 있는지를 이야기해 주는 것이 올바른 비교 방식 아니겠소? 또한 황제께서 득의양양해 하시거든 선황이신 건륭제께서는 다섯 살의 나이에 이보다 훨씬 뛰어나셨다고 말씀드리시오."

이처럼 그녀는 황제의 스승들을 불러 지시를 내리는 한편, 아들에게는 누구와도 비견할 수 없는 강한 자존심을 심어주었다. 어머니인 태후를 제외하고는 스승들조차 그의 앞에 앉을 수 없었으며, 만일 황제가 스승의 말투, 복장 등을 조금이라도 마음에 들지 않아 하면 당장 그를 쫓아냈다. 또한 스승들이 던지는 최소한의 질문이나 불평조차 허용하지 않았다.

"그건 황제의 뜻이오."

질문을 던져오면 태후는 이렇게 말할 뿐이었다.

이 같은 상황에서 어린 황제가 만일 도량이 좁은 인물이었다면, 너무 어린 나이에 주어진 권력으로 인해 버릇없는 응석받이가 되었을 것이다. 그러나 그는 비범한 자질을 가지고 있어 버릇없이 비뚤어지지 않았다.

그는 자신의 지위를 당연하게 받아들여 엄격하게 행동했지만 본래는 한없이 다정다감한 성격이었다. 그는 자신을 모시는 환관이 잘못을 저질러 매를 맞게 되면 바람처럼 달려와 그를 구해 주었다. 또한 태후가 일 처리를 나무라며 시녀들의 귀를 심하게 잡아당기는 것을 보면 울음을 터뜨렸다.

때때로 태후는 자신의 아들이 수많은 백성들을 다스리는 강인한 통치자가 될 수 있을지 의심스러웠다. 그러나 어린 황제는 이러한 부드러운 면모 외에 격렬한 분노를 터뜨리거나 크게 노하는 일이 종종 있었다. 또한 오만한 면도 없지 않아 결코 나약한 군주가 되지는 않을 듯했다.

한번은 환관 이연영이 황제의 비위를 거슬러 호되게 당한 적이 있었다. 그리고 이를 보다 못한 태후는 직접 사태를 말릴 수밖에 없었다. 당시 황제는 이연영을 시켜 성내에 있는 외국 상점에 가서 오르골을 사 오도록 했다. 이 충실한 환관은 황제의 명을 받들기 전 그 여부를 모후에게 먼저 묻고자 했고, 태후는 이에 단호하게 잘라 말했다.

"황제가 외국 장난감을 가지고 놀다니 당치 않은 일이다. 그러나 그의 뜻을 거절해서는 더더욱 안 되니, 장난감 호랑이나 다른 동물 인형을 사와 황제를 즐겁게 해 드려라. 그러면 오르골 따위는 잊어버릴 것이 아니냐."

이연영은 태후의 명에 따라 다른 장난감들을 한 바구니 사 온 다음, 어린 황제에게 결국 오르골을 찾을 수 없었다고 아뢰었다. 그리고는 나무와 상아로 만들어진 몸체에 보석 눈을 박은 진귀한 동물 인형들을 내놓았다.

그러나 황제는 자신이 속았다는 것을 알고는 갑작스레 어린 폭군이 되었다. 그는 장난감을 옆으로 내던지고 작은 보좌에서 벌떡 일어났다. 그리고는 격분하여 모친을 닮은 커다란 눈을 선명하게 부릅뜨며 소리쳤다.

"저걸 다 내던져 버려라!"

황제가 소리쳤다.

"내가 동물 장난감이나 가지고 노는 갓난아이인 줄 아느냐? 이연영 이놈, 네 감히 군주를 기만하다니! 네 놈의 죄를 물어 능지처참하겠다. 호위병을 불러라!"

그가 명을 내리자 이연영은 사색이 되었다. 그 누구도 감히 황제의 명을 거역할 수 없었던 것이다. 이를 본 한 환관이 태후를 찾으러 급히 달려갔고, 명을 받고 도착한 호위병들은 주춤대며 서 있었다. 순간 소식을 들은 태후가 급히 달려왔다.

"황제!"

태후가 소리쳤다.

"그대는 아직 사형 선고를 내릴 수 없소."

그러자 어린 황제는 주저하는 기색 없이 당당하게 말했다.

"어마마마. 어마마마의 환관은 제가 아니라 중국의 황제를 거역한 것입니다!"

태후는 이 작은 아이가 자기 자신과 자신이 짊어져야 할 운명을 구별할 줄 안다는 사실에 깜짝 놀라 한동안 아무 말도 할 수 없었다.

"황제."

그녀가 달래듯 말했다.

"그대가 무슨 짓을 하려는지 생각해 보시오! 이 환관은 온갖 일을 도맡아가며 그대를 섬기고 있는 이연영이 아니오. 그걸 잊었단 말이오?"

어머니의 간곡한 얼굴을 본 어린 군주는 마지못해 자신의 뜻을 굽혔고, 그리하여 이연영은 능지처참을 당하려는 찰나 극적으로 구원을 받았다.

그러나 태후는 이 사건을 통해, 어린 황제에게는 지금 아버지의 자리를 대신할 수 있는 진정한 남자가 필요하다는 사실을 깨닫게 되었다. 태후는 그 즉시 섭정의 이름으로 군기대신 영록을 불러들였다. 그간 태후는 영록의 혼사 이후로 행여 자신의 속마음을 들킬까 우려해 그와 직접 대면하지 않았다.

그녀는 궁녀들에게 둘러싸여 다소 초조한 마음으로 개인 접견실에 앉아 있었다. 화려한 의상을 입고 무리 지어 서 있는 궁녀들은 마치 나비 떼처럼 눈부셨다.

영록이 도착하자 태후는 인사를 한 뒤 정중하게 말했다.

"이제 황제는 말을 타고 활을 쏠 나이가 되었소. 그대는 말을 아주 잘 타는데다 전문가의 기술까지 가지고 있지 않습니까. 또한 활쏘기에도 따를 자가 없다는 얘기를 들었소. 그러니 그대에게 새로운 임무를 부여하리다. 황제인 내 아들에게 활 쏘는 법을 가르쳐 주시오."

"마마, 분부대로 하겠습니다."

낮고 준엄한 목소리로 말을 마친 영록은 눈조차 들어올리지 않았다. 태후는 지금 그가 자신에게 복수를 하고 있음을 깨달았다.

이제 영록은 그녀를 사랑하든 증오하든, 자신과 아내에 대한 이야기는 단 한 마디도 전하지 않을 것이다. 태후는 깊은 고독감을 느꼈지만 표정만큼은 여전히 근엄하고 정중했다.

"당장 내일부터 시행하시오."

그녀가 지시했다.

"그를 궁술장에 데려가 궁술을 가르치시오. 또한 내가 직접 매달마다 향상된 정도를 점검해 그대의 능력을 판단하겠소."

영록은 여전히 무릎을 꿇은 채 말했다.

"분부대로 따르겠습니다."

그날부터 어린 황제는 오전에는 글을 배우고 오후에는 영록과 시간을 보내게 되었다.

영록은 따뜻한 연민의 정으로 이 어린 소년을 가르쳤다. 황제가 대담하게도 아라비아산 흑마를 전속력으로 달리려고 채찍질을 할 때는 내심 걱정스럽기까지 했지만, 이 어린 소년이 결코 두려워하지 않는다는 것을 깨닫자 걱정을 감추고 묵묵히 지켜보았다.

그는 황제의 과녁을 꿰뚫는 정확한 눈과 활을 부여잡는 다부진 손을 매우 자랑스럽게 여겼다. 그는 매달마다 태후가 궁녀들에게 둘러싸여 궁술장으로 들어서면, 충만한 자신감으로 어린 황제의 실력을 과시해 보였다. 그럴 때면 태후는 나날이 손발이 척척 맞는 두 사람에 대한 흐뭇한 마음을 감춘 채, 다만 냉담한 몇 마디를 던질 뿐이었다.

"내 아들이 잘하고는 있지만, 원래 그래야 하는 거 아니오?"

이처럼 태후는 영록에 대한 그리움을 한 순간도 드러내지 않았다. 그리고 부자지간처럼 친밀한 사랑하는 두 사람을 보며 기쁨을 느끼는 한편 그 가슴은 고통으로 새카맣게 타 들어갔다.

"마마."

그로부터 며칠이 지난 어느 날 공친왕이 알현을 청했다.

"증국번과 이홍장李鴻章*이 알현을 요청하고 있습니다."

태후는 막 개인 접견실의 문턱을 나서려던 참에 이 말을 듣고는 걸음을 멈추었다.

근래 들어 그녀는 궁술장으로 나가는 것이 하루 일과였다. 그녀가 발길을 멈추자 궁녀들은 즉시 밝은 색의 반원을 그리며 그녀를 둘러쌌다. 공친왕은 태후가 대면하는 유일한 남자로 죽은 황제의 형제, 즉 친척이었다. 따라서 그와 얼굴을 마주치는 것은 관습상 어긋나는 일이 아니었다. 그럼에도 그녀는 이 순간 공친왕의 등장에 불쾌감을 느꼈다. 공친왕은 부름 없이 그녀를 방문했고 이는 관례를 위반한 셈이었다. 태후는 공친왕의 이러한 행동이 경솔하게만 느껴졌다.

태후는 갑작스럽게 솟구치는 분노를 누르며 평소처럼 위엄 있고 우아한 몸짓으로 걸음을 돌려 보좌로 향했다. 그리곤 자리에 앉아 깍지 낀 손을 무릎 위에 가볍게 내려놓고 그 위로 넓은 소매를 늘어뜨렸다. 이어 공친왕은 태후에게 절을 했고, 청하지도 않았는데

---

* 청나라 말기 최고의 한인 실력 정치가. 군비 확충과 산업 근대화를 위해 노력하지만 청·일 전쟁에서 패하고 직접 시모노세키로 가서 마관 조약을 맺는다. 후에 러시아와 중·러 조약을 체결하여 일본에 대항하려 한다. 의화단 사변 사태 수습을 위해 열강과의 강화에 힘쓴다.

그녀의 보좌 오른쪽에 있는 낮은 단의 의자에 앉았다. 그녀의 가느다란 눈썹이 잠시 노여움으로 찌푸려졌지만 그러한 기색을 곧이곧대로 드러내지는 않았다. 다만 크고 검은 눈동자로 그를 꿰뚫듯 쳐다보았을 뿐이다. 잠시 후 그녀는 그 눈빛조차 자칫 오해를 부를 소지가 있음을 깨닫고는 시선을 조금 내려 그의 목에 채워진 푸른 옥 단추 즈음에 두었다.

공친왕은 태후가 먼저 말을 꺼내기를 기다리지 않은 채 특유의 솔직하고 명확한 어투로 자신이 오게 된 이유를 설명했다.

"마마, 아뢰옵기 황공하오나 마마를 대신해 제가 처리할 수 있는 사소한 문제였다면 이렇게 마마를 성가시게 하지도 않았을 것입니다. 저는 그간 특사를 통해 관군이 반란군과 전투를 벌이고 있는 남쪽의 상황을 전해 듣고 있었습니다."

"나도 그 전쟁에 대해서는 잘 알고 있소."

그녀가 냉정한 목소리로 말했다.

"한 달 전 내가 증국번에게 반란군을 사방에서 공격하라고 명을 내리지 않았습니까?"

"네, 증국번은 마마의 분부대로 거행했습니다."

공친왕은 태후의 심경을 알아차리지 못한 채 계속해서 말을 이어나갔다.

"그러나 결국 반란군은 증국번을 격퇴한 뒤 보름 전 상해上海*를 공격하겠다고 선언했습니다. 이 소문이 퍼지자 지금 상해의 부유한 상인들까지도 크게 동요하고 있습니다. 그리고 한족뿐만 아닌 백인 상인들까지도 우리의 관군이 상해를 지켜낼 수 없으리라 예상하고

---

* 중국 양자강 하구의 도시로 1842년 아편전쟁의 결과로 맺어진 난징조약에 의해, 구미제국과의 무역을 위한 개항장開港場이 되었음.

스스로 군대를 구성하고 있습니다. 따라서 저는 반란군의 전략을 알아내기 위해 두 명의 장수를 파견했습니다."

"공친왕께서는 이 전쟁에 지나치게 큰 부담을 지고 계시군요."

태후는 기회를 잡아 적나라하게 불쾌감을 드러냈다.

예상치도 못했던 책망을 듣자 공친왕은 깜짝 놀랐다. 지금까지 그는 천자에 대한 열성으로 끊임없이 봉사했고, 태후 또한 그가 하는 일이라면 대개 품위 있게 승인해 주었을 뿐만 아니라 그에게 커다란 책임을 부여함으로써 믿음을 표현해왔다. 더욱이 태후는 여자가 아닌가. 그는 어떤 여자도 국사 처리에는 정통할 수 없다고 생각했다. 더군다나 국가의 존립 자체를 흔드는 잔인한 전쟁에 관해서는 말할 나위도 없었다.

반란군은 남부 지방에 걸쳐 점차 세력을 확장하면서 성과 마을을 파괴하고 촌락과 경작물을 불태웠으며 백성들은 혼란에 빠져 달아나기에 여념이 없었다. 지금까지 목숨을 잃은 자만 해도 수백만이요, 싸움 또한 수년간 계속됐지만, 사방에서 산불처럼 일어나는 반란을 종식시킬 수는 없었다. 이 와중 공친왕은 워드라는 백인이 이끄는 소규모의 지원군에 관한 소식을 들었다. 이 군대는 워드가 전사한 후로 고든이라는 영국인을 새로운 지도자로 맞이해 더욱 강력한 군대로 거듭났다. 관군들에게 이는 분명 반가운 소식이었다. 그러나 문제는 고든을 시기하는 부루주빈이라는 자가 지휘권을 차지하기 위해 획책을 꾸미고 있는데다가 동료 미국인들이 이를 지지하고 있다는 사실이었다. 소문에 의하면 고든은 선량하고 군인으로서의 능력도 입증된 데 반해, 부루주빈은 협잡꾼에다 불한당이었다. 또한 전쟁이 종료되고 난 뒤 그들은 마땅히 보상을 요구해 올 것이었다.

이처럼 여러 가지 문제가 산재해 있는 한 이것은 단순한 전쟁이 아니었다. 공친왕은 한참동안 고심하다가 결국 증국번과 이홍장 두 장수에게 소식을 알아오라고 지시했다. 그리고 두 장수가 돌아오고 나서야 비로소 자신의 독자적인 행동이 태후의 심기를 불편하게 만들 수도 있으리라는 데 생각이 미쳤다. 게다가 그는 태후가 이제 영록에게 조언을 구하고 있다는 얘기를 들은 참이었다. 자존심과 공명심이 강한 그는 자신이 영록을 시샘하고 있다는 것을 스스로 인정하려 하지 않았다. 또한 영록과 관련된 몇몇 소문들을 알고 있음에도 환관장에게 감히 물어볼 엄두를 내지 못했다. 환관장 안덕해가 태후의 편이라는 것은 누구나 알고 있었고, 그는 태후가 하는 일이라면 무조건 옳다고 부추기는 아첨꾼이었다.

"마마."

그는 겸손해지려 애쓰면서 말했다.

"제 행동이 지나쳤다면 용서하십시오. 그러나 모두 다 마마를 위한 일입니다."

태후는 공친왕의 꺾이지 않는 당당한 태도가 마음에 들지 않았다.

"나는 그대를 용서하지 않을 것입니다."

그녀는 냉정하게 말했다.

"용서받을 수 있는 문제라면 별로 중요한 것이 아닐 테니 말이오."

공친왕은 머릿속이 혼란스러워지는 것을 느꼈다. 두 사람 사이에서 자존심이 팽팽하게 부딪쳤고, 그는 벌떡 일어나 태후에게 절을 했다.

"마마, 저는 이만 물러가겠습니다. 그리고 마마의 부름을 받지 않고 온 점 용서하십시오."

공친왕은 여전히 당당하게 고개를 든 채 물러섰고, 그녀는 언제고 다시 그를 부를 수 있었기 때문에 굳이 붙잡지 않았다.

잠시 후 태후는 그간 남쪽에서 무슨 소식이 있었는지를 알아보고자 했다. 꾸준히 지식을 쌓고 지혜를 기르면 언젠가는 공친왕의 조언에 대해 수락과 거부를 결정할 수 있게 될 것이다. 그러기 위해서는 일단 벌어진 상황들에 대해 모든 것을 알아야만 했다. 그녀는 이연영을 보내 환관장을 불러오도록 했다. 잠시 후 안덕해는 졸린 눈을 비비며 도착해 무릎을 꿇고, 하품을 참느라 손등으로 턱을 괴었다. 태후는 잠시 탐탁치 않은 눈으로 그를 바라보다가 깊은 한숨을 내쉬었다.

"자네는 내일 증국번과 이홍장 두 장수를 접견실로 들라 하게. 그리고 공친왕과 군기대신 영록 또한 참석하라고 전하게. 그리고 동태후 역시 평소보다 이른 시각에 접견실로 드시도록 하게. 경청해야 할 중대한 문제가 있네."

그리곤 이연영에게 고개를 돌렸다.

"군기대신께 가서 오늘은 궁술장에 가지 않겠다고 전하라. 그리고 재갈을 씌웠을 때 반항하지 않도록 황제가 탈 흑마에게 더 이상 곡물을 먹이지 말도록 하게."

"네, 마마."

이연영은 재빨리 대답하고는 자리를 떠났다. 잠시 후 태후가 보좌에 기대어 공친왕이 했던 말을 곰곰이 생각하고 있는데 지시를 받고 떠났던 이연영이 되돌아왔다.

"무슨 일이지? 왜 또 귀찮게 하는 게야?"

태후가 성을 내듯 물었다.

"마마."

이연영이 말했다.

"어린 황제께서 마마를 찾으며 울고 계십니다. 반드시 마마께서 새로 장만한 안장을 보셔야 한다는 것입니다. 또한 군기대신께서도 마마께서 오시기를 간청하고 계십니다."

태후가 아들이 울고 있다는 소리에 벌떡 자리에서 일어나자 궁녀들이 그 뒤를 따랐다. 그녀는 서둘러 궁술장에 도착해 저만치 말을 타고 있는 어린 황제를 발견했다. 아들의 옆에는 영록이 서 있었다. 환관 하나가 아들을 태운 은회색 아라비아산 말의 고삐를 잡고 있었으며, 말 위에는 새로 마련한 듯한 안장이 얹혀 있었다.

 그녀의 아들은 황제라는 이름에 어울리는 매우 늠름한 모습이었다. 태후는 아들이 자신을 발견하기 전, 잠시 멈춰 서서 아들을 바라보았다. 그는 여러 가지 색으로 자수를 놓은 검은 모전(짐승의 털을 가열·압축시켜 넓은 직물처럼 만든 것) 담요가 깔린 황토색 안장 위에 앉아 넓은 말 등에 타기 위해 짧은 다리를 크게 벌린 채였는데, 역시 몸집이 너무 작은 탓에 우단 장화 끝만 간신히 금빛 등자(말을 탔을 때 두 발을 디디는 제구)에 닿아 있었다. 보석 박힌 허리띠 아래에는 진홍빛 예복이 늘어져 있었고, 황금빛의 능라 바지는 예복 사이에서 간간이 빛을 발했다. 아들은 황제의 관을 벗고, 뻣뻣한 빨간 비단 끈으로 묶은 두 갈래의 땋은 머리를 어깨에 늘어뜨린 모습이었다. 영록은 이목구비가 뚜렷한 얼굴을 들어 아이가 환호성을 지르는 모습을 미소를 띤 채 지켜보고 있었다. 그때 어머니를 발견한 어린 황제가 소리쳤다.

 "어마마마!"

 태후는 그의 눈동자가 기쁨으로 빛나는 것을 보았다.

 "군기대신이 제게 안장을 주었어요!"

 태후는 천천히 아들에게로 다가가 한눈에도 특이해 보이는 안장을 조용히 살펴보았다. 그리고 미소 띤 얼굴을 드는 순간 영록과 시선이 마주쳤다. 그녀는 아이가 채찍을 휘두르는 사이 목소리를 낮추고 재빨리 말했다.

 "남쪽에서 도착한 두 장수의 소식을 들었나요?"

"물론 들었습니다."

"그들은 상해의 상인들로 하여금 새로운 외국인 지휘관의 통솔 하에 더 강력한 군대를 조직하도록 설득하고 있어요. 과연 이게 현명한 일인가요?"

"우리에게 주어진 우선적인 과업은 반란을 종식시키는 겁니다. 우리는 반란군과 백인, 이 두 적들과 동시에 전쟁을 치르고 있습니다. 따라서 이중 하나를 시급히 종결짓지 않을 경우 지나치게 많은 기운을 소모하고 짓눌린 나머지 살아남을 수 없게 될 겁니다. 따라서 어떤 수단을 써서라도 먼저 반란군을 진압해야 합니다. 그 다음에는 무력으로 백인들을 몰아낼 수 있을 겁니다."

태후는 그저 아이 이야기를 하는 것처럼 대화 도중 내내 고개를 끄덕이며 미소만 짓고 있다가, 잠시 후 궁술장 주위를 전속력으로 달리는 아들의 모습을 경탄이 담긴 눈으로 바라보았다. 곧이어 영록도 자신의 말 위에 올라 어린 황제를 수행하기 시작했다. 바람이 불어오자 영록의 뒷모습을 응시하는 태후의 푸른 공단 예복 자락이 펄럭거렸다. 흙먼지가 날리는 길 위에서 그녀는 사랑하는 두 사람의 모습을 따뜻한 눈길로 바라보았다. 아이는 작고 씩씩했으며, 남자는 키가 크고 꿋꿋했다. 그들은 달리는 말 위에 똑바로 앉았다가 유연하게 몸을 구부리기도 하며 자신들이 가진 모든 능력을 발휘해 말을 몰았다. 영록은 때때로 황제에게 얼굴을 돌려 무어라 외쳤으며, 만일 그가 떨어질 경우 언제든 잡을 수 있도록 준비하고 있었다. 그러나 황제는 그러한 영록의 마음을 아는지 모르는지 전방을 쳐다보며 고개를 높이 든 채 놀라울 정도로 능숙한 솜씨로 고삐를 잡고 달렸다. 태후의 입에서는 자신도 모르게 탄성이 터져 나왔다.

'진정한 황제가 태어났도다! 그는 바로 내 아들이다!'

두 사람이 저만치 궁술장의 반대쪽 끝에서 고삐를 당겨 말을 멈추자 그녀는 손을 올려 비단 손수건을 흔들었다. 이어 궁녀들도 제각기 손수건을 들어 경의를 표했다. 잠시 후 그녀는 다시 자신의 궁으로 돌아왔다.

다음날 쌀쌀하고 어스름한 새벽, 두 태후는 단 위에 올려진 각자의 보좌에 앉아 있었고 군기처는 서둘러 알현을 준비했다. 두 태후의 앞에는 얇은 노란 비단 장막이 쳐져 있어 그 사이로 아주 희미한 움직임만 보일 뿐이었다. 드디어 군기대신과 군기장경이 서열에 따라 한 사람씩 등장해야 할 시간이 다가왔다. 그 동안 첫 번째 알현은 언제나 서열이 가장 높은 공친왕의 몫이었다. 때가 되면 환관장은 각 군기대신들의 이름을 호명했고, 공친왕 역시 환관장의 부름을 기다려야 했다. 그러나 오늘 공친왕은 환관장의 부름을 기다리지 않은 채 접견실 안으로 성큼성큼 걸어 들어왔다. 그때 이연영이 태후에게 몸을 숙여 귓속말을 했다.

"마마, 제가 관여할 바는 아니나 공친왕께서 호명을 기다리지도 않고 이처럼 들어오시니 마마의 위엄에 누累가 될까 두렵습니다."

이연영은 주인의 기분에 따라 비위를 잘 맞추는 자였고, 공친왕에 대한 태후의 불쾌감을 진작 파악하고 있던 터였다.

물론 태후는 아무 반응이 없었지만 이연영은 그녀가 자신의 말을 염두에 두리라는 것을 알았다. 실로 태후는 공친왕이 두 번째로 저지른 이 무례한 행동을 용서할 수 없는 기억으로 남겨 두었다. 그러나 그녀는 매우 현명했으므로 모든 것이 파악되기 전까지는 섣부르게 움직이지 않을 작정이었다. 물론 공친왕은 그녀의 적이 아니었지만, 이 시기 그녀는 영록을 제외한 그 누구도 믿을 수 없었다. 비록 다른 여자와 혼인을 했으나 영록에 대한 신뢰만큼은 변함이 없었다.

태후는 그러한 생각들을 잠시 접어둔 채 공친왕이 벌일 수 있는 음모의 가능성을 의심해 보았지만, 지금 모든 것을 단정 짓는 것은 어리석은 일이었다. 그러나 의심은 쉽게 사그라들지 않았다. 공친왕은 자금성 밖에 살고 있는데다 궁전 안팎을 자유롭게 왕래할 수 있는 반면, 그녀는 언제나 자금성 안에 갇혀 있어야만 했다. 공친왕은 마음만 먹는다면 누구도 눈치 채지 못하게 음모를 꾸밀 수 있는 탁월한 인재였다. 사실 높은 학식과 침착한 성정을 뺀다면 그 무엇으로 그의 신의를 보장할 수 있단 말인가? 태후는 과거에도 그랬고 앞으로도 역시 혼자여야만 한다는 사실을 깨닫곤 한숨을 내쉬었다. 그럼에도 그녀는 이 사실을 받아들여야만 했다. 운명이었기 때문이다.

태후 옆에는 사코타가 무심한 얼굴로 앉아 있었다. 본래 그녀는 정오가 될 때까지는 기침하지 않았으므로 이런 꼭두새벽의 접견이 달가울 리 없었다. 그녀는 반쯤 조는 듯한 상태로 앉아 있다가 접견이 끝나면 서둘러 침상으로 돌아가곤 했다.

그 동안 차례대로 집결한 관료들이 용상 앞에 무릎을 꿇고 얼굴을 바닥으로 향했다. 잠시 후 공친왕이 두 손에 든 상주문을 깊고 낭랑한 목소리로 막힘없이 읽어 내렸다.

"음력으로 4월, 양력으로는 5월, 태평군이라 불리는 한족 반란군이 상해를 둘러싼 외곽에서 극심한 난동을 부리고 있습니다. 그들은 남쪽의 성도인 남경에 왕국을 세운 것도 모자라 상해로 근접해 왔고, 심지어 촌락까지 쳐들어와 집을 불태우고 논밭을 망가뜨렸습니다. 소위 상승군(常勝軍)이라 불리는 상해의 지방 군대가 그들을 추격했지만 많은 수를 죽이지는 못했습니다. 반란군들은 그 지역의 도랑과 협곡에 대해 잘 알고 있었기에 이를 통해 도망쳤고, 그 와중 두려움에 질린 1만 5천 명이 넘는 농민들이 우왕좌왕하며 성 안으

서태후 359

로 몰려들었습니다. 그중 반란군에 저항해야 할 의무를 지닌 건장한 남자들까지 여자들과 아이들, 노인들 틈에 섞여들어 자신들의 두려움을 달래기 바빴고, 이들이 피난처를 구하기 위해 성 안까지 몰려들자 이에 대한 외국 상인들의 격렬한 항의가 있었습니다. 이제 꽁무니를 빼고 있는 젊은이들을 저항군으로 끌어들이기 위해서라도 고든이라는 자를 불러야 한다는 제안이 대두되었습니다. 그는 청렴결백한데다 두려움을 모르는 자로서 용기백배하여 상승군을 이끌고 있습니다 …… 이것이 증국번과 이홍장 두 장수가 용상 앞에 올린 상주문의 전 내용입니다."

비단 장막 뒤에서 태후는 치밀어 오르는 분노를 억누르느라 굳게 입술을 깨물었다. 또한 이 같은 상주문을 다름 아닌 공친왕이 제시했다는 데 탐탁치 않은 마음을 가졌다. 그녀는 명확하고 단호한 목소리로 말했다.

"공친왕께서는 일단 물러나시고, 두 장수들의 이야기를 먼저 들어봅시다."

공친왕의 얼굴이 순식간에 굳어졌다. 그러나 그는 이내 평정을 되찾고 두 사람 중 연장자인 증국번을 용상 앞에 대령시켰다. 증국번은 용상 앞에 절을 올리고는 엎드린 채 말했다.

"아뢰옵기 황공하오나 이 사안에 대한 보고는 저보다 뛰어난 자이자 제 동지인 이홍장 장수가 올릴 것이옵니다. 그는 강서 지방에서 총독으로 활약하고 있으며 상해에 그 사령부를 두고 있습니다. 이홍장은 비록 서른아홉의 젊은 나이오나 제 휘하 젊은 장수들 중 가장 능력이 뛰어난 자이니, 성심을 다해 용상 앞에 그를 추천합니다."

그러자 공친왕이 또다시 태후의 지시를 기다리지 않고 입을 열었다.

"이홍장은 앞으로 나오도록 하라."

태후는 비록 아무 말도 하지 않았지만 내심 화가 나 견딜 수 없었다. 그러나 그녀는 국사가 해결될 때까지는 사사로운 감정을 자제하기로 결심한 바 있었으므로 꿋꿋이 앞을 내다보며 다음 보고를 기다렸다. 곧이어 이홍장이 앞으로 나와 빈 용상 앞에 엎드렸다.

"올해 음력 3월, 즉 외국인들의 달력으로는 양력 4월, 저는 제 상관인 증국번 장수의 명에 따라 상해로 군대를 보냈습니다. 그리고 우리의 관군으로는 상해를 방어할 수 없다는 것을 깨달았습니다. 이미 상해는 그 대다수 지역이 반란군 수중에 들어간 뒤였습니다. 또한 상해의 상인들에게 급료를 받는 용병들은 워드라는 용맹한 미국인 용병의 지휘 하에 교전을 벌이는 중이었는데, 불행하게도 양력 9월, 음력으로는 8월에 반란군의 공격으로 용병들의 수장 워드가 전사하고 말았습니다. 그러자 부루주빈이라는 또 다른 미국인이 새로이 지휘를 맡았지만 이 자는 협잡꾼에 불과했습니다. 그는 모든 전리품을 부하들과 나눔으로써 많은 지지를 획득한 반면 우리의 명령에는 따르지 않았습니다. 그는 스스로를 왕처럼 여기고 상승군의 용병들을 자신의 사병으로 여겼으며, 부하들의 충성심을 이용해 시간과 장소를 불문하고 내킬 때마다 전쟁을 벌였습니다. 따라서 증국번 장수께서 지시하신 대로 긴급 상황을 선언하고 남경으로의 원군을 요청했을 때도 이를 거절했습니다. 이후 제가 직위를 박탈하고 책임을 묻자, 그는 상승군에게 줄 급료를 모아두는 상인 조합의 보물 창고를 공격했습니다. 그는 자신의 심복과 함께 경비병을 때려눕히고 은 4천 냥兩을 금고에서 꺼낸 뒤, 그것을 용병들에게 나눠줌으로써 더욱 강력한 충성심을 얻어냈습니다. 이 사실을 보고 받은 저는 상관의 지시대로, 제 명령에 따르지 않을 경우 그를 해고하고 상승군 또한 해산시키겠다고 위협했습니다. 따라서 이번에는 그 용병들이 새로운 반란의 핵심이 될지도 모릅니다."

"그래서 상승군에는 현재 지휘관이 없다는 말인가?"

공친왕이 물었다.

"네, 그렇게 되었습니다."

이홍장이 대답했다.

태후는 이홍장의 보고를 주의 깊게 듣고 있었다. 그리고 앞을 가로막은 비단 장막 때문에 명확히 볼 수는 없었지만 대강의 눈짐작을 통해 그가 장대한 몸집을 가졌다는 사실을 알 수 있었다. 또한 그는 일반 성급한 무관답지 않게 결단력 있고 굵은 목소리로 모든 내용을 간결하고 조리 있게 말하는 재주를 가지고 있었다. 태후는 모든 면에서 이홍장에게 믿음이 갔으므로 친히 그를 기억해 두기로 했다. 또한 공친왕이 자신의 대답을 기다리지 않고 먼저 질문을 던진 것을 염두에 두었다. 물론 이홍장은 서열상 상관인 공친왕의 질문을 피할 수 없었을 것이다.

"그대는 아직도 그 용병들을 해산시키고자 하는가?"

태후는 잠시 침묵을 지키다가 이윽고 입을 열었다.

노란 장막 뒤에서 계속해서 맑은 목소리가 새어나오자 두 장수는 약간 당황한 얼굴이었다. 장막에 가려 모습은 보이지 않았기 때문이다.

"마마."

이홍장이 말했다.

"상승군의 용병들은 최정예 부대이옵니다. 물론 어느 정도 거만한 것은 사실이지만, 그들에게는 반란군을 다루는 노련한 기술이 있습니다. 또한 그것을 잃을 경우, 보다 큰 손실을 각오해야 합니다. 따라서 저는 고든이라는 영국인에게 상승군의 지휘권을 맡아 싸움을 계속 진행해 달라고 요청했습니다."

"그대들 중 이 고든이라는 자에 대해 알고 있는 사람이 있소?"
태후가 질문했다. 그러자 공친왕이 용상 앞에 절을 하며 말했다.
"마마, 마침 제가 고든에 대해 약간 알고 있습니다."
"도대체 어떤 경위로 말이오?"
사람들은 태후의 냉정한 목소리에서 공친왕에 대한 불쾌감을 느낄 수 있었다. 그러나 공친왕은 개의치 않고 대답했다.
"얼마 전 서양 침략자들이 원명원을 파괴했을 때 혹여 그 안에 있는 보물들을 구할 수 있는 방법이 없을까 알아보기 위해 백방으로 돌아다녔지만, 안타깝게도 이미 불꽃이 하늘 높이 치솟은지라 소용이 없었습니다. 그로 인해 몹시 상심하고 있는데 키가 크고 얼굴이 창백한 서양인 하나가 제 곁으로 다가왔습니다. 그는 영국 장교의 제복을 입고 대나무 지팡이를 짚고 있었습니다. 그런데 놀랍게도 얼굴을 보니 그 역시 슬퍼하고 있었습니다. 그는 저에게 서툴지만 제법 알아들을 만한 중국어로 이렇게 말했습니다. 동료들의 탐욕스러운 약탈 행위와 가져가지 못할 것은 일부러 파괴하는 행태가 수치스럽다고 말입니다. 거울과 손목시계, 괘종시계, 조각된 상아 가리개, 산호 가리개, 비단 더미, 창고에 있는 보물들이······."
"그만 두시오!"
태후는 장막 뒤에서 꽉 막힌 목소리로 소리쳤다. 그러나 공친왕은 굽히지 않고 계속했다.
"저는 한 프랑스 병사가 약탈자 중 한 사람에게 동전 한 줌을 주고 황실의 진주 목걸이를 사서는 다음날 은화 수천 냥을 받고 파는 것을 보았습니다. 접견실에 늘어서 있는 금 장신구는 놋쇠처럼 그을리거나 까맣게 타 버렸고······."
"그만 하라지 않소!"
태후의 목소리가 다시 크게 울렸다. 그러나 자존심 강한 공친왕은 여전히 굴복하지 않은 채 단호하게 말을 이었다.

"마마, 저는 발언할 권리를 요구합니다 …… 당시 저는 고든에게 병사들을 물러가게 해달라고 부탁했습니다. 그러자 그는 '당신의 황제가 정전을 요구하는 백기를 든 우리 장교들과 자국민을 고문하여 열네 명이나 죽게 만들었는데 어찌 그것이 가능하겠느냐'고 말했습니다. 마마, 제가 무어라 대답할 수 있었겠습니까?"

"입 다물지 못할까!"

태후는 장막 뒤에서 발끈하여 소리쳤다. 그녀는 치밀어 오르는 화를 억누를 수가 없었다. 지금 공친왕은 함풍제를 설득해 몽골 장군 승왕으로 하여금 외국 협상단을 잡아들이도록 했던 태후의 행동을 공개적으로 비난하고 있는 것이다. 태후는 입술을 깨물고 한동안 아무 말도 하지 않았다. 그 동안 공친왕은 용상에 인사를 하고 자신의 자리로 물러났다. 모든 사람들은 노란 장막 뒤에서 명이 떨어지기만을 기다렸다.

"영국인들이 우리를 위해 봉사하도록 윤허하노라."

마침내 태후가 차분한 목소리로 말했다. 그녀는 좌중이 기다리는 가운데 잠시 멈췄다가 다시 말을 이었다.

"비록 이것이 '적들에 의한 봉사'라고 해도 우리는 지금 이를 받아들여야 할 것이오."

태후는 그렇게 말한 뒤 알현을 마쳤다.

그녀는 밤 무렵 자신의 궁으로 돌아와 골똘히 생각에 잠겼다.

이때까지 그 누구도 감히 그녀에게 말대꾸를 할 수 없었다. 그런데 그 누구도 아닌, 그토록 믿었던 공친왕이 자신 위에 군림할 수도 있다는 가능성을 오늘 보게 된 것이다. 드디어 권력이 무너지는 조짐이 나타난 것인가? 태후는 지난해에 나타났던 길조와 흉조의 징후를 되새겨 보았고, 언뜻 양력 4월 26일에 괴이하고 때늦은 먼지 폭풍이 교외에 불어왔던 일을 떠올렸다.

먼지 폭풍은 거대하게 몰아쳤고 벌건 대낮인데도 불구하고 그 주변을 어둠 속으로 밀어 넣었다. 하늘은 캄캄해졌고 폭풍에 실려 온 거대한 검은 먼지 기둥들이 대지를 휩쓸었다. 북경과 천진 사이에 놓여진 거대한 수로는 먼지로 가득 찼고, 먼지가 수로의 물을 다 빨아들여 배들은 검은 먼지 더미 위에 덩그러니 놓여졌다. 그뿐인가. 폭풍이 열여섯 시간이나 지속되는 동안 많은 여행자들이 실종되었다. 일부는 바람에 날려 도랑에 빠진 채 먼지 속에서 질식사했으며, 또 일부는 피난처를 찾아 어둠 속에서 헤매다가 장님이 되거나 미치기도 했다. 폭풍이 몰아치는 동안 자금성은 오후 세 시면 어둑어둑해져 등불을 켜야 했다.

그러나 이 폭풍에는 한 가지 상서로운 점이 있었다. 거대한 모래 기둥이 지나가면, 다음 모래 기둥이 몰아칠 때까지 한동안 하늘이 푸른빛으로 맑게 빛난다는 것이었다.

폭풍이 지나가고 며칠에 걸쳐 모래 언덕을 처리하고 나자 흠천감은 다음과 같은 보고를 올렸다.

> 이번 폭풍은 커다란 징조를 내포한 것으로, 별점으로 풀이해 보면 국가에 큰 변란이 닥칠 것임을 예고한다. 또한 많은 사람들이 변란 중 죽게 될 것이나 결국 서양에서 온 이방인이 관군에게 승리를 가져다 준다.

태후는 금방 활기를 되찾았다. 흠천감의 보고에 의하면 승리가 예견되었다는데 도대체 무엇이 걱정이란 말인가. 게다가 그 승리란 바로 남쪽의 반란군에 대한 승리를 일컫는 것이 분명했다. 그렇다면 서양에서 온 이방인은 바로 고든을 뜻하는 것일 터였다. 따라서 지금 그 누구도 두려워할 필요가 없지 않은가.

그녀는 공친왕에게, 아들이 용상에 오르는 그날까지 섭정을 맡은 사람은 그가 아니라 자신이라는 사실을 증명해 보일 것이다.

수천 년 전, 가씨 성을 가졌던 한 재상은 우 황제에게 다음과 같이 조언했다.

"혼란스런 시대에는 조정이 강해야 하되, 안정적인 시대에는 부드럽게 다스려야 합니다. 그러나 그 어느 때이든 왕이나 재상이 권좌를 침범하게 해서는 안 됩니다."

태후의 의지력은 다시금 생기를 몰고 왔으며, 곧이어 구름이 걷히고 하늘에서 눈부신 햇살이 비치는 듯했다. 태후는 공친왕을 자신의 발아래 끌어내리는 것 외에도 또 다른 단호한 조치를 고려하고 있었다. 그것은 바로, 지금 당장 아들을 옥좌에 앉히는 일이었다. 그런 뒤 그녀는 옥좌 뒤에 앉아 귓속말로 명령을 전하고, 아들은 어머니의 말을 마치 자신의 명인 것처럼 좌중을 향해 크게 말할 것이다.

그녀는 좀더 신속하게 계획을 실행에 옮기기로 했다. 안덕해가 은밀하게 찾아와 공친왕이 공동 섭정인 사코타를 두 번이나 찾아갔다는 보고를 했기 때문이다. 사코타의 궁에 대기하고 있던 환관들에 따르면, 공친왕은 동태후의 나약함을 비난하며 모든 것을 서태후 마음대로 하도록 내버려 두어서는 안 된다고 탄원을 올렸다고 했다.

환관장 안덕해는 음흉한 자질을 한껏 발휘해 사실을 좀더 과장되게 보고했다.

"태후마마, 공친왕께서는 또한, 태후마마께서 매일 영록 대신의 말에만 귀를 기울이시더니 이번에는 그에게 어린 황제 폐하의 아버지 역할을 맡겼다고 한탄하셨습니다. 또한 이전에는 귀담아 들으려 하지 않았던 이야기가 슬프게도 사실임을 믿게 되었다고 말씀하셨습니다."

"입 닥치게!"

태후는 예복을 펄럭이며 벌떡 일어나 두 눈에 노여움을 가득 담은 채 안덕해를 쫓아냈다. 그러나 안덕해는 내쫓김을 당하면서도 자신이 뿌린 불화의 씨에 한껏 만족했다. 몇 마디 말만으로도 전체 상황을 짐작할 수 있을 만큼 태후가 현명하다는 것을 잘 알고 있었기 때문이다.

그날 오후 그녀는 동태후 사코타를 방문했다. 그리고 다정하게 환담을 나누는 동안 자신의 목적을 조금도 내색하지 않았다. 그녀는 사코타와 기분 좋은 정담을 나누며 다정한 목소리로 사코타를 칭찬해 주었다. 분위기가 무르익은 듯하자 그녀는 목소리와 태도를 바꿔 다음과 같이 말했다.

"동생, 오늘 내가 여기에 온 것은 지나치게 거만해진 공친왕의 기세를 꺾기 위해서는 사촌이 보조를 맞춰 주어야 한다는 것을 알리기 위해서요. 그는 지금 자신의 지위를 이용해 동생의 권력을 빼앗으려 하고 있소. 그리고 동생에게까지 그러하니 특히 나에 대해서는 더 말할 나위 없는 것 아니겠소."

사코타는 그 즉시 태후의 말을 이해했다. 그러나 여전히 어린아이 같은 사코타는 마음속에 뭔가를 감추고 있었다. 순간 병색이 짙은 얼굴이 확 달아올랐다.

"동생도 나와 똑같이 느꼈을 거라 생각하오. 마지막 알현 때 공친왕이 내 앞에서 무슨 말을 했는지 보지 않았소? 그 밖에도 나는 여러 가지 그의 눈에 띄는 무엄한 행동들을 유념해 두었소. 심지어 그는 환관장의 호명을 기다리지도 않고 접견실에 들어오지 않았소?"

그러자 동태후는 미약하게나마 그를 두둔했다.

"그러나 그는 황실에 대한 충성심을 증명한 우리의 아군입니다."

"아무리 내 생명을 구했다고 한들 감히 그런 행동을 하는 것은 용서할 수 없소."

서태후가 반박했다. 이에 동태후는 용기를 내어 말했다.

"어쨌든 언니의 생명을 구했는데도 말인가요?"

"그것은 별개의 문젭니다. 도량이 넓은 사람이라면 자신의 의무를 다한 것을 자랑하지 않는 법이오. 또한 대체 그가 어떻게 내 생명을 구했다는 거요? 내 지시에 따라 열하를 찾아온 것 말이오? 난 그렇게 생각지 않소."

그녀는 잠시 간격을 두었다가 이내 대담하게 말했다.

"암살자의 비수를 막기 위해 목숨을 걸고 뛰어든 사람은 그가 아니라 우리의 친척 영록이었소."

동태후의 얼굴이 잠시나마 굳었다는 것을 눈치 채지 못한 듯 서태후는 계속해서 말을 이었다. 그녀의 커다란 눈은 승리감으로 빛났으며 말과 더불어 움직이는 손짓은 풍부한 감정을 담고 있었다.

"그리고 공친왕이 얼마나 목소리를 높였는지를 동생도 듣지 않았소. 그는 마치 우리를 어리석은 여자들처럼 대하고 있소."

그러자 동태후는 희미하게 미소를 지었다.

"나는 내가 어리석다는 사실을 잘 알고 있어요."

"나는 어리석지 않소."

서태후가 단언했다.

"그건 동생도 마찬가지요. 사내들이 자꾸 여자들을 어리석다, 어리석다 말하니 우리도 그것을 당연하게 받아들이는 거요. 사실은 그렇게 생각하는 남자들이 더 어리석은 것 아니겠소. 설사 우리가 어리석다 치더라도, 공친왕은 우리에게 예의를 갖추고 겸손하게 행동해야만 할 의무가 있소. 우리는 여자이기 이전에 일국의 권력을 가진 태후이자 섭정이기 때문이오. 만일 우리가 공친왕을 견제하지 않으면, 그는 언젠가 섭정의 자리를 찬탈하고 우리를 궁 안에 있는 비밀 장소에 감금해 버릴 것이오. 그렇게 되면 누가 우리를 구해 주겠소? 남자들은 본래 자기네들끼리 뭉치는 족속들이오. 아무도 우리의 종말에 신경 쓰지 않을 겁니다. 그렇게 되어서는 안 되지요. 그러니 사코타, 우리는 행동을 같이 해야 하오."

그녀는 동태후의 어린아이같은 이름을 부르며 자신의 뜻을 강조한 뒤 검은 눈썹을 살짝 찡그렸다. 사코타는 언제나 그랬듯 태후의 말에 움츠러들었고 서둘러 동의를 표했다.

"언니가 최선이라고 믿는 대로 하세요."

동태후는 수줍고 불안한 표정으로 고개를 끄덕였고, 서태후는 자리에서 일어나 경의를 표한 뒤 자신의 궁으로 돌아갈 차비를 차렸다. 수많은 궁녀들이 그들을 지켜보고 있었지만 서태후의 지시에 따라 멀리 떨어져 있었으므로 두 사람의 대화 내용을 들을 수는 없었다.

궁으로 돌아온 태후는 계획이 무르익을 때까지 시기를 두고 기다렸다. 어쨌든 1년 이상 지속되고 있는 남부 지역의 반란이 평정되어야만 일을 시작할 수 있었다. 현재 고든은 최소한의 패전조차 용납하려 들지 않았다. 그는 전시 준비가 완벽히 갖추어지기 전까지는 군대를 출전시키지 않겠다고 통보한 뒤, 전쟁 중 부딪치게 될 문제를 파악할 수 있도록 상승군의 사령관으로 부임하기 전, 상해 인근 지역에 대한 군사 정찰을 허락해 달라고 겸손하게 요청했다.

태후는 조바심에도 불구하고 하는 수 없이 그에게 시간을 주었다. 그러던 중 사건이 터졌다. 고든이 주도면밀하게 전투 준비를 하는 동안 당분간 그의 자리를 맡게 된 부하 장교가 문제를 일으켰던 것이다. 그는 과시욕이 강한 사내로 자신의 전과를 내세우기 위해 승리를 쟁취하려 했다. 그는 남경으로 진격할 심산으로 총 2천5백 명의 다국적 용병으로 구성된 상승군과 5천 명의 관군을 이끌고 상해 부근의 태단성을 포위했다. 그러나 그는 어리석게도 성의 구조조차 살펴보지 않은 채 성벽을 둘러싼 해자의 물이 다 말라버렸다는 한인 정보통의 말만 믿고 그대로 진격을 결정했다.

아침 무렵이 되어 진격 명령을 내렸을 때, 그들은 해자의 넓이가 다섯 자(11미터)나 되는데다가 물이 가득 차 있으며 근처에는 배조차 없다는 것을 알게 되었다. 그럼에도 불구하고 그는 병사들에게 성벽을 기어오를 때 쓰려고 준비해 둔 대나무 사다리를 이용해 해자를 건너라고 명령했다. 그러나 그다지 튼튼하지 못했던 사다리는 해자 한가운데에서 무게를 견디지 못하고 부러졌고, 그 결과 많은 병사들이 해자에 빠져 익사했다. 한편 성벽에서 이를 지켜보던 반란군들은 해자를 건너오는 병사들에게 사격과 야유를 퍼부었다.

"실로 우스운 일이구나!"

반란군들은 그 어느 때보다 손쉬운 승리를 거둔 후 다음과 같이 선언했다.

> 우리는 상승군들이 다리도 놓여지지 않은 해자 근처로 다가와 어설픈 사다리를 가지고 무턱대고 뛰어드는 것을 보았다. 그리곤 사다리가 부러져 해자에 빠지는 것을 보고 어찌 웃지 않을 수 있겠는가! 천왕께서는 그들을 크게 비웃으시며, "해자에 물이 있는지 없는지도 살피지 않고 진격을 명령한 장수가 대체 누구냐"고 말씀하셨다. 또한 그들의 머릿수가 지나치게 적은 것을 보시고는, "지금 저들은 우리를 겁쟁이라 생각하고 있다. 일어나라! 악마들을 이 땅에서 몰아내자!"고 외치셨다. 우리도 천왕과 함께 자리에서 일어

나 한 목소리로 외쳤다. "적들의 피를 보자!" 그리고는 어리석은 상승군을 향해 돌진하여 영국군 장교를 포함한 모든 이들이 죽거나 도망칠 때까지 쫓아갔다. 이 영국인들은 스스로 정한 경계 구역을 침범하는 잘못을 저질렀고, 우리는 그들을 격퇴했다. 또한 그들은 32개의 파운드 포와 총을 버리고 감으로써 도리어 선물을 안겨주었다. 그들은 퇴각시 몸을 보호할 무기조차 지니고 있지 않은 상태였다. 우리는 파운드 포를 승전의 증거로 우리의 성벽에 내걸었다. 사실 청나라 관군만 외국인 용병의 도움을 받는 것은 아니다. 우리 군대에도 많은 백인 용병들이 있다. 태단성에서 총을 사용하라며 그 작동법을 가르쳐 준 사람도 프랑스인이다. 만일 우리의 영역을 쳐들어오지만 않는다면, 우리는 경계선 넘어 공격을 자행하지는 않을 것이다. 그러나 우리의 영토만큼은 끝까지 사수할 것이며, 우리를 공격하는 악마들은 누구든 완전히 섬멸할 것이다.

이처럼 득의양양한 선언이 용상에 전해지자, 서태후는 불같이 화를 내며 그 즉시 고든에게 밀사를 보내 상승군과 관군의 통수권을 이양받아 태단에서의 패배를 보복하라고 명했다. 그러나 고든은 명을 받고서도 섣불리 나서지 않았다. 그는 여전히 필요한 만큼의 준비를 하고 반란군의 심장부를 찾기 위해 시간을 보냈다. 또한 반란군이 예상치 못한 지역에 기습 공격을 가하도록 병사들을 훈련시켰다. 그리고 마침내 그의 용맹스럽고 기동력 있는 군대가 출전을 개시하자, 가는 곳마다 승전고가 울려 퍼졌고 반란군은 방어에 급급했다. 그는 이홍장과 긴밀하게 연합해 군사를 지휘하고, 모든 병력을 상해 부근의 중심지인 감숙甘肅과 금산金山으로 집결시켰다. 그리고 이곳에서부터 지속적으로 승리를 쟁취해 나갔다.

한편 공친왕은 위기 상황이 지속되는 동안 서태후가 한결 누그러진 모습을 보이자 안심이 되었다. 그래서 태후의 힐책을 걱정하지 않고 여전히 습관처럼 사소한 예의를 생략했다.

그러던 어느 날이었다. 국사에 정신이 팔린 공친왕이 알현 도중 허락을 받지 않고 일어나자, 태후는 기다렸다는 듯 맹수처럼 그를 몰아붙였다.

그녀는 눈을 부릅뜨고 위엄 있게 외쳤다.

"공친왕, 그대는 자신의 신분을 망각한 겁니까? 조상들이 정한 법과 관습에 따라 모든 사람들은 용상 앞에 무릎을 꿇어야 하지 않소? 이는 황제를 갑작스러운 공격으로부터 보호하기 위함이거늘 다른 사람들은 모두 무릎을 꿇는데 감히 그대만 일어서다니! 그대는 섭정에 대한 반역을 음모하였소!"

그녀는 환관들을 향해 소리쳤다.

"경비병을 불러 공친왕을 체포하라!"

공친왕은 깜짝 놀란 얼굴로 태후를 바라보다가 이내 미소를 지었다. 태후가 농담을 한다고 생각했던 것이다. 그러나 곧이어 경비병이 도착해 그의 앞을 가로막자 공친왕은 곧바로 이의를 제기했다.

"마마, 아시다시피 이는 몇 해 동안의 습관일 뿐입니다."

태후는 완강하게 고개를 저었다.

"안타깝지만 안 됩니다. 설사 몇 해 동안 그렇게 해 왔고 또한 그대가 황족이라 하더라도, 아무도 황제의 안전을 침범할 수는 없소."

공친왕은 한동안 그녀를 바라보다가 경비병을 따라 나섰다. 바로 그날 태후는 자신의 이름과 동태후의 이름으로 옥새를 날인한 포고문을 발표했다.

> 공친왕은 스스로 신뢰를 저버리는 행동을 저지르고 자신의 조카를 고위직에 임명하는 등 부정한 행위를 저질렀으므로 군기대신의 직책에서 해임하고, 그가 받은 다른 모든 고위 직책 역시 박탈한다. 또한 우리는 그가 반역을 꾀했거나 정권을 탈취하려 했는지 엄격히 조사할 것이다.

 포고문이 발표되자 감히 드러내놓고 나서는 사람은 없었지만, 많은 이들이 남몰래 영록을 찾아 무고한 공친왕의 구명을 청했다. 사실 궁 내외 사람들을 막론하고 어느 누구도 공친왕이 반역을 꾀했다고는 생각지 않았다. 그러나 영록은 사람들의 청원에 대답을 회피했다.

 "진정 공친왕을 구하고 싶다면 나를 찾아오지 말고, 그대들의 백성들이 이를 어떻게 생각하고 있는지를 태후께 말씀드리시오. 서태후께서는 현명하시므로 백성들의 여론이 당신의 생각과 다르다는 것을 아시게 되면 생각을 바꾸실 것이오."

 그래서 사람들은 이 사실이 방방곡곡 널리 퍼질 때까지 한 달간을 기다렸다. 이윽고 관리들은 물론 일반 백성들까지도, 서태후가 선대 황제의 형제이자 충실한 신하인 공친왕에게 지나치게 가혹하다고 한목소리로 불평하기 시작했다. 그리고 선황이 열하로 피신했을 때 목숨을 걸고 도읍에 남아 계량과 더불어 평화 조약을 체결했던 공친왕의 업적들을 열거하며 한탄을 금치 못했다.

 태후 역시 이러한 불만을 모르는 바 아니었다. 그러나 그녀는 이런 이야기들을 그저 연꽃처럼 고요한 얼굴로 듣고만 있을 뿐이었다. 그 동안 은밀히 자신의 역량을 가늠하고 있었던 것이다. 그 사이 여론은 반발로 들끓기 시작했다. 그러나 공친왕은 자신의 죄를 수긍하고 질책을 받아들이는 듯 보였다. 이에 서태후는 자신과 동태후의 명의로 두 가지 칙령을 발표했다. 첫 번째는 황제에게 겸허하게 예의를 갖추지 않는 사람은 누구든지 간에 가혹한 벌을 내리는 것이 자신의 의무라는 내용이었다. 그리고 두 번째 칙령은 다음과 같았다.

> 공친왕은 자신의 죄를 뉘우치고 잘못을 인정했다. 우리는 공친왕에 대한 사적인 감정 없이 단지 정의롭게 법을 실행했을 뿐이다. 우리 역시 군기대신을 그처럼 가혹하게 대하고 싶지 않았다. 또한 공친왕이 우리에게 많은 도움을 주었다는 사실 역시 부인하지 않는다. 따라서 공친왕에게 다시 군기대신의 직책을 맡기되 조언자로서의 역할은 금지한다. 공친왕은 오늘부터 맡은 바 임무를 충실히 완수함으로써 관용에 보답할 것이며, 또한 악의적인 생각과 질투심에서 벗어나 스스로를 정화하도록 하라.

이렇게 하여 공친왕은 다시 복귀되었고 그 후로 위엄 있고 겸손하게 임무를 수행했다.

그날부터 서태후는 접견실의 노란 장막 앞에 있는 옥좌에 아들을 앉힌 뒤, 대신들이 상주문을 올릴 때마다 고개를 들고 무릎 위에 손을 모으고 경청하도록 시켰다. 어린 황제는 용무늬 자수와 루비 단추를 단 노란빛의 정식 예복을 입고 머리에는 관을 쓴 채 옥좌에 앉았다.

태후는 계절을 가리지 않고 새벽이 되면 어린 황제를 깨워 접견실로 향했다. 날씨가 좋을 때에는 나란히 걸어 접견실에 도착했고, 날씨가 궂으면 가마를 탔다. 물론 두 사람은 각각 옥좌와 장막 뒤에 따로 앉아야 했지만 그 거리가 아주 가까웠으므로 황제는 작은 몸을 조금만 틀면 태후의 귓속말을 들을 수 있었다.

왕들이 지루한 탄원을 하거나 늙은 재상들이 단조로운 목소리로 긴 상주문을 읽을 때면, 어린 황제는 고개를 돌려 모후에게 물었다.

"이럴 땐 뭐라고 해야 하지요? 어마마마."

태후는 어린 황제에게 어떻게 말해야 할지를 알려 주었고, 그는 어머니의 말을 그대로 반복했다. 그러다가 시간이 흘러 지루해지면 종종 단추를 만지작거리거나 집게손가락으로 예복 위의 용무늬를 따라 그리곤 했다. 또 어쩔 때는 자신이 어디에 와 있는지조차 잊어 버렸다. 그때마다 모친의 날카로운 소리가 그의 귓전을 때렸다.

"똑바로 앉으시오! 본인이 황제라는 것을 잊었소? 황제께서는 보통 아이들처럼 행동해서는 안 됩니다."

그 동안 태후는 항상 부드러운 태도로 아들을 대해왔다. 따라서 황제는 미처 알지 못했던 모후의 엄격함이 놀랍기도 하고 내심 두렵기까지 했다.

"이제 뭐라고 해야 하나요? 어마마마?"

황제는 늘 이렇게 물었고, 그때마다 태후는 목소리를 낮추어 속삭이듯 대답해 주었다.

이즈음 서태후는 남쪽 지방에 머물고 있는 용맹한 장수 증국번이 매일같이 보내오는 보고에 온 정신을 집중하고 있었다. 그녀는 사람을 꿰뚫는 뛰어난 안목으로 단번에 그가 능력 있는 인재라는 것을 알아 보았고, 영록 다음으로 그를 높이 평가하기에 이르렀다.

증국번은 대다수의 지위 높은 무관들처럼 힘만 세고 허풍스러운 사람이 아니었다. 자신의 조부나 부친이 그랬듯 학자 출신인데다가 재능과 지혜까지 겸비하고 있었던 것이다. 그러나 태후는 증국번 자체보다는 그의 행적마다 드러나는 전쟁의 짜릿함, 패배의 위험, 그리고 승리의 영광에 더 큰 호감을 가지는 듯했다.

이윽고 함풍제의 애도 기간이 끝나감에 따라 태후는 남쪽의 반란을 평정하기 위해 더더욱 박차를 가했다. 적어도 선황의 장례일 전에는 평화의 분위기를 굳건히 하고 싶었기 때문이었다. 전령은 하루도 빠짐없이 북경과 남경 사이의 8백 킬로미터를 오가며 증국번의 전황 보고 문서를 가져왔고, 자정이 되면 환관장 안덕해가 그것을 태후에게 전달했다. 태후는 베개 옆 커다란 촛대 아래서 증국번이 보내 온 문서를 홀로 읽었다. 그리고 이를 통해 태후는, 한겨울 내내 증국번이 직속 부하 팽옥린彭玉麟과 동생 증국전의 도움을 받아 능수능란한 전략을 구사해 반란군들을 공격했으며, 어떻게 광주성, 강서성, 안휘성, 절강성에 있는 백 개 이상의 도시를 탈환했는지를 한눈에 알 수 있었다.

매일 새벽 조회가 시작되기 전 태후는 궁성宮城의 복도를 따라 수천 개의 머리와 팔을 가진 흰빛의 거대한 불상이 있는 사찰로 향했다. 그리고 미지의 대상 앞에서 무릎을 꿇고 앉아 증국번에게 용맹함과 지혜를 달라고 기도했다. 태후가 먼저 기도를 시작하면 이어 승려들이 고개를 숙여 기도했다. 그들은 태후가 금 단지에 향을 피우는 동안 꼼짝하지 않고 자리에 앉아 있었다.

지성이면 감천이라 하늘이 동했는지 그해 여름 음력 6월, 양력으로는 7월 16일, 증국번은 드디어 남경의 외곽 성벽을 점령한 뒤, 폭약이 가득 든 궤짝을 설치해 성을 부순 다음 수천 명의 군사들에게 진격 명령을 내렸다. 그들의 마지막 목표는 천왕의 궁전이었다. 그곳에는 결사항전의 자세로 죽음을 각오한 수비대들이 방어진을 치고 있었다. 그러나 폭약이 가득한 대포를 발사하자 건물 곳곳에 불이 붙었고, 오후 한 시 경이 되자 하늘 높이 화염이 치솟았다. 불타는 집마다 태평군의 동조자들이 생쥐 떼처럼 도망쳐 나왔다. 그들은 모두 체포되어 사형에 처해졌다. 그리고 생포되어 가혹한 심문을 당한 태평군의 수장 이만재에 의하면, 천왕은 이미 30일 전 극약을 먹고 자살했으며, 그의 아들이 왕위를 계승할 때까지 이 사실을 비밀에 부치기로 합의가 돼 있는 상태였다. 천왕의 아들은 곧 잡혀 처형되었다.

증국번의 승리적인 보고를 받은 태후는 전 백성 앞에서 반란군의 섬멸을 선포하는 포고령을 연이어 발표하고, 이를 기뻐하기 위해 한 달 간 축제를 벌이도록 했다. 그리고 천왕의 무덤을 파낸 뒤 그 목을 잘라 방방곡곡에 전시시킴으로써 모든 백성들로 하여금 반란군의 끔찍한 최후를 보도록 했다. 생존한 반란군 우두머리들은 자금성으로 송환되어 심문을 받은 후 능지처참되었다. 태후는 어린 황제와 함께 황실의 사당과 사찰을 방문하여 나라를 보호해주신 신과 조상들께 감사를 드렸다.

얼마 후 황제에게 보고를 하기 위해 환궁한 증국번은 처형당한 포로들로부터 듣게 된 천왕의 기이하고 천박한 행동을 자세히 언급했다. 천왕은 사실 시대가 낳은 정신병자에 불과한 사내로, 자신의 대의명분이 그 운을 다했다는 것을 알면서도 끝까지 허풍을 부렸다. 그는 옥좌에 앉아 점점 줄어드는 추종자들에게 호언장담했다.

"하느님께서 내게 신성한 명령을 내리셨다. 하느님 아버지와 내 신성한 형님이신 예수 그리스도께서는 내게, 이 육신의 세계로 내려가 지상의 모든 나라와 종족들의 진정한 주인이 되라고 명령하셨다. 이런 내가 도대체 무엇을 두려워하겠는가? 나와 함께 남든지, 나를 떠나든지 그 선택은 너희들에게 달렸다. 그리고 꼭 너희들이 아니더라도 이 왕국은 하늘의 주인이신 수천 명의 천사들에 의해 대대로 보호받을 것이다. 그러니 어찌 수십만의 하찮은 관군들이 나의 왕국을 괴롭힐 수 있겠는가?"

그러나 음력 5월 중순, 천왕은 자신의 패배를 인정하고 독을 탄 술을 세 모금 마셨다. 그리고는 이렇게 울부짖었다.

"하느님 아버지가 나를 속이신 것이 아니라, 내가 하느님 아버지의 말씀에 복종하지 않은 것이니라!"

천왕은 그렇게 숨을 거두었고, 그의 수하들은 그의 시신을 관이 아닌 용이 수놓아진 노란 공단에 싼 뒤, 야밤을 틈타 궁성 한쪽 구석에 은밀히 묻었다. 그리고는 열여섯 살 된 그의 아들을 대신 옥좌에 앉히려고 음모를 꾸몄다. 그러나 천왕의 죽음을 전해 들은 반란군들은 희망을 잃고 성을 떠났다.

증국번이 이 모든 사실을 고하는 동안 태후는 노란 비단 장막 뒤에서 조용히 귀를 기울였으며, 사코타는 그녀의 옆에 꼼짝도 하지 않고 앉아 있었다.

"시신의 상태는 어떻던가?"

태후가 물었다.

"이상하리만치 깨끗합니다."

증국번은 연이어 말을 이었다.

"신이 보기에, 시신을 감쌌던 비단 천이 보통 것이 아닌 듯싶습니다."

"반란군의 왕은 어떻게 생긴 작자이던가?"

태후가 다시 물었다. 그러자 증국번이 대답했다.

"체격이 건장하고 키가 큰데다 큼직한 얼굴에 대머리였습니다. 또한 드문드문 회색빛이 섞인 턱수염을 길렀습니다. 저는 황명에 따라 시신의 머리를 베었고, 이를 각 지방으로 순회시키라고 명령했습니다. 또한 머리를 제외한 나머지 부분은 불태워 그 재를 확인했습니다. 천왕의 두 형도 생포되었지만 모두 제정신이 아닙니다. 그들은 끊임없이 '하느님 아버지, 하느님 아버지'만을 중얼거리고 있습니다. 저는 그들의 목도 베어 버리라고 명령했습니다."

보고를 다 듣고 난 태후는 허리를 곧게 펴고 이렇게 말했다.

"나는 지난 몇 해 동안이나 이 반란군 왕과 전쟁을 벌여 왔고 결국엔 승리했소. 그러니 내가 격파한 적의 시신을 직접 보고 싶소."

다음 날 기병 하나가 안장에 매단 바구니에 천왕의 머리를 담아 왔다. 이연영은 먼지가 묻고 더럽혀진 머리를 직접 받아 노란 공단에 감싸 태후의 개인 접견실로 가져갔다.

태후는 옥좌에 앉은 채로 뚜껑을 열라고 지시했다. 이연영은 지시대로 바구니에 다가섰다. 태후는 공단을 벗기고 무시무시한 얼굴을 두 손으로 꺼내는 끔찍한 장면을 눈 하나 깜짝하지 않고 지켜보았다. 태후는 미처 감겨줄 겨를 없이 두 눈을 부릅뜬 천왕의 머리를 차가운 표정으로 응시했다. 그러자 기이한 광채가 흐르는 천왕의 두 눈도 그녀를 응시했다. 입가에 드문드문 난 회색 섞인 턱수염 탓에 그 입술은 한층 창백해 보였으며, 이미 푸른빛으로 변해버린 혀는 반쯤 벌어진 입 사이에서 뻣뻣하게 굳어 있었다.

옥좌 옆에 서 있던 궁녀들은 이 두려운 광경을 보지 않으려고 소매로 눈을 가렸다. 그중 유난히 수줍음이 많던 한 궁녀는 구토를 하더니 소리를 지르며 의식을 잃었다. 심지어는 이연영조차도 불쾌함을 감추지 못했다.

"악당은 죽어서도 악당이구나."

이연영이 중얼거렸다. 그러나 태후는 천천히 고개를 저었다.

"참으로 기이하고 사납도다. 너무 절망적이고 불쌍해 차마 볼 수가 없구나. 이것은 악당의 얼굴이 아니다. 이연영, 너는 생각이 짧구나. 이것은 그저 믿음이 깨져버리자 미쳐버린 시인의 얼굴이다.

또한 태어날 때부터 자신이 패배자였다는 사실을 알아 버린 얼굴이다."

태후는 한숨을 쉬며 머리를 등받이에 기대더니 잠시 동안 손으로 이마를 짚었다. 이윽고 다시 고개를 든 태후는 짧게 지시했다.

"이 괴수의 머리를 다시 가져가라. 그리하여 전국에 있는 모든 백성들이 볼 수 있도록 하라."

이연영이 시신의 머리를 건네주자 기병은 그것을 다시 바구니에 넣어 각 지방을 향해 출발했다. 이후 천왕의 머리는 전국의 모든 사람들이 볼 수 있도록 여러 번이나 장대 높이 매달렸으며, 결국에는 살이 다 마르고 껍질이 벗겨져 하얗게 뼈만 남았다. 머리가 걸려있던 곳은 어디나 평화의 분위기가 감돌았다.

양력 1865년, 태평천국의 난은 이렇게 끝났다.

잔인하고 참혹한 전쟁이 15년간 전국의 아홉 개 지역에서 발발하였고, 2천만 명의 사람들이 전사하거나 굶어죽었다. 천왕은 어느 곳에서도 자신의 왕국을 건설하지 못한 채, 추종자들과 더불어 살인과 약탈을 자행하며 전국을 누볐다. 추종자들 중 대다수는 본국을 떠난 지 오래된 떠돌이 백인들과 유랑자들이었다. 반면에 기독교인이자 예수의 이름을 사용했다는 이유만으로 천왕을 따랐던 사람들도 있었다.

그러나 그들 역시 처형을 피하지는 못했다. 이 거대한 반란이 평정된 후 고든으로부터 향상된 전쟁 기술을 전수 받은 사기충천의 관군들은 잔존하던 두 개의 작은 반란까지도 단숨에 평정했다. 하나는 매번 황실에 아름다운 대리석을 공물로 바쳤던 운남성에서 일어난 반란이었고, 다른 하나는 산서성에서 일어난 회교도들의 반란이었다. 이것은 태평천국의 난에 비하면 극히 작은 소요 사건으로 얼마 안 가 끝이 났다.

태후는 이제 자신의 제국이 평화와 번영의 시대로 접어들었음을 깨달았다. 백성들은 태후의 영도 하에 모든 반란이 평정된 데 대하여 그녀를 칭송했고 태후의 권위는 나날이 높아갔다. 또한 태후는 이 모든 사실을 염두에 둔 채 신속하게 궁중 내 권력을 증대시킴으로써 더욱 왕권을 공고히 했다.

 한편 그녀는 영국인 고든을 잊지 않았다. 중국번이 관군의 지휘를 맡아 남경을 공격했을 때, 고든은 양자강揚子江 하류 지역에서 상승군을 이끌었다. 그리고 이홍장은 고든의 곁에서 관군을 지휘했다. 이 세 장수의 공은 너나할 것 없이 컸지만 사실 고든의 승리가 없었다면 남경은 그처럼 쉽게 함락되지 못했을 것이다. 본디 고결한 성품을 가진 중국번은 옥좌 앞에서 고든의 공적을 가감 없이 고했다.

 태후는 점차 이 영국인에 대해 궁금증과 호감을 느끼기 시작했지만 외국인을 궁중에 초청한 전례가 없었으므로 결국 그 소원을 포기할 수밖에 없었다. 하지만 그녀는 고든에 관한 모든 보고를 읽고 주변인들의 평가를 귀담아 들었다. 이홍장은 보고에 다음과 같이 쓰기도 했다.

> 고든의 장점은 청렴결백한 성격입니다. 그는 우리 백성들을 위해 반란군을 진압하는 것이 자신의 의무라고 선언했습니다. 사실 저는 이제껏 고든 같은 사람을 본 적이 없습니다. 그는 반란군에 의해 약탈당하고 부상당한 사람들을 위로하기 위해 사재를 털었습니다. 심지어는 적들조차 그를 '성인'이라 부르며 이러한 사람에게서 패배한 것은 차라리 영광이라고 말했습니다.

보고를 받은 태후는 고든에게 일등 무공 훈장을 하사하고 그의 승리를 기리기 위하여 은 1만 냥을 증여하라고 명령했다. 그러나 황실의 전달자들이 바구니 가득 은덩이를 이고 찾아갔을 때 고든은 그 선물을 거절했다. 전달자들이 우물쭈물하며 물러가지 않자 그는 지팡이를 휘둘러 그들을 내쫓았다.

전국에 이 이야기가 퍼졌지만 아무도 믿지 않았다. 얼마 후 고든은 황실의 선물을 거부한 자신의 행동에 대해 다음과 같은 이유를 밝혔다.

위대한 도시인 소주蘇州를 탈환하고 승리감에 도취한 이홍장은 이미 항복을 표시한 반란군 지휘관들도 모조리 처형해 버렸다. 그러나 고든은 그 지휘관들에게 항복할 경우 목숨만은 살려 주겠다고 약속한 터였다. 이 약속이 이홍장에 의해 무참히 파기되었음을 알게 된 그는 크게 격분했고, 그의 분노를 두려워한 이홍장은 한동안 상해에 있는 자신의 집으로 피신해야 했다.

"살아 있는 한 널 용서하지 않겠다!"

고든은 악을 쓰며 말했다. 이홍장은 그의 하얗게 질린 얼굴과 서릿발 같은 눈빛에서 진실로 그가 자신을 용서하지 않을 것임을 알았다.

고든은 황제에게 다음과 같은 편지를 보냈다.

> 소장 고든은 분에 넘치는 황제 폐하의 은총을 받았습니다. 그러나 불행하게도 소주시 탈환 후 발생한 불미한 일로 인해 황제 폐하의 표창을 받을 수 없게 되었습니다. 간청하옵건대 성은을 베푸시어 저로 하여금 폐하의 하사품을 받지 않도록 허락해 주십시오.

태후는 중해궁中海宮의 정원에 앉아 그 편지를 두 번이나 되풀이해 읽었다. 그리고는 그런 고귀하고도 정의로운 이유로 재물과 명성을 거절한 이 고든이라는 자에 대해 곰곰이 생각해 보았다. 처음으로 그녀는 서양의 야만인들 중에도 비야만적이고, 너그러우며, 타락하지 않은 사람이 있다는 사실을 깨달았다. 그러한 생각은 태후의 영혼까지 동요시켰다. 다름 아닌 적들 중에 좋은 사람이 있다면 그녀는 마땅히 그들을 두려워해야 했다. 정의로운 백인들은 생각한 것보다 훨씬 강한 존재였다. 이후 그녀는 이러한 두려움을 평생 동안 가슴속에 감춘 채 살아갔다.

서태후는 며칠 동안 증국번을 북경에 머물도록 한 후, 그의 용맹스러움과 승리에 대한 보상으로 어떤 상을 내려야 할지를 생각했다. 그러나 그녀는 왕이나 재상에게조차 이에 대한 조언을 구하지 않고 있었다. 결국 태후는 증국번을 북쪽의 직례성 총독으로 임명했으며, 증국번은 그 후로 천진天津에 거주하게 되었다. 그해 1월 16일에 태후가 주최한 연회에서 증국번은 가장 상석에 앉는 영광을 누렸다. 연회실에는 셀 수 없을 정도로 많은 요리가 준비되었고, 궁중 배우들은 여섯 편의 유명한 경극을 공연했다. 이 모든 여흥이 끝나자 태후는 그가 천진으로 가서 편히 쉴 수 있도록 배려해 주었다.

하지만 증국번은 명을 받고 휴양차 간 천진에서조차 편히 쉴 수 없었다. 천진의 프랑스 수녀원에서 갑작스런 소요가 발생했기 때문이다. 이 수녀원은 고아원을 운영하면서 아이들을 데려오는 사람들에게 포상금을 지불했다. 문제는 여기서 시작됐다. 악당들은 포상금을 받기 위해 아이들을 납치해 수녀원에 팔았고, 수녀원 측에서는 부모가 누구인지 알아보지도 않고 아이들을 받아들였다. 그리고 부모들이 찾아와 아이들을 돌려달라고 요구하자 이미 포상금을 지불했으므로 그럴 수 없다는 말로 일관했다.

태후는 곧바로 증국번을 수녀원으로 보내 문제를 해결하라고 지시했다.

"어째서 그 외국인들은 중국 아이들을 원하는가?"

태후가 묻자 증국번은 넓은 식견을 동원해 이렇게 대답했다.

"태후마마. 제 생각으로는 아이들을 자신들의 종교로 개종시키기 위함인 듯합니다. 그러나 불행하게도 미신을 신봉하는 우리 무지한 백성들은 그들이 사람의 눈과 심장, 간으로 신기한 약을 만들기 위해 아이들을 원하고 있다고 떠들어댑니다."

태후는 두려움을 느끼며 소리쳤다.

"그 말이 맞을 수도 있지 않은가!"

그러나 증국번은 고개를 저었다.

"제 생각으로 그것은 한낱 엉뚱한 소문에 불과합니다. 수녀원은 거리에서 빈사 상태에 놓인 걸인의 자식들이나 가난한 집안에서 갓 태어난 여아를 데려갑니다. 또한 부모가 길가에 버린 아기들도 데려다 보살핍니다. 물론 이런 아이들의 목숨을 다 구할 수는 없지만 어쨌든 보살피고 세례를 주어 개종시키는 것입니다. 그리고 끝내 죽어간 아이들은 기독교 묘지에 묻은 뒤 세례를 베풉니다. 이것이야말로 수녀원의 미덕이라고 생각됩니다."

태후는 증국번의 말에 시비를 가릴 수가 없었다. 증국번은 적에게조차 아량을 베풀 만큼 그릇이 큰 사람이었기 때문이다.

그해 5월 천진의 수녀원에 신의 저주가 내려 고아원에 있던 많은 아이들이 죽음을 당하자 자칭 '팽창한 별'이라고 부르는 수많은 군중들과 악당들이 각지를 돌아다니며, 천진의 수녀원이 아이들을 죽이고 있다고 떠들어댔다. 분노한 백성들은 선발대를 뽑아 수녀원으로 보내 그 안을 감찰하게 했다. 두려움에 빠진 수녀들은 결국 그들이 고아원 안을 살펴보는 것을 허락하고 말았다. 그러자 이번에는 프랑스 영사가 소식을 듣고 격분해서 달려와 선발된 사람들을 쫓아버렸다. 또한 이 오만한 외국인은, 위험한 행동이라는 천진의 순무 巡撫*인 숭후의 만류에도 불구하고 중국의 고위 관료를 프랑스 영사관으로 보내달라고 요구했다.

이어 군중들은 시 행정관의 애타는 간청에도 불구하고 들끓어 오르는 분노를 잠재우려 하지 않았다. 그들은 횃불과 무기를 든 채 교회와 수녀들의 고아원으로 몰려갔다. 그때 어리석은 프랑스 영사가 수녀들을 구하기 위해 권총을 들고 뛰어들었다. 그는 곧 군중들에게 붙잡혀 살해되었다. 그러나 시체가 발견되지 않았으므로 어디서 어떻게 죽었는지는 알 수 없었다.

상황이 심각해지자 공친왕이 증국번을 돕기 위해 천진에 도착했다. 그는 모든 수단을 동원해 프랑스 영사관과 협상을 벌였고, 때마침 프로이센과 전쟁 중이었던 프랑스는 쉽게 협상에 응했다. 태후는 살해당한 프랑스 영사와 고통을 겪은 수녀원을 감안해 프랑스에 은화 4천 냥을 지불한 뒤, 순무인 숭후를 프랑스로 보내 사과토록 했다. 그리고 문제 해결 절차가 많이 남아있었음에도 다시 증국번을 불러들였다. 남쪽 지방으로부터 심각한 소식을 알리는 상주문이 전달되었기 때문이다.

비록 태평천국의 천왕이 죽고 총독을 살해하는 반란이 일어난 지 몇 년이 지났건만 남경을 비롯한 다섯 개의 성은 여전히 평화의 분위기를 찾아볼 수 없었다. 백성들이 무법천지 속에서 불안에 시달리자 태후는 급히 증국번을 남경으로 보내어 죽은 총독을 대신해 그 지역을 다스리도록 할 작정이었다. 하지만 임지를 떠나 북경에 도착

---

* 황제 직속으로 제도상으로는 총독 밑에 있으나, 실제로는 군무를 위시해서 총독과 같은 권한이 인정됨.

한 지치고 노쇠한 장군은 새벽 무렵 어린 황제가 앉아 있는 옥좌 앞의 방석에 무릎을 꿇었다. 그리고 남쪽 지방으로 돌아가 남경의 총독으로 부임하라는 새로운 명에 대해, 건강이 악화되고 시력이 급격히 나빠져 임무를 수행하기 어려우니 부디 직책을 거두어 달라고 간청했다.

서태후는 장막 뒤에서 그의 말을 가로막았다.

"그대라면 능히 그 지역을 다스릴 수 있을 거요."

그러자 증국번은 현재 자신의 임지인 직례성에서 벌어진 수녀원과 관련된 소요 사태가 아직 완전히 해결되지 않았음을 상기시켰다.

"아직도 그 악한들을 처형하지 않았소?"

태후가 의아한 듯 묻자 증국번이 대답했다.

"태후마마, 현재 프랑스 공사와 그의 친구인 러시아 공사는 대리인을 보내 처형 장면을 직접 목격하기를 원하고 있습니다. 그런데 대리인들이 도착하지 않았기에 부하 장수인 이홍장으로 하여금 일을 마무리 짓도록 명하고 왔습니다. 처형은 아마 어제쯤 시행되었을 것입니다."

"망할 놈의 선교사와 신부들!"

태후가 소리를 질렀다.

"그들이 우리 땅에 들어올 수 없도록 막을 수 있다면 얼마나 좋겠소? 공은 반드시 남경의 총독을 맡아 주셔야 하오. 그리고 외국인을 증오하는 백성들을 통제할 수 있도록 잘 훈련된 대규모 군대를 건설하도록 하시오."

"예, 마마. 저는 양자강을 따라 요새를 건축할 생각입니다."

서태후는 얼굴을 찡그리며 다시 말을 이었다.

"공친왕이 외국인들과 맺은 조약들은 진저리가 납니다. 특히 마치 자신들의 나라인 양 이 땅을 들락거리는 기독교도들은 더욱 더 진저리 나고 말이오!"

"저 역시 그리 생각하옵니다, 마마."

증국번은 궁중의 법도에 따라 모자도 쓰지 않고 무릎을 꿇고 있었다. 그는 뼛속 깊이 스며드는 겨울 새벽의 한기를 느꼈음에도 아무 내색 없이 공손한 태도를 보였다.

"사실 선교사들은 도처에서 문제를 일으키고 있습니다. 기독교 개종자들은 서양 종교를 믿으려 하지 않는 사람들에게까지 자신들의 종교를 강요하고, 선교사들이 이 개종자들을 보호하고 있습니다. 게다가 영사관들 역시 이러한 선교사들의 활동을 부추기고 있는 게 사실입니다. 내년에 프랑스와의 조약을 갱신할 때 중국 백성들을 상대로 한 포교 활동의 허용에 대해 전반적으로 재고해야 할 것입니다."

이 말을 들은 태후는 더욱 격앙되어 말했다.

"우리에게는 이미 고유의 세 가지 훌륭한 종교가 있소. 그런데 어째서 외국 종교를 받아들여야 하는지 이해할 수가 없군요."

"저도 그리 생각하옵니다, 태후마마."

이어 잠시간의 침묵이 흐른 뒤 알현은 끝났다. 그날은 증국번의 환갑이었으므로 태후는 그를 위해 성대한 연회를 베풀고 많은 선물을 하사했다. 또한 그녀는 증국번의 연륜과 공적을 찬양하는 시를 자작해 생동감 있는 필체로 비단 위에 적은 뒤, 이를 '우리의 드높은 기둥이며 바위처럼 우리를 수호하는 분에게'라고 조각된 현판과 함께 전달했다. 또한 금불상과 옥을 박은 백단白檀으로 만들어진 왕을 상징하는 홀笏(벼슬아치가 알현할 때 관복에 맞춰 손에 쥐던 패), 황금빛 용 자수를 놓은 예복, 궁중 비단 열 필과 주름진 비단 열 필도 함께 보냈다.

실제로 증국번의 영향력은 대단했다. 그가 남경의 총독으로 부임하자마자 백성들의 불안이 진정된 것이다. 그가 가서 첫 번째로 한 일은 전임 총독을 살해한 범인을 색출하여 참형에 처하는 것이었다. 그는 죄인을 공개적으로 처형해 백성들로 하여금 범죄의 대가를 목격하도록 했다. 백성들은 가늘고 날카로운 칼이 죄인의 살아있는 몸을 살과 뼈로 발라내는 끔찍한 장면을 침묵 속에서 지켜보았다. 그러나 이 일이 끝나자 모두들 다시 일상으로 돌아가 평소대로 여흥을 즐겼다. 관리들은 꽃배가 연꽃 연못 위를 부지런히 오가고 아름다운 기녀들이 노래를 하며 비파를 연주하는 가운데 연회를 즐겼다.

증국번은 예전의 평화로운 삶을 되찾자 기쁨을 감출 수 없었다. 그는 흐뭇한 심정으로 황제에게, 이제 남경은 태평천국의 난 이전의 평화로운 상태로 돌아갔다는 내용의 보고서를 올렸다. 그러나 증국번은 이 평화를 그렇게 오래 누리지는 못했다. 드높은 명성과 지위, 청렴결백한 성품에도 불구하고 장수와는 거리가 멀어 일찍 죽었던 것이다.

다음 해 초봄, 그는 태후의 전갈을 받기 위해 북경에서 온 사자使者를 만나러 가는 도중 가마 안에서 심장 발작을 일으켰다. 늘 그랬던 것처럼 홀로 유교 경전의 구절들을 낭송하던 그는 갑자기 혀의 감각이 사라졌다는 것을 느꼈다. 그리곤 불길한 예감에 사로잡혀 수행원들에게 다시 처소로 돌아갈 것을 명했다. 돌아가는 도중 그는 현기증 때문에 정신이 혼미해졌고, 눈앞에 이상한 점들이 떠다니는 것을 보았다. 그리고 사흘 동안 조용히 침상에만 누워 있었다.

다시 두 번째 심장 발작을 일으켰을 때, 그는 자신의 아들을 불러 곁에 앉혔다. 그리고 사력을 다해 유언을 남겼다.

"나는 이제 황천길로 떠나려 한다. 아직 마무리 짓지 못한 문제들이 산적해 있지만 어쩔 수가 없구나. 태후마마께 나의 동료인 이홍장을 추천하도록 해라. 육신은 순간이 지나면 사라지는 아침 이슬과 같으니라. 내가 관 속에 들어가게 되면 오랜 관습대로 장례를 치르고 불경을 읽도록 해라."

"아버님! 돌아가신다는 말씀은 하지 마십시오!"

아들은 아버지의 공단 이불을 붙잡고 미친 듯 울부짖었다. 눈물이 흘러 내려 그의 뺨을 적셨다.

증국번은 잠시 기력을 회복한 듯 만개한 자두나무가 있는 정원으로 데려가 달라고 말했다. 그는 그곳에서 다시 심장 발작을 일으켰지만 이번에는 침상이 아닌 총독의 접견실로 데려가 달라고 손짓했다. 가족들은 그의 마지막 부탁에 따라 그의 딱딱하게 굳어 가는 몸을 총독의 자리에 앉혔다. 그리고 그는 그 자리에 앉아 세상을 떠났다. 증국번이 죽음을 맞이한 그 순간, 남경의 하늘에서는 유성이 떨어지며 굉음이 들렸다. 사람들은 그 광경을 보며 두려움에 사로잡혔다. 이윽고 그가 죽었다는 소식이 퍼지자 백성들은 마치 부모를 잃은 것처럼 슬퍼했다.

이틀 후 증국번이 죽었다는 소식을 전해들은 서태후는 고개를 숙인 채 한동안 소리 없이 눈물을 흘린 뒤 이렇게 선언했다.

"사흘 동안 애도의 뜻으로 모든 여흥과 연회와 경극을 금한다."

태후는 제국에 평화를 되찾아 준 이 위대하고 훌륭한 인물을 기리기 위해 사찰을 건립하라는 포고령을 보냈다. 그리고 증국번이 죽은 지 사흘째 되는 날 저녁 무렵, 사람을 보내 영록을 불렀다. 태후의 개인 접견실로 들어선 영록은 그녀 앞에 무릎을 꿇었다.

"군기대신께서는 증국번이 자신의 후임으로 추천한 이홍장을 어떻게 생각하시오?"

태후가 물었다.

"태후마마, 제 소견으로는 이홍장을 신임하셔도 좋을 것 같습니다. 그는 용감하고 현명하며, 태후께서 신임하시면 할수록 더욱 황실에 충성할 것입니다. 다만 그에게는 자주, 그리고 후하게 포상을 주셔야 합니다."

태후는 잠시 동안 커다란 눈으로 그의 얼굴을 바라보다가 이윽고 입을 열었다.

"날 위해 일하고도 보상을 바라지 않는 사람은 그대밖에 없군요."

영록은 조용히 무릎을 꿇은 채 아무 대답도 하지 않았다. 태후는 부채를 접어 그의 어깨를 살짝 치며 말했다.

"건강에 유의하시오. 그대 다음으로 의지했던 증국번이 죽었습니다. 신들이 또다시 알 수 없는 저주를 내려 그대까지 빼앗아 갈까 두렵소."

"태후마마."

영록은 고개를 더욱 숙이며 말했다.

"함께 보냈던 어린 시절부터 마마는 제게 항상 한결같은 존재입니다."

순간 태후의 눈동자에 빛이 어렸다.

"일어나시오. 일어나서 얼굴을 보여 주시오."

그러자 영록은 자리에서 일어나 강인하고 건장한 모습으로 태후 앞에 섰다. 순간 두 사람의 눈이 마주쳤다.

다음해 가을, 드디어 흠천감은 선황의 장례 날짜를 선포했다. 몇 년 간 황제의 시신은 보석 박힌 관에 담긴 채 궁의 구석진 사찰에 보관되어 있었다. 그 동안 사람들은 5년에 걸쳐 새로운 무덤을 건축했다.

태후는 새로운 신임의 표시로 공친왕에게 경비를 조달하는 임무를 맡겼다. 그러나 가장 부유한 지역으로 그 동안 필요한 경비를 대부분 충당해 왔던 남부 지역이 전쟁과 반란으로 궁핍해지자 이 임무는 수행이 매우 힘들어졌다. 그럼에도 공친왕은 아무 불평 없이 이를 완수했다. 그는 모든 지역과 조합에 세금을 부과하고 강압과 설득을 통해 은화 1천만 냥을 모았다. 그렇지만 그중 일부는 대신이나 서열이 낮은 왕과 총독, 그리고 환관이나 세금 징수원 등에게 수수료로 지불해야 했고, 나머지 관료들에 대한 보상 역시 고스란히 그의 어깨에 짐처럼 얹혀졌다. 결국 지쳐버린 공친왕은 마음을 열어 보일 수 있는 유일한 사람인 아내에게 불평을 털어놓았다.

"하지만 나는 아직 태후마마께 복종해야 하오. 다시 태후마마를 거역할 경우 우리는 모두 파멸의 길로 들어서게 될 것이오."

그가 깊은 한숨을 내쉬며 말하자 그의 아내는 손수건으로 눈물을 찍으며 대답했다.

"아, 가난한 서민이 되어 평화롭게 살 수 있었으면 좋겠어요."

그러나 그는 왕으로 태어났고 그에 따른 본분을 단 한 번도 어겨 본 적이 없었다. 실로 공친왕은 지난 4년간 황제의 무덤을 짓는 일에 전념해 왔다. 자금을 마련하는 일은 물론이고, 무덤 입구에 세울 각각 한 쌍의 거대한 대리석 동물상과 전사의 상을 조각하는 데만도 오랜 시간이 걸렸다. 50톤에서 80톤에 이르는 거대한 대리석은 황도에서 1백60킬로미터쯤 떨어진 채석장에서 6백 마리의 말과 노새가 끄는 여섯 바퀴 마차로 운반되었다. 이것들은 두 마리의 코끼리 상을 만들기 위한 장방형의 돌들로, 길이가 열다섯 자, 넓이는 열두 자이며, 두께도 열두 자였다. 인부들은 철사와 함께 꼬아놓은 두 개의 두꺼운 밧줄을 말과 노새에 묶었다. 밧줄의 총 길이는 5킬로미터에 달했다. 마차 위에는 황실의 기인이 네 명의 환관들과 함께 제국의 깃발을 들고 서 있었다. 대열은 휴식을 위해 매 30분마다 멈춰 섰는데 휴식 시간이나 출발 시간이 되면 환관들 중 한 명이 커다란 놋쇠 징을 쳤다. 대열 맨 앞에는 경비병이 말을 탄 채 신호용 깃발을 들었다. 그렇게 해서 50개의 커다란 대리석들이 무덤 근처까지 옮겨지자 국내 최고의 조각가들이 망치와 정을 때려 동물과 사람의 형상을 만들었다. 무덤 내부는 돔형의 대리석으로 만들어졌고, 그 중앙에는 황제의 관이 안치될 보석 상감된 거대한 금 받침대가 세워졌다.

어느 맑고 서늘한 날, 드디어 선황의 시신은 수많은 조문객들이 애도하는 가운데 무덤으로 옮겨졌다. 서태후와 동태후, 어린 황제와 궁중의 왕들, 대신들의 눈앞에서 촛불과 향이 타오르며 거대한 관은 받침대 위에 놓여졌다. 잘 다듬고 광을 낸 개오동나무 관이 안치되기 전, 죽은 황제의 부패된 시신 위로 인도에서 가져온 루비와 옥, 에메랄드와 노란 진주 목걸이 등이 놓여졌다. 그런 다음 관 뚜껑은 위성류 나무에서 뽑아낸 송진과 접착제로 봉인되었다. 환관들이 관 위에는 조각된 불경을, 그 주위에는 대나무 틀 안에 비단과 종이를 채워 넣은 무릎 꿇은 사람의 형상을 놓았다. 이것은 고대의 문명화되지 않은 시대에 주인의 황천길을 수호하기 위해 함께 순장되었던 사람들을 상징하는 것이었다. 이어서 죽은 황제의 첫 번째 비로서 역시 사코타라는 이름을 가진 동태후의 언니가 황제의 곁에 나란히 묻혔다. 태자비의 시신은 지난 15년간 북경에서 11킬로미터쯤 떨어진 조용한 절에 안치되어 황제를 기다리고 있었다. 오랜 시일 후에 남편과 망자亡者로서 재회한 태자비의 관은 황제의 무덤 발치에 있는 낮고 모양이 단순한 받침대 위에 놓여졌다.

승려들이 불경을 외우는 동안 다른 모든 사람들은 물러나고, 두 섭정과 어린 황제만이 망자 앞에 엎드렸다. 맑게 타오르는 촛불의 깜박거리는 불빛이 보석 박힌 장신구와 무덤의 벽을 장식한, 채색된 현판 위에서 반짝거렸다. 얼마 후 거대한 청동 문이 닫히고 무덤은 봉인되었으며, 황실의 조문객들은 모두 자신의 궁으로 돌아갔다.
 장례를 치른 다음 날, 서태후는 공친왕을 완전히 사면하는 포고령을 발표했다.

> 공친왕은 지난 5년간 우리의 명에 따라, 돌아가신 선황 폐하의 장례를 준비하는 데 여념이 없었다. 그는 각별한 예의와 성실함을 보여 주었고, 황제를 여읜 슬픔 또한 웅장한 선황의 무덤과 장엄한 장례 의식으로 어느 정도 진정되었다. 백옥같이 고결한 공친왕의 이름은 우리가 제국을 통치하는 한, 두 번 다시 더럽혀지지 않을 것이다. 그의 추방 기록은 삭제될 것이며 이로써 그는 모든 명예를 되찾을 것이다. 그러므로 우리의 충실한 신하에게 상을 내려 그의 이름이 영원히 빛나게 할지어다.

 그날 저녁 태후는 정원을 홀로 거닐며 생각에 잠겼다. 선선한 가을 공기가 주위를 맴돌았고, 밝은 회색빛 하늘에는 서서히 석양이 지고 있었다. 태후는 문득 우울해졌지만 그것은 슬픔과는 다른 감정이었다. 그녀는 어느새 외로움에 익숙해져 있었다. 그것은 그녀가 태후가 되기 위해 지불한 대가였다. 그녀는 잠시 동안이나마 상상 속에서 남편과 아이들이 함께 살고 있는 따뜻한 집을 그려보았다. 그녀는 장례식 때 이연영으로부터 영록이 아들을 얻었다는 소식을 들었다. 새벽 세 시 무렵 매가 건강한 사내아이를 출산했던 것이다.
 오늘처럼 애도를 표해야 하는 날, 태후는 여러 번 그 아이를 생각했다. 조문객의 대열에 끼어 있던 영록의 얼굴에서는 기쁜 내색을 찾아볼 수 없었다. 물론 선황의 장례식이니 즐거운 표정을 짓지 않는 것이 당연했다. 그러나 집에 돌아가서까지 자식을 얻은 기쁨을 참을 수 있을까, 그녀로서는 알 수 없는 일이었다.

태후는 철늦은 국화꽃 사이로 난 정원 오솔길을 천천히 오르내렸다. 밤낮으로 주인을 호위하는 사나운 몽골 개와 매번 소매를 차지하는 작은 애완견이 그녀를 충실히 쫓았다. 예전에도 그랬듯 다시금 그녀는 권력을 유지하기 위한 과업을 수행하고자 의지를 모으고 정신을 가다듬었다.

두 번의 여름이 지난 어느 날, 태후는 정원을 가꾸며 즐거움을 누려보고 싶다는 생각에 궁중 전체를 삼해궁三海宮으로 옮겼다. 그리고 극장 앞에 옥좌를 설치했다. 이번 경극은 오래된 전통극이 아닌, 2백 년 전 어느 재치 있는 학자에 의해 쓰여진 것이었다. 여기에 나오는 악당은 코가 큰 포르투갈 선장인데, 허리에 긴 칼을 차고 코밑에는 갈가마귀의 날개처럼 펼쳐진 콧수염을 기르고 있었다. 경극의 주인공인 중국 재상 역할은 타고난 배우인 환관장 안덕해가 맡았다.

공연 도중이었다. 경극을 보며 크게 웃음을 터뜨리던 이연영이 갑자기 잠잠해지며 자리에서 일어나 조용히 태후 곁을 빠져나가려고 했다. 모든 것을 빠뜨리지 않고 살피던 태후가 이연영에게 돌아오라는 손짓을 하자, 그는 다소 부끄러운 표정으로 다가왔.

"어디를 가려는 게냐?"

태후가 물었다.

"네 윗사람이 공연을 하고 있는데 극장을 떠나는 것은 불손한 행동이 아니냐?"

"태후마마, 저 서양 악당을 보는 순간 어제 어린 황제 폐하께 드렸던 약속이 생각났습니다. 지금까지 깜박 잊고 있었사옵니다."

이연영이 속삭였다.

"약속이라니?"

그녀가 되물었다.

"황제께서는 어디선가 말이나 사람 없이도 저절로 움직이는 서양 마차에 대해 들으시고는 그것을 사오라고 명하셨습니다. 그래서 그 물건을 어디서 사야 할지 몰라 환관장에게 물었더니 공사관 거리에 있는 서양인 상점에 가면 살 수 있을 거라고 알려 주었사옵니다. 그래서 지금 그것을 찾아가려던 중이옵니다."

태후는 눈썹을 찌푸리며 말했다.

"그건 허락할 수 없느니라."

"태후마마, 어린 황제께서는 성격이 워낙 급하셔서 분명 저를 때리실 것이옵니다."

이연영은 태후를 조르기 시작했다.

"그렇다면 내가 직접 황제에게 서양 장난감은 가질 수 없다고 말할 것이니라. 어린아이도 아닌데 장난감을 사달라고 조르다니!"

태후는 다시금 단언했다.

"태후마마, 중국 상점에서는 저절로 움직이는 마차를 찾을 수 없기에 말씀드린 것이옵니다."

이연영은 다시 간청했다.

"장난감이든 아니든, 어쨌든 서양 물건이 아니냐. 허락할 수 없다. 다시 자리에 가서 앉도록 하라."

태후의 뜻은 단호했으므로 결국 이연영은 복종할 수밖에 없었다. 그는 다시 자리에 앉아 경극을 관람했지만 더 이상 웃음을 터뜨리지 않았다. 안덕해는 태후를 즐겁게 해주기 위해 혼신을 다했지만 태후 역시 웃지 않았다. 한 시간 내내 굳은 표정을 짓고 있던 태후는 드디어 시녀에게 궁으로 돌아가자고 명했다. 그리고 처소로 돌아와 한참 동안 생각에 잠긴 뒤 안덕해를 불렀다.

얼마 후, 살은 쪘지만 여전히 허우대가 훤칠한 환관장이 그녀의 처소에 도착했다. 언제나 대담한 그의 검은 눈동자는 태후 앞에서만큼은 한없이 공손해졌다. 따라서 그의 거만한 눈동자에 대한 숱한 비난에도 불구하고 태후의 총애는 여전했다. 심지어는 안덕해가 거세한 자가 아닌지라 궁 안에 자식을 두었다는 소문까지 들려왔지만, 태후는 알고 싶지 않은 부분은 묻지 않아야 한다는 것을 잘 알고 있었다.

태후는 자신의 심복을 매섭게 쏘아보았다.

"어찌 감히 이연영과 작당하여 음모를 꾸몄는가?"

"태후마마, 제가 말입니까? 음모라니요?"

안덕해는 깜짝 놀라 숨을 헐떡였다.

"내 아들에게 줄 외국 마차를 가져오게 한 것 말이다."

"태후마마, 그것은 음모가 아니옵니다. 저는 단지 황제 폐하를 즐겁게 해 드리려는 것뿐입니다."

안덕해는 애써 웃음을 지으며 답했다.

"황제가 외국 물건을 갖다니, 그것은 내가 원치 않는 일이다. 그걸 너도 알지 않느냐? 황제의 마음이 백성들을 떠나도 좋다는 게냐?"

태후는 여전히 매서운 투로 소리쳤다.

"태후마마. 저는 전혀 그럴 의도가 없었사옵니다. 저희는 단지 황제 폐하께서 원하시는 일을 했을 뿐입니다. 그것이 저희의 의무가 아니겠습니까?"

안덕해가 사정하듯 말했다.

"옳지 않은 것을 원하면 들어 줘서는 안 되느니라. 내 아들이 돌아가신 선황께서 배웠던 나쁜 행실을 따라 배워서는 안 된다고 말하지 않았느냐? 이런 일에 바보같이 굴복한다면 앞으로도 어떤 일에든 굴복하게 될 것이 분명하다!"

태후가 준엄하게 말했다.

"태후마마."

안덕해가 다급히 변명하려 하자 태후는 눈살을 찌푸렸다.

"눈앞에서 썩 물러가거라. 믿지 못할 놈 같으니!"

태후의 말에 안덕해는 무척 놀란 기색이었다. 그는 오랫동안 태후의 총애를 받았지만, 환관의 본능으로 통치자의 총애란 초봄의 햇살보다 더 변덕스럽다는 것을 잘 알고 있었다.

안덕해는 태후에게 달려들어 그 발밑에서 흐느꼈다.

"태후마마, 저는 마마께 일생을 바쳤습니다. 제게는 마마의 명이 가장 우선입니다."

그러나 태후는 그를 발로 밀쳤다.

"눈앞에서 썩 꺼져라!"

안덕해는 손과 무릎으로 기어 방을 나섰다. 그리고는 태후의 노여움에서 자신을 구해줄 수 있는 유일한 사람인 영록의 처소로 향해 쉬지 않고 내달렸다. 영록이 머물고 있는 곳은 약 1백 60미터쯤 떨어진 곳이었다.

영록은 매일 이 시간 다음날 황제에게 보고할 상주문을 준비했다. 한때 이 업무는 공친왕의 몫이었지만 이제는 영록이 군기대신으로서 물려받았다. 그는 서재에 있는 커다란 흑목 책상에 앉아 상주문을 읽고 있었다. 잠시 후 시종이 들어와 안덕해가 찾아왔다는 것을 알렸다. 잠시 후 뒤에 서 있던 안덕해가 영록에게 경의를 표했다.

"무슨 일로 오셨소?"

영록의 물음에 안덕해는 간단하게 자신이 처한 곤경을 설명했다.

"태후마마의 노여움에서 벗어나도록 도와주십시오."

안덕해는 정중히 간청했다. 그러나 영록은 도움을 주겠다는 말대신 옆의 의자에 앉을 것을 권했다. 그리고는 잠시 후 입을 열었다.

"사실 나는 지난 한두 해 동안 궁중에서 목격한 일을 걱정하고 있었소."

"무엇을 보셨기에 그러십니까, 나리."

안덕해가 촛불 아래에서 창백한 얼굴로 물었다. 그러자 영록은 엄격한 얼굴로 말을 이었다.

"어린 황제의 부친이신 함풍제께서는 환관들 때문에 몸을 망치셨소. 그리고 당신도 그중 한 사람일 것이오. 물론 안덕해 그대는 당시 환관장은 아니었을 것이오. 허나 황제 폐하께서 건전한 생각과 올바른 행동을 하실 수 있도록 설득해야 하는 위치에 있었소. 그러나 오히려 그대는 폐하의 약점을 이용했소. 폐하께서는 젊고 잘생겼다는 이유만으로 그대를 좋아하셨고, 그대는 폐하께서 올바른 행동을 하시도록 돕기는커녕 그 나약함과 욕정을 이용해 폐하를 방탕한 길로 이끌었소. 그 결과 폐하는 마흔도 되시기 전에 노쇠하여 돌아가셨소. 그리고 이제 그대는 선황의 아들을 모시고 있소."

영록은 잠시 말을 멈추고는 고개를 들었다. 그리고는 오른손을 굳게 닫은 입술에 갖다댔다.

안덕해는 당혹감과 두려움을 느끼며 몸서리를 쳤다.

"나리, 일개 환관이 주군의 뜻을 거역할 수는 없지 않사옵니까."

"아니오, 그럴 수 있소."

영록이 말했다.

"그렇게 했더라면 결국 그대는 영광을 얻었을 것이오. 모든 사람에게는, 심지어 황제에게도 선과 악 두 가지 측면이 있기 마련이오. 그러나 어린 시절에 그중 하나는 사라지고 다른 하나만 남게 되오. 그대는 그중 악을 선택한 것이오."

"나리, 저는 선택한 적이 없습니다. 제게는 그런 것을 선택할 기회조차 주어지지 않았습니다."

안덕해는 머뭇거리며 말했다.

"그대는 내가 하는 말뜻을 잘 알고 있을 것이오."

영록은 더욱 엄격한 목소리로 말했다.

"그대는 돌아가신 선황께서 고통스러워하실 때마다 아편을 드렸소. 또한 황제께서 화를 내시면 가장 간단한 방법으로 달래드렸소. 선황께서 아프고 고통스러워하실 때, 그대는 그분을 부도덕한 피난처로 인도한 것이오. 그 때문에 선황께서는 성인이 되시기도 전에 이미 정기가 고갈되었소."

안덕해는 겁쟁이나 바보가 아니었다. 그는 비밀스럽게 품고 있던 위험한 무기를 슬며시 들이밀려 하고 있었다.

"나리, 만일 나리 말씀대로 선황께서 정기가 고갈되셨다면 어찌 어린 황제처럼 튼튼하신 아들을 잉태하실 수 있었겠습니까?"

영록은 눈 하나 깜짝하지 않고 안덕해를 뚫어져라 바라보았다.

"황실이 무너지면 그대와 나도 이 황실과 함께 운명을 다할 것이오. 그대는 단 하나의 희망인 어린 황제를 파멸시키고 싶은 것이오?"

영록은 안덕해가 내민 날카로운 비수의 또 다른 쪽을 그의 목에 들이대었다. 안덕해는 영록이 자신의 적이 아닌 동지라는 사실을 금방 이해하고는 겸손과 무안함을 가장하며 중얼댔다.

"저는 태후마마의 노여움을 풀어 달라는 부탁을 드리기 위해 나리를 찾아뵌 것뿐입니다. 가죽 무두꾼 이연영이 어린 황제께 장난감 기차를 사 드린다고 약속을 해놓고 이를 잊어버리는 바람에 문제가 터졌는데, 사실 저로서는 전혀 예상치 못한 결과였습니다. 궁중의 사소한 일이 한 사람의 생명을 좌지우지할 만큼 큰 문제로 비화되다니

난감할 뿐입니다."

영록은 지친 듯 손으로 눈가를 누르며 말했다.

"그대를 위해 태후께 말씀드리겠소."

"나리, 제가 바라는 것은 그뿐입니다."

안덕해는 공손히 예를 갖추고 재빨리 자리를 떠났다. 그는 무척 만족한 얼굴이었다. 매서운 그의 질문은 칼보다 예리하게 영록을 공격했고, 영록은 다만 이를 피할 따름이었다.

영록은 오랫동안 서재에 홀로 앉아 있었다. 그가 너무 오래 모습을 드러내지 않자 궁금해진 그의 아내가 커튼 사이로 살짝 훔쳐보고는 다시 발걸음을 돌렸다. 그의 얼굴이 너무 엄숙해 감히 말을 건넬 수 없었던 것이다. 매는 영록의 사랑을 얻을 수 없다는 사실을 잘 알고 있었다. 하지만 영록을 너무 사랑했으므로 그가 베푸는 약간의 호의와 예의바르고 인내력 있는 부드러운 태도만으로도 만족하기로 했다. 영록은 단 한 번도 아내에게 가까이 다가간 적이 없었다. 매는 침상에 함께 눕거나 심지어는 그 품에 안겨 있을 때조차 영록이 가깝게 느껴지지 않았다. 영록은 그녀에게 평생 동안 변하지 않고 친절한 태도를 보여줄 것이지만, 두 사람 사이에 버티고 있는 거리감을 넘을 수는 없었다.

늦은 밤, 불안감이 그녀를 엄습해 왔다.

매는 사각사각거리는 공단 덧신 소리를 내며 다시 영록의 곁으로 다가갔다. 그리고 낌새조차 느낄 수 없는 부드럽고 가벼운 손길로 영록의 어깨를 어루만졌다.

"이제 곧 새벽인데 아직도 잠자리에 들지 않으셨군요."

영록은 깜짝 놀란 기색이었다. 매는 영록의 얼굴에 어리는 변화와 격렬한 고통을 고스란히 느끼고는 두 팔로 그의 목을 감싸 안고 말았다.

"아, 내 사랑…… 대체 무슨 일이지요?"

얼굴이 딱딱하게 굳는가 싶더니 그는 즉시 아내의 팔을 풀어냈다.

"해묵은 고민이오."

그는 나지막하게 중얼거렸다.

"해묵은, 그러나 영원히 풀리지 않을 고민 말이오 …… 내가 어리석었소. 자, 잠자리에 듭시다."

부부는 나란히 복도를 걸어 각각의 방에 이르렀다. 영록은 아내의 침실 앞에 선 채 자신의 유일한 관심사는 아내의 임신 소식인 듯 물었다.

"첫째를 가졌을 때보다는 기분이 낫겠지?"

매는 지금 두 번째 임신으로 배가 불러있었다.

"나는 괜찮아요, 고마워요."

그녀의 말에 영록이 미소를 지으며 답했다.

"어렸을 때 들은 아낙들 얘기로 보자면 이번엔 딸아이인 것 같소. 뱃속에서 소란을 피우면 아들놈이니까 말이오."

"만일 딸아이라면 서운하시겠어요?"

그녀가 물었다.

"당신을 닮기만 한다면 무슨 상관이 있겠소?"

그는 정중히 허리 굽혀 인사하고는 아내의 곁을 떠났다.

다음 날 해시계가 정오를 지나 오후 세 시를 가리킬 무렵, 태후를 즐겁게 해주기 위해 열성을 보이던 이연영은 군기대신 영록이 언제든 편한 시간에 접견을 요청해 왔다는 소식을 서둘러 태후에게 전했다. 태후는 주저 없이 대답했다.

"일가친척을 보는 데 불편한 때가 있겠느냐? 당장 오시라고 해라."

영록은 곧바로 태후의 개인 접견실로 찾아왔고, 태후는 옥좌에 앉아 영록을 맞이했다. 그녀는 이연영에게 떨어져 있으라고 손짓한 뒤, 무릎을 꿇고 앉은 영록을 자신의 옥좌 밑에 앉도록 했다.

"바라건대 서로 편하게 대하기로 해요. 예의범절은 잠시 접어두고 마음속에 있는 말을 해주세요. 이 태후라는 모습 이면에는 언제나 당신이 알던 소녀가 있으니까요."

안덕해의 날카로운 공세를 의식한 영록은 태후의 거침없는 말에 더욱 조심스러워졌다. 그는 시선을 돌려 혹시 커튼이 흔들리지는 않는지, 또는 이연영이 귀 기울여 듣고 있지는 않은지를 살폈다. 그러나 이연영은 이 책 저 책을 뒤적이며 읽는 중이었고 커튼 또한 조용했다. 접견실은 매우 넓었으므로 사랑하는 여인의 나지막한 목소리를 들으려면 옥좌 가까이 다가갈 수밖에 없었다. 그러나 그는 오랫동안 태후를 응시하는 것 외에는 아무 말도 하지 않은 채 오른손을 들어 자신의 굳건한 입을 가렸다.

"입에서 손을 떼세요."

태후가 말했다.

영록이 손을 내리자 아랫입술을 깨문 단단한 입매가 드러났다.

"당신의 치아는 마치 호랑이처럼 하얗고 강해 보이는군요. 자신을 좀 더 아끼세요. 부탁인데 그렇게 입술을 사납게 뜯지 말아요."

영록은 태후의 눈길을 외면했다.

"저는 황제 폐하에 대한 일을 말씀드리러 왔습니다."

그는 태후의 관심을 다른 곳으로 돌릴 수 있는 건 오직 아들에 관한 일뿐임을 알았으므로 서둘러 황제의 이야기를 꺼내었다.

"무슨 일이지요?"

그녀가 되물었다.

"그 아이에게 무슨 일이라도 생긴 건가요?"

그는 다시 태후의 시선으로부터 자유로워졌고 영원히 끊어지지 않을 듯하던 두 사람 사이의 유대감도 잠시 긴장이 풀렸다.

"즐거운 일은 아닙니다."

영록이 나지막하게 말했다.

"지금 환관들이 매춘을 조장해 젊은이를 타락의 길로 빠뜨리고 있습니다. 제가 무슨 말을 하는지 잘 아실 줄로 압니다. 마마께서는 환관들의 사악한 행실이 돌아가신 선황 폐하를 타락의 길로 이끄는 것을 보셨을 겁니다. 너무 늦기 전에 아드님을 구하십시오."

태후는 상기된 얼굴로 잠시 침묵을 지키다가 드디어 차분하게 얘기를 꺼냈다.

"아비 없는 제 아이에 대해 아버지같은 조언을 해줘서 고마워요. 나도 그 문제에 대해 걱정이 많지만 일개 여자에 불과한 제가 어쩌겠습니까? 잘 알지 못하는 일에 대해 이래라 저래라 할 수도 없는 노릇 아닌가요? 이런 건 남자들이 다뤄야 하는 문제입니다."

"그래서 제가 여기 온 것입니다."

영록이 말했다.

"마마, 아드님을 빨리 정혼시키십시오. 황제께서 마마의 동의를 얻어 마음에 드는 여인을 고르시고 나면 아직 연세가 너무 어리시니 혼인을 할 수 있는 열여섯 살까지 2년을 기다리셔야 할 겁니다. 그리고 그 2년 동안은 자신이 택한 여인의 모습을 떠올리며 동정을 지키실 것입니다."

"당신은 어떻게 그걸 알 수 있다는 거죠?"

태후가 물었다.

"어찌됐든 그렇게 하는 것이 좋을 듯싶습니다."

영록은 무뚝뚝하게 대답하고는 굳게 입을 다물었다. 그리고 태후가 다시 눈을 마주치려 하자 고개를 돌려 버렸다. 결국 태후는 그의 강직함을 인정하며 한숨을 내쉬었다.

"그대가 시키는 대로 하지요. 곧 처녀들을 불러다 간택을 준비해야겠군요 …… 제가 그랬던 것처럼 말이에요. 오, 맙소사, 태후께서 선황의 곁에 앉아 후궁들을 지켜보시던 때가 바로 엊그제 같은데! 태후께서 날 싫어하셨던 것 기억나요?"

"늘 그랬듯 마마께서는 그 일도 잘 극복하셨지요."

영록은 여전히 고개를 돌린 채 낮게 중얼거렸다. 태후는 입가에 가벼운 미소를 띠었다. 붉은 입술은 금방이라도 농담을 던질 듯 장난기가 어렸지만 태후는 곧 이를 자제하고 자리에서 일어났다.

"그럼, 그렇게 하도록 하시오! 그대의 충언에 감사하오."

멀리 떨어져 있던 이연영은 그녀의 또렷한 목소리를 듣고는 읽고 있던 책을 가슴에 찔러 넣은 뒤 군기대신을 수행하기 위해 밖으로 걸음을 옮겼다. 영록은 바닥을 향해 깊이 고개를 숙였고, 태후 역시 고개를 숙여 답했다. 그렇게 두 사람은 다시 헤어졌다.

한편, 안덕해는 내내 심기가 편치 않았다. 이제껏 그는 자신의 자리가 옥좌만큼 안전하다고 생각했다. 황제는 바뀔 수 있지만 환관들은 늘 그대로 남아 있지 않은가. 그리고 그 모든 환관들 위에는 환관장인 자신이 군림하고 있었다. 그러나 오직 서태후만은 그에게까지 화를 낼 수 있는 존재였다. 그는 동요했고, 불안을 느꼈다. 그러다가 문득 얼마간이라도 자금성 밖으로 벗어나 있고 싶다는 욕구를 느꼈다.

"나는 여기서 평생을 보냈다."

안덕해는 중얼댔다.

"그리하여 저 성벽 너머에 무엇이 있는지는 한 번도 보지 못했구나."

그는 잊고 있던 오랜 꿈을 떠올리고는 서태후에게 향했다.

"마마."

안덕해가 말했다.

"물론 환관으로서 황도를 벗어나는 것은 법도에 위배된다는 것을 잘 알고 있습니다. 하지만 저는 오랫동안 남몰래 대운하를 따라 남쪽으로 항해하며 이 땅의 비경을 구경하고자 하는 갈망을 품어왔습니다. 부디 제게 그러한 즐거움을 누릴 수 있는 기회를 주십시오. 저는 반드시 돌아올 것입니다."

안덕해의 간청을 들은 태후는 잠시동안 아무 말도 하지 않았다. 그녀는 자신이 지나치게 환관들에게 주의를 기울이고 존중한 탓에 왕들과 대신 그리고 후궁들로부터 종종 비난을 받고 있다는 사실을 알고 있었다. 청 왕조 역사상 지금처럼 환관들의 지위가 높았던 적은 단 한 번, 2백50년 전 당시 재위했던 복림福臨황제가 국사를 환관들에게 맡겼을 때뿐이었다. 독서와 명상을 좋아해 수도승이 되고 싶었던 황제는 탐욕스럽고 교활한 환관들에게 기만을 당했다. 권력을 쥔 환관들은 궁의 지배자가 되었고, 그들의 손길이 닿는 곳마다 모두 타락했다.

어느 날 공친왕은 말없이 태후에게 책 한 권을 내밀었다. 그것은 순치제, 즉 복림 황제 시절, 환관들의 통치사를 다룬 책이었다. 책을 읽어 내려가는 태후의 얼굴은 분노로 상기되었다. 그리고 다 읽고 나자 아무 말 없이 책을 돌려주며 오랫동안 그를 노려보았다. 공친왕은 태후의 눈길과 마주치지 않기 위해 고개를 숙였다.

그러나 태후는 환관의 권력에 대해 곰곰이 생각해 보지 않을 수 없었다. 그녀는 환관들을 도처에서 첩자로 이용했으며, 소문이나 정보 등을 가져오면 후한 보상을 해주었다. 그중에서도 환관장 안덕해는 특히 존중해주는 자였다. 그는 충성스러운 종복이었을 뿐만 아니라 수려한 용모와 배우로서의 재능을 갖추었고, 더 나아가 그녀의 심금을 울리는 가수이기도 했으므로 높이 살 수밖에 없었다. 태후는 이런 이유들로 환관들에 대한 의존을 정당화시켰다. 여인이 통치를 하려면 누구도 신뢰해서는 안 되었다. 남자 통치자는 주위의 적들을 경계하는 동시에 자신의 목적을 위해 충성을 바치는 자들 또한 밑에 두기 마련이었다. 그러나 여인에게는 그러한 충성을 바칠 만한 자가 없다는 것을 태후는 잘 알고 있었다. 따라서 적이 그녀의 역량을 의심하기 전에 충분한 대응을 하기 위해서라도 첩자는 필수적인 존재였다.

"정말 큰 골칫거리를 가져왔구나."

태후가 안덕해에게 소리쳤다.

"만일 그대를 보내 준다면 모두가 법과 전통을 어긴 나를 비난할 것이네."

그러자 안덕해는 애처롭게 한숨을 내쉬었다.

"제가 여태까지 이룩한 일은 그야말로 희생으로 얻어진 것이었습니다. 남자로서 아내와 자식들까지 포기했는데도, 결국 죽을 때까지 이 궁중에서 만족하며 살아가야 하나 봅니다."

그는 여전히 수려한 용모와 당당한 체격에 얼굴에는 용기와 자부심이 가득한, 아직까지는 싱싱한 젊은이였다. 그러나 꽉 다문 입가의 육감적인 입술 선이 흐릿해지고 뺨과 이마도 두툼해져 점차 타락의 흔적을 보이고 있었다. 게다가 지나치게 몸이 불어 그다지 보기 좋은 모습은 아니었다. 그러나 그는 여느 환관들과는 달리 성량이 풍부하고 듣기 좋은 목소리를 가지고 있었으며, 완숙에 이른 노련미로 단어마다 억양과 강약을 실어 말소리가 모두 노래로 들릴 정도였다. 게다가 몸을 움직일 때면 탁월한 우아함이 고스란히 드러났고, 크고 아름다운 손동작 하나 하나에도 그런 우아함이 배어있었다.

태후는 그가 자신의 아름다움을 이용해 간청하고 있음을 깨달았다. 실로 그는 태후에게 충실히 복종했을 뿐만 아니라 그녀를 즐겁고 편안하게 해주기 위해 변함없는 충성심을 발휘해 왔다. 이러한 이유들을 떠올리자 태후는 결국 그에게 양보할 수밖에 없었다.

"어쩌면……"

왼손을 덮은 작은 금 손톱 덮개를 살펴보던 그녀는 심사숙고 끝에 입을 열었다.

"남쪽의 도읍인 남경에서 만들어지고 있는 황실의 양탄자들을 검사하라는 임무를 맡겨 그대를 파견할 수도 있을 것 같군. 일전에 황제의 결혼식과 즉위식을 위해 몇 가지 귀한 천을 주문해 놓았으니 말일세. 전부 짜려면 시간이 꽤 걸릴 것이기에 미리 지시해 놓은 것이네. 물론 정확한 지침을 내렸지만, 실수란 종종 일어나게 마련이지. 예전 우리 조상들의 시대에도 남경의 직조공들이 황실용으로는 너무 옅은 노란 공단 한 필을 바쳤던 일이 있다고 하더군. 그러니 그곳으로 가서 최소한 순금색이 나는 노란빛이 나오도록 확실히 점검하고, 내가 제일 좋아하는 청색이 흐릿해지지 않도록 확인하게."

이처럼 결정을 내리고 나자 태후는 평소와 같이 놓치는 부분은 없었는지를 확인하고, 고개를 높이 들어 반대하는 이가 없는지도 살펴보았다.

그로부터 며칠 후, 드디어 환관장은 남경으로 항해를 시작했다. 그의 측근들은 황실의 휘장이 펄럭이는 여섯 척의 거대한 거룻배에 각각 나눠 탔으며, 그중 환관장이 탄 배에는 용 휘장을 높이 세웠다. 선단이 대운하 주변에 있는 도시와 마을을 지날 때면, 그 지역의 지주들이 깃발과 휘장을 보고 허겁지겁 달려나와 예물을 바치고, 마치 황제를 대하듯 인사를 했다. 이런 상황에 고무된 자존심 강한 환관장은 결국 뇌물뿐만 아니라 아리따운 처녀들까지 요구하게 되었다. 그러나 그는 환관이었으므로 온갖 혐오스러운 방법으로 처녀들을 다뤘다. 얼마 안 가 선단은 악의 소굴이 되었고, 그를 따르던 환관들 역시 용기를 얻어 비리를 저지르기 시작했다.

이 추악한 소문은 북쪽으로 전해져 공친왕의 귀에까지 들어갔다. 환관들에 대한 서태후의 총애를 염두에 둔 지주들은 저마다 공친왕에게 비밀스런 상주문을 보냈다. 이와 동시에 평소 안덕해의 잔인함과 불공정한 처사를 비난해왔던 환관들이 그의 비행을 동태후 사코타에게 상세하게 보고했다. 이를 전해 들은 사코타는 은밀히 사람을 보내 공친왕을 불렀다. 그가 자신의 궁에 들어서자 사코타는 깊은 한숨을 내쉬었다.

"나는 서궁의 언니가 하는 일에는 대체로 반대를 하지 않는 편입니다. 언니는 강하고 빛나는 태양입니다. 그에 비하면 나는 그 옆에서 창백하게 빛나는 달이지요. 하지만 저는 항상 언니가 환관을 비호하지 않기를 바랐습니다. 특히 안덕해에 대해서는 더더욱 그렇고 말입니다."

이 말을 통해 사코타가 환관장의 비행을 알고 있다고 확신한 공친왕은 대담하게 말을 꺼냈다.

"지금이야말로 마마께서 나서 주셔야 할 때입니다. 이번 기회에 서태후마마께 교훈을 깨우쳐 드리라는 겁니다. 마마께서 윤허만 해주신다면 제가 악명 높은 안덕해를 잡아다 참수하겠습니다. 머리가 흙먼지 속에 나뒹굴면 더 이상은 할 말이 없을 겁니다."

동태후는 나지막하게 비명을 지르며 손으로 입을 틀어막은 채 더듬거렸다.

"나, 나는 누구도 죽는 것을 원치 않습니다."

그러자 공친왕은 차분하면서도 단호한 목소리로 대답했다.

"이것만이 조정이 서태후께서 총애하는 일부 사람들에게 좌지우지되는 것을 막을 수 있는 유일한 방법입니다. 그래서 역사적으로 늘 등장했던 방법이기도 하지요. 그리고,"

그는 계속해서 말을 이었다.

"안덕해는 2대에 걸쳐 우리 황실을 타락시켰습니다. 선황께서도 그의 손길에 놀아나 어릴 적부터 주색에 빠지셨습니다. 그리고 이제 어린 황제께서도 똑같은 타락의 길로 빠져들고 계시다고 들었습니다. 아니, 그것은 제 두 눈으로도 직접 보았습니다. 황제께서는 심지어 우스꽝스런 가장을 하시고 매춘굴이나 외설 극장 같은 곳에까지 끌려 다니십니다."

동태후는 어찌할 줄 몰라 한숨을 지었다. 그러자 공친왕은 대담한 질문을 내놓았다.

"마마, 만약 제가 포고문을 준비한다면, 마마의 인장으로 그것을 승인해 주시겠습니까?"

사코타는 몸서리를 쳤다. 병약하고 부드러운 몸이 부들부들 떨고 있었다.

"뭐라고요! 그럼 그 무서운 서태후는 어떡하고요?"

그녀가 흐느끼며 물었다.

"그분이 동태후마마께 무슨 짓을 할 수 있겠습니까?"

공친왕이 재촉했다.

"만일 서태후마마께서 마마를 해치려는 의도를 보이신다면 온 조정이, 아니 온 나라가 그분을 비난할 것입니다."

결국 공친왕에게 설득 당한 동태후는 그가 준비해 온 포고령에 인장을 찍었고, 그는 이 비밀 서신을 밀사를 통해 급파했다.

그 무렵 안덕해는 남경을 지나 아름다운 신선의 도시 항주杭州에 도착해 있었다. 그곳에서 대부호의 커다란 저택을 압류한 그는 본격적으로 마을 주민들에게 공물 즉 돈과 보물, 여자들을 요구하기 시작했다. 주민들은 분노와 복수심에 불타올랐으나 그를 빙 둘러싼 환관들과 6백 명의 무장한 병사들 탓에 감히 대항할 엄두를 내지 못했다. 그러나 항주의 순무는 대담하게도 이에 대해 이의를 제기하고, 이 거만한 미남 환관이 어떻게 주색에 놀아나는지를 자세히 묘사한 서신을 남몰래 공친왕에게 보냈다. 서신을 받은 공친왕은 순무에게 비밀리에 만들어진 사형 집행 포고문을 발송했다.

공친왕의 회신을 읽어본 순무는 그 즉시 안덕해를 거나한 연회에 초대했다. 항주 제일의 미녀가 연회에 등장한다는 소식을 들은 안덕해는 기뻐하며 참석 준비를 서둘렀다. 그러나 순무의 궁 안으로 들어서자마자 그는 병사들에게 붙잡혀 강제로 무릎을 꿇리었다. 환관들과 호위대는 이미 외궁에 억류된 뒤였다.

순무는 안덕해에게 포고문을 보여 주며 이를 즉시 실행하겠노라고 소리쳤다. 그러자 안덕해는 서신에 찍힌 인장은 동태후의 것이며, 자신의 주인이자 실질적인 통치자인 서태후의 인장이 빠져 있다고 외쳤지만, 순무의 대답은 냉정했다.

"법에 의해 두 태후마마는 동일하시며, 나는 두 분 중에 어느 분이 서열이 높은지를 모른다."

말과 동시에 순무는 손을 들어올려 치켜든 엄지손가락을 바닥으로 내리꽂았다. 그러자 사형 집행인이 앞으로 나서 넓은 칼로 안덕해의 머리를 단칼에 내리쳤다. 안덕해의 머리는 타일 바닥에 너무 세게 부딪치는 바람에 두개골이 깨져 뇌수가 흘렀다.

가장 총애하고 믿었던 안덕해의 죽음을 전해 들은 서태후는 너무 격분한 나머지 나흘 동안이나 앓아 누웠다. 그녀는 식음을 전폐한 것은 물론 잠까지 이루지 못할 정도였다. 동태후를 향한 분노도 그렇거니와 공친왕에 대해서는 말할 필요도 없었다.

"그놈이 겁 많은 생쥐같던 내 동생을 암사자로 만들어 놓다니!"

서태후는 소리를 지르며 당장이라도 공친왕을 참수하라는 명령을 내리고자 했다. 결국 태후의 광기에 놀란 이연영이 몰래 영록을 찾아갔다.

영록은 곧바로 달려와 격식도 차리지 않은 채 서태후의 침실 문턱에 섰다. 두 사람 사이에는 커튼이 드리워져 있었다. 영록은 인내심을 발휘하여 냉정하고 조용하게 말했다.

"태후께서 만일 지금의 지위를 소중하게 여기신다면, 아무런 명령도 내리지 않으실 겁니다. 그리고 여느 때처럼 조용히 침상에서 일어나시겠지요. 환관장이 온갖 악행을 저질렀다는 것은 엄연한 사실이고, 태후께서 그러한 자를 총애하셨다는 것도 사실입니다. 그리고 환관장이 북경 밖으로 벗어나는 것을 허락하신 것은 확연히 법과 전통에 어긋나는 일입니다."

태후는 판결을 내리는 듯한 영록의 목소리에 한동안 아무 말도 하지 못했다. 이윽고 그녀는 자비를 구하듯 입을 열었다.

"내가 왜 환관들을 매수했는지 그대도 잘 알지 않나요? 이곳에서 난 혼자예요. 나는 외로운 사람이라고요."

이 말에 영록은 단 한 마디를 중얼댔을 뿐이다.

"태후마마······!"

태후는 뒤이어질 말을 기다렸으나 영록의 대답은 그것이 전부였다. 영록은 이 한 마디만 남기고 나가 버렸다. 태후는 침상에서 일어나 목욕을 한 뒤 옷을 갈아입었다. 그리고 약간의 음식도 먹었다. 궁녀들은 감히 아무 말도 꺼내지 못한 채 침묵을 지켰으나 태후는 그녀들에게는 전혀 무관심한 듯 보였다. 그녀는 지친 걸음걸이로 서재를 향해 걸었다. 그리고 도착해서는 오랫동안 탁자 위에 방치돼 있던 상주문들을 읽었다. 그날 하루가 그렇게 지나갈 무렵, 그녀는 이연영을 불러 말했다.

"오늘부터 그대를 환관장으로 임명하겠네. 그러나 그대의 앞날은 오직 나에게 얼마나 충성을 바치느냐에 달려 있음을 잊지 말아야 할 것이야."

그는 기쁨에 겨워 바닥에 조아렸던 머리를 들어 충성을 맹세했다.

그날부터 서태후는 공친왕을 증오하지 않기 위해 큰 인내를 발휘했다. 그녀는 공친왕이 계속 공무를 맡을 수 있도록 했다.

이제 그녀는 언젠가 그의 자존심을 영원히 굴복시킬 날을 기다리기로 했다.

이런 혼란스런 와중에서도 서태후는 어린 황제를 정혼시키라는 영록의 조언을 잊지 않았다. 이는 곰곰이 생각하면 할수록 마음에 드는 방법이었다. 사실 거기에는 자신만이 알고 있는 이유가 하나 있었다.

자부심 강한 성격과 수려한 용모 등 그녀를 쏙 빼 닮은 어린 아들은 단 한 가지 경우에서 그녀에게 서슴없이 상처를 주었다. 이는 너무 깊은 상처였기에 아들에게 직접 말할 수조차 없었다. 그래서 태후는 가능한 한 모든 방법을 동원해 아들의 잘못을 바로잡고 싶었다.

아들은 어린 시절부터 친어머니인 서태후보다는 동태후인 사코타의 궁에 놀러 가는 것을 좋아했다. 서태후가 찾으러 갈 때면 그는 자주 동궁을 비운 채였고, 어디로 갔는지를 환관에게 물어보면 늘 동태후의 궁에 가 있다는 대답이 들려올 정도였다. 그리고 지금도 아들을 찾으러 누군가를 보내거나 직접 찾아가면, 그는 자주 사코타의 궁에 가 있곤 했다.

태후는 상심한 마음을 드러내는 것은 자존심이 허락지 않았기에 차마 어린 황제를 나무라지는 못했다. 다만 마음속으로 왜 친아들이 자신보다 동태후의 궁에 놀러가기를 더 좋아하는지 고심할 따름이었다. 태후는 강한 소유욕을 불태워 아들을 사랑했고, 자신이 두려워하던 대답을 들을까봐 감히 그에게 대답을 구할 수도 없었다. 더구나 체면 때문에 공친왕이나 영록에게도 내면 깊숙이 자리한 상심을 겸허하게 상의할 수가 없었다. 물론 이에 대해서는 굳이 남에게 물어볼 필요도 없었다. 그녀는 아들이 어째서 동태후의 궁에 놀러가 그처럼 오래 머무는지, 반면 자신의 부름에는 어째서 왔다가도 금방 떠나고 마는지를 잘 알고 있었다. 이는 어린아이다운 잔인함이었다.

태후는 종종 아들의 뜻과는 맞지 않는 어머니였다. 그녀는 아들의 미래를 위해 그를 가르치고 훈련시켜야 했다. 그녀는 미숙한 아들을 엄하게 다스려 황제로서, 또 남자로서 키워야만 했다. 하지만 어린 황제는 그러한 교육을 싫어했다. 반면 황제의 양어머니이자 공동 섭정인 사코타는 상냥한 성격으로 그를 나무라거나 가르칠 의무 또한 없었다. 황제는 사코타와 함께 있으면 어린아이 본연의 모습으로 돌아갈 수 있었다. 명랑하고 쾌활한 어린아이, 게으른 소년, 성가신 사내아이, 그러한 그의 모습에 동태후는 단지 미소를 지을 뿐이었다. 물론 그가 고집을 피워도 그를 가르쳐야 하는 부담이 전혀 없는 사코타로서는 언제나 양보가 가능했다.

서태후의 마음속에는 질투심이 싹트기 시작했다. 그녀는, 어쩌면 아들에게 외국 기차 장난감을 사준 사람이 동태후일지도 모른다고 생각했다. 그리고 그것을 자신의 방에 숨기고 아들이 몰래 가지고 놀도록 하는 건 아닐까? 정말로 그런 걸까?

오늘 아침에도 황제는 접견이 끝나자마자 해야 할 일들을 서둘러 마친 뒤 모친의 곁을 떠나려고 안간힘을 썼다. 그러나 아들의 속마음을 눈치챈 태후는 오늘 제출된 상주문을 귀담아들었는지 점검하며 한동안 그를 붙잡아 두었다. 그러나 그는 어머니의 말을 전혀 귀담 아듣지 않았고, 꾸짖는 듯한 물음에는 볼멘 목소리로 답했다.

"늙은이들이 수염 사이로 중얼대는 말 따위를 어째서 매일 기억해야 하나요?"

태후는 그를 낳은 어머니였다. 그녀는 아들의 무례함에 너무 화가 난 나머지 황제임에도 불구하고 그의 뺨을 내리쳤다. 아들은 미동조차 하지 않았다. 그리고는 화가 난 커다란 눈으로 어머니를 노려보았다. 그의 뺨에는 빨갛게 손자국이 나 있었다. 그는 여전히 입을 꾹 다문 채 자리에서 일어나 성의 없이 인사를 하고 그대로 나가 버렸다. 의심할 여지없이 황제는 양어머니에게로 갔을 것이며, 사코타는 자신을 찾아온 작은 황제를 편안하게 달래 주었을 것이다. 게다가 예전의 서태후 역시 늘 성격이 급했으며, 한 지붕 아래 자매로 살 때 얼마나 그녀에게 많이 맞았는지 등도 이야기해 줄 것이다.

여기까지 생각이 미치자 그토록 자부심이 강하던 태후도 흐느끼지 않을 수 없었다. 친아들의 마음조차 얻지 못하는데 더 이상 무엇이 필요하겠는가! 정말 아이란 얼마나 성가신 존재인가!

그녀는 아들을 위해 모든 것을 포기했고, 아들을 바라보며 하루하루를 보냈다. 또한 아들을 위해 나라를 위기에서 구해냈고, 옥좌를 굳건히 지켰다.

태후는 슬픔에 잠겨 한동안 울었지만 마침내 옷자락의 보석 단추에 매여 있던 손수건을 꺼내 눈물을 닦았다. 그리고 앞으로 어떻게 처신해야 할지, 아들과의 문제는 어떻게 처리해야 할지, 깊이 깊이 생각하기 시작했다.

아들에게 있어 사코타의 위치는 좀더 젊고 사랑스러우며, 이제 막 사춘기에 눈뜨기 시작한 소년을 사로잡을 다른 여성으로 대체되어야만 한다. 그런 의미에서 영록의 조언은 현명하고 훌륭한 것이었다. 이는 반만 남자인 환관들을 견제하기 위해서가 아니라 친아들도 아닌 황제를 상냥한 모성애로 사로잡고 있는, 상냥하고 얌전한 동궁의 여인을 견제하기 위함이었다. 태후는 사코타가 다시는 어린 황제의 어머니 행세를 하도록 놔두지 않겠다고 스스로 다짐했다.

'심약한 계집아이밖에 낳지 못한 것이 감히 내 아들을 넘보다니!'

여느 때처럼 분노로 인해 강인함을 되찾은 태후는 손뼉을 쳐 환관을 불렀다. 그리고 환관장 이연영을 불러오라고 지시했다. 이연영이 도착하자 태후는 채 한 시간이 흐르기도 전에 처녀들의 선발을 명하고, 선발 행사가 언제, 어디서 거행되어야 하는지 그리고 선발 조건은 어떠한지를 지시했다. 만주족이 아닌 여인은 선발 대상에서 제외되었으며, 평범한 얼굴을 가진 여인도 제외시키며, 황제보다 두 살 이상 연상이어서도 안 되었다.

"한 살 많거나 아니면 동갑, 그래, 그것이 좋겠군. 그래야만 안주인이 가정을 이끌어 갈 수 있을 테니까. 하지만 너무 나이가 많아 한창 꽃 필 나이가 지나서도 안 된다."

이연영은 귀를 기울이며 연신 고개를 끄덕였다. 그는 어린 황제의 취향을 잘 알고 있으므로 6개월의 시간을 준다면 최선의 노력을 기울일 수 있으리라 말했으나 태후는 이를 거절하고 3개월의 말미만 주었다. 그리고는 그를 물러나게 했다.

그렇게 아들에 대한 일을 결정하고 나자 태후는 잠시간의 쉴 틈도 없이 나라 안의 문제들로 관심을 돌렸다. 수많은 문제들은 그렇다 치더라도 가장 큰 문제는 바로 서양 침략자들의 사절단 문제였다. 그들은 황제 앞에서는 누구든 무릎을 꿇고 엎드려야 함에도 불구하고 예절과 복종에 관한 법도를 무시한 채, 완고한 태도로 사절단의 알현을 허락해 달라고 요구해왔다. 그녀는 이 가당치 않은 요구가 계속되자 섭정으로서 인내심을 잃어갔다.

"어찌 용상 앞에 무릎을 꿇지 않는 사절들을 받아들일 수 있단 말인가? 황실의 위엄을 우리보다 열등한 자들의 수준으로 떨어뜨려야 한단 말인가?"

태후는 해결하기 곤란한 문제가 나오자 평소처럼 이를 무시해 버리기로 했다. 그래서 감찰을 맡은 도찰원의 감찰어사인 오가독吳可讀이 옥좌를 외국 사절의 취향에 맞게 꾸미자고 했을 때에도 이를 거절했다. 그녀에게 있어 외국 사절단 문제는 결코 새로운 것이 아니었으며, 단시간 내에 해결될 문제도 아니었다.

태후는 역사책을 통해 지금으로부터 2백 년 전 러시아에서 온 사절단들이 무릎을 꿇는 대신 서 있을 것을 요구하자 얼굴조차 보지 않고 러시아로 돌려보냈다는 기록을 읽은 적이 있었다. 또한 네덜란드의 사절은 황실의 예법에 따라 무릎을 꿇기도 했다. 하지만 다른 서양의 사절들은 여전히 이러한 선례를 거부하고 있었다. 이와는 다른 경우이지만 영국의 매카트니 경* 휘하의 영국 사절단은 무릎을 꿇는 대신 허리를 깊숙이 굽혀 인사하는 것으로서 건륭제 앞에 설 수 있었다. 하지만 그 회합은 궁 안에서 정식으로 이루어진 것이 아니라 열하에 있는 황실 정원의 막사 안에서 이루어졌다. 그로부터 23년이 지나 애머스트라는 또 다른 영국인은 당시 재위하고 있던 가경제가 용상에 적절한 경의를 표할 것을 요구하자 사절단의 임무를 포기했다.

서태후는 똑같은 이유를 들어 감찰어사인 오가독에게 답변했다. 도광제나 선대 함풍제조차 서양의 사절단을 받지 않았거늘, 어찌 그

---

* 북경에 파견된 최초의 영국 사절. 1792년 영국이 더 폭넓은 무역권을 확보할 수 있도록 교섭을 맡음.

녀가 감히 선대 황제들이 옳다고 여기지 않았던 일들을 실행할 수 있단 말인가?

그러자 그녀는 문득 15년 전 일어났던 사건 하나를 떠올렸다.

당시 공친왕의 장인이자 도어사였던 계량은 존경받는 귀족이었다. 그는 언제나 외국인들에게 특혜를 주려 했던 사람이었는데 한번은 미국의 공사 워드와 언쟁을 벌이게 되었다. 이유인즉 그가 미국 공사로 갔을 때 미합중국의 대통령 앞에서 향을 피우려고 준비했기 때문이다. 계량은 위대한 민족의 지도자에게는 신에게 보이는 것과 같은 경의를 표해야 한다고 생각했지만, 미국인들은 이를 거절했다.

"용상에 적절한 경의를 표하지 않는 사람은 누구도 들어오지 못하게 하겠다."

그녀는 확고하게 단언했다.

"용상에 경의를 표하지 않는 것은 반란군을 부추기는 일이다."

태후는 매번 말썽을 일으키는 외국인들이 애초부터 자금성의 성문을 넘어오지 못하도록 할 작정이었다. 그녀는 고인이 된 위대한 장군 증국번을 떠올렸다. 그는 태후에게, 양자강 유역에 있던 양주揚州* 사람들이 무엇 때문에 외국 선교사들에 대항해 봉기하여 그들을 내쫓고 교회를 불태웠는지를 말해 준 적이 있었다. 그 선교사들은 젊은이들에게 자신들이 전도하는 하느님만을 믿어야 하며, 부모에게조차 순종할 필요가 없다고 주장했던 것이다. 또한 태후는 프랑스 공사들이 영사관 구내에 교회를 세운 뒤 여러 중국 신들의 상을 거름 더미 속에 던짐으로써 모욕을 주었을 때 천진 사람들이 얼마나 분노했는지도 떠올렸다.

---

* 중국 강소성江蘇省에 있는 도시. 양자 강揚子江 북쪽, 회강淮河을 양자강과 이어주는 대운하의 남쪽 끝에 있음.

이제 태후는 처음에는 사소한 문제, 또는 하루 이틀만 주의하면 해결될 문제라고 여겨졌던 일들이 사실상 제국에 다가온 가장 큰 위험신호였다는 사실을 깨닫게 되었다. 이는 바로 원하는 대로 움직이고, 가르치고, 그들의 신만이 진정한 유일신이라고 전도하며 다니는 기독교인들의 침공과 다름없었다.

그리고 기독교인들 중에서도 여자들은 남자들보다 더 위험한 존재였다. 그녀들은 집안에 머물러 있지 않고 바깥을 자유롭게 돌아다녔고, 심지어는 남자들 앞에서도 평판 나쁜 여자처럼 행동했다. 일찍이 중국인들은 그 누구도 중국의 종교만이 가장 위대하다고 선언하지 않았다. 실로 수천 년간 유교와 불교, 그리고 도교의 신봉자들은 평화롭게 서로 존중하며 살아오지 않았는가. 그러나 이 기독교인들은 달랐다. 그들은 자신들이 믿는 신을 제외한 다른 모든 신들을 배척했다. 그리고 이제 누구나 알게 된 사실이지만, 처음에 기독교인들이 오고 나면 그 뒤로는 상인들이, 그리고 그 다음에는 곧 전함이 따라오게 마련이었다.

소문들이 용상에 전해지자 서태후는 공친왕에게 다음과 같이 선언했다.

"조만간에 이 땅에서 모든 서양인들을 몰아낼 것이오. 그리고 무엇보다도 기독교인들을 먼저 제거해야 하오."

외국인들을 몰아낸다는 말이 언급되자 공친왕은 다시 한 번 그녀에게 주의를 주었다.

"태후마마, 그들은 우리가 전혀 알지 못하는 무기로 무장하고 있다는 사실을 잊지 마십시오. 윤허를 내려 주신다면 제가 우리 백성들에게 피해가 가지 않도록 기독교인들의 행동을 다스리는 일련의 법규를 작성하겠습니다."

태후는 그것을 허락했고, 얼마 안 가 그는 여덟 개의 법규가 포함된 포고문을 작성했다. 두 사람은 태후의 개인 접견실에서 다시 만났다. 그녀는 옥좌에 앉아 공친왕의 절을 받은 후 작성한 내용을 듣기 시작했다.

"오늘은 두통이 좀 있으니 그대가 대신 읽어주시오."

그렇게 말한 뒤, 태후는 눈을 감고 경청했다.

"마마, 천진 지방의 중국인들이 프랑스의 수녀들에 대항해 봉기했습니다. 따라서 기독교인들은 이제 더 이상 스스로 개종한 아이들이 아닐 경우 고아를 받아들여서는 안 됩니다."

태후는 여전히 눈을 감은 채 승인의 뜻으로 고개를 끄덕였다. 공친왕은 태후 앞에 고개를 숙이고는 계속해서 말했다.

"또한 중국 여인들은 아무리 외국의 신전 안이라 해도 남자 앞에 앉을 수 없습니다. 그것은 우리의 문화와 전통에 어긋나는 일입니다."

"아주 적절하오."

태후가 언급했다.

"더욱이."

공친왕이 계속해서 말했다.

"외국 선교사들은 선교의 범위를 넘는 행위를 할 수 없습니다. 한마디로 개종자들이 범죄를 저질렀을 때 선교사들이 이를 보호할 수 없다는 뜻입니다. 즉, 더 이상 외국 사제들은 지방 관료들 앞에 제출된 개종자들의 문제에 관여할 수 없습니다."

"아주 합리적이오."

태후가 인정했다.

"또한 선교사들은 본국의 관리나 사절단과 같은 권한을 가질 수 없습니다."

공친왕이 계속해서 말했다.

"물론이오."

태후가 동의했다.

"그리고 악당들이 단지 처벌을 피하기 위해 교회 안으로 들어가는 것을 받아들이지 말아야 합니다."

"정의는 항상 공정해야 하는 법이오."

그녀가 단언했다.

"이것이 제가 북경에 주재하는 사절단에게 전달한 사항이었습니다."

공친왕이 말했다.

"이건 분명 온당한 요구 사항이오."

태후가 말했다.

"태후마마."

공친왕이 심각한 표정을 더욱 굳히며 대답했다.

"하지만 안타깝게도 외국 사절단들은 이 요구 사항들을 받아들이지 않았습니다. 그들은 모든 외국인들이 감찰과 단속 없이 마음대로 돌아다니고, 하고 싶은 대로 해야 한다고 주장하고 있습니다. 이보다 더 심각한 것은 적절한 예법에 따라 이 요구사항을 각 공사관으로 보냈는데도 오직 미국 공사만이 정중하게 거절했을 뿐, 나머지는 동의하지 않는 것은 물론이요, 예의를 갖춰 문서를 읽는 것조차 거절해 버렸다는 것입니다."

태후는 그들의 모욕적인 행동에 도저히 분노를 억제할 수가 없었다. 그녀는 눈을 부릅뜨고 손바닥을 마주치고는, 자리에서 일어나 가쁘게 숨을 몰아쉬며 돌아다녔다.

그러다가 그녀는 문득 멈춰서 공친왕을 돌아보았다.

"지금 외국인들은 우리의 영토 안에서 그들의 나라를 세우고 있소. 사실 한두 개가 아니잖소? 그들은 여러 분파로 나뉘어 제멋대로 법을 만들고 있소. 우리의 영토나 법은 아랑곳하지 않고 말이오."

공친왕은 침통한 목소리로 답했다.

"마마, 이미 제가 이곳에 주재하는 모든 국가의 공사들에게 그렇게 전했습니다."

"그렇다면 이것도 물어보았소?!"

태후가 외쳤다.

"우리가 만약 그들의 나라에 가서 그들의 법을 따르길 거부하고 모든 게 우리의 것인 양 자유를 주장하고 나선다면 어떻게 할 것인지 말이오."

"그렇게도 물어보았습니다만,"

공친왕이 말했다.

"그래, 뭐라고 답했소?"

그녀가 다그치듯 되물었다. 커다란 눈에서는 불꽃이 튀었고 양볼은 빨갛게 달아올랐다.

"그들은 자신들의 문명과 우리의 문명을 비교할 수 없으며, 우리의 법이 그들의 법보다 열등하므로 자국민을 지켜야 한다고 말했습니다."

그녀는 새하얀 치아를 악물었다.

"그렇지만 그들은 지금 여기에 있고, 계속 여기서 살아야 한다고 주장하고 있소. 그들은 결코 떠나지 않을 것이오!"

"맞사옵니다, 마마."

공친왕이 말했다. 태후는 옥좌에 풀썩 주저앉고 말았다.

"그들은 인도와 버마, 필리핀과 자바, 그리고 여러 섬들을 비롯해 다른 나라의 땅들도 이미 차지해 버렸으니, 이제 우리 땅을 빼앗기 전까지는 만족하지 않을 것이오."

공친왕 역시 이와 똑같은 걱정을 하고 있었으므로 아무 대답도 할 수 없었다. 고개를 든 태후의 얼굴은 창백하고 단호했다.

"반드시 외국인들을 몰아내야만 하오!"

"하지만, 어떻게 말입니까?"

"어떻게 해서든지 말이오."

태후가 대답했다.

"무슨 수를 써서라도 몰아내야 합니다. 나는 죽을 때까지 이 일을 위해 몸과 마음을 바치겠소."

그녀는 솔직하고 냉정하게 다짐을 표했지만, 그때가 언제인지는 명확히 밝히지 않았다. 공친왕은 물러가야 할 때가 왔음을 알고 자리를 떠났다.

그 순간부터 일을 할 때나 즐길 때나 서태후의 마음속에는 과연 어떻게 이 땅에서 서양인들을 몰아낼 것인가라는 질문이 자리잡게 되었다.

어린 황제 동치제同治帝가 16세 되던 해 가을, 드디어 서태후는 황후를 맞아들이기로 결정했다. 그녀는 군기처와 인척들, 왕들의 동의를 구하기 위해 협의를 진행하고 흠천감으로 하여금 길일을 택하도록 했으며, 6백 명의 아름다운 처녀들을 소환했다. 소환된 처녀들은 어린 황제와 서태후 앞을 천천히 지나가며 평가를 받았고, 태후는 그중 1백1명을 뽑은 뒤 다시 준비를 시키라고 이연영에게 지시했다.

눈부신 햇빛이 쏟아지는 가을날, 정원과 테라스는 붉고 노란 국화꽃들로 환하게 타올랐고, 서태후와 동태후는 장춘궁長春宮에 앉아 처녀들을 바라보고 있었다. 장춘궁은 정원을 둘러싸고 있는 베란다에 아름다운 벽화가 그려진 곳으로 서태후가 특히 좋아하는 전당이었다. 벽화는 '홍루몽'이라는 책에서 따온 것이었는데 화가의 솜씨가 얼마나 좋았던지 마치 벽이 저 너머를 향해 열려 있는 것 같았다.

장춘궁의 중앙에는 세 개의 옥좌가 놓여 있어 제일 높은 중앙의 옥좌에는 황제가 앉고, 서태후와 동태후는 각각 양쪽에 놓여진 조금 낮은 높이의 옥좌에 앉았다. 어린 황제는 황색의 용포를 입고 빨간 비취로 고정시킨 신성한 공작의 깃털이 달린 둥근 관을 쓰고 있었다. 그는 어깨를 꼿꼿이 세우고 고개를 높이 든 채 자못 근엄한 표정을 짓고 있었지만 서태후는 그가 얼마나 들떠 있는지를 금방 눈치 챌 수 있었다. 황제의 뺨은 기대와 흥분으로 발갛게 물들었으며 커다란 눈은 반짝거렸다. 아무리 보아도 그는 세상에서 가장 아름다운 청년이 틀림없었다.

서태후는 그가 자신의 아들이라는 사실에 대한 자랑스러움과 동시에 자존심과 사랑이 뒤엉킨 복잡한 감정을 느꼈다. 아들을 최고의 미인과 결혼시켜 행복하게 해 주고 싶다는 욕심을 느끼는 한편, 신부가 너무 아름다워 완전히 그를 빼앗기면 어쩌나 하는 질투심 또한 가졌던 것이다.

행진을 알리는 금빛 나팔이 세 번 울리자 이연영은 서둘러 처녀들의 명단을 준비했다. 처녀들은 전당의 끝 쪽에서부터 한 명씩 차례로 나와 용상 앞에 잠시 멈춰 섰다. 그리곤 허리를 굽혀 인사한 뒤 얼굴을 들어 보이고는 다시 자리로 돌아갔다. 전당 끝에 있는 처녀들은 그 거리가 너무 멀어 얼굴은 보이지 않고, 다만 입고 있는 눈부신 예복과 커다란 문을 통해 들어온 아침 햇살에 반짝이는 머리장식만 두드러질 뿐이었다.

다시 한 번 나팔이 금빛 선율을 쏘아 올렸지만 서태후는 처녀들에게는 시선을 주지 않은 채 저만치 전당 밖 넓은 테라스에 있는 꽃들을 보며 회상에 잠겼다. 그녀 역시 한때는 저 자리에 서 있었다. 그리고 그것은 채 20년도 지나지 않은 일이었지만 이미 까마득하게만 느껴졌다.

물론 그때의 함풍제와 지금의 아들은 비교조차 할 수 없었다. 창백한 뺨과 지나치게 마른 몸을 가진 함풍제를 처음 보았을 때 얼마나 실망했던가? 그러나 그녀의 아들은 달랐다. 동치제는 그 어떤 여자든 단번에 반해 버릴 만한 강인하고도 신선한 매력이 있었다.

그녀는 아들을 향해 눈길을 돌렸다. 자세히 보니 그는 전당의 끝쪽을 살짝 엿보고 있는 중이었다. 처녀들은 경쾌한 걸음걸이로 매끄러운 바닥을 걸어왔고, 이 아름다운 행렬은 한동안 눈부시게 이어졌다. 드디어 첫 번째 처녀의 이름이 호명되었다. 서태후는 환관이 작은 탁자 위에 놓아둔 기록에 시선을 가져갔다. 그리고 이름과 나이, 혈통 등을 재빨리 훑었다.

'이 아이는 안 되겠군!'

첫 번째 처녀는 곧 용상을 지나쳐갔고, 돌아서서는 고개를 떨구었다.

이어 다른 소녀들이 한 사람씩 계속해서 들어왔다. 키가 크거나 혹은 작은 처녀, 도도한 처녀, 어린아이같은 처녀, 가냘프고 예쁘장한 처녀, 그리고 미소년처럼 잘생긴 처녀도 있었다. 어린 황제는 그들을 한 명씩 자세히 응시했지만 겉으로는 아무 내색도 하지 않았다. 이처럼 긴장되고도 신선한 공기가 흘러넘치는 가운데 아침이 서서히 지나고 있었다.

이윽고 태양이 높이 솟았다. 그리고 또다시 시간이 흘러 바닥 위에 비추는 넓은 햇살이 점점 좁아지는가 싶더니 이내 사라져 버렸다. 전당 안은 어스름한 황혼으로 가득 찼고 마지막 한 줌 남은 태양 빛을 받은 국화만이 테라스를 따라 흘러내리듯 타올랐다. 마지막 처녀가 지나가자 때는 벌써 늦은 오후로 접어들었다. 행렬의 끝을 알리는 나팔소리가 세 번 들려왔다. 서태후가 물었다.

"황상, 맘에 드는 아이가 있었소?"

황제는 들고 있던 기록을 넘겨보더니 누군가의 이름에 손가락을 갖다댔다.

"바로 이 여인입니다."

그가 말했다.

"알루트, 16세, 으뜸가는 기수 중 한 사람이며 학식 높은 학자인 건이 대공의 따님으로, 순수한 만주족 혈통이며 3백60년 동안 그 혈통을 이어왔다. 대공은 중국의 경전을 공부했고 한림원의 고명한 학사이기도 했다. 처녀 역시 미인의 조건을 모두 갖추고 있다. 몸의 치수는 적당하며, 신체 건강하고, 숨결은 향기롭다. 더욱이 책과 서화에 능숙하다. 처녀는 그 이름이 대외에 알려지지는 않았으나 주변으로부터 좋은 평판을 얻고 있으며, 성격은 유순하여 말수가 적은 편이다. 이는 본인의 타고난 정숙함에 기인한 것이다."

서태후는 알루트에 대한 호의적인 기록을 읽고는 고개를 갸웃했다.

"이런, 난 이 아이가 잘 생각나지 않소. 그녀를 다시 한 번 불러 보지요."

그러자 황제는 자신의 왼쪽에 있는 동태후에게로 고개를 돌렸다.

"어마마마께서는 그녀를 기억하십니까?"

놀랍게도 동태후는 고개를 끄덕였다.

"기억 하고말고요, 도도하지 않고 상냥한 얼굴이었소."

서태후는 동태후가 자신이 기억하지 못한 것을 언급했다는 사실이 내심 기분 좋지 않지만 최대한 예의바르게 처신했다.

"동생은 나보다 안목이 훨씬 좋구려! 그렇다면 나만 그 처녀를 다시 보면 되는 거로군요."

서태후는 손짓으로 가까이 있던 환관을 부른 다음 이연영에게 지시를 전달했다. 곧이어 알루트가 다시 용상 앞으로 불려왔다. 황제를 비롯한 세 사람은 그녀가 출입문에서 옥좌까지 이르는 긴 거리를 걸어오는 동안 그 모습을 응시했다. 아직은 소녀 티가 역력한 그녀는 실로 우아한 걸음걸이를 가지고 있었다. 그녀는 마치 구름 위를 둥둥 떠가듯 가볍게 걸어온 뒤, 두 손을 소매 속에 반쯤 가린 채 고개를 숙였다.

"좀 더 가까이 오너라."

서태후가 명했다.

어린 소녀는 일체의 망설임 없이 그러나 세련된 겸양을 보이며 태후의 지시에 따랐다. 서태후는 오른손을 들어 소녀의 손을 쥐고는 부드럽게 눌러 보았다. 그녀의 손은 부드러우면서도 단단했고, 서늘하되 차갑지 않았다. 손바닥은 기분 좋게 건조했으며 손톱은 깨끗했다. 태후는 여전히 소녀의 손을 잡은 채로 그 얼굴을 살펴보았다. 소녀는 계란형의 얼굴에 눈이 컸으며 그 눈꺼풀 아래 검은 속눈썹이 길고 곧게 뻗어 있었다. 다소 창백한 편이었지만 혈색은 좋았고 피부는 건강한 윤기가 흘렀다. 입은 너무 작지도 크지도 않은데다 입술이 섬세해 보였고, 입가가 깊은 것이 제법 귀여웠다. 이마는 넓되 너무 높지도 낮지도 않았다. 또한 길고 우아하며 적당히 가느다란 목이 예쁘장한 머리를 떠받치고 있었다. 게다가 키는 작지도 크지도 않았고, 날씬했지만 마른 몸매 또한 아니었다. 균형미란 바로 이런 것을 말하는 게 아닌가 싶었다.

"과연 이 아이가 합당하단 말이오?"

서태후는 미심쩍은 듯 낮게 중얼거린 뒤 소녀를 오랫동안 응시했다. 아무래도 턱에서는 일종의 단호함이 엿보였고, 입술은 사랑스러웠지만 어린아이같지 않았다. 또한 얼굴 전체는 또래에 비해 매우 지혜로워 보였다. 서태후는 짧은 한숨을 내쉰 다음 말을 이었다.

"만일 내가 본 관상이 맞다면 이 아이는 완고한 성격을 가지고 있을 겁니다. 난 유순한 처녀를 보고 싶소. 이렇게 마른 아이 말고 말이오. 보통 남자들에게도 순종적인 아내가 적합하거늘 하물며 황제의 배우자는 누구보다도 순종적이어야 하지."

알루트는 고개를 들었지만 여전히 눈은 내리깐 채였다.

"이 아이는 똑똑해 보이는군요."

동태후가 끼어들었다.

"나는 내 아들이 똑똑한 아내에게 휘둘리는 것을 보고 싶지 않소."

서태후가 말했다. 그러자 황제가 웃으며 말했다.

"하지만 어머니는 우리 모두보다 현명하시지 않습니까."

아들의 말에 서태후는 웃지 않을 수 없었다. 그녀는 경사스러운 날인데다 아들의 기분을 맞추어 기꺼이 좋은 감정을 유지하고 싶다는 욕심에 매우 관대해졌다.

"그럽시다, 이 처녀를 선택하세요. 하지만 나중에 고집스럽다고 나를 원망하면 안 됩니다."

그러자 소녀는 무릎을 꿇은 뒤 바닥에 손을 포개어 그 위에 머리를 갖다댔다. 이어서 서태후와 동태후, 그리고 이제는 자신의 남편이 될 황제에게 각각 세 번씩 절을 올린 후, 들어올 때처럼 우아한 걸음걸이로 시야에서 사라졌다.

"알루트라……"

서태후는 즐거운 얼굴이었다.

"기분 좋은 이름이구나."

잠시 고개를 끄덕이던 그녀는 문득 아들에게로 몸을 돌렸다.

"참, 후궁은 어찌 할 셈이오?"

관례에 따르면 황후를 간택하고 난 뒤에는 그녀를 제외한 가장 아름다운 네 명의 처녀를 후궁으로 삼게 되어 있었다.

"후궁은 어머니께서 간택해 주시지요."

황제는 별 생각 없이 말했으나 이 말은 서태후를 기쁘게 했다. 훗날 아들과 황후 사이의 관계가 지나치게 친밀해질 경우 자신이 고른 후궁들을 통해 두 사람의 관계를 헤집어놓을 수 있으리라 믿었던 것이다.

"후궁은 내일 간택하기로 하지요."

서태후가 입가에 미소를 띤 채 말했다.

"오늘은 예쁜 처녀들을 너무 오래 봤으니 말이오."

서태후는 자리에서 일어나며 아들에게 미소를 지어 보였고, 이로써 간택의 날도 저물어갔다.

다음날, 서태후는 직접 처녀들 중에서 네 명의 후궁을 결정했다. 모든 관례가 끝났으니 이제 남은 일은 흠천감으로 하여금 하늘과 별을 살펴 길일을 찾도록 하는 것뿐이었다. 심사숙고 끝에 흠천감은 양력 10월 16일을 결혼 날짜로 선포했고, 시간은 정확히 자정으로 정했다.

10월 16일, 앞서 파견된 흠천감은 정확한 시각에 예식을 치를 수 있도록 가마의 출발 시간을 계산했다. 알루트는 가마의 진홍색 장막 뒤에 앉아 아버지의 집에서 황궁까지 향하기로 되어 있었으며, 흠천감은 알루트의 가마가 한 치의 오차 없이 자정에 도착할 수 있도록 시간 눈금이 새겨진 굵은 적색 양초를 들고 서 있었다. 드디어 일 분 일 초도 틀리지 않은 정확한 시간에 알루트의 가마가 도착하자 조신들과 두 태후에게 둘러싸여 있던 황제가 앞으로 나와 그녀를 맞이했다. 그녀는 가마에서 걸어 나온 뒤, 두 명의 부인과 신혼 첫날밤에 대해 가르쳐 줄 또 다른 두 명의 부인들의 부축을 받으며 황제의 앞에 섰다.

축제는 30일 동안 이어졌고 매일 밤 늦은 시간까지 경극과 음악이 공연되었다. 백성들 또한 일을 잠시 멈추고 즐겁고 편하게 즐겼다. 이제 축제 기간이 끝나면 어린 황제와 황후가 이 나라 최고의 통치자임을 선포하는 포고령이 발표될 것이었다. 그러나 그 전에 지난 12년 간 나라를 다스려온 두 명의 섭정이 사직하는 순서가 남아 있었다. 사실 두 명의 섭정이라는 말이 억지스럽게 들릴 정도로 지난 세월은 서태후만의 시대였다. 그녀는 스스로를 유일한 통치자라고 말한 바 있었으며 모든 사람들이 그 사실을 알고 있었지만 어쨌든 이는 격식에 따라 진행되어야 했다.

흠천감은 다시 한 번 별들과 여러 가지 징조를 보아 음력 1월 26일을 섭정들의 사직일로 정했다. 같은 달 23일, 서태후는 두 섭정이 섭정 직을 끝내기 전에 황제가 왕권을 받아야 한다는 내용의 칙령을 자신이 가진 옥새와 황제의 서명을 찍어 발표했다. 황제는 이에 직접 쓴 칙령으로써 답변했다.

> 두 태후의 명에 복종하여 우리는 동치 12년 1월 26일, 우리에게 주어진 중요한 임무를 완수할 것이다.

서태후는 아들인 황제에게 나라를 물려준 이상 자신의 목표를 달성하고 임무가 끝난 셈이니 모든 업무에서 물러나 여생을 즐기겠다고 말했다. 또한 아들이 혼자서 나라를 통치할 수 있도록 처신하겠다고 언명했다.

황제의 혼례를 치르고 섭정직을 사퇴한 이후, 서태후는 평화롭고 즐거운 나날을 보냈다. 그녀는 더 이상 새벽의 희부연 어둠 속에서 일어나 알현을 받지 않아도 되었으며, 국사를 걱정하거나 판단을 내리거나 상벌을 주는 일에도 신경 쓸 필요가 없게 되었다.

그녀는 느지막한 저녁에 잠자리에 들어 일어나고 싶을 때 일어났으며, 잠이 깬 뒤에도 아무 걱정 없이 기분 좋은 하루를 생각하며 한동안 자리에 누워 있었다. 그녀는 하루도 빠짐없이 나라에 대한 근심걱정으로 고심했던 지난 몇 년간을 돌이키다가 문득 아름다운 작약 산을 만들어야겠다고 결심했다. 그녀는 잠에서 깨어나자마자 자신의 궁에 딸린 앞마당 중 가장 넓은 곳에 언덕을 쌓은 다음 작약 모판으로 계단식 단을 만들라고 지시했다. 싱싱한 어린 잎 사이에 모습을 감춘 꽃송이들은 커다란 꽃이 되기 위해 벌써 부풀어 오르고 있었다.

매일 아침 수백 송이의 새로운 꽃들이 태후의 눈길을 붙잡기 위해 아우성을 쳤고, 그녀는 자리에서 일어나면 이전에 접견실에 가던 때보다 더 서둘러 정원으로 나갔다.

태후는 잠자리에 들 때면 발목을 매는 긴 바지와 넓은 소매가 있는 부드러운 비단 잠옷을 입었으며, 잠자리에서 일어나면 새 바지에 분홍색 비단 웃옷과 발목까지만 내려오는 파란 능라 비단옷을 입었다. 하루 종일 꽃과 새들과 함께 지내려면 긴 의복이 불편했기 때문이다.

나이 든 시녀가 태후의 머리를 손질해 주는 동안 궁녀들은 태후의 넓은 침상을 정리했다. 태후는 정해진 몇몇 궁녀들 이외에는 누구도 자신의 침상을 만지는 것을 허락하지 않았다. 오직 어리고 정숙한 궁녀 몇 사람만이 침상을 정리할 수 있었고, 또한 태후는 그들이 사소한 부분이라도 놓칠까 항상 그 손길을 감시했다. 그러나 누비이불과 세 장의 보료를 앞마당으로 가져가 바람과 햇볕을 쏘일 때만큼은 환관들의 도움을 받도록 했다.

그 동안 궁녀들은 직조된 침상 바닥을 덮고 있던 양탄자를 제거했고 말 털로 엮어진 빗자루로 바닥을 쓸었다. 또한 침상의 사면에 새겨진 육중한 조각들의 곡선을 털어 내고 공단 커튼이 걸린 틀도 닦아냈다. 양탄자 위에는 그 전날 바람과 햇볕에 내놓았던 보료를 깔고 노란 능라 공단을 덮은 뒤, 다시 그 위에 부드럽고 옅은 색의 얇은 새 비단 홑이불을 깔고 다시 보라색, 파란색, 녹색, 분홍색, 회색, 상아색의 비단 덮개를 각각 한 장씩 총 여섯 장을 깔았다. 그리고 마지막으로 금색의 용과 푸른 구름이 수놓아진 노란 공단 겉 덮개를 깔았다. 침상의 커튼에는 사향을 섞어 말린 꽃이 담긴 작은 주머니가 달려 있었고, 향기가 사라지면 곧바로 새로운 것으로 교체했다.

나이 든 시녀는 태후의 윤기 나는 검은 머리에 중간 가르마를 탄 뒤 정성스레 땋아 머리 정수리에 있는 매듭 안으로 집어넣었다. 그리곤 그 위에 그녀가 항상 쓰는 높은 만주식 머리장식을 얹어 두 개의 긴 핀으로 고정시켰다. 때론 태후가 좋아하는 꽃들을 머리장식에 달기도 했다.

오늘 태후는 새로 딴 향기로운 작은 난초 꽃을 선택했고, 꽃을 단 머리장식을 쓰고 나자 또 한 번 세수를 했다. 그녀는 우윳빛의 하얀 피부에 향기로운 비누 거품을 문지른 뒤 따뜻한 물로 닦아냈다. 그리곤 꿀과 당나귀 젖, 귤껍질 기름 등으로 만든 화장수를 발랐고 그것이 얼굴 전체에 스며들자 곱고 향기로운 옅은 분홍빛 분을 발랐다.

이제 보석 고르는 일만 남아 있었다. 태후는 보석을 관리하는 궁녀를 큰 소리로 불러 침실 옆 방에서 보석을 가져오도록 했다. 검은색의 보석함은 긴 선반 위에 가지런히 놓여 있었는데, 모든 보석

함마다 번호가 매겨지고 황금 자물쇠와 열쇠가 달려있는가 하면 각각 어떤 보석이 담겨 있는지도 겉에 적혀 있었다. 그 방에는 대략 3천 개 정도의 상자가 있었는데 이는 모두 태후가 평소 사용하는 보석들이었다. 그 옆에는 공식적인 황실 행사가 있을 때 착용하는 보석들이 보관된 또 다른 방이 있었는데 그곳은 항상 굳게 잠겨 있었다.

태후는 수많은 보석들 중에서 사파이어를 선택했다. 오늘 입은 옷이 파란색이었기 때문이다. 또한 귀걸이와 반지로는 진주를, 그리고 목에는 긴 목걸이를 착용했다. 보석을 다 착용하고 나면 맨 마지막으로 손수건을 선택해야 했다. 그녀는 오늘 흰색 바탕에 파랗고 노란 꽃이 그려져 있는 인도산 가제 손수건을 택한 뒤 아침식사를 하기 위해 정자로 향했다.

정자 위에는 커다란 식탁이 차려져 있었고 음식의 온기를 유지하기 위해 모든 접시 밑에 작은 램프를 놓았다. 태후는 눈앞에 놓인 무수한 접시들 중에서 음식을 골랐다. 궁녀들은 멀찌감치 떨어져 있다가 태후가 가벼운 아침식사로 말린 다과를 스무 접시 정도 선택해서 먹으면 곧바로 수수죽을 가져 왔다. 태후가 수수죽을 천천히 먹고 식사를 마치고 나면 그제야 궁녀들은 앞으로 나와 그녀가 선택하지 않은 음식들을 먹을 수 있었다. 궁녀들은 수줍은 얼굴로 태후가 선택한 접시에 손대지 않기 위해 조심하며 음식을 먹었다.

오늘 태후는 무척 즐거운 기분이었으므로 아무도 질책하지 않았고, 궁녀들이 식사를 끝낼 때까지 애완견과 놀며 시간을 보냈다. 그리고 궁녀들이 마지막으로 남은 음식을 애완견에게 먹일 때까지 친절하게 기다렸다. 물론 태후가 항상 그렇게 상냥한 것은 아니었다. 어떤 일 때문에 화가 날 경우 태후는 궁녀들보다 애완견에게 먼저 밥을 먹이며 자신에게 충성스러운 것은 개들뿐이고 오직 개들만이 친구로 믿을 수 있다는 등 소리를 지르곤 했다.

식사를 끝낸 태후는 작약 언덕을 보기 위해 정원으로 향했다. 때는 철새들의 계절이었으므로 걸어가는 도중 여기저기서 아름다운 새소리가 들렸다. 태후는 새가 지저귈 때면 때때로 그 소리를 흉내 내어 화답해 주었는데 그것은 실로 완벽한 새소리였다.

잠시 후 그녀는 정원 한가운데서 꼼짝도 하지 않은 채 궁녀들이 멀리서 개들을 데리고 노는 모습을 지켜보았다. 그때 갑자기 대나무 숲에서 가슴팍이 노란 되새가 날아오르는 모습이 보였다. 태후는 서둘러 되새 소리를 흉내내기 시작했다. 가지 끝에 앉은 되새는 고개를 갸웃대며 순간 움찔하더니 나지막하게 구슬리는 소리에 취한 듯 그녀의 희고 부드러운 손 위에 내려앉았다. 새는 태후의 손 위에서 여전히 머리를 갸웃거렸고, 그 모습을 바라보던 태후는 부드럽고 황홀한 표정을 지었다. 이것을 본 궁녀들도 새를 보기 위해 저만치서 달려왔다.

궁녀들은 이처럼 부드럽고 아름다운 태후가 순간 누구보다도 잔인하고 엄해질 수 있다는 사실에 놀랄 따름이었다. 새가 다시 날아가자 태후는 궁녀들을 가까이 부른 뒤 웃으며 말했다.

"사랑과 친절은 모든 두려움을 극복하기 마련이란다. 심지어 동물들에게도 말이야. 이 교훈을 마음속에 간직하도록 해라."

"네, 마마."

궁녀들은 공손하게 대답하면서도 이처럼 관대하고 친절한 태후의 이면에 무자비한 모습이 있다는 것에 다시 한 번 놀랐다. 그럼에도 이날 태후는 하루 종일 기분이 좋았으므로, 궁녀들은 태후와 더불어 마음껏 놀고 즐길 수 있었다.

어느 음력 3월 3일의 화창한 날이었다. 과중한 업무를 황제에게 맡긴 태후는 그림이나 서예뿐만 아니라 극작에도 흥미를 갖게 되었다. 태후는 다방면으로 재주가 뛰어났지만 사실 그 가운데 어느 분야를 가장 좋아하는지는 스스로도 알지 못했다. 그래서 그녀는 이것저것 모두에 손을 대어 그 분야들에서 뛰어난 재주를 갖게 됐다. 한편 그녀는 아들이 옥좌에 오른 뒤로 국정을 잊어버린 듯 행동하면서도 사실은 염탐꾼 노릇을 하는 환관들을 통해 수시로 소식을 전달받고 있었다.

태후는 대략 한 시간쯤 산책을 하고 휴식을 취하며 간식을 먹은 다음 기다리고 있던 궁녀들에게 상냥하게 말했다.

"오늘 유달리 공기가 맑구나. 바람도 없고, 햇살은 따스하고……오늘 같은 날 내 경극 '자비의 여신'을 보는 게 어떻겠느냐?"

이 말에 모두들 박수를 쳤지만 이연영만은 경의를 표하며 태후에게 말했다.

"마마, 배우들이 아직까지 대사를 다 외우지 못한 것으로 아옵니다. 이 경극은 아주 섬세해서 대사를 확실하게 말하지 않으면 재미가 반감될 듯합니다."

그러나 태후는 그의 말을 무시했다.

"시간을 충분히 주었느니라. 지금 당장 가서 오후에 막을 올리라고 지시하라. 그 동안 나는 잠시 염불을 외고 있겠다."

말을 마친 태후는 평소처럼 우아한 걸음걸이로 정자를 지나 자신의 개인 불당으로 갔다. 불당 안에는 오른손에 장밋빛 옥으로 만든 연꽃을 든 백옥 부처가 녹색 옥으로 된 연꽃 위에 앉아 있었으며 그 오른쪽에는 관음보살이, 왼쪽에는 지장보살이 서 있었다. 태후는 불상 앞에 도착하자 무릎을 꿇는 대신 고개만 숙인 채 제단에서 가져온 백단 염주를 들고 경을 외웠다.

"아미타불."

태후는 염주의 각 구슬마다 경을 외워 1백 8번을 반복했다. 그런 다음 염주를 내려놓고 향을 피운 뒤, 향기가 공기 속으로 스며들자 다시 고개를 숙였다. 태후는 매일같이 하늘의 주인인 부처에게 소원을 빌었고, 떠날 때는 자비의 여신인 관음보살에게 고개를 숙이는 것을 잊지 않았다. 태후는 특히 관음보살을 경이롭게 여겨 자신은 지상의 여왕이고 관음보살은 하늘의 여왕이니 서로 자매일지도 모른다고 상상하기도 했다. 때때로 그녀는 한밤중에 깨어나 침상의 커튼을 늘어뜨린 채 관음보살에게 말을 걸었다.

"하늘에 계신 자매님, 제 고통을 불쌍히 여기소서. 혹시 하늘에도 환관이 있습니까? 아마 없겠지요. 대체 하늘에 환관이 어울리기나 하겠습니까? 하여간 그곳에도 자매님과 천사들을 돌보는 자들은 있겠지요. 그러나 순수한 마음을 가진 자는 드물 것입니다."

이번에 그녀는 매번 물어보려다가 잊어 버렸던 질문 하나를 생각해냈다. 그녀는 하늘에서도 자신에게 충실한 연인을 만날 수 있는지 궁금했던 것이다. 태후는 관음보살 앞에 고개를 숙이고 눈을 감은 채 영록의 이름을 언급했다.

"하늘에 계신 자매님, 제 친척 영록이라는 자를 알고 계시는지요? 제 운명만 아니었다면 우리는 아마도 부부가 되었을 겁니다. 만일 다음 세상에 환생한다면 과연 그와 부부의 연을 맺을 수 있을까요? 부디 제가 당신의 오른손에 앉아 그의 지위를 높일 수 있도록 도와주세요. 내 자매인 영국의 빅토리아 여왕이 사랑하는 이의 지위를 올렸던 것처럼 말입니다."

태후의 말은 모두 진실이었다. 그녀는 조용히 생각에 잠긴 듯한 보살의 얼굴을 응시하며, 그녀라면 가지고 있던 생각을 굳이 말하지 않아도 모든 것을 알리라 생각했다. 잠시 후 태후는 불당을 벗어나 커다란 앞마당으로 나갔다. 그곳에는 삼나무로 만든 커다란 바구니가 있었고 그 안에는 오래된 등나무가 자라고 있었다. 활짝 핀 등나무꽃 향기는 정원과 정자, 그리고 궁의 복도에까지 흘러들었다. 때는 바야흐로 등나무의 계절이었으므로 태후는 매일같이 만발한 등나무 꽃을 보기 위해 정원을 찾았다. 태후는 천천히 꽃을 감상한 뒤 정원을 지나 언덕 옆으로 난 통로를 따라 극장으로 들어갔다.

태후의 견해로 볼 때 실로 이 극장은 세계 어느 나라의 것과도 비교할 수 없었다. 그녀의 극장은 사방이 트인 넓은 마당 한가운데에 세운 5층짜리 벽돌 건물로 정면이 활짝 열려 있었다. 위의 3층은 의상과 무대 배경을 보관하는 장소였고, 아래의 2층은 무대로 쓰였다. 항상 신선의 삶을 동경해 왔던 태후는 2층 중 한 층을 마치 신과 여신이 등장하는 성스러운 사원처럼 꾸몄다.

마당 안쪽에 세워진 두 개의 긴 건물 안에 마련된 좌석과 정자는 태후에게 초대받은 사람들이 경극을 관람하고 휴식을 취할 수 있는 곳이었다. 건물들은 모두 땅에서 약 열 자 가량 떨어져 지어졌는데 그 높이는 극장의 1층 무대와 같았다. 또한 앞쪽에 유리를 설치해 바람이 불거나 추운 날씨에도 경극을 감상할 수 있었으며, 여름에는 유리 대신 밖이 훤히 보이는 얇은 천을 쳐 모기와 파리 등을 막았다. 실로 태후는 파리가 앉았던 그릇의 음식은 입도 대지 않고 고스란히 개에게 줘 버릴 정도로 끔찍이 파리를 싫어했다. 또한 건물 안에는 태후 혼자만이 쓰는 세 개의 방이 있었는데, 하나는 편히 앉아 경극을 관람하는 방이었으며, 다른 하나는 경극에 흥미를 느끼지 못할 경우 대신 볼 수 있는 책들을 보관해 두는 서재였고, 마지막 하나는 졸음을 느낄 때 잠시 잠들었다가 재미있는 부분이 나오면 다시 볼 수 있도록 마련된 침실이었다.

정오를 막 벗어날 무렵, 태후는 세 개의 방 중 편히 앉아 경극을 관람할 수 있는 방으로 들어가 푹신한 의자에 앉았다. 잠시 후면 그녀가 직접 쓴 경극이 상연될 예정이었다. 사실 태후는 직접 대본을 쓴 이 경극을 처음 보는 것이 아니었다. 그러나 매번 관람할 때마다 배우들의 연기에 만족한 적이 없었으므로 계속 이것저것을 지적하며 고치도록 했다. 배우들은 자신들끼리 있을 때면 태후가 터무니없는 요술을 기대한다고 빈정거렸지만, 막상 그녀 앞에서는 아무 내색도 하지 못했다. 어쨌든 오늘 배우들은 최선을 다하기로 결심하고 무대에 섰으며 이윽고 무대 한 가운데 거대한 연꽃이 올라오는 경이로운 장면이 펼쳐지며 막이 올랐다.

연꽃 위에는 관음보살로 분장한 어리고 가냘픈 환관이 앉아 있었는데 어찌나 연약하고 예쁜지 언뜻 보면 진짜 어린 소녀로 착각할 정도였다. 관음보살이 등장하자 이내 그녀의 시종인 남자아이와 여자아이가 좌우에서 따라 나왔다. 두 아이 중 여자아이는 버드나무가 꽂힌 옥 항아리를 들고 있었다. 이 장면은 관음보살이 버드나무 가지를 옥 항아리에 넣었다가 시체 위에 올려놓으면 시체가 다시 살아난다는 전설을 바탕으로 한 것이었다.

이처럼 태후는 자신의 경극에 여러 가지 마법을 직접 고안해 삽입했다. 그녀는 평소에도 마법에 관심이 많아 특히 노인들이 들려주는 신화나 승려인 환관들이 이야기해 주는 전설을 즐겨 들었다. 그 중에서 태후가 가장 좋아하는 이야기는 1천 년 전 인도로 순례를 간 승려 이야기로, 그는 신성한 기호나 주문을 외워 창이나 칼을 막았다고 한다.

태후는 예리한 판단력을 지닌 탓에 쉽게 사람을 믿지 않았지만 그런 이야기들에는 남다른 관심을 보였다. 그녀는 스스로를 평범한 인간으로 죽기에는 아까운 존재라 믿었고, 따라서 영원히 죽지 않는 불사의 마법이 있을지도 모른다고 생각했던 것이다. 그리고 하늘과 마법의 힘을 믿는 그녀의 갈망은 자신의 경극에도 고스란히 반영되었다. 그녀는 반은 환상이고 반은 믿음인 경극을 공연하기 위해 거의 마법과도 같은 기술을 발휘했고, 경극의 배경과 막을 나누는 일까지도 직접 손을 보았으며, 극 안에 날개로 활주하고 낙하하는 장면을 삽입하는 등 풍부한 상상력을 발휘해 그 어디에서도 보지 못한 장면들을 연출했다.

경극이 끝나자 태후는 극작가로서의 자부심을 느끼며 박수를 쳤다. 그녀는 기분이 지나치게 좋아지자 허기를 느꼈으며, 시중드는 환관들에게 음식을 가져오라고 명했다. 이처럼 태후는 아무 데서나 먹고 싶은 곳에서 식사를 했다. 그녀는 음식을 기다리는 동안 궁녀들에게 오늘 경극이 어떠했는지를 물어보았다. 또한 자신은 관대하여 비판을 두려워하지 않으며 다만 완벽한 경극을 만들고 싶을 뿐이라는 말로, 궁녀들로 하여금 결점을 서슴없이 얘기할 수 있도록 용기를 북돋아 주었다.

식탁의 배치가 끝나자 시중드는 환관들은 부엌에서부터 극장까지의 긴 거리에 두 줄로 늘어섰다. 그들이 손에서 손으로 음식을 재빨리 전달하면 서열 높은 네 명의 환관들이 그것을 받아 식탁에 올려놓았다. 잠시 후 궁녀들은 뒤쪽에 열을 지은 채 태후가 왕성한 식욕으로 좋아하는 음식들을 골라 먹는 모습을 지켜보았다. 태후는 여전히 기분이 좋았으므로 배고픈 궁녀들을 위해 일찍이 자리에서 물러나 서재에서 차를 마시겠다고 말했다. 명이 떨어지자마자 두 명의 환관이 순금 받침대 위에 놓인 백옥 찻잔과 은쟁반 위에 널어 말린 인동초와 장미 꽃잎, 황금으로 도금된 젓가락을 들고 태후의 뒤를 따랐다. 그녀는 그 꽃들을 적당한 비율로 차에 넣어 마시는 것을 특히 즐겨 그 일만큼은 반드시 직접 했다.

태후는 이처럼 여유롭게 차를 마실 때면 삶이 더 없이 행복하다고 느꼈다. 그녀가 푹신한 긴 의자에 앉아 한창 차를 마시는 도중, 문득 문 쪽에 서 있던 이연영이 헛기침 소리를 냈다.

"들어오너라."

태후가 지시하자 안으로 들어선 이연영은 환관들이 지켜보는 가운데 경의를 표했다.

"또 무엇 때문에 방해하는 게냐?"

태후가 묻자 이연영은 고개를 들었다.

"마마, 잠시 은밀히 드릴 말씀이 있사옵니다."

그러자 태후는 찻잔을 내려놓으며 오른손으로 모두 나가라는 신호를 했다. 잠시 후 환관과 궁녀들이 모두 물러나고 마지막으로 한 환관이 문을 닫았다.

"일어나라."

태후가 이연영에게 물었다.

"이번에는 또 무슨 일인가?"

이연영은 자리에서 일어나 조각이 새겨진 의자 끝에 앉은 뒤 못생기고 주름진 얼굴을 돌려 심각하게 말했다.

"이 상주문을 문서보관소에서 찾았습니다. 이것은 한 시간 이내에 돌려놓아야 합니다."

그는 예복 소매에서 길고 좁다란 봉투를 꺼내어 두 손으로 태후에게 건넸다. 봉투를 열어 문서를 훑어보는 순간 그녀는 그 필체의 주인이 도찰원 소속 오가독이라는 것을 금방 알아챌 수 있었다. 예전에 그는 외국인 사절단 문제와 관련된 상주문을 작성해 함풍제에게 올리려다가 태후에게 제지를 당한 적이 있었다. 그리고 이번 상주문은 태후의 아들인 동치제에게 제출한 것이었다. 오가독은 이렇게 적고 있었다.

폐하의 하찮은 종복인 신 오가독이 이 밀서를 바치는
것은 황제께서 외국 사절단들을 받아들여 공식적인 갈등을 해결하시길 간청하기 위함입니다. 부디 이를 승인하시어 황제의 아량과 군자로서의 위신을 보여주십시오. 지금까지 전통을 고집한 탓에 이루어진 것은 아무것도 없으며 외국 공사들과의 관계만 더욱 소원해졌사옵니다.

태후는 가슴속에서 다시금 분노가 치밀어 오르는 것을 느꼈다. 오늘 또다시 그녀의 의지는 시험대에 올랐다. 게다가 이대로 간다면 아들이 어머니에게 반기를 들게 될지도 몰랐다. 잘못된 판단으로 인해 아들이 더 이상 존경받지 못하게 된다면 과연 이 제국에는 무엇이 남을 것인가? 그녀는 다시 상주문을 노려보다가 문득 오가독이 옛 성현의 말을 인용한 부분을 발견했다.

    공자께서 가라사대 무릇 군자가 하찮은 날짐승과 들짐승의 말다툼에 끼어들어서는 안 된다고 하셨습니다.

태후는 격분하여 소리쳤다.
"이 망할 감찰어사가 위대한 성현의 경구를 제멋대로 왜곡하는구나!"
하지만 그녀는 이를 악물고 내용을 좀더 알아보기 위해 다시 상주문을 읽어 내려갔다.

    제가 듣기로 외국의 통치자들은 마치 허수아비처럼 자국의 백성들로부터 폐위를 당할 수도 있다고 합니다. 이것은 그들의 통치자가 천자가 아닌 인간에 불과하기 때문입니다. 저는 이 두 눈으로 그들이 아무런 부끄럼 없이 하인처럼 경박한 걸음걸이로 북경 거리를 거닐고, 여자들 또한 아무렇지도 않게 남자들을 앞서 걷거나 의자 가마를 타는 것을 똑똑히 보았습니다. 게다가 그들은 우리와 맺은 조약의 그 어디에서도, 부모와 연장자를 존경하거나 삼강오륜을 존중하는 우리의 전통에 대한 언급을 찾아볼 수 없었습니다. 심지어 그들은 이른 바 인간으로서 지켜야 할 네 가지 기본 사항인 의식의 준수, 타인에 대한 인간적인 의무, 고결한 성품, 수치심까지도 가지고 있지 않은 듯했습니다. 그들은 오직 상업적인 이익만을 추구할 뿐 인仁·의義·예禮·지智와 신信 등은 길가의 쓰레기처럼 취급합니다. 그런데도 우리는 그들이 문명인이기를 기대하고 있습니다. 삼강오륜에 대한 의미도 모르며, 그중 우선되는 군주와 신하의 예의도 모르는 저 자들에게 예의바른 행동을 기대한 것입니다. 저 자들에게 무릎 꿇기를 요구하느니 차라리 개와 돼지를 접견실에 데려와 용상 앞에 무릎 꿇게 하는 게 나을 것입니다. 실로 저런 자들에게서 예의를 찾는다면 어떻게 용상의 권위를 높일 수 있겠습니까?

또한 이들은 자국의 어리석은 통치자를 존엄하신 황제 폐하와 동일한 위치에 놓으려 합니다. 우리는 이런 가당치 않은 일은 간과하면서도 그들의 외교관이 무릎을 꿇지 않는 일은 문제 삼습니다. 실로 대소가 전도된 경우가 아닐는지요. 또한 2년 전 러시아 야만족들이 이리강伊犁江에서 쳐들어와 북서쪽 땅을 빼앗기 위해 역사상 유례없는 공격을 자행했을 때에는 분노는커녕 수치심조차 느끼지 않았던 것이 우리의 관료들이옵니다. 그런 그들이 어째서 외국인들이 용상에 무릎을 꿇지 않는 것에 대해서는 그처럼 큰 모욕감을 느끼는 것입니까? 그럴 의도조차 없는 야만인들에게 어찌 무릎을 꿇으라고 강요할 수 있겠사옵니까? 또한 지금 우리에게 그들과 싸울 수 있는 군대와 무기가 있는지도 충분히 고려해 주시기를 청합니다. 공자께서는 통치의 기술을 어디에 두어야 하느냐는 물음에, 충분한 음식과 많은 군대, 사람에 대한 신뢰 이 세 가지를 답하셨습니다. 또한 그중에서 필요성이 가장 적은 것이 무어냐는 질문에, '처음에는 군대를 폐하고 다음에는 음식을 폐하라'고 하셨습니다. 따라서 외국인들에 대한 강요가 불가능할 경우, 그들에게 의심을 불러일으키는 것보다는 관용을 베푸는 것이 나은 줄로 아뢰옵니다. 따라서 부디 황제께서 칙령을 내리시어 외국인들로 하여금 궁중에서 격식을 차려야 한다는 부담을 폐할 수 있도록 해주시고 그들의 무례한 행동 또한 무지의 소치로 간주하여 용서하시는 것이 옳을 것이옵니다. 동시에 이 칙령은 외국인들과 그 나라 국민들에게는 지나치게 관대한 것이니 전례로 삼는 것은 현명하지 못한 일이라는 사실을 주지시켜야 합니다. 장래를 기약하며 시간을 들여 국력을 키우소서. 저는 그저 먼 변방에 사는 무지한 촌부로 정사에 대해서는 아는 바가 없사옵니다. 따라서 저의 상소문 또한 하찮은 것일 뿐이옵니다. 소신의 발언이 무모하거나 성급한 것일지도 모르겠으나, 목숨을 걸고 이 상주문을 황제께 바칩니다.

상주문을 다 읽은 태후는 당장이라도 이것을 갈기갈기 찢어버리고 싶었다. 그러나 그녀는 본래의 신중함을 발휘해 감정을 자제했다. 어쨌든 오가독은 대단히 현명한 사람임에는 틀림없었고, 연륜과 덕망 또한 풍부했다. 그는 설교보다는 스스로 의무와 격식을 실천하는 것을 중시 여겼으며, 단 한 번의 예외도 허락지 않고 엄격하게 그것을 지켰다. 또한 외국인들이 황도를 차지해 황실이 열하로 피신했을 때에도, 오가독만은 병상 중인 노모와 함께 그대로 남아 있었다. 그는 목숨을 걸고 어머니의 곁을 지켰고, 끝내는 어려움 속에서도 좋은 관을 주문할 수 있었다. 어머니가 죽자 그는 어머니의 눈을 감긴 뒤 정성스럽게 관 안에 안치시켰다. 그 후 거금을 주고 마차를 빌려 장례식이 가능해질 때까지 안전하게 쉴 수 있도록 어머니의 시신을 다른 도시의 절로 데려갔다.

태후는 그의 보기 드문 효심을 염두에 둔지라 분노를 참으며 상주문을 접어 이연영에게 건넸다.

"이것을 원래 있던 자리에 갖다 넣어라."

태후는 이연영에게 물러날 것을 지시했다. 즐겁던 기분은 씻은 듯 사라졌고, 동시에 극장도 하나의 평범한 건물로 전락했다. 태후는 경극이 진행되는 동안 골똘히 생각에 잠긴 채 배우들의 행동과 매력적인 노래들을 모두 무시했다. 경극이 거의 끝나갈 무렵 모든 출연진들이 찬란한 신선의 복장을 한 채 노래하며 천상의 여왕 주위로 모여들었다. 그들의 발밑에는 악마 역을 훈련받은 작은 원숭이들이 옹기종기 모여 있었다. 멍하니 생각에 잠겨 있던 태후는 말없이 일어서 궁녀들과 함께 서둘러 극장을 나가버렸다. 이상한 낌새를 챈 배우들이 어리둥절해 하며 객석을 보았을 때 이미 태후는 사라지고 없었다. 그러자 배우들도 급히 그녀를 뒤쫓아 갔다. 하지만 태후는 그들에게 그대로 있으라는 손짓을 한 뒤 홀로 궁으로 돌아와 이연영을 불렀다.

잠시 후 이연영이 서재의 커다란 의자에 몸을 기댄 태후의 앞으로 성큼성큼 걸어왔다. 태후는 마치 관음상처럼 꼼짝도 하지 않고 앉아 있었다. 그녀의 얼굴은 창백했고, 커다란 눈은 차갑게 빛났다.

"내 아들을 불러라."

태후는 이연영을 돌아보지도 않고 얼음처럼 차갑게 말했다.

이연영은 경의를 표하며 물러났고, 그녀는 계속해서 미동 없이 황제가 오기만을 기다렸다. 이때 한 궁녀가 문을 열자 태후는 손을 흔들어 그녀를 내쫓았고 문은 다시 닫혔다.

떠난 지 한참이 흘렀지만 이연영은 돌아오지 않았다. 그리고 마침내 한 시간이 지났는데도 이연영은 물론이요, 황제로부터의 전갈도 없었다. 태후는 저물어 가는 오후의 햇살을 받으며 여전히 황제를 기다렸다. 시중드는 환관이 발소리를 죽이고 들어와 등불에 불을 붙였다. 그녀는 마지막 등불을 켤 때까지 아무 말이 없다가 이윽고 얼음처럼 차가운 목소리로 물었다.

"환관장 이연영은 어디에 있느냐?"

그러자 환관은 그녀에게 경의를 표하며 대답했다.

"환관장께서는 대기용 정자에서 폐하를 기다리고 계십니다."

"왜 들어가지 않고선"

태후가 물었다.

"환관장께서는 지금 겁에 질려 계시옵니다."

환관이 가늘게 떨면서 대답했다.

"그를 데려오너라."

그리고 그녀는 또다시 의자에 앉아 아무 말 없이 기다렸다. 잠시 후 이연영이 어둑해진 정원의 그림자를 밟으며 슬그머니 나타났다. 그는 침통한 얼굴로 바닥을 향해 몸을 내던지더니 죽은 듯 엎드려 있었다. 잠시 후 태후는 화내는 기색이라고는 찾아볼 수 없는 얼음처럼 차가운 목소리로 물었다.

"내 아들은 어디에 있느냐?"

"마마······."

그는 더듬대며 머뭇거렸다.

"황상의 대답을 받아오지 않았단 말이냐?"

태후가 물었다.

"마마, 폐하께서는 환후가 있다고 하시면서······."

그는 손으로 입을 가린 채 말을 이었으므로 마치 큰 접시로 막은 듯 그 말소리가 잘 들리지 않았다.

"황상이 아프단 말이지?"

그녀의 냉정한 목소리는 무심하게 들릴 정도였다.

"마마······!"

"황상은 아픈 게 아니다."

태후는 분노를 자제하며 천천히 일어났다.

"올 수 없다면 내가 가야지."

태후는 중얼거리듯 말하고는 빠른 걸음으로 방을 나섰다. 엎드려 있던 이연영이 그녀를 따라 잡기 위해 벌떡 일어서려다 발이 걸려 넘어졌지만 태후는 뒤도 돌아보지 않았다. 궁녀들은 아까 물러난 상태였으므로 태후의 움직임을 아는 사람은 환관장과 복도와 출입구에 서 있던 몇몇 서열 낮은 환관들뿐이었다. 그들은 태후가 궁녀도 없이 복도를 지나는 것을 보았지만 누구도 감히 움직이거나 말을 걸지 못한 채 그저 태후가 옆을 지나갈 때 겁먹은 얼굴로 서로를 쳐다볼 뿐이었다.

태후는 시선을 정면에 고정시키고 바람처럼 움직였다. 창백해진 얼굴에 유독 검은 눈동자만이 선명하게 불타올랐다.

곧이어 정신을 차린 이연영이 허둥대며 달려와 머뭇거리는 다른 환관들에게 미처 설명해줄 틈도 없이 태후를 뒤쫓기 시작했다. 그러나 그의 큰 보폭으로도 찬란한 푸른색과 금색의 예복을 휘날리며 재빨리 달려가는 태후를 따라잡을 수 없었다.

황제의 처소로 곧장 달려간 태후는 화려한 정원을 지나고 대리석 계단을 올라 단 위에 다다랐다. 비단 망사 사이로 희미하게 빛이 새어나오고 있었다. 태후는 고개를 들어 안을 들여다보았다. 커다란 방석을 댄 의자에 앉은 황제와 그에게 기대어 있는 알루트의 희미한 모습이 보였다.

 어린 황후는 황제의 입 앞에 그가 좋아하는 남부 지방의 버찌를 내밀고 있었다. 그리고 황제가 그것을 잡으려고 손을 뻗자 고개를 뒤로 젖히며 웃음을 터뜨렸다. 이어 황제도 입가에 환한 웃음을 머금었다. 태후는 아들이 그렇게 즐겁게 웃는 것을 한 번도 본 적이 없었다. 그러나 지금 아들은 알루트와 더불어 빛나는 미소를 짓고 있었고, 그 웃음은 그의 주위를 둘러싼 환관들과 황후의 궁녀들에까지 전염되어 있었다.

 태후는 천천히 문을 열고 그 앞에 우두커니 섰다. 흔들리는 불빛 속에서 그녀의 모습은 마치 밤의 어둠을 쫓으러 온 빛의 여신처럼 환하게 빛났다. 수많은 촛불이 그녀의 반짝이는 예복과 머리장식, 격분해 있는 아름다운 얼굴 위로 쏟아져 내렸다. 태후는 갸름하면서도 큰 눈을 반짝거리며 방 안에 있던 사람들을 순식간에 휩쓸어 버리는 듯한 눈빛을 발산했다.

 "황상, 아프다고 하던데 이제야 그대를 보러 왔구려."

 그녀는 상냥함 속에 냉혹한 비수를 숨긴 채 조용히 말했다. 황제는 기대있던 의자에서 벌떡 일어났고, 알루트는 버찌를 손에 든 채 동상처럼 꼼짝도 하지 않고 서 있었다.

 "많이 편찮으시다면 즉시 궁의들을 부르겠소."

 태후는 황제의 얼굴에서 눈을 떼지 않은 채 재차 말했다. 황제는 입이 얼어버린 듯 아무 말도 하지 못했으며, 눈동자는 두려움으로 인해 불안하게 흔들렸다.

"그리고 너 알루트."

태후는 고드름처럼 차갑고 명확한 어투로 말했다.

"너는 황상의 건강에 전혀 신경을 쓰지 않구나. 아프실 때에는 신선한 과일을 드려서는 안 된다. 그처럼 황제를 모시는 의무를 소홀히 하다니 벌을 내릴 것이야."

알루트는 시선을 내리깐 채 아무 대답이 없었고 황제는 바짝 마른 입으로 간신히 침을 삼켰다.

"어마마마."

황제가 더듬거리며 말했다.

"이는 알루트의 잘못이 아니옵니다. 저는 어제 하루 종일 알현을 받았고, 그 때문에 정말 아팠사옵니다."

그러자 태후는 다시 한 번 무서운 눈빛으로 황제를 쏘아보았다. 그녀는 자신의 눈에서 뻗어 나오는 무시무시한 열기를 스스로도 느낄 수 있었다. 그녀는 황제 앞으로 다가가 소리쳤다.

"무릎을 꿇어라!"

순간 황제의 눈동자가 놀라움과 두려움으로 가득 찼다.

"황제라고 해서 내 아들이 아닌 줄 아느냐!"

태후가 호통을 치는 동안 알루트는 여전히 그 자리에 굳은 듯 서 있었다. 그녀는 날씬한 허리를 꼿꼿이 세웠고, 당당한 얼굴에 두려운 기색이라고는 조금도 찾아볼 수 없었다. 알루트는 들고 있던 버찌를 바닥에 버린 뒤 황제의 팔을 잡았다.

"아니 되옵니다."

그녀는 부드럽고 나지막한 목소리로 외쳤다.

"무릎을 꿇어서는 아니 되옵니다!"

태후는 두 발자국을 더 나아가 오른손을 쭉 편 뒤 집게손가락으로 바닥을 가리켰다.

"무릎을 꿇어라!"

태후가 다시 한 번 명령을 내렸다. 황제는 한참 동안 망설이다가 잠시 후 알루트의 손을 떼며 말했다.

"이것은 나의 의무요."

그는 무릎을 꿇은 뒤 고개를 숙였다. 이윽고 무시무시한 침묵이 흘렀다. 태후는 차가운 눈길로 그를 내려다보았다가 내밀었던 오른손을 천천히 거두었다.

"그나마 나이 많은 사람을 존중하는 것이 네 의무임을 잊지 않았으니 다행이구나. 모친이 살아 있는 한, 황제도 결국은 아들에 불과하지."

태후는 고개를 들고 환관들과 궁녀들을 돌아보았다.

"다들 물러가라. 나와 아들만 있게 해다오."

한 사람씩 슬며시 물러가자 방 안에는 알루트만이 남았다.

"너도 물러가라."

태후가 가차 없이 명했다. 알루트는 잠시 망설이더니 슬픈 표정을 짓고는 공단 신발을 끌며 소리 없이 물러났다. 결국 황제와 단둘이 남게 되자 태후의 태도는 어느새 따스한 봄날처럼 돌변했다. 그녀는 미소를 지으며 아들을 향해 다가가 부드럽고 향기로운 손바닥으로 그의 뺨을 쓰다듬었다.

"일어나시오, 황상."

태후가 부드럽게 말했다.

"같이 앉아서 의논할 게 있습니다."

그녀는 황제가 앉았던 의자로 다가가 그곳에 앉았고, 주춤대며 일어난 황제는 알루트가 앉았던 낮은 의자에 몸을 기대었다. 태후는 황제의 손과 입술이 여전히 가늘게 떨리고 있음을 눈치 챘다.

"황실에서도 서열은 있어야 하는 법이오."

그녀는 차분하면서도 친근하게 말했다.

"환관들과 황후 앞에서는 그러한 질서를 분명히 잡아야 하지 않겠소. 내게 있어 황후는 며느리일 뿐이오."

황제는 아무 대답 없이 남몰래 혀를 내밀어 마른 입술을 적실 뿐이었다.

"황상."

태후가 계속해서 말했다.

"그대가 비밀리에 내 의지에 반항한다고 들었소. 진정 절을 받지 않고 외국 사절단들을 맞이하려는 것이오?"

그 질문에 황제는 한껏 자존심을 드러내며 말했다.

"그렇게 조언을 받았습니다. 심지어 공친왕께서도 이에 찬성하셨습니다."

"그럼 그렇게 하겠단 말이오?"

그녀가 물었다. 그녀의 목소리는 오히려 아들인 황제보다도 사랑스럽고 낭랑했으나 그 안에는 날카롭게 벼른 칼날이 들어있는 듯했다.

"그렇게 할 것입니다."

황제가 말했다.

"나는 그대의 어머니로서 그것을 금하오."

태후는 단호하고도 조용하게 말했다. 그러나 아들의 잘생긴 얼굴과 부드러운 입술, 눈물이 글썽거리는 큰 눈을 보자 의지와는 달리 마음이 약해졌다. 또한 황제가 이처럼 고집을 부리면서도 마음 한구석에 자신에 대한 남모르는 두려움을 간직하고 있다는 것을 깨닫자 가슴속에 갑자기 격렬한 슬픔이 스쳐 지나갔다.

그녀는 그가 어머니조차 두려워하지 않을 정도로 강해지기를 바랐다. 두려움이란 나약한 것이기 때문이다. 그리고 이처럼 어머니를 두려워한다면 결국 알루트에게도 굴복하고 말 것이다. 그렇게 될 경우 황후가 권력을 잡게 될 수도 있었다.

그는 지금 어린 시절 종종 사코타를 찾아가 위안을 얻었듯 알루트에게로 도피한 것인지도 모른다. 그에게 사랑을 가르쳐 준 저 아름다운 소녀보다 훨씬 더 자신을 사랑하는 어머니라는 존재를 깨닫지 못한 채 말이다. 실로 태후는 그를 위해 여자로서의 모든 행복을 버리고 아들의 운명을 자신의 운명으로 삼아왔다.

태후의 날카로운 시선 앞에 황제는 눈을 내리깔았다. 그러자 어머니를 닮은 유난히 긴 속눈썹이 돋보였다. 그것을 바라보던 태후는 외모는 물려주었건만 어째서 용기와 힘은 물려주지 못했는지 안타깝기만 했다.

태후는 한숨을 내쉰 뒤 입술을 깨물었다.

"하긴 외국인들이 옥좌 앞에 무릎을 꿇든지 말든지 무슨 상관이 있겠소? 나는 오직 황상만을 생각할 뿐이오."

"저도 알고 있습니다, 어마마마. 어마마마께서 하시는 일은 다 저를 위한 것이 아닙니까? 저 역시 무슨 일을 하던 어마마마께 즐거움을 드리고 싶사옵니다. 혹여 원하시는 일이 있다면 주저 말고 말씀해주세요. 저는 어마마마를 행복하게 해 드리고 싶습니다. 원하신다면 정원을 만들어 드릴 수도 있습니다. 산에다 정원을 만들든지 아니면 산이라도 움직여서 가져다 드리지요."

그러나 태후는 어깨를 으쓱하며 쓴웃음을 지었다.

"내게는 벌써 정원과 산이 있소."

말은 이렇게 했지만 사실 태후는 아들의 마음에 감동을 받았다. 그래서 천천히 말문을 열었다.

"내가 원하는 것은 되찾기 힘든 것이오."

"그것이 무엇인지 말씀해 주십시오."

황제가 재촉했다. 그는 지금 모친이 다시금 자신의 권위를 인정해 주기를 간절히 원하고 있었다. 또한 그녀의 진노에서 안전하게 벗어날 수 있는 방법이 무엇인지도 잘 알고 있었다.

"말한들 무슨 소용이 있겠소?"

태후가 침울하게 말했다.

"모두가 재로 변했거늘 어떻게 되돌릴 수 있단 말이오?"

그 말을 듣자마자 황제는 자신의 어머니가 무엇을 원하고 있는지를 깨달았다. 그녀는 폐허가 되어버린 여름 궁전을 염두에 두고 있었던 것이다. 어린 시절 황제는 어머니로부터 여름 궁전의 탑과 정자, 정원, 수석들에 대한 이야기를 종종 들어왔다. 모친은 그 아름다운 곳을 파괴했다는 이유 하나만으로도 외국인들을 절대 용서하지 않을 것이었다.

"새로운 여름 궁전을 지어드리지요, 어마마마."

황제가 천천히 말을 이었다.

"어마마마께서 기억하시는 그대로 복원해 드리겠습니다. 국고에서는 더 이상 지출할 수 없지만 지방에서 특별세를 걷으면 가능할 겁니다."

순간 태후는 예민한 직감으로 그의 속셈을 간파했다.

"지금 내게 뇌물을 쓰는 것이오?"

"어쩌면 그럴지도 모릅니다."

황제는 그렇게 말하며 반쯤 장난기 어린 눈으로 태후를 슬며시 쳐다보았다. 그 모습을 바라보던 그녀는 입을 가린 채 웃음을 터뜨리고 말았다.

"그럼 그렇게 하도록 하시오, 황상."

태후가 말했다.

"내가 망설일 이유야 없지 않소. 여름 궁전? 마다할 이유가 무엇이 있겠소."

태후는 자리에서 일어나 아들의 손을 잡았고, 황제 역시 그 손을 맞잡았다. 그녀는 향기로운 손을 들어 다시 한 번 아들의 볼을 쓰다듬고는 자리를 떠났다. 어둠 속에서 나타난 이연영이 조용히 그녀의 뒤를 따랐다.

궁궐이든 오막살이든 자식이 부모의 마음을 아프게 하는 일은 어디서나 일어나기 마련이었다. 태후가 믿을 만한 염탐꾼 이연영을 통해 며칠간 알아본 바에 의하면 황제의 말은 새빨간 거짓이었다. 공친왕은 예의를 지키지 않는 외국 사절단을 받아들이라는 조언을 황제에게 건넨 적이 없었던 것이다. 오히려 그는 조상들이 그러한 외국인들의 요구에 어떻게 대응했는지를 황제에게 상기시킴으로써 외국인들이 이제껏 선조들에게 거부당했던 권리를 달라고 할 때에는 이를 재차 거부해야 한다고 말했다.

존귀한 건륭제의 치세 때는 영국 귀족 매카트니가 용상 앞에 무릎을 꿇고 바닥에 절을 했다. 그러나 그것은 진심에서 우러나온 경의의 표시가 아니었다. 한 만주인 왕이 영국의 군주인 조지 왕의 초상화 앞에서 같은 식으로 절을 한 것에 대한 일종의 보복이었다.

공친왕은 외국 사절단이 재차 황제의 알현을 요구해오자 총리아문總理衙門* 대신이 아프다는 핑계를 들어 무려 4개월 동안이나 차일피일 접견을 미루었다. 그러나 결국 황제가 이를 허용함으로써 그의 노력은 물거품으로 돌아갔으며, 황제 스스로도 자신의 나약함을 드러내는 잘못을 저지르고 말았다.

난초 정원에서 이 보고를 들은 태후는 오히려 담담한 표정이었다.

---

* 중국 정부에서 대對 서양 업무를 관장하던 기관. 정식 이름은 총리각국사무아문總理各國事務衙門. 이곳에서 외교업무를 처리하고 각국 주재공사를 파견함. 또한 통상, 해관, 해안방어, 무기구입, 수도에 있는 동문관[同文館 : 번역을 담당하는 인재를 양성하는 학교] 경영, 유학생 파견 등의 일을 담당함.

어느덧 봄이 저만치 물러나고 날씨 좋은 초여름이 다가왔는지라 태후는 더 이상 국사에 매달리고 싶지 않았다. 그녀는 밝은 햇빛에 이끌려 서재로 들어선 뒤, 넓은 책상에 앉아 여느 때처럼 새로운 여름 궁전을 설계하는 일에 몰두했다. 이는 건축가들과 목수들을 시켜 벽돌과 대리석을 쌓아 시공하기 전에 반드시 필요한 사전 작업이었다.

잠시 후 이연영이 다가와 보고를 시작했다. 태후는 책상에 앉아 조용히 보고를 듣고는 마침내 지시를 내렸다.

"공친왕을 모셔오너라."

그녀는 공친왕이 도착할 때까지 붓을 내려놓고 먼 풍경을 응시했다. 서둘러 도착한 공친왕은 저만치 정원을 향해 열려 있는 문으로 태후의 모습을 보았다. 붉은 빛으로 활짝 핀 석류나무 꽃들은 무성한 나무의 짙은 녹음 속에서 보석을 흩뿌린 듯 반짝였다. 태후는 등나무 외에도 석류 등을 몹시 좋아했고, 그 꽃과 열매에도 남다른 애정을 가지고 있었다. 그녀는 석류꽃의 타들어 가는 듯한 진주홍색과 녹색의 단단한 열매 껍질과 수천 개의 씨앗에 둘러싸인 새콤달콤한 과육을 사랑했다. 그녀의 기호를 잘 알고 있는 공친왕은 경의를 표한 후 분위기를 부드럽게 하기 위해 우선 석류 이야기를 꺼냈다.

"실로 마마의 나무는 그 어떤 나무보다 싱싱합니다. 마마 근처에 있으면 뭐든 새로운 생기를 얻게 되는 듯합니다."

근래 들어 공친왕은 태후에게 각별히 품위 있고 공손한 태도를 보였다. 그것은 모두 지금까지의 경험을 통해 얻은 지혜였다. 태후는 고개를 숙여 그 말에 감사의 뜻을 표했다. 그녀는 공손한 칭찬이 즐겁기도 했지만 무엇보다도 황제의 잘못을 승인하지 않았다는 점에서 새삼 공친왕에 대해 부드러운 친밀감을 느꼈다.

"여기 정원에서 이야기합시다."

태후는 정원용 도자기 의자에 앉은 뒤 그에게도 자리를 권했다. 공친왕은 몇 번이고 앉기를 사양하다가 마지못해 대나무 의자에 앉았다. 그녀가 말문을 열었다.

"바쁘신 것은 알지만 마음에 걸리는 문제가 있소. 내 아들인 황제가 절도 받지 않고 외국 사절단을 받아들이려고 한다는 이야기 말이오."

그러자 공친왕이 대답했다.

"마마, 외람되오나 폐하께서는 마치 호기심 많은 아이같습니다. 외국인들의 얼굴이 보고 싶어 안달이 나셨으니 말입니다."

"왜 황상은 그처럼 철없이 구는 것이오!?"

태후는 버럭 소리를 지르고는 머리 위에 꽂은 진홍색 석류꽃을 잡아떼어 바닥에 내던졌다. 공친왕은 묵묵히 고개를 숙일 뿐이었다. 결국 그녀는 인내심을 잃고 되물었다.

"그러면 공이 말려야 하지 않소? 공은 연륜 있는 세대가 아니오?"

공친왕은 눈썹을 치켜들었다.

"마마, 황제 폐하께서는 저를 죽이실 만한 힘을 가지신 분입니다. 제가 어찌 거역하겠나이까?"

"그런 이유라면 내가 있지 않소! 내가 그런 짓을 저지르도록 놔둘 것 같소?"

태후는 바닥에 떨어져 산산이 흩어진 석류꽃을 바라보았다.

"마마, 호의에 감사드립니다."

공친왕이 허리를 숙이며 대답했다.

"또한 보고드릴 새로운 문제는 황후마마와 관련된 것입니다. 황후께서는 날이 갈수록 황제 폐하께 더 큰 영향력을 행사하고 계십니다. 물론 그 조언이 옳은 방향이라 무어라 할 것도 아닌 듯하옵니다. 근래 황제께서는 추악한 환관들에게 속는 척 몰려다니시던 화류계에서 점차 멀어지고 계십니다."

"그렇단 말이오? 그럼 황후에게 영향을 주는 사람은 과연 누구요?"

태후가 날카롭게 물었다.

"마마, 소인의 식견으로 그것까지는 알 수 없사옵니다. 의무적인 문안 때를 빼고는 황후마마를 가까이에서 뵌 적이 없기 때문입니다."

태후는 자신의 무릎에 내려앉은 꽃잎을 엄지손가락으로 문지르며 말했다.

"공은 알고 있지 않소? 내 사촌 사코타 즉 동태후가 황후에게 손을 뻗었다는 사실 말이오."

공친왕은 고개를 숙인 채 한동안 말이 없었다. 그러다가 태후의 감정을 누그러뜨릴 심산으로 다른 화제를 꺼냈다.

"마마, 외국 사절단을 받아들인다 해도 최소한 그 만남을 공식적으로 접견실에서 가져서는 안 될 것입니다."

"물론 그렇소."

태후는 이에 고개를 끄덕인 뒤 곧이어 공친왕의 의도를 깨닫고는 내심 고마운 생각이 들었다. 그녀는 무릎 위에 손을 포갠 채 한동안 생각에 잠겨 있었다. 그리고 햇살이 석류나무 사이로 쏟아지는 순간 갑자기 그녀의 얼굴에 미소가 떠올랐다.

"그렇다면 이렇게 하지요. 서양인들을 자음루慈蔭樓에서 맞아들이는 것이오. 물론 서양인들은 그곳이 공식적인 장소로 적절한 곳인지 아닌지 알 리가 없겠지요. 그렇게 되면 우리는 실제로 원칙을 고수할 수 있을 뿐만 아니라 그 어리석은 자들에게 환상까지 심어줄 수 있지 않겠소!"

공친왕은 고개를 한번 갸웃했을 뿐 태후의 장난기 어린 제안에 이의를 제기하지는 않았다.

자음루는 자금성의 서쪽 끝에 있는 중앙 호수의 건너편 기슭에 자리 잡은 곳으로, 예로부터 황제들이 신년 첫날 외부 부족들의 사절단을 받았던 장소였다. 공친왕은 잠시 생각에 잠겼다가 이윽고 입을 열었다.

"마마, 마마께서는 어떤 남자보다도 현명하십니다. 마마의 지혜와 지략에 감탄해 마지않으며 그렇게 명령하고 준비하겠습니다."

태후는 기분이 한결 좋아졌고, 공친왕의 칭찬에 감동을 받은 나머지 그에게 여름 궁전과 관련된 자신의 계획을 보여 주겠다고 말했다. 공친왕은 흔쾌히 태후의 제안을 받아들여 그녀가 직접 그린 설계 두루마리를 근 한 시간 동안이나 살펴보았다.

두루마리는 길고 넓은 탁자 위에 펼쳐져 있었는데 워낙 방대한 내용을 담은 긴 길이라 탁자 주위를 여기저기 돌아다녀야만 제대로 볼 수 있었다. 태후는 공친왕의 근처를 맴돌며 자신의 원대한 계획을 설명하는 것도 잊지 않았다. 예를 들어 암반을 굽이쳐 흐르는 강들과 넓게 펼쳐진 호수, 서부 지방에서 옮겨 올 산들, 그리고 산허리와 거대한 호수 기슭에 세워질 금박을 입힌 탑에 대한 것들이었다.

공친왕은 얼굴이 하얗게 질린 채 입을 꾹 다물고 있었다. 얼떨결에 막대한 돈을 낭비한다는 말을 꺼낼 경우 죽임을 당할까 두려웠던 것이다. 그는 마음속으로 여러 번 갈등했으나 결국은 작은 소리로 이렇게 중얼거렸을 뿐이다.

"이처럼 황실의 궁전다운 궁전을 생각하실 분이 마마밖에 더 계시겠습니까?"

말을 마친 공친왕은 그 즉시 양해를 구한 뒤 서둘러 자리를 떠나 한걸음에 군기대신 영록을 찾아갔다. 그리고 그날 저녁 통행금지 시간이 되기 얼마 전, 영록이 태후를 찾아와 알현을 신청했다. 그녀는 모든 정황으로 보아 공친왕이 영록에게 여름 궁전에 대한 얘기를 늘어놓았음을 알 수 있었다. 그러나 태후는 그 순간에도 다시 지도를 들여다보며 높고 가느다란 탑을 그리기 위해 붓을 가다듬고 있었다.

"군기대신을 들게 하라."

그녀는 영록이 자신의 생각을 인정하지 않으리라는 것을 알고는 고개조차 들지 않았다. 그리고 한참 동안 영록을 뒤에 서 있게 했다.

"거기 누가 있느냐?"

태후는 기척을 느끼지 못한 척 물음을 던졌다.

"마마, 저 군기대신 영록이옵니다."

영록이 차분하게 대답했다. 그의 굵고 낮은 목소리는 언제나 그랬듯 태후의 가슴 깊이 파고들었다. 하지만 그녀는 아무 내색도 하지 않고 짐짓 무심하게 뒤를 돌아보았다.

"무슨 일로 찾아왔소? 바쁜 게 보이지 않소?"

"마마, 통행금지 시간이 얼마 남지 않았으니, 제발 제 말을 들어주십시오."

태후는 그 순간 오래 전부터 느껴왔던 한 가지 사실을 깨달았다. 세상에서 그녀가 두려워하는 사람은 오직 영록뿐이었다. 그는 언제나 태후를 사랑하면서도 그녀에게 굴복하려 들지 않았다. 잠시 영록을 바라본 태후는 고집을 부려 벼루에 옥 뚜껑을 덮고 작은 연적에 붓을 씻으면서 또 한참이나 그를 기다리게 했다. 영록은 여느 때 같으면 태후가 이런 사소한 일들은 시중드는 환관에게 맡겼으리라는 것을 잘 알면서도 잠자코 기다렸고, 그녀 역시 영록이 자신의 마음을 알고 있다는 것을 느끼고 있었다. 결국 태후는 넓은 방을 천천히 가로질러 자신의 옥좌에 앉았다. 영록은 그녀에게 다가가 관례상 무릎을 꿇었다. 태후는 여느 때처럼 그것을 제지하는 대신 침묵을 지켰다. 그녀의 검은 눈동자는 잠시 사나워졌다가 이내 부드러워졌다.

"무릎이 아프겠구려."

잠시 후에 태후가 말했다.

"그런 것은 중요하지 않습니다, 마마."

영록이 조용하게 말했다.

"일어나시오."

그녀가 말했다.

"그대가 내 앞에서 무릎을 꿇는 것은 달갑지 않소."

그러자 영록은 자세를 흐트러뜨리지 않으며 자리에서 일어났다. 그 동안 태후는 그를 머리부터 발끝까지 숨죽여 훑어보았다. 그리고 영록과 눈이 마주치자 한동안 시선을 고정한 채 그대로 있었다. 이연영은 경계를 서기 위해 저 너머 방 입구에 멀찌감치 떨어져 있었고 주위에는 두 사람밖에 없었으므로 태후는 아무것도 거리낄 것이 없었다.

"내가 뭘 잘못하기라도 했나요?"

태후는 투정을 부리듯 부드럽게 물었다.

"마마께서 더 잘 알고 계시리라 믿습니다."

그가 대답했다. 태후는 어깨를 으쓱했다.

"나는 아직까지 그대에게 새로운 여름 궁전에 대해 얘기하지 않은 걸로 알고 있소. 틀림없이 공친왕이 그대에게 전한 것이겠지요. 하지만 나는 이 여름 궁전을 아들인 황제에게서 선물로 받는 것이오. 그게 아들의 소망이니 난들 어쩌겠소."

이에 영록은 심각한 얼굴로 대답했다.

"그 뜻을 반대하고자 하는 것이 아니라 시기가 좋지 않다는 것을 말씀드리려는 겁니다. 지금 우리의 국고는 텅 비어 있어 휴양을 위해 별궁을 지을 만한 돈이 없다는 것을 마마께서도 잘 알고 계시지 않습니까? 그리고 이미 백성들에게는 지나치게 많은 세금이 부과되어 있습니다. 만약 새로운 궁을 짓게 된다면 전국에서 또 다른 명목의 세금들이 징수되어야 합니다."

그녀는 다시 어깨를 으쓱했다.

"꼭 돈이 아니어도 괜찮소. 나무나 돌, 옥, 아니면 목수로서 직접 노역을 해도 상관이 없소. 뭐든 가능한 걸 바치면 되지요. 이런 건 어디에나 널려 있는 게 아니오?"

"일꾼이라면 노임을 받아야 하지 않습니까?"

영록이 말했다.

"그럴 필요 없소."

그녀는 거리낌 없이 말했다.

"진시황께서는 만리장성을 쌓을 때 노임 따위는 주지 않으셨소. 그들이 죽으면 그 뼈를 벽돌 사이에 묻어 심지어 매장비도 들지 않았단 말이오."

"그 당시 진나라의 힘은 막강했고 백성들은 감히 반란을 일으킬 수 없었을 뿐입니다. 또한 진시황께서는 만주족이 아니라 한족이셨으며, 만리장성은 북방 민족의 침입으로부터 백성을 지키기 위해 쌓은 것입니다. 허나 시대는 달라졌습니다. 우리의 백성들이 단지 즐기기 위한 여름 궁전을 짓기 위해 자신의 재산과 노동력을 바치리라 생각하십니까? 그리고 마마께서는 의미 없이 죽어간 사람들의 뼈로 가득 찬 성벽 안에서 즐거움을 찾으실 수 있겠습니까? 저는 마마가 그렇게 냉혹한 분이라고는 생각하지 않습니다."

순간 태후는 가슴을 찌르는 듯한 통증을 느끼고는 눈시울이 붉어졌다. 그러나 그녀는 서둘러 눈물을 감추었다. 이 세상에서 그녀에게 눈물을 흘리게 할 수 있는 사람은 오직 그뿐이었다.

"나는 냉혹하지 않습니다."

태후는 나지막하게 속삭였다.

"다만 외로울 뿐이에요."

그녀는 눈물범벅이 된 채 예복의 옥 단추에 걸린 손수건 자락을 잡았다. 두 사람 사이에는 부드럽고도 긴장된 눈길이 흘렀다. 태후는 그가 다가와 손을 잡아주기를 간절히 원했다. 그러나 영록은 꼼짝도 않은 채 여전히 엄숙한 목소리로 말했다.

"마마께서는 끊이지 않는 전쟁의 위협과 중부 지방에 몰아닥친 홍수로 어지러운 이 시국에 궁전을 선물로 드리는 것은 옳은 처사가 아니라는 사실을 반드시 아드님이신 황제 폐하께 말씀드려야 합니다. 그걸 상기시켜 드리는 게 마마의 의무입니다."

이 말에 태후는 다시 영록에게로 고개를 돌렸다. 짙고 검은 속눈썹 아래 눈물이 글썽거렸다.

"정말로 이 나라엔 고통이 끊일 날이 없군요!"

그녀는 입술을 떨며 손을 꽉 쥐었다.

"그럼 그대는 왜 황제에게 말하지 않는 거지요?"

그녀가 울부짖었다.

"그대는 그의 아버지잖소!?"

"마마!"

영록은 입술을 깨물며 꾸짖듯 말했다.

"우리는 지금 이 나라의 황제에 대해 얘기하고 있사옵니다."

태후가 고개를 숙이자 그녀의 장밋빛 붉은 공단 예복 위로 굵은 눈물방울이 떨어졌다.

"마마를 괴롭히는 게 대체 뭡니까?"

영록이 안타까운 얼굴로 소리쳤다.

"마마께서는 원하는 모든 걸 손에 넣으셨는데 무엇을 더 원하시는 겁니까? 이 세상에서 마마보다 더 높은 지위를 가진 여인은 아무도 없다는 걸 잘 아시지 않습니까?"

태후는 말 없이 계속 눈물만 흘렸다.

"적어도 이 제국은 마마께서 살아 계신 동안은 안전할 것입니다. 마마께서는 아들을 황제로 만드셨고 그 배우자도 정해 주셨습니다. 이제 황제께서는 황후마마를 사랑하고 계시며, 젊은 황후마마 역시 황제폐하를 사랑하고 계시니, 두 분은 곧 후계자를 낳을 것입니다."

태후는 깜짝 놀란 눈을 들어 영록을 바라보았다.

"벌써 말이오?"

"자세히는 알 수 없지만 틀림없이 그럴 것이라 생각합니다. 두 분은 서로 사랑하고 있습니다."

영록은 그녀를 연민이 담긴 눈길로 바라보았다.

"며칠 전에 우연히 두 사람을 보게 되었습니다. 통행금지 시간에 다소 늦은 탓에 서둘러 성문 밖으로 나가려는데, 두 사람이 길운루 吉雲樓에 있는 것이 보이더군요."

"거기는 동태후의 궁과 아주 가까운 곳이 아니오……."

태후가 중얼거렸다.

"문이 열려 있기에 아무 생각 없이 들여다보았더니, 황혼 속에서 두 사람이 마치 어린아이처럼 서로를 팔로 감싼 채 걸어가고 있었습니다."

태후는 입술을 깨물었다. 둥근 턱이 떨리더니 이어 눈물이 다시 북받쳤다. 영록은 슬픔에 잠긴 태후의 얼굴과 마주치자 자신도 모르게 발걸음을 옮겨 그녀에게 가까이 다가가려 했다. 처음에는 세 걸음을, 그리고 다시 두 걸음을 더 내딛어 그는 몇 년간 처음으로 아주 가까이 태후의 눈물 젖은 얼굴을 볼 수 있었다.

"내 사랑……."

영록은 거의 자신에게만 들릴 정도로 나지막한 목소리로 말했다.

"그들은 마마와 제가 가질 수 없는 걸 가지고 있습니다. 그들이 사랑을 잘 간직할 수 있도록 도와주십시오. 그들을 올바른 길로 이끌어 주셔야만 합니다. 마마의 힘과 권력을, 사랑에 바탕을 둔 새로운 치세에 쏟아 부으십시오."

그러나 태후는 손으로 얼굴을 가리고 흐느끼다가 이렇게 외쳤다.

"가세요! 날 내버려둬요. 항상 그랬던 것처럼 날 혼자 내버려둬요!"

영록은 그녀가 이처럼 격렬하게 우는 것을 한 번도 본 적이 없었다. 또한 태후의 울음소리에 다른 이들이 동요할까봐 마음 쓰지 않을 수 없었다. 그는 잠시 망설였지만 이내 그녀에게서 한 걸음 뒤로 물러섰다. 태후는 울면서도 손가락 사이로 그를 지켜보고 있다가 그가 아무 위로도 건네주지 않고 떠나려 하자 재빨리 얼굴에서 손을 떼었다. 슬픔과 분노로 인해 순식간에 눈물도 말라버렸다.

"잔인하군요! 그대는 그대의 아내와 자식들 외에는 아무도 사랑하지 않는 게 분명하오! 그 사랑하는 자식들이 도대체 몇이나 되지요?!"

영록은 걸음을 멈추고 침울한 눈빛으로 뒤를 돌아보았다.

"세 명이옵니다."

태후는 잠시 그를 바라보다가 주춤대며 물었다.

"아들이오?"

"진정한 아들은 없습니다."

그가 대답했다. 한동안 두 사람은 고통과 갈망 속에서 서로를 마주보았다. 잠시 후 영록은 자리를 떠났고, 그녀는 또다시 홀로 남겨졌다.

양력 6월말 무렵, 드디어 동치제는 서양의 사절단들을 맞이했다. 태후는 이연영의 보고를 들으며 아무 말도 꺼내지 않았다.

황제의 알현은 동이 튼 직후인 여섯 시 정각에 자음루에서 이루어졌고 황제는 낮은 단상 뒤쪽의 높은 자리에 다리를 꼬고 앉아 영국, 프랑스, 러시아, 네덜란드, 미국에서 온 하얀 피부의 키 큰 외국인들을 바라보았다. 러시아인을 제외한 다른 서양인들은 모두 까만 모직으로 만든 딱 붙는 바지와 노동자들이 입는 짧은 상의를 입고 있었으며 긴 겉옷은 걸치지 않은 채였다. 그들은 정렬해 있다가 각각 앞으로 나와 황제에게 인사를 했지만 경의를 표하지는 않았다. 또한 무릎을 꿇는다거나 바닥에 머리를 조아리지도 않았다. 그저 멀뚱히 서서 공친왕에게 낭독할 서신을 전해 주었을 뿐이었다. 그 서신은 모두 중국어로 쓰여진 것들로 각각 동치제의 황위 계승을 축하하며 평화롭고 번영된 치세가 되기를 기원한다는 동일한 내용으로 짜여져 있었다.

황제는 각 사절단에게 똑같은 방식으로 답장을 했다.

공친왕은 단으로 올라가 최대한의 격식을 차려 무릎을 꿇고 머리를 조아리고는 황제로부터 이미 준비된 칙서를 받아들었다. 그리고는 단에서 내려와 공자 때부터 수천 년 간 전해져 온 예법들을 따르기 위해 주의를 기울였다. 그는 날개처럼 팔을 벌리고 예복을 휘날리며 서둘러 임무를 수행했고, 군주에 대한 열렬한 충성심을 나타내기 위해 접견 내내 심각한 표정을 유지했다. 그는 모든 외교 사절들에게 황제의 칙서를 건네주었다. 그러자 사절들은 준비되어 있는 탁자 위에 신임서를 올려놓은 뒤 황제의 면전이라는 것을 감안해 뒷걸음질쳐서 물러났다. 서양인들은 이곳이 궁이 아니라 단순한 정자라는 사실을 모르고 있었으므로 모든 일을 자신들의 방식대로 처리했다고 생각하며 만족스러워했다.

이 모든 일을 전해들은 서태후의 눈동자에는 경멸이 떠올랐고 마음은 더욱 굳어졌다. 비록 알루트의 사주를 받았다고는 해도 어찌 이토록 어머니를 무시할 수 있는 것인가?

그 즈음 황제는 어머니보다도 알루트에게 더욱 신경을 쓰고 있었다. 태후는 영록이 얘기했던 두 사람의 다정한 모습을 떠올리자 슬픔이 북받쳤다. 그러자 어째서 자신은 원하는 것을 가질 수 없는지 의문이 들었다. 그렇다. 만일 아들인 황제가 오직 알루트만을 사랑한다면, 태후는 그 보상으로 반드시 여름 궁전을 가져야만 했다. 또한 그것을 더욱 장엄하게 만들 것이었다.

그때 갑자기 화살처럼 날아온 끔찍한 생각이 그녀의 뇌리를 관통했다. 만일 영록이 말한 것처럼 강렬한 사랑의 힘으로 알루트가 아들을 낳는다면······! 그렇다면 알루트는 곧이어 태후가 될 것이 아닌가!

"아, 나는 정말 멍청하구나!"

태후는 스스로를 꾸짖었다.

'알루트가 나를 폐위시키지 않을 거라고 어떻게 장담한단 말인가! 그렇게 되면 난 그저 궁중의 힘없는 노파에 불과하게 될 것이다.'

"이리 오너라!"

그녀가 날카롭게 소리치자 그 즉시 환관이 달려왔다. 그리고 그녀는 돌처럼 무겁게 앉아 다시 한 번 자신의 권력을 유지하기 위해 고독한 음모를 꾸며야 했다. 지금 그녀는 영록이 당부했던 그 사랑을 무너뜨릴 작정이었다.

우선 태후는 황제의 대례식 날 자신이 간택한 네 명의 후궁들을 떠올렸다. 그들은 별궁에 함께 살면서 오직 황제의 부름만을 기다리고 있었다. 그러나 알루트가 황제의 사랑을 독차지하는 바람에 독수

공방 신세를 면하지 못했고, 앞으로도 그럴 듯했다.

문득 태후는 그 후궁들 중 한 명이 매우 아름다웠다는 사실을 기억해냈다. 나머지 세 명은 집안과 인품을 보고 선택했지만 이 소녀만큼은 태후조차 반해버릴 만한 생기발랄한 미모를 지니고 있었던 것이다. 태후는 그 어린 후궁들을 자신의 주위로 불러 모으기로 작정했다. 그런 다음 그들을 직접 가르칠 것이었다. 물론 황제의 기분 전환을 이유로 들어 설득하면 그만이었다. 또한 다른 쪽으로 생각해보면 알루트는 너무 진지한데다 황제가 국정에만 몰두하도록 다그쳤으므로, 호색을 즐기는 젊은 남자에게는 지나치게 가혹한 여인으로 보일 수도 있었다.

태후가 염두에 둔 이 네 번째 후궁은 명문가 출신이 아니었으며 실은 후궁의 신분조차 갖추지 못한 미천한 집안의 딸이었다. 다만 왕들과 대신들이 그녀의 특출한 미모를 가상히 여겨 황후 후보로 올려놓았을 뿐이다. 어쨌든 그녀의 아름다움은 이제 태후에게 있어 매우 쓸모 있는 것이 분명했다. 태후는 이 소녀가 다시 황제를 궁전 밖의 유곽으로 내두를 수 있으리라는 사실을 잘 알고 있었다. 그렇게 되면 알루트는 황제를 잃게 될 것이다.

음모를 꾸미느라 여념이 없는 동안, 태후는 자신의 사악함을 깨닫고 몸서리를 쳤다. 그러나 그것도 잠시, 그녀는 그 계획을 실행에 옮기기로 결정했다. 그녀는 세상에서 오직 혼자였다. 누구도 감히 태후를 사랑하려 하지 않았으며, 그녀는 그러한 공포심을 유일한 무기로 삼았다. 만약 사람들에게 공포심이 없었다면, 그녀는 궁중에서 늙어 가는 한 여인에 불과할 것이다. 그리하여 어두운 세월의 장막이 드리워질 때쯤 시들어 가는 육체 속에 비참한 마음을 감추며 살아갈 것이다.

그러나 지금 그녀는 변함없이 강인하고 아름다운 여인이었다. 살아 있되 죽음과 같은 삶을 누리게 되었다면 그녀는 스스로를 구하기 위해 심지어 아들의 옥좌까지 빼앗았을지도 모른다. 문득 태후는 오래 전의 기억을 더듬어 보았다.

어린 시절 그녀는 숙부인 무양가의 집에서 항상 힘에 부치는 집안일을 해야 했고 그것은 어머니도 마찬가지였다. 그녀는 항상 어린 여동생과 남동생들을 업고 다녀야 했으므로 동생들이 혼자 걸을 수 있을 때까지는 자유롭게 뛰어다니거나 놀 수조차 없었다. 또한 영리하고 재빨랐던 덕에 부엌일은 물론 상급 사관실의 일까지 도왔다. 그녀는 항상 청소와 요리, 바느질을 도맡아서 해냈고, 때로는 생선과 닭을 흥정하러 시장에도 가야 했다. 저녁에는 너무 피곤한 나머지 침상에 들자마자 잠이 들었으며, 침상 또한 혼자의 것이 아니라 여동생과 함께 써야 했다. 그녀를 늘 안타깝게 여기던 영록조차 해 줄 수 있는 일이 아무것도 없었다. 그는 커서 가장이 될 남자였으므로 지켜보는 수밖에 없었던 것이다.

만일 그녀가 영록과 결혼했다면 분명 그는 여전히 경비병으로 남아있었을 것이다. 그녀는 영록의 아내로서 다시 부엌과 마당일을 했을 것이며, 아이들을 낳고, 하인들과 종복들에게 잔소리를 하고, 그들이 행여 도둑질이라도 하지 않을까 매일같이 감시했을 것이다. 그러나 그녀는 자신의 연인을 위해 아내 대신 주군이 되었고, 그로써 그에게 커다란 혜택을 안겨 주었다. 그러나 영록은 태후에게 감사하기는커녕 그녀를 책망하는 데만 급급했다. 또한 아들마저도 이제는 어머니보다도 아내를 더 사랑했다. 아니, 심지어는 생모인 그녀보다 양어머니인 사코타를 더 사랑했다. 그녀는 단지 아들을 옥좌에 앉히겠다는 일념으로 결코 남편이라고 할 수 없는 혐오스러운 황제와 진저리나는 나날들을 보내야만 했다. 태후는 황제의 창백하고 누런 얼굴과 자신의 몸을 더듬던 뜨겁고 병약한 손을 생각하자 다시금 속이 매스꺼워졌다.

태후는 아들이 황제가 되었을 때 반란의 위협을 줄이기 위해 12년의 섭정 기간 동안 확고하게 옥좌를 지켰다. 또한 홀로 백인들의 진출을 막았으며 야만적인 몽골 부족들에게도 조공을 바치도록 했다. 또한 운남성과 섬서성에서 일어난 회교도들의 반란 역시 진압했다. 그리하여 평화와 안정 속에 그녀의 아들은 옥좌를 물려받을 수 있었다. 황제를 이끌어 줄 수 있는 사람은 오직 그녀뿐이었고, 황제 또한 어머니의 지혜를 알고 있었지만, 황제는 그 가르침을 받으려 들지 않았다.

이것저것을 생각하는 동안 태후의 가슴속에는 어둡고 외로운 힘이 줄기차게 솟아났다. 그녀의 심장은 뜨겁게 고동쳤고, 그녀는 또 한번 운명과 맞서 싸워야 할 시간이 다가왔음을 깨달았다. 그녀는 지나치게 상심한 탓에 모든 사랑을 가슴에서 지워 버렸으며, 다시 권력을 되찾고 어두운 앞날을 헤쳐 나가기 위해 칼처럼 날카롭게 의지를 세웠다. 그러나 태후는 치밀한 성격을 가진 덕에 무조건 복수에 매달리기보다는 일단 권력을 되찾기 위한 마땅한 명분을 찾는 데 주력하기로 했다.

1년 전 황제가 친정親政을 선언한 이후 제국은 수년 만에 처음으로 평화 분위기에 젖어들었다. 그러나 갑자기 새로운 문제가 발생했다. 대만의 해안에 난파 선원 몇 명이 표류되어 온 것이다. 대만의 원주민들은 그 외부인들을 보자마자 죽여 버렸다. 그러나 그들은 일본의 선원들이었고, 자신의 백성들이 살해되었다는 소식을 들은 일본 황제는 거대한 전함에 병사들을 태워 대만 해안으로 출정시켰다. 그들은 일본 황제의 이름을 내걸며 대만과 주변 섬들에 대한 소유권을 주장했고, 북경에 있는 총리아문에서 이 소식을 들은 공친왕은 이를 명백한 침략 행위로 규정했다.

문제는 이것뿐만이 아니었다. 지난 1천5백 년 동안 중국의 황제들은 안남安南*의 내륙 지방을 통치해 왔으며, 이곳의 사람들도 중국의 보호에 감사를 표하고 있었다. 중국은 그들의 통치자에게 자유를 주고 약탈자들로부터 안전하게 보호해 주었다. 이처럼 이곳은 강력한 중국 황제의 위엄이 스며 있는 곳이었기 때문에 어느 누구도 감히 공격할 수 없었다.

그러나 백인들은 달랐다. 프랑스인들은 지난 1백 년 동안 안남을 잠식해 들어가더니 20년 동안 무역과 사제들을 통해 자리를 잡은 다음, 안남의 왕으로 하여금 통킹의 북동쪽 지방을 내주는 조약에 서명하도록 강요했다. 그곳은 중국 산적들과 범법자들이 활개를 치는 곳이었다.

서태후는 이 상황을 잘 알고 있으면서도 새 궁전에 신경을 쓰느라 더 이상 관여하지 않기로 했었다. 그러나 지금 이 순간 그녀는 마음을 돌려 그 문제에 관심을 갖기로 결심했다. 즉, 지금 황제는 아무것도 하지 않고 있고, 왕들은 쾌락에 빠져버렸으며, 이러한 무관심으로 일관하다가는 이 제국이 순식간에 무너져 버릴 것이라고 선언할 참이었다. 만일 이 선언이 영향력과 지지를 얻게 될 경우 태후가 다시 제국의 통치권을 잡는 것은 시간 문제였다.

얼마 후 어느 초여름 날, 태후의 지시를 받은 젊은 후궁들은 새장을 빠져나온 새들처럼 옷깃을 휘날리며 그녀의 궁으로 향했다. 그녀들은 황제에 대한 희망을 버린 지 오래였지만 태후로 인해 그 희망은 다시금 부풀어 올랐다. 오직 태후만이 자신들을 황제의 침실로 데려갈 수 있다는 사실을 알고 있는 이 젊고 귀여운 후궁들은 마치 여신을 흠모하는 천사들처럼 태후의 주위를 둘러싸고 헌신을 맹세했다.

---

* 프랑스 지배하의 베트남. 정확히 말하면 식민지가 되기 이전 츠엉키로 알려졌던 지금의 베트남 중부지방.

태후는 이들의 애정이 진실로 자신을 위한 것이 아니라는 사실을 잘 알면서도 단지 미소를 지으며 후궁들을 불쌍히 여겨 자신의 곁으로 가까이 오라고 손짓했다.

"내 작은 새들아. 아무리 황제의 모후지만 나는 너희들을 한꺼번에 황제 앞에 데려갈 수는 없느니라. 황후가 화를 내면 황제는 너희들을 다시 돌려보낼 수밖에 없지 않겠느냐? 그래서 나는 한 번에 한 사람씩 황제에게 보낼 작정이다. 그러니 가장 예쁜 아이에게 가장 먼저 기회를 주는 것이 합당하지 않겠느냐."

태후는 이 어린 네 명의 소녀들이 자신의 주위를 둘러싸고 있는 것을 보자 마음이 즐거워졌다. 궁전으로 들어올 때 태후 역시 그런 어린 소녀에 불과하지 않았던가.

그녀는 후궁들의 얼굴을 하나씩 차례로 살펴보았다. 그들은 각각 빛나는 눈동자 속에 자신감과 희망을 가득 담고 태후를 응시했다. 태후는 이들 중 누구의 마음도 아프게 하고 싶지 않았다.

"어찌 내가 누가 가장 예쁜지를 고를 수 있겠느냐? 그러니 너희들이 스스로 결정해라."

태후가 미소를 띤 채 말했다. 그러자 네 명의 쾌활한 웃음소리가 한 데 뒤섞여 방안에 맑게 울려 퍼졌다.

"존경하는 태후마마."

그중 키는 가장 크지만 용모가 다른 후궁들보다 조금 못한 소녀가 입을 열었다.

"마마께선 어찌 모른다고 하십니까? 자스민이 가장 예쁘지요."

그러자 모두의 시선이 자스민에게로 향했다. 여러 명의 눈과 동시에 마주친 자스민의 얼굴은 금방 빨갛게 달아올랐고, 그녀는 아니라는 듯 고개를 저으며 손수건을 꺼내 얼굴을 가렸다.

"그래, 네가 가장 예쁜 아이로구나."

태후가 약간 짓궂은 미소를 지으며 물었다. 자스민은 계속 고개를 저으며 여전히 얼굴을 손으로 가린 채였다. 다른 이들은 그 모습을 보며 큰소리로 웃음을 터뜨렸다.

"자, 자."

결국 태후가 말문을 열었다.

"이제 네 얼굴을 좀 보여 다오. 손 때문에 도무지 볼 수가 없구나."

그러나 자스민은 머뭇대었다. 이어 다른 소녀들이 자스민의 손을 상냥하게 잡아 내렸고, 그때서야 태후는 자스민의 장미 송이같은 얼굴을 찬찬히 살펴볼 수 있었다. 그녀의 표정은 수줍다기보다는 장난기 어린 명랑한 분위기를 풍겼다. 따라서 그다지 기품이 흐르는 얼굴은 아니었다. 반면, 완벽하게 조화를 이룬 입술과 커다란 눈, 완만한 콧대에 약간 벌어진 듯한 콧구멍에는 대담함이 엿보였다.

황후인 알루트는 황제의 스승을 보좌했던 부친의 외모를 많이 닮은 편이었다. 그의 부친은 섬세하고 잘생긴 얼굴에 당당한 체격의 사내로 알루트 역시 아버지의 잘생긴 뼈대와 선이 고운 미모를 그대로 빼다 박은 듯했다.

자스민은 그런 알루트와는 매우 대조적인 아름다움을 지니고 있었다. 알루트의 큰 키와 가냘프고 우아한 몸매와는 달리 자스민은 작고 포동포동했으며, 흠잡을 데 없는 피부가 가장 큰 매력이었다. 그녀의 피부는 발그레한 볼과 빨간 입술을 제외하고는 온통 우윳빛으로 감탄을 자아낼 만큼 아름다웠다.

자스민의 용모에 더없이 만족스러워진 태후는 곧 냉정을 되찾은 뒤 손짓을 해 네 명의 후궁들을 밖으로 내보냈다. 그리곤 보석 낀 손으로 입을 가리며 하품을 했다.

"때가 되면 부를 테니 조신하게 준비하고 있어야 한다."

태후는 짐짓 건성을 가장해 자스민에게 말했고, 곧이어 후궁들은 자수가 놓인 소매를 밝은 날개처럼 접으며 자신들의 처소로 돌아갔다.

이제 남은 일은 이연영을 시켜 알루트가 한 달 중 황제의 침수를 받을 수 없는 때가 언제인지를 알아내는 것이었다. 이연영은 알루트의 시녀를 찾아가 작은 은덩이를 건넨 다음 알루트의 월경날이 일주일밖에 남지 않았다는 사실을 전해 들었다.

보고를 들은 태후는 자스민에게 8일째 되는 날에 준비를 하라고 전했다. 또한 반드시 옅은 복숭앗빛 예복을 입어야 하며, 향수는 자신이 준비할 테니 미리 뿌리지 말라고 지시했다.

마침내 약속한 날이 다가오자 자스민은 태후가 지시한 대로 복숭앗 빛 예복을 차려 입고 태후의 처소로 찾아왔다. 태후는 그녀를 맞이하며 머리부터 발끝까지 유심히 살펴본 다음, 일단 작고 값싼 보석들을 벗어버리라고 명했다.

"내 보석 보관실에서 32라고 기재된 상자를 가져오너라."

시녀들이 보석 상자를 가져오자 태후는 뚜껑을 열고 루비와 진주로 만들어진 작약꽃 모양의 보석을 자스민의 귀에 달아 주었다. 또한 팔찌와 반지도 꺼내 주자 자스민은 행복에 겨운 나머지 그 희고 부드러운 얼굴에 한껏 기쁨을 담고 검은 눈동자를 반짝였다. 자스민이 보석으로 치장을 마치자, 태후는 시녀를 시켜 짙은 사향 향수를 가져오게 했다. 그리고는 그것을 자스민의 손바닥과 턱 아래, 귀 뒤, 그리고 가슴과 음부에 뿌렸다.

"이만하면 됐다."

모든 절차가 끝나자 태후가 말했다.

"이제 궁녀들과 함께 출발하자꾸나. 내 아들 황제에게 가는 것이다."

그러나 태후는 이 말을 꺼내기가 무섭게 생각에 잠겼다. 어째서 직접 황제를 찾아간다는 생각을 했을까? 그녀는 자신이 잠시 그런 생각을 했다는 것이 의심스러웠다. 만일 무턱대고 자스민을 황제의 침실에 들여놓고 나온다면 알루트의 첩자가 분명 이 사실을 그녀에게 알릴 것이다. 그렇게 되면 도도한 알루트는 그것을 핑계 삼아 태후에게 알현을 청할 것이 분명했다. 하지만 아무리 황후라도 부름을 받지 않는 이상 태후의 궁에는 함부로 들어올 수 없었다.

"잠깐만……."

태후가 손을 올리며 말했다.

"내 아들은 어차피 오늘 혼자 있게 될 테니 이곳으로 초대를 해야겠구나. 요리사를 시켜 황제가 가장 좋아하는 음식을 준비하도록 하자꾸나. 황상과 식사를 할 테니 정원 나무 밑에 식탁을 차리고 악사들을 대령하라. 그리고 식사 후에는 공연을 관람할 것이니 미리 준비하도록 하라."

태후가 여기저기 명을 내리자 환관들과 시녀들이 분주히 움직이기 시작했다. 태후는 잠시 후 자스민을 돌아보았다.

"그리고 너 자스민은 내 옆에 서서 차 시중을 들어라. 그리고 내가 지시할 때까지는 말을 하지 말아야 한다."

"네, 존귀하신 태후마마."

자스민은 생기가 도는 눈을 들어 공손하게 대답했다. 그녀의 볼은 어느새 빨갛게 상기되어 있었다. 그로부터 한두 시간이 지날 무렵 나팔 소리가 울려 퍼지더니 황제가 탄 가마가 넓은 정원으로 들어섰다. 정원에서는 이미 식탁이 준비되어 있었고, 악사들은 가마의 노란 휘장이 나타나자마자 풍악을 울렸다.

태후는 개인 접견실에 있는 작은 보좌에 앉았고, 그녀의 곁에는 자스민이 고개를 숙인 채 부채로 장난을 치며 서 있었다. 황제는 황금빛 용으로 수를 놓은 하늘색 공단 예복을 입고 머리에는 술이 달린 관을 썼으며, 손바닥의 열기를 식히기 위해 차가운 옥 조각을 쥐고 있었다. 그는 모친의 앞에서 정중하게 인사를 했지만 황제의 신분이었으므로 경의를 표하지는 않았다. 태후는 함께 고개를 숙여 아들의 인사를 받았으나 여느 때처럼 자리에서 일어나지는 않았다. 관례상으로는 황제에게 인사를 받을 경우 지위고하를 막론하고 그 즉시 자리에서 일어나야만 했다. 태후가 엉뚱한 행동을 하자 근처에 있던 궁녀들은 서로 얼굴을 쳐다보며 의아해했다. 그러나 황제는 이에 신경 쓰지 않는 듯 곧바로 태후의 오른쪽에 있는 작은 의자에 앉았다. 그리고 환관들과 경비병들을 향해 궁 밖으로 물러나라고 지시했다.

"오늘 황상께서 혼자 계시다는 말을 들었소."

태후가 말했다.

"그래서 황후가 돌아올 때까지 함께 있음이 어떨까 하오. 햇살도 따갑지 않으니 정원 나무 아래서 식사를 하며 풍악을 들읍시다. 그리고 경극을 하나 골라보시오. 식사 후에 배우들이 경극을 보여줄 테니 말이오. 그리고 이 경극까지 보고 나면 하루가 다 지나가지 않겠소?"

태후는 다정하고 사랑스러운 목소리로 말을 건넨 뒤 커다란 눈에 따스한 애정을 담고 아들을 바라보았다. 그리고는 희고 아름다운 손을 뻗어 그의 손을 매만졌다.

황제 역시 만면에 미소를 띤 채였지만 내심 태후의 다정한 태도에 놀란 듯했다. 누구나 알다시피 요즘 태후는 신경이 바짝 곤두선 채 사나운 암사자처럼 굴었다. 태후는 간간이 황제를 꾸짖었을 뿐 아니라 이것저것 그의 행동에 간섭하려 했다. 그 동안 그는 알루트에게 반쯤 의지하며 어머니의 화를 견디어 왔다. 만일 알루트가 곁에 있지 않았더라면 태후와 이 정도 관계조차 유지할 수 없었을지도 몰랐다.

"감사합니다, 어마마마."

이것저것을 돌이켜 생각했지만, 어쨌든 그는 어머니의 부드러운 태도에 기분이 좋아졌다.

"사실 저 역시 오늘 하루를 어떻게 보낼까 생각하던 중이었습니다."

그때 태후가 자스민을 흘긋 바라보며 말했다.

"애야, 황제 폐하께 차를 따라 올려라."

황제는 무심코 고개를 들었다가 자스민의 모습을 보고는 단번에 사로잡혔다. 자스민은 막 환관에게 찻잔을 받아 우아하게 두 손으로 차를 바치는 중이었다.

"이 여인은 누구입니까?"

황제는 마치 그녀가 그 자리에 존재하지 않는 듯 서슴없이 물어보았다. 그러자 태후는 놀라움을 가장하며 소리쳤다.

"아니, 황상. 어찌 황제께서는 자신의 후궁도 알아보지 못하신단 말이오? 이 아이는 내가 황상을 위해 간택한 네 명의 후궁들 중 하나가 아닙니까? 설마 아직도 이 아이들을 혼자 내버려둔 건 아닐 테지요?"

그러자 황제는 혼란스러운 표정으로 고개를 내젓더니 씁쓸한 미소를 지었다.

"소자는 지금까지 한 번도 후궁들을 부른 적이 없습니다. 아직 때가 아닌 듯해서 말입니다."

그러자 태후는 안타깝다는 듯 말했다.

"예의상 적어도 한 번은 부르는 것이 도리인 줄 압니다. 알루트 또한 후궁들이 마냥 세월을 보내게 할 만큼 이기적이진 않겠지요."

태후의 말에 황제는 아무 대답도 하지 않았다. 그는 태후가 먼저 찻잔에 입을 댈 때까지 기다렸다가 찻잔을 들었다. 황제가 차를 다 마시고 나자 자스민은 무릎을 꿇고 다시 찻잔을 받았다. 그러면서 살짝 눈을 들어 황제의 얼굴을 바라보았다. 황제 역시 그 순간 자스민의 얼굴을 내려다보았다. 그는 그녀의 우윳빛과 장밋빛이 감도는 아이같이 쾌활하고 생기 넘치는 얼굴과 부드러운 검은 머리카락에서 눈을 뗄 수가 없었다.

잠시 후 그날 일정이 시작되었고, 태후는 황제의 곁에 항상 자스민을 붙여 시중을 들도록 했다. 자스민은 황제의 곁에서 부채질을 하고 나무 아래서 식사 시중을 들었으며, 경극을 볼 때에는 차와 다과를 금쟁반에 담아 올렸다. 그리고 황제의 발치에 발판을 대주거나 팔꿈치 밑에 푹신한 방석을 깔아주기도 했다. 석양이 질 무렵이 되자 마침내 황제는 그녀를 향해 미소를 지었고, 자스민 또한 수줍어 하지 않고 대담한 미소로 화답했다.

태후는 두 사람 사이에 오고가는 눈빛을 눈치 채고는 만족감을 느꼈다. 그리고 황혼이 지고 날이 저물자 황제에게 말했다.

"황상, 한 가지 소원이 있소."

"말씀하십시오, 어마마마."

황제는 맛있는 음식을 배불리 먹은데다 아름다운 소녀로 인해 몹시 기분이 좋은 상태였다. 자스민은 자신의 여자였으므로 원하면 언제든 데려갈 수 있지 않은가.

"황상께서도 아시다시피 나는 이번 봄에 한 번쯤 자금성을 떠나고 싶었소."

태후가 말했다.

"지난 몇 달 동안 꼼짝없이 이 성에 갇혀있지 않았소? 그래서 황상과 함께 조상들의 능에 참배를 드리러 갈까 하는데 황상의 생각은 어떠신지 궁금하구려. 여기서 1백 30킬로미터도 안 되는 가까운 거리이니 그곳의 총독 이홍장에게 호위병들을 부탁하면 될 것이오. 또한 황상과 나 두 사람만이 신구 두 세대를 대표해서 가는 것이 옳을 듯하오. 선황을 애도하기 위한 행차에 황후와 동행하는 것은 적절치 않고 말이오."

태후는 이미 마음속으로 자신을 시중드는 것처럼 꾸며 자스민을 데려가야겠다고 생각하고 있었다. 그렇게 되면 밤에 아들의 천막에 자스민을 들여보낼 수 있으리라.

황제는 아랫입술을 손가락으로 누르며 잠시 생각에 잠겼다.

"언제 출발하는 것이 좋겠습니까?"

드디어 그가 되물었다.

"한 달 후 바로 이 날이 어떻겠소?"

태후가 말했다.

"그땐 오늘처럼 황상도 혼자 계실 테고, 황후도 황상과 함께 있지 못할 것이니 그때 함께 여행을 떠나기로 합시다. 황상께서 먼 곳을 갔다가 돌아오시면 황후도 더욱 반가워할 것이오."

황제는 어머니의 부드러운 말투와 새삼스러운 변화에 의아스러웠다. 사실 누구도 태후의 속마음은 알 수 없었다. 그녀는 때때로 잔인한 모습을 보이기도 했지만 근본적으로는 황제를 따뜻하게 사랑하는 어머니였다. 황제는 지난 십수 년간 어머니의 이러한 이중적인 모습 사이에서 갈피를 잡지 못했다.

"네, 함께 가기로 하지요, 어마마마."

황제가 말했다.

"게다가 조상들의 능에 참배를 드리는 것은 제 의무이지 않습니까."

"두말할 나위가 있겠소?"

태후가 대답했다. 그리고는 자신의 교묘한 계책을 떠올리며 살며시 입가에 미소를 머금었다.

그로부터 한 달 후, 황제는 줄곧 조상의 무덤 앞에 경의를 표하고 기도를 하며 참배를 올렸다. 낮에는 따가운 햇살이 내리쬐었으나 오후에는 천둥번개가 치더니 어느덧 비가 내리기 시작했다. 비는 저녁 무렵까지 계속되었다.

젊은 황제는 가죽 천막 안에서 좀처럼 잠을 이루지 못했다. 여덟 명의 역대 황제들의 무덤 앞에서 존경과 애도를 표한다는 이유로 지난 며칠 간 음악조차 듣지 못했다. 그는 침상에 누워 빗소리를 들으며, 자신도 언젠가는 죽어 열 번째 황제로 이 무덤에 묻히게 될 것이라고 생각했다. 그러자 두렵고 우울한 감정이 밀려들었다. 그는 늘 젊은 나이에 죽으면 어쩌나 하는 불안과 공포를 가지고 있었다. 황제는 두려움에 떨며 멀리 떨어진 알루트를 생각했다. 그는 이제껏 황후에게 충실하겠다는 다짐 하에 한 번도 후궁들을 자신의 침실로 부르지 않았다.

황제는 요 며칠 동안 조상들의 무덤 앞에서 아무런 다짐도 하지 않은 채 다소 해이해진 상태였다. 그리고 알루트와 마찬가지로 그 역시 태후가 자스민을 이곳까지 데려 오리라고는 생각하지 못했다. 태후 역시 자스민에 대해 아무런 언급이 없었다. 물론 황제는 이 엄숙한 날 차마 자스민에게 눈길을 줄 수가 없었다. 그러나 제를 지내고 난 뒤에 어머니의 천막에서 밤참을 먹을 때 천막 주위를 왔다갔다하는 어여쁜 자스민을 보았다. 황제는 자스민의 얼굴을 떠올리자 그녀에 대한 생각을 떨쳐버릴 수가 없었다.

황제는 문득 열정과 두려움으로 메마른 입술로 말했다.

"뼛속까지 한기가 스며드는구나."

그는 몸을 뒤척였다.

"이렇게 죽음처럼 차가운 한기를 느껴본 적이 없는데……."

그러자 일찍이 이연영에게 뇌물을 받아 둔 황제의 환관은 즉시 이렇게 대답했다.

"폐하, 그렇다면 왜 첫 번째 후궁을 부르지 않으십니까? 그녀는 폐하의 침상을 따뜻하게 데워 드리고, 재빨리 폐하의 피를 달아오르게 하여 한기를 몰아낼 것입니다."

황제는 내키지 않는 듯 말했다.

"뭐라고? 내 조상들이 계신 이 무덤 앞에서 말이냐?"

"그저 후궁 하나에 지나지 않습니다."

환관이 부추겼다.

"후궁 한 명쯤이야 무슨 상관이 있겠습니까?"

"그렇다면, 좋다."

황제는 동의했지만 약간 주저하는 눈치였다. 그리고 환관은 황제가 추위에 떨며 누워 있는 동안 재빨리 어두운 빗속을 달려갔다. 팽팽한 천막의 지붕 위로 빗줄기가 후두둑 요란하게 쏟아졌다. 곧 이어 황제는 천막의 틈새로 등불의 불빛이 다가오는 것을 보았다. 이어 커튼처럼 천막의 문이 벌어졌고 자스민이 모습을 드러냈다. 그녀는 비를 막기 위해 기름칠한 비단으로 몸을 감싸고 있었으며, 부드러운 머리카락은 비에 젖은 채 얼굴 주위에 붙어 있었다. 입술과 볼은 아름다운 혈색으로 발그스름했다.

"내가 너무 추워 그대를 찾았소이다."

황제가 중얼거렸다.

"폐하, 제가 여기 왔사옵니다."

자스민은 입가에 부드러운 미소를 띠며 기름칠한 비단 겉옷을 젖혔다. 그리고 옷을 하나씩 차례로 벗은 다음 황제의 침상으로 들어갔다. 이어 그녀는 차가운 황제의 몸에 뜨거운 숨결을 불어넣기 시작했다.

태후는 쉴 새 없이 내리는 빗소리를 들으며 어둠 속에 누워 있었다. 심신은 매우 평화로웠다. 환관은 태후에게 그 일을 보고했고, 그녀는 그에게 약간의 금을 하사했다. 이제 태후는 더 이상 관여할 필요가 없었다. 자스민과 알루트는 사랑의 경쟁을 시작할 것이다. 또한 태후는 이미 자스민이 그 싸움의 승자라는 것을 알고 있었다.

그해 여름이 지나가면서 태후는 자신이 늙어 간다는 사실에 안타까움을 금치 못했다. 그녀는 여름 궁전이 완성되면 그곳에서 여생을 보낼 작정이었다. 그녀는 궁녀들에게 몸이 쑤시고 치아가 흔들리며 어떤 날은 몸이 아파 아침에 일어나기도 힘들다고 투덜대었다. 궁녀들은 그녀가 짐짓 아픈 체를 하며 늙었다고 중얼거릴 때면 어쩔 줄을 몰라 했다.

그러나 태후는 근래에 들어 오히려 젊어지고 혈기도 왕성해 보였다. 침상에 누워 두통을 호소하는 순간조차 그녀는 매우 젊고 아름다웠으며, 눈은 빛나고 피부 또한 깨끗했다. 궁녀들은 서로 의아한 눈빛을 교환하며 태후의 머릿속에 도대체 무슨 생각이 들어있는지 궁금해 했다.

태후는 식욕이 사라진 듯 음식을 깨작대고 간식조차 즐기지 않았다. 그럼에도 다른 곳으로 이동할 때는 언제나 우아하고 젊음이 넘치는 걸음걸이로 앞서 나갔다. 태후는 여전히 아프다고 고집했으며 영록의 알현까지 거절하는가 하면 심지어 공친왕과의 면대조차 거부했다.

태후는 환관장 이연영을 불러 물었다.

"대체 그 폭군 같은 공친왕이 왜 나를 찾는 게냐?"

이연영은 빙긋 웃으며 고개를 숙였다. 그는 태후가 사실은 조금도 아프지 않으며 다만 알 수 없는 어떤 목적을 가지고 있을 뿐이라는 사실을 잘 알고 있었다.

"태후마마."

이연영이 말했다.

"공친왕께서는 현재 황제 폐하의 행동에 불만이 많으신 듯합니다."

"그래? 무엇 때문이지?"

그녀는 짐짓 모르는 체했다.

"태후마마."

다시금 이연영이 말했다.

"모두들 황제 폐하께서 변하셨다고 말합니다. 황제께서는 낮에는 아무 하는 일없이 주무시고, 밤이 되면 평민 복장으로 거리를 돌아다니십니다. 그리고 두 명의 환관과 첫 번째 후궁만을 계속 찾으십니다."

그러자 태후는 마치 충격을 받은 것처럼 가장하며 소리쳤다.

"첫 번째 후궁이라고? 자스민 말이냐? 그럴 수가!"

그녀는 얼른 베개를 베고 누운 뒤 눈을 질끈 감았다.

"아, 나는 지금 몹시 아프다! 지금 바로 공친왕에게 가서 내가 이 수치스런 소식에 커다란 충격을 받았다고 전해라. 또한 난 아무 것도 할 수 없다고 말해라. 내 아들은 황제이고 오직 왕들만이 그에게 충고할 수 있지 않느냐. 알다시피 황제는 내 말은 잘 듣지 않으니 도찰원의 감찰어사들에게 이 일을 맡겨라. 틀림없이 그들이 황제에게 충고할 것이다."

태후는 이런 식으로 공친왕의 알현을 거절했다.

공친왕은 태후의 지시에 따라 황제와 대면해 각성을 촉구했지만 오히려 조카인 황제에게 미움만 샀다. 같은 해 양력 9월 10일, 황제는 자신의 친필 서명과 옥새가 찍힌 칙령을 선포했다. 공친왕이 용상 앞에서 온당치 못한 언행을 했으므로 그와 그의 아들 재징의 관직을 모두 박탈하고 물러나게 한다는 내용이었다.

이에 태후는 다음 날 직접 나서 또 다른 칙령을 자신과 사코타의 이름으로 선포했다. 이 칙령에는 공친왕과 그의 아들인 재징의 직위와 명예를 다시 복권한다는 내용이 담겨 있었다. 물론 이 일은 사코타의 동의 없이 그녀 단독으로 한 것이었다. 서태후는 나약한 사촌 동태후가 자신의 이름을 도용해도 항의하지 못하리라는 것을 알고 있었으며, 실제로 그녀의 고귀한 지위 탓에 누구도 그 칙령에 대해 논할 수 없었다. 결국 그녀는 구세대 중 한 사람이자 모든 사람들에게 존경받는 공친왕을 옹호함으로써 자신의 권력을 확고하게 되찾았다.

한편 황제는 공친왕의 문제를 논하기도 전에 그만 심한 천연두에 걸리고 말았다. 쾌락을 쫓아 이곳저곳 변장을 하고 돌아다니는 통에 감염된 것이다. 10월이 되자 황제는 끊임없는 고열과 피부 발진으로 며칠을 시달린 끝에 거의 죽어가고 있었다.

그러자 태후는 그의 병상을 자주 찾기 시작했다. 그녀는 이미 오래 전에 깨끗한 피부에 흠집 하나 내지 않고 천연두에서 완쾌된 뒤 면역이 되어 있었다.

그녀는 앓아 누운 아들을 보며 한없는 슬픔을 느꼈다. 물론 자신의 계략이 불러온 결과이기도 했지만 아들이 사경을 헤매는 것을 보자 태후의 마음은 어느덧 진정한 어머니 쪽으로 돌아서고 있었다. 태후는 황제가 아닌 한 아들의 어머니로서 진심으로 슬픔을 느끼고 이러한 슬픔을 통해 남모르는 죄책감을 씻어버리고 싶었다. 그러나 아들이 죽어 가는 순간조차 그녀는 평범한 어머니가 아니였다. 태후는 한 남자의 아내였던 적이 없었으므로 한 아들의 어머니 또한 될 수 없었던 것이다.

 같은 달 24일, 드디어 황제는 차츰 호전되기 시작했다. 열이 내리는 것을 시작으로 흉터 진 피부도 점차 회복되었다. 그러자 태후는 백성들의 희망이 되살아날 것이라는 칙서를 선포했다.

 같은 날, 황제는 제일 먼저 황후를 불렀다. 황후는 임신중이었으므로 병에 걸린 황제의 침실 출입이 금지되어 있었다. 그러나 황제의 열이 내리고 호전될 기미가 보이자 궁의들은 그녀의 출입을 허락했다.

 황후는 지난 몇 주 동안의 외로움을 단번에 씻어 버리기라도 할 듯 한걸음에 황제에게 달려갔다. 그녀는 낮에는 절을 찾아가 기도를 하고, 밤에는 잠을 이루지 못했다. 게다가 그간 입덧 탓으로 음식을 입에 대지 못했으므로 막상 황제의 침실에 들어서자 황제만큼이나 창백하고 핼쑥해 보였다. 그녀의 섬세한 아름다움은 기분과 건강에 따라 좌우되었으므로 그 순간 그녀는 몹시 퇴색해 보였다. 게다가 너무 급하게 달려온 나머지 어울리지 않는 회색 예복조차 갈아 입지 못한 채였다.

 그녀는 사랑하는 이를 품에 안고 싶다는 일념 하에 황급히 들어갔지만 그만 문간에서 멈춰서고 말았다. 남편이 누운 커다란 침대 옆에 태후가 앉아 있었던 것이다.

 "슬프군요……."

 알루트가 가슴을 쓸어내리며 중얼거렸다.

 "무엇이 슬프다는 게냐?"

 태후가 날카롭게 물었다.

 "황제가 이처럼 회복되고 있는데 슬프다니…… 정말로 슬픈 것은 바로 너 자신처럼 보이는구나. 늙은 노파처럼 창백하고 누렇게 뜬 얼굴이라니. 게다가 황제의 아이를 임신하고도 여기에 출입하다니 잘못된 처사가 아니냐. 정말 너라는 아이는 어쩔 수 없구나."

그러자 황제는 희미하게 눈을 뜨고 간청했다.

"어마마마…… 제발 황후를 용서해 주십시오."

그러나 알루트는 창백해진 얼굴에 입술을 꼭 깨물고는 부들부들 떨고 있었다. 그녀는 오랫동안 불안 속에서 기다려 왔던 탓인지 곧 평정을 잃고 말았다. 사실 그녀는 참을성이 많은 성격은 아니었다. 다만 강인한 성격과 명확한 정신력, 그리고 사실에 대한 분별력을 통해 참을성을 발휘할 수 있었을 뿐이었다.

"원하지 않으신다면 절대로 저를 용서하지 마세요."

알루트가 말했다. 그녀는 여전히 호리호리하고 곧은 자세로 문간에 서 있었다.

"저는 마마의 용서를 구하지 않겠습니다. 그러니 황제 폐하께서는 애쓰지 마시고 태후께서 저에게 화를 퍼붓도록 하세요. 어차피 우리들은 태후마마를 만족시킬 수 없습니다."

그녀는 얇은 입술로 한 단어씩 또박또박 분명하게 말했다. 그러자 태후는 벌떡 일어나 알루트에게로 다가갔다. 그리고는 피가 나도록 자신의 손톱 덮개로 그녀의 뺨을 내리쳤다. 황제는 자신의 나약함과 절망에 못 이겨 침상 위에서 큰 소리로 울기 시작했다.

"오, 두 사람 다 날 죽게 해 주시오!"

그가 흐느껴 울었다.

"내가 왜 두 사람 사이에서 맷돌에 낀 생쥐처럼 살아가야 합니까?"

그는 얼굴을 벽 쪽으로 돌린 채 울음을 그치지 않았다. 깜짝 놀란 태후와 황후가 그의 곁으로 달려가자 대기하고 있던 환관들도 부랴부랴 침전으로 들어갔다. 곧이어 궁의가 도착했지만 아무도 그의 울음을 그치게 할 수 없었다. 황제는 자신이 왜 우는지조차 모를 때까지 계속 눈물을 흘렸고 시간이 흐르자 그칠 수조차 없게 되었다. 갑자기 그의 맥박이 극도로 약해지더니 얼마 안 가 멈춰 버렸다. 잠시 후 맥박을 재어본 궁의가 침통한 얼굴로 일어섰다. 그리고는 침상 옆에 있는 조각된 의자에 앉아 이를 지켜보던 태후에게 경의를 표하며 입을 열었다.

"태후마마."

아들의 숨이 끊어진 것을 깨달은 태후의 얼굴은 창백하게 질렸다. 궁의는 고개를 저었다.

"더 이상 인간의 힘으로는 도리가 없습니다. 악귀가 천자의 운명을 빼앗아 갔고 저희로서는 폐하를 되살릴 방법이 없습니다. 사실 저희 궁의들은 양력 10월 9일, 오늘 이러한 일이 벌어질까 늘 두려워해왔습니다. 2년 전, 북경으로 찾아온 두 명의 미국인들이 커다란 기구를 바닥에 설치했던 적이 있었습니다. 그들은 그 긴 관을 통해 하늘을 쳐다보고자 했습니다. 그러자 그 순간 저희는 저녁 별들이 찬란하게 빛나는 와중 그 표면에 흑점이 있음을 발견했습니다. 그것은 그림자보다도 짙었습니다. 그것을 본 우리는 그 즉시 외국인들을 내쫓았습니다. 그러나 때는 늦었고 그들은 이미 그 별에 사악한 마법을 걸어 놓은 뒤였습니다. 궁의들은 서로를 바라보며 공포에 떨었습니다. 바로 그것이 오늘의 운명을 예언하는 것인 줄로 아뢰오."

태후는 믿을 수 없다며 날카롭게 소리를 질렀고 곧이어 이연영을 불러 이 이야기가 사실이냐고 물었다. 이연영은 내막을 알지 못하면서도 그 말이 사실이라고 대답할 수밖에 없었다. 그는 자신의 머리를 바닥에 쿵쿵 찧으며 신음소리를 흘렸다.

황제의 짧은 삶은 그렇게 끝났다. 그의 몸이 차갑게 식어가자 태후는 임종을 지켜보러 온 왕들과 대신들, 환관들과 하인들, 심지어는 알루트까지 내보냈다.

"여기서 나가거라."

태후는 젊은 미망인에게 말했다.

"내 아들과 있게 해다오."

알루트를 바라보는 태후의 눈빛은 매정하지는 않았지만 쓸쓸하고 차가웠다. 마치 어머니의 슬픔은 아내의 슬픔과는 비교할 수 없을 정도로 크다는 것을 보여주기라도 하듯이. 그 눈빛을 본 알루트는 조용히 자리에서 일어나 문 밖으로 향했다.

모두가 자리를 떠나자 태후는 아들 옆에 앉아 그의 삶과 죽음에 대해 곰곰이 생각했다. 그러나 눈물을 흘리지는 않았다.

태후는 우선 스스로의 운명에 대해 생각했다. 이제 그녀는 다시 한 번 최고의 권력을 쥐게 되었다. 여자의 한계를 넘어서 누구도 알지 못하는 세상의 가장 높은 곳에 홀로 우뚝 서 있는 것이다. 그녀는 깊은 고독을 느끼며 자신이 낳은 아들의 얼굴을 내려다보았다. 잘생긴 젊은이의 얼굴은 죽음의 그림자 아래서도 당당하고 평화로워 보였다. 잠시 후 그 얼굴에서 아끼고 사랑했던 어린아이의 모습을 보는 순간, 태후는 걷잡을 수 없는 슬픔에 사로잡혔다. 화염과 같은 뜨거운 눈물이 눈 속에 가득 차더니 이내 두 볼을 타고 흘러내렸다. 심장은 부드럽게 떨렸고 흘러내린 눈물은 공단 이불보를 뜨겁게 적셨다. 그녀는 죽은 아들의 손을 붙잡고는 마치 그가 어렸을 때 그랬던 것처럼 자신의 볼에 비볐다. 그러자 억장이 무너지는 듯 가슴속에서 피처럼 붉고 뜨거운 한탄이 솟구쳐 나왔다.

"오, 애야……."

태후는 흐느꼈다.

"그토록 갖고 싶어 하던 기차 장난감을 사 주었더라면 좋았을 것을……."

갑자기 그녀는 몇 년 전 아들에게 사 주지 않았던 기차 장난감을 떠올리고는 비통함 속에서 흐느꼈다. 그 순간 태후는 자식을 잃어버린 어미일 뿐이었다.

태후는 모두가 잠든 깊은 밤까지 죽은 아들의 옆에 앉아 조용히 울고 있었다. 그때 방문이 열리며 누군가가 들어왔다. 그의 발자국 소리는 가볍고 조용해서 태후의 울음소리에 묻혀 버렸다. 잠시 후 그녀는 누군가 자신의 어깨를 잡는 것을 느끼고는 벌떡 일어났다. 태후는 고개를 돌려 그의 얼굴을 바라보았다.

"접니다."

영록이 고개를 끄덕였다.

"세 시간이 넘도록 밖에서 마마를 기다렸습니다. 이렇게 지체하셔서는 안 됩니다. 지금 각 문중들은 다른 이들이 황제의 죽음을 알기 전 각자 황위 계승자를 내세우겠다고 여간 난리가 아닙니다. 마마께서 먼저 움직이셔야 합니다."

영록의 말을 듣는 순간, 태후는 즉시 마음을 가다듬었다. 그녀는 오래 전부터 만약을 대비해 생각해 놓았던 계책을 말했다.

"내 여동생의 장손이 지금 세 살이오. 그가 바로 내가 선택한 황위 계승자요. 그애의 부친은 내 망부亡夫의 일곱 번째 형제인 순친왕이오."

영록은 잠시 동안 무언가를 캐내려는 듯 태후의 눈을 똑바로 마주보았다. 그리고 그녀의 눈이 창백한 얼굴로 인해 다소 생기를 잃은 듯했지만 여전히 두려움 없는 확고한 결의로 차있다는 것을 깨닫고는 안심했다. 영록은 여전히 태후를 마주보며 나직하게 말했다.

"오늘 밤 마마는 무서울 정도로 아름다우십니다. 실로 마마는 위험 속에서 더욱 더 아름다워지는 분이십니다……."

그러자 그녀의 절망에 빠진 눈빛이 어느덧 부드러워졌다.

"무슨 말이라도 좋으니 계속 해줘요."

그녀가 속삭였다.

"오, 내 사랑, 제발요."

영록은 천천히 고개를 저으며 태후에게 다가갔다. 그리고 그녀의 손을 꽉 잡은 채 죽은 황제가 누워 있는 커다란 침상을 내려다보았다. 태후는 잡고 있는 손을 통해 영록이 가늘게 떨고 있음을 느꼈다. 그녀는 영록에게 말했다.

"알고 있지요……."

그녀가 속삭였다.

"이 아이는 우리의……"

"쉿!"

그가 태후의 말을 가로막았다.

"지난 이야기는 하지 말아 주십시오. 누가 들을지도 모릅니다."

다시 침묵이 흘렀다. 잠시 후 두 사람은 잡고 있던 손을 놓았고, 영록은 다시 뒤로 물러나 예를 갖춤으로써 태후의 충실한 신하로 돌아왔다.

"태후마마."

그가 나지막한 목소리로 말했다.

"즉시 가서 그 아이를 데려오십시오. 이러한 상황을 예상하고 제가 태후마마의 이름으로 이홍장 총독을 불렀습니다. 그의 군대가 이미 성문 근처에 도달해 있을 겁니다. 말발굽은 천으로 쌌고, 그 입은 나무 조각을 물려서 소리를 내지 못하도록 했습니다. 지금 아무도 이 사실을 모르고 있으니 어서 해가 뜨기 전에 아이를 황궁으로 데려오십시오. 그렇게 되면 마마의 충성스런 병사들이 북경의 길목마다 가득 찰 터인데 누가 감히 마마의 권위에 도전을 하겠습니까?"

영록 역시 태후만큼 아니 어쩌면 더 대담한 사람이었다. 그들은 아쉬운 만남을 뒤로 하고 완벽한 합의 속에서 헤어졌다. 영록이 사라지자 태후는 즉시 시신이 있는 침전을 떠날 준비를 했다. 문 밖에서는 환관장 이연영과 수행들이 기다리고 있다가 그녀가 나오자 즉시 뒤를 따랐다. 물론 그 누구도 영록이 통행금지 시간을 뚫고 자금성 안으로 들어왔는지에 대해 묻거나 말하지 않았다. 지금은 뜻밖의 혼란이 시작된 위기상황이었으므로 그런 것을 입에 담는 것은 은연중에 금지되었다.

서태후는 바쁘게 움직였다.

"가마를 불러오너라."

그녀는 먼저 이연영에게 지시했다.

"아무도 말을 하거나 속삭이지 못하게 하고, 가마꾼들의 발 역시 천으로 감싸도록 해라."

그녀는 곧바로 외투를 둘러 입고, 지친 표정이 역력한 궁녀들에게는 아무 말도 하지 않은 채 자신의 가마에 올라 장막을 내렸다. 황궁 뒤쪽의 비밀 문은 활짝 열린 채 그녀를 기다리고 있었다. 이어 환관장이 어둡고 인적 드문 거리로 일행을 안내했다. 자갈 위에는 종일 내린 눈이 뒤덮여 있어 발소리조차 들리지 않았고, 눈이 내리는 가운데 가마 옆에서는 키가 크고 마른 몸의 이연영이 걸음을 재촉했다.

얼마 후 그들은 순친왕의 궁에 도착했다. 가마꾼들이 가마를 내려놓자마자 이연영이 황급히 달려가 문을 두드렸다. 그리고 문이 열리는 것과 동시에 당황하는 문지기의 입을 막으며 궁 안으로 들이닥쳤다. 이연영의 뒤로 태후가 나타나 옷깃을 펄럭이며 정원을 지나 집안으로 들어갔다.

경계를 서던 보초병은 상황에 압도되어 태후의 모습을 놀란 눈으로 바라볼 뿐 어떠한 제지도 하려 들지 않았다. 사방은 조용했고 모두들 잠들어 있는 듯했다.

태후를 앞선 이연영은 곧바로 순친왕과 그의 부인을 깨웠다. 부부는 놀란 얼굴로 서둘러 옷을 챙겨 입은 뒤 태후 앞에 엎드려 경의를 표했다. 서태후가 입을 열었다.

"동생, 지금 내 아들이 죽었네. 따라서 자네 아들을 후계자로 삼을 것이야."

순친왕이 깜짝 놀라 소리쳤다.

"존귀하신 태후마마, 부탁드리옵건대 제발 제 자식에게 그런 가혹한 운명을 맡기지 말아 주십시오!"

"어찌 감히 그런 말을 하는고!"

서태후가 노하여 소리쳤다.

"황제가 되는 것보다 더 영광스러운 운명이 어디 있는가?"

"마마, 저를 불쌍히 여기소서."

순친왕이 고개를 떨구며 말했다.

"저 아이가 황제가 된다면, 저는 제 아들에게 매일 경의를 표해야 합니다. 따라서 심기가 불편해지신 조상들께서 저희 가문에 벌을 내릴 것입니다."

그는 흐느껴 울며 피가 날 정도로 바닥에 세차게 머리를 들이받다가 이내 의식을 잃고 말았다.

그러나 태후는 쓰러진 순친왕과 눈물이 글썽한 여동생을 무시한 채 아이의 방으로 재빠르게 내달렸다. 그리고는 침상 위로 몸을 구부려 아이를 포대기에 감쌌다. 아이는 깊이 잠들어 있던 탓에 약간 칭얼거렸을 뿐 잠에서 깨지는 않았다. 태후는 서둘러 아이를 데리고 나왔다. 그때 여동생이 달려와 옷깃을 잡고 애원했다.

"마마, 낯선 곳에서 잠이 깨면 아이가 분명 크게 울 것입니다. 그러니 단 며칠만이라도 곁에 머물 수 있게 해주시옵소서!"

태후는 조용히 동생을 바라보다가 이윽고 입을 열었다.

"따라오너라."

태후는 동생의 어깨에 손을 얹었다.

"하지만 나를 막아서는 안 되느니라. 동이 트기 전에 이 아이를 안전하게 궁궐로 데려가야 하니까."

결국 모든 일은 태후의 계획대로 이루어졌다. 그날 밤이 지나 동이 트자 승려들이 청동으로 된 북을 두드리며 아침 기도를 올렸고, 궁중의 광고꾼들이 거리로 나가 동치제, 즉 묘호로는 목종 황제의 죽음을 알렸다. 그리고 곧이어 새로운 황제가 즉위했다는 소식이 널리 퍼져나갔다.

갑자기 낯선 곳에 끌려온 어린 황제는 두려움에 울부짖기 시작했다. 어머니가 계속 품에 안고 달래보았지만 소용없었다. 아이는 어머니의 품에서 고개를 들 때마다 머리 위의 대들보에서 황금빛 용 조각상과 눈이 마주치고는 공포에 휩싸여 울기 시작했다. 마침내 이틀이 지났을 때, 그의 어머니는 환관을 시켜 아이가 계속 울다가 병이 났다는 소식을 태후에게 전하도록 했다. 그러나 태후는 매정하게 대답했다.

"그냥 울도록 내버려두어라."

그녀는 여름 궁전에 관련된 계획을 짜면서 고개조차 돌리지 않았다.

"그래야만 울어봤자 아무 소용도 없다는 것을 일찍 깨닫게 될 것이다. 비록 황제라 해도 말이야."

태후는 눈 쌓인 대낮의 흰빛이 어둠 속으로 잠길 때까지 일에만 매달렸다. 그러다가 너무 어두워져 더 이상 사물을 분간할 수 없게 되자 비로소 붓을 내려놓고는 다시 오랫동안 깊은 생각에 잠겼다. 그녀는 대기해 있던 환관을 손짓해 불렀다.

"황후를 데려 오너라."

태후가 말했다.

"반드시 혼자만 오게 해야 할 것이야."

환관은 자신의 열의를 보여주려는 듯 재빨리 황후의 처소로 달려갔다. 잠시 후 황후 알루트가 환관과 함께 도착해 그녀의 앞에 무릎을 꿇고 경의를 표했다. 태후는 손을 내저어 환관을 물린 다음, 알루트를 바라보며 근처에 있는 조각된 의자에 앉으라고 지시했다. 그리곤 하얀 삼베로 된 상복을 입고 고개를 떨군 젊은 미망인의 모습을 한동안 바라보았다.

"여태 아무것도 먹지 않았느냐?"

마침내 태후가 말문을 열었다.

"마마, 지금 저는 그 무엇도 입에 댈 수 없습니다."

알루트가 대답했다.

"이제 네 삶에는 아무것도 남지 않았구나."

태후가 말했다.

"그렇습니다, 존경하는 태후마마."

알루트가 차분하게 대답했다. 그러자 태후는 아무런 감정이 담기지 않은 눈으로 알루트를 바라보며 나지막하게 말했다.

"그리고 앞으로도 없을 것이다. 내가 너라면 주군이 계신 곳으로 따라갔을 게다."

이 말에 알루트는 놀란 눈으로 고개를 들고는 차분한 자태로 앉아 있는 태후의 모습을 응시했다. 알루트는 천천히 일어나 그 자리에 한참 서 있다가 다시 바닥에 주저앉았다.

"스스로 죽을 수 있게 해주십시오."

그녀가 속삭였다.

"그렇게 하도록 하라."

태후가 말했다.

두 사람은 서로의 눈을 한참동안 응시했다. 잠시 후 알루트는 슬프고 파리한 모습으로 일어나 열려진 문 밖으로 걸어 나갔다. 곧이어 환관이 문을 닫았다. 태후는 잠시 목석처럼 미동도 없이 앉아 있다가 손뼉을 쳐 환관을 불렀다.

"등을 켜도록 하라."

태후가 지시했다.

"할 일이 많구나."

그녀는 다시 붓을 들었고, 밤이 깊어 가는 동안 앞에 펼쳐진 두루마리에 그림을 그리며 자신만의 원대한 계획을 완성시켰다. 그런 다음 붓을 내려놓고 거대한 두루마리를 찬찬히 훑어보았다.

넓은 연못 주위 여기저기에 세워진 궁전과 꽃들이 만발한 정원, 호수로 흘러 들어가는 시내 위에 걸쳐진 대리석 다리……

태후는 자신의 아름다운 그림에 흐뭇한 미소를 지으며 한참 동안 살펴본 후 또다시 붓을 들었다. 태후는 밝은 색의 물감 단지에서 물감을 묻혀 궁전 뒤에 있는 산 쪽에 높고 가느다란 탑을 그려 넣었다. 탑의 측면은 하늘색 도자기로 만들고 지붕은 금으로 덮을 생각이었다.

그날 밤 자정 무렵, 이연영이 태후의 문 앞에 서서 기침을 했다. 그녀는 침상에서 일어나 조용히 문을 열었다. 이연영은 불빛으로 인해 음영이 뚜렷해진 얼굴을 숙이며 말했다.

"황후마마께서 세상을 떠나셨습니다."

"어떻게 말이냐."

태후가 물었다.

"아편을 삼키셨습니다."

대답을 마친 이연영은 다시 고개를 들었고, 두 사람은 오랫동안 비밀스러운 눈길을 주고받았다. 태후가 담담하게 말했다.

"고통은 없었을 테니 다행이구나."

여왕

해마다 음력 4월이 되면 등나무꽃이 만발했다. 궁중 정원사는 언제나 그랬듯 꽃들이 피는 정확한 날짜를 예측하여 서태후에게 보고했다. 이 소식을 들은 태후는 오늘만큼은 답답한 접견실에서 국정 얘기를 듣고 싶지 않다고 통보한 뒤, 곧장 등나무 정원으로 향해 등나무꽃의 순수한 빛깔과 향기를 즐기며 하루를 보냈다.

동치제의 죽음으로 인해 두 태후는 다시 섭정이 되었고, 서태후는 이에 대한 호의의 표시로 동태후를 이번 꽃놀이에 초대할 작정이었다.

늦은 아침, 서태후는 등나무 정자의 높은 단 위에 세워진 의자에 앉아 평화로운 시간을 즐겼다. 이제 자신에게 필적할 만한 상대는 어디에도 없었다. 따라서 스스로의 내적인 힘만 기르면 손에 쥔 권력은 자연스레 커질 것이 분명했다.

태후는 자신을 둘러싼 궁녀들에게 말했다.

"각자 즐거운 시간을 갖도록 해라. 가고 싶은 곳에 가거나 연못의 금붕어를 구경하려무나. 속삭이든 큰소리로 떠들든 너희가 하고 싶은 대로 하거라. 하지만 어쨌든 등나무꽃을 감상하러 온 것이니, 슬프고 괴로운 일은 입에 담지 말라."

형형색색의 화려한 예복을 입은 젊고 아름다운 궁녀들은 태후에게 감사의 말을 건넨 뒤 까르르 웃으며 흩어졌다. 눈부신 햇살이 그들의 티 없이 고운 피부와 가냘픈 손을 비추었고, 까만 눈동자에도 생기를 불어넣었다. 궁녀들의 머리장식은 햇살을 받아 멀리에서까지 반짝였다. 많은 궁녀들이 놀이를 찾아 흩어졌지만 그 반 수 정도는 신중하게 남아 태후의 곁을 지켰다. 그러나 태후는 그들에게는 시선을 주지 않고, 근처 테라스에서 장난감을 가지고 노는 어린 황제를 바라보았다. 황제는 한창 장난감에 몰두하는 중이었으며 그 주변에는 두 명의 젊은 환관이 서 있었다. 그들은 자나 깨나 황제의 수발을 드는 것이 임무였다. 그녀가 오른손으로 손짓해 아이를 불렀다.

"아들아, 이리 오너라."

그러나 태후는 자신의 말에 묘한 거부감을 느꼈다. 저 아이는 절대로 자신의 아들이 아니었고 또 그렇게 될 수도 없었다. 그러나 죽은 아들을 대신해 그를 용상에 앉히기로 결심한 이상 이 정도는 감내해야만 했다. 소년은 태후를 쳐다보고는 두 명의 젊은 환관에게 떠밀려 천천히 그녀에게로 다가왔다.

"어린 황상에게 손 대지 말라!"

태후가 날카롭게 소리쳤다.

"스스로 오도록 해야 하느니라."

두 환관이 황급히 손을 떼자 소년은 그 자리에 뚝 멈추어 버렸다. 그는 손가락을 입에 문 채 태후를 빤히 쳐다보다가 들고 있던 장난감을 맥없이 바닥에 떨어뜨렸다.

"장난감을 집으세요."

태후가 말했다.

"황상께서 어떤 장난감을 가지고 노시는지 궁금합니다."

태후는 말하는 동안 미소를 짓거나 화를 내는 등의 감정을 일절 드러내지 않은 채, 다만 아름답고 차분한 얼굴을 하고 있었다. 그리고는 입을 다문 채 황제의 행동을 가만히 지켜보았다. 소년은 숨이 막힐 듯한 침묵에 못 이겨 장난감을 집어 들고 태후에게 다가갔다. 그리곤 어린아이였음에도 불구하고 정중히 예를 갖춰 무릎을 꿇고는 태후가 볼 수 있도록 장난감을 높이 들어올렸다.

"그게 무엇이오?"

태후가 물었다.

"엔진이옵니다."

그의 목소리는 매우 작아 귀를 기울여야만 가까스로 알아들을 수 있었다.

"엔진이라뇨?"

태후는 손을 내밀어 장난감을 받으려고도 하지 않은 채, 황제가 들고 있는 물건을 물끄러미 쳐다보았다.

"누가 이 엔진을 황상에게 주었소?"

"아무도 주지 않았사옵니다."

소년이 대답했다.

"말도 안 되는 소리! 그렇다면 황상이 이걸 직접 만들기라도 했다는 거요?"

태후는 곧바로 턱짓으로 젊은 환관을 가리키며 대신 대답을 요구했다.

"태후마마."

환관이 말했다.

"어린 황상께서는 함께 놀아줄 동년배가 없어 늘 외로워하십니다. 그래서 저희는 황상께서 울다 지쳐 병이라도 드실까봐 많은 장난감을 구해다 드렸습니다. 황상께서는 그중에서도 공사관 지역의 외국 가게에서 파는 장난감을 좋아하십니다."

"외국 장난감이라고?"

태후는 날카로운 목소리로 물었다. 그러자 환관이 다급히 설명했다.

"그곳은 덴마크 사람이 운영하는 가게로 신기한 물건들이 끝도 없사옵고, 그 주인이 직접 어린 황상을 위해 유럽 곳곳에서 장난감들을 구해다 주고 있습니다."

"엔진이라······."

태후는 이내 마음을 가라앉히고는 다시 되뇌었다. 그리고는 손을 뻗어 황제의 장난감을 집어 들었다. 장난감은 쇠로 만들어져 작지만 제법 묵직했으며 본체의 아래에는 바퀴가 달려 있었고, 꼭대기에는 굴뚝이 있었다.

"이건 어떻게 가지고 노는 것이오?"

태후가 어린 황제에게 물었다. 그러자 소년은 태후에 대한 두려움도 잊은 채 생기 있는 목소리로 말했다.

"어마마마, 이렇게 하는 것이옵니다."

그는 장난감을 손에 쥐고는 본체에 달린 작은 문을 열었다.

"이 안에 나무를 넣으면 불을 피울 수 있습니다. 그리고 여기다가는 물을 넣는데, 물이 끓으면 증기가 나와 바퀴를 돌립니다. 그리고 이 뒤에다 차량을 연결시키면 엔진이 그것을 끌게 되고요. 이것의 이름은 기차라고 합니다."

"그렇군요."

태후는 생각에 잠긴 채 소년을 찬찬히 살펴보았다.
'너무 창백하고 말랐어. 얼굴도 너무 병약해 보이고. 마치 갈대처럼 보이는군.'
그러나 태후는 다시 미소를 지은 채 물었다.
"황상께서는 이 말고 또 어떤 것을 가지고 있소?"
"저는 여러 가지 기차를 가지고 있사옵니다."
아이는 신이 나서 말했다.
"어떤 것은 태엽으로 움직이기도 합니다. 또 많은 병정들도 가지고 있습니다."
"어떤 병정 말이오?"
"여러 나라의 병정이옵니다."
이제 소년은 두려움 따위는 완전히 잊은 채 그녀의 무릎 가까이 다가와 종알거렸다. 태후는 아이의 팔이 자신의 몸에 닿는 순간 알 수 없는 슬픔이 가슴을 스치는 것을 느꼈다. 지금 그녀는 마음속에서 잃어버린 무언가를 간절히 찾고 있었던 것이다.
"제 병정들은 제복을 입고 있고, 또 총도 가지고 있습니다. 이 병정들은 진짜가 아니라 주석으로 만든 것이옵니다."
"중국 병정들도 있소?"
"중국 병정들은 없습니다. 하지만 영국군과 프랑스군, 독일군, 러시아군, 미군이 있습니다. 러시아군들은 뭘 입느냐 하면……."
"그러면 황상께서는 그 병정들을 다 구분할 수 있단 말이오?"
이에 소년이 활짝 웃었다.
"아주 쉽습니다, 어마마마! 러시아군은 이렇게 긴 수염이 나 있거든요."
소년은 손으로 수염이 허리까지 내려오는 듯한 시늉을 해 보였다.
"그리고 프랑스군은 여기까지밖에 수염이 없습니다."

소년은 윗입술에 집게손가락을 문질렀다.
"그리고 미군은……."
"게다가 모두 다 얼굴이 하얗겠지요."
태후가 날카롭게 소년의 말을 가로챘다.
"그걸 어떻게 아셨사옵니까?"
소년이 깜짝 놀라며 물었다.
"왜 모르겠소."

태후는 차갑게 말을 이은 뒤 자신의 무릎에 얹힌 소년의 팔꿈치를 밀어냈다. 소년은 주춤대며 뒤로 물러섰고, 순간 눈에서 생기가 사라졌다. 그때 동태후인 사코타가 네 명의 궁녀들과 함께 정자 안으로 들어섰다. 그녀는 크고 무거운 머리장식 때문에 얼굴은 한결 야위어 보였고, 걷는 것조차 버거운 듯 구부정한 자세였다. 그러나 어린 황제는 반색을 하며 달려갔다.

"어마마마! 안 오시는 줄 알았어요!"

그는 사코타의 손을 잡아 자신의 뺨에 갖다 댔다. 순간 사코타는 소년의 머리 뒤로 시선을 옮겼다. 그리곤 안마당 건너 자신을 빤히 쳐다보고 있는 서태후의 시선을 알아채고는 부드럽게 말했다.

"황상, 놓아주세요."

그러나 소년은 사코타에게서 떨어지려 하지 않았다. 그는 사코타의 회색 비단 예복에 매달려 나란히 걷고 싶어 하는 듯했다. 서태후는 아무 감정이 담기지 않은 눈길로 그 모습을 지켜보았다.

"동생, 이리 와서 앉게."

서태후는 보석 반지를 낀 엄지손가락으로 자신의 의자 옆에 있는 조각된 의자를 가리켰고, 사코타는 다가가서 인사를 한 후 자리에 앉았다. 그러는 동안에도 어린 황제는 여전히 사코타의 손에 매달려 있었다. 태후는 이 모든 광경을 지켜보고 있었지만 짐짓 무심함을 가장했다.

　태후는 갸름하고 차분한 눈으로 잠시 아이를 바라보다가 이내 등나무 덩굴로 시선을 옮겼다. 크고 오래된 숫 덩굴이 해마다 가장 아름다운 꽃을 피우는 암 덩굴 옆에 심어져 있었고, 이 두 덩굴은 모두 두 개의 탑 주위를 뒤엉켜 올라가고 있었다. 언뜻 보면 등나무꽃은 노란 기와지붕 위에서 마치 흰색과 보라색의 거품을 뿜어내는 듯 보였다. 햇살은 따뜻했고, 꽃향기에 취한 벌들이 윙윙거리며 꽃 위를 날아다녔다.

　"벌들이 사방에서 모여드는군요."

　서태후가 먼저 말을 꺼냈다.

　"정말 그렇군요."

　사코타는 대답은 그렇게 했지만 실은 꽃에 관심이 없었다. 대신 그녀는 어린 황제의 손을 쓰다듬으며 안타까운 눈길로 아이의 부드러운 살결 밑에 드러난 실핏줄을 바라보았다.

　"우리 작은 천자께서 잘 드시지를 않으니 어쩌나……."

　사코타가 중얼대었다.

　"많이 먹지 않아서가 아니라 좋지 않은 음식을 먹기 때문이오."

　서태후가 말했다. 순간 사코타의 얼굴에 불쾌한 기색이 어렸다.

　사실 두 사람은 이 문제를 가지고 오랫동안 신경전을 벌이고 있었다. 서태후는 담백한 음식과 살짝 볶은 야채, 지방질이 없는 고기를 일정하게 먹고, 단 것을 피하는 식습관을 가지면 건강을 유지할 수 있다고 믿었다. 실제로 그녀는 어린 황제를 위해 이러한 음식들을 준비하라고 지시하기도 했다. 그러나 그녀는 자신이 등만 돌리면 어린 황제가 그런 음식들을 거부하고 사코타에게 달려간다는 사실을 알고 있었다. 사코타가 달콤한 밀가루 과자와 기름진 고기만두, 설탕에 듬뿍 절인 구운 돼지고기를 주었기 때문이다. 게다가 사코타는 어린 황제가 복통을 앓을 때마다 자식에 대한 맹목적인 사랑에 눈이 멀어 자신의 담뱃대로 아편을 몇 모금 빨게 했다. 근래 사코타는 인도에서 건너 온 까맣고 해로운 아편을 남몰래 피우고 있었고, 서태후는 이러한 사코타의 행동을 극도로 혐오했다. 그러나 이 애처롭고 어리석은 사코타는 어린 황제를 진정으로 사랑하는 사람은 자신밖에 없다고 굳게 믿고 있는 것이 분명했다.

서태후의 얼굴빛이 점차 어두워지자 사코타는 더럭 겁이 났다. 그녀는 재빨리 환관을 손짓하여 불렀다.

"어린 황제를 놀 수 있는 곳으로 모시고 가라."

그녀가 속삭였다. 그러나 태후는 고개를 저었다.

"황제를 데려가지 말라."

태후는 다시 환관에게 명한 다음 고개를 돌려 사코타에게 말했다.

"어린 황제께서 이런 하찮은 환관들과 어울리는 것이 좋단 말이오? 이들 중 순수한 사람은 아무도 없소. 환관들과 어울리게 되면 어린 황제께서는 미처 철이 들기도 전에 타락할 것이오. 이제까지 얼마나 많은 황제들이 몸을 망쳤는지 그대도 잘 알고 있잖소?"

그러자 곁에서 기다리고 있던 십오륙 세 가량의 어린 환관이 무안한 듯 얼굴을 붉히더니 조심스럽게 물러났다. 사코타가 붉게 상기된 얼굴로 속삭였다.

"언니, 모두가 보는 앞에서 그렇게 말하다니……."

사코타가 짐짓 항의하듯이 말했다.

"나는 사실을 말했을 뿐이오."

태후가 단호하게 말했다.

"동생은 내가 어린 황제를 사랑하지 않는다고 생각할 것이오. 하지만 누가 진정으로 어린 황제를 사랑하는지 한번 생각해 봅시다. 까다로운 투정까지 다 들어주는 동생과 영양가 있는 음식과 건전한 놀이로 그를 건강하게 키우려는 나 중, 누가 진정 그를 위하고 있다고 생각하오? 그리고 작은 마귀나 다름없는 환관들에게 어린 황제를 맡기는 동생과, 부정한 그들에게서 어린 황제를 떼어놓으려는 나 중에 어느 사람이 진정 황제의 어머니답소?"

이 말을 들은 사코타는 소매로 얼굴을 가리며 조용히 눈물을 흘리기 시작했다. 궁녀들이 급히 다가가려 했으나 서태후의 제지에 그대로 멈춰서고 말았다. 서태후는 직접 자리에서 일어나 사코타의 손을 잡고 궁의 오른쪽에 있는 정자로 데리고 갔다. 그러고 나서 도금한 긴 의자에 사코타를 끌어당겨 옆에 앉혔다.

"자, 이제 우리끼리만 있으니 말해보시오. 왜 늘 내게 화가 나 있는 거요?"

그러나 고집 센 사코타는 쉽게 입을 열지 않고 계속 흐느낄 뿐이었다. 태후는 그다지 인내심이 많은 여인이 아니었으므로 숨이 넘어갈 듯 울먹이는 연약한 울음소리를 더 이상 들어줄 수가 없었다.

"실컷 우시오."

태후가 냉정하게 말했다.

"기분이 다시 좋아질 때까지 말이오. 내가 보기에 동생은 눈이 퉁퉁 붓도록 울지 않으면 기분이 풀어지지 않는가 보구려. 툭하면 우는데 어떻게 눈알이 눈물에 씻겨 달아나지 않는지 모르겠소."

태후는 사코타를 뒤에 남겨둔 채 정자를 나와 정원에서 조금 떨어진 자신의 서재로 향했다. 그리고 안으로 들어서 아무도 자신을 방해하지 말라고 명을 내리고는 활짝 문을 열었다. 등나무꽃 향기를 맡기 위해서였다. 그리곤 책상에 앉아 책을 펼쳤지만 도무지 머리가 복잡해 책에 집중할 수 없었다.

'어째서 나는 사람들에게 사랑받지 못하는 것일까?'

그녀는 평소 바쁜 와중에도 간간이 이런 생각을 했다. 수백 만

명의 사람들이 그녀의 지혜에 의지해서 살고 있었다. 또한 태후가 반대하면 누구도 궁궐 안에서 살 수 없었다. 그녀는 언제나 공정하고 신중한 태도로 충성스런 사람에게는 상을 내리고 악한 사람에게는 벌을 주었다. 그러나 태후는 그 누구의 얼굴에서도 자신에 대한 사랑을 읽을 수 없었다. 심지어 자신의 혈육으로 조카이자 양자인 어린 황제의 얼굴에도 오직 두려움과 존경 뿐, 사랑은 없었다. 게다가 마음속 깊이 사랑하고 있는 영록과는 거의 2년간 말을 해 보지 못한 상태였다. 그나마도 그가 조신으로서 업무를 보고한 경우를 제외하면 거의 3년이었다.

영록은 예전에도 그랬듯 여전히 태후 앞에 모습을 드러내지 않았으며 만날 구실 또한 만들어내지 않았다. 그러다가 태후의 부름이 있으면 여느 왕들과 마찬가지로 딱딱한 얼굴로 들어와서는 일정한 거리를 유지하며 주어진 임무만을 수행했다. 그는 누구와도 비교할 수 없을 만큼 미남이었으므로 어느덧 영록 같은 사내가 아니면 시집을 가지 않겠다는 처녀들이 많아졌다는 소문이 나돌기도 했다. 태후는 불안해졌다. 그를 대신의 자리에까지 이끌어 준 것은 다름 아닌 태후였지만 영록은 지위가 높아졌음에도 더 이상 그녀에게 다가서려 하지 않았다. 물론 그는 여전히 충성스러웠고 그녀 역시 영록의 충성을 알고 있었다. 그러나 그것만으로는 마음이 채워지지 않았다. 그녀는 끝내 보상받을 수 없는 사모의 감정으로 영록을 바라보고 있었던 것이다.

태후는 한숨을 쉬며 읽던 책을 덮었다. 그리곤 자신이 스스로에 대해 지나치게 무지했다는 것을 깨달았다.

'스스로에 대해서도 잘 모르는 내가, 어찌 오늘 오전 사코타에게 그처럼 냉혹하게 굴었는지를 알 수 있겠는가?'

태후는 꼼짝도 하지 않은 채 계속 자리에 앉아 있었다. 그녀는 스스로에게 던진 질문을 회피할 만큼 나약한 여인은 아니었지만, 그럼에도 그 답을 인정하기에는 자존심이 허락지 않았다. 태후는 지금 어린 황제의 사랑을 원하고 있었으며 그 때문에 사코타를 질투했다. 죽은 아들 역시 어렸을 때부터 생모인 태후보다 사코타를 더 사랑했다. 지금 느끼고 있는 이 해묵은 감정은 바로 그때부터 시작된 것이었다.

하지만 서태후는 죽은 아들을 진정으로 사랑한 사람은 바로 자신이었다는 생각에는 변함이 없었다. 또한 그를 가르치고 훈계해야 할 의무를 지녔던 사람 역시 자신이었다. 만일 아들이 조금만 더 오래 살았더라면 아마 그것을 알 수 있었으리라.

그러나 그는 이미 죽었다. 태후는 아들이 죽어 무덤 속에 묻혀있다는 사실을 떠올리자 견딜 수 없는 불안에 사로잡혀 자리에서 일어나 문밖으로 향했다. 곧이어 그녀를 기다리고 있던 궁녀들이 그녀의 주위로 우르르 몰려들었다. 하지만 태후는 그녀들에게는 눈길조차 주지 않고 홀로 등나무 정원을 거닐었다. 이윽고 해가 지고 서늘해지자 꽃향기도 사라졌다. 태후는 잠시 부르르 몸을 떨더니 눈앞에 보이는 화려한 경관을 응시하며 그대로 서 있었다. 무지개 빛깔의 연못들, 보랏빛 등꽃이 주렁주렁 달린 하얗게 장식된 덩굴들, 밝은 황금색 지붕과 용마루에 조각되어 있는 짐승 문양들, 그리고 타일이 깔린 보도와 진홍색의 벽들…… 이 모든 것들이 이제 그녀의 소유였다.

'이것으로 충분하지 않은가? 더 이상 무엇을 바란단 말인가?'

또한 태후에게는 직접 선택한 후계자도 있었다. 아홉 살인 황제는 어린 대나무처럼 키가 크고 마른 몸을 가지고 있었으며 창백한 피부는 투명하고 부드러웠다. 그러나 그는 고집이 셌고, 친 이모이자 양어머니인 서태후보다 사코타를 더 사랑한다는 사실을 굳이 숨기려 들지 않았다. 실로 어린 황제의 고집을 받아주지 않는 사람은 오직 서태후뿐이었다. 태후는 몸을 숙여 그를 안아주지도 않았고, 실망감으로 인해 그를 미워하게 되었다는 사실도 숨기지 않았다. 서태후와 어린 황제 사이에 커져 가는 불화에 관한 소문이 이미 궁정 전체에 퍼져 대신들과 환관들도 어느새 각각 편을 가르고 있었다. 이 와중에 사코타는 권력을 잡으려는 막연한 욕심을 가졌다. 궁중에서 가장 나약하고 소심한 인물이었던 그녀가 이러한 불화를 틈타 꿈을 가지게 된 것이다. 서태후는 이연영으로부터 이 소문을 전해 들었다. 즉 사코타가 사촌인 서태후에게 빼앗겼던 황후로서의 정당한 지위를 다시 되찾으려 한다는 것이었다.

서태후는 웃음을 터뜨렸다.

"하룻강아지 범 무서운 줄 모른다더니!"

태후는 단 한 마디로 잘라 말하고는 더 이상 그 소문에 대해 언급하지 않았으며, 이연영이 자신을 따라 웃었음에도 이를 나무라지 않았다.

그리고 바로 그해, 궁정 전체가 선대 황제들이 묻힌 동릉東陵으로 제사를 지내러 갔을 때, 사코타가 미약하게나마 서태후에게 도전하는 사건이 일어났다. 죽은 함풍제의 영전에 가장 먼저 제물을 올리고, 그날 있을 모든 의식에서 서태후보다 먼저 참여하겠다는 의사를 밝혀왔던 것이다. 한편 서태후는 완벽하게 준비를 마친 다음에야 능에 도착했다. 전날 그녀는 음식을 입에 대지 않은 것은 물론 물조차 마시지 않고 단식을 했으며, 길고 외로운 밤 내내 개인 불당에서 묵상을 하다가 새벽 무렵 그곳을 빠져나왔다. 그 동안 불당 밖에서는 영록과 다른 왕들, 그리고 대신들이 그녀를 기다렸다.

서태후는 가마에 몸을 싣고 여덟 황제들의 능을 둘러싼 깊고 광활한 숲을 지났다. 모두들 침묵을 지켰고 이른 새벽이라 새 지저귀는 소리조차 들리지 않았다. 태후는 엄숙한 마음으로 능에 도착해서는 새삼 자신의 지위를 실감했다. 수많은 백성들이 자신에게 복종을 표한대신 그녀는 점차 세력을 확장해가는 외국의 위협에 맞서 그들을 보호해야 할 막중한 책임이 있었다. 그래서 좀처럼 하늘에 소원을 빌지 않았던 그녀도 이날만큼은 온 마음을 다해 지혜와 힘을 달라고 기도했으며, 기도가 한 번 끝날 때마다 옥으로 된 염주 구슬을 돌리며 자신의 생각을 선대 황제들에게 전해 달라고 간청했다. 그리고 이런 장엄한 분위기 속에서 능에 도착한 서태후는 어리석은 사코타가 먼저 달려와 능 앞에 서 있는 모습을 보고는 놀라움을 금치 못했다. 분명 이것은 영록을 시샘하는 공친왕이 사주한 것이 틀림없었다. 사코타는 중앙에 있는 대리석 제단 앞에 모든 준비를 갖춘 채 서 있다가 서태후가 가마에서 내려오자 미묘한 웃음을 띠었다. 그리고는 왼쪽 자리가 비어 있는데도 자신의 오른쪽 자리에 서라고 손짓했다.

서태후는 까만 눈을 동그랗게 뜨며 사코타를 거만하게 쳐다보고는 그녀의 제안을 무시하고 곧장 근처에 있는 정자로 들어갔다. 그리고는 영록을 가까이 불렀다.

"누구에게도 죄를 묻지 않겠소."

영록이 다가와 무릎을 꿇자 태후가 말했다.

"내 동료 섭정에게 이 전갈을 전해 주시오. 지금 당장 자리를 양보하지 않는다면 황실경비대를 불러 즉시 감옥에 처넣겠다고 말이오."

영록은 고개를 숙여 인사하고는 사코타에게 태후의 전갈을 전하기 위해 밖으로 나갔다. 잠시 후 돌아온 그는 우선 경의를 표한 뒤, 사코타의 말을 전했다.

"동태후께서는 마마의 전갈을 받으시자, 자신은 마땅히 정당한 자리에 서 있으며 마마께서는 나이가 위인 후궁일 뿐이라고 답변하셨습니다. 그리고 왼쪽의 빈자리는 사후死後에 태황후太皇后로 봉해지신 동태후마마의 손위 자매 분을 위해 남겨두신 것이라 하옵니다."

이 말을 들은 서태후는 고개를 들어 푸르른 소나무를 조용히 응시했다. 그리고 그 어느 때보다도 침착하게 말했다.

"다시 내 동료 섭정에게 가서 좀 전과 똑같은 전갈을 전하시오. 또한 이번에도 이 전갈에 따르지 않는다면 황실경비병에게 명하여 공친왕까지 함께 끌어내도록 하시오. 그동안 공친왕에게 너무 관대했던 것 같소. 이제부터는 누구에게도 자비를 베풀지 않겠소."

영록은 일어나 일사불란하게 경비병들을 집합시켰다. 그들은 파란색의 웃옷을 입고 오른손에 번쩍거리는 창을 든 채 영록의 뒤를 따랐다. 잠시 후, 영록이 돌아와 사코타가 태후의 명에 따랐다는 사실을 전했다.

"태후마마, 이제 마마의 자리가 비었습니다. 공동 섭정께서는 제단의 오른쪽으로 자리를 옮기셨습니다."

그는 기복 없는 냉정한 목소리로 말했다.

서태후는 그제야 앉아 있던 높은 의자에서 내려와 능을 향해 위풍당당하게 걸어갔다. 그리곤 좌우에 시선을 주지 않은 채 중앙에 서서 우아하고 위엄 있게 의식을 거행했다. 또한 모든 의식을 마치고 난 다음에는 사코타에게 인사도 건네지 않고 침묵을 지키며 궁으로 돌아왔다.

이러한 불화는 궁중 생활로 돌아오면서 막을 내렸고 표면상으로는 여전히 평화로운 날들이 계속되었지만, 대다수의 사람들은 두 여인 사이에 평화가 유지될 수 없으리라 짐작하고 있었다. 두 여인에게는 각각의 추종자들이 있었는데, 서태후의 곁에는 영록과 환관장이, 사코타 곁에는 비록 늙었지만 여전히 자존심 강하고 겁 없는 공친왕이 있었다. 물론 그 결과는 불을 보듯 뻔했다. 그러나 영록에 대한 예기치 못한, 그야말로 어처구니없는 소문 때문에 양단간의 결단은 잠시 미루어졌다.

그해 가을, 자금성 내에는 영록에 대한 좋지 않은 소문이 퍼져나갔다. 태후의 총애를 받던 점잖은 영록이 죽은 동치제의 젊은 후궁이 바친 구애에 굴복했다는 것이다. 동치제는 살아 생전 황후인 알루트만을 끔찍이 사랑해 그 후궁은 아직도 처녀로 남아 있었다. 태후는 처음 이 소문을 환관장에게 들었을 때 믿으려 하지 않았다.

"무슨 소리를 하는 게냐? 내 친척이 어쨌다는 말이냐!"

태후가 소리쳤다.

"그런 터무니없는 소리를 지금 믿으란 말인가!"

"존경하는 마마."

이연영이 씁쓸한 웃음을 지으며 중얼거렸다.

"그러나 사실입니다. 그 후궁은 심지어 조신들이 모여 있을 때조차 영록 대신에게 눈짓을 보냅니다. 그녀는 아직까지 아름다운데다가 영록 대신의 딸이라고 할 수 있을 정도로 젊지요. 그리고 영록 대신도 이제 딸 뻘 되는 젊은 여자들을 좋아하실 때가 되셨습니다. 그분은 태후마마께서 짝지어 주신 여인을 전혀 사랑하지 않았습니다. 게다가 아름다운 여자를 마다할 남자가 누가 있겠습니까. 그건 분명한 사실입니다."

그러나 서태후는 찻잔을 집으며 말도 안 된다는 듯 계속 웃기만 했다. 그러나 몇 달 후, 소문에 대한 증거가 대령되자 웃음기를 거두었다. 그것은 그녀를 모시는 한 환관이 잠복해 있다가 얻은 것으로, 그는 이 쪽지를 들고 황실의 사원 내부의 제단으로 향하는 한 시녀를 미행했다. 그리고 사원의 승려가 시녀한테 쪽지를 받아 향이 꽂힌 항아리에 쑤셔 넣고 돈을 받는 광경을 목격했으며, 나중에는 어린 환관 하나가 그것을 영록이 있는 처소로 가져가 그의 종복에게 쪽지를 전해 주고 다시 돈을 받는 것까지 보았다. 이 모든 일은 사랑에 눈이 먼 어리석은 후궁이 뇌물을 주면서까지 성사시킨 일이었다.

"마마께서 직접 읽어 보시옵소서."

환관장이 향수 냄새가 풍기는 쪽지를 두 손으로 내밀었고 태후는 가볍게 떨리는 손으로 그것을 받아들었다. 실로 그것은 밀회를 청하는 내용이었다.

> 자정이 지나고 새벽 한 시에 저를 만나러 와주세요. 야경꾼에게는 이미 뇌물을 주었으니 세 번째 문을 열어 드릴 것입니다. 그곳에서 저의 시녀가 계수나무 뒤에 숨어 있다가 당신을 이곳으로 인도해 드릴 것입니다. 저는 단비를 기다리는 한 송이 꽃이랍니다.

태후는 편지를 다 읽고는 다시 접어 소매 안에 집어넣었다. 그리곤 무시무시하게 깊은 생각 속으로 빠져들었다. 태후는 이처럼 밀회의 증거가 수중에 있는데 왜 망설이고 있는지 스스로도 알 수 없었다. 그간 그녀는 이 자금성 안에서 유일하다 할 만큼 영록을 신임했으므로, 마치 활에서 화살을 쏘듯 그에게만큼은 모든 것을 직접적으로 물어볼 수 있었다. 또한 그렇게 진심으로 대화를 하고 나면 어떠한 오해도 풀리곤 했다. 그러나 이번만은 그를 용서할 수 없었다.

"군기대신을 이리 모시고 오너라."

서태후가 기다리고 있던 이연영에게 지시했다.

"그리고 그가 들어오면 모든 문을 닫고 커튼을 쳐라. 그리고 내가 동銅으로 된 북을 칠 때까지는 누구도 들이지 말라."

이연영은 이간질을 즐기는 눈치였다. 그는 태후의 명이 떨어지기가 무섭게 벌떡 일어나 날개처럼 옷자락을 휘날리며 달려갔다. 잠시 후, 태후가 미처 화를 누그러뜨릴 겨를도 없이 영록이 들어왔다. 그는 가슴에 금색 문양을 넣은 푸른 관복을 입고 머리에는 금색의 높은 관모를 썼으며, 옥으로 조각된 긴 홀을 얼굴 앞까지 세운 채였다. 그러나 태후는 그의 눈부신 외관을 외면한 채, 커다란 서재에 있는 자신의 옥좌에 앉았다. 곧이어 그는 태후 앞에 무릎을 꿇으려 했지만, 그녀는 이를 제지했다.

"거기 앉으세요, 군기대신"

태후는 티끌 없이 맑은 목소리로 말했다.

"부디 그 홀도 내려놓으시오. 당신을 부른 것은 공식적인 일 때문이 아니오. 다만 이 편지가 내게 들어왔길래 진상을 알고자 하오. 알다시피 이것은 궁중 곳곳에 있는 내 염탐꾼 중 한 사람이 한 시간 전에 내게 전해 준 것이오."

영록은 그녀의 지시에도 불구하고 자리에 앉지 않았으며, 그렇다고 무릎을 꿇지도 않았다. 그는 태후 앞에 똑바로 선 채 그녀가 건넨 쪽지를 바라볼 뿐이었다.

"이게 무엇인지 아시오?"

태후가 물었다.

"네, 압니다."

그는 여전히 차분한 얼굴로 대답했다.

"이걸 보고도 아무런 수치심을 느끼지 않소?"

"그렇습니다."

태후는 편지를 바닥에 버린 뒤 두 손을 모아 무릎 위에 얹었다.

"나를 배신했다는 생각은 들지 않소?"

그녀가 물었다.

"아니오, 저는 배신하지 않았습니다."

그는 계속 말을 이었다.

"저는 태후마마께서 요구하시는 일을 수행할 뿐이며, 그 이외의 것은 알아서 처리할 것입니다."

영록의 대답을 들은 태후는 할말을 잃고 말았다. 두 사람 사이에 한동안 침묵이 흘렀고, 잠시 후 영록은 그녀의 허락도 받지 않은 채 인사를 하고 나가 버렸다. 태후는 그를 붙잡지 않았고, 그가 했던 말을 곰곰이 생각하며 꼼짝도 하지 않고 앉아 있었다.

태후는 언제나 모든 일을 공정하게 처리해야 한다고 믿었으므로 지금 이 순간조차 영록이 했던 말의 의미를 냉정하게 판단하려고 애쓰는 중이었다. 그리곤 너무 성급하게 환관의 말을 믿어버린 것을 후회했다. 사실 영록의 이름을 듣고 마음이 설레지 않을 여자가 있을까? 어째서 그것이 영록만의 잘못이란 말인가? 이번 사건은 빈번하게 있었던 궁중 사람들의 하찮은 사랑과는 차원이 다른 일이었다. 그가 자신을 배신했다고 생각했다는 자체가 오히려 영록에게는 부당하게 여겨질 수도 있었다. 게다가 그는 얼마든지 다른 여인을 거느릴 수 있는 남자가 아닌가. 결국 태후는 자신의 성급한 처신에 대한 보상으로 그에게 새로운 작위를 내려 주리라 결심했다. 그렇게 하면 앞으로도 그에게 변함없는 충성을 기대할 수 있으리라는 생각에서였다. 그녀는 이 일을 곧장 실행하지 않고 하루 종일 고심하고 또 고심했다. 그러자 이연영은 조심스럽게 태후의 방을 물러나서는 그녀의 귀를 사로잡을 또 다른 계책을 세웠다.

그로부터 몇 주 후, 평소대로 왕들과 대신들을 불러 국사를 논의하는 도중, 환관 한 명이 황제의 스승인 옹동화翁同龢*가 보낸 밀

---

* (1830-1904) 중국 청말(淸末)의 유신파維新派 인사. 광서제光緖帝의 스승으로 군기대신과 총리아문의 대신을 역임했으며 강유위康有爲를 비밀리에 천거함.

서를 가지고 태후를 찾아왔다. 태후는 밀서를 받아들자마자 이것이 그 젊은 후궁과 관련된 일임을 눈치 챘다. 옹동화는 학자이자 호리호리한 체격을 가지고 있었는데 한번은 궁술 대회에서 활 솜씨를 뽐내려다가 비참하게 망신을 당함으로써 영록의 경멸을 샀다. 그날 이후 그는 영록에게 줄곧 원한을 품었고, 이번 일을 계기로 영록을 탄핵하고자 한 것이다.

그런 개인적인 내막을 잘 알면서도 태후는 옹동화가 남몰래 보낸 상주문을 거절하지 않았다. 밀서 안에는 특정한 시간에 어느 후궁의 침실을 찾아가면 깜짝 놀랄 만한 광경을 목격할 수 있을 것이라는 내용이 적혀 있었다. 또한 옹동화는 태후에 대한 의무감과 존경심이 아니였다면 생명의 위협을 받으면서까지 이런 엄청난 비밀을 밝히지는 않을 것이라고 적었다. 게다가 궁중에서 벌어지고 있는 이런 식의 추문이 곧이곧대로 밝혀지지 않을 경우, 황실의 권위가 떨어질 것을 염려했다.

밀서를 단숨에 읽어 내린 태후는 손을 내저어 환관을 물린 다음, 궁녀 한 명을 데리고 버림받은 후궁들이 사는 별채로 서둘러 향했다. 그리고 예전에 자신이 직접 간택했던 네 명의 후궁들 중 하나가 살고 있는 처소에 이르렀다. 태후의 갑작스런 출현에 깜짝 놀란 환관들은 소매로 얼굴을 가리며 무릎을 꿇었다. 태후는 거만한 눈길로 그들을 노려보고는 차분한 손길로 직접 방문을 열었다. 잠시 후 태후의 얼굴에는 모멸감과 슬픔, 분노가 뒤섞인 표정이 조용히 떠올랐다. 우려했던 끔찍한 광경이 눈앞에 펼쳐지고 있었던 것이다.

방 안의 탁자 위에는 김이 모락모락 나는 술과 함께 다과가 차려져 있었으며, 그 옆의 커다란 의자에는 그토록 사랑하던 영록이 앉아 있었다. 그리고 후궁은 바닥에 앉아 영록의 무릎 위에 손을 올려놓은 채였다. 영록은 그녀의 사랑스러운 얼굴을 내려다보며 미소

짓고 있었다.

 순간 태후의 가슴에 격렬한 통증이 스치고 지나갔다. 그녀는 온 몸의 혈관에서 피가 들끓어 몸 전체로 번져 가는 것을 느꼈다. 이 윽고 태후와 눈이 마주친 영록은 한동안 자리에 앉아 태후를 바라보다가 드디어 무릎에서 여인의 손을 치우며 일어섰다. 그런 다음 마치 처벌을 기다리는 듯 반쯤 고개를 숙였다.

 태후는 입이 얼어 버린 채로 우두커니 서 있었다. 이 순간 그녀는 영록을 군주로서가 아닌, 그를 사랑하는 평범한 여자로서 바라보았다. 영록 또한 고개를 들어 태후를 응시했다. 그 순간 두 사람은 아직까지도 서로를 뜨겁게 사랑하고 있으며, 그 무엇도 둘 사이를 갈라놓지 못하리라는 것을 깨달았다. 태후는 그의 당당한 기상에 변함이 없는 것을 보고 자신에 대한 그의 사랑 또한 변하지 않았다는 것을 느꼈다. 따라서 그가 이 방에 와 있는 것은 그에게 아무 의미 없는 일이었다. 태후는 들어올 때와 마찬가지로 조용히 문을 닫고는 자신의 궁으로 돌아갔다.

 "잠시 혼자 있게 해 다오."

 그녀는 환관과 시녀들에게 물러가라고 명한 뒤, 방금 전에 보았던 장면을 돌이켜 생각했다. 태후는 이때까지 단 한 번도 영록의 사랑이나 충성심을 의심해 본 적이 없었다. 다만 그 역시 육체를 가진 평범한 인간이라는 것이 문제였다. 그조차도 통제할 수 없는 육체적인 욕구에 굴복해 버리고 만 것이다. 태후는 문득 관자놀이에 통증을 느끼고는 온몸을 압박하는 듯한 머리장식을 탁자 위에 내려놓은 뒤 손으로 이마를 문질렀다.

 만일 영록이 그런 유혹에 빠지지 않았더라면 태후는 그로 인해 마음의 위안을 얻고, 그를 자신보다도 위대한 사람이라고 생각했을 것이다. 태후는 또다시 영국의 빅토리아 여왕을 떠올렸다. 그녀는 비록 만나본 적은 없었지만 빅토리아 여왕의 삶과 자신의 삶이 유사하다는 사실 하나만으로도 그녀에게 애착을 가지고 있었다.

"자매 여왕이시여, 비록 미망인이었지만 당신은 나보다는 행복합니다. 죽음이 당신의 사랑을 앗아갔지만, 오히려 그 때문에 당신의 사랑은 더럽혀지지 않았소. 적어도 당신은 하찮은 여인 때문에 배신을 당하지는 않았지 않소?"

태후는 깊은 한숨을 내쉬었고, 이어서 눈물이 볼을 타고 내려와 가슴께로 떨어졌다. 동시에 그녀의 사랑도 점차 마음에서 떠나고 있었다.

'예전에 나는, 내가 늘 혼자라고 생각했지. 이제는 진심으로 이 외로움을 받아들여야겠구나.'

그러자 이제껏 참았던 외로움이 영혼 깊숙이 배어들어 깊은 통증을 몰고왔다. 그녀는 눈물을 닦고 옥좌에서 일어났다. 그리고 자신의 의무는 무엇이며 영록에게 어떤 벌을 내려야할지를 생각했다. 이제껏 태후는 누구에게나 공정하게 판단을 내려왔다.

다음날 동이 트기 전, 태후는 아침 조회 시간을 빌어 황제의 칙령을 공표했다. 이 순간부터 군기대신 영록을 모든 관직에서 박탈하고 궁정에서 추방한다는 내용이었다. 하지만 그의 죄목을 밝히지는 않았고, 그럴 필요도 없었다. 이미 어젯밤 있었던 일에 대한 소문이 온 궁궐에 파다하게 퍼져있었기 때문이다.

태후는 아들이 죽고 난 뒤 그녀의 차지가 된 용상에 조용히 앉아 묵묵히 발치께를 바라보았다. 각자의 자리에 앉은 대신들과 왕들은 동료의 추방 사실을 알면서도 쉽게 입을 열려고 하지 않았다. 영록처럼 높은 지위에 있던 사람이 하루아침에 몰락한 것을 보며 내심 자신의 안전에 대해 두려움을 느꼈던 것이다. 태후는 그들이 동요하고 있다는 것을 알았지만 아무 내색도 하지 않았다. 사랑이 자신을 지켜줄 수 없게 된 이상 더욱 강력한 공포심을 새로운 무기로 삼아야만 했다.

다음 해 음력 2월, 선선한 어느 봄날, 조회가 끝난 뒤 공친왕이 개인적으로 알현을 신청했다. 아주 간만에 있는 일이었다. 한편 태후는 자두꽃 봉오리가 벌어지는 것을 보기 위해 서둘러 자신의 정원으로 돌아가려던 참이었다. 미우나 고우나 공친왕은 여전히 태후에게 있어 중요한 조언자이자 점점 요구 사항을 늘려 나가는 백인들과의 관계에 있어 좋은 매개자였으므로, 태후는 결국 그의 알현을 받아들일 수밖에 없었다. 외국인들은 대다수 공친왕을 믿었고, 태후 역시 그런 공친왕의 입장을 최대한 이용하고자 했다.

태후는 조회가 끝난 뒤 접견실에 남았다. 공친왕 역시 다른 이들이 떠나기를 기다렸다가 그녀에게 다가갔다. 그는 여느 때와 마찬가지로 간단하게 경의를 표하고는 말을 꺼냈다.

"태후마마, 제가 뵙자고 한 것은 제 자신의 일 때문이 아닙니다. 저는 이미 태후마마의 관대하신 배려로 많은 보상을 받았으므로 사적인 욕심은 사라진 지 오랩니다. 다만 이번에는 태후마마의 동료 섭정이신 동태후마마를 대신해 간청드릴 말씀이 있사옵니다."

"동태후께서 어디 아프시기라도 한 것이오?"

태후는 약간의 관심을 내보이며 물었다.

"그러하옵니다. 실은 정신적인 고통으로 인해 편찮으시다고 들었습니다."

공친왕이 대답했다.

"대체 무슨 고민이 있단 말이오?"

그녀는 여전히 용상에 앉아 공친왕과 거리를 유지하며 물었다.

"태후마마, 들으셨는지 모르겠습니다만, 요즘 이연영이 매우 거만해져서 심지어는 스스로를 구천세九天歲의 주인이라 자칭하기도

한다 하옵니다. 이 칭호는 명나라 때 주후조朱厚照*께서 가장 사악했던 환관 유근劉瑾에게 처음으로 내렸던 칭호가 아니옵니까. 태후마마, 이는 이연영이 스스로를 일만세一萬歲의 주인인 황제 다음으로 여기고 있음을 뜻하는 것이 아닐는지요."

이 말을 들은 태후는 곧 차가운 미소를 지었다.

"내가 궁중의 아랫사람들이 자기를 어떻게 부르고 다니는지에 대해서까지 책임져야 한단 말이오? 이연영은 나를 대신해 환관들을 다스리고 있고, 그게 그의 임무요. 나라와 백성을 책임져야 하는 내가 어찌 궁중에서 벌어지는 사소한 일까지 신경을 쓸 수 있겠소? 제대로 다스리는 자는 언제나 미움을 받게 마련이오."

공친왕은 용상의 발판 위로 눈을 치켜뜨지는 않았지만, 여전히 단호하게 말했다.

"태후마마, 이것이 단순한 아랫사람의 방자한 언행이라면 이처럼 태후마마를 찾아뵙지도 않았을 것입니다. 하지만 이 교활한 환관이 제일 무례하게 구는 사람이 다름 아닌 공동 섭정이신 동태후마마이시기에 드리는 말씀입니다."

"그렇다면 동태후께서 직접 찾아와 불만을 털어놓아야 하는 것 아니오? 그간 내가 동생에게 관대하게 대하지 않기라도 했단 말이오? 내가 언제 동태후에 대한 의무를 소홀히 한 적이라도 있었소? 난 그렇게 생각지 않소! 동태후께서 의례와 의식들을 제대로 수행하지 못하는 것은 다른 누구의 탓도 아니라 동태후 자신이 건강이 안 좋은데다 정신적으로 우울하기 때문이오. 따라서 동태후께서 할 수 없는 일들을 나는 반드시 수행해야만 하오. 그러니 불만이 있다면

---

* 정덕제正德帝. 중국 명대의 제10대 황제로, 1505–1521년의 재위기간 동안 환관들이 조정에서 막강한 권력을 장악하게 됨으로써 후대 황제들도 그들을 제거할 수 없게 됨.

직접 찾아와 말하라고 하시오."

이어 입을 꾹 다문 태후는 공친왕에게 물러가라고 손짓을 했다. 그도 태후의 기분이 좋지 않다는 것을 깨닫고는 접견실을 빠져 나왔다.

이 일로 인해 서태후는 그날 하루를 망쳐버리고 말았다. 최근에 불어온 폭풍우 덕에 공기는 맑았고 구름 한 점 없는 쾌청한 날씨였지만 산책 따위를 할 기분이 아니었다. 태후는 다시금 외로움으로 단단히 무장한 채 저만치 격리되어 있는 별궁으로 향했다. 그녀는 더 이상 사랑을 믿지 않았으며, 모두가 자신을 두려워하도록 만들어야만 스스로를 지킬 수 있다고 생각했다. 그러나 만일 완전한 두려움을 줄 수 없다면 모든 것은 수포로 돌아간다. 따라서 태후는 자신이나 자신의 측근에게 불만을 품는 자가 있다면 모조리 제거해 버리기로 결심했지만, 자비를 베풀 수 있는 상황이라면 얼마든지 관대함을 베풀 작정이었다.

태후는 궁궐의 사원을 찾아가 관음보살 앞에 향을 피웠다. 그리고 묵상에 잠긴 채 자신을 일깨워 자비를 가르쳐 달라고 빌었으며, 사코타 또한 자신이 베푸는 자비에 눈을 뜰 수 있도록 해 달라고 기원했다. 만일 그렇지 않으면 그녀의 손으로 사코타를 죽일 수밖에 없었다.

기도를 통해 평온한 힘을 얻은 태후는 그 즉시 사코타의 동쪽 궁에 심부름꾼을 보내 곧 찾아갈 것임을 알렸다. 그리고 해질 무렵 걸음해 공단 누비이불 아래 누워 있는 사코타를 만났다.

"언니, 정말 일어나고 싶지만 다리가 말을 듣지 않아요. 관절통이 너무 심해 움직일 수가 없군요."

병약한 사코타가 얼굴을 찌푸리며 말했다. 서태후는 시녀들이 미리 준비해 둔 커다란 의자에 앉은 뒤 다른 사람을 모두 내보냈다.

이윽고 두 사람만 남게 되자, 서태후는 어렸을 때와 같은 부드러운 어투로 말을 건넸다.

"사코타, 어째서 네 불만을 다른 사람들을 통해 말하는 거지? 불만이 있다면 내게 직접 얘기하면 되잖아. 들어줄 수 있는 것은 뭐든 들어줄게. 대신 궁정 안에서 분열을 일으켜서는 안 돼."

그러나 사코타의 반응은 신통치 않았다. 공친왕과 몇몇 분열주의자들의 영향을 받아서인지, 아니면 자신의 불만 때문인지, 사코타는 서태후의 말이 끝나자마자 팔꿈치를 대고 일어나서는 언짢은 눈초리로 그녀를 쏘아보았다.

"모든 권리와 법에 따르자면 내가 언니보다 지위가 높다는 사실을 명심해 두는 게 좋을 거야. 사실 언니는 내 지위를 빼앗아갔고, 모두들 내게 그걸 일깨워 주었지. 비록 언니가 보기엔 내가 친구도 지지자도 없다고 생각하겠지만, 실은 내게도 추종자들이 많다구!"

태후는 순간 커다란 눈을 부릅떴다. 고양이가 호랑이로 바뀌었다고 해도 이보다 놀라울 수는 없을 것이다. 서태후는 의자에서 벌떡 일어나 사코타의 귀를 잡았다.

"이 못된 것 같으니!"

서태후는 그 귀를 세차게 흔들며 소리쳤다.

"너는 은혜라는 것도 모르는구나! 내가 그토록 잘해 주었거늘!"

사코타는 비명을 지르다가 갑작스레 서태후의 엄지손가락을 깨물었다. 그리고는 그 입을 억지로 벌릴 때까지 물고 늘어졌다. 살점이 떨어진 손가락에서 피가 흘러 황실의 노란 예복을 적셨다. 태후는 고통을 참지 못해 비명을 질렀다.

"나는 전혀 미안하지 않아."

사코타가 중얼거렸다.

"오히려 속이 다 시원하군. 언니도 내가 더 이상은 무기력하지 않다는 걸 알아둬야 할 거야!"

서태후는 잠시 사코타를 노려보았으나 끝내 아무 말도 하지 않았다. 그녀는 어깨에 있는 옥 단추에서 비단 손수건을 끌러 엄지손가락을 감쌌다. 그리고는 자리에서 일어서 위풍당당한 자세로 방을 걸어 나갔다. 문에 귀를 대고 방 안의 상황을 엿듣던 환관과 시녀들은 서태후가 갑작스레 문을 여는 바람에 앞으로 쓰러졌다. 그들은 서태후의 노기등등한 얼굴을 보고 가슴이 철렁 내려앉았으나 서태후는 말없이 그들을 지나쳐 복도로 사라져 갔다. 어둠 속에 흔들리는 그녀의 뒷모습은 마치 싸움을 준비하는 암호랑이처럼 시퍼런 살기가 돌았다.

자신의 궁으로 돌아온 서태후는 오랫동안 혼자 고심하던 끝에 아픈 손을 감싸 쥐며 이연영을 불렀다. 그는 홀로 들어와 걱정스러운 얼굴로 태후의 앞에 섰다. 그는 항상 태후의 주위를 맴돌았고 이미 동궁에서 있었던 일에 대한 소문을 들은 뒤였다.

"태후마마, 손은 좀 어떠십니까?"

그가 말했다.

"심하게 쑤시는구나."

태후가 말했다.

"그 계집의 이빨에는 독사의 독이 있는 것이 틀림없다."

"제가 상처에 붕대를 감아드리지요. 돌아가신 숙부께서 의사였던지라 의술을 좀 배웠습니다."

태후는 고개를 끄덕였고 이연영은 태후의 엄지손가락에서 조심스럽게 손수건을 풀어냈다. 그런 뒤 화로 위에 올려진 주전자를 들어 뜨거운 물을 대야에 따라 적절한 양의 찬물을 섞어 체온과 비슷하게 만들었다. 그런 다음 그 물로 굳은 피를 씻어내고 수건으로 물기를 닦아 냈다. 그는 뒤쪽의 이글거리는 화로를 바라보며 물었다.
"마마, 고통을 참으실 수 있겠습니까?"
그가 물었다.
"물을 필요가 있느냐?"
태후가 되물었다.
"아닙니다."
그는 곧이어 화로에서 숯을 꺼내 상처에 갖다 댔다. 순간적으로 살이 타는 듯한 냄새가 확 피어올랐다. 그러나 태후는 신음소리는커녕 움찔하지조차 않았다. 마지막으로 이연영은 상자에서 흰 비단 손수건을 꺼내어 다시 손에 감아주었다.
"오늘은 아편을 조금 피우시지요. 내일 아침이면 모든 고통이 사라질 것입니다."
"그렇게 하지."
태후는 무심하게 대답했다. 잠시 후 그녀는 상처도 잊은 채 생각에 잠겼고, 이연영은 옆에 서서 태후의 지시를 기다렸다. 마침내 그녀가 입을 열었다.
"정원에 해로운 잡초가 있다면 뿌리째 뽑는 수밖에……."
"물론 그래야지요."
"그렇다면 어쩔 수 없구나."
태후가 말했다.
"가장 충성스러운 자에게 이 일을 맡겨야 하겠지."
"소신이 그리하겠사옵니다."
두 사람은 잠시간 시선을 교환하며 서로의 마음을 읽었다. 잠시 후 이연영은 인사를 하며 자리를 떠났고, 태후는 시녀를 불러 아편 담뱃대를 준비하라고 지시했다. 그리고는 침상에 누워 달콤한 연기를 빨아들이며 깊은 단잠에 빠졌다.

같은 달 10일, 동태후 사코타는 갑작스러운 병에 걸려 죽어가기 시작했다. 그리고는 사용한 약이 무엇이고 그 안에 독극물이 섞였는가를 검사하기 위해 약들을 주요 기관에 가져가기도 전에 고통스러운 몸부림을 치며 죽었다. 사코타는 죽기 한 시간 전, 미리 자신의 운명을 알아차리고 대서인을 불러 칙령을 썼다. 그녀는 이렇게 유언을 남겼다.

> 나는 늘 건강을 유지하고 있었고 그로 인해 장수하리라 생각했다. 그러나 어제부터 몹시 고통스럽고 병명도 알 수 없는 병에 걸려 세상을 떠나게 되었다. 어둠이 다가오고 있으니 이제 내게는 아무런 희망도 없노라. 올해 나는 45세이며, 지난 20여 년 동안 제국의 섭정이라는 높은 지위에 있었다. 또한 그간 많은 직위와 보상들을 받았으니 죽어도 여한은 없다. 따라서 나는 27개월의 애도기간을 27일로 단축하기를 명한다. 살아오면서 나는 매사에 검소하고 절제했으며 그 뜻을 죽은 다음에도 이어갈 수 있게 되기를 바란다. 나는 평생 쓸데없는 화려함이나 허영을 쫓지 않았으므로 장례식 또한 검소하리라.

이 유서는 공친왕에 의해 널리 포고되었다. 서태후는 사코타의 마지막 유언이 자신의 사치를 비꼬는 것임을 알고 있었지만 아무 말도 하지 않았다. 태후는 이러한 불쾌감을 마음에 간직해 두었다가 또 이런 식의 재앙이 생길 경우 그 책임을 공친왕에게 물을 작정이었다.

또한 서양인들과 관련된 상황 역시 썩 좋지 않았다. 그 즈음 프랑스인들은 전쟁 때 빼앗은 베트남의 통킹만을 자국의 영토라고 터무니없이 우기고 있는 터였다. 태후는 이들을 저지하기 위해 민강岷江에 함대를 보냈으나 이내 격퇴당하고 말았다. 몹시 분노한 서태후는 친필로 공친왕의 무능함을 비난하는 칙령을 작성했다. 물론 대역죄에 이르는 죄과가 아닌 이상 대놓고 비난할 수는 없었으나 그 내용만은 실로 가혹했다. 칙령에는 다음과 같이 적혀 있었다.

> 우리는 과거 공친왕이 이루어 놓은 많은 업적들을 기억하고 있으며, 앞으로도 기억할 것이다. 따라서 자비를 베풀어 그가 왕의 신분을 유지하도록 허락할 것이며, 그에 따른 보수도 계속 지급할 것이다. 그러나 나머지 모든 공직과 보수 중 공직에 의해 배로 지급되었던 몫 또한 박탈한다.

서태후는 이처럼 공친왕뿐만 아니라 그의 측근들에게까지 면직 명령을 내린 뒤, 그 자리에 어린 황제의 아버지인 순친왕과 몇몇 왕들을 임명했다. 그러나 태후의 일가친척들은 이러한 조치에 불만을 표했다. 만일 수장이 된 순친왕이 욕심을 부릴 경우, 자신의 왕조를 일으키려 들 수도 있었기 때문이다. 하지만 태후는 누구도 두렵지 않았다. 대다수의 적들이 사라진데다 대항하는 모든 이들을 굴복시킬 수 있을 만큼 막강한 권한을 손에 쥐었기 때문이다. 한편 그녀는 모든 일에 신중을 기해 분별력 없는 폭군처럼 보이지 않도록 노력했다. 일례로 도찰원의 감찰어사인 이순의 상주문에 답변을 할 때도 그랬다. 그는 순친왕이 너무 큰 권력을 쥐게 될 경우 군기처가 무력해진다는 주장을 내세웠지만, 태후는 그가 만주의 총독을 지낸 경력이 있고 이후 다시 사천성四川省의 총독으로 재직했던 정의롭고 훌륭한 사람이라는 점을 감안해 성의를 다해 답변했다. 또한 그녀는 다음과 같은 칙령을 전국 곳곳에 선포했다.

> 법과 관례에 따라, 다시는 왕들에게 공친왕만큼의 권력을 주지는 않을 것임을 선포하노라. 제국의 영광과 번영을 되찾으려면 나라를 재건하는 데 도움이 될 만한 사람들을 임명해야 하므로 순친왕의 직위는 불가피한 것이나, 이는 어디까지나 임시로 명한 것일 뿐이다.

태후는 칙령의 마지막을 이렇게 끝맺었다.

> 현재 왕공들과 대신들은 스스로 해결해야 할 임무가 얼마나 과중한지를 깨닫지 못하고 있다. 군기처에 대해 말하자면, 현재 순치왕의 지위는 여러분의 책임을 축소하기 위한 명분에 불과하다. 결론적으로 앞으로는 통치자를 좀더 존중하고 불만이나 항의로 통치자들을 방해하는 일이 없도록 하라. 따라서 상주문을 통한 요구는 사절할 것이다.

오랜 통치의 경험상 서태후는 쓸데없는 형식을 생략하고 간결하고 엄한 어조로 글을 쓰는 것이 보다 효과적이라는 사실을 깨닫고 있었다. 실제로 칙령을 받아본 대신들과 왕들은 모두 할 말을 잃었으며 이후 7년간 서태후는 무거운 침묵 속에서 완전한 전제 군주로 군림했다.

7년간 평화로운 날들이 이어졌다. 왕들과 대신들은 침묵을 고수했으며 태후 또한 알현을 거의 받지 않았다. 한편 그녀는 모든 격식을 신중하게 지켰으며 백성들의 요구에 귀를 기울였다. 태후는 다양한 축제를 만들고 수많은 공휴일을 지정했다. 하늘도 그 노력에 동하였는지 7년간 홍수나 가뭄 한 번 일어나지 않았으며 농사는 늘 풍작이었다. 또한 전국 어느 곳에서도 전쟁의 기미는 찾아볼 수 없었다. 먼 변방에 있는 외적들도 현재의 상태를 유지하는 데 동의한 듯 보였다. 서태후의 공포정치 하에 부하들은 감히 태후에 대한 좋지 않은 소문을 입에 담지 않았고, 군기대신들 역시 가슴에 품은 의구심을 발설하지 않았다.

평온한 가운데 서태후는 자신의 꿈인 여름 궁전 완공에 더더욱 신경을 썼다. 그녀는 자신의 소망을 널리 알린 뒤 여러 사람들로부터 금은보화를 선물 받았다. 각 지방의 관은 자처해서 공물을 두 배로 올려 보내기도 했다. 태후는 여름 궁전이 단지 자신만을 위한 건물이 아니라는 말을 빼놓지 않았으며, 칙령을 통해 백성들에게 감사를 표하는가 하면 자신의 정당한 후계자인 광서제光緖帝에게 옥좌를 넘겨 준 이후 여름 궁전을 거처로 삼겠다고 선포하기도 했다. 실제로 그녀는 자신의 모든 권력을 조카이자 양자인 어린 황제가 열일곱 살이 되는 해에 넘겨주기로 약속했으며 이로써 여름 궁전 건설 계획은 그에 걸맞은 정당성을 획득한 듯 보였다.

그녀는 아름다운 방들을 설계하는 데 많은 시간을 보냈다. 그리고 이를 건설할 장소로 건륭제의 오래된 궁궐 터를 선택했다.

강인한 어머니 아래서 역시 강인하게 자란 아들이었던 건륭제는 어머니를 위해 아름다운 별궁을 지었다. 한번은 건륭제의 어머니가 절경의 도시 항주杭州를 방문했다가 그곳에 지어진 거대한 별장들을 보고 감탄을 금치 못한 적이 있었다. 이에 건륭제는 북경의 성벽 밖에 그와 똑같은 궁을 지어 주겠다고 어머니에게 약속했고, 그렇게 해서 지어진 것이 바로 여름 궁전이었다. 그는 미관과 편의를 고려해 여름 궁전을 설계한 뒤, 이곳에 전 세계에서 가져온 보물을 모아두었으나 지금은 엘긴 휘하의 병사들에게 파괴되어 폐허만 남아 있을 뿐이었다.

태후는 자신의 꿈과 동시에 선대 황제들의 꿈을 되살리기 위해서라도 반드시 그곳을 여름 궁전의 터로 택해야만 했다. 그녀는 뛰어난 안목으로 건륭제의 궁전 중에 파괴되지 않은 1만 개의 부처가 있는 절과 불길에도 타지 않았던 청동으로 된 정자, 맑고 잔잔한 호수 등을 재설계하여 자신의 여름 궁전에 포함시켰다. 그러나 그밖에 다른 파괴된 건물들은 재건축하거나 옮기지 않고 그대로 두기로 했다.

'그건 그냥 기억 속에 간직하도록 하자. 사람들은 이를 보고 가끔씩 삶의 종말에 대해 생각하게 될 것이며, 어떤 궁궐이라도 결국에는 낡거나 적에 의해 파괴된다는 사실을 깨달을 수 있으리라.'

이어서 그녀는 호숫가 동남쪽에 자신의 궁궐을 짓기로 했다. 보위를 넘기고 나면 어차피 황제와 떨어져야 하지만 그래도 너무 멀리는 마음이 놓이지 않았기 때문이다. 그녀는 그곳에 커다란 극장을 만들어 좋아하는 경극을 관람할 수 있도록 했고, 대리석 문 근처에는 푸른 기와지붕을 얹은 접견실을 만들어 휴일에도 대신들이나 왕들의 의견을 수렴할 수 있도록 했다. 조각으로 장식된 크고 웅장한 접견실은 옻칠한 가구와 장식품들이 가득 차 있었다. 유리문에는 장수長壽를 상징하는 커다란 문양이 그려졌고, 방 앞에는 대리석으로 된 테라스가 연결되었다. 또한 접견실에서 호수까지 넓은 대리석 계단이 이어져 있었다. 테라스에는 청동으로 만든 새와 동물 조각들을, 그 위쪽에는 비단으로 된 여름 천막을 쳐 시원한 그늘을 만들었다.

태후는 자신이 거처할 방을 궁궐 서쪽으로 잡았다. 그리고 상상속에서 수없이 걸어 다녔던, 높은 기둥이 있는 베란다와 그에 둘러싸인 방들을 차례대로 지었다. 비가 올 때면 안개 낀 수면과 흠뻑 젖은 침엽수를 보기 위해 이곳저곳을 둘러보았고, 여름에는 안마당에 향기로운 잔디를 깔아 바위와 꽃으로 장식했다.

태후는 꽃 중에서도 자신의 아명과 같은 이름을 가진 난을 가장 사랑했다. 호숫가 근처에는 대리석 기둥이 세워진 1.6킬로미터나 되는 회랑回廊을 만들기도 했는데, 그녀는 이 길을 거닐면서 작약산과 돌능금나무, 협죽도, 석류나무들을 감상했다. 그녀에게 있어 자연의 아름다움은 순수하고 완벽하며, 사랑받을 가치가 있는 유일한 것이었다.

서태후는 백성들의 자발적인 협조에 고무되어 궁전의 규모를 무모할 정도로 확대했다. 그녀의 침상 위에는 중국 최고의 장인이 직조한, 날아다니는 봉황의 무리를 수놓은 황색 공단이 걸렸고, 한쪽에는 세계 각지의 금과 보석으로 장식된 여러 종류의 시계들을 수집해 두었다. 시계 중 어떤 것은 노래하는 새들이 정교하게 장식돼 있었다. 또 어떤 것은 꿩이 시계 밖으로 나와 울음소리를 내기도 했다. 또 중앙에서 흘러나온 물줄기가 물레방아를 돌리며 시간을 재는 독특한 시계도 있었다. 태후는 이런 시계들 외에도 모든 학자들이 부러워할 만한 서재를 만들어 독서에 주력했다.

여름 궁전에서는 어디를 가든 호수의 푸른 물결을 볼 수 있었다. 호수의 중앙에는 용왕을 위한 사원이 세워진 섬이 있었는데 그곳으로 가려면 열일곱 개의 아치가 있는 대리석 다리를 건너야 했다. 섬에 있는 작은 모래사장에는 건륭제가 홍수를 막기 위해 세운 소의 청동상이 모래에 반쯤 파묻혀 있었으며, 태후는 언제든지 섬으로 갈 수 있도록 여러 개의 다리를 만들라고 지시했다. 그리고 그 중에서도 서른 자 높이까지 위로 구부러진 다리를 유독 좋아해 그곳에 오를 때면 언제나 저 멀리 펼쳐진 지붕과 탑, 테라스를 내려다보았다.

태후는 여름 궁전의 아름다움에 빠져 나태한 몇 년을 보냈다. 그러던 어느 날, 환관장 이연영이 찾아와 그녀를 질책하며 이제 곧 열일곱 살이 되는 젊은 황제에게 적당한 황후를 선택해 주어야 할 때가 왔음을 알렸다. 그날 태후는 여름 궁전 뒤에 자리 잡은 산을 좀더 높은 곳에서 바라보기 위해 직접 설계한, 새로운 탑이 완성되는 모습을 지켜보고 있었다. 그러나 그 와중에도 후계자의 혼사를 더 이상 늦춰서는 안 된다는 이연영의 말에 동의했다. 그리고 자신의 친아들인 동치제 때만큼이야 신경 쓸 필요가 없으리라 생각했다. 다만 태후 자신에게 충성할 만한 기질을 가지고 있으며, 알루트처럼 지나치게 남편을 사랑하는 여인만 아니면 되었다.

"나는 그저 평화만을 바랄 뿐이네."

태후가 말했다.

"알루트는 내 아들을 지나치게 사랑했네. 그러니 이번에는 내 조카를 그렇게까지 사랑하지 않을 법한 규수로 추천해 주게나. 나는 더 이상 불화를 견딜 수 없는 나이가 됐네. 이젠 사랑이나 증오 따위의 감정에 괴로워하고 싶지 않아."

태후는 고개를 들어 이연영을 바라보았다. 실로 세월은 속일 수 없는지, 그렇게 말랐던 이연영조차 지나치게 몸이 불어 무릎을 꿇을 때마다 불편해하는 기색이 뚜렷했다. 태후는 그가 규수로서 적당한 처녀를 한 사람씩 추천하는 동안 편히 앉도록 했다. 몸집 큰 환관장은 반색을 하며 지시에 따랐으며 그 와중에도 신경질적인 부채질을 멈추지 않았다. 봄 날씨치고는 기온이 높아 사방에 있는 나무와 관목들은 일찌감치 싹을 틔운 상태였다.

"태후마마, 마마의 동생이신 계상桂祥 대공의 얌전한 따님은 어떠신지요?"

태후는 환관장의 얼굴을 바라보다가 문득 손뼉을 쳤다.

"내가 왜 그 아이를 생각지 못했을꼬?"

그녀가 대답했다.

"그 아이는 궁중의 젊은 처녀들 가운데 단연 최고지. 조용하며 준비성도 철저하고, 겸손하면서도 늘 내게 헌신적이지. 젊은 황제에게 가장 적합한 여인이군. 그래, 옆에 있는지조차 잊을 정도로 조용한 아이이니 말일세!"

"그렇다면 후궁들은 어떻게 할까요?"

이연영이 물었다.

"얼굴이 뛰어나게 예쁜 처녀들의 이름을 호명해 보게."

태후는 성의 없이 대답했고 그 시선은 이미 소나무 위로 보이는 탑을 향해 뻗어나갔다.

"하지만 동시에 멍청해야 한다는 것도 잊지 말게."

그녀가 덧붙였다. 그러자 이연영은 고개를 끄덕이며 입을 열었다.

"남쪽 지방에서 일어난 반역들을 잠재우고 있는 광동성의 총독에게 두 딸이 있습니다. 그의 아비는 충분히 존경받을 만한 인물인 반면 그의 딸들은 하나같이 멍청하옵니다. 그중 한 명은 뛰어나게 아름답고 한 명은 뚱뚱하지요."

"그렇다면 그 둘로 정할 터이니 자네가 포고문을 준비하게."

태후는 여전히 성의 없이 대답했다. 이연영은 끙 하는 신음소리를 내며 몸을 일으키더니 힘에 부치는지 깊은 한숨을 내쉬었다. 태후는 그 모습을 보다가 웃음을 터뜨리고 말았다. 그러자 이연영도 겸연쩍어하며 따라 웃을 수밖에 없었다. 이연영은 허리를 짚으며 다시 말했다.

"마마, 제가 모든 일을 도맡아 처리할 터이니 노불야老佛也께서는 아무 걱정 마시고 대례식 날에만 참석하시면 됩니다."

순간 태후는 루비가 박혀 있는 손톱 덮개를 낀 손가락으로 그를 가리키며 꾸짖었다.

"환관장 네 이놈! 감히 나를 노불야라고 불렀는가!"

"마마!"

이연영은 숨을 헐떡이며 말했다.

"마마, 마마께서 여름에 기우제를 지내시어 비를 내리게 하신 후로 모든 백성들이 마마를 그렇게 부르옵니다."

지난 겨울 하늘은 사파이어처럼 맑았고, 눈 한 송이 내리지 않았다. 그런 날씨는 이듬해 봄까지 이어졌으며 여름에 이르러서도 마찬가지였다. 이에 태후는 기우제를 선포하고 자신을 포함해 황실 전체로 하여금 단식 기도를 행하도록 했다. 그리고 기우제를 시작한 지 사흘째, 드디어 하늘에 먹구름이 끼며 비가 쏟아지기 시작했다. 사람들은 기쁨의 환호성을 지르며 길거리로 뛰쳐나왔고, 축복 받은 단비로 손과 얼굴을 적셨다. 그리고 신의 마음까지 움직인 서태후의 놀라운 힘에 감탄하며 소리쳤다.

"태후께서는 우리의 노불야이시다!"

그 이후로 이연영은 태후를 '늙은 부처' 즉 '노불야'라고 불렀다. 이 말은 상당한 아첨이었고 태후 또한 그것을 알고 있었지만 정녕 듣기 싫은 것은 아니었다. '늙은 부처'라는 말이야말로 백성들이 통치자에게 부여할 수 있는 최고의 칭호가 아닌가! 이는 그녀를 신에 비유하는 말이었기 때문이다. 사실 한동안 태후는 자신이 여자라는 사실까지 잊고 살아왔으며, 이제 쉰다섯 살이 되어 남자도 여자도 아닌 부처가 된 셈이었다. 태후는 웃음을 터뜨리며 말했다.

"그만하고 물러가게. 다음번에는 또 뭐라고 부를 셈인가, 터무니없는 사람 같으니!"

이연영이 사라지자 태후는 여전히 입가에 미소를 머금은 채 자신이 만든 멋진 정원을 이리저리 거닐었다. 반짝거리는 햇살이 태후의 예복 자락 위로 쏟아졌고, 궁녀들은 그녀의 뒤에 조금 떨어져 나비 떼처럼 뒤따랐다.

이윽고 젊은 황제의 결혼식 날이 다가왔으나 며칠 전부터 조짐이 좋지 않았다. 태후는 대례식 장소를 자금성으로 정해놓고 있었다. 그런데 전날 밤 북쪽에서 불어온 거센 바람이 자금성의 거대한 광장을 덮은 바닥재를 뜯어놓고야 말았다. 날씨는 흐리고 어두컴컴했으며, 새벽부터 비가 내리더니 거센 폭풍우가 휘몰아쳤다. 붉은색의 결혼식 초는 쉽게 불이 붙지 않아 애를 먹었고, 음식은 습기를 먹어 눅눅해졌다. 신부가 광장에 들어서자 황제는 고개를 돌려버렸다. 황제가 자신이 간택한 황후를 거부하고 있는 것을 본 태후는 끓어오르는 분노를 삭였다. 또한 황제가 언제든지 자신에게 반항할 수 있다고 생각하자 마음 깊은 곳부터 뿌리 깊은 증오심이 솟구쳤다. 옥좌에 앉아 있는 황제는 키가 크고 창백한 얼굴에 갈대처럼 마른 약골이었다. 얼굴에는 수염조차 없었고, 허약해 보이는 손은 언제나 가늘게 떨리고 있었다.

그러나 이러한 유약한 외모와는 달리 황제는 무척이나 고집이 셌다. 태후는 옥좌를 계승할 사람으로 이런 자를 뽑았다는 사실에 새삼 후회했다. 태후는 언제나 황제의 나약함을 꾸짖었으며, 고집스런 성격을 죽이려고 노력했다. 한편 황제의 냉담한 태도에 놀란 어린 신부는 소리 없이 눈물을 흘렸다. 의식은 계속되었지만 태후는 그다지 관심을 보이지 않는 눈치였다. 그리고 대례식이 끝나자마자 자금성을 떠나 여름 궁전인 이화원頤和園으로 돌아갔다.

서태후는 자신이 쉰여섯 살이 되던 해 1월, 섭정에서 물러나 옥좌를 황제에게 넘겨주겠노라고 다시 한 번 전국에 선포했다. 그리고 약속대로 모든 재산을 가지고 자금성을 떠나 이화원으로 거처를 옮겼다. 태후는 그곳에서 여생을 보내다가 죽음을 맞이할 생각이었다. 그러나 많은 대신과 왕들이 이에 반대를 표했다. 그녀가 최소한의 통치권이라도 장악하기를 바랐던 것이다. 그들은 젊은 황제가 고집스럽고 독단적인 한편, 의지가 약하고 변덕스러우면서도 남의 말에 쉽게 동요하는 위험한 성향을 가졌다는 것을 늘 우려했다.

"황제 폐하께서는 스승인 강유위康有爲*와 양계초梁啓超**에게 너무 휘둘리시는 경향이 있사옵니다."

대신들이 엎드린 채 말했다.

"게다가 황제답지 않으시게 외국 장난감을 지나치게 좋아하십니다."

이번에는 감찰권을 맡은 도찰원의 어사가 입을 열었다.

"젊은 황상께서는 성인이 되어 혼례까지 치르셨는데도 여전히 장난감 기차의 태엽을 감고, 그 안에 작은 불을 피워 선로 위에서 달리게 하십니다. 때때로 이것이 단지 장난에 그치지 않을 것만 같아 걱정입니다. 조상들께서 물려주신 땅에 자칫 이런 외국 철도를 놓으려는 것은 아닌지 두렵습니다."

그러나 서태후는 자신이 신경 써야 할 모든 의무와 근심에서 벗어났다는 여유에 젖어 웃음을 터뜨렸다.

"이제는 모든 일을 대신들과 왕공들이 처리해야 하오. 나는 이제

---

* (1858-1927) 1898년의 개혁운동 지도자로 근대 중국의 사상적 발전에서 중요한 역할을 했다. 청조 말기와 중화민국 초기에 중국의 도덕적 타락과 무분별한 서구화를 막아낼 정신적 지주로서 유교를 널리 전파시킴.
** (1873-1929) 중국의 뛰어난 학자이자 정치가로, 대학자 강유위의 제자. 중국이 일본에게 치욕적인 패배를 당한 뒤, 광서제의 관심을 끌게 되어 백일혁명을 추진하지만 실패로 끝남.

이곳으로 물러나서 쉴 테니 젊은 황제와 함께 그대들이 알아서 하시오."

그러나 대신들은 공친왕과 영록마저 궁중에서 추방당한 상태라 곤란한 상황에 처해 있었다.

"그렇다면 한 가지만 윤허해 주십시오. 만일 젊은 황상께서 저희들의 말에 귀를 기울이지 않으신다면, 그때는 마마를 찾아뵈어도 되겠습니까?"

대신들이 다시금 물었다.

"황상께서 두려워하는 사람은 오직 마마뿐이라는 것을 잘 알고 계시지 않습니까?"

"나는 다른 나라로 떠나는 게 아니라, 단지 조금 떨어져 있을 뿐이오."

태후는 여전히 장난스럽게 말했다.

"나는 환관들과 조신들, 그리고 첩자들을 거느리고 있소. 그대들이 내게 변함없이 충성을 바치는 한 젊은 황상도 그대들의 목을 베지 못할 것이오."

태후는 눈을 반짝이며 여전히 젊고 붉은 입술을 장난스럽게 살짝 치켜 올렸다. 그들은 태후의 여유로운 모습에 마음의 평정을 되찾을 수 있었다. 그 후 몇 해 동안 태후는 첩자들을 궁궐 곳곳에 두고 비밀리에 권력을 유지했다. 그러던 중 그녀는 젊은 황제가 평범한 외모의 황후는 거들떠보지도 않은 채 후궁인 진비珍妃와 근비瑾妃만을 총애한다는 얘기를 들었다.

"두 후궁은 어리석으니, 염려하실 필요는 없습니다."

이연영은 매일같이 태후에게 소문을 전했다.

"그들은 황제를 타락시키겠지. 그러나 어차피 나는 황제, 아니 그 어떤 남자에게도 희망을 걸지 않는다네."

짐짓 무심하게 말했지만 순간 그녀의 커다란 눈은 쓸쓸하게 빛을 잃었다.

"다 그런 게지……."

태후는 일어나 고개를 돌렸고, 이연영은 쓸쓸한 듯 입맛을 다실 뿐 아무 말이 없었다.

그 즈음 그녀는 국정에 관심이 없는 듯한 태도와는 달리 실제로는 그 어떤 통치자보다 빈틈없이 명령을 내리고 있었다. 그녀는 자신의 가문인 예흐나라 집안의 왕들이 순친왕의 직위를 높여 달라는 상주문을 올렸으나 이를 거절했다. 젊은 황제가 부친의 직위를 높여 효심을 보이려 한다는 것을 눈치 챘기 때문이다.

아무리 옥좌에서 물러났지만 황실 내 서열은 어디까지나 태후를 통해 이루어졌다. 광서제는 태후가 입양한 양아들이었고 그녀는 황실의 어른이 아닌가. 태후는 순친왕의 마음을 상하지 않게 하기 위해 순친왕의 변함없는 충절을 칭찬하는 한편, 그는 매우 겸손하기 때문에 결코 그런 명예를 받아들이지 않을 것이라는 식의 점잖은 거절의 표현을 썼다. 그것은 매우 오래 전 여동생의 남편으로 자신이 직접 그를 선택했다는 인연을 염두에 둔 것이었다. 태후는 칙령에 다음과 같이 적었다.

> 그간 순친왕에게 특별한 명예를 부여하려고 할 때마다 그는 항상 눈물을 글썽이며 이를 거절했다. 나는 이미 오래 전부터 그에게 황실의 지위를 나타내는 노란 비단 장막의 가마를 탈 수 있도록 허락했지만, 그는 이것을 단 한 번도 타지 않았다. 이는 순친왕의 충성심과 겸손함을 만백성에게 입증하는 것이리라.

그런데 불행히도 이 칙령이 선포된 지 얼마 되지 않아 덕망과 충심으로 존경받았던 순친왕이 치명적인 병에 걸리고 말았다. 그러나 태후는 안락한 생활에 푹 빠져 궁정의 일에는 무관심한 태도를 보였으며 심지어 그가 병에 걸렸다는 소식을 듣고도 찾아가 보지 않았다. 이를 보다 못한 감찰어사들이 태후를 찾아가 그녀의 의무를 상기시켜 주었지만 태후는 오히려 화를 내면서 자신의 일은 자신이 알아서 할 것이니 맡은 일이나 충실히 하라고 꾸짖었다. 그러나 얼마 지나지 않아 결국 이 조언을 받아들인 태후는 순친왕이 다음 해 여름에 숨을 거둘 때까지 꾸준히 방문해 위로를 건넸다. 그리고 순친왕의 죽음을 기리는 칙령에서, 내무부서 총관대신과 해군 대장, 그리고 만주군 야전 사령관으로서의 임무를 훌륭하게 완수한 그의 성실함에 대해 칭찬을 아끼지 않았다. 또한 그녀는 순친왕의 장례식을 위한 세부적인 사항까지 직접 점검하는가 하면 죽은 이의 영혼을 달래주는 불경이 수놓아진 신성한 이불을 직접 하사해 그의 시신을 덮도록 했다. 그리고 그의 시신이 매장된 뒤에는 그를 기리는 뜻에서 그가 살던 궁 한쪽을 그의 가문이 대대로 물려받을 수 있는 조상들의 전당으로 삼았다. 또한 지금의 황제가 태어난 곳이자 오래 전 태후가 어린 그를 비밀리에 급히 찾아갔던 방은 황실의 사당으로 만들겠다고 선포했다.

세월이 흘러 어느덧 태후는 환갑을 맞이했다.

그녀는 아름다움에 대한 동경과 말년을 평화롭게 보내고 싶다는 열망에 젖어 더 없는 열성으로 이화원을 완성했다. 조정의 각 부서는 태후의 지시에 따라 이화원 건립을 위해 많은 보물을 바쳤으며 이는 황제조차도 감히 제지할 수 없는 과업이었다. 그리고 모든 공사가 끝나자 태후는 갑자기 하얀 대리석으로 된 커다란 배를 만들어야겠다고 고집을 부렸다. 그리고 그 배를 호수 한가운데에 세워 대리석 다리처럼 육지와 연결하겠다는 계획을 꺼내놓았다. 황제는 태후의 전갈을 받아들고 한숨을 내쉬며 고개를 저었다. 그렇다면 또 이 비용은 어디서 충당해야 한단 말인가!

황제로서는 더 이상 태후의 행동을 보고만 있을 수 없었다. 그래서 그는 난생 처음으로 아주 조심스럽고 효심이 가득한 문구를 사용해 이번 일에 대한 의구심을 나타내는 전갈을 보냈다. 그러나 이를 받아 본 서태후는 비단으로 된 서신을 갈기갈기 찢으며 노발대발했다. 그런 다음 그것을 머리 위로 던져 버리더니, 조각들이 바닥에 떨어지기 무섭게 환관을 시켜 부엌 아궁이에 태워 버리라고 명했다.

"내 게으른 조카는 어디서 돈을 구해야 하는지를 잘 알고 있으면서도 움직이기가 싫은 게야!"

이처럼 태후는 지긋한 나이에도 불구하고 자신의 요구 사항이 거절되거나 명령이 지연되면 어린아이처럼 제멋대로 소리를 지르며 화를 냈다. 사람들은 그녀의 이런 모습을 볼 때마다 깜짝 놀랐고, 그럴 때 태후를 진정시킬 수 있는 사람은 오직 이연영뿐이었다.

"그렇다면 어디에 돈이 있는지 말씀해 주십시오, 태후마마."

그는 천식으로 인해 거칠게 숨을 몰아쉬며 말했다.

"어디 있는지 말씀만 하시면 당장 가져오겠습니다."

"이런 멍청한 것들, 해군 국고에 엄청나게 많은 돈이 쌓여 있는 걸 왜 모른단 말이야!"

실제로 해군 국고에는 은화 수백 만 냥이 고스란히 쌓여 있었다. 그러나 이 돈은 구식 전함을 대포가 장착되어 있는 철제 전함으로 바꾸기 위한 군자금이었다.

일전에 동쪽 섬나라에 사는 일본인들이 중국 해변을 위협한 일이 있었다. 당시 일본인들은 본래 섬나라 사람들인 덕에 배를 잘 다루고 해전에 능했다. 반면 중국인들은 대륙인이었고, 고작해야 낚시꾼이나 무역 상인들이 타는 낡고 무거운 정크(중국의 세대박이 평저선)를 몰 뿐이었다. 그리고 그마저도 해안을 오르내리는 데 쓰였을 뿐이다. 일본인들은 어느새 서양의 철제 기선을 만드는 법을 익혀 갑판에 대포를 설치한 상태였다. 이에 위기감을 느낀 사람들 중 양식 있는 자들이 전국에서 돈을 모아 통치자에게 바쳤고, 현재 해군 국고에 있는 돈은 바로 그 기부금을 모아둔 것이었다.

"어째서 우리가 왜인들을 겁내야 하는 거지?"

서태후는 일본인들을 경멸하듯 얼굴을 찡그리며 말했다.

"그들은 고작해야 해변을 공격할 수 있을 뿐이네. 내 백성들은 결코 왜인들이 내륙에 발을 들여놓지 못하게 할 것 아닌가. 그러니 서양의 배를 만드는 데 돈을 쓰는 건 어리석은 짓이야. 서양의 배는 내 조카가 어렸을 때 좋아하던 장난감만큼이나 쓸모없는 것이지. 아, 소문에 의하면 황제는 아직도 그걸 가지고 논다던데, 설마 그럴 리가."

태후는 문득 입가에 삐죽거리는 미소를 지었다.

"감히 장담하건대, 황상은 그 배들을 장난감처럼 갖고 놀고 싶어 하는 게야. 이번에는 그것을 바다에 띄운다는 점이 다를 뿐이지. 한마디로 그건 황실 재산을 낭비하는 일이네."

이처럼 태후가 고집을 꺾지 않자, 황제는 스승들의 조언을 무시한 채 어쩔 수 없이 대리석 배를 만들어도 좋다고 승낙하고 말았다. 그녀는 몹시 기뻐하며 배 위에서 열게 될 환갑잔치를 계획했고 그해 음력 10월에 모든 준비를 갖추었다. 그녀는 30일간 축제를 열도록 지시하고, 자신의 생일을 나라 전체의 휴일로 정했다. 또한 이날, 태후에게 충성을 바친 사람들에게는 많은 상과 명예가 주어졌다. 이는 엄청난 행사였으므로 관리들은 그 경비를 충당하기 위해 각각 연봉의 4분의 1을 바칠 수밖에 없었다. 또한 태후는 생일 이전에 어떤 선물이라도 받을 준비가 되어 있다고 선포했다.

한편 태후는 남몰래 자신만을 위한 일도 준비하고 있었다. 영록이 추방당한 이후로, 태후는 그의 얼굴을 한 번도 보지 못했다. 그러는 동안 이상한 변화가 일어났다. 얼마 전, 영록과 염문 관계였던 후궁이 황천길로 떠나자 영록에 대한 분노도 사라져 버린 것이다.

그녀는 더 이상 사랑하는 사람에게 벌을 내려 스스로를 괴롭힐 이유가 없다고 단정했다. 그리고 이제 연인을 찾을 나이는 지났으니 다만 일가친척으로라도 다시 그의 얼굴을 마주 대하고 싶어졌다. 마침내 그녀는 빈틈없이 지켜오던 이성에 감정의 씨앗을 심었다. 태후는 마음 한 구석에 남아 있던 희미한 불씨를 휘저어 다시 불꽃을 되살렸고, 이제부터라도 그와 마주 앉아 서로의 얼굴을 바라보며 지난날의 어리석음을 잊은 채 앞날에 대한 이야기를 나눌 수 있으리라는 생각에 한없는 기쁨을 느꼈다. 그녀는 어느새 환갑이었고 영록 또한 이미 환갑을 넘었으리라. 태후는 곧바로 그에게 편지를 썼다.

"나는 이것을 칙령이라 부르지 않겠소."

태후는 섬세하지만 확고한 필체로 편지를 써 내려갔다.

> 이것은 그저 문안 인사이자 초대장이오. 나는 우리가 편안한 마음과 현명한 정신으로 재회할 수 있기를 기대하오. 그리고 내 환갑잔치가 거행되기 전에 와 주었으면 하오. 궁중 사람들과 어울리기 전에 잠시나마 함께 시간을 보내기로 합시다.

태후는 편지 마지막에, 환갑 전날 오후 자신의 서재에서 만나자는 뜻을 밝혔다. 그리고 유난히 환관들을 싫어하는 영록의 성격을 알고 있었으므로, 투르케스탄에서 새로 수입해 온 옥을 점검하라는 명목으로 이연영을 미리 내보냈다.

 마침내 그날이 왔다. 오후 내내 쾌청한 날씨가 지속되었다. 실로 늦가을에 접어들어 바람 한 점 없는 따뜻한 날씨였다. 궁전 정원에 쏟아지는 햇빛은 철늦은 수천 송이의 국화꽃 위에서 하염없이 반짝였다. 궁중 정원사들이 태후의 환갑잔치를 대비해 봉오리를 잘 간직해 둔 덕에 음력 10월인데도 불구하고 국화꽃들은 한창인 듯 만발해 있었다. 태후는 푸른 봉황이 수놓아진 노란 공단 예복을 입고 두 손을 조용히 무릎에 올려놓은 채 자신의 서재에 앉아 있었다.

 오후 세 시 무렵, 태후는 뚜벅뚜벅하는 건장한 발자국 소리를 들었다. 궁녀들이 문을 활짝 열자 복도 너머로 영록의 모습이 훤히 들어왔다. 심장은 제멋대로 고동쳤고 그녀는 자신도 모르게 그의 모습에서 한 치도 시선을 떼지 못하고 있었다.

 "부디 진정하라. 이 어리석은 늙은이······."

 태후는 마른 입술을 축이며 혼잣말로 중얼거렸다. 그리고 영록의 모습이 가까이 드러났을 때, 여전히 모든 남자들을 통틀어 가장 잘생긴 남자의 모습을 선명하게 볼 수 있었다.

 영록은 짙푸른 공단 예복을 차려입고 엄숙하게 서 있었다. 그는 가슴에 진홍색 옥 장식을 단 채 손에도 옥으로 된 왕의 홀(제왕의 상징)을 쥐고 있었다. 순간 태후는 그 홀이 마치 두 사람의 관계가 주군과 신하라는 것을 명확하게 상징하는 것처럼 느껴져 숨이 막혔다. 태후는 그가 자신 앞에 설 때까지 움직이지 않았고 마침내 그와 시선이 마주쳤다. 영록은 예전에도 그랬듯 경의를 표하기 위해 무릎을 꿇으려 했다. 그러나 태후는 오른손을 들어 그를 제지한 뒤 근처에 있는 두 개의 의자를 가리켰다. 태후는 옥좌에서 내려와 그의 소매를 엄지와 집게손가락으로 살짝 잡고는 의자가 있는 곳으로 인도해 함께 앉았다.

"홀을 내려놓으세요."

그녀가 다소 권위적으로 말했다. 영록은 순순히 홀을 두 사람 사이에 있는 작은 탁자 위에 올려놓고 잠자코 태후의 말을 기다렸다.

"어떻게 지냈나요?"

태후는 다정한 눈길로 그를 바라보았다. 그녀의 반짝이는 눈동자는 어느덧 한없이 부드러워져 있었다.

"태후마마."

그가 말문을 열었다.

"나를 태후라고 부르지 마세요."

그녀의 말에 영록은 고개를 숙여 인사하고는 말을 이었다.

"어떻게 지내셨는지는 오히려 제가 묻고 싶습니다. 하지만 저는 당신을 보면서 깨달았습니다. 당신은 하나도 변하지 않았군요. 지난 세월 동안 마음에 담아 왔던 바로 그 얼굴 그대로입니다."

두 사람 중 누구도 지난 일은 언급하지 않았다. 이렇게 행복한 순간, 이제 와서 과거사를 이야기할 필요가 있겠는가. 이 순간 사랑하는 두 영혼 사이에는 그 무엇도 끼어들 수 없었고, 그 가슴속에는 자신들 이외에 어떤 것도 존재하지 않았다. 태후는 꾸밈없는 눈길로 영록을 바라보면서, 아직도 그를 사랑하고 있음을 느꼈다. 그야말로 서로의 몸과 마음을 소유할 수 있었던 유일한 사람이 아닌가. 더 이상 열망이나 위안, 편안한 사랑을 바라는 것이 아닌데도 불구하고 여전히 그를 사랑하고 있다는 사실은 태후의 가슴속에 잔잔한 감동을 자아냈다. 그녀는 한숨을 내쉬며 따뜻한 행복감이 온몸으로 퍼지는 것을 느꼈다.

"어째서 한숨을 쉬십니까?"

영록이 물었다.

"그대를 만나면 할 말이 아주 많을 거라고 생각했어요. 하지만 얼굴을 보는 순간, 이미 그대가 다 알고 있다는 느낌을 받았습니다."

"마마 또한 저에 대한 모든 것을 알고 계실 겁니다. 저는 우리가 서로를 처음 알게 된 이후로 한순간도 변하지 않았습니다."

태후는 다만 그를 바라보았을 뿐 그 말에 대답하지는 않았다. 그것으로도 이미 모든 이야기를 주고받은 셈이었다. 더군다나 사방에서 엿듣는 귀가 늘 많았으므로, 두 사람은 침묵을 지키는 것이 습관처럼 되어 있었다. 두 사람은 잠시 동안 꼼짝도 하지 않고 조용히 앉아 서로의 영혼이 교감하는 것을 느꼈다. 이윽고 그녀가 겸손하고 다정한 목소리로 물었다.

"내게 조언해 줄 것은 없습니까? 여러 해 동안 나는 그대가 없어 진심어린 조언을 듣지 못했소."

영록은 고개를 저으며 대답했다.

"아닙니다. 마마께서는 훌륭하게 해내고 계십니다."

하지만 태후는 그가 일부러 입을 다물고 있음을 짐작할 수 있었다.

"자, 그 동안 그대와 나는 서로에게 진실을 말하지 않았던 것 같소. 그러니 내가 저지른 일 중 수긍할 수 없었던 부분을 말씀해 주세요."

"진실로 아무것도 없습니다."

그가 말했다.

"전 마마의 생신을 망치고 싶지 않습니다. 마마의 백성 중에 가장 미천한 자들까지도 마마의 환갑을 즐기는데, 당사자이신 마마께서 즐기시지 못한다는 것은 사리에 맞지 않사옵니다."

태후는 그의 말을 주의 깊게 들으며 잠시 생각에 잠겼다. 단지 환갑을 망치고 싶지 않아서란 말인가?

"자, 진심을 말해보시오. 나는 그 누구보다도 그대의 판단을 믿소."

그러자 영록은 주춤대며 고개를 들었다. 태후는 다시 한 번 영록에게 고개를 끄덕여 자신의 뜻을 전달했다. 영록은 마지못해 입을 열면서도 여전히 따뜻한 눈길로 그녀를 응시했다.

"지난 여름 일본이 약소국 조선을 침략했습니다. 만일 그들이 우리의 군대마저 격퇴시킨다면, 이는 제국에 엄청난 재앙이 될 것이며, 마마 또한 편히 지내시지 못할 것입니다."

순간 태후는 눈을 아래로 떨구고는 꼼짝도 하지 않은 채 한동안 생각에 잠겼다. 그러고는 천천히 일어나 옥좌로 돌아가 앉았다. 영록 역시 자리에서 일어나 태후가 옥좌에 앉을 때까지 기다렸다가 앞으로 다가가 무릎을 꿇고 경의를 표했다. 이번에는 태후도 그를 제지하지 않았다. 그리고 엎드려 있는 영록의 넓고 탄탄한 등을 내려다보며 말했다.

"나도 그런 재앙이 다가오고 있다는 것을 짐작하고 있었소. 하지만 어디에 도움을 청해야 할지 알 수가 없군요. 가끔 나는 어두운 밤에 일어나 멀리 있는 미래를 내다보곤 하오. 그런데 바로 눈앞에, 손이 닿을 듯한 그곳에 어렴풋한 먹구름이 끼어있는 것을 보았소. 대체 이 제국에 무슨 일이 일어나려는 건지 두렵소. 그래서 환갑잔치를 끝낸 후 흠천감을 불러 점점 다가오는 이 불길하고 이상한 느낌이 무엇인지 알아보려던 참이었소."

그러자 영록이 단호한 목소리로 말했다.

"흠천감을 부르는 것보다는 위험에 대처할 준비를 하셔야 합니다."

"그렇다면 그대가 여기 북경에 있는 군대의 지휘를 맡아주시오. 내 곁에 남아 예전에 그랬던 것처럼 나를 지켜주시오. 나는 오래 전 그대가 열하 근처의 야산에 버려진 내 천막을 찾아 왔던 일을 잊지 않고 있소. 그대의 검이 그날 밤 나와 아들의 목숨을 살려주었지요."

그 순간 서늘하면서도 격렬한 갈망이 태후의 가슴을 엄습해 왔다. 태후는 입안에서 맴도는 말을 차마 입 밖으로 꺼낼 수 없었.

'당신이 구해 준 아이는 바로 우리의 아들이었어요.'

그녀가 하고 싶은 말은 그 한 마디였지만 결코 입 밖에 낼 수 없었다. 게다가 그 아들은 이미 죽어 황제라는 이름으로, 그리고 선대 황제의 아들이라는 이름으로 차가운 바닥에 묻혀 있었다. 태후는 슬픔을 억누르고 다시 평온함을 되찾으려 했다.

"그 임무를 맡겠습니다."

영록은 확고하게 대답한 뒤 자리에서 일어났다. 그리곤 왕의 홀을 양손으로 꽉 쥔 채 자리를 떠났다.

일본의 갑작스런 침략으로 서태후의 환갑잔치는 이루어지지 못했다. 백성들은 자금성에서 이화원까지 이어지는 길에 승리의 개선문을 건설하기 위해 많은 돈을 바쳤고, 새로이 세워진 높은 제단 위에서는 유명한 절의 주지들이 불경을 외우도록 되어 있었다. 실로 전국에 있는 모든 성과 외곽 지역의 백성들이 근 한 달간 자신들의 군주의 고귀한 탄생일을 위해 많은 준비를 한 것이다. 그러나 그날이 오기도 전에 일본인들이 쳐들어와 청의 함대를 습격한 뒤 격퇴시켜 버렸고, 얼마 후에는 약소국 조선이 일본인들의 침략을 제지해 달라는 도움을 청해왔다. 만일 청나라가 아무 도움도 주지 못할 경우 조선인들은 나라를 잃게 될 운명에 놓여 있었다.

서태후는 환갑이 며칠 남지 않은 시점, 매 시간마다 재난에 대한 보고가 들어오자 심란해졌다. 사실 그녀는 자신의 잘못을 알고 있었다. 그녀가 이화원을 건설하는 데 황실의 해군 국고를 지나치게 많이 사용한 나머지 적들을 물리칠 수 있는 군함을 만들지 못했던 것이다. 그러나 그녀는 통치력을 유지하기 위해서라도 그 잘못을 인정할 수가 없었다. 왕권은 신성불가침한 최고의 권위를 유지해야 했기 때문이다. 대신 태후는 적들에 대한 거센 분노를 통해 스스로의 각오를 다졌다.

먼저 그녀는 다급한 사태가 벌어지면 늘 그랬듯, 이번에도 식음을 전폐하고 뜬눈으로 밤을 지새웠다. 태후는 궁궐 안을 돌아다니며 하루 종일 단식을 했고 그처럼 좋아하던 꽃과 애완동물, 새소리에도 눈길을 주지 않았다. 또한 책을 덮고 극장을 폐쇄했다. 그녀는 거대한 서재와 복도를 걸어 다니며 항상 이마를 찌푸리고 있었다. 자금성 전체에는 태후에 관한 소문이 불길처럼 번졌다. 몹시 화가 난 태후의 분노가 언제 어떻게 폭발할지 모른다는 소문이었다.

이런 동요 속에서 서태후는 이 책임을 누구에게 전가해야 할지 냉정하게 생각하기 시작했다. 물론 거기에 자기 자신은 포함시키지 않고 있었다. 그녀는 평소 가장 신뢰했던 이홍장에게 일단 화를 풀어야겠다고 결심했다. 그는 자신의 꾸지람의 의미를 잘 알 것이며, 책임을 떠넘기려는 두 사람 중 서열이 낮은 쪽이었기 때문이다. 태후는 환관을 시켜 그에게 출두 명령을 내린 뒤, 지정된 시간에 자신의 접견실에서 기다렸다. 그리고는 모든 문을 열어 두어 화내는 소리가 밖으로 퍼져 방방곡곡에 알려지도록 했다.

"네 이놈!"

서태후는 자신 앞에 서 있는 건장한 체구의 이홍장에게 소리쳤다. 그녀는 차마 집게손가락으로 경멸하듯 가리키지는 못한 채, 두 손가락을 이홍장에게로 향했다.

"네가 감히 우리의 군함을 잃었겠다! 그 뛰어난 수송선 코우싱 호 마저 잃었단 말이지! 이제 코우싱 호는 바다 밑바닥 어딘가에 가라앉아 있을 게다. 이를 보상할 수 있는 돈을 어디서 구한단 말이냐? 네 어리석음으로 인해 지금 이 나라가 어떤 손실을 입었는지 보란 말이다!"

이홍장은 이러한 상황에서는 침묵을 지키는 게 최선이라는 사실을 알고 있었다. 그는 무릎을 꿇은 채 화려한 관복을 바닥에 늘어뜨리고 아무 말도 하지 않았다. 태후 역시 그가 침묵을 지키리라는 것을 알고 서둘러 다시 분노를 터뜨렸다.

"네 이놈!"

태후는 또다시 저주를 퍼붓듯 화풀이를 했다.

"지난 몇 년 동안 도대체 어디다 정신을 판 게냐! 나라의 안녕에 대해서는 까맣게 잊어버린 모양이구나! 지금 우리의 강줄기를 따라 떠다니고 있는 저 증기선과 네가 건설하고 있는 외국 철도에만 정신이 팔렸겠지. 하지만 너도, 내가 서양 물건들을 얼마나 싫어하는지 잘 알 것이다. 상해에 서양의 방앗간을 지었다는 소문도 들리던데, 결국 네가 한몫 단단히 챙겼겠군! 황제를 제대로 섬기려면 온 정성과 시간을 들여야 한다는 것을 정녕 모르느냐! 네 어찌 감히 자신의 이익만 생각한단 말이냐?"

태후는 작은 두 손가락을 뻗은 채 대답을 기다렸지만, 그는 여전히 아무 말도 하지 않았다. 태후는 또다시 그의 머리 위로 삿대질을 했다.

"지난 10년 동안 네 탐욕과 이기심 때문에 얼마나 많은 손실이 있었느냐! 일전에 프랑스군이 안남을 강탈하고 대만을 침략했는데도 눈 하나 깜짝하지 않았지. 이번에는 일본이 조선을, 우리 제국을 침략하기 위한 거점으로 삼았다. 이처럼 외국인들이 우리를 넘보는 것은 우리의 육군과 해군이 약하기 때문이다. 그렇다면 군대가 나약한 것은 누구의 잘못이겠느냐? 바로 네 탓이다! 이 비겁한 역적 같으니! 내 지난날의 공적을 감안해 너를 파면하지는 않으리라. 대신 너는 그 동안 하지 못했던 일들을 반드시 이루어야만 한다. 그리고 앞으로는 어떠한 영광도 누리지 못할 것이다. 너는 노예처럼 쉬지 않고 일해야 하며, 제대로 하지 못했을 경우에는 또한 노예처럼 벌을 받게 될 것이다."

태후는 손을 내리고 여러 번 숨을 크게 들이마셨다.

"일어나라. 이제 그대의 임무를 다하라. 어떤 수단을 동원하든 그대가 벌인 일을 바로잡도록 하라. 우리는 반드시 평화를 누려야만 한다. 그대라면 기필코 이 나라를 구할 수 있을 것이다."

이홍장은 자리에서 일어나 무릎에 묻은 먼지를 털어 내고는 뒷걸음질로 물러났다. 서태후는 고개를 숙인 채 걸어 나가는 그의 얼굴에서 인내와 끈기를 발견할 수 있었다. 이홍장은 여러 번 태후의 목숨을 구해주었고 늘 명령에 복종했으며, 태후 역시 그의 충성심을 익히 알고 있었다. 따라서 때가 되면 다시 그에게 관대한 모습을 보일 것이다. 그러나 오늘만은 그럴 수 없었다. 태후는 누구에게도 인정을 베풀지 않기로 결심한 상태였고, 분노를 터뜨려야 할 사람이 아직 한 사람 남아 있었다. 다음날 그녀는 친필로 문서를 써서 황실의 옥새를 찍은 뒤 황제에게 출두 명령을 내렸다.

그런데 태후가 황제에게 문서를 보낸 바로 그날, 한 가지 소동으로 이화원이 발칵 뒤집혔다. 저녁 무렵 서태후는 난초 정자에서 휴식을 취하고 있었다. 그때 궁녀 하나가 머리를 온통 헝클어뜨린 채 예복을 휘날리며 둥근 대리석 문으로 뛰어 들어왔다. 태후는 마침 잠이 들어 있었고, 그 옆에서 무릎 꿇고 앉아 부채질을 하고 있던 시녀가 입술에 손을 대고 조용히 하라는 시늉을 했다. 그러나 궁녀는 너무 겁에 질려 있는 상태라 곧장 높고 날카로운 목소리로 소리쳤다.

"태후마마, 이, 이상한 사람이 나타났습니다!"

태후는 언제나처럼 즉시 잠에서 깨어났다. 그리고는 긴 의자에 똑바로 앉아 꿰뚫는 듯한 눈초리로 궁녀를 바라보았다.

"이상한 사람이라니?"

"승려처럼 머리를 민 남자가……."

궁녀는 말을 잇지 못한 채 겁에 질린 듯 울기 시작했다.

"그래? 승려였나 보구나."

태후가 대수롭지 않게 대답했다.

"아니옵니다, 태후마마."

궁녀가 호흡을 가다듬으며 말을 이었다.

"단지 승려처럼 머리칼이 없을 뿐, 승려는 아니었사옵니다. 어쩌면 티베트의 승려인지도 모르겠습니다. 그런데 그는 노란 승복이 아니라 머리부터 발끝까지 온통 까만 옷을 차려입고, 키가 무시무시하게 컸습니다. 게다가 그 무지막지한 손은 어떻고요! 태후마마, 지금 모든 성문은 굳게 잠겨 있고 환관을 제외한 남자는 성 안에 들어올 수 없습니다. 그렇다면 그자는 어디서 나타났단 말입니까?"

태후는 무심코 하늘을 올려다봤다. 해는 이미 저물어 정자 앞에 꾸며진 정원에는 붉은 노을이 쏟아지고 있었다.

'그렇지, 어떤 남자도 지금 이화원 안에 있어서는 안 되지.'

"네가 꿈을 꾸고 있는 게 아니냐. 환관들이 성벽을 감시하고 있어 아무도 들어올 수 없다는 걸 너도 알고 있지 않느냐."

"하지만 제가 그 사람을 봤습니다. 분명히 봤습니다!"

궁녀는 고개를 저으며 소리쳤다.

"그렇다면 내가 직접 그자를 찾아보도록 하마."

태후가 그녀를 안심시키듯 말했다. 그리고 시녀로 하여금 이연영을 부르고, 올 때 환관 스무 명을 함께 데려오라는 지시도 덧붙였다. 곧이어 등불을 켜고 손에 검을 든 환관들이 도착해 태후를 둘러싸고 궁 안을 수색하기 시작했다. 그러나 결국 아무도 찾지 못했다.

"어리석었군."

태후가 소리쳤다.

"저 아이는 악몽을 꾸었거나 술에 취해 주정을 부린 게야. 환관장 자네는 다른 환관들이 수색을 끝마치는 동안 나를 위해 등불이나 좀 비춰 주게."

이연영이 앞서 등불을 비추는 가운데 두 사람은 다시 발길을 돌려 서재로 돌아왔다. 그리고 문턱을 넘어서면서 고개를 드는 순간, 책상 위에 놓여진 빨간 쪽지를 발견했다. 쪽지에는 굵고 힘 있는 필체로 다음과 같이 씌어 있었다.

　　　　당신의 목숨은 내 수중에 있다.

그녀는 다시 한 번 내용을 확인한 후 이연영에게 소리쳤다.

"필시 그자가 궁 안에 숨어 있구나! 틀림없이 자객이니라! 다시 수색하도록 하라!"

이연영이 서둘러 떠나자 궁녀들이 태후 주변으로 몰려들었고, 저마다 한 마디씩 거들어 태후를 위로했다.

"태후마마, 안심하소서. 환관들이 그를 찾아낼 것이옵니다."

궁녀들은 이제 모든 사람들이 그 대머리 남자가 환상이 아님을 알았으니 금방 찾을 수 있을 거라고 거들었다. 궁녀들은 초를 밝힌 뒤 태후를 침실로 인도했고, 자신들이 밤새 그 곁을 지키겠노라고 말했다. 그러나 그들은 침실에 들어서자마자 태후의 노란 공단 베개 위에서 또 다른 빨간 쪽지를 발견했다. 거기에는 조금 전과 똑같은 필체로 다음과 같이 씌어 있었다.

> 때가 되면 나는 검을 들 것이다. 깨어 있든 자고 있든
> 당신은 죽을 것이다.

궁녀들은 겁에 질렸지만 태후는 오히려 분노할 따름이었다. 그녀는 빨간 종이를 분풀이하듯 구겨 바닥으로 집어던졌다. 그리곤 웃음을 터뜨리며 검은 눈동자를 반짝였다.
"모두 조용히 하라."
태후가 지시했다.
"어떤 작자인지는 모르겠으나 필시 사람 놀리기를 좋아하는 광대로구나. 이제 모두 가서 잠을 자도록 해라. 나도 잠자리에 들어야겠다."
그러자 궁녀들은 입을 모아 말했다.
"마마, 저희는 마마 곁을 떠나지 않겠습니다."
태후는 미소를 지으며 고개를 끄덕이곤 궁녀들이 잠옷을 쉽게 갈아입힐 수 있도록 차분히 몸을 내맡긴 다음, 곧은 자세로 침상에 누웠다. 이어 궁녀 여섯 명이 태후를 보호하기 위해 침상 아래쪽에 보료를 깔고 누웠고 나머지는 일단 각자의 침실로 돌아갔다. 자정이 되면 다시 여섯 명이 교대로 나와 태후를 지킬 것이었다. 한편 이연영 역시 검으로 무장한 환관들과 함께 태후의 침실 주위에서 밤을 지새웠다.
태후는 다음 날 새벽, 잠에서 깨어 상쾌하게 기지개를 켰다. 그

녀는 미소를 지으며 대머리 남자로 인해 오히려 기분이 좋아졌다는 말을 꺼내 궁녀들을 놀라게 했다.

"이제야 생기가 도는 것 같군."

태후는 말했다.

"그 동안 이화원의 아름다움에 정신이 빼앗겨 너무 나태했던 게지."

그녀는 몸을 씻고 옷을 갈아입은 다음, 싱싱한 꽃으로 머리를 장식했다. 그리고는 침실을 나서기 전에 주위를 둘러보다가 접시 위에 놓여진 또 다른 빨간 쪽지를 발견했다. 거기에는 지난번과 똑같은 필체로 이렇게 적혀 있었다.

당신이 자는 동안 지켜보고 있었다.

궁녀들이 또다시 비명을 질렀고, 몇몇 이들은 겁에 질려 큰 소리로 울기 시작했다. 그러자 시녀들이 들어와 울고 있는 궁녀들의 뺨을 때렸다.

"이 바보 같은 계집들! 이렇게 허술하게 굴다니!"

"방금 그 접시를 내왔지만, 분명 아무도 들어오는 것을 보지 못했습니다."

궁녀들은 여전히 울먹이며 말했다.

"그자를 꼭 찾게 될 것이다."

태후는 소동에는 아랑곳없이 낮게 중얼거린 뒤 다시금 종이 쪽지를 구겨 던졌다. 그리고 음식에 독이 있을지도 모른다고 호들갑을 떠는 궁녀들을 무시한 채 평소대로 식사를 했고, 역시 독에 쓰러지는 일 따위는 일어나지 않았다. 그날 하루 종일 수색이 진행되었으나 누구도 자객을 보지 못했고, 다만 협박하는 내용을 담은 네 장의 빨간 쪽지를 여기저기서 발견했을 뿐이다.

수색은 두 달 밤낮 동안 계속되었다. 머리에서 발끝까지 검게 차린 대머리 남자는 간혹 몇몇의 환관과 궁녀들의 눈앞에 나타나기도 했다. 자객을 본 어떤 궁녀는 신경이 쇠약해져 몸져눕기도 했다. 그녀의 말에 의하면, 아침에 깨어 눈을 떴는데 대머리의 남자가 자신을 응시하고 있더라는 것이다. 그 자는 마치 천장에 매달려 있는 것처럼 거꾸로 서 있었고, 그녀가 소리를 지르자 다시 위로 사라졌다는 것이다. 하지만 태후는 조금도 두려워하지 않는 기색이었다. 그 후로도 환관들은 밤낮으로 태후의 주변을 지켰고, 이 소문은 태후의 지시에 의해 이화원 밖으로 퍼져 나가는 것이 절대 금지되었다. 그럴 경우 북경 전체가 혼란에 빠질 수 있으며, 그렇게 되면 혼란을 틈타 몇몇의 악한들이 소요를 일으킬 수도 있었기 때문이다.

그리고 어느 날 밤, 태후는 여느 때처럼 침실에서 잠이 들었고 환관들은 침실과 정원 주위에서 경계를 서고 있었다. 그리고 자정과 새벽 사이의 조용한 시간, 문이 삐걱거리는 소리가 들렸다. 이연영이 즉시 쳐다보니 희미한 달빛이 쏟아지는 가운데 좁은 틈 사이로 까만 발과 다리가 보였다. 환관들은 즉시 모여들어 이 정체불명의 남자를 뒤쫓았다. 그는 재빠르게 도망쳤지만 사방에 환관들이 대기하고 있었으므로 결국 정원에 있는 커다란 바위 뒤에서 붙잡히고 말았다. 그 바위는 태후가 정원을 꾸미기 위해 먼 지방에서 가져온 것이었다.

태후는 환관들의 고함소리에 잠이 깨어 서둘러 침상에서 일어났다. 그녀는 환관들이 자객을 잡았다는 것을 눈치 채곤 차분히 그와 대면할 준비를 했다. 일전에 태후는 자객을 잡을 경우 그 즉시 자신에게 대령시키라고 명해둔 터였다.

태후는 옷을 갈아입고 머리장식까지 꽂은 뒤 자신의 접견실에 있는 옥좌에 앉았다. 이윽고 환관들이 그 자를 밧줄로 묶어 태후에게 대령시켰다. 자객은 아무리 고개를 내리눌러도 끝내 버티고 선 채 무릎을 꿇으려 하지 않았다.

"서 있게 놔두어라."

태후가 침착하고 냉정한 목소리로 말한 뒤, 건장한 체격에 머리카락이 없는 젊은 남자를 내려다보았다. 그는 호랑이처럼 험상궂은 얼굴과 경사진 이마, 꾹 다문 입술, 기울어진 눈매를 가진 사나이로, 건강한 몸매에 딱 달라붙는 검은 옷을 입고 있었다.

"너는 누구냐?"

"나는 아무도 아니오. 이름도 없고 그저 하찮은 사람이오."

"누가 널 이리로 보냈느냐?"

"날 죽이시오."

그는 자신의 목숨 따위는 상관없다는 듯 당당하게 말했다.

"나는 아무것도 말하지 않겠소."

환관들은 그의 무례한 태도에 분노한 나머지 칼을 치켜들어 그를 덮치려 했다. 하지만 태후가 손을 들어 이를 제지했다.

"그를 사주한 자에 대한 단서가 있는지 찾아보아라."

환관들이 몸을 수색하는 동안 자객은 두려워하기는커녕 태연하게 서 있었다. 환관들은 아무것도 찾지 못한 채 다시 태후의 얼굴을 바라보며 지시를 기다렸다.

"태후마마."

드디어 이연영이 말했다.

"이 자를 제게 넘겨주십시오. 가늘게 쪼개진 대나무로 천천히 그를 매질해 심문하겠나이다. 게다가 바닥에 팔과 다리를 벌린 채로 눕혀 철사로 말뚝에 묶어 놓으면 꼼짝도 할 수 없을 것이 아닙니까. 제게 넘겨주십시오, 마마."

다른 환관들은 이연영의 고문 방법을 익히 알고 있었으므로 모두 소리를 지르며 찬성했다.

"그럼 데려가서 자네가 하고 싶은 대로 처리하게."

태후는 이렇게 말하면서 자신도 모르게 자객의 눈을 쳐다보았다. 그의 눈은 여느 사람과는 달리 노란빛을 띠고 있었으며, 마치 인간을 두려워하지 않는 야생 동물처럼 대담했다. 태후는 그의 눈빛에서 섬뜩함을 느꼈지만 이상하게도 쉽게 시선을 뗄 수 없었다.

"일을 잘 처리하라."

태후가 그에게서 눈을 뗀 채 환관들에게 지시했다.

그로부터 이틀 후 이연영이 돌아와 보고를 올렸다.

"누가 보냈다고 하던가?"

"아무것도 대답하지 않았습니다."

"그렇다면 더욱 천천히 고문해서 두 배로 고통을 느끼도록 해 주어라."

그러나 이연영은 고개를 저었다.

"마마, 이미 늦었습니다. 그는 마치 죽기를 바랐던 사람 같사옵니다. 결국 아무 말도 하지 않았습니다."

그 말을 듣자 태후는 다시 한 번 그의 눈빛을 떠올리곤 처음으로 두려움을 느꼈다. 그의 노란 눈동자가 여전히 자신을 지켜보는 것만 같았다. 그러나 태후는 누군가에게 겁에 질린 모습을 보여서는 안 된다고 스스로를 추스린 후, 오른손을 뻗어 화분에 꽂힌 재스민 꽃 한 송이를 뽑았다. 그리고는 꽃을 코 아래 가까이 가져가 그 향기를 맡으며 마음을 다스렸다.

"이제 그 자에 대한 일은 잊도록 하자꾸나."

태후는 조용히 말했다. 그러나 그녀는 한동안 이 대머리 남자에 대한 생각을 떨쳐버릴 수가 없었다. 태후의 목숨을 노리던 자객은 어두운 그림자와 의혹만을 남긴 채 떠났고, 그로 인해 궁궐에는 음산한 분위기가 감돌았다. 태후는 이 사건을 잊기 위해 정원을 거닐며 꽃과 과일에 관심을 가졌고, 궁중 배우들로 하여금 매일 즐거운 경극을 공연하라고 지시했다. 그러나 이런 노력에도 불구하고 좀처럼 기분이 나아지지 않았다. 물론 죽음이 두려워서가 아니었다. 다만 이 나라 어딘가에 자신의 죽음을 바라는 사람들이 있다는 것이 서글펐다. 만일 찾을 수만 있다면 모두 처형시켰을 것이지만, 도대체 어디에서 그들을 찾는단 말인가?

어느 늦은 오후, 태후는 궁녀들과 함께 거대한 대리석 배에 앉아 있었다. 그때 이연영이 다가와 그녀 곁에 섰다. 그날 태후는 배 위에서 종일 마작을 즐겼으며, 여전히 한 손에는 찻잔을 들고 다른 한 손으로는 패를 옮기던 찰나였다.

"태후마마, 차가 식었습니다."

이연영은 찻잔을 받아 들고 다른 환관을 시켜 새 차를 따르도록 했다. 그리고는 찻잔을 다시 탁자에 내려놓으며 전할 소식이 있다고 속삭였다. 태후는 그의 말을 못 들은 척 마작을 마저 끝낸 다음에야 자리에서 일어났다. 그리고는 그를 흘끗 쳐다보며 따라오라고 지시했다.

궁녀들은 환관장이 보고를 진행하리라는 것을 깨닫고는 멀찌감치 떨어져 있었다. 태후는 부채를 흔들며 그에게 무릎을 꿇지 말라고 지시한 다음, 고개를 끄덕여 보고를 시작해도 좋다는 표시를 했다.

"마마."

이연영이 그녀의 귀에 가까이 대고 속삭였다. 그러자 태후는 부채로 그를 천천히 밀어내며 말했다.

"뒤로 물러나라."

태후는 인상을 찌푸렸다.

"네 입 냄새는 마치 썩은 고기 냄새처럼 고약하구나."

이연영은 재빨리 손을 올려 입을 가린 채 다시 말문을 열었다.

"마마, 지금 누군가 음모를 꾸미고 있습니다."

그러나 태후는 여전히 고개를 돌려 부채로 코를 가렸다. 그녀는 후각이 예민해 남들보다 두 배 가량 냄새를 잘 맡을 수 있었다. 따라서 충성을 다해 자신을 섬기지만 않았더라면 이연영을 절대 가까이 두지 않았을 것이다.

"마마."

그는 다시 말문을 열어 보고를 시작했다.

"지금 젊은 황제께서는 스승 옹동화의 말에 현혹돼 있습니다. 옹동화는 나라를 부강하게 만들어야 하며, 그렇지 않으면 우리의 제국이 이 나라를 집어삼키기 위해 야수와 같이 입을 벌린 적들의 수중에 넘어가고 말 것이라 촉구하고 있습니다. 그래서 황제께서 방법을 물으시자 옹동화는 위대한 학자 강유위에게 조언을 구해야 한다고 주장했습니다. 그는 역사에 정통한 학자일 뿐 아니라 새로운 서구 문명에도 일가견이 있는 현명한 사람이라 하옵니다. 또한 혼자 힘으로 함대 제조와 철도 건설법을 정통했으며, 나라를 일으켜 세울 청년들을 육성하기 위한 학교 건립에까지 힘쓰고 있다 하옵니다. 그 말을 들으신 황제께서는 강유위를 부르러 사람을 보내셨습니다."

태후는 부채로 얼굴을 가린 채 물었다.

"그래, 그 강유위라는 자가 자금성에 들어왔단 말이냐?"

"태후마마, 그는 지금 매일같이 황제 폐하와 시간을 보내고 있습니다. 게다가 강유위는 개혁을 하려면 우선 남자들의 변발부터 잘라야 한다고 주장하고 있습니다."

이 말을 들은 태후는 너무 놀라 부채를 떨어뜨렸다.

"무어라고? 변발 풍속은 2백 년 전부터 이어져온 것이다! 이는 중국인들이 청 왕조에 복종한다는 표시가 아니냐?"

"마마, 강유위는 한인 혁명론자이며 광동인입니다. 그는 청 왕조에 반역을 꾀하고 있습니다. 하지만 그보다 더 끔찍한 소식이 있습니다. 강유위는 황제 폐하께 원세개袁世凱*를 불러들이라고 요청했습니다. 이 원세개라는 자는 이홍장 장군의 수하에서 우리 군을 지휘하던 장군으로 황제 폐하로부터 마마를 사로잡아 감금하라는 명을 받았다고 합니다."

이연영은 땅이 꺼질듯 한숨을 쉬었고, 태후는 이연영이 다시 집어 준 부채를 손바닥에 탁탁 내리쳤다.

"조카가 날 죽이려는 음모를 꾸민 게 분명하구나."

그녀는 아무렇지도 않은 듯 말했다.

"아니옵니다, 마마. 그것은 황제 폐하의 뜻이 아니옵니다. 분명 강유위라는 자가 그렇게 조언했을 겁니다. 제 첩자들에 의하면 황제 폐하께서는 마마같이 신성한 분에게 해를 입히는 일은 모두 금지시켰다고 합니다. 다만 폐하께서는 마마께서 이화원에만 갇혀 지내야 한다고 말씀하셨습니다. 이는 마마께서 모든 것을 즐기실 수 있도록 배려하는 반면, 그 외의 모든 권력을 박탈한다는 의미입니다."

"그렇군."

태후는 고개를 끄덕였다. 그리곤 이상하리만큼 기분 좋은 활력이 몸 안에서 솟구치는 것을 느꼈다. 태후는 아직까지도 이러한 권력의 암투에서 희열을 느끼고 있었으며, 이번에도 승리할 수 있으리라 굳게 믿었다.

"좋아, 좋아."

---

* (1859-1916) 중국의 군사지도자이며 청말淸末의 개혁파 각료. 1912-1916년 중화민국 초대 대총통을 지냄.

태후는 웃으면서 다시 한 번 크게 고개를 끄덕였다. 태후의 여유만만한 반응에 잠시 놀랐던 이연영도 이내 그녀를 따라 조용히 웃었다. 그의 못생긴 얼굴은 웃음으로 인해 더욱 흉측해졌다.

"세상 천지에 마마같은 분은 없을 것이옵니다."

그는 고개를 숙이며 진심으로 존경을 표했다. 두 사람은 장난스럽게 서로의 시선을 교환했고, 이어 태후는 접은 부채로 이연영의 얼굴을 가볍게 치며 물러가도 좋다고 말했다.

"참, 그 고약한 입은 꼭 다물고 다니게. 내 장담하건대, 자네가 가는 곳마다 지독한 입 냄새가 사방에 퍼질 걸세."

"알겠습니다, 마마."

그는 유쾌하게 답하며 곰 발바닥 같이 두꺼운 손으로 웃음기를 머금은 입을 가렸다.

매사에 당당한 태도를 잃지 않는 태후는, 어떠한 경우에도 서두르지 않았다. 그녀는 첩자들이 전해 오는 소식에 주의를 기울이며 평온한 날들을 보냈다. 그러는 가운데 어느덧 여름이 지나갔고, 그 동안 그녀는 줄곧 취미 생활을 즐겼다. 근래 들어 그녀는 북쪽 지방의 커다란 개를 기르는 일에 취미를 붙였는데, 그 개는 털이 눈처럼 희고 태후를 제외한 사람은 일절 따르지 않았다. 개는 오직 태후에게만 충성을 보였으며 밤이 되면 그녀의 침상 옆에 엎드려 잠을 잤다. 때때로 태후의 작은 애완견들이 이를 질투하여 화가 난 작은 악마처럼 커다란 개를 둘러싸고 으르렁거리기도 했다. 태후는 이 광경을 볼 때마다 크게 웃으며 즐거워했다. 그러나 그녀는 정원을 산책하거나 호숫가에서 소풍을 즐길 때, 혹은 자신이 가장 좋아하는 경극을 감상할 때조차도 이 나라를 위협하고 있는 외세를 떠올리며, 이 평온하고 아름다운 생활을 유지하기 위해 어떤 대가를 치러야 할지 곰곰이 생각했다.

사실 섬나라 일본과는 두 번이나 전쟁 위기를 맞은 적이 있었다. 이때 이홍장은, 한 번은 금을 지불하고 또 한 번은 약소국 조선의 주권을 넘겨줌으로써 전쟁을 피하려 했다. 이홍장은 충성스럽되 두 번씩이나 허용할 수 없는 나약함을 보인 것이다. 만일 이홍장이 그 요구를 들어주지만 않았다면 섬나라의 난쟁이들은 감히 이 거대한 제국을 넘보지 못했으리라. 바다에서 전투를 벌이는 것이 힘들다면 육지에서라도 용감히 싸워야 했다. 물론 중국 영토 내에서의 전쟁은 최후의 방어 수단이었다.

태후는 우선 중국 본토가 아닌 조선에서 전쟁을 벌인 다음, 일본인들을 바다로 내몰아 황량한 바위섬으로 되돌아가게 만들면, 결국 굶어 죽으리라 생각했다.

아름다운 여름날 오후, 태후는 이런 생각을 하며 고대 경극인 '서양 왕궁의 이야기'를 감상하고 있었다. 태후는 경극을 보는 내내 미소를 지었고, 여자로 분장한 젊은 내시가 부르는 사랑 노래를 흥얼거리기도 했지만 머릿속으로는 쉴 새 없이 전쟁을 계획했다. 그날 저녁 태후는 이홍장을 호출했고, 전력이 약하고 함대가 부족하다는 그의 불만을 무시한 채 명령을 내렸다.

"이 전쟁에는 많은 군대나 함대가 필요치 않소. 최악의 경우 적들이 우리 영토를 침범할 경우, 그때는 백성들이 들고일어나 그들을 다시 바다로 몰아낼 것이오. 그렇게 되면 거친 파도가 적들을 몰살시킬 것이오."

"태후마마."

그가 신음하듯 말했다.

"마마께서는 지금 상황이 얼마나 끔찍한지를 잘 모르고 계십니다. 궁중에만 계셔서 마치 꿈을 꾸고 계시는 듯합니다."

그는 땅이 꺼질 듯 한숨을 내쉬고는 머리를 내저으며 물러갔다.

그리고 안타깝게도 그로부터 1년 후 전쟁이 시작되었고, 승리의 꿈은 사라졌다. 일본군은 빠른 속도로 진격해왔다. 그들의 함대는 불과 며칠 사이에 바다를 건너 왔고, 원세개 장군 역시 조선에서 격퇴를 당하는 바람에 적군은 중국 근방에까지 접근했다. 태후의 상황 판단이 완전히 어긋난 것이다. 그녀의 백성들은 제대로 싸워보지도 못한 채 굴복하고 말았다. 몸집은 왜소하나 강력한 군사력을 갖춘 일본인들이 중국 육로를 통해 황도로 진격하자 모두들 속수무책이었다. 결정적으로 일본은 중국인들에게는 없는 총을 가지고 있었다. 중국의 군대는 장난감에 불과한 칼이나 낫은 아예 휘둘러보지도 못한 채 차례차례 쓰러져 갔다. 적군들은 가는 곳마다 음식을 가져오라고 명령했고, 공포에 질린 백성들은 묵묵히 술과 차와 고기를 내주는 수밖에 없었다.

이 소식을 전해들은 태후는 서둘러 다음 조치를 취했다. 그녀는 훌륭한 전략가였지만 이 전쟁은 이미 패배한 것과 다름없다는 사실을 잘 알고 있었다. 그녀는 이홍장에게 전갈을 보내 제국을 다 잃기 전에 항복하고, 불가피하다면 어떤 조건이든 받아들이라고 명령했다. 그 결과 중국은 일본과 뼈에 사무치는 굴욕적인 시모노세키 조약(청국의 이홍장과 일본의 이토 히로부미伊藤博文가 1895년 체결한 조약)을 맺게 되었으며 이 일은 태후의 자존심을 송두리째 흔들었다.

태후는 음식을 물린 채 사흘 밤낮으로 자리에 누워 있었다. 그러자 이홍장이 직접 이화원으로 찾아와 태후를 위로했다. 그는 일본과 불평등 조약을 맺은 일은 실로 가슴이 아프지만, 대신 북쪽의 러시아 황제와 새로운 동맹 관계를 맺게 되었으며, 자신의 국가를 위해서라도 일본의 만용을 보고만 있지는 않을 것이라는 러시아 황제의 뜻을 전해왔다. 태후는 이 말을 듣고 마음을 다잡았다.

"그렇다면 이제 저 일본인들을 우리의 해안에서 쫓아내도록 하세!"
그녀가 말했다.
"어떤 대가를 치르든 반드시 그들을 쫓아내야 하네. 지금부터 나는 백인이든 황인이든, 그 어떤 외국인도 우리 땅에 발을 들일 수 없도록 전력을 기울이겠네. 내 눈에 흙이 들어가기 전까지, 아니 이 세상이 끝날 때까지 절대 허락지 않겠네. 그리고 우리 만주인은 다시 한 번 한족들을 통치하게 될 것일세. 그러니 서양 문물에 빠진 젊은이들을 특히 조심하도록 하게. 군기대신인 강의剛毅에 의하면 기독교인들의 학교와 대학이 이 땅에 세워지는 것은 위험천만한 일이야. 선교사들은 한인들에게 쓸데없는 용기를 불어넣었고, 그 때문에 젊은 한인들은 영악하며 도전적이고, 거짓된 서양 지식으로 무장되어 있네."
서태후는 손바닥을 마주치며 오른발을 굴렸다.
"나는 우리 영토에 침입한 외세들을 격퇴하고 우리 땅을 되찾을 때까지는 늙지도 않고 죽지도 않을 것이야."
장군은 자신의 군주인 태후를 존경하지 않을 수 없었다. 그녀는 여전히 아름답고 강했다. 또한 젊었을 때와 마찬가지로 눈동자는 빛났으며 의지 또한 변함없이 굳건했다.
"그 일을 할 수 있는 분은 오직 마마밖에 안 계십니다."
그는 고개를 숙이며 다시금 충성을 맹세했다.
그렇게 시간이 흘러 태후는 다시금 찾아온 평화 속에서 여유 있게 생활했다. 하루는 자신이 꿈꾸던 아름다운 경관을 그리며, 또 하루는 시를 지으면서 지냈다. 또 어떤 날은 자신이 가진 보석을 만지작거리며 에메랄드와 진주 장식을 새롭게 구상하기도 했고, 아랍 상인들에게 다이아몬드를 구입하는 일도 잊지 않았다.
그러나 그녀는 이렇게 하루하루를 보내면서도 자신의 계획을 착

착 진행시켜 나갔다. 겉으로는 황제나 그를 조종하는 스승들에 대해 무관심한 듯 행동했지만, 밤이 되어 이화원 전체가 조용해지면 그녀의 침실로 찾아와 이런 저런 소식들을 전해주는 첩자들의 말에 귀를 기울였다. 실로 태후는 황제와 그의 조언자들이 어떤 음모를 꾸미고 있는지를 모조리 파악했으며, 그들의 음모에 대비해 만반의 준비를 갖춰 놓았다.

그녀는 먼저 영록을 다시 하북성의 총독으로 임명했다. 오랫동안 적도 친구도 아니었던 공친왕이 죽었기 때문에 가능한 일이었다. 그해 음력 4월 10일, 공친왕은 폐와 심장에 이상이 생겨 세상을 떠났다.

그 동안 태후는 황제가 원세개에게 장군 직함을 주었다는 사실을 알게 되었다. 그녀는 생각에 잠겼다. 좀 더 기다렸다가 옥좌를 찬탈할 것인가, 아니면 즉시 행동에 옮겨야 할까? 결국 그녀는 기다리기로 했다. 모든 사실이 명백해졌을 때 거사를 행해 부처와 같은 완벽한 모습을 보여주고 싶었기 때문이다. 한편 첩자들은 원세개가 비밀리에 자금성을 떠났으며, 어디로 갔는지는 아무도 모른다고 전했다.

태후는 늘 결정에 앞서 한 번 더 기다리는 가운데 지혜를 발휘하는 습관이 있었다. 그녀는 이번에도 때를 기다려보기로 했다. 직감으로 볼 때, 지금은 적절한 시기가 아니었다. 그렇게 또다시 며칠이 지났다. 더운 여름이 한풀 꺾이자 성큼 초가을이 다가섰다. 낮에는 따뜻했지만 밤이 되면 기온이 내려가 제법 쌀쌀했다. 가을꽃들은 뒤늦게 봉오리를 맺었고 호숫가에는 마지막 연꽃들이 만발했다. 새들은 따뜻한 남쪽 지방으로 날아가는 것이 못내 아쉬운 듯 서성거렸다. 가을 귀뚜라미들은 소나무에 매달려 연약한 울음소리를 냈다.

적절한 격식에 따라 공친왕의 장례를 치르고 난 얼마 뒤, 태후는 시를 짓기 위해 서재에 앉아 있었다. 그녀는 벼루에 먹을 갈다가 잠시 동안 햇살이 비치는 정원을 물끄러미 내다보았다. 그때 열려진 문으로 파란 잠자리 한 마리가 가만히 날개를 펴고 공중에 떠 있는 것을 보았다.

그녀는 기이한 느낌에 사로잡혔다. 이제껏 파란빛의 잠자리도 처음 보았을 뿐만 아니라 날개를 움직이지도 않고 가만히 떠 있다니, 이는 확실히 불길한 징조였다. 파란빛은 죽음을 상징하는 색이었고, 태후는 급히 일어나 잠자리를 쫓아내려고 문 쪽으로 다가섰다. 그러나 잠자리는 두려워하지 않고 오히려 그녀의 손을 피해 더 높이 날아올랐다. 서재의 한쪽 구석에 있던 궁녀들이 이 광경을 보고는 급히 다가와 부채를 흔들며 시끄럽게 소리를 질렀지만, 잠자리는 갈수록 더 높이 날아오를 뿐이었다. 태후는 곧이어 환관을 불러 긴 대나무로 잠자리를 쫓아내라고 지시했다. 그때 갑작스레 소란스러운 소리가 들렸다. 부름이 없었는데도 불구하고 이연영이 모습을 드러낸 것이다. 그는 서둘러 다가와 영록이 천진에서 곧 도착한다는 전갈을 전했다.

결혼 후 영록은 자진해서 태후를 찾아온 일이 거의 없었고 태후는 이에 일종의 섭섭함과 분노를 느끼기도 했다. 그러나 영록은 자신의 충실함을 맹세하며, 필요하면 언제든지 옥으로 된 징표를 보내달라고 말했다. 그것을 받아들기만 하면 언제 어디서든 당장 달려오겠다는 뜻이었다.

태후는 시중드는 환관들에게 영록을 맞이하라고 지시한 뒤, 다시 먹을 갈기 시작했다. 잠시 돌아보니 잠자리는 이미 사라지고 없었다. 그녀는 시를 짓고자 했던 마음이 싹 사라지는 것을 느꼈다.

'올 것이 오고 있군!'

파란 잠자리는 궁중의 점술가들에게도 알리지 못할 명백한 조짐이자 불길한 징조였다. 게다가 영록이 자신을 찾아온 것은 아주 중요한 일 때문인 것이 분명했다. 그러나 태후는 그게 무엇인지 알기 전까지는 소란을 피우고 싶지 않았으므로 참을성을 발휘해 정오가 될 때까지 정원을 산책했지만, 한편으로는 음식조차 제대로 넘기지 못한 채 조바심을 억눌러야 했다.

저녁 무렵 영록이 도착하자 환관들이 달려와 그의 가마가 바깥마당에 도착했음을 알려왔다. 태후는 정원 중앙에 있는 정자에서 그를 기다렸다. 이 정자는 여름 몇 달 동안 야외에서 즐기기에 적당하게 지어진 장소로, 대나무 틀 위에 사탕수수로 짠 노란 색 덮개를 펼쳐 그늘을 만들고 그 아래 탁자와 의자를 놓았다. 또한 안마당을 둘러싼 베란다 주변에는 꽃이 활짝 핀 수목 화분을 갖다 놓았다. 태후는 자신이 가장 좋아하는 사이프러스 고목 사이에 의자를 놓고 앉았다. 이 사이프러스 고목은 나이 든 현자의 모습으로 정교하게 다듬어져 있었고, 태후는 이 나무를 통해 아름다움과 소박한 품위를 지녔던 조상들의 참된 방식을 일깨우고자 했다.

그날따라 날씨는 더웠고, 남쪽에서 불어온 바람이 호수에 핀 연꽃 향기를 실어 왔다. 연꽃은 저녁을 맞이해 천천히 봉오리를 오므렸지만 주위에는 여전히 연꽃 향기가 가득했다. 그 향기를 들이마시는 순간, 태후는 폐부 깊숙이 파고드는 슬픔을 느꼈다. 그것은 바로 자연의 평온함과 인간 세상의 갈등 사이의 모순에서 오는 슬픔이었다.

그녀는 문득 영록이 자신의 남편으로서 찾아오는 것이라면 얼마나 좋을까 생각했다. 그렇다면 그녀는 사랑스런 아내로서 그를 기다리기만 하면 되는 것이다. 비록 나이가 들어 젊은 시절의 열정은 사라졌지만, 사랑의 추억만큼은 그녀의 가슴 속에 고스란히 남아 있었다. 태후는 나이가 들면서 원숙해져 그 어느 때보다도 영록을 향해 부드럽게 마음을 열어 두었으며 이제 그를 용서하지 못할 일이란 아무것도 없었다.

청동 촛대 위에서 깜빡거리는 촛불이 어스름한 황혼을 비추었고, 곧이어 태후는 어둠 속에서 걸어오는 영록의 모습을 볼 수 있었다. 태후는 가만히 앉아 그를 바라보았다. 영록은 태후 앞에 다가와 무릎을 꿇고 경의를 표하려 했다. 순간 태후는 손을 뻗어 그의 팔을 잡았다.

"여기 그대의 의자가 있소."

그녀는 다른 한 손으로 왼편에 있는 빈 의자를 가리키며 말했다. 그는 조용히 일어나 태후 옆에 앉았다. 두 사람은 아름다운 황혼 속에서 문틈 사이로 새어나온 불빛이 호수 위에서 너울거리는 모습을 바라보았다.

"마마."

그가 마침내 말문을 열었다.

"저는 마마께서 이곳에서 아무런 방해도 받지 않고 여생을 보내시길 바라고 있습니다. 이 아름다운 이화원이야말로 마마와 가장 잘 어울리는 곳입니다. 그러나 이제 모든 사실을 말씀드려야 할 것 같습니다. 마마께 대항하려는 음모가 마지막 단계까지 이르렀습니다."

영록은 금빛 예복 위에 단정하게 손을 포개 얹은 채였다. 태후는 그의 손에 시선을 옮겼다. 그의 손은 여전히 젊은이의 손처럼 단단하고 매끄러웠다.

"믿을 수가 없소."

태후가 중얼거렸다.

"하지만 그대가 하는 말이니 믿어야겠지."

영록은 계속해서 말을 이었다.

"나흘 전 원세개가 비밀리에 저를 찾아왔습니다. 그는 제게 황제 폐하로부터 받은 어명이 무엇인지를 낱낱이 고백한 뒤 도움을 청했습니다. 때문에 제가 마마를 찾아뵙고자 이렇게 서둘러 임지를 떠난 것입니다. 황제 폐하께서는 12일 전 원세개를 저에게 보내셨으며, 떠나기 전 원세개와 폐하께서는 자정 무렵 접견실 오른쪽에 있는 작은 방에서 만났다고 합니다."

"그 두 사람 말고 또 누가 그 자리에 있었소?"

태후가 물었다.

"폐하의 스승인 옹동화도 있었다고 합니다."

"내게 밀서를 보내 그대를 내쫓은 자 말이군."

태후가 중얼거렸다.

"잊고 있었는데 그의 이름을 들으니 그 후궁이 생각나는군요."

"마마께서는 잔인하신 분이십니다."

영록이 태후의 얼굴을 바라보며 말했다.

"저는 옹동화를 용서했지만, 마마께서는 그를 용서하지 않으셨습니다. 보잘것없는 한 여인의 외로운 가슴에서 솟아난 희미하고 평범한 사랑은 제게 아무런 변화도 가져오지 않습니다. 하지만 저는 그 사건을 통해 교훈을 얻었습니다."

"……."

"마마와 저는 다른 이들과는 다르다는 것을, 그리고 하늘에 떠 있는 두 개의 별처럼 외롭더라도 그 외로움을 견뎌내야 한다는 사실을 깨달았습니다. 때론 그런 외로움이 우리를 하나로 묶어 주고 있으니까요."

태후는 고개를 돌려버렸다.

"쓸데없는 소리는 그만두고 음모에 대해서나 이야기하시오."

"저는 지금 마마께 다시금 충성을 맹세하기 위해 이런 말씀을 드리는 것입니다."

태후는 부채를 들어 얼굴을 가렸고, 그것은 마치 영록과의 사이에 장벽을 쌓는 것처럼 보였다.

"그럼 그 방에 또 다른 사람은 없었소?"

태후가 물었다.

"황제 폐하께서 가장 총애하는 후궁 진비도 있었다고 합니다. 마마께서도 소문을 들으셨겠지만, 황제 폐하께서는 태후께서 간택하신 황후마마를 받아들이지 않으셨습니다. 그래서 황후께서는 여전히 처녀로 남아계시며, 폐하에 대한 사랑이 이제 증오심으로 바뀌었다고 합니다. 따라서 황후께서는 마마의 동맹자가 되실 것입니다."

"알고 있소."

태후가 말했다.

"이미 궁정 전체가 두 패로 갈라졌으니 하루빨리 동맹자들을 파악해야 합니다. 길거리에 다니는 백성들도 이를 눈치 채고는 한쪽을 '어마마마', 다른 한쪽을 '어린 소년'이라 부른다고 합니다."

"수치스러운 일이군. 황실의 비밀을 굳건히 단속해야겠소."

"하지만 그것도 쉬운 일이 아닙니다. 한쪽들은 마치 고양이처럼 갈라진 틈을 소리 없이 파고들어 그 안에 둥지를 짓습니다. 우리 제국이 혼란에 빠져 있음을 알고 호시탐탐 청 왕조를 무너뜨리려는 한족의 반역자들이 다시 권력을 잡기 위해 준비하고 있습니다. 이제 마마께서 다시 한 번 나서야 할 때입니다."

"내 조카가 어리석다는 것은 나도 알고 있소."

그녀가 스스로를 꾸짖듯 말했다.

"하지만 황제 폐하를 모시고 있는 자들은 어리석지 않습니다. 혹시 황제 폐하께서 매일 작성하시는 칙령들을 보신 적이 있으십니까? 폐하께서는 1백 일도 채 안 되는 기간에 1백 통의 칙령을 선포하셨습니다."

"그가 알아서 하도록 놔두었을 뿐이오."

태후가 말했다.

"폐하께서 마마를 찾아뵈었던 지난 7일간, 어째서 폐하께 아무것도 묻지 않으셨습니까?"

"물을 필요도 없었소. 내게는 첩자들이 있지 않소?"

그러자 영록은 태후의 대답이 마음에 들지 않는 듯 다시 입을 열었다.

"폐하께서 마마를 싫어하시는 또 하나의 이유는 바로 이연영의 행실에 있습니다. 그는 폐하께서 마마를 알현하고자 이곳으로 오실 때마다 폐하를 문 밖에서 오랫동안 무릎 꿇도록 만든다 하옵니다."

"황제는 내 앞에 무릎을 꿇어 마땅하오. 그건 손윗사람에 대한 의무가 아니오?"

태후는 짐짓 무관심한 듯 말했다.

그러나 태후 역시 이연영이 주제 넘는 오만함으로 황제를 무릎 꿇게 했다는 사실을 알고 있었다. 또한 이를 모른 체했다는 사실에 죄책감을 느꼈다. 사실 그녀는 탁월한 능력을 가지고 있었음에도 이처럼 사소한 잘못으로 인해 나쁜 평판을 듣곤 했다. 그러나 태후는 스스로의 단점을 잘 알면서도 이를 고치려 하지 않았다.

영록은 계속해서 말했다.

"게다가 환관들은 황제 폐하께서 마마를 찾아뵐 때면 늘 뇌물을 받아냈습니다. 마치 폐하께서 궁중의 일개 관리에 불과한 것처럼 말입니다. 이는 부당한 일이라는 것을 마마께서도 잘 아시지 않습니까?"

"알다마다요."

태후는 반쯤 웃으며 말했다.

"하지만 그는 유순한 겁쟁이라 내가 막았어도 여전히 환관들에게 놀림을 당했을 거요."

"마마, 폐하께서는 마마께서 생각하시는 것처럼 겁쟁이가 아니십니다."

그는 고개를 저었다.

"1백 통의 칙령을 보낸 것만 보아도 폐하께서는 결코 만만한 상대가 아니십니다. 황제 폐하께서는 마마의 조카임을 명심하소서. 그의 핏줄에도 예흐나라 가문의 피가 흐르고 있습니다."

영록은 진지한 눈빛과 엄숙한 목소리를 통해 태후에게 더 위대한 군주의 모습을 요구하고 있었다. 태후는 고개를 돌려 그를 외면했지만, 자신이 두려워하는 유일한 사람이 바로 그라는 것에 생각이 미치자 가슴이 두근대기 시작했다. 순간 잃어버린 젊음에 대한 뜨거운 충동이 피 속으로 밀려들었다. 입술이 마르는가 싶더니 눈꺼풀이 화끈거렸다. 이제 그토록 젊고 싱싱했던 인생의 의미를 잃어버린 것인가? 태후는 사랑의 감정을 되살리기에는 너무 늙어버렸다. 지금 그녀는 되돌릴 수 없는 세월을 갈망하고 있었다.

"그대는 아직 음모에 대해 언급하지 않았소."

태후가 나지막하게 중얼거렸다.

"황제 폐하께서는 이화원을 포위하여 마마를 가둬두려고 하십니다. 그것은 마마께서 다시는 칙령을 내리시지 못하도록 한 뒤, 첩자들을 내쫓고 황제의 옥새를 빼앗기 위함입니다. 그렇게 되면 마마께서 새장 속에서 노래하는 새와 꽃들, 애완견들과 더불어 이 안에서 평생을 보내셔야만 합니다."

"대체 황제가 그토록 못되게 구는 이유가 뭡니까?!"

태후는 신경질적으로 부채를 접으며 소리쳤지만 이내 스르르 힘이 빠져 들고 있던 부채를 무릎에 떨어뜨리고 말았다.

"태후마마께서 방해가 되기 때문입니다. 그들은 마마만 계시지 않으면, 서양을 본떠 새로운 제국을 건설할 수 있다고 생각하고 있습니다."

"그럼 철도까지 놓으려고 들겠군!"

그녀가 소리쳤다.

"다시 말해 어리석은 황제는 총과 함대로 전쟁을 일으켜 다른 나라의 땅과 재산을 빼앗는 저 무식한 야만인들을 본받으려 하고 있단 말이군요!"

태후는 조각된 의자에서 벌떡 일어나 머리장식을 벗어 던졌다.

"아니 되오! 나는 우리 제국이 그렇게 무너지는 것을 보고만 있지는 않겠소! 이 제국은 우리 선조들이 물려준 영광스런 유산이오. 나는 내가 다스리는 백성들을 사랑하오. 그들은 내 백성이며 나와 같은 민족이오. 2백 년 동안 용상은 우리 청 왕조의 것이었고, 이제 내가 차지하고 있소. 따라서 조카가 나를 배신한 것은 우리 선조들을 모두 배신한 거나 다름없소."

영록은 일어나 태후의 옆으로 갔다.

"분부를 내려 주십시오, 마마."

그의 침착한 행동이 태후의 용기를 북돋았다. 태후는 또박또박 한 마디 한 마디에 힘을 주며 말했다.

"명심해서 들으시오. 일단 군기처의 대신들을 당장 출두시키시오. 그러나 모든 일은 비밀리에 이루어져야 하오. 또한 군기대신들과 함께 황실의 어른들도 모두 출두시키시오. 이러한 꼬락서니를 주의 깊게 보았으니, 아마 그들은 황제의 퇴위를 간청하며 내게 다시 용상으로 돌아가라고 요구할 것이오. 또한 황제가 제국을 배반하고 적들과 협력했다는 사실을 인정할 것이오. 나는 그들의 간청을 듣고 그들의 요구를 받아들이는 형식을 취해 거사를 행할 것입니다. 따라서 그대는 곧장 자금성의 황실경비대를 그대의 병사들로 대체하시오. 그리고 내일 새벽, 황제가 가을 제사를 지내기 위해 중화전에 들어설 때 그를 잡아 여기로 데려온 다음, 호수 한가운데에 있는 영대瀛臺 섬에 억류시키시오. 내가 직접 찾아가 그를 만날 것이오."

태후는 순식간에 예전의 혈기를 되찾았다. 그녀는 앞으로 일어날 일들을 머릿속으로 그리며 활기차게 생각을 펼쳐 나갔다. 영록은 보일 듯 말 듯 고개를 저으며 감탄하듯 말했다.

"마마, 실로 놀랍습니다."

그가 중얼거렸다.

"마마께서는 만물의 여왕이십니다. 어느 누구도 마마처럼 앞날을 꿰뚫어 생각하지는 못할 것입니다. 더 여쭤볼 필요도 없습니다. 당장 일을 실행하지요."

두 사람은 오랫동안 마주보고 서 있다가 영록이 먼저 고개를 돌려 자리를 떠났다.

두 시간 후, 예상대로 군기처의 대신들이 가마를 타고 밤길을 달려 이화원에 도착했다. 태후는 봉황이 금박된 황실의 예복을 입고 머리에는 왕관처럼 생긴 보석 장신구를 쓴 채 옥좌에 앉았다. 옥좌 옆에는 타오르는 두 개의 높은 횃불이 금빛 예복 위에서 너울거리며 그녀의 보석 장신구들과 생기 넘치는 눈동자를 비추었다. 왕들은 각자 시종들에게 둘러싸여 있었고, 환관의 신호가 떨어지자 일제히 태후 앞에 무릎을 꿇었다. 곧이어 태후는 무엇 때문에 그들을 소환했는지를 설명하기 시작했다.

"위대하신 왕공들과 종친들, 그리고 군기대신을 비롯한 여러 대신들이시여, 이 황도에서 지금 내게 맞서려는 자들의 음모가 진행되고 있소. 내가 황제로 봉했던 내 조카가 날 옥에 가두고 죽이려 하고 있단 말이오. 내가 죽고 나면 황제는 그대들을 폐하고 그 자리에 자신의 명령에 복종할 만한 다른 사람들을 앉힐 것이오. 그는 우리의 오래된 풍습을 없애고 지혜를 업신여기며, 우리의 학교마저 파괴하려 하고 있소. 그리고 새로운 학교와 새로운 방식, 새로운 사상들로 그것을 바꾸려 하고 있소. 서양인들은 우리의 적이지 결코 우리의 안내자가 될 수 없소. 이게 대역죄가 아니고 무엇이오?"

"대역! 대역!"

그들은 일제히 소리쳤다. 태후는 우아하게 손을 내밀어 그들을 부추겼다.

"봉기하시오! 그것이 내가 바라는 바요."

잠시 침묵이 감돌았고 태후가 다시 입을 열었다.

"내 형제들이여, 일단 모두 앉으시오. 이 무시무시한 음모를 저지할 수 있는 방법을 함께 모색해 봅시다. 나는 죽음이 두려운 것이 아니오. 제국이 멸망하고 백성들이 노예로 전락하는 것이 두려울 뿐이오. 내가 사라지면 과연 누가 백성들을 보호한단 말이오?"

이 말이 끝나자 영록이 자리에서 일어나 말했다.

"마마, 원세개 총독이 도착했습니다. 이제 그에게 직접 음모의 전말을 듣도록 하십시오."

태후는 고개를 끄덕였다.

원세개는 빛나는 갑옷을 입고 허리에 넓은 검을 찬 채 성큼성큼 걸어 나왔다. 그는 태후에게 경의를 표한 뒤 좌중을 향해 말하기 시작했다.

"이 달 5일 아침, 저는 마지막으로 천자께 부름을 받았습니다. 물론 이전에도 여러 번 이 음모를 듣기 위해 출두한 적이 있었으나, 이번은 음모를 거행하기 위한 마지막 알현이었습니다. 이른 시간이라 접견실은 어두컴컴했고, 황제 폐하께서는 어둠 속에서도 벌써 옥좌에 앉아 계셨습니다. 폐하께서는 저에게 가까이 오라고 지시하셨습니다. 그리고 마침내 조용히 속삭이듯이 명을 내리셨습니다. 저에게 서둘러 천진으로 가서 영록 총독을 죽인 다음, 병사들을 소집해 다시 북경으로 오라는 말씀이셨습니다. 그리고 성모聖母이신 태후마마를 사로잡아 이화원에 가두고, 황실의 옥새를 찾아 직접 전해 달라 하셨습니다. 황제 폐하의 말씀에 따르면, 그 옥새는 원래 황제께서 용상에 오를 때 맡으셔야 하는 것인데 태후마마께서 이를 가로챘으므로 용서하실 수 없다고 하셨습니다. 옥새가 없는 탓에 폐하께서는 칙령을 내리실 때마다 개인의 인장만을 찍으셔야 했습니다. 따라서 폐하께서는, 이야말로 마마께서 폐하를 신뢰하지 않는다는 사실을 만인에게 입증하는 것이라 하셨습니다. 또한 폐하께서는 제 권위를 보장하는 작은 금 화살을 하사하셨습니다. 이는 제 말이 곧 폐하의 명령과도 같다는 것을 나타내는 것이었습니다."

원세개는 허리띠에서 금화살을 꺼내어 모두에게 보여 주었다. 이를 본 사람들은 비통한 신음소리를 흘렸다.

"황제께서 그대에게 약속하신 보상은 어떤 것이오?"

태후가 빛나는 눈동자로 그를 바라보며 차분하게 물었다.

"저를 이곳의 총독으로 임명한다고 하셨습니다, 마마."

원세개가 대답했다.

"일에 비해 실로 보잘 것 없는 보상이로군. 내가 내리는 보상은 그보다 후할 것이오."

원세개 장군이 나머지 이야기를 전달하는 동안, 군기처의 관리들은 신음소리를 흘리며 이 엄청난 반역 행위에 놀라움을 감추지 못했다. 장군이 말을 마치자마자 그들은 모두 태후 앞에 무릎을 꿇은 채, 옥좌를 다시 차지하여 서양의 야만인으로부터 나라를 지켜달라고 간청했다.

"그대들의 요청을 받아들이겠소."

태후가 차분하게 말했다.

신료들은 다시 일어나 회의에 들어갔으며, 영록은 태후의 승인 하에 자금성의 경비병들을 자신의 병사들로 대체하는 즉시, 아무도 모르게 자신의 임지인 하북성으로 돌아가기로 했다. 그런 뒤 새벽 무렵, 황제가 예부禮部에서 수호신들에게 바칠 제물을 살펴보고 준비해 둔 제문을 받기 위해 찾아오면, 그때 경비병들과 환관들로 하여금 그를 붙잡아 영대로 데려가도록 했다. 그리고 그곳에서 황제는 태후가 올 때까지 기다려야 했다.

자정이 되자 모든 계획에 승인이 떨어졌다.

군기처의 대신들은 다시 각각의 처소로, 영록도 태후와 개인적인 작별 인사 없이 자신의 임지인 하북성으로 돌아갔다. 태후는 그제야 옥좌에서 내려와 환관의 팔에 기대어 침실로 들어갔다. 그리고 평소와 마찬가지로 시녀들의 도움을 받아 목욕을 하고 머리를 빗은 다음, 향기 나는 비단 잠옷으로 갈아입고 잠자리에 들었다. 이제 조금 뒤면 황제가 붙잡혀갈 순간이 오겠지만 잠시 후 그녀는 눈을 감고 어느 때보다도 평온하게 잠을 청했다.

태후는 정적 속에서 잠이 깼다. 이미 해는 중천에 떠 있었고 공기는 맑고 서늘했다. 밤공기가 해롭다는 궁의들의 주의에도 불구하고 그녀는 종종 창문을 활짝 열고 커튼도 내리지 않은 채 잠이 들곤 했다. 평소처럼 태후의 곁에는 궁녀 두 명이, 문 밖에는 여러 명의 환관들이 보초를 섰다. 태후는 잠에서 깨어나 몸단장을 했고 보석을 고르느라 잠시 지체했다. 그녀는 결국 평소에는 잘 사용하지 않던 어두운 빛깔의 수정을 달았으며, 예복 역시 어두운 진회색의 능라 공단 옷을 택했다. 또한 오늘은 그 어느 때보다 위엄 있게 보여야 했으므로 궁녀들이 가져온 난초를 머리에 달지 않고 물렸다.

태후는 즐겁게 아침식사를 한 뒤 애완견들과 즐기는가 하면 울음 소리를 흉내 내어 새의 정신을 쏙 빼놓기도 했다. 그 동안 이연영 은 부름이 있을 때까지 밖에서 기다렸다.

"일은 잘되어 가고 있느냐?"

드디어 태후가 물었다.

"명령대로 수행하고 있사옵니다."

"우리의 손님은 영대로 모셨느냐?"

물음을 던지는 그녀의 붉은 입술에는 은밀한 웃음이 배어들었다. 그러자 이연영이 주춤대며 대답했다.

"마마, 유감스럽게도 손님이 두 분이옵니다. 황제 폐하를 모시고 올 때, 진비 마마께서 폐하의 허리를 너무 꽉 붙잡고 계신 나머지 도저히 떼어놓을 수가 없었습니다. 또한 마마의 명령 없이는 진비 마마를 어찌할 수 없어 함께 모시고 왔습니다."

"우스운 일이군. 그렇지만 어찌됐건 황제만 있으면 상관없네. 내 가 직접 대면해 그가 저지른 반역에 대해 물어볼 것이야. 호위병은 필요 없으니 자네만 나를 따라 오게. 황제는 이제 무기력하니 그를 두려워할 이유가 없지 않은가."

태후는 자신이 가장 아끼는 개를 향해 엄지와 집게손가락을 부딪 쳐 딱딱 소리를 냈다. 그러자 북극곰 만한 커다란 흰 개가 그녀 옆 에 붙어 속도를 맞추며 천천히 움직이기 시작했다. 그 뒤에는 이연 영이 뒤따랐다.

태후는 말없이 호수 쪽으로 걸어가 대리석 다리를 건너며 자신이 일구어 놓은 아름다운 경관을 감상했다. 언덕 기슭에 있는 불타는 듯한 단풍나무들, 호숫가에 뒤늦게 핀 발그레한 연꽃들, 금빛 기와 와 높이 솟은 눈부신 탑, 계단식 정원과 빽빽하게 들어선 소나무, 실로 이것들은 어느 하나 할 것 없이 모두 아름다웠다. 태후는 이것들을 가꾸기 위해 정성을 다했다. 그러나 자신이 이곳에 감금된다면, 이 모든 것이 무슨 의미가 있겠는가? 권력과 자유를 빼앗기면 아름다움도 다 부질없는 것이 되어버린다. 태후는 두 번 다시 자신의 영역에 포로를 붙잡아두는 일이 없기를 바랐다. 그럼에도 이번만큼은 자신뿐만이 아닌 백성들을 위해서라도 반드시 그렇게 해야만 했다. 태후는 이제 지혜를 발휘하여 어리석은 조카로부터 나라를 구해야 한다고 진심으로 믿었다.

태후는 섬에 도착하자 자신의 커다란 개와 이연영을 거느리고 정자 안으로 들어섰다. 황제는 제사 복장을 한 채 태후를 기다리고 있었다. 그리고 태후가 들어서자 그녀를 맞이하기 위해 자리에서 일어났다. 그의 갸름한 얼굴은 창백했고, 커다란 눈에는 슬픔이 깃들어 있었다. 또한 여자처럼 섬세하고 부드러운 입술은 두려움으로 가늘게 떨렸다.

"무릎을 꿇어라."

태후는 명령을 내린 뒤 중앙에 있는 옥좌에 앉았다. 모든 대전과 정자, 방이나 쉼터의 중앙에 놓인 의자들은 언제나 그녀의 차지였다. 황제는 태후 앞에 무릎을 꿇으며 이마를 바닥에 댔다. 그러자 커다란 개가 황제에게 다가가 조심스럽게 냄새를 맡으며 머리끝에서 발끝까지 그를 수색한 뒤 곧이어 다시 태후 곁으로 돌아왔다.

"네 이놈!"

태후는 신랄하게 호통을 치며 무릎 꿇은 황제를 내려다보았다.

"네놈의 목을 잘라 짐승들에게 던져 줌이 마땅하거늘!"

황제는 아무 말도 하지 않은 채 미동조차 없었다.

"누가 너를 옥좌에 앉혀 주었느냐?"

그녀는 목소리를 높이지 않았으며, 그럴 필요도 없었다. 태후의 서릿발 같은 말은 황제의 귀에 차갑게 와 닿고 있었다.

"누가 밤에 찾아와 침상에서 칭얼대던 너를 황제로 만들어 주었느냐?"

그녀의 물음에 황제는 무어라 중얼거렸다. 그러나 태후는 그 말을 알아들을 수 없었다. 그녀는 황제를 발로 밀며 소리쳤다.

"뭐라고 했는가? 고개를 들어 다시 한 번 말해 보라!"

황제는 갑작스럽게 고개를 들며 외쳤다.

"어마마마께서 그 어린아이를 데려가지 않았더라면 더 좋았을 것이라 했습니다!"

"나약한 것 같으니!"

그녀는 매섭게 황제를 노려보았다.

"내가 이처럼 약해 빠진 녀석에게 세상에서 가장 높은 자리를 넘겨주었구나. 만일 네가 강인한 자였다면 옥좌를 얻었다는 사실에 기뻐하며 수양어머니인 내게도 감사의 마음을 바쳤을 것이다. 그랬더라면 내 자존심에도 아무런 손상이 없었을 테지. 그러나 네가 한 일들을 생각해 보거라. 외국 장난감이나 좋아하고 환관들과 어울려 타락했으며, 황후를 업신여겨 결국 후궁을 황후보다 더 높이 올려놓았지. 그 때문에 지금 만주인들이라면 왕이든 평민이든 모두들 내가 다시 옥좌에 앉기를 바라고 있다! 나는 밤낮으로 그런 간청을 듣는데, 대체 너를 지지하는 자들은 누가 있느냐? 어리석은 놈! 지금 머리 속으로 한족 반역자들을 생각하고 있겠지? 너를 치켜세워 어르고 달래서는 자기들의 말에 솔깃하게 만들려는 그 패악무도한 놈들 말이다! 그들은 권력을 장악하게 되면, 그때는 너를 폐위시키고 우리 왕조를 무너뜨리려 할 놈들이라는 것을 왜 모르느냐! 너는 나를 배신했을 뿐만 아니라 우리의 신성한 선조들 또한 배신했다. 나라를 통치했던 위대한 선조들을 희생시키려고 했다. 개혁이라니! 난 그 개혁이라는 얼토당토않은 반역에 가차 없이 침을 뱉겠다! 반역자들은 죽어 마땅하리라! 그리고 너, 너는……!"

순간 태후는 가슴이 턱 막히는 것을 느꼈다. 그녀는 잠시 말을 멈추고는 가슴에 손을 얹었다. 심장이 터질 듯 두근댔다. 옆에 있던 개가 올려다보며 으르렁거리자 태후는 애써 미소를 지어 보였다.

"한낱 짐승들조차 충성스럽건대, 인간인 너는 그렇지 못하구나."

태후가 말했다.

"그러나 너는 내 조카인 이상 죽이지는 않겠다. 황제라는 칭호 또한 빼앗지 않겠다. 그러나 너는 포로로서 감시를 받으며 비참하게 살게 될 것이다. 또한 내게 대신 통치를 맡아 달라고 간청해야 할 것이다. 그러면 나는 마지못해 그 청을 들어줄 것이다. 그 동안 네가 군주다운 강인한 모습을 보여줬다면 나는 너를 자랑스러워하여 이런 일은 계획하지도 않았을 것이다. 그러나 너는 너무 나약하고 나라를 통치하는 데 적합한 자가 아니었다. 따라서 어쩔 수 없이 내가 다시 그 자리를 차지하겠다. 그리고 지금부터 너는 죽을 때까지……"

순간 문 쪽에서 커튼이 열리며 진비가 뛰쳐 들어왔다. 그녀는 황제 옆에 엎드려 대성통곡을 하며 태후를 바라보더니, 더 이상 황제를 비난하지 말아달라고 간청했다.

"거룩하신 성모님."

진비가 울먹이며 말했다.

"폐하께서는 마마의 심기를 어지럽힌 점을 깊이 뉘우치고 계십니다. 폐하께서는 마음이 여리고 착하셔서 항상 좋은 일만 하기를 바라십니다. 폐하께서는 쥐 한 마리도 죽이지 못하는 착한 심성을 지니셨다는 걸 분명하게 말씀드릴 수 있습니다. 지난날 제 고양이가 쥐를 잡았을 때, 폐하께서는 손수 고양이의 입을 벌려 쥐를 꺼내주시기도 했습니다. 그리고 쥐를 살리려고 애쓰셨습니다. 이런 분이 무엇 때문에……."

"어리석은 것, 그만두지 못하겠느냐!"

태후가 호통을 쳤다. 그러나 진비는 주눅이 들기는커녕 어여쁜 볼 위로 눈물을 흘리며 똑바로 앉았다. 그리고는 고개를 들어 날카롭게 소리쳤다.

"그만두지 않겠습니다, 마마! 저를 죽이시려면 그렇게 하시옵소서. 그러나 마마께서는 폐하를 옥좌에서 끌어내릴 권한이 없으십니다. 폐하께서는 하늘이 정해주신 이 나라의 황제이십니다. 다만 마마께서는 운명에 따르셔야 할 뿐입니다!"

"입 다물지 못하겠느냐!"

태후의 얼굴은 이내 장수처럼 무섭게 굳어져 갔다. 그녀는 냉혹하게 내뱉었다.

"너는 이미 도를 넘었다. 다시는 네 남편을 보지 못하리라."

순간 황제가 바닥에서 벌떡 일어났다.

"성모시여!"

그가 애원했다.

"이 죄 없는 여인에게 자비를 베푸소서. 이 여인은 아무런 아첨이나 가식 없이 저를 진정으로 사랑해 준 유일한 사람입니다!"

후궁은 황제의 팔에 매달리며 그의 가슴에 얼굴을 묻은 채 흐느끼기 시작했다.

"마마, 폐하께서 좋아하시는 음식을 이제 누가 대접하겠습니까?"

그녀의 목소리는 슬픔으로 떨렸고 얼굴에는 짙은 절망의 그림자가 드리워졌다.

"또 누가 폐하의 차가운 침상을 따뜻하게 해 드리겠습니까?"

"내 질녀인 황후가 그리 할 것이다. 그러니 넌 이제 필요 없다."

태후는 이연영에게로 천천히 고개를 돌리며 말했다.

"진비를 당장 끌어내 궁궐 안의 가장 후미진 곳에 가두어라. 버림받은 후궁들을 위한 별채에 가면 두 개의 작은 골방이 있다. 진비는 그곳에 죽을 때까지 갇혀 있게 될 것이다. 옷이 누더기가 되어 다 떨어질 때까지 새 옷을 주지 말고, 음식 또한 거친 쌀과 거지들이 먹는 야채만을 주도록 하라. 다시는 저 계집의 이름을 내 앞에서 언급하지 말 것이며, 설사 죽더라도 내게 알리지 말라!"

"알겠습니다, 마마."

이연영은 고개를 숙여 대답하기는 했으나 갑작스레 목이 메어 얼굴이 창백해졌다. 태후의 심복인 그조차도 태후의 처사가 너무 가혹하다는 것을 느낀 탓이었다. 그럼에도 그는 태후의 명에 따르지 않을 수 없었다. 이연영은 진비의 허리춤을 잡고 밖으로 끌고 나갔고, 진비는 비명을 지르듯 황제를 불렀다. 이윽고 황제는 정신을 잃고 태후의 발밑에 쓰러졌다. 커다란 흰 개가 어슬렁어슬렁 쓰러진 황제에게 다가가더니 그 몸 위에 올라서서 으르렁댔다. 태후는 말 없이 꼼짝도 하지 않은 채 열려진 문틈을 바라볼 뿐이었다.

늙은 부처

서태후는 다시 한 번 나라를 다스리게 되었고, 그 모습에서 더 이상 여성스러운 면모는 찾아볼 수 없었다. 그녀는 언제나 앞에 드리우던 얇은 발을 치워버리고 얼굴을 살짝 가리는 부채만을 사용했으며, 마치 남자인 양 장엄하고 당당한 옷을 차려입고 옥좌에 앉아 햇볕을 쬐곤 했다. 또한 계획했던 일이 완성되자 더 없는 자비로움을 발휘해 황제로 하여금 가끔 옥좌에 나타날 수 있도록 허용해주었으며, 중추절에는 달의 제단에서 제사를 올릴 수 있는 권한까지 주었다.

음력 8월 8일 중추절, 그녀는 영록이 임명한 경비병들의 호위를 받으며 접견실에서 황제를 맞이했고, 내각과 궁내청 신하들 앞에서 아홉 번 절을 받았다. 그것은 이제부터 태후가 그의 권한을 지배한다는 뜻이었다. 그날 이후 황제는 달의 제단에 제를 올리고 풍작과 평화를 기원하며 하늘에 감사드리는 일을 맡게 되었다. 태후는 사람을 다루고, 황제는 신의 영역을 다루게 된 셈이었다.

태후는 왕을 잘못된 길로 인도했던 여섯 명의 반란자들을 참수했다. 그러나 정작 반란의 주동자인 강유위는 한 영국인의 도움으로 망명하여 편안한 생활을 하고 있었다. 이 소식을 들은 태후는 분노를 감추지 못했다. 또한 그녀는 황제의 동맹자인 재왕을 감금했다. 태후의 또 다른 질녀인 그의 아내가, 그의 천대에 앙심을 품은 나머지 모든 사실을 일러바쳤던 것이다. 반역자들이 죽임을 당함으로써 그녀의 적들은 모두 사라졌다. 그러나 이에 대한 여론이 분분한지라 태후는 자신이 벌인 일을 정당화시켜야만 했다.

그 즈음 궁의 세력은 두 개의 파벌로 갈라져 있었다. 한쪽은 황제의 편으로 개혁을 주장하는 동시에 서구의 배와 총, 철도를 받아들여야 한다고 주장했으며, 다른 한쪽은 유교적인 전통을 고수해야 한다고 주장했다.

태후는 한참을 고심하다가 결국 이 두 세력을 모두 설득하기로 결정했다. 그녀는 황제가 두 가지 중대한 죄악을 저질렀다는 포고문을 선포하는 동시에, 이 소문을 대신들과 환관들을 통해 널리 퍼뜨렸다.

첫 번째 죄는 그가 조언자들의 뜻에 따라 이모인 태후를 죽이려 했다는 것이고, 다른 하나는 그 심성이 너무 유순한 나머지 자신을 꼭두각시로 만들고 나라를 찬탈하려는 외국인들의 의도를 미처 파악하지 못했다는 것이었다. 이 두 가지 죄악이 선포되자 백성들은 서태후의 복귀를 정당하다고 여기게 되었다. 실로 공자와 전통을 숭배했던 백성들은 연장자이자 가문의 어른인 태후를 죽이려 한 황제를 용서할 수 없었다.

몇 개월 안 돼 사람들은 태후를 그들의 지배자로 인정했고, 외국인들 또한 나약한 황제보다는 강인한 여자 통치자와 상대하는 것을 보다 탐탁하게 여기게 되었다. 태후는 바로 이 점을 노렸다. 그녀는 통치권을 잡자마자 북경에 주재하고 있는 대사와 공사 부인들을 궁전으로 초청했다. 그녀는 지금까지 단 한 번도 백인을 본 적이 없고 여전히 그들에게 반감을 가지고 있었지만, 이번만은 보다 신중한 자세를 견지할 생각이었다. 그녀는 자신의 예순네 번째 생일을 맞아 간소하게 준비한 연회에 외국 공사들의 부인 일곱 명을 초대했다.

궁정 전체는 연회 준비로 분주했다. 궁의 사람들 또한 태후와 마찬가지로 외국인들을 대한 일이 없었으므로 호기심에 가득 찼다. 또한 시녀들과 환관들은 이곳저곳을 쫓아다니며 바쁘게 움직였다.

한편 태후는 손님들이 좋아할 만한 음식을 선택하기 위해 미리 환관들을 손님들에게 보내어, 고기를 먹을 수 있는지, 종교적으로 금기되어 있는 음식은 없는지, 순한 중국식 녹차를 좋아하는지 인도식 검은 차를 좋아하는지, 그리고 다과를 돼지기름으로 튀겨야 하는지 등을 미리 알아보게 했다.

마침내 그녀는 모든 준비를 끝마쳤다. 늦은 아침 그녀는 진홍색과 노란색의 제복을 갖춰 입은 경비병들을 미리 공사관으로 출발시켜 손님들의 가마를 호위하도록 했다. 한 시간 후 영국 공사관 앞에 도착한 다섯 명의 가마꾼과 두 명의 기병들은, 공사 부인들이 나오자 가마의 의자를 낮추고 장막을 젖혀 그들이 가마 안으로 들어갈 수 있도록 해 주었다. 태후는 또한 외교를 맡은 총리아문의 대신 네 명을 통역관과 동행시켰으며, 곧이어 18명의 기병과 60명의 말을 탄 호위병들이 외국 부인들을 수행했다. 모든 사람들은 외국 손님들을 맞이하기 위해 공식 예복을 갖춰 입고 권위와 예의를 지켰다.

겨울 궁전의 첫 번째 입구에 도착한 귀부인들은 가마에서 내려 그 안으로 걸어 들어갔다. 입구 안에는 밝은 노란색 공단으로 된 옷에 진홍색 장식의 띠를 허리에 두른 여섯 명의 환관들이 기다리고 있다가 일곱 대의 궁중 가마를 운반했다. 외국 부인들은 성대한 호위를 받으며 두 번째 입구에 도착했고, 이전에 황제가 정보를 얻기 위해 구입한 작은 증기 기관차를 타고 자금성을 통과해 중앙의 태화전 입구에 도착했다. 기차에서 내린 손님들은 일곱 개의 정해진 의자에 각각 앉아 차를 마시며 휴식을 취했다. 잠시 후 황실에서 가장 서열 높은 왕이 그들을 거대한 접견실로 초청했다. 그곳에는 황제와 황후가 손님들을 기다리고 있었다. 태후는 이날 황제를 자신의 오른쪽 자리에 앉혀 두 사람 사이가 원만함을 보여주려 했다. 귀부인들은 북경에 주재한 기간에 따라 옥좌 앞에 서 있었고, 통역관은 그들을 세상을 떠난 공친왕 혁흔에 이어 친왕親王의 지위를 하사 받은 경친왕慶親王* 혁광에게 차례로 소개한 다음, 곧이어 태후에게도 소개했다. 태후는 부인들의 얼굴을 차례로 바라본 뒤, 옥좌에서 몸을 굽히고 보석으로 치장한 양손을 내밀어 그들의 오른손을 잡았다. 부인들은 태후에게 감사의 표시를 했고 태후 역시 답례로 살짝 고개를 숙여 보였다. 그런 다음 태후는 그들에게 황제를 소개했다.

잠시 후 그녀가 황제와 함께 자리에서 일어나 방을 나서자 환관들이 태후를 보호하기 위해 그 곁으로 우르르 몰려들었다. 문 밖으로 나선 태후는 말없이 황제에게 오른쪽으로 향하라는 신호를 보낸 뒤, 자신은 왼쪽으로 몸을 돌렸다. 그러자 황제를 밤낮으로 호위하

---

* 청淸나라의 처음이자 마지막 내각총리대신. 의화단 사건 때는 멸양滅洋을 주장하였으나, 연합군이 북경을 점령한 뒤에 반의화단파反義和團派가 득세하자 이홍장과 함께 의화議和 전권대사에 임명되어, 1901년 11개국과 신축조약辛丑條約을 체결하였다.

는 네 명의 환관들이 황제를 다시 '감옥'으로 데려갔다.

태후는 평소처럼 궁의 식당에서 궁녀들에게 둘러싸여 점심식사를 했고, 그 동안 부인들은 서열 낮은 귀부인과 환관, 그리고 통역관과 함께 연회장에 모여 식사를 했다. 태후는 왕성한 식욕으로 음식들을 넘기며 외국인들의 희한한 얼굴에 대해 얘기했는데 그중에서도 그들의 눈을 가장 신기하게 여겼다. 그들의 눈동자는 각각 옅은 회색과 밝은 노란색, 파란색 등 그 빛깔이 매우 다양했다. 또 뼈대가 굵고 무엇보다도 흰 피부가 인상적이었다. 태후는 영국 공사의 부인이 가장 잘생겼다고 말한 뒤, 레이스와 풍부한 무늬가 덧붙여진 긴 공단 스커트에 짧은 상의를 걸친 독일 공사의 부인도 아름다웠다고 덧붙였다. 또한 러시아 부인이 쓴 높은 모자 장식을 비웃고, 미국 부인은 너무 딱딱해 수녀처럼 보인다고 빈정대었다. 궁녀들은 그녀의 말에 웃거나 박수를 치며 이리저리 떠들어댔다.

태후는 즐거운 분위기에서 식사를 마친 다음, 옷을 갈아입고 다시 연회장으로 돌아갔다. 식탁을 치우는 동안 손님들은 다른 방으로 안내되었는데, 태후는 그들이 다시 돌아올 무렵 이미 옥좌에 앉아 있었다. 그녀는 어린 황후인 질녀를 데려와 자신의 옆에 세우고 손님들에게 차례로 소개시켜 주었다. 또한 그들이 풍성한 진홍색 예복과 보석 장신구 등을 칭찬하자 근엄하고도 다정한 미소를 지어 보였다. 오늘 입고 착용한 예복과 보석은 가진 것들 중 가장 좋은 것들로 단 한 번도 써본 적이 없는 것들이었다. 그랬던 그녀가 오늘의 세 번째이자 마지막 연회에서 이것들을 걸치기로 결심한 것은 외국인들도 보석과 옷감의 질을 분별할 줄 알 것이라는 생각에서였다. 그녀는 손님들의 반응에 매우 만족해했고, 그들이 한 사람씩 다가올 때마다 일어나 손을 내밀었다. 그리고 자신과 손님들의 가슴에 손을 대고는 '하늘 아래 모든 사람은 한 가족이다'라는 고대

현자의 경구를 여러 번 반복했다. 그녀는 자신이 말한 것을 통역관으로 하여금 영어와 불어로 통역하게 했다.

그렇게 인사가 끝나자 태후는 손님들을 극장으로 안내해 자신이 가장 좋아하는 연극을 보여주었다. 그리고 그들이 연극을 보는 동안 피곤하다는 핑계로 침실로 돌아와 따스하고 향기로운 물에 목욕을 한 다음, 노란 능라 공단에 형형색색의 불사조가 수놓아져 있는 가장 값비싼 예복으로 갈아입었다. 그리고 거기에 커다란 진주 목걸이를 했고, 지금까지 끼고 있던 진주와 옥으로 장식된 손톱 덮개도 버마산 루비와 인도산 사파이어가 장식된 손톱 덮개로 바꿔 끼었다. 마지막으로 머리에는 아프리카산 다이아몬드, 진주와 루비로 치장된 높은 머리장식을 했다. 궁녀들은 그녀의 모습에 감탄을 금치 못했다. 생생한 상아색 피부와 주름 없는 입술, 아름다운 검은 눈, 깨끗하게 손질된 눈썹 등은 마치 그녀의 젊은 시절을 연상케 했다.

태후는 다시 가마를 타고 연회장으로 향했다. 가마는 차와 다과를 즐기는 귀부인들을 가로질러 옥좌 앞에 멈추어 섰다. 태후가 가마에서 내리자 부인들은 일제히 일어나 그 아름다움에 감탄했고, 태후는 미소를 지으며 차 한 모금을 마셨다. 그리고 부인들을 앞으로 불러 손에 든 찻잔의 반대쪽을 각각의 입술에 한 번씩 대며 다음과 같이 말했다.

"하늘 아래 모든 사람은 한 가족이오. 모두가 하나요."

태후는 남모르는 승리감에 젖어 대담하고 자유로워진 덕에, 부채와 직접 그린 그림, 그리고 옥 조각 등을 부인들에게 선물로 주었다. 이에 부인들이 고마움을 표시하는 동안 태후는 작별 인사를 건넸다. 그렇게 하루가 지나갔다.

며칠 후 태후의 첩자들은 공사의 부인들이, 그렇게 아름답고 점잖으며 후한 선물까지 주는 사람이 잔인할 리 없다는 말을 하는 등 태후를 칭찬했다고 보고했다. 그녀는 이에 매우 만족했고, 그녀들이 말한 것이야말로 자신의 실제 모습이라고 생각했다. 이렇게 모든 이들의 호의를 얻은 태후는 반란자와 개혁자들을 없애버린 다음, 모든 이들을 자신의 권력 아래에 두고 통치할 생각이었다. 그러나 황제가 살아있는 한 이 중요한 일은 이룰 수 없는 듯 보였다. 황제의 측은한 모습과 사색적인 태도, 공손한 언행 등은 아무리 태후에게 복종하는 사람이라도 마음 한켠에 동정심을 가지도록 만들었다. 그래서 다시 한 번 태후는 중대한 결정을 내릴 수밖에 없었다. 그때 이연영이 그녀의 귀에 대고 속삭였다.

"마마, 폐하께서 살아 계시는 한 국론은 분열될 것이고, 더군다나 반역자들은 성모이신 마마와 황제 사이에서 분열의 구실을 찾을 것입니다. 그들은 분열을 좋아하며 지도자에게 대항하는 음모를 꾸밀 때 가장 행복해 합니다. 반란의 주동자들은 항상 물밑에서 음모를 조장하고 있습니다. 그들은 만주족이 한족을 지배하고 있다고 밤낮으로 떠들어댑니다. 태후마마께서 만주족임에도 평화를 지키실 수 있는 이유는 사람들이 마마의 지혜를 믿기 때문입니다."

"내 조카가 조금만 더 강인했다면, 백성들의 운명을 그에게 맡겨도 좋았을 것을……."

그녀는 한숨을 내쉬었다.

"그러나 폐하는 강인한 분이 아니옵니다. 게다가 제멋대로가 아니십니까? 한족 중에서도 반역자의 말만 귀담아들으시고, 그들의 음모에 대해서는 알려고 하지 않으십니다. 폐하께서는 스스로도 모르는 사이에 이 왕조를 파괴하고 계신 것과 다름없습니다."

태후는 그 말에 수긍했으나 탐욕스러운 이연영이 기다리던 은밀한 지시 따위는 내리지 않았다. 그날 그녀는 궁의 테라스를 걷다가 연꽃들이 가득한 연못을 가로질러 조카가 갇혀 있는 섬을 바라보았다. 비록 멀리 떨어져 있었으나 조금만 주의를 기울이면 좁은 섬을 돌아다니는 조카의 희미한 모습을 볼 수 있었다. 그는 환관들에게 늘 감시를 받고 있었다. 그러나 한두 달쯤 황제를 지키다 보면 그에 대한 동정심이 생겨날 수 있었으므로 환관들을 자주 교체해야만 했다. 태후는 밤이면 환관들이 베껴온 황제의 일기를 읽으며 그의 심정과 생각을 빠짐없이 헤아리기도 했다. 그중 왠지 수상쩍게 보이는 황씨 성의 환관 하나는 늘 황제와 관련해 다음과 같은 좋은 보고만 올리기도 했다.

  황제께서는 좋은 책들을 읽으며 시간을 보내십니다. 그러다가 피곤해지시면 그림을 그리거나 시를 쓰기도 하십니다.

태후는 테라스를 오가며 이연영의 말을 되새겨 보다가 이내 머리를 내저었다.

'아니다, 아직 조카를 죽일 때가 아니야.'

아무리 조카를 황제로 선택했다 한들 그의 죽음까지 책임질 수는 없었다. 따라서 그를 죽이고 싶다는 것은 단지 희망사항일 뿐, 그의 명줄은 천운에 맡겨야 했다.

다음 날 이연영이 찾아오자 태후는 냉정하게 말했다.

"황제를 황천길로 보내란 말은 꺼내지도 말라. 하늘이 원하는 것은 하늘의 뜻에 맡겨야 한다."

그녀의 근엄한 태도에 이연영은 복종의 뜻으로 고개를 숙였다. 그러나 한족 반란군이 홀로 있는 황제와 접촉할 음모를 꾸미고 있으리라고는 그 누구도 상상하지 못했다. 그리고 이 일은 항상 황제에 대해 좋은 보고만 올리던 황씨 성의 환관을 통해 진행되었다.

그해 10월의 어느 날 아침, 황제는 환관들의 눈을 피해 섬 북쪽에 있는 소나무 숲을 지나 배가 기다리는 곳으로 도망쳤다. 그때 황제를 발견한 환관 하나가 소리를 질렀고, 곧이어 다른 환관들이 서둘러 달려왔다. 환관들은 황제가 막 배를 타려는 순간 뒤에서 옷깃을 잡으며 도망치지 말아달라고 간청하기 시작했다.

"황제 폐하, 폐하께서 도망치시면 늙은 부처께서 저희들 목을 베어버리실 것입니다."

그러자 뱃사공으로 변장한 반역자가 소리쳤다.

"환관의 목은 동전 한 닢의 값어치도 없으니 어서 배에 오르시옵소서!"

그러나 마음 약한 황제는 그만 뒤돌아 간청하는 환관들의 얼굴을 바라보았다. 그리고 그 순간 밤낮으로 자신을 돌봐주던 부드럽고 친절한, 이제 겨우 소년 티를 벗은 어린 환관을 보게 되었다. 그리고 그가 우는 모습을 보자 차마 배에 오를 수 없었다. 이내 그는 고개를 내저었고, 뱃사공은 다시금 배를 몰고 새벽안개 속으로 사라졌다.

이 슬픈 이야기는 태후의 귀에도 들어갔다. 이에 그녀는 비록 별다른 말은 하지 않았지만, 내심 황제에게 반감을 품게 되었다. 결국 그녀는 그 동안 황제를 지지했던 모든 왕과 대신들, 그리고 반란군을 죽이라고 명했고, 다만 무기가 될지도 모르니 황제는 살려두라 명했다.

백성들은 고대로부터 내려오던 유교에 대한 경외심이 매우 강했으므로, 그저 황제가 태후를 죽이기 위해 음모를 꾸몄다고만 주장하면 황제를 역적이라고 비난할 것이 분명했다. 그리고 황제 역시 이것이 태후의 무기라는 사실을 알고 있었다. 황제는 부드러운 심성을 가진 자인데다가 여전히 공자를 숭상했으므로, 태후는 이를 이용해 얼마든지 황제의 마음을 조종할 수 있었다.

영록은 그녀의 자비로운 처사를 칭찬하며 다음과 같이 말했다.

"마마, 백성들은 황제께서 마마를 해치려 하신 것을 용서하지 않을 것입니다. 하지만 마마께서 황제의 목숨을 빼앗으신다면, 비록 그것이 뜻하지 않은 사고였다 하더라도 마마를 존경하지 않을 겁니다. 그는 적과 충돌할 때 마마의 무기가 될 수 있을 것이니 해하지 말고 가두어 두소서. 또한 항상 그를 예로써 대해주십시오. 그리고 앞으로 열흘 후 일본 사절단을 맞을 때 황제를 마마 옆에 서게 하심으로써 친절과 관용을 베푸십시오. 마지막으로 황제의 후궁인 진비도……."

그때 태후가 두 손을 들어올려 그의 말을 막았다. '진비'는 그녀 앞에서 사용해서는 안 되는 단어였다. 그녀는 입을 다문 채 영록을 차갑게 내려다보았다. 영록에게 있어 그녀는 때로는 태후였고, 때로는 여자였다. 지금 이 순간 그녀는 태후로서 영록 앞에 앉아 있었다.

"다른 문제에 대해 말씀드리겠습니다."

영록은 고개를 숙여 사과의 뜻을 표한 뒤 말을 이었다.

"나라가 평화로워졌음에도 백성들은 여전히 불안해하고 있습니다. 그중 가장 큰 불안은 바로 백인들로부터 시작된 것입니다. 얼마 전에는 한 영국인 사제가 귀주성貴州省*의 폭도들에게 살해당하는 사건이 벌어졌습니다. 성가신 영국인들은 틀림없이 이번에도 배상과

---

* 중국 남서부에 있는 성. 북으로는 사천성, 서로는 운남성, 동으로 호남성, 남으로는 광서장족 자치구의 경계를 이룬다. 지형이 험준하고 왕래가 적어 고립지가 많고, 소수민족이 많이 살고 있음.

특권을 요구할 것입니다."

태후는 치밀어 오르는 화를 억누르지 못하고 주먹으로 무릎을 세 번 내리쳤다.

"망할 놈의 외국인 사제들!"

그녀가 소리쳤다.

"그것들은 왜 자기네 나라에 처박혀 있지 않는 거요? 우리는 단 한 번도 다른 나라에 승려들을 보내 그들의 신을 망쳐 놓은 적이 없거늘!"

"그들에게 있어 사제의 출입은 승리의 전리품과 같사옵니다. 우리는 전쟁에서 패했고, 그들은 승리함으로써 이러한 성과를 얻은 것이지요. 우리는 이제 신부들과 상인들을 우리의 항구에 들여놓을 수밖에 없습니다."

"나는 더 이상은 그들을 받아들이지 않을 것이오."

그녀는 선이 고운 눈을 찡그리며 생각에 잠긴 채 영록이 자신의 옆에 있다는 사실조차 잊어 버렸다. 태후의 심중을 알아챈 영록은 경의를 표하며 자리를 떠났다.

그해 12월, 서부 지방인 호북성湖北省에서 또 한 명의 외국인 사제가 살해되었다. 그의 시체는 구타를 당해 뼈가 부러지고, 심지어 여기저기 피부를 도려낸 흔적들이 남아있었다. 또 같은 달 사천성에서도 봉기가 일어났다. 외국인 신부에 대항해 지역 주민들이 일어선 것이다. 이는 당시 전국에 떠돌던 소문, 즉 신부들이 모두 마법사고, 그들만의 사악한 약을 만들기 위해 아이들을 납치해서 눈을 파내고 뼈를 갈아 술을 만든다는 해묵은 소문으로부터 비롯된 것이었다. 서양 국가들은 자국의 선교사나 신부들이 살해될 때마다 공공연히 전쟁 협박을 했고, 이 때문에 태후는 무척 화가 난 상태였다. 실로 지금 전 세계가 그녀에 맞서 대항하고 있는 듯했다.

러시아와 영국, 프랑스, 독일은 툭하면 태후에 대해 불평을 늘어놓았고 프랑스는 몇 차례나 신부들이 살해당하자 그 보상으로 상해에서의 특권과 영토의 일부를 내놓지 않으면 전쟁을 일으키겠다고 협박했다. 포르투갈 또한 마카오 주변의 더 많은 땅을, 벨기에는 중국 백성들에게 살해당한 두 명의 신부에 대한 보상으로 양자강의 주요 항구인 한구漢口를 요구했다. 반면 일본은 비옥한 복건성福建省을 차지하려는 음모를 꾸몄고, 스페인은 자국민이 죽자 심지어 선전포고도 없이 수평선 위로 우레와 같은 예포를 발사했다. 그중에서도 이탈리아는 가장 강력한 항의를 표하면서 중국 영토 중 가장 훌륭한 절강성浙江省의 사문만灣을 반강제적으로 요구해왔다.

태후는 서둘러 특별회의를 소집하고 대신들과 왕들을 불렀다. 이 회의에는 황하강의 홍수에 대비하여 제방을 쌓는 일로 여념이 없던 이홍장 장군까지도 환궁해 참여했다. 날은 매우 더웠고, 북서쪽에서 모래 바람까지 불어와 주위는 온통 혼탁하고 음침한 기운으로 가득 찼다. 공기 중에 섞인 모래 때문에 숨이 막힐 지경인지라 왕과 대신들은 태후를 기다리는 내내 얼굴에 수건을 두르고 눈을 감아야만 했다. 이윽고 회의에 참석한 태후는 바람이 부는지조차 모르는 듯 제왕의 품격을 지닌 옷을 입고 나타나 이연영의 팔에 기대어 용상으로 걸어 올라갔다. 그리고 무심하게도 "모두들 손수건을 벗고 절을 하라"고 지시했다. 이어 주변을 둘러 본 태후는 영록이 그 자리에 나타나지 않았음을 즉시 알아차리고 이연영에게 물었다.

"내 친척인 군기대신은 어디에 있느냐?"

이연영은 허리를 굽히며 대답했다.

"마마, 회의 전 군기대신께서 몸이 편찮다는 전갈을 보내오셨습니다. 소인의 소견이오나, 아무래도 마마께서 이홍장 장군을 불러들이셨기 때문인 듯싶습니다."

태후는 잠시 얼굴을 찌푸렸으나 별 말없이 당당한 모습으로 회의를 진행시켰다. 그녀는 왕들과 대신들에게 의견을 묻기 시작해서 맨 마지막으로는 이홍장의 의견을 물었다. 이홍장은 불안정한 걸음걸이로 나와 환관들의 부축을 받으며 매우 힘들게 무릎을 꿇었다. 그러나 태후는 그에게 편히 앉으라는 지시 따위는 내리지 않았다. 오늘만큼은 그 어느 때보다도 강력한 권위가 필요했으며, 그녀가 승인하지 않는 일은 아무것도 할 수 없다는 사실을 과시하기 위해서였다.

"우리 황실의 가장 명예로운 보호자인 장군께서는 어떤 의견을 가지고 계신가?"

그녀가 기분 좋은 목소리로 묻자 이홍장은 여전히 고개를 숙인 채 대답했다.

"마마, 소신은 몇 개월 전부터 이를 생각해왔고 그 결과, 우리가 현재 분노한 적들에게 둘러싸여 있으며, 그들과 우리가 여러 면에서 아주 다르다는 사실을 깨달았습니다. 지금 우리는 최대한 전쟁을 피해야 합니다. 이렇게 많은 적들을 한꺼번에 상대하는 것은 호랑이 등에 올라타는 격이 아니겠습니까. 따라서 적을 동맹국으로 만듦이 현명한 듯하옵니다. 부디 북쪽의 러시아를 동맹국으로 삼도록 윤허해 주십시오. 그 모든 나라들 중 러시아는 비록 인종은 달라도 분명 아시아 국가가 아닙니까."

"그럼, 그런 보잘것없는 적 하나를 우리의 친구로 만드는 데 또 어떤 대가를 치뤄야 한단 말이오?"

노장군은 그녀의 목소리에서 치 떨리는 냉정함을 읽고는 부르르 몸을 떨었다.

"그건 안 되오!"

이홍장이 대답을 꺼내기도 전에 태후가 강한 어조로 말했다.

"그 대가는 터무니없이 클 것이오. 어떤 적을 정복한다고 해도 그로 인해 다른 적의 속국이 된다면 무슨 소용이 있겠소? 슬프지만 아무 대가 없이 무언가를 주려는 나라는 이 세상 그 어디에도 없소. 우리는 스스로의 힘으로 우리의 적을 괴멸시켜야 하오. 난 모든 백인들이 우리 해안을 떠나기 전까지는 결코 쉬지 않을 것이오. 난 양보하지 않겠소. 본래 우리의 소유였던 것들을 되찾을 때까지 말이오!"

그녀는 말을 하는 도중 자리에서 벌떡 일어났고, 순간 왕들은 갑작스레 그녀의 키가 커져버린 듯한 느낌을 받았다. 그녀의 눈에는 검은 불꽃이 이글거렸고 볼은 상기되었으며, 양손은 주먹을 쥔 채 부들부들 떨고 있었다. 그 모습에는 제어할 수 없는 신비로운 힘이 넘쳐흘렀고, 분노의 열기로 인해 더더욱 날카롭고 격렬해 보였다. 그것을 본 좌중은 일제히 고개를 떨구었으며, 태후는 그들의 엎드린 등을 내려다보며 핏줄을 타고 흐르는 전율을 느꼈다. 그리고 그녀는 영록이 자신의 뜻을 지지하지 않는다는 것을 암시하기 위해 의도적으로 이곳에 오지 않았다는 것을 깨달았다.

형형색색의 타일 바닥에는 엎드린 이들의 빛나는 예복 자락들이 펼쳐져 있었고, 태후는 그들 사이에서 일생 동안 새로운 문물에 대항해 옛것을 보전하는 데 아낌없이 힘을 썼던 원숙한 군기대신 강의의 모습을 보았다.

"군기대신 강의는 개인적인 알현을 위해 남아주시오. 그리고 다른 경들과 왕공들은 돌아가시오."

태후는 크고 낭랑한 목소리로 말한 뒤 옥좌에서 내려왔다. 그러자 이연영이 앞으로 나와 태후가 자신의 팔에 손을 얹도록 했다. 태후는 여전히 고개를 숙인 대신들 사이를 당당히 빠져 나와 가마에 올랐다. 그녀의 의지는 강했으며 정신은 확고했다. 그녀는 두 번 다시 백인들에게 굴복할 수 없었다.

한 시간 후 군기대신 강의는 그녀의 명령대로 신시申時(15시-17시)에 그녀의 개인 접견실을 찾았다. 이연영은 그 와중에도 모르는 척 강의에게 뇌물을 받아 챙겼다. 태후는 정원으로 향해 있는 넓은 전당을 응시하며 소리쳤다.

"난 더 이상 주저하지 않을 것이오. 이제는 모든 적들에게 가혹해질 것이오! 그리고 우리 땅을 개간하고 되찾을 것이오!"

으뜸가는 유학자 강의는 고개를 숙여 경의를 표하며 말했다.

"마마, 마마를 뵙자 희망이 보이기 시작합니다."

"그대의 조언을 듣고 싶구려. 어서 얘기해 보오."

"마마, 저와 단왕은 마마의 물음에 대답하기 위해 많은 시간을 고민했습니다. 저희의 생각은 이렇사옵니다. 일단 서양인들을 물리치기 위해서는 한인들의 분노를 이용해야 합니다. 현재 한인들은 서양인들이 빼앗아간 땅과 그들과 치루었던 손해막심의 전쟁, 그리고 살해된 신부에 대한 보상으로 지불한 돈에 대해 매우 격분하면서 의병을 자처하고 있사옵니다. 감히 마마께 제안을 드리자면, 이처럼 유랑하는 무리들을 이용하는 것이 어떨까 하옵니다. 한인들의 활동을 비밀리에 승인해 주신다면 그들은 무리를 지을 것이 분명하옵니다. 그리고 그 무리를 영록 대신의 다섯 부대와 합세한다면 누가 감히 대적할 수 있겠습니까? 그리고 한인들 또한 태후마마께서 자신들의 편이라는 것을 알게 된다면 열렬한 충성을 바칠 것입니다."

곰곰이 생각해보니 그 계획은 매우 그럴듯해 보였다. 태후는 연이어 강의에게 몇 가지 질문을 던지고 진심어린 칭찬을 한 뒤 물러나도록 했다. 이번 알현에서 의외의 성과를 얻은 그녀는 기분이 좋아진 나머지 이연영의 주제넘은 조언조차 꾸짖지 않았다.

"더 이상 좋은 계획이 또 어디 있겠사옵니까? 군기대신은 실로 현명하고 신중하신 분입니다."

"옳은 말이다."

그녀는 고개를 끄덕이며 돌아서려 했다. 그때 이연영이 주춤대며 그녀를 곁눈질했다. 태후는 성가시다는 듯 이연영을 바라보며 물었다.

"할말이 남았느냐?"

두 사람은 너무 오래 함께 있었던 나머지 서로에 대해 모든 것을 꿰뚫고 있었다.

"외람된 말이오나, 단언하건대 영록 대신은 이 계획을 반대하실 것입니다."

그는 혀를 내밀어 윗입술을 핥고는 입맛을 다셨다. 그러자 태후는 피식 코웃음을 쳤다.

"그럼 나도 그를 개의치 않기로 하지."

며칠 후 그녀는 영록을 불렀고, 그간 첩자가 전해준 내용에 따라 그의 행동을 단단히 꾸짖을 준비를 했다.

"몸은 좀 어떻소?"

태후는 영록이 개인 접견실 안으로 들어서자 나긋나긋하게 물었다. 그는 태후의 명령에 따라 서둘러 달려오느라 저녁식사조차 하지 못한 상태였다.

"안색이 좋지 않으십니다, 마마. 제게 무슨 저어하는 일이라도 있으신지요."

태후는 그의 얼굴을 찬찬히 뜯어보다가, 처음으로 그 얼굴이 늙고 피곤해 보인다는 것을 깨달았다.

"나는 그대가 외국 공사들에게 자국의 경비병을 늘리는 것을 허락했다고 들었소."

"어쩔 수가 없었습니다. 그들은 지금 첩자들을 통해, 마마께서 강의의 말에 귀를 기울이시고, 결국에는 한인 비밀 결사 조직을 승인하실 것이라는 정보를 들은 듯합니다. 여기서 문제는, 비밀 결사 조직이야말로 외국인들이라면 어린아이 하나까지 남김없이 죽인다는 것입니다. 마마, 저는 마마께서 그러한 어리석은 짓을 허락하셨으리라곤 믿지 않습니다. 게다가 전 세계를 상대로 싸워 이기려 하시다니요? 일단 우리의 국력으로 승리할 수 있을 때까지는 그들과 협상하고, 그들을 달래주어야 합니다."

"나는 우리 백성들이 서양의 군대가 들어올 때마다 저주의 말을 퍼붓는다는 것을 알고 있소. 또한 강의가 구주衢州에 가보니, 그 지역의 백성들은 이미 외세와의 싸움에 대비하고 있다고 하오. 마침 구주의 지사가 의화단義和團 세력을 몇 명 붙잡아 두었는데, 강의는 그들을 풀어주어 내 앞에서 그 능력을 보여주겠다고 했소. 그의 말에 의하면, 그들은 마술로 심지어 죽음까지 막을 수 있다고 하오. 총에 맞아도 몸에 상처 하나 나지 않았다는 것이오."

영록은 괴로운 나머지 울부짖었다.

"마마! 마마께서는 그 터무니없는 말을 믿으십니까?"

"어리석은 것은 그대요."

그녀가 카랑카랑한 목소리로 말했다.

"그대는 천년 전쯤인 한漢제국 말기에 황건적을 이끌던 장각張角이 불과 50만도 안 되는 병사로 황제에게 대항해 수많은 도시들을 빼앗았던 일을 잊었소? 그들 또한 상처와 죽음을 극복하는 요술을 알고 있었던 것이 틀림없소. 또한 강의는 몇 년 전 섬서성陝西省에서 똑같은 요술을 보았다고 하는 친구를 알고 있다고 말했소. 그대에게 묻건대, 세상에 정의를 수호하는 신이 계시다는 것은 분명한 사실이 아니오?"

영록은 거의 실신할 지경이었다. 그는 모자를 거칠게 벗어 그녀의 앞에 내팽개쳤다. 그리고 양손을 머리로 가져가 한 움큼의 머리칼을 쥐어뜯었다.

"저는 마마의 위치를 망각하지는 않겠습니다."

그는 차갑고 단호한 입매로 소리쳤다.

"하지만 마마께서는 여전히 저의 친족이십니다. 제가 오래 전에 저의 삶을 바치기로 결심한 분이십니다. 따라서 저는 당연히 마마에게 어리석다고 할 만한 자격이 있습니다. 마마의 아름다움과 권력, 심지어는 감히 마마 자신까지도 어리석다고 말입니다. 소신이 경고하건대, 마마께서는 어리석게도 세상의 이치를 너무나 모르십니다. 마마께서는 현재 시국에 대해서는 아무것도 아시는 바가 없고, 이미 수백 년 전이나 지난 과거 속에서 헤매고 계십니다. 게다가 그 돌 머리 같은 강의와 어리석은 꿈을 버리지 못하는 환관장과 그 족속들, 심지어 단왕의 말에까지 귀를 기울이시는군요. 정 그리하신다면 마마께서는 자신은 물론 청 왕조까지 파멸시키고 말 것입니다. 제발 제 말을 들으소서, 간청하옵니다."

영록은 두 손을 모은 채로 여전히 존경이 담긴 눈길로 태후의 얼굴을 응시했다. 잠시 후 눈빛이 마주치자 영록은 태후의 의지가 흔들리고 있음을 깨달았다. 그럼에도 영록은 자신이 방금 내뱉은 불경을 수습하기 전에는 감히 말할 엄두를 내지 못했다.

태후는 나지막하게 대답했다.

"일전에 경친왕에게 의화단에 대해 어떻게 생각하느냐고 물어보았소. 그의 말로는 의화단의 유용성은 의심할 여지가 없다는 거요."

"마마께 이러한 충언을 올릴 수 있는 사람은 저뿐이라는 사실을 염두에 두소서."

그는 한 발자국 앞으로 나서며 행여 손으로 태후를 가리킬까 저어해 양손을 허리띠 안에 집어넣었다.

"경친왕은 제게는 사적으로 말한 얘기라 해도 태후마마의 면전에서는 차마 말할 용기가 없었을 것이옵니다. 그는 의화단 놈들이야말로 사기꾼에다 협잡꾼이며 태후마마의 승인으로 자신들의 세력을 얻으려는 무식한 강도 떼거리에 지나지 않는다고 했습니다. 마마, 이 세상에 저보다 더 태후마마를 염려하는 사람이 어디 있겠습니까?"

그는 목이 잠겨 메마른 어조로 말했다.

그녀는 고개를 떨구었다. 그렇다. 오래된 사랑의 힘은 여전히 이어지고 있었다. 그리고 일생 동안 그의 사랑은 태후의 곁에 머물러 있을 것이다.

"이것만은 약속해 주십시오. 저에게 미리 말씀하지 않고서는 그 어떤 행동도 취하지 않으시겠다고 말입니다."

그가 말했다.

"이건 작은 약속입니다."

그는 태후가 아무 대답도 하지 않자 다시 한 번 재촉했다.

"이것이야말로 제가 바라는 단 하나의 보상입니다."

한동안 우두커니 서서 태후의 답을 기다리는 영록의 눈길은 고개 숙인 태후의 얼굴을 바라보고 있었다. 태후는 고개를 숙인 채, 뿌리 박힌 듯 자신의 앞에서 굳건하게 서 있는 영록의 발치께를 바라보고 있었다. 긴 푸른 공단 예복에 반쯤 가려진 우단 장화 속의 발은 그의 충직함을 나타내듯 용감하고 우직해 보였다.

태후는 마침내 고개를 들었다.

"약속하오."

"마마."

강의가 말했다.

"마마께서는 지금 잘못을 저지르고 계십니다. 날이 갈수록 관대해지신 나머지 심지어는 제거되어 마땅한 서양인들까지 받아들이고 계시지 않습니까. 마마의 한 말씀이면 그들은 사라지게 될 것입니다. 그들이 살고 있는 곳에는 개나 가축, 그리고 벽돌 한 장도 남지 않게 될 것입니다."

강의의 첩자들은 영록이라는 존재가 뜻을 이루는 데 있어 얼마나 강력한 적인지를 알려주었고, 이 때문에 그는 서둘러 알현을 청했다. 태후는 고개를 돌렸다.

"난 이제 진저리가 나오."

"하지만 마마."

강의가 말을 재촉했다.

"지금은 진저리를 치실 때가 아닙니다. 승리가 눈앞에 다가오지 않았습니까? 손을 들어올리실 필요도 없이 단지 한 말씀이면 모두가 마마의 지시를 따를 것입니다. 한번은 제 자식이 기수정의 집회에 참여했는데, 그곳의 모든 이들이 외세의 군대를 북경 안으로 들여놓은 영록 대신의 어리석음을 탓하고 있다 합니다. 또한 기수정의 장인, 육현毓賢이 지난 달 섬서성에서 보내온 서신에 따르면, 언제라도 서양의 적들에게 일격을 가하게 될 때를 대비해 일치단결하기 위해 상대적으로 의화단원이 적은 섬서성에서조차 의화단에 참가를 격려하고 있다고 전해 왔습니다. 마마, 소신들은 마마의 명을 기다릴 뿐입니다. 단 한 마디만 하시면 모든 것이 자연스레 해결될 것이옵니다."

그러나 태후는 고개를 저었다.

"아니 되오."

"마마."

이어 동복상董福祥이 말했다.

"마마께서 허락만 해 주신다면 소신이 닷새 안에 북경에 있는 외세의 건물들을 모두 부숴버리겠나이다."

자금성으로 돌아온 지 하루가 지났다. 그녀는 아름다운 이화원을 뒤로 한 채, 겨울 궁전의 접견실에 앉아 있었다.

얼마전 의화단은 허락도 없이 천진으로 가는 철로를 불살라 버렸다.

'그들은 정말 불사신일까? 그 누가 그것을 알 수 있단 말인가!'

태후는 한여름의 무더위 속에서 부채질을 하며 가마꾼들에게 실려 이곳으로 왔다.

"마마."

강의가 말했다.

"동복상에게 알현의 기회를 주실 것을 간청하는 바입니다. 그는 군인이라 다소 거칠기는 하지만 저희 편입니다. 비록 한인이지만 그의 충절은 믿으셔도 될 것이옵니다."

"제 팔뚝을 보십시오, 마마."

동복상은 뽐내듯 자신의 건장한 오른팔을 내밀었다.

태후는 고개를 돌려 자리에 모인 조신들을 훑어보았다. 역시 영록은 없었다. 얼마 전 그는 이틀 동안의 휴가를 신청했다. 그러나 태후는 아무런 답도 주지 않았고, 그런데도 그는 떠나버렸다.

"마마."

군기대신인 계수啓秀가 말했다.

"신이 포고령을 준비할 수 있도록 허락해 주십시오. 이는 외국인들에게 겁을 주어 그들과의 관계를 단절시킬 수 있을 것이옵니다."

"그대가 포고령을 준비한다 해도 내가 그것을 윤허할지의 여부는 확신할 수 없소."

"마마."

강의가 다시 입을 열었다.

"어제 신은 난국공 댁 정실부인의 생일 축하연에 갔습니다. 그의 집 바깥마당에는 수백 명의 의화단원들이 살고 있는데, 그중에 지휘관도 있었습니다. 그들은 자신의 육신 속에 혼령을 불러들이는 재주를 지니고 있었습니다. 신은 불과 열서너 살에 불과한 어린아이들이 무아지경에 빠져 이상한 말을 하는 것을 보았습니다. 난국공이 말하길, 때가 되면 그 혼령들이 의화단을 기독교인들의 집으로 이끌어 그들을 파괴시킬 것이라고 했습니다."

"나는 아직 내 두 눈으로 그것을 보지 못했거늘."

태후가 단호하게 말했다. 그리고는 손을 들어 알현을 끝낼 것을 지시했다.

"마마."

어스름한 황혼 속에서 이연영이 말했다.

"수많은 백성들이 의화단을 숨겨주고 있습니다."

그는 잠시 주저하다 재차 말을 꺼냈다.

"마마, 노여워하지 마시고 들어주십시오. 마마의 양녀인 공주께서는 북경 후문 쪽에 2백50명의 의화단원들이 머물 수 있도록 지원하고 계십니다. 그리고 공주마마의 오라버니이신 재렴載濂 왕께서는 심지어 그들의 요술을 배우고 계십니다. 또한 감숙성甘肅省* 쪽에서 온 의화단원들은 도시 진입을 준비하고 있으며, 많은 백성들이 전

---

* 중국 서북부에 있는 성. 이곳의 좁은 회랑지대는 여러 세기 동안 황하강 이북과 중국 서부를 잇는 통로로 이용되었다. 청대에 뛰어난 총독이었던 좌종당이 태평천국운동과 이슬람교도 반란을 평정한 후 반세기 동안 평화를 누렸다.

쟁을 두려워한 나머지 떠나고 있습니다. 모두가 마마의 윤허를 기다리고 있습니다."

"허락할 수 없다."

태후는 엄숙하게 말했다.

음력 5월 15일, 태후는 이연영에게 영록을 찾아오라는 지시를 내렸다. 태후는 그와의 약속을 철회할 생각이었다. 전령들로부터, 훨씬 더 많은 외세의 군대가 해안에서 내륙 쪽으로 진군해 오고 있다는 보고를 받았기 때문이다. 이는 감숙성의 어느 한인이 외국인을 죽임으로써 시작된 일종의 보복 조치였다.

영록은 정오가 되기 직전 모습을 드러냈다. 아마도 정원이나 언덕에서 시간을 보내다 온 듯 외출복 차림이었다. 그러나 태후는 그런 것에는 신경쓰지 않은 채 입을 열었다.

"이 도시가 외국인 병사들로 가득 채워지는 모습을 조용히 지켜볼 수밖에 없는 것이오? 백성들은 왕권에 대해 들고일어날 것이고, 우리 왕조는 곧 멸망할지도 모르오."

"마마, 신은 이 도시에 더 이상의 외국인 병사들을 들이지 말아야 한다는 데에는 동의합니다. 하지만 외국 공사들을 공격한다면 씻을 수 없는 불명예를 지게 될 것입니다. 그들은 우리를 야만스럽고 접대의 기본조차 모르는 족속으로 인식할 것입니다. 무릇 집안에 든 손님에게는 독을 주지 않는 법입니다."

"그래서 어떻게 하라는 것이오?"

"외국 공사로 하여금 그들의 친지와 함께 북경을 떠나도록 요청하는 것입니다. 만일 그들이 물러나면, 그들의 군대 또한 연이어 물러날 것입니다."

"만일 그들이 물러나지 않는다면?"

"아마 그들은 그리할 것이옵니다. 또한 그들이 떠나지 않는다 해도 마마께서 그 요청에 대한 책임을 지실 필요는 없습니다."
"그렇다면 그대는 나와의 약속을 철회해 주겠소?"
"내일이면 됩니다. 내일…… 바로 내일입니다."
그는 차분한 어조로 답했다.

늦은 밤, 깊은 어둠 속에서 태후는 갑자기 들어온 환한 빛에 놀라 벌떡 일어났다. 언제나처럼 휘장을 젖힌 채로 자고 있는데 창문 사이로 불빛이 비쳐 들어온 것이다. 그러나 그 빛은 등불이나 달빛이 아니라 선홍색으로 불타오르는 하늘에서 쏟아져 내리고 있었다. 그녀는 바닥의 간이 침상에서 자고 있는 시녀들을 깨웠다. 시녀들은 하나 둘씩 창문으로 달려갔다.
"아니, 저런!"
그들이 소리를 질렀다.
"아, 이를 어쩌나!"
그때 이연영이 문을 벌컥 열고 뛰어 들어왔다. 외국 사원이 정체 불명의 괴한들에 의해 불타고 있다는 것이다.
태후는 침상에서 일어나 옷을 갈아입기 위해 시녀를 소리쳐 불렀다. 그리곤 서둘러 예복을 입고는 환관들을 대동해 가장 먼 정원 쪽으로 나선 뒤, 도시 전경이 한눈에 내려다보이는 작약 언덕 위로 올라갔다. 불꽃과 뿌연 연기가 시야를 가렸고, 곧 살이 타는 끔찍한 악취가 공기 중으로 퍼져나갔다. 태후는 손수건으로 얼굴을 가린 채 이연영에게 이 악취의 정체가 무엇이냐고 물었다. 그러자 이연영은 의화단원들이 자금성 근처의 프랑스 교회를 불태우고 있으며, 그 안에는 수백 명의 중국인 기독교 신자가 있다고 답했다.
"이 얼마나 끔찍한 일인가!"

태후는 신음소리를 흘렸다.

"아…… 애초에 외국인들을 북경에 들어오지 못하게 했더라면! 일 년 전에 내가 그들을 금지시켰더라면, 백성들이 그릇된 외세의 신에게 빠져들지도 않았을 것을!"

"마마."

이연영이 말했다.

"진정하십시오. 교회의 입구에서 군중들에게 먼저 발포한 것은 외국인들이었습니다. 용감한 의화단원들이 복수를 한 것뿐입니다."

"오, 하늘이시여!"

태후는 한탄을 금치 못했다.

"황도에 화염이 거세지면 소중한 옥이든 길가의 자갈이든 가리지 않고 모두 거두어가 버림을 역사가 보여주었거늘……."

그녀는 뒤돌아서 더 이상 그 광경을 지켜보지 않았다. 그리고 그날 본 일에 대해 골똘히 생각하며 종일을 보냈다. 공기가 죽음의 악취로 가득 차자, 그녀는 환관에게 개인 소지품과 책들을 영수궁寧壽宮으로 보내도록 했다. 그곳은 깨끗한 공기를 마실 수 있을 뿐더러, 북경에서 벌어지는 일들을 보지도 듣지도 않을 수 있었다.

"마마."

재촉이 시작되었다.

"저 크나큰 손실을 보시지 않으셨습니까, 이제는 의화단의 요술을 써야 할 차례입니다. 외국인 병사들이 홍수처럼 성문으로 밀려들고 있습니다."

"마마, 지금이옵니다. 지체하지 마시고……."

"마마, 마마!"

그들은 태후 앞에서 소란을 피워댔다. 태후는 작은 방 안에 모인 강의, 단왕, 원세개, 그리고 서열 높은 왕들과 대신들을 천천히 둘러보았다. 그들은 접견실에서 회의를 소집한다는 소식을 듣고 서둘러 달려와 있었다. 태후는 무질서하게 서 있는 그들에게 절이나 격식 등을 바랄 수 없었다. 태후의 오른편에 조각된 낮은 의자에는 황제가 앉아 있었다. 그는 고개를 숙인 채, 가늘고 긴 손을 무릎 위에 힘없이 얹어 놓고 있었다.

"천자, 적에 대항하기 위해 의화단의 힘을 빌려야 하겠소?"

만일 황제가 이를 허락하게 된다면, 이후 일이 잘못되었을 때 그 역시 책임을 나누어 가져야 할 것이었다.

"성모님의 뜻에 따르겠습니다."

황제는 고개를 들지 않은 채 말했다. 곧이어 태후는 영록을 바라보았다. 그는 팔짱을 끼고 고개를 숙인 채 혼자 떨어져 있었다.

"마마, 마마!"

사람들의 목소리가 우뚝 선 지붕의 채색된 대들보를 타고 진동하기 시작했다. 태후는 이른 아침의 여명 속에서 자리를 박차고 일어나 조용히 하라는 듯 손을 들었다. 그녀는 불길이 타오르고 외국 군인들이 성문을 뚫고 진격해오는 바람에 음식은 물론이고, 한숨도 잘 수 없었다. 적들은 네 개 성문에서 몰려들더니 도시를 둘러싼 외곽에서 도시의 중앙을 향해 진격하고 있었다. 이제 남은 것은 오직 전쟁뿐이었다.

"때가 왔도다!"

그녀가 소리쳤다.

"우리는 공사관에 있는 외국인들을 쳐부숴야 한다!"

그녀는 갑자기 조용해진 가운데 소리쳤다.

"벽돌 한 장도 남겨서는 안 되며, 단 한 명도 살려 보내지 말라!"

또다시 정적이 흘렀다. 그녀는 이제 영록과의 약속을 깨뜨린 셈이었다. 그녀의 외침을 들은 영록이 급히 다가와 바닥에 엎드렸다.

"마마!"

눈물이 그의 뺨을 타고 흘러내렸다.

"외국인들이 우리의 적이며, 그들이 스스로의 파멸을 불러왔음은 분명한 일이지만, 소신은 부디 마마께서 명하신 일을 다시 한 번 생각해 주시길 간청합니다. 우리가 저 건물들을 부수고 이 땅에 있는 소수의 외국인들을 죽인다면, 그들의 정부는 분노에 가득 차서 우리를 비난할 것이고, 그들의 육군과 해군은 땅과 바다 위에서 몰려와 우리를 공격할 것입니다. 우리의 선조들을 모신 사당은 재로 변할 것이고, 수호신과 백성들의 제단마저 완전히 파괴될 것입니다!"

그녀는 긴장과 공포로 인해 가슴이 떨리고 피가 차갑게 식는 것을 느꼈다. 그러나 그런 두려움을 드러낼 수는 없었다. 그녀는 지금까지 단 한 번도 두려움을 내보인 적이 없었지만, 사실 이 순간 그녀가 느낀 공포는 거의 절망에 가까운 것이었다. 그럼에도 그녀의 아름다운 얼굴은 흐트러짐이 없었고, 속눈썹조차 떨리지 않았다.

"나는 더 이상 내 백성들을 말릴 수 없소."

그녀는 선언했다.

"그들은 복수심에 가득 차 있소. 만약 내가 그들로 하여금 적들을 응징하지 못하도록 한다면, 그들은 나부터 응징할 것이오. 내게는 더 이상 선택의 여지가 없소. 군기대신, 만일 별다른 제안을 할 수 없다면 지금 이곳을 떠나시오. 그대는 더 이상 참석할 필요가 없소."

영록은 즉시 일어섰다. 그의 뺨에는 눈물이 말라붙은 흔적이 역력했다. 그는 아무 말없이 그녀 앞에서 물러났다.

그가 나가자 군기대신 계수가 발에 신은 우단 장화 안에서 접혀진 종이 한 장을 꺼내 들었다. 그는 천천히 종이를 펼쳐 최대한 정중하게 태후 앞에 다가선 뒤 무릎을 꿇고 그것을 내밀었다.

"마마."

계수가 말했다.

"신이 주제넘게 나서 포고문을 제안하는 바입니다. 윤허해 주신다면 제가 큰 소리로 낭독하겠습니다."

"그렇게 하라."

태후는 자신의 입술이 딱딱하고 차갑게 굳어가는 것을 느꼈지만, 여전히 당당하게 앉아 있었다.

계수는 자신이 쓴 포고문을 모두가 알아들을 수 있도록 큰소리로 읽었다. 이는 외국 세력에 대한 전쟁 선포문으로, 태후의 윤허 하에 옥새를 찍는 일만 남아있었다. 그가 이를 읽는 동안 다른 이들은 조용히 듣고 있었고, 그로 인해 그의 목소리는 천장까지 울려 퍼졌다. 포고문을 다 읽고 나자 그는 다른 사람들과 함께 태후의 윤허를 기다렸다.

"완벽하도다."

태후는 차분하고 냉정한 목소리로 말했다.

"황명으로 이 포고문을 발표하라."

모든 사람이 나지막하고 엄숙한 목소리로 찬성을 외쳤다. 계수는 종이를 접어 다시 자신의 장화 속에 넣고 경의를 표한 뒤 자리로 되돌아갔다.

이제 동이 틀 시간이었다. 잠시 후면 임시 소집한 전체 알현이 있는 터라 이연영이 앞으로 나서 자신의 팔을 내밀었다. 태후는 오른손을 그의 팔에 얹고는 옥좌에서 내려와 테라스에 대기한 가마로 향했다. 그리곤 잠시 자신의 궁에 들러 차와 다과를 먹은 후 지체하지 않고 곧장 근정전으로 출발했다. 그녀가 도착하자마자 태후를 기다리던 황제가 가마에서 내려 무릎을 꿇었다.

"자비로우신 태후마마."

그녀는 고개만 살짝 끄덕인 채, 이연영과 두 명의 환관에게 부축을 받으며 건물 안으로 천천히 들어섰다. 입구에서는 그녀의 일가 수장과 왕들, 영록을 제외한 군기대신들, 6부의 상서와 9경의 수장들, 24기군의 군단장, 궁내청의 총관대신(내무부장관) 등이 그녀를 향해 무릎을 꿇었다. 태후의 뒤로는 젊은 황제가 창백한 얼굴로 시선을 떨군 채 허리띠에 핏기 없는 손을 포개고 천천히 걸어왔다. 태후가 옥좌에 앉자 황제 역시 그 오른쪽에 있는 낮은 의자에 앉았다. 모든 격식과 예법이 위엄 있게 이뤄졌고, 태후는 관리들이 제자리에 서자 비로소 입을 열었다. 처음에는 다소 작았던 목소리가 차츰 적들의 만행을 언급하자 힘이 들어가고, 잠을 설쳐 희미해진 눈까지도 이내 본래의 빛을 찾았다.

"우리의 의지는 확실하오. 그리고 우리의 마음도 확고하오. 우리는 더 이상 외국인들의 터무니없는 요구를 참을 수 없소. 우리의 의도는 의화단을 최대한 억제하는 것이었소. 하지만 이제 이것은 불가능해졌소. 의화단은 적의 위협에 더 이상 굴복하지 않으려 하고 있으며, 그러한 적의 위협은 이제 나에게까지 뻗치고 있소. 어제 그들은 내가 옥좌에서 물러나고 내 조카가 통치를 해야 한다고 주장했소. 하지만 그는 유감스럽게도 자질 부족이오! 그들이 왜 내가 물러나기를 바라겠소? 그것은 나를 두려워하기 때문이오. 그들은 내가 변하지 않을 것임을 일찍이 깨닫고는 내 조카를 자리에 앉혀 멋대로 하려는 것이오. 외국인들의 오만함은, 천진의 프랑스 영사가 고작 신부 한 명의 죽음에 대한 대가로 대고 항을 요구한 것만 봐도 잘 알 수 있는 일이오."

태후는 잠시 말을 멈췄다가 제왕처럼 당당한 얼굴로 거대한 전당을 둘러보았다. 활활 타오르는 횃불이 그녀를 바라보는 걱정스런 얼굴들과 옆에서 고개를 숙인 황제의 머리 위를 비추었다.

"왜 아무 말도 없는 것이오?"

그녀가 황제에게 물었다. 그러나 황제는 고개를 들지 않았다. 그는 혀를 내밀어 입술을 적신 뒤, 마주잡고 있던 길고 가느다란 손을 풀었다. 그리고 이후로도 한동안 말을 꺼내지 못했지만, 여전히 태후의 커다란 눈이 자신에게 고정되어 있다는 것을 눈치 채고는 결국 떨리는 목소리로 입을 열었다.

"성모이신 태후마마, 제가 할 수 있는 유일한 말은, 물론 제가 할 말은 아닌 듯싶지만 여쭤보시니 말씀 올리겠습니다. 저는 영록 대신의 제안이 현명하다고 생각합니다. 우리는 서구인들이 가진 전함과 무기도 없으며, 이 상태로 전 세계와 맞서 싸우는 일이 불가능하옵니다. 따라서 외국 공사들과 그들의 가족이 평화롭게 북경을 떠나도록 하는 것이 좋을 듯합니다. 물론 제가 결정할 사항도 아니고, 모두 자비로우신 마마의 손에 달려 있지만……."

이때 군기대신들이 황제의 말을 가로막았다.

"마마, 원래의 계획대로 진행하십시오. 모든 외국인을 죽이면 언젠가 그들의 족속은 근절될 것입니다."

태후는 그들의 말에 다시 한 번 용기를 내어 말했다.

"나는 이미 영록 대신의 조언을 들었으니 반복할 필요가 없소, 황상. 선전 포고문을 작성하시오."

그리고 알현을 마치기 위해 일어서자 반대의 목소리가 터져 나왔다. 한쪽에서는 여전히 그녀의 선포를 지지하고 찬성했지만, 다른 한쪽에서는 자신들의 말을 들어달라고 간청하고 있었다. 결국 그녀는 다시 옥좌에 앉을 수밖에 없었다.

선전 포고를 반대하는 쪽에서는 전쟁이 터질 경우 틀림없이 패할 것이며, 그렇게 되면 청 왕조는 멸망하고 한인들이 옥좌를 차지하게 될 것이라고 주장했다. 또한 총리아문의 대신은 외교 문제에 있어 지나칠 정도로 합리적인 외국인들이 태후의 옥좌를 운운하는 어리석은 문서를 보냈을 리 없다고 말했다. 언젠가 초청을 받았던 외국의 귀부인들은 그녀를 칭찬하기까지 하지 않았는가? 실제로 그녀가 귀부인들을 맞이한 뒤 외국 공사들은 훨씬 온건하고 예의바른 태도로 태후를 대해왔다.

이에 단왕은 화가 나서 벌떡 일어났고, 태후는 이들의 언쟁을 멈추기 위해 총리아문의 대신을 물러나게 했다. 의화단의 보호자인 난국공은 어젯밤 꿈에 옥황상제가 애국적인 의화단 무리에 둘러싸여 있는 모습을 보았다고 말하며, 이는 옥황상제께서 이번 전쟁을 승인하신 것과 같다고 덧붙였다.

난국공의 얘기를 유심히 들은 태후는 상냥한 미소를 띠며, 언젠가 옥황상제가 황후에게 나타났다는 고사를 책에서 읽은 적이 있다고 말했다.

"그는 선한 신이오."

그녀는 이처럼 꿈에 대해 결론을 내렸다.

"이는 신까지도 우리편이며 야만적인 적들에게 반대한다는 뜻이 아니겠는가?"

그러나 그녀는 의화단의 마법에 대한 언급은 하지 않았다. 그것이 진실인지 거짓인지 누가 알 수 있겠는가?

그녀는 조신들을 해산시킨 뒤 궁으로 돌아가면서도 한 번도 황제에게 말을 걸거나 쳐다보지 않았다. 그녀는 자신의 의지대로 일이 이루어지자 마음이 편해졌고, 긴장이 풀려서인지 갑자기 졸음이 밀려왔다.

"나는 오늘 하루 종일 잘 것이니 아무도 깨우지 말라."

그녀는 잠자리를 마련하고 있는 궁녀들에게 말했다. 그러나 오후 1시 경 태후는 문 밖에서 소리치는 이연영의 목소리를 듣고 깨어났다.

"마마, 경친왕께서 강의 대신과 함께 마마를 뵙고자 하옵니다."

갑작스런 접견을 피할 수 없었는지라 결국 태후는 옷을 갈아입고 머리장식을 한 다음 접견실로 향했다. 두 사람은 매우 급박해 보였다.

"마마."

강의가 인사를 하면서 소리쳤다.

"벌써 전쟁이 터졌습니다! 한 만주 하사관이 오늘 아침 마마께 특별 알현을 요청하기 위해 가마를 타고 오던 독일 공사와 다른 외국인 한 명을 죽인 뒤, 포상을 받기 위해 경친왕을 찾아왔다고 합니다."

태후는 더럭 겁이 나 심장이 타 들어가는 듯했다.

"내 칙령이 어찌하여 그리 빨리 퍼졌단 말이오?"

그녀가 물었다.

"내 명령을 받지 않은 살인은 어떠한 포상도 받지 못한다는 사실을 잊으셨소?"

경친왕은 망설이다가 목소리를 가다듬었다.

"마마, 위기상황인지라 단왕과 계수가 알현이 끝나자마자 즉시 명령을 발표하여, 외국인을 보면 무조건 죽이라고 했사옵니다."

경친왕과 강의는 주춤대는 눈빛으로 서로를 쳐다보았다.

"마마."

이번에는 강의가 말했다.

"실은 적들이 이번 일을 자초했다 하옵니다. 경친왕을 찾아온 만주족 군인의 말로는 백인 호위병들이 먼저 발포를 해 세 명의 중국인들을 죽였다는 것입니다."

"이럴 수가!"

태후는 소리쳤다. 그녀는 두려움에 휩싸여 손을 움켜쥐며 말했다.

"영록 대신은 어디에 있느냐?"

그녀는 갈피를 못 잡으며 허둥지둥 소리쳤다.

"그를 빨리 데려오너라. 준비도 되지 않은 상황에서 벌써 전쟁이 시작되다니!"

그녀는 말과 동시에 침실로 뛰어 들어가 먹지도 움직이지도 않고 영록을 기다렸다. 그리고 두 시간 후, 영록이 우울한 모습으로 나타났다. 그는 태후의 애원하는 듯한 눈길에 줄곧 근엄한 표정을 보일 뿐이었다.

"아무도 우릴 방해하지 말라. 그리고 아무도 들어오지 못하게 하라."

그녀는 궁녀와 환관들에게 각각 지시를 내렸다.

그들이 모두 나가자 두 사람은 말없이 서로를 쳐다보았다.

"부디 내가 어떻게 해야 할지를 말해 주시오."

태후가 먼저 힘없이 말을 꺼냈다. 그러자 영록은 굵고 슬픈 목소리로 말했다.

"신이 이미 경비병들로 하여금 외국인들을 해안으로 호위해 갈 수 있도록 준비를 시켜놓았습니다 …… 왜 소신의 조언을 따르지 않으셨습니까?"

그녀는 고개를 돌려 어깨의 옥 단추에 달린 손수건으로 눈가를 닦았다.

"그때는 신의 말씀을 듣지 않으시더니, 왜 이제 와서 어떻게 할까를 물으시는 것입니까?"

그녀는 나지막하게 흐느꼈다.

"의화단에게 지불할 돈을 과연 어디서 구해야 한단 말이오!"

"그럼 그들이 아무 대가 없이 일하리라 생각하셨습니까?"

태후가 다시 한 번 자신을 구해달라고 간청하기 위해 눈을 들어 영록을 바라보는 순간, 갑자기 영록은 안색이 잿빛으로 변하며 바닥에 쓰러졌다. 태후는 서둘러 달려가 그의 손을 잡았다. 그 손은 힘없이 축 쳐진 채 차가워지고 있었다. 눈꺼풀은 벌써 반쯤이나 감겼고, 동공은 움직임이 없었다. 영록은 괴로운 듯 숨을 헐떡였다.

"아, 세상에!"

태후는 큰 소리로 울부짖었다. 이내 그 소리를 들은 궁녀들이 방 안으로 뛰어 들어왔다. 그들은 쓰러진 영록과 그 옆에 무릎을 꿇고 있는 태후의 모습을 보고는 비명을 질렀고, 그 소리에 놀란 환관들이 다급히 들어왔다.

"그를 아편을 피우는 의자에 눕혀라!"

그들은 영록을 방 한쪽 구석의 아편 의자에 눕힌 뒤 딱딱한 베개로 머리를 고정시켰다. 그 동안 태후는 환관을 보내 궁의를 불렀고, 소식을 들은 궁의는 서둘러 달려왔다. 그러는 와중에도 영록은 여전히 미동도 하지 않은 채 거친 숨을 몰아쉬었다.

"마마."

궁의의 우두머리인 태의가 말했다.

"군기대신은 그간 병상에 누워 계셨습니다."

그러자 태후는 매서운 눈초리로 이연영을 노려보았다.

"왜 내게 알리지 않았느냐?"

"마마, 영록 대신께서 알리지 말라고 하셨습니다."

이연영이 말했다.

그녀가 무슨 말을 할 수 있겠는가? 태후는 스스로의 모든 것을 포기해 버린 영록의 확고부동한 사랑에 혼란을 느꼈다. 그러나 이 순간만큼은 마음의 동요를 자제해야만 했다. 그녀는 다시 한 번 사랑과 두려움을 감춘 채, 차분한 목소리로 말했다.

"군기대신을 그의 궁전으로 옮기고 궁의들은 밤낮으로 그의 곁에 머물면서 보살피도록 하라. 그리고 매 시간 그의 건강 상태를 보고하라. 나는 절에 가서 기도를 드릴 것이다."

환관들은 명령에 복종하기 위해 앞으로 걸어 나왔고, 궁의들 또한 인사를 하고는 그들의 뒤를 따랐다. 그리고 그들이 모두 사라지자 태후는 자신을 둘러싼 궁녀들에게 아무 말도 건네지 않은 채, 자신의 개인 불당으로 발걸음을 옮겼다.

술시戌時(19시~21시)경, 해가 지고 어둠이 오기 전, 궁전은 황혼으로 가득 찼다. 슬프고 고요한 기운이 맴돌고 대지 위에 남은 태양의 열기 탓에 밤바람은 아직도 불지 않고 있었다. 그녀는 무거운 짐을 진 듯 느린 걸음으로 절 안에 들어섰다. 그리고는 곧장 자신이 경애하는 관음보살상 앞으로 향했다. 그녀는 세 개의 백단향에 불을 붙여 재단 위 옥 항아리 속에 꽂았다. 그런 다음 옥구슬로 된 염주를 집어들고 기도를 올렸다.

"당신 또한 외로운 보살이십니다."

그녀는 관음보살에게 조용히 기도했다.

"그러니 동생과 같은 저의 기도를 들어주십시오. 조상 대대로 물려받아 온 이 영광스러운 땅을 빼앗으려는 적들에게서 저와 이 나라를 구원해 주십시오. 그리고 그들을 수박처럼 동강낼 수 있게 도와주십시오. 이것이 제 첫 번째 소원입니다. 그리고 이름 없는 내 사랑을 위해 기원합니다. 그가 오늘 제 앞에서 쓰러졌습니다. 어쩌면 지금쯤 죽어가고 있을지도 모릅니다. 저를 붙들어 주옵소서! 당신께 기원합니다. 여신께서 옥황상제께 그의 죽음을 늦출 수 있도록 청해 주십시오. 저는 당신의 동생입니다! 만약 그 시간을 늦출 수 없다면 제 안으로 들어오시어 모든 상황에서, 심지어 고독하게 패배를 당하더라도 이를 당당하게 이겨낼 수 있도록 도와주십시오. 크나큰 자매시여, 당신의 변함없는 얼굴과 근접할 수 없는 아름다움, 그 누구라도 저버리지 않는 은혜로 모든 인간들을 굽어 살피시옵소서. 제가 그리 할 수 있도록 힘을 주시옵소서!"

그녀는 염주 구슬을 하나하나 돌리면서 소원을 빌다가 어느덧 마지막 구슬에 이르렀다. 그 순간 그녀는 자신의 마지막 소망이 응답을 받았음을 느꼈다. 비록 적들이 많아지고 사랑하는 사람이 죽는다 하더라도 아름다움과 은혜로움만큼은 영원히 잃어 버리지 않을 것이었다.

격렬한 전쟁 탓으로 고통스러운 나날이 이어지는 가운데 태후는 오직 홀로 그 고통을 감수해야만 했고 그 극심한 외로움은 어떤 말로도 위로가 되지 않았다. 그러나 그 와중에도 태후는 단왕의 말만큼은 주의해서 들었다.

"마마, 의화단원들은 기이한 비밀 부적을 전쟁터에 가지고 나간다 하옵니다. 그 부적은 노란 종이의 원이 사람을 실어 나르는 형상인데, 종이 위에는 사람도 아니고 마귀도 아닌 빨간색의 피조물이 그려져 있습니다. 그것은 발은 있으나 머리가 없고, 얼굴은 뾰족한데다 네 개의 후광으로 둘러싸여 있습니다. 또한 그 눈과 눈썹은 매우 검고 이글이글 타오르며, 그 몸체 아래위에는 '나는 찬 구름의 부처이니라. 내 앞에는 까만 불의 신이 길을 인도하며, 내 뒤에는 노자老子*께서 나를 수호해 주신다'라는 주문이 적혀 있습

---

* BC. 6세기경에 활동한 중국 제자백가 가운데 하나인 도가道家의 창시자.

니다. 그리고 종이의 왼쪽 위 구석에는 '처음에는 하늘의 수호신을 불러일으키리라' 라는 어구가, 오른쪽 아래 구석에는 '두 번째로 어둠의 신이 흑사병을 불러일으키리라' 라는 어구가 각각 쓰여 있습니다. 게다가 이 신비로운 주문을 외우면 각각의 화신이 적을 물리친다 하옵니다. 그러니 마마, 이 신비한 주문을 배워두면 필히 쓸모가 있을 것입니다."

"그렇다면 그리 하도록 하겠소."

태후는 즉시 동의를 표한 뒤, 그 신비의 주문을 매일 일곱 번씩 낭송했다. 그럴 때면 이연영은 태후의 곁에서 얼마나 많은 외국의 악귀들이 지상을 떠났는지 세는 척하며 그녀를 칭송했다. 들은 바에 의하면, 의화단의 칼이 닿은 곳은 사람의 살이든 나무든 불꽃이 치솟아 오르며, 만일 적이 산 채로 사로잡혔을 경우에는 그 목숨을 하늘의 뜻에 맡긴다고 했다. 즉, 노란 종이를 말아 불을 붙였을 때 재가 위로 올라가면 죽이고, 재가 땅에 떨어지면 살려주는 식이었다. 이연영은 이 같은 이야기들을 태후에게 전해 주었으며, 태후는 이를 의심하면서도 지푸라기를 잡는 심정으로 반쯤은 믿었다.

그러나 상황은 갈수록 심각해졌다. 외국인들로 인한 고통만으로도 온 산천이 폐허가 될 지경이건만, 전국 각지에서 거대한 홍수와 기아, 흉년이 들이닥쳤고 이에 따라 커다란 불만이 터져 나왔다. 절망에 빠진 백성들은 전국에서 봉기를 일으켜 부자들을 약탈하고 선량한 사람들의 식량까지 빼앗아 갔다. 때때로 부유한 외국인 사제들도 그 희생자 틈에 끼어 있었다. 이에 외국인 공사들은 빗발치듯 항의를 했고, 만일 이 소란이 진정되지 않는다면 더 많은 군대와 함선을 보낼 것이라고 선포했다. 그러나 태후는 영록이 무기력하게 병상에 누워있는 이상 그 누구에게도 도움을 청할 수 없었다. 그녀는 답답한 나머지 원세개 장군에게 대책을 물었다. 그러나 원세개는 의화단원들이야말로 가장 터무니없는 자들이며, 그들 중 스무 명을 자기 앞에 세워 놓고 총을 쏘았더니 보통 사람들처럼 모두 쓰러져 죽더라는 대답만 늘어놓았을 뿐이다.

또한 그는 태후에게 더 이상 협잡꾼들을 믿지 말라고 조언했다. 그러나 그 역시, 태후가 누구를 믿어야 하는지에 대해서는 대답하지 못했다. 한편 단왕은 항상 그녀 곁을 맴돌며 야만인들을 바다로 몰아내겠다고 호언장담했다. 그러나 태후가 원하는 것은 평화였으므로 그녀는 아무런 지시도 내리지 않았다. 이에 단왕은 사람들을 자극해 공사관에 있는 외국인들을 공격하겠다고 말하며 이를 윤허해 달라고 요청했다. 그러나 남경의 충직한 노 총독은 그 공격을 반대하며, 외국인 공사와 그의 가족들, 수행자들, 그리고 외곽 지역에 살고 있는 사제들을 보호해 달라는 내용의 상주문을 써 보냈다.

> 마마, 작금의 전쟁은 기독교에 대한 원한을 갚는다는 구실 아래 살인과 방화를 자행한 도적들의 만행에서 비롯된 것임을 염두에 두소서. 따라서 우리는 이 심각한 위기에 정면으로 맞서야만 합니다. 외국 정부들은 이미 그들끼리 연합체를 구성하고, 자국민 보호와 반란 진압을 명분으로 삼아 군대와 함대를 파견하려 하고 있습니다. 이 제국은 현재 절체절명의 위기에 놓여 있으며 저는 온 힘을 다해 그들에게 저항하기 위해 이곳에 필요한 조치를 취해 놓았습니다. 마마, 자비심과 힘을 동시에 발휘하소서. 삼가 권하옵건대, 아무 죄 없는 관리들과 선교사들을 공격한 모든 반란자들을 본보기로서 엄격하게 처벌하소서. 자비로움과 정당한 처벌이 함께 이루어져 해와 달처럼 환히 빛나게 하소서.

상주문을 읽고 난 태후는 새삼스레 총독의 충직함과 성실함을 느끼며, 3백 킬로미터가 넘는 거리를 교대해 하루 만에 도착하는 특사에게 답변을 실어 보냈다. 그녀는 능숙한 친필로 다음과 같이 적었다.

> 그대의 말처럼 우리는 공격자가 되지는 않을 것이오. 일단 그들의 공사관에 우리의 우호적인 감정을 전달한 후, 상호 이익을 위해 평화적인 해결 방안을 마련할 것을 촉구하도록 하시오.

그녀는 이 답변을 급히 보낸 뒤 심사숙고하여 전 세계에 공표하는 공식적인 칙령을 작성했다.

> 우리는 급격한 혼란 속에서 여러 차례 불행한 사태를 견뎌 왔다. 또한 조국과 서구 세력 간에 적대감을 불러일으킨 현 상황에 대해 해명이 난처한 입장이다. 우리의 해외 사절단은 우리와 멀리 떨어져 있는 탓에 서구 세력에게 우리의 진심을 전할 수 없는 바이다.

또한 그녀는 이 칙령에서 한인 반란자들과 전 지역에 있는 무법자들이 합세하여 혼란을 주도한 일과 어떻게 그들을 한 치의 자비 없이 처벌했는지, 그리고 어떤 식으로 외국 선교사들이 모든 지역에서 살해되었는지를 설명했다. 또한 독일 공사에서 일어난 불행한 사건과 외국 군인들이 천진 요새를 포격하며 그 요새를 요구한 일은 중국 사령관으로서 도저히 용납할 수 없는 일이었다고 밝혔다. 그리고 마지막으로 다음과 같은 결론을 내렸다.

그로 인해 전쟁이 벌어졌지만 사실 이것은 우리가 저지른 행위가 아니다. 중국은 스스로의 약점을 알고 있고, 따라서 전 세계를 상대로 전쟁을 선포하는 어리석은 짓은 하지 않는다. 훈련받지 않은 도적 떼들을 이용해 이런 거대한 전쟁에서 성공을 기도했다니 가당치 않은 일이 아닌가. 이것은 누가 봐도 명백한 사실이며 실제 상황이다. 우리는 지금 현 상황에 대처하기 위해 어떠한 조치를 취했는지를 설명하고자 할 뿐이다. 따라서 중국의 해외 사절단들은 각국의 정부에 이 칙령의 의미를 최대한 명쾌하게 설명하도록 하라. 우리는 각 지역의 사령관에게 지시를 내려 각국의 공사관을 보호하는 데 최선을 기울일 것이다. 그 동안 공사들은 새로운 마음으로 임무를 수행해야 하며, 그 누구도 이 일에 무관심한 자세로 일관해서는 안 될 것이다.

태후는 자신이 할 수 있는 일은 다 한 셈이었으나 마음을 놓을 수가 없었다. 그래서 바깥 세계의 가장 권위 있고 힘 있는 지도자들에게 전신을 보내기로 하고, 일단 러시아 황제에게는 인사말과 함께 다음과 같은 내용을 첨가했다.

지난 2백50여 년간 우리 두 제국은 인접국으로서 긴밀한 유대감을 유지해 왔습니다. 그러나 기독교 개종자들과 이를 믿지 않는 다른 백성들 사이에 생긴 적대감은 반란을 조장하는 사악한 자들에게 이간질의 빌미를 주어, 해외의 강대국들로 하여금 우리 황실이 기독교를 배척하고 있다는 생각을 갖도록 했습니다.

다음으로 그녀는 사태의 정황을 설명한 뒤 다음과 같이 끝을 맺었다.

> 지금 중국은 자체적인 통제가 불가능한 상황에까지 이르러 서방 세계의 적개심을 초래하게 되었습니다. 그래서 우리는 귀국이 우리를 대신해 평화 중개인의 역할을 맡아주시길 기대합니다. 저는 귀국의 황제께서 중재인으로 나서시어 우리 모두를 구원해주시길 진심으로 간청하는 바입니다. 귀국의 호의적인 답변을 기다리겠습니다.

또한 영국의 여왕에게는 자신이 여자임을 내세워 자매의 입장에서 인사를 한 뒤, 그간 중국이 가장 많은 교류를 가졌던 나라가 다름 아닌 영국이었음을 상기시켜 주었다. 그리고 다음과 같은 말로 끝맺었다.

> 따라서 우리가 제국을 잃게 되면 귀국 또한 손상을 입을 것입니다. 우리는 불안감에 시달리고 있으며, 우리 자신을 지키기 위해 서둘러 군사력을 증강하고 있습니다. 우리는 폐하께 중개자의 역할을 의지해 폐하의 결정을 기다리겠습니다.

그리고는 마지막으로 자신과 황제의 이름을 사용하여, 동경에 주재하고 있는 공사를 통해 일본의 천황에게 편지를 보냈다.

> 천왕 폐하, 중국과 일본은 이와 잇몸처럼 긴밀한 관계입니다. 따라서 유럽과 아시아가 전쟁에 직면했을 때, 다

르 나라는 차치하고라도 우리 두 아시아 국가는 반드시 협력해야 합니다. 아시다시피 지금 탐욕스러운 서구 국가들은 우리 중국을 호시탐탐 노리고 있습니다. 그리고 언젠가는 일본에도 손을 뻗칠 것입니다. 따라서 우리는 예전의 나쁜 감정을 잊고 서로를 동지로 여겨야 합니다. 우리는 지금 귀국이 이 전쟁의 중재인 역할을 맡아주시기를 바라고 있습니다.

그러나 결과는 참담했다. 어디서도 답장이 날아오지 않은 것이다. 그녀는 이 사실을 믿지 못한 채 밤낮으로 답장을 기다렸고, 왕과 그의 추종자들은 쉴 새 없이 그녀를 압박했다.

"마마! 아군과 적군, 또는 대신과 반역자를 가리지 않고, 모두가 외국의 기독교인에게 증오심을 갖고 있습니다."

그녀는 자신의 고독이 극에 달했음을 깨달았다. 이제 완전히 혼자인 것이다. 태후의 귀에는 누구의 말도 들어오지 않았고, 신들 또한 더 이상 그녀에게 말을 건네지 않았다. 태후는 멍하니 옥좌에 앉아 하루하루를 보냈으며, 다른 대신들과 왕들은 단왕과 그의 추종자들이 아무리 열변을 토해도 그저 침묵을 지킬 뿐이었다. 또한 그녀의 편지를 받은 외국의 통치자들도, 병상에 누워있는 영록도 모두 어두운 침묵 속에 잠겨든 듯했다.

곧이어 햇살이 뜨겁게 쏟아지던 여름도 지났다. 구름 한 점 없는 하늘에서는 비 한 방울 내리지 않았다. 백성들은 작년에는 홍수가 나더니 올해는 가뭄이 들었다며, 시대가 흉흉한 탓에 하늘이 노했다고 탄식했다. 태후는 겉보기에는 관음보살처럼 침착하고 평온해 보였지만, 그 머리 속은 온통 혼란과 불안으로 가득 차 있었다. 북경 어디에나 반란자와 의화단들이 넘쳐났고, 선량한 백성들은 집안에 숨어들어 대문을 걸어 잠갔다. 그리고 외국의 공사관 역시 공격을 대비해 삼엄한 경비 하에 발포 준비를 마친 상태였다.

음력 5월 20일, 태후는 더 이상 기다릴 수 없다는 것을 깨달았다. 그 무엇도 이 땅에서 벌어지고 있는 잔혹한 파괴 행위를 멈출 수 없었다. 북경은 화염에 휩싸였고, 1천 개가 넘는 가게들이 반란자들과 의화단들의 손에 불태워졌다. 돈 많은 상인들은 가족들을 데리고 성문 밖으로 일찌감치 피신했지만, 대다수의 백성들은 칼과 피가 난무하는 거리에 고스란히 버려진 채였다. 이제 이 전쟁은 외국인들과의 전쟁인 동시에 그녀와 옥좌에 대한 전쟁으로 변모해갔다.

그 무렵 그녀는 총리아문에 있는 원세개와 허경징許景澄으로부터 두 개의 상주문을 전달받았다. 외국 경비병에게 사살된 의화단원의 시체가 공사관 거리에 널려있다는 보고였다. 그러나 두 대신은 비록 서양의 공사들이 단순한 방어 이상의 전력 확충을 위해 경비병을 불러모으기는 했으나, 사전에 중국 황실에게 북경의 소요가 가라앉으면 이들을 다른 곳으로 파견하겠다는 약속을 했으므로 그들의 방어 수단에는 잘못이 없다고 주장했다. 다만 적개심이 상충하는 시기인지라 이것이 유혈 사태로 이어졌다는 것이다.

며칠 전 황제는 알현이 끝나자 허경징의 소매를 잡고, 과연 중국이 외국인들의 공격에 대항할 수 있을지를 물어보았다. 이에 허경징이 고개를 저으며 패배할 것이라 말하자 그는 눈물을 흘렸다. 또한 원세개는 공사관들에 대한 공격을 힐책하며, 이것은 엄연히 국제법을 위반하는 행위라고 소리쳤다. 그럼에도 태후가 할 수 있는 일은 없었다. 그녀는 아무 대답 없는 하늘에 도대체 어디로 가야 할지를 묻고 또 물었다. 그녀의 책상에는 비난과 책망이 담긴 무례한 상주문들만 첩첩이 쌓였다.

시간이 흘러 며칠이 지났다. 외국인들은 이미 공사관을 잠근 뒤 그곳에 요새를 마련한 상태였다. 그녀는 식량이 떨어진 외국인들이 굶주리고 있다는 소문을 듣고 식량을 보냈으나, 외국인들은 그 안에 독이 들었을지 모른다는 이유를 들어 고스란히 돌려보냈다. 또한 외국인 자녀들이 물이 부족해 발열을 일으켰다는 소식을 듣고 깨끗한 물을 보냈지만 이것 또한 거절당했다.

그리고 음력 6월 15일, 하늘은 마지막 일격을 가했다. 의화단원들이 한 왕의 성문 밖에서 수백 명의 한인 기독교 신자들을 살해한 것이다. 죄지은 자들뿐만 아니라 무고한 자들까지 가차 없이 학살당했다는 소식을 들은 태후는 손으로 귀를 막은 채 부르르 떨었다.

"아, 만일 그들이 자신들의 종교만 부인했더라면 이처럼 잔인한 전쟁은 없었을 터인데……."

그러나 끝내 그들은 자신의 종교를 부인하지 않았고, 광기에 휩싸인 의화단은 그들을 내리쳤다.

태후는 이른 아침 차를 마시며 깊은 생각에 빠져들었다. 아직 아침 해는 성벽을 넘지 않고 꼭대기 주위에서 어른거렸고, 궁 밖에 있는 백합 위에는 맑은 이슬방울들이 남아 있었다. 그녀는 소란 가운데 그나마 이런 순간을 가질 수 있음을 감사했다. 그때 갑자기 큰 고함소리와 함께 바깥 테라스의 돌 위로 쿵쿵거리는 발자국 소리가 들렸다. 서둘러 일어나 궁의 입구로 향하자 한 무리의 사람들이 보였다. 그들은 날이 넓은 칼을 뽑아든 채 술에 취해 시끄럽게 떠드는 중이었다. 그들의 얼굴은 취기에 벌겋게 달아올라 사나워 보였으며, 그 앞에는 키가 크고 뚱뚱한 단왕이 두려움과 자랑스러움이 뒤섞인 얼굴로 태후를 바라보고 있었다. 그는 일단 손뼉을 쳐 추종자들의 입을 막은 뒤 거만한 태도로 말했다.

"마마, 소신은 이 애국자들을 말릴 수 없습니다! 저희들은 마마께서 악마의 제자들과 기독교 개종자들을 보호하신다고 들었습니다.

심지어는 황제께서도 기독교 신자라고 들었습니다. 저는 이제 아무 것도 책임질 수 없습니다. 또한 제 의지로라도 아무 책임을 지지 않을 것입니다."

그러자 그녀는 손에 들고 있던 찻잔을 머리 높이 치켜들더니 힘껏 내던져 부숴버렸다. 커다란 눈에는 불꽃이 이글거렸다.

"건방진 반역자 같으니라고! 냉큼 물러서지 못할까!"

그녀는 단왕에게 소리쳤다.

"감히 여기가 어디라고 소란을 피우는 게냐! 네가 황제라도 되는 줄 아는 모양이구나! 어찌 감히 오만한 태도를 보이는 게냐! 네 그 아둔한 머리 또한 여느 평민과 다름없이 내 어깨 위에 얹어져 있음을 모르는 게로구나! 이 나라의 통치자는 오직 나뿐이며, 내가 명하지 않는 이상 그 누구도 용상에 접근할 수 없느니라!"

태후의 서슬 퍼런 호통에 단왕은 말을 더듬었다.

"태, 태후마마!"

그러나 태후의 분노는 멈출 줄 몰랐다.

"시대가 혼란스럽다고 해서 너 따위가 폭동을 일으킬 수 있다고 생각하는 게냐! 당장 네 자리로 돌아가거라! 일년 동안 네 놈의 급여를 중지하겠다. 그리고 이 망나니들, 너를 따르는 쓰레기 같은 놈들은 모두 참수시킬 것이야!"

그녀의 낭랑한 목소리가 울려 퍼지자 폭도들은 하나 둘씩 흩어져 버렸다. 곧이어 그녀는 서둘러 궁으로 달려온 황실경비병들에게 그들을 참수하고 그 목을 성문에 걸라고 명했다.

같은 날 천진으로부터, 외국의 군대들이 몰려와 도시를 함락시킨 뒤 공사관에 포위된 자국민을 구하기 위해 전 병력을 북경으로 진격시켰다는 소식이 들려왔다. 이에 반해 관군으로부터 들려온 소식은 오직 후퇴하고 있다는 내용이 전부였다. 이제는 기도를 하며 기다리는 수밖에 없었다.

음력 7월 10일, 그녀의 간절한 바람이 하늘에 닿았는지 영록이 혼수상태에서 깨어났다. 태후는 소식을 듣자마자 절로 돌아가 감사를 드렸고, 그가 빨리 체력을 회복할 수 있도록 여러 가지 약재와 음식들을 보냈다.

나흘 후, 드디어 영록이 창백한 안색으로 가마를 타고 그녀 앞에 나타났다. 태후는 그에게 의자에 앉으라고 손짓한 후 옥좌에서 두 걸음 내려와 그 옆에 앉았다.

"돌아오셨구려, 오라버니. 그대의 육신이 힘없이 누워 있는 동안, 그 영혼과 정신은 먼 곳에서 방황하고 있었소."

태후의 목소리는 한없이 부드러웠다.

"잠시 떠나있던 것도 같은데, 어디를 갔다 왔는지 기억이 잘 나지 않습니다."

영록은 높은 목소리로 대답했지만 예전 같은 힘은 없었다.

"그러나 어쨌든 저는 돌아왔습니다. 마마의 기도가 저를 다시 이곳으로 돌아오게 했는지도 모르겠습니다."

"맞소, 내 기도 때문이오. 나는 그대를 살려달라고 기도했소. 내가 무엇을 해야 할지 알려 줄 수 있는 사람은 오직 그대뿐이기 때문이오. 북경 안에서 전쟁이 터졌고 천진은 함락되었소. 또한 적들이 한 걸음 한 걸음 도읍을 향해 다가오고 있소."

"소신도 모두 알고 있사옵니다. 그러나 시간이 없으니 일단은 외국인들의 구미에 맞추어 단왕을 참수해야 합니다. 이로써 마마는, 마마의 결백과 평화에 대한 의지를 증명할 수 있을 것입니다."

"적에게 굴복하란 말이오?"

그녀가 격분하며 소리쳤다.

"단왕을 참수하는 것은 별 문제가 아니나, 적에게 굴복하라니 말도 안 되오! 그리 할 수는 없소! 그렇게 되면 내 일생의 신념이 하루아침에 무너지는 꼴이 되오."

영록은 한숨을 내쉬며 신음하듯 말했다.

"마마의 고집은 참으로 대단하십니다. 밀려드는 조류를 멈출 수 없다는 사실을 모르시겠습니까?"

그는 소용없다는 듯 고개를 저으며 가마꾼을 불렀다. 상심한 태후는 결국 그를 붙잡지 못했다.

날이 갈수록 압박감은 더해갔으나 태후는 여전히 의화단의 마법이라는 한 가닥 희망을 붙들고 하루하루를 견뎠다. 공사관의 외국인들은 북경의 절반이 재로 뒤덮였음에도 항복하지 않았다. 그들은 자국의 군대가 자신들을 구해 주리라는 믿음을 가지고 있었다.

태후는 음력 8월 3일, 장수전長壽殿에서 왕과 대신들을 접견했다. 이 자리에 참석한 영록은 힘들게 가마에서 일어나 자리에 앉았다. 하지만 영록으로서는 이미 해줄 수 있는 조언은 모두 한 상태였으므로 계속해서 침묵을 지켰다. 대신과 왕들 또한 두려움과 피로로 가득 찬 창백한 얼굴로 말없이 앉아 있었다. 그러나 이런 정적 속에서도 오직 단왕만은 큰소리를 쳐댔다. 의화단이 비밀 주문을 준비했으니 이제 외국 군대들은 성벽 밖의 해자를 건너기도 전에 모두 빠져 죽을 것이라는 얘기였다. 그때 영록이 날카로운 목소리로 소리쳤다.

"의화단원은 깃털보다 나을 것이 없으며, 적이 접근했을 때에는 깃털보다 더 가볍게 도망칠 것이오!"

그의 말은 결국 맞은 셈이었다.

8월 5일 늦은 오후, 갑작스레 난국공이 태후의 서재 안으로 뛰어 들어와 인사와 격식을 생략한 채 소리쳤다.

"마마, 그들이 여기까지 몰려들었습니다! 외국의 악마들이, 불이 밀랍을 뚫듯 성문을 부수고 들어왔습니다!"

태후는 심장이 멎는 듯했다.

"그의 말이 맞았구나."

그녀는 탄식을 내뱉고는 재빨리 책을 덮고 일어섰다. 그리고는 아랫입술을 엄지와 검지로 뜯으며 생각에 잠겼다.

"마마, 피신하셔야 합니다!"

늙은 국공이 소리쳤다.

"마마와 황제 폐하 두 분 모두 북쪽으로 향하십시오!"

그녀는 완강하게 고개를 저었고, 아무래도 그녀를 설득할 수 없다는 것을 깨달은 노老 국공은 서둘러 영록을 찾아갔다. 한 시간도 채 지나지 않아 영록이 도착했다. 그는 불안정하게 지팡이를 짚고 있었으나 그 표정은 어느 때보다 단호했다. 태후는 의자에 앉은 채 바닥을 바라보고 있었으며, 무릎 위로 너무 세게 깍지를 낀 탓에 손마디가 하얗게 변해 있었다. 태후는 흐릿하고 초점 없는 눈을 들어 영록을 바라보았다. 영록은 태후에게 가까이 다가가 낮고 부드러운 목소리로 속삭였다.

"내 사랑이여, 제 말을 들어야 합니다. 아직까지 마마께서는 옥좌의 상징이시옵고, 마마께서 계신 곳이 바로 나라의 심장부입니다. 오늘 밤 자정 이후, 달이 지고 별이 뜨지 않은 시간에 부디 황제 폐하와 피신하십시오."

"다시, 또다시 말이오?"

태후는 울먹이듯 속삭였다.

"그렇습니다. 그러나 마마는 혼자 떠나시는 것이 아니옵니다."

"그럼 그대도 가는 것이오?"

"아닙니다. 신은 가지 않겠습니다. 신은 우리 군사들에게 용기를 주기 위해 여기에 남아 있어야 합니다. 그러나 마마는 전에도 그랬던 것처럼 다시 돌아오실 것이고, 신은 그때를 대비해 옥좌를 보존하고 있겠습니다."

"군대도 없이 무얼 어찌한단 말이오……."

태후는 희미한 목소리로 중얼거리며 고개를 숙였다. 영록은 그녀의 길고 곧은 속눈썹에 커다란 눈물방울이 맺혀 있는 것을 보았다. 곧이어 눈물이 방울방울 떨어져 그녀의 매끄럽고 두꺼운 은회색 예복 위에 얼룩졌다.

"힘으로 할 수 없다면 지혜로 할 것입니다. 옥좌는 마마를 위해 언제까지나 여기에 있을 것입니다. 제가 그것을 약속드리겠습니다."

영록은 그녀를 내려다보았고, 결국 그녀가 자신의 말에 굴복했음을 깨달았다. 아니, 어쩌면 그녀는 그가 아닌 공포와 두려움에 굴복한 것인지도 몰랐다. 영록은 순간 태후에 대한 슬픔과 연민을 느끼며 잠시 그녀의 손을 잡고 있었다. 그런 다음 그 손을 자신의 볼에 대었다가 조용히 내려놓으며 뒤로 물러섰다.

"마마."

그가 말했다.

"지체할 시간이 없습니다. 신은 마마의 변장을 준비하고, 신을 대신해 마마를 호위할 자들을 선택할 것입니다. 마마는 몸을 지저분하게 칠해 농사꾼의 아낙으로 변장한 뒤 숨겨진 문을 통해 성을 빠져나가십시오. 단, 호위할 사람이 두 명 이상이어서는 안 됩니다. 많으면 오히려 이상해 보일 것입니다. 황제 폐하 역시 농부로 분하시고, 후궁들은 남겨두셔야 합니다."

영록이 한쪽 다리를 조금씩 절며 사라지자 태후는 말없이 자리에 앉아 책을 펼쳤다. 순간 수천 년 전에 공자가 썼던 문구가 눈에 들어왔다.

넓은 사고와 참된 이해의 부족으로 위대한 목표를 잃어
버렸도다.

그녀는 단어들을 뚫어지게 바라보았다. 과거 속에서 튀어나온 그 문구는 누군가가 읊고 있기라도 한 듯 선명하게 뇌리에 들어박혔다. 태후는 이 문구를 겸손하게 받아들이기로 했다. 그녀는 폭 넓은 사고를 가지지 못했으며, 시대에 대한 이해력도 부족했다. 그리고 그로 인해 목표를 잃어 버렸다. 태후의 목표는 나라를 구하는 것이었지만 이는 수포로 돌아갔다. 그녀는 천천히 책을 덮고 운명에 굴복할 수밖에 없다는 사실을 조용히 되뇌었다. 이제부터는 태후가 시대를 움직이는 것이 아니라, 시대가 태후를 움직이게 될 것이었다.

수하들은 태후의 심정을 헤아리지 못한 채, 그 당당하고 침착한 모습에 놀라워했다.

그녀는 자신의 책과 그림, 족자와 보석을 안전하게 처리하라고 명했으며, 이연영에게는 침실에 비밀 벽을 만들어 보물을 숨기라고 지시했다. 그리고 모든 준비가 끝나자 질서 있게 다음 조치를 취했다. 먼저 그녀는 황제를 부른 뒤, 다시 후궁들을 불러 왜 그들을 데리고 갈 수 없는지를 설명했다.

"지금 나는 스스로 내 자신과 황제 폐하를 보위해야 한다. 이는 우리만을 위한 것이 아니라 옥좌를 보존하기 위함이다. 그러나 나는 제국의 옥새를 가지고 있으므로 내가 가는 곳이 곧 나라가 될 것이다. 또한 군기대신 영록이 우리 군사들의 사기를 진작시킬 것이니 두려워할 필요는 없다. 제 아무리 야수 같다한들 저 적들은 결코 이 자금성 안까지는 침입하지는 못할 것이다. 그러니 내가 여기 있을 때와 마찬가지로 조용히 살아가도록 하라. 또한 이연영을 제외한 나머지 환관들도 모두 여기에 남을 것이다."

이어 후궁들의 나지막한 울음소리가 터져 나왔다. 모두들 감히 명을 거역하지 못한 채 침묵을 지키는 가운데 감옥에서 데려온 진비 홀로 입을 열었다. 그녀는 안색이 창백하고 볼이 늘어져 예전의 아름다움은 잃어버렸지만 여전히 당당했으며, 초승달 모양의 눈썹 아래 보석처럼 박혀있는 눈동자는 생기에 불타고 있었다. 그녀는 태후를 향해 울부짖었다.

"태후마마, 저는 이곳에 남지 않을 것이옵니다! 저는 소인의 주인을 섬기기 위해 함께 갈 권리가 있사옵니다!"

그러자 태후는 자리에서 벌떡 일어났다.

"방자한 것! 황제의 머리맡에 모든 문제의 씨앗을 가져다 놓은 주제에 감히 그런 말을 한단 말이냐! 네가 황제의 귓전에 대고 그 악한 계책을 속삭이지만 않았어도 황제는 그런 엄청난 악행을 저지르지 않았을 것이다!"

이어서 그녀는 이연영을 향해 명했다.

"이 계집을 잡아다가 동문 쪽 우물에 던져버려라!"

서태후가 고함을 지르는 동안 황제는 무릎을 꿇고 빌며 진비를 보호하려고 애썼다. 그러나 태후의 화는 쉽사리 풀리지 않았다. 태후는 황제에게 삿대질을 하며 소리쳤다.

"황상은 한 마디도 마시오! 이 계집은 본디 올빼미의 알에서 나와 애지중지 키워주었거늘 감히 나를 배신하려 했소!"

태후는 그 즉시 이연영에게 신호를 보냈고, 순간 두 환관이 조용히 앞으로 나와 창백해진 진비를 끌고 나갔다. 이윽고 태후는 무릎을 꿇은 황제에게 말했다.

"가마에 오르시오. 용안이 보이지 않도록 장막을 내려야 하오.

부륜溥倫 왕은 폐하의 가마에 타도록 하고, 나는 내 마차에서 행렬을 이끌 것이오. 이연영도 노새를 타고 우리를 따르도록 하라. 그대의 노새 타는 솜씨는 매우 형편없지만, 어쨌든 최선을 다해 우리를 보필해야 할 것이다. 만약 누군가 우리를 불러 세우거든 산속으로 피난 가는 시골 사람들이라고 둘러대도록 하고. 아, 그전에 이화원에 한번 들러야겠군."

모든 것이 태후의 지시대로 준비되었다. 그녀는 마차 안의 장막 속에서 굳은 얼굴로 부처처럼 꼿꼿이 앉아 있었고 눈에는 단호한 의지가 엿보였다. 몇 시간 후, 일행의 무리가 이화원에 거의 도달하자 다시 명령이 떨어졌다.

"멈추어라!"

문득 자신이 사랑했던 아름다운 탑이 시야에 들어온 것이다.

"여기에서 잠시 머물다 갈 것이다."

태후는 마차에서 내려 환관 한 명만을 거느린 채 대리석으로 만든 복도와 궁전 내부, 그리고 호수 주변을 둘러보았다. 이곳은 그녀의 열정이 살아 숨쉬는 곳이었다. 그녀는 항상 이 아름다운 곳에서 온화하고 기품 있는 사람들과 노년을 보내기를 바랐다. 그러나 이제 다시는 이곳에 돌아오지 못하게 될지도 몰랐다. 또한 만일 예전처럼 이곳이 파괴되면 어찌한단 말인가? 그러나 태후는 여름 궁전이 파괴됐음에도 결국 황도로 돌아와 이처럼 궁을 재건했으며, 그 대역사大役事는 태후의 힘과 영광을 더욱 굳건하게 해주었다. 그러나 그때의 태후는 젊고 힘이 넘쳤다. 반면 지금의 그녀는 늙은이가 아닌가. 태후도 세월의 흐름을 당해낼 수는 없었다.

한인 농부들이 입는 거칠고 푸른 면 옷을 입은 태후는 오랫동안 말없이 이화원의 모습을 응시하다가 이내 발걸음을 돌려 다시 마차에 몸을 실었다.

"서쪽으로! 서쪽으로 가자!"

태후가 지시했다.

"우리는 서안西安*으로 갈 것이다!"

90일 간의 기나긴 여정이 계속되었고, 태후는 속마음과는 달리 여전히 당당하고 평온한 모습이었다. 비록 몸은 피난 중이었지만 그녀는 마치 태양처럼 여겼던 자신의 궁궐을 한순간도 잊지 않고 있었다. 일행은 이제 하나의 성省을 통과해 다음 성으로 들어섰고, 더 이상 신분을 위장할 필요도 없어졌다.

태후는 다시금 황실의 예복으로 갈아입기 위해 몸을 깨끗이 씻고 정신을 가다듬었다. 그러자 또다시 용기가 샘솟았다. 섬서성은 비록 전쟁의 피해에서는 벗어났지만 극심한 기근에 시달리고 있었다. 그런 와중 태후가 도착한 첫날 저녁, 그녀의 총애를 받고 있는 한 장군이 북쪽으로 군대를 이끌고 와 일행에게는 신선한 계란 한 상자와 보석 박힌 허리띠를, 태후를 위해서는 담뱃대와 담배를 바쳤다. 태후는 기쁨을 감추지 못했다. 이는 백성들이 여전히 그녀에게 충성심을 갖고 있다는 좋은 징조였다. 이후 며칠 지나지 않아 태후가 도착했다는 소식을 들은 백성들은 기근마저 잊은 듯 귀한 곡식과 가축 등을 바치러 왔다. 태후는 백성들의 충성심에 큰 감명을 받았으며, 그로 인해 아름다운 주변 경관을 즐길 수 있는 마음의 여유를 갖게 되었다.

태후는 '비아로飛鵶路(날아다니는 거위의 길)'라고 불리는 작은 언덕길을 지나다가 주변의 장관을 즐기기 위해 잠시 멈출 것을 지시했다. 보라색으로 물든 하늘 아래 산들이 끝없이 펼쳐져 있었고, 숲의 그림

---

* 중국 섬서성의 성도, 예로부터 여러 왕조의 수도였고 매매와 교역의 중심지이며 역사적으로도 중요한 곳. 수·당 왕조에는 수도로서 장안으로 불렸으며, 시안 북동쪽으로 약 32km 떨어진 곳에 진시황릉이 있음.

자에 가려진 어둑어둑한 곳에는 물 맑은 계곡이 있었다. 호위를 맡게 된 태후의 충성스러운 장군은 이번에도 충성심을 발휘하여 저만치 노란 꽃들이 가득 핀 초원에서 꽃을 한 다발 꺾어 바치며, 이 꽃들은 황실의 귀인들을 환영하기 위해 산신령께서 만발해 놓으신 것이라는 말을 덧붙였다. 아름다운 찬사에 기분이 좋아진 태후는 그에게 우유를 발효한 차 한 잔을 대접했다. 태후는 이처럼 사소한 즐거움에 젖어 조금이나마 마음의 근심을 덜 수 있었다. 그날 밤 그녀는 비록 보잘 것 없는 음식이지만 맛있게 먹고, 오랜만에 단잠에 빠져들었다.

음력 9월 8일, 드디어 태후 일행은 성도省都에 도착했다. 성문 앞에는 육현 총독 등이 예를 갖춰 태후 일행을 기다리고 있었다. 육 총독은 의화단의 마술을 지지하며, 자신의 성 안에 있는 모든 외국인들을 남녀노소 할 것 없이 모조리 죽여 없앤 장본인이었다. 태후는 총독이 환영의 뜻으로 바친 선물을 받고 외세의 무리를 몰아내는 데 일조한 그의 경력을 치하한 다음, 그의 정직함과 충성심을 익히 알고 있다고 말했다.

"허나, 우리는 지금 싸움에 패배해 피신하는 중이며, 만일 외국 군대가 승리하게 된다면 분명 경은 처벌당할 것이오. 그것이 사람들의 요구이기 때문이오. 그러나 나는 비밀리에 경에게 보상을 할 것이오. 비록 지금은 수세에 몰리고 있지만, 먼 훗날 우리에게 승리를 가져다 줄 날을 기대해야 하지 않겠소?"

이 말을 들은 총독은 땅에 엎드려 태후에게 아홉 번 절했다.

"마마, 소신은 마마의 손에 의해 파직되고 엄벌을 받을 각오가 되어 있습니다."

그러자 갑작스레 태후가 비웃듯 소리쳤다.

"어쨌든 의화단이 마술에 힘입어 죽지 않는다니! 그건 경이 틀렸소. 많은 수가 이미 죽었단 말이오. 그들은 수많은 외국 군대의 총알이 몸을 관통하자 밀랍처럼 힘없이 쓰러졌소."

이에 총독은 진지하게 대답했다.

"마마, 그렇게 죽은 자들은 스스로 계율을 지키지 않은 자들이옵니다. 강도짓을 위해 기독교인이 아닌 무고한 사람까지 무자비하게 살해한 자들은 자신의 탐욕으로 인해 파멸될 수밖에 없지요. 그들의 마술은 오직 순수한 의화단만이 부릴 수 있는 것입니다."

태후는 고개를 끄덕인 뒤 곧이어 총독의 궁으로 향했다. 태후는 그곳에서 깨끗하게 손질된 금그릇, 은그릇들을 보며 매우 기뻐했다. 그 그릇들은 건륭제가 오계관산五鷄冠山으로 제사를 드리기 위해 행차하던 도중 잠시 들렀던 때보다도 더 이전인 무려 2백여 년 전에 만들어진 것이었다.

이윽고 가을이 다가왔다. 전쟁의 참혹함 속에서도 그 해의 가을은 그 어느 때보다도 풍요롭게 무르익었다. 태양이 대지와 사람들의 머리 위로 쏟아져 내렸고, 농사는 풍작이었다. 창고는 곡식과 땔감으로 넘쳐 났다. 이곳은 전쟁터와는 떨어져 있었으므로 백성들은 전쟁이 일어났다는 사실조차 잊은 듯했다. 그들은 평화롭고 풍요로운 가운데 태후에게 존경을 표했으며, 태후를 늙은 부처, 즉 노불야라고 칭송하며 감사했다. 이에 태후는 다시금 용기를 얻어 마음을 확고히 다졌다. 또한 점차 많은 대신과 왕들이 이곳에 모여들기 시작해 이제 이곳은 작은 황궁이나 다름없었다.

그러나 이런 희망적인 분위기는 갑작스레 날아 든 편지 한 장으로 인해 깨지고 말았다. 그것은 영록의 상주문이었다. 그의 보고에 의하면, 자금성의 관료들은 옥좌를 보전하고자 하는 명분마저 잃고 말았으며, 그의 충직한 부관인 종기는 이 절망적인 상황을 이기지 못하고 결국 목을 매 자살했다고 했다. 태후는 우선 종기의 죽음에 애도의 뜻을 표하고 그의 충성과 용맹을 높이 산다는 내용의 답장을 보냈다. 그리고 영록에게는 직접 찾아와 자세한 보고를 하라고 명했다. 또한 영록이 섬서성으로 오는 동안 그의 아내가 낯선 곳에서 병사病死를 당하자, 소식을 들은 태후는 그를 불러 위로한 뒤 활기를 되찾아 주리라 결심했다.

태후가 태원太原이라는 도시에 다다른 날, 동시에 영록이 도착했다. 태후는 그에게 한 시간 동안 휴식을 취한 뒤 곧바로 자신을 보러 오라고 명했다.

한 시간 후, 태후는 작고 오래된 전당에서 영록을 맞이했다. 그녀는 낮은 단 위에 세워진, 남쪽 지방의 흑목으로 만든 커다란 의자에 앉아 두 손을 포갠 채 그를 기다렸다. 그녀는 이 만남을 위해 다른 이들의 근접을 막아놓고 있었다. 궁녀들은 신선한 공기와 햇볕을 쪼이라고 내보냈고, 이연영에게는 곁방에서 기다리라고 명했다.

마침내 문이 열리고 영록이 들어왔다. 그는 슬픔과 피로감으로 여윈 얼굴로 그녀를 바라보았다. 그럼에도 그는 예의를 지켜, 짧은 휴식 시간 동안 어느새 목욕을 하고 새 옷으로 갈아입은 채였다. 그는 평소처럼 경의를 표하려 했고, 태후는 늘 그랬듯 오른손을 내밀어 이를 제지했다. 그리고 그가 자신의 앞에 서자 자리에서 일어나 오랫동안 눈을 떼지 못한 채 시선을 교환했다.

"그대의 부인이 황천으로 떠났다니 참으로 유감이오."

태후가 나지막한 목소리로 말을 꺼냈다. 이에 영록은 고개를 살짝 숙이며 답했다.

"마마, 아내는 좋은 여인이었으며 저를 충실하게 받들어 주었습니다."

그러나 영록은 이내 입을 다물어 버렸다. 온유한 침묵이 흘렀고 마침내 태후가 입을 열었다.

"그대의 부인을 위해 좋은 묏자리를 알아보아 이장해 주도록 하겠소."

"황공하옵니다, 마마."

"많이 피곤해 보이니 격식 같은 것은 따지지 맙시다. 저쪽에 같이 앉아서 얘기를 좀 했으면 하오. 나는 그대의 지혜가 필요합니다."

태후는 단에서 내려와 우아하고 기품 있는 자세로 방을 건너 2단으로 된 탁자 사이에 있는 두 개의 의자 중 하나에 앉았다. 잠시 후 영록이 맞은편 의자에 앉아 그녀의 말을 기다렸다. 태후는 섬서성의 풍경이 그려진 비단 부채를 펄럭이며 눈을 가늘게 떴다.

"이제 모두를 잃었단 말이오?"

"네, 모두 잃었습니다."

그는 커다랗고 단단한 손을 무릎 위에 포개며 일절의 수사 없이 직설적으로 말했다. 태후의 시선은 그 두 손에 고정되어 있었다. 태후는 그의 손이 비록 보기에는 말랐지만 그 아귀 힘만은 얼마나 센지를 잘 알고 있었다.

"이제 어찌해야 하겠소?"

"마마, 방법은 한 가지뿐입니다. 하루 빨리 환도하시어 적들의 요구를 들어주시고 옥좌를 보전하셔야 합니다. 일단 저는 그들과 평화 협상을 진행하라는 명목 하에 이홍장 장군을 남겨두고 왔습니다. 하지만 환도하시기 전 반드시 단왕의 목을 베시어 마마의 뜻을 전달하셔야 합니다."

"그럴 순 없소!"

태후가 소리치며 신경질적으로 부채를 접었다.

"그렇다면 마마께서는 절대 황도로 돌아가실 수 없습니다."

영록이 대답했다.

"외국인들은 단왕이 폭동을 선동하고 있다고 믿는 탓에 그에 대한 증오심이 매우 큽니다. 따라서 단왕을 처단하지 않으실 경우, 그들은 마마의 환도를 허락하기는커녕 오히려 황도를 더욱 쑥대밭으로 만들어버릴 것입니다."

태후는 혈관의 피가 싸늘하게 식는 느낌에 부채를 떨어뜨렸다. 그리고 문득 자금성에 두고 온 자신의 보물들과 황실 조상들의 유산인 영광과 권력을 생각했다. 그것들을 잃는다면 무엇이 남는단 말인가? 태후는 깊은 한숨을 내쉬었다. 이윽고 태후가 손가락으로 떨어진 부채를 가리키자 영록은 부채를 집은 뒤 그것을 직접 건네지 않고 탁자 위에 올려놓았다. 태후는 그것이 그녀와 손이 닿을까 우려해서라는 것을 알고 있었다.

"그나저나 그대는 너무 무뚝뚝하오."

"마마, 마마께서 항복의 뜻을 전하지 않으시면 그들은 기필코 이곳까지 쫓아올 것입니다."

그가 깊고 참을성 있는 목소리로 말했다.

"그렇다면 나는 또다시 서쪽으로 이동할 것이오. 그리고 내가 머물고 있는 곳을 도읍으로 삼을 것이오. 이는 우리 선조들께서도 늘 쓰셨던 방법이며 나도 그 전례를 따를 뿐이오."

"정 그러시다면 마마의 뜻대로 하십시오. 하지만 제가 알고 전 세계가 알듯 그리고 물론 마마께서도 아시듯, 마마께서 황도로 돌아오시지 않는다면 이 행차는 그저 적을 피해 도망 다니시는 것에 지나지 않습니다."

그러나 태후는 이에 굴복하지 않았다. 그녀는 자리에서 일어나 그에게 물러가 쉬라고 명한 다음 그를 위해 특별한 진수성찬을 준비시켰다.

결국 태후는 자신의 뜻을 굽히지 않고 다음 날, 섬서성의 성도인 서안을 새로운 황도로 정할 것이니 곧 서쪽으로 떠날 차비를 하라고 명했다. 일단 새로운 황도가 정해지면 피난이라는 구차한 오명을 면할 수 있으리라는 생각에서였다. 다만 서안은 극심한 기근 탓에 새로운 수도의 구색을 갖추기에 어려운 점이 많았다. 그러나 시간이 흘러 기근은 차차 해소되었고, 사람들은 태후의 칙령을 받아들여 처소가 준비되자 곧바로 서쪽을 향해 떠났다.

영록은 태후의 명에 따라 그녀의 가마 옆에서 말을 타고 동행했다. 그러나 그는 더 이상 환도에 대한 이야기를 꺼내지 않았고, 태후도 더 이상 영록에게 자문을 구하지 않았다. 그녀는 서쪽으로 가는 도중 아름다운 풍경과 눈에 띄는 모든 것에 대해 관심을 보이며 틈틈이 시를 짓기도 했다. 그러나 이는 자신의 절망감을 숨기기 위한 노력에 지나지 않았다.

태후는 영록의 말이 옳다는 것을 알고 있었다. 어떠한 대가를 치르더라도 북경으로 돌아가야만 한다. 그러나 태후는 이러한 속마음을 숨긴 채 계속 서쪽으로 이동했으며 그렇게 한 걸음씩 움직일 때마다 용상은 점점 더 멀어졌다. 태후는 서안에 도착하자 총독의 성에 임시로 거처를 마련했다. 모든 것은 깨끗하게 손질되어 있었고 그녀를 위해 새로 장만한 가구들이 놓여졌다. 벽은 붉은색이었으며 바깥 정원은 울타리로 둘러싸여 있었다. 또한 궁의 가장 큰 전당에 마련된 옥좌 위에는 노란색 비단 방석이 깔려 있었다. 태후의 방은 옥좌가 있는 방 바로 뒤쪽이었는데, 그 서쪽에는 황제와 황후가 머물렀고, 그 동쪽에는 언제든지 그녀가 부르면 달려올 수 있도록 이연영이 자리를 잡았다.

태후는 새로운 도읍에서 지내는 동안 비용을 절약하기 위해 식사 습관을 간소하게 바꾸어 한 끼에 여섯 가지의 요리만 준비하라고 명했다. 또한 아침 시간과 자기 전에 마시는 우유를 여섯 마리의 소에서만 짜라고 지시했다. 태후는 긴 여정에도 불구하고 여전히 건강했지만 간혹 불면증에 시달렸다. 그녀가 밤에 잠을 이루지 못하고 뒤척일 때면 안마에 능숙한 이연영이 그녀가 잠들 때까지 안마를 해주었다.

그녀는 망명 중인 도읍지에 자리를 잡고 다시 알현을 시작했고, 매일 전령들을 통해 멀리 떨어진 황도의 소식을 접했다. 그러는 와중 태후는 이화원이 다시 한 번 외적들에게 유린당했다는 소식을 듣고 놀라움을 금치 못했다. 서양 병사들은 신성한 궁전을 난장판으로 만들고 그녀의 옥좌를 호수에 내던져 버렸으며, 그녀의 예복과 전당과 침실 벽에 있는 그림들까지 노략질해갔다. 또한 그녀의 침실에 음탕하고 상스러운 그림을 그리고 거친 낙서를 써 놓았다.

이 이야기를 들은 태후는 분노에 못 이겨 먹은 것을 모두 토해냈다. 그리곤 북경으로 돌아가야겠다는 마음을 다잡았다. 그러나 그러기 위해서는 우선 의화단을 지원한 자들을 모두 처형하라는 외적들의 요구를 받아들여야 했다. 이홍장 장군 역시 자신의 상주문에서 이 점을 명확히 밝히고 있었다. 그러나 이러한 요구를 어떻게 들어준단 말인가? 이러한 상황에서 영록은 태후의 결정을 기다리며, 냉정하고 침착하게 자신의 일을 진행하고 있었다.

태후는 종종 영록에게 고개를 돌려 창백하지만 아름다운 얼굴과 커다란 검은 눈으로 그를 바라보았다. 그러면서 어떤 때는 말을 걸었고, 또 어떤 때에는 아무 말도 하지 않았다.

"그들의 요구를 들어주는 것 외에는 달리 방도가 없는 거요?"

어느 날 태후가 물었다.

"그렇습니다, 마마."

그 대답에 태후는 입을 다물고 대신 고개를 들어 그의 눈을 바라보았다. 영록 또한 씁쓸한 미소를 지어 보일 뿐 더 이상 대답하지 않았다. 그날 저녁 태후가 홀로 궁전 뜰에 앉아 석양을 바라보고 있을 때, 영록이 조용히 다가와 말했다.

"마마, 이제 누구도 아닌 마마의 친척으로 말씀드리겠습니다. 왜 마마의 운명을 받아들이려고 하지 않으십니까? 망명 생활로 여생을 보내실 작정이십니까?"

태후는 피난 중에 태어난 황갈색 강아지를 무릎 위에 올려놓은 채 그 긴 귀를 가지고 장난을 치며 한참 동안 침묵했다. 그리고는 천천히 입을 열었다.

"다른 사람들은 몰라도 나에게 충성했던 사람들을 차마 내 손으로 죽일 수는 없소. 당신도 생각해 보시오. 어떻게 충직한 대신인 조서교趙舒翹를 죽일 수 있겠소? 나는 그가 의화단의 마술을 믿었다고는 생각하지 않소. 다만 그는 그들의 힘을 이용하려다가 실패한 것뿐이오. 그런데도 외국인들은 그를 참수하라고 요구하고 있으니…… 또 내가 어찌 가왕과 영년英年, 그리고 육현의 죽음을 방관할 수 있겠소? 아, 계수도 있구려. 그 외에도 수많은 사람들이 있지만 이름은 언급하지 않겠소. 그들은 내게 변함없는 충성을 바쳤고 어떤 이들은 이 피난길까지 나를 따라왔소. 그런데 그들에게 등을 돌리고 그들을 처형하라는 것이오?"

영록은 부드럽고 참을성 있게 태후의 말을 들어주었다. 순간 슬픔에 잠긴 그의 마르고 늙은 얼굴에 인자함이 가득 번졌다.

"그러나 여기서는 더 이상 행복해지실 수 없습니다."

"행복 같은 건 이미 오래 전에 포기했소."

"그렇다면 마마의 제국을 생각하시옵소서."

그는 참을성을 가지고 태후를 설득했다.

"마마께서 계속 이곳에 머무신다면 어찌 백성들이 다시 단합하여 나라를 구할 수 있겠습니까? 설사 외국 군대가 이 나라를 침범하지 않는다 해도, 그렇게 되면 결국 내부의 반란군들이 나라를 집어삼킬 것입니다. 지금 이 나라는 마치 도둑들이 전리품을 나누듯 분열되어 있습니다. 공포와 위험 속에서 떨고 있는 백성들을 버리신다면 그들은 마마를 몇 천 번이고 저주할 것입니다. 마마께서는 단지 몇몇 사람들의 목숨을 위해 제국을 버리시고, 이미 끊어진 생명 줄을 붙들고자 하시니 말입니다."

영록의 엄숙한 말에 귀를 기울이는 순간, 태후는 갑작스레 과거에 위대했던 자신의 모습을 떠올리고는 새삼 그 시절로 되돌아간 듯한 기분을 느꼈다. 무릎 위의 강아지가 낑낑거리자 그녀는 생각에 잠긴 채 강아지의 황갈색 머리와 귀를 매만져주었다. 이윽고 태후는 강아지를 땅에 내려놓고 자리에서 일어났다. 그러면서 동시에 영록의 눈을 바라보았다.

"그 동안 내 생각만 했던 것 같소. 이제부터는 내 백성만을 생각할 것이오. 황궁으로 다시 돌아갑시다."

음력 8월 24일, 양력으로는 10월, 태후는 북경으로 향하는 머나먼 귀환길에 올랐다. 여름비가 왔다가 다시 마른 뒤라 길은 더더욱 단단하게 굳어 있었다. 떠나기 전 그녀는, 수치스러운 모습이 아닌 당당한 모습으로 황도로 돌아갈 것이라고 선언했다. 태후 일행은 성문 근처에 있는 절에 잠시 들러 전쟁의 신에게 제물을 올린 뒤, 거기에서부터 하루에 40킬로미터씩 서두르지 않고 행진했다. 노새와 몽골산 말들을 끌고 가는 마부들과 가마꾼들에 대한 배려였다. 노새와 말 등에는 피난 중 받은 선물들이 잔뜩 실려 있었다.

매일 청명한 가을 날씨가 이어졌고, 일행이 이동하는 동안에는 바람도 불지 않고 비도 오지 않았다. 그러나 태후는 출발 전 슬픈 소식을 접했던 터라 줄곧 침울한 표정이었다. 그것은 바로 충성스러운 이홍장 장군이 병사했다는 소식이었다. 사실 태후는 다른 신하들과는 달리 항상 직언만을 했던 이홍장을 탐탁치 않게 여겼던 적도 있었다. 하지만 그는 직례성의 총독으로 부임한 후 조정에 만연한 부패 속에서도 강하고 청렴한 군대를 키워냈다. 이홍장이 기력이 차츰 쇠해질 무렵, 태후는 그를 광동성 반란 진압 수장으로 명한 뒤 먼 남쪽으로 보냈다. 그는 비록 내키지 않는 원정이었음에도 인내심과 능숙한 전술을 발휘해 임무를 완수했다. 그리고 태후가 그를 다시 북쪽으로 부르자, 태후가 의화단과의 관계를 단절할 때까지 늑장을 부려 일부러 뒤늦게 황도로 돌아왔다. 그런 다음 경친왕과 함께 외국 군대와 평화조약을 체결했던 것이다. 그것은 비록 굴욕적인 평화였지만, 반면에 수많은 백성들의 목숨을 구한 결정이기도 했다.

이제 이홍장은 세상을 떠났고, 태후는 당연히 받아야 할 보상을 그에게 내려주었다. 그녀는 이홍장이 복무했던 성에 사당을 헌정하고, 북경 안에도 그를 위한 사당을 지을 것을 명했다. 예전에 그녀는 때때로 이홍장이 마음에 들지 않을 때마다 그의 사투리를 트집 잡아 바보 취급하기도 했다. 그러나 결국 그녀의 변덕스런 고집은 흘러가 버린 이야기며, 이 순간 그녀는 그의 죽음으로 인해 커다란 두려움과 상실감을 맛보았다.

영록의 조언은 옳았다. 그녀가 황도로 돌아오자 진정 황실이 돌아오는 것이 되었다. 전국 각지의 백성들은 태후의 망명이 끝났다는 소식을 듣자 모든 것이 예전처럼 되돌아갈 것이라고 믿었다. 그리고 잔치를 벌여 태후를 칭송하고 열렬히 환영했으며, 하남성河南省 북동부의 도시 개봉開封에서는 그녀를 위한 근사한 연극이 준비되었다. 태후는 전쟁 동안 자제했던 오락을 즐기기 위해 잠시 하남성에서 행렬을 멈추었다. 그리고 공개적으로, 그러나 점잖게 하남성의 총독인 문제를 호되게 꾸짖었다. 그는 태후의 환도를 반대했던 사람이었던 것이다. 문제는 사죄의 뜻으로 약간의 황금을 태후에게 바쳤으나, 태후는 선처를 베풀면서도 그 선물을 거절했다. 이에 백성들은 태후의 덕을 칭송했다.

이윽고 일행이 황하에 이르자 태후는 또다시 여정을 멈췄다. 가을 하늘은 보랏빛을 띤 푸른색이었고, 구름 한 점 없이 청명했다. 건조한 공기 덕에 낮에는 따뜻했지만 밤에는 더없이 시원했다.

"황하의 신에게 제물을 바쳐야겠구나."

태후가 중얼댔다.

"내 허물에 대한 속죄와 신에 대한 감사의 뜻을 전할 것이다."

태후는 이 의식을 성대하고 화려하게 거행했다. 한낮의 태양은 태후와 궁중 사람들의 화려한 색깔의 예복 위로 눈부시게 반짝였다. 태후가 제를 지내는 동안 많은 백성들이 강둑 주위에 길게 늘어서서 그 모습을 지켜보았으며, 그중에는 백인들까지 몇몇 섞여 있었다.

백성들의 무리에서 백인들을 발견한 태후는 한결 마음이 놓였다. 그녀는 앞으로 적국의 사람들에게도 자비를 베풀리라 다짐하고는, 환관 두 명을 시켜 술과 과일을 선물로 보내주었다. 또한 일행이 황도로 입성할 때 외국인들도 그 광경을 구경할 수 있도록 허락하라고 명했다. 예식을 마친 태후는 커다란 나룻배에 올라탔다. 이 나룻배는 이 지역의 지주가 태후와 그녀의 일행을 위해 특별히 제작한 것으로, 겉모습은 힘센 용의 형상이었고 배 부분의 비늘은 금빛이었다. 또한 눈에서는 붉은 루비가 밝게 빛나고 있었다.

얼마 뒤 태후는 적들에게 우호적으로 대하고자 한 결심을 실천에 옮겼다. 황도로 가는 도중 어느 한 지역에 이르자 가마에서 내려 기차로 옮겨 탄 것이다. 그녀는 일찍이 황제의 장난감 대용으로 자금성 안에 설치되었던 간이 철로를 탐탁치 않게 여겨 기차의 운행을 금지시킨 적이 있었다. 그러나 이 순간 태후는 열차에 직접 올라탐으로써 외국 사람들로 하여금 자신이 진정 새롭게 변했고, 이제는 그들의 근대적인 방식을 이해할 수 있다는 것을 보여주고자 했다.

그러나 태후는 이 철로 만든 괴물을 타고 신성한 황도까지 입성하지는 않을 것이라고 선언했다. 그녀는 황실의 선조들을 존중하는 마음에서 북경의 외곽에 있는 기차 정거장에서 내려 다시 황실의 가마를 타고 성문을 통과할 예정이었다. 때문에 북경의 외곽에는 간이역이 급조되었고, 역 근처에는 태후에게 편의를 제공하기 위해 거대한 천막이 세워졌다. 모든 관료들과 외국인들은 바로 이 간이역에서 태후 일행을 맞이하도록 되어 있었다. 천막의 내부는 최고급 양탄자와 정교한 도자기 화병들, 수목을 심은 화분과 철늦은 국화, 그리고 난으로 호화롭게 꾸며졌다. 또한 중앙에 있는 천막에는 두 개의 옥좌를 마련해 두었다. 그중 금색을 칠한 옥좌는 태후의 자리였고, 보다 작고 붉은색과 금색을 함께 칠한 옥좌는 황제의 자리였다.

태후 일행과 그들이 가져온 짐을 모두 싣자 무려 서른 량의 열차가 꽉 들어찼다. 열차는 굽이굽이 민둥산을 넘어 마침내 간이역에 도착했다.

태후는 창문을 통해 밖을 바라보다가 관복을 입은 장군, 관료들과 그 뒤에 서 있는 많은 군중들을 발견하고는 가슴이 뭉클해졌다. 또 다른 한쪽에서는 외국 공사들이 특유의 검정 상의와 바지를 입고 그녀를 기다리고 있었다. 태후는 그들의 험상궂고 창백한 얼굴, 큼지막한 이목구비에 불쾌감이 들었지만 억지로 친근한 미소를 지어 보였다.

모든 행사는 조용하고 질서 있게 치러졌다. 태후가 창문을 통해 모습을 드러내자 기다리고 있던 많은 왕과 장군들, 모든 만주족과 한족들이 무릎을 꿇었다. 궁내청의 총관대신은 알아서 모자를 벗고 있는 외국인들을 향해 계속 모자를 벗으라고 호통을 쳤다. 그리고 당당하고 거만한 모습으로 가장 먼저 열차에서 내린 사람은 다름 아닌 환관장 이연영이었다.

그는 내리자마자 즉시 유개 화차로 다가가 운반되어 온 보물과 진상품의 목록을 점검하느라 분주하게 움직였다. 그 다음으로는 황제가 내려왔으나 그는 태후의 신호를 받자마자 서둘러 준비된 의자 가마에 앉았다. 그 때문인지 누구도 황제에게 환호하지 않았다.

그리고 모든 준비가 다 끝난 후에야 태후가 열차에서 내려왔다. 태후는 왕들에게 부축을 받으며 한 걸음씩 천천히 내딛었고, 찬란한 햇살 속에서 눈앞의 광경을 지켜보았다. 그 동안 모든 신하들은 깨끗하게 청소된 바닥에 이마가 닿도록 큰절을 했다. 물론 왼쪽에서 함께 서 있던 외국인들은 모자만 벗었을 뿐 절을 하지는 않았다. 한편 태후는 외국인들의 수가 엄청나게 많은 것에 깜짝 놀랐다.

"도대체 외국인들이 몇 명이나 온 것이냐?"

태후가 외국인들의 귀에까지 들리도록 크고 명확한 목소리로 물었다. 외국인들이 자신의 말을 알아들은 듯 보이자 태후는 그들을 향해 우아하게 미소를 지어 보인 뒤 평소와 같이 활기찬 얼굴로 궁내청의 몇몇 관리들과 이야기를 나누었다. 사람들은 연로한 나이에도 불구하고 여전히 건강하고 아름다워 보이는 태후의 모습에 감탄을 아끼지 않았다. 사실 그녀의 피부는 그을린 데 하나 없이 고왔으며, 머리카락은 여전히 풍성한데다 흰머리조차 보이지 않았다. 이연영은 철저한 점검 끝에 목록 확인을 마친 후 보고를 진행했고,

목록을 받아 든 태후는 그것을 면밀히 훑어보고 나서 고개를 끄덕이며 돌려주었다.

잠시 후 원세개 총독이 태후에게 다가와 열차의 운행을 담당했던 외국인 관리자와 기술자들이 태후를 만나보고 싶어 한다며 이를 허락해 달라고 청했다. 태후는 우아한 미소를 띠며 이에 동의했다. 그리고 저만치 두 명의 키 큰 대머리 백인들이 다가오자 그들이 시속 24킬로미터 이상의 속도를 내지 말라는 자신의 명령에 잘 따라주어 안전하고 쾌적한 여행이 될 수 있었다며 감사의 뜻을 전했다.

태후는 다시 금빛 가마에 올라탔고, 가마꾼들은 그녀의 지시가 떨어지기 무섭게 자금성으로 출발했다. 태후는 먼저 북경의 남문南門을 통과하고 그 다음으로 내성內城의 거대한 성문으로 들어섰다. 사당 앞에서는 전쟁의 신에게 제를 지내기 위해 잠시 멈추었고, 곧이어 가마에서 내려 신 앞에 무릎을 꿇고 향을 피우며 감사를 드렸다. 그녀의 주위에서는 승려들이 저마다 경을 외우고 있었다. 의식이 끝나고 자리에서 일어나 위를 올려다보자 많은 외국인 남녀가 성벽 위에서 그녀를 지켜보고 있었다. 태후는 화가 치민 나머지 환관들을 시켜 그들을 쫓아버리려 했다. 그러나 순간적으로 자신이 처한 현실을 냉정하게 인식한 그녀는 간신히 화를 억누른 다음, 우아한 태도로 자연스럽게 대처했다. 그녀는 격식 있고 유쾌한 모습으로 좌우에 있는 외국인들에게 차례로 인사하며 미소를 지었고, 인사가 끝나자 다시 가마에 올라타 마침내 궁전으로 들어섰다.

조상의 얼이 깃든 이 자금성은 태후에게 있어 그 어느 장소보다 아름다운 곳이었다. 사실 자금성은, 그녀가 외국인들의 요구를 받아들인 덕에 화를 면할 수 있었다. 태후는 모든 방을 구석구석 다 둘러보고 건륭제가 건축한 거대한 접견실도 살펴보았다. 그녀는 지금부터 이 접견실에서 새로운 각오로 나라를 통치하겠다고 결심했다.

접견실의 뒤쪽에 있는 안마당도 예전 모습 그대로였다. 정원은 잘 보존돼 있었고 연못의 물도 고요하고 맑았다. 안마당 너머에 있는 작은 개인 접견실과 뒤쪽에 있는 침실도 그녀가 떠나기 전의 모습을 그대로 간직하고 있었다. 화려한 주홍빛 문은 전혀 바래지 않은 채 여전히 아름다웠고, 그 위의 금빛 지붕들도 마찬가지였다. 태후가 불당에 옮겨 놓은 금불상도 안전하게 보관되어 있었다.

태후는 선조들이 그랬던 것처럼 자신도 이곳에서 평화롭게 살다 죽을 것이라고 다짐했지만, 사실 평화로운 죽음을 생각하기에는 너무 일렀다. 태후는 휴식을 취하고 식사를 마친 후 가장 먼저 자신의 보물들을 찾았고, 환관들을 거느리고 침실로 들어가 벽돌이 깨진 흔적이 있는지 살펴보았다.

"아무도 건드리지 않았군."

태후는 너무 기쁜 나머지 웃음을 터뜨리며 말했다. 그 웃음은 여태껏 들어본 것들 중에서 가장 쾌활하고 천진난만한 웃음이었다.

"내 단언하건대, 외국의 악마들은 아무리 이 앞을 여러 번 지나다녔어도 여기에 보물이 숨겨져 있으리라고는 꿈에도 생각지 못했을 것이야."

태후는 이연영에게 벽을 허물도록 명한 뒤 보물을 살피도록 했다.

"정신 바짝 차리고 살펴라."

그녀가 주의를 주었다.

"사악한 외국 악마들도 훔쳐가지 못한 내 보물을 손버릇 나쁜 네 놈들에게 빼앗길 순 없으니 말이야."

"정녕 저희를 믿지 못하시는 것입니까, 마마?"

환관들은 눈을 이리저리 굴리며 상심한 듯 물었다.
"흠, 흠."
태후는 대답 대신 몇 번 헛기침을 하고는 서둘러 침실을 빠져나갔다.

이제 평화가 찾아왔고 환도의 기쁨은 비할 데 없이 컸다. 그러나 그 평화의 대가 역시 컸다. 아직까지 그 대가는 다 지불되지 않은 채 갚아야 할 빚으로 남아 있었다.

이제 여생 동안 태후는 적들 앞에서 그들을 사랑하는 시늉을 해야만 했다. 그리고 그런 행동의 일환으로 그날 저녁, 외국 공사들의 부인들을 궁으로 초대하겠다고 선언한 후 손수 초대장을 썼다. 지난날의 유쾌한 기억을 떠올리며 부인들과의 옛정을 더욱 돈독히 하고 싶다는 내용이었다. 그리고 난 뒤 태후는 진비의 명예를 회복시킨다는 칙령을 발표했다. 태후는 칙령에서, '시간을 지체하는 바람에 피난길에 오른 황제 일행과 합류하지 못한 진비는 차마 외국 군대의 발길에 황실의 사당과 궁이 짓밟히는 모습을 볼 수 없어 깊은 우물 속으로 몸을 던졌노라'고 그 죽음을 미화했다.

이윽고 밤이 되자 태후는 이연영에게 영록이 도착했는지를 물어보았다. 만약 도착했다면 그를 불러 상황 보고를 받을 생각이었다.

"제가 직접 다녀오겠습니다."

환관장은 서둘러 방을 나섰고, 잠시 뒤 돌아와서는 영록이 방금 황도에 도착했으며 지금 궁으로 오고 있다고 말했다. 태후는 개인 접견실에서 영록을 기다렸고 곧이어 커튼이 젖혀지면서 영록이 들어왔다. 그는 양쪽에 건장한 젊은 환관들의 부축을 받고 있었는데, 두 젊은이 사이에 서 있어서인지 더욱 늙고 허약해 보였다. 이 모습을 지켜보던 태후는 가슴이 찡해지며 모든 즐거웠던 기분이 사라지는 것을 느꼈다.

"어서 오시오."

태후가 말했다.

"어서 여기 푹신한 자리로 모셔라! 그리고 환관장은 어서 가서 진한 고기 국물과 따끈한 술과 찐빵을 가져오라. 내 친척 오라비가 나를 보필하느라 매우 고생하셨느니라."

환관들이 명령에 따르기 위해 밖으로 뛰어나가자 방 안에는 태후와 영록 두 사람만이 남았다. 태후는 자리에서 일어나 영록의 옆으로 다가가 그의 이마와 손을 어루만졌다. 어쩌면 손은 이리도 말랐고, 뺨은 생기가 없고, 피부는 이토록 검게 그을렸단 말인가!

"부디 물러나십시오, 마마. 벽에도 눈이 있사옵니다."

영록이 속삭였다.

"아픈 그대를 보살펴줄 수도 없는 거요?"

그녀는 눈길을 떨군 채 말했다. 그러나 영록의 불안감이 가시지 않는 듯하자 결국 한숨을 쉬며 옥좌로 돌아가 앉았다. 곧이어 영록은 품속에서 두루마리를 꺼내 태후가 열차에서 내린 이후의 경위에 대해 침침한 눈으로 떠듬떠듬 읽어 나갔다. 그는 태후가 내리자 태후의 뒤를 따르던 황실의 귀부인들을 인도했다. 귀부인들 중 가장 먼저 내린 사람은 황후와 황녀로, 이들은 영록의 호위를 받으며 노란 커튼이 달린 가마에 탔다. 다음으로는 네 명의 후궁들이 내렸고, 이들은 노란색 공단이 가장자리에 둘러쳐진 녹색 가마에 탔다. 마지막으로 궁녀들이 내렸으며, 영록은 그들을 수레로 인도해 두 명씩 나눠 타게 했다. 그리고 이들은 모두 영록의 호위를 받으며 도성 안으로 이동했다.

영록은 두루마리에서 얼굴을 들며 말했다.

"평소처럼 늙은 궁인들은 불평과 잔소리가 많았습니다. 그들은 기차가 얼마나 무서웠는지, 연기의 그을음은 얼마나 지독했는지,

게다가 멀미는 얼마나 심했는지를 주고받으며 심지어는 구토를 했다는 얘기까지 늘어놓았습니다. 또한 각 지방에서 보내온 금괴를 정리했는데 거기에는 각각 진상된 지역의 이름이 적혀 있었습니다. 그리고 다른 진상품들을 운반하는 일 또한 결코 쉽지 않았습니다. 마마께서도 기차에 싣기 전 그 짐들이 무려 3천 대의 수레에 꽉 들어찼다는 것을 잊지 않으셨겠지요. 하지만 이런 것들은 별 문제가 되지 않습니다. 소신은 환도 행차에 들어간 막대한 비용을 알게 될 경우 많은 불만이 쏟아질 것이 두려울 따름입니다. 철로를 깔고 간이역을 지었던 경비는 결국 세금으로 충당할 수밖에 없지 않습니까."

"공은 너무 피곤해 보이오. 좀 쉬시구려. 어쨌든 우린 돌아왔지 않소?"

태후는 부드럽고 친절하게 그의 말을 중단시켰다.

"하지만 아직 1천 개 정도의 짐 꾸러미가 그대로 남아 있습니다."

그가 낮게 한숨을 내쉬며 말했다.

"이제 공의 일은 끝났소."

태후가 단호하게 말했다.

"그 일은 다른 사람에게 맡겨두시오."

태후는 그의 늙어버린 얼굴을 애정 어린 시선으로 훑어보았다. 영록도 자신을 살피는 태후의 눈동자를 가만히 바라보았다. 지금 이 순간 두 사람은 혼례를 한 여느 부부들보다 더 가까운 관계였다. 비록 육체적으로는 그렇지 못했지만 두 사람의 생각은 하나의 끈으로 묶여 있었으며, 그로 인해 그 가슴에는 무수한 감정들이 두루 섞여 들었다. 그들은 서로에 대해 완벽하게 알고 있었다.

태후는 오른손을 뻗어 영록의 서늘한 손을 부드럽게 어루만지며 그의 희끗희끗한 머리칼을 응시했다. 영록 또한 한동안 그윽한 눈으로 그녀를 바라보다가 천천히 자리에서 일어서 조용히 물러났다.

그리고 이것은 태후에게 있어 영록의 살아있는 육신을 만져볼 수 있는 마지막 기회였다. 영록은 그날 밤 오랜 지병이 악화되어 몸져 눕더니 급기야 의식을 잃은 채 사경을 헤매기 시작했다. 태후는 궁의들을 보냈으나 별 효력이 없자 친동생인 계상의 병을 완쾌시킨 점쟁이까지 대령했다. 그러나 이 모든 노력은 허사로 돌아갔고, 영록은 끝내 숨을 거두고 말았다.

음력 3월, 양력으로는 4월 어느 이른 새벽, 그는 조용히 병석에 누운 채 세상을 떠났다. 태후는 황실 전체에 그의 죽음에 엄격한 조의를 표하라고 선포했고, 본인 또한 1년 동안 밝은 색의 옷과 보석 치장을 멀리 했다. 이제 그 누구도 태후의 마음속에 자리한 어둠을 밝혀줄 수 없었다. 만일 그녀가 평범한 아낙이었다면 애도의 표시로 그의 어깨 위에 자주색 공단 덮개를 직접 씌워주었을 것이다. 또한 그의 죽음을 슬퍼하며 밤을 지새우고 상중임을 표시하는 하얀 상복을 입었으리라. 그러나 황실의 태후였던 그녀로서는 울음소리조차 낼 수 없었다. 그녀는 궁궐 밖을 떠날 수도 없을 뿐더러 다른 이들 앞에서 눈물을 보여서는 아니 되며, 황실의 충복이자 사랑했던 그의 죽음에 고상한 애도 이상을 표해서도 안 되었다. 슬픔에 잠긴 그녀에게 위안을 주는 것은 오직 혼자 있는 시간뿐이었다. 때때로 태후는 혼란스런 나라를 바로 잡아야하는 과중한 업무에서 벗어나 홀로 지낼 수 있는 여유를 간절히 원하게 되었다.

어느 날 밤, 태후는 다른 이들에게 우는 모습을 보이고 싶지 않아 침상의 커튼을 쳤다. 그리고 순찰꾼이 자정을 알리는 북을 칠 때까지 잠을 이루지 못한 채 마음 깊은 곳으로부터 소리 없는 눈물을 흘렸다. 태후는 몸을 뒤척이다가 슬픔의 무게를 견디지 못해 잠이 들었고, 그 날 밤 기이한 꿈을 꾸었다. 그것은 꿈이라기보다는 마치 영혼이 육체를 빠져 나간 듯한 무아지경의 느낌이었다. 꿈 속에서 태후는 젊은 날의 영록을 보았다. 그는 청년이었음에도 노인처럼 지혜로운 모습이었다. 영록은 그녀를 한동안 따뜻한 품에 안아주었다. 그러자 모든 슬픔과 근심은 사라지고 가볍고 자유로운 느낌만 남았다. 영록은 그녀에게 속삭였다.

"저는 언제나 마마의 곁에 있습니다. 마마께서 가장 너그럽고 현명한 모습으로 계실 때, 저는 이미 마마의 마음속에 있는 것입니다."

태후는 깜짝 놀라 잠에서 깨어났다. 어찌 꿈이 이토록 생생할 수 있단 말인가?

막 깨어난 태후의 몸과 마음에는 아직까지도 영록의 온기가 남아 있었다. 태후는 먼저 떠나버린 영록을 떠올리며 조용히 눈물을 흘렸지만, 그 마음속에 더 이상 근심은 없었다. 누군가를 사랑했던 사람은 결코 외롭지 않은 것이다.

그날 이후로 태후의 삶은 변화했다. 그러나 그 변화를 알아차린 사람은 태후 자신뿐이었다. 그녀는 옛 현인들의 지혜를 받아들여 패배에서 승리를 일구어 내고자 했으며, 더 이상 적들과 싸우기보다는 양보하는 쪽을 택했다. 심지어 그녀는 중국의 젊은이들을 외국으로 보내, 서양의 기술과 지식을 배워오도록 장려하기까지 했다. 태후는 이와 같은 칙령을 발표했다.

> 15세부터 25세까지의 총명하고 건강한 젊은이들은 만일 원할 경우 얼마든지 사해四海를 넘어 외국으로 가서 공부

를 하도록 하라. 경비는 나라에서 지원해 줄 것이다.

그런 뒤 태후는 원세개와 한인 학자 장지동張之洞을 불러 여러 날을 면담한 뒤, 낡은 관습인 과거 제도를 폐지하겠다고 선포했다. 그녀는 2천5백 년 전의 덕망 있고 현명했던 제후 추의 시대를 예로 들어 당시의 교육기관과 오늘날 서양의 대학교와의 유사점을 밝히며, 8자 성구의 고전 수필은 고대로부터 내려온 것이 아니라 겨우 5백 년 전 명나라의 학자들에 의해 고안된 것이라는 사실을 역사책을 통해 입증했다. 따라서 오늘날의 젊은이들은 일본뿐만 아니라 유럽과 미국으로도 건너가 공부해야 한다고 발표했다. 그녀의 말에 의하면 하늘 아래 사해에 둘러싸여 있는 모든 사람들은 마치 한 가족과 같다는 것이다.

태후는 영록이 세상을 떠난 지 1년 만에 이 모든 일들을 이루었다. 그리고 다음 해가 지나기 전, 아편을 금지하는 칙령까지 선포했다. 그러나 이 금지령은 갑작스럽게 진행된 것이 아니라 10년에 걸쳐 해마다 조금씩 사용량을 줄여나가라는 지시 하에 거행되었으므로 혼란을 초래하지 않았다. 태후는 자비롭고 사려 깊은 마음에서, 밤에 잠을 청하기 위해 한두 모금씩 아편을 피우는 가엾은 노인들을 배려했던 것이다. 그러나 그녀는 반드시 10년 안에 모든 아편의 수입과 재배를 근절하겠다고 확고하게 밝혔다.

태후는 이제 적도 아니며 그렇다고 친구도 아닌 외국인들을 떠올리며 깊은 생각에 잠겼다. 그녀에게 있어 그들은 아직도 이방인이었다. 게다가 선한 사람과 악한 사람을 구별하지 않고 백인이라면 누구든 똑같이 보호한다는 그들의 사악한 법에는 더더욱 찬성할 수 없었다. 그럼에도 태후는 범죄를 판단하는 기준은 오직 법에 근거해야 할 뿐, 무력이나 고문을 동원해서는 그 근본적인 예방이 힘들다고 선포했다. 또한 사지를 절단하는 능지처참을 처벌 관련 법령에서 삭제했고, 낙인이나 태형, 무고한 친척들을 처벌하는 연좌제 또한 금지시켰다. 이는 모두 영록이 일찍이 간청했던 것이었지만, 태후는 당시에는 귀를 기울이지 않다가 이제 와서야 그것을 기억하고 실행에 옮겼다.

태후는 또한 후계자 자리를 걱정하기 시작했다. 만일 자신이 죽을 경우 옥좌가 공석이 되는 것을 두려워했던 것이다. 물론 포로에 불과한 병약한 황제는 결코 적임자가 아니었다.

'용상을 위해서라면 반드시 강하고 젊은 재목을 길러내야만 한다. 과연 백년대계를 책임질 강인한 인물을 찾을 수 있을까?'

태후는 미래에 대해 신비로운 기대를 가지고 있었다. 그녀는 인류는 언제나 신의 경지에 도달하려는 노력을 멈추지 않을 것이라는 말을 종종 하곤 했다. 그와 동시에 새로운 힘의 발원지인 서양에 대한 호기심도 점차 높아갔다. 그녀는 자신이 조금만 젊었더라면 직접 서양으로 건너가 그 모습을 볼 수 있었으리라고 아쉬워하는 눈치였다.

"아아."

태후는 푸념 섞인 목소리로 중얼거렸다.

"이제 나는 너무 늙었다. 내 삶도 얼마 남지 않았구나."

그러자 궁녀들은 고개를 내저었다. 아직까지도 태후는 그 어떤 여인보다 아름다우며 누구도 갖지 못한 고운 피부와 윤기 흐르는 길고 검은 머리카락, 장밋빛 입술을 갖고 있다는 것이다. 태후는 이런 말을 들을 때면 잠시나마 유쾌해지기도 했다. 그러나 그녀는 결국 자신에게도 죽음이 닥쳐오리라는 사실을 누구보다도 깊이 깨닫고 있었다.

태후의 다음 칙령은 재제 공의 주도 하에 우수한 신하들을 황실의 사절단 자격으로 서양 각국에 파견하는 것이었다. 칙령의 내용은 이러했다.

> 공들은 모든 나라들을 유심히 돌아보고, 과연 어떤 나라가 가장 부유하고 번성하였는지, 어떤 나라의 백성들이 자신의 통치자에게 가장 만족하며 행복하게 살고 있는지를 살펴보라. 그 이후 그중 가장 뛰어난 네 개의 국가를 선별하여 각 나라에 1년씩 머물면서 통치자의 통치 방법과 헌법, 그리고 민주 정치의 의미를 연구하고 이를 완전히 익혀서 돌아오라.

심지어 태후는 적이었던 서양 사람들까지 초빙해 조정의 신료로 두었으며, 이에 대해 혹자들은 태후가 외국 정복자들에게 지나치게 굽실거리며 자존심을 잃는 바람에 그 명예가 실추되었다고 한탄했다. 한 한인 학자는 다음과 같은 상주문을 올렸다.

> 현재 우리 중국인들은 외국인 앞에서 비굴하게 굴며 촌뜨기처럼 무시당하고 있습니다. 이러한 상황에서 마마께서는 어찌하여 외국 공사들의 부인과 그처럼 개방적으로 교제하심으로써 스스로의 품위를 떨어뜨리려 하시나이까? 근래 들어 태후마마께서는 천단에 제를 올리기 위해 가마를 타고 길을 지나가시다가도 서양 여자를 발견하면 손수건을 흔들고 인사를 하십니다. 뿐만 아니라 궁전 안에 서양식 식당을 차려 서양 요리를 드시지 않습니까. 게다가 외국 공사관원들이 총리아문의 관리인 저희들에게 무례하게 구는 것을 참작하지 않으시니, 이는 국가의 명예를 크게 실

추하는 결과를 낳지 않겠습니까.

또한 어떤 이들은 태후의 나이를 감안해 볼 때 갑자기 취향이 바뀌거나 하루아침에 증오심이 사라진다는 것은 불가능하므로, 이는 의심할 바 없이 외국인들의 배후 압력 때문이라고 간주했다. 심지어는 이렇게 말하는 사람도 있었다.

"분명 태후마마께서는 노년기의 안정을 위해 새로운 분위기를 추구하시는 것이다."

그러나 태후는 이런 평가들에 대해 미소만 지을 뿐이었다.

"나는 내가 무엇을 하는지 잘 알고 있으며 이상할 것은 아무것도 없다. 나는 오래 전부터 신료들로부터 이 이야기를 들어왔고 이제서야 그 말에 주목하는 것뿐이다."

그러나 어떤 이들은 그녀의 말을 여전히 이해하지 못했다. 그러나 태후는 한 가지 사실만은 확신할 수 있었다.

그것은 자신이 결코 변하지 않았다는 사실이었다.

태후는 영록의 애도 기간이 끝나자 다가오는 설날에 외국 외교관과 그들의 부인, 그리고 자녀들을 초대하여 성대한 연회를 열 것이라고 발표했다. 외교관들은 대연회장에서, 부인들은 태후의 개인 연회장에서 각각 접대할 예정이었으며, 후궁들은 각자의 처소에서 시녀들과 환관들을 데리고 나와 그들의 자녀들을 돌보게 되어 있었다.

실로 이번 연회는 그간 무수한 연회들 중 가장 성대한 것이었다. 태후는 황제가 사절단들과 어울리는 동안 자신이 맨 마지막에 등장하도록 순서를 정했다. 이어 동양 음식과 서양 음식을 모두 준비하기 위해 3백 명의 요리사가 동원되었으며, 궁정 악사들은 혼신을 다해 각각 세 시간짜리 경극 네 개를 준비했다.

이 같은 지시 말고도 태후 역시 스스로 많은 노력을 기울였다. 그녀는 유럽에 있는 전권 대사의 딸에게서 영어 인사말을 배웠다. 그녀는 젊고 아름다웠으며, 지난 2년간 궁정에 의무적으로 머물며 태후를 지도하고 있었다. 태후는 유럽의 지도를 살펴본 후, 프랑스는 너무 작은 나라이니 굳이 그 나라의 언어로 인사를 할 필요는 없으리라 결론 내렸다. 그리고 미국은 아직 신생국일 뿐이며 세련되지 못하다고 여겼다. 그러나 영국은 조금 달랐다. 태후는 중국과 마찬가지로 위대한 여성이 통치하는 국가라는 이유만으로 항상 영국을 선호해왔다. 그래서 그녀는 인사말로 영국 여왕의 언어를 선택했다. 태후는 빅토리아 여왕의 초상화를 주문해 침실에 걸어놓고 세심하게 관찰한 끝에, 여왕의 관상에도 자신과 마찬가지로 생명선이 길게 이어져 있음을 발견했다. 관상이 맞다면 필히 그녀는 장수할 것이었다.

　태후가 영어로 인사를 건넸을 때, 그들이 얼마나 놀랐을지는 가히 상상이 가고도 남는 일이었다. 태후는 노란 제복을 입은 열두 명의 가마꾼들에게 실려 대연회장으로 들어섰다. 그러자 황제가 나아가 그녀를 부축해 가마에서 내리는 것을 거들었다.

　태후는 황제의 팔에 보석 낀 손을 얹고 천천히 대연회장 중앙으로 걸어 들어갔다. 그녀는 머리부터 발끝까지 청룡이 수놓아진 금빛 예복을 입고 있었으며, 거기에 잘 어울리는 커다란 진주 목걸이를 걸고 루비와 옥으로 꽃 모양을 낸 머리장식을 하고 있었다. 태후는 좌우로 고개를 돌려 사람들에게 인사하며 우아한 걸음걸이로 옥좌에 앉았다. 그러고 나서 외교관들을 바라보며 영어로 인사말을 건넸다. 그들 또한 제자리에서 각자 고개를 숙여 인사했고, 그때마다 태후의 말에 귀를 기울였다. 처음에는 무슨 말인지 전혀 알아들을 수 없어 고개만 갸웃대던 그들은, 태후가 반복해서 말하자 그때서야 얼굴이 환해졌다.

"하오 튀우 투?"

태후가 말했다.

"하삐 니우 이어! 트링꼬 티!"

외교관들은 그제야 태후가 자신들의 안부를 묻고, 새해 인사를 했으며, 차를 권했다는 사실을 알 수 있었다. 큰 키에 딱딱한 정장을 입은 외국 외교관들은 매우 깊은 감명을 받았고, 모두들 뜨거운 박수를 보냈다. 태후는 이처럼 여러 사람이 한꺼번에 손뼉을 치는 것을 본 적이 없었으므로 처음에는 깜짝 놀라고 당황스러웠지만, 곧 자신의 노력이 결실을 거두었다는 기쁨에 부드럽게 미소를 지었다. 그리고 나서 좌우에 서 있는 대신들과 왕들에게 훈계했다.

"자, 모두들 보시오. 이 야만인들과 친구가 되는 게 얼마나 쉬운지 말이오. 우리 문명인들이 조금만 노력을 기울이면 되는 거요……"

연회는 화기애애한 분위기 속에서 끝났다. 태후는 외교관의 가족들에게 선물을 나눠주고 하인들에게는 붉은 종이에 싼 돈을 건네준 후, 자신의 침실로 돌아갔다. 그리고는 근래 생긴 습관대로 차분하게 오늘 하루를 되돌아보고는 제국의 미래를 계획하기 시작했다.

우선 오늘은 연회를 잘 치른 만큼 스스로 생각하기에도 만족스러운 하루였다. 오늘 비로소 외국의 강대국들과 협력과 우정의 초석을 다진 것이다. 그리고 그녀는 영국의 빅토리아 여왕을 떠올리고는 기회만 주어진다면 그녀와 만나 동서양의 화합에 대해 의견을 나누고 싶다고 생각했다. 또한 그녀에게 '같은 하늘 아래에 있는 모든 사람들은 한 가족과 같다'고 얘기하고 싶었다.

그러나 태후의 이러한 꿈이 실현되기도 전에 바다 건너 영국에서 빅토리아 여왕이 사망했다는 소식이 전해졌다. 태후는 아연실색해서 소리쳤다.

"우리 자매님은 어쩌다 돌아가셨는고!"

그리고 그녀는, 백성들의 사랑을 받으며 어진 통치를 했던 빅토리아 여왕조차도 결국 평범한 사람들처럼 병들어 죽고 말았다는 사실을 알게 되자 가슴에 비수가 박히는 듯한 느낌을 받았다.

"그래, 모두가 결국엔 죽게 마련이구나."

태후는 이렇게 중얼거리고 나서 마치 오랫동안 기억이라도 하려는 듯 주변 사람들의 얼굴을 찬찬히 바라보았다. 그러나 아직까지 사람들은 태후에게서 어떤 죽음의 그림자도 느끼지 못하고 있었다. 그러나 영국의 여왕과 마찬가지로 아무리 강인한 태후도 결국에는 죽게 될 게 분명했다. 그러자 그녀는 하루빨리 후계자를 찾아내야만 한다는 것에 생각이 머물렀다. 좀 더 일찍 후계자를 찾는다면 앞으로 몇 년간은 그가 성장하는 모습을 지켜볼 수 있을 것이며, 하늘이 돕는다면 죽기 전에 장성한 모습까지도 볼 수 있을 것이다. 태후는 이전에도 그랬듯 다시 한 번 제국의 후계자를 찾아야만 했다. 그녀는 후계자를 황제로 키우는 동안 나라를 통치할 것이다. 그러나 이번에는 그 아이에게 세계가 어떻게 돌아가고 있는지를 가르쳐 줄 것이며, 그러기 위해 서양인 스승을 초대할 생각이었다. 새롭게 탄생할 황제는 기차와 커다란 군함, 최신식 총과 대포를 보유한 서구식 전쟁 방식을 배움으로써, 태후가 죽고 도래할 그의 치세에 선대 통치자였던 그녀가 이루지 못한 일들을 해내야만 했다. 그것은 바로 이 땅의 외적들을 나라 밖으로 몰아내는 것이었다.

그러나 태후는 내내 적임자를 찾지 못해 고민에 고민을 거듭했다. 그러던 중 갑자기 며칠 전 새로 태어난 영록의 핏줄이 떠올랐다. 그 아이는 순친왕의 아들인 재풍載澧과 영록의 딸 사이에서 태어난 아들로 엄연한 황족이자 영록의 손자였다. 태후는 내심 안도

하며 미소를 지었으나 행여 하늘이 자신의 미소를 눈치 챌까 고개를 숙였다. 하지만 태후가 그 아이를 선택한 이상 결국 하늘도 그 뜻을 받아들여야만 할 것이다.

그러나 태후는 자신의 생각을 서둘러 공표하지는 않았다. 행여나 하늘이 시샘해 아기에게 해를 입힐까, 황제의 임종이 가까워질 때까지 그 계획을 철저히 비밀에 부치기로 한 것이다. 근래 들어 황제의 건강은 날이 갈수록 악화되고 있었고, 후계자를 발표할 날도 그리 머지 않아 보였다. 황제는 요즘 들어 무릎을 꿇는 것조차 힘들어했으므로 손수 제물을 바쳐야 하는 추수 제례도 제대로 올리지 못하고 있었다. 물론 전통적인 관습에 의해, 후계자는 황제의 죽음이 임박했을 때에야 발표할 수 있었다.

순간 태후는 거친 바람 소리에 고개를 들었다.

"귀를 기울여라!"

태후가 궁녀들에게 소리쳤다.

"이것은 비를 몰고 오는 바람 소리가 아니더냐?"

지난 두 달 동안 온 나라는 극심한 겨울 가뭄에 시달렸으며, 그로 인해 나무뿌리와 겨울 밀이 말라 죽어가고 있었다. 눈이 전혀 내리지 않은데다 지난 7일간은 계절을 망각한 듯 남쪽으로부터 훈기가 불어오기도 했다. 심지어 작약 나무들은 계절을 착각해 벌써부터 싹을 틔웠다. 사람들은 신을 책망하기 위해 무리지어 사원으로 향했고, 태후 또한 7일 전부터 각지의 승려들에게 명해 매일같이 여러 신들을 불러내어 가뭄의 피해를 탄원하도록 했다.

"이것이 정녕 비바람이 맞단 말이냐?! 어느 방향에서 불어오는 바람이더냐!"

태후가 묻자 궁녀들이 다시 환관들에게 이 물음을 전했고, 그들은 손을 들어 이리저리 살펴보며 궁궐을 뛰어다니다가 곧 기뻐하면서 소리쳤다.

"마마! 이 바람은 동쪽 바다에서 불어오는 매우 습한 바람이옵니다!"

순간 으르렁거리는 뇌성이 들렸고, 사람들은 하늘을 보기 위해 거리로 뛰쳐나왔다.

바람은 점점 더 거세어지더니 이어 거대한 돌풍이 요란한 소리를 내며 문과 창문으로 불어 닥쳤다. 이는 분명 티끌 하나 없는 순수한 바닷바람이었다. 태후는 옥좌에서 일어나 안마당으로 나갔다. 그리고는 고개를 들어 소용돌이치는 하늘을 바라보며 바람 냄새를 맡았다. 그와 동시에 하늘이 열리면서 시원한 장대비가 쏟아지기 시작했다. 한겨울에 쏟아지는 비인지라 분명 신기한 일이었음에도 지금으로서는 너무나 기다리던 단비였기에 누구도 의문을 품지 않았다.

"길조로다."

태후가 중얼거렸다. 그러자 궁녀들이 달려 나와 태후의 몸 위에 기름칠을 한 비단을 씌웠다. 그러나 그녀는 궁녀들을 제지하며 한동안 제자리에 서서 비를 맞았다. 그때 성문 밖 너머에서 수많은 사람들이 외치는 소리가 들렸다.

"노불야께서 비를 내려주셨다! 노불야께서 비를 내려주셨다!"

잠시 입가에 미소를 머금던 그녀는 몸을 돌려 자신의 개인 접견실로 돌아와 문턱 안쪽에 섰다. 그녀의 공단 옷에서 빗방울들이 뚝뚝 떨어져 타일 바닥에 얼룩을 만들었다. 궁녀들이 분주하게 태후의 몸과 옷을 닦아내는 동안, 그녀는 유쾌하게 웃음을 터뜨렸다.

"어렸을 때 이후로 이렇게 행복한 순간은 없었다. 어릴 때 비를 맞으며 놀던 기억이 나는구나."

"노불야시여. 아무리 좋다한들 어찌 찬비를 만들어 일부러 맞으시나이까."

궁녀들이 다정하게 그녀를 질책하고는 입가에 환한 웃음을 머금었다. 태후는 돌아서서 인자한 얼굴로 그들을 나무랐다.

"내가 아니라 하늘이 비를 내려주신 것이다. 어찌 나 같은 일개 인간이 구름을 조종할 수 있겠느냐?"

그러나 궁녀들은 고개를 저으며 태후를 칭송했다.

"이 비는 부처이신 태후마마를 위한 것이옵니다. 노불야 덕분에 우리 모두가 이 축복된 단비를 맞고 있는 것이 아니옵니까."

그제야 태후는 웃음을 터뜨렸다.

"호호, 글쎄다."

그리고 태후는 조심스럽게 말을 이었다.

"어쩌면 그럴 수도 있겠구나. 어쩌면 말이다……"

〈끝〉

나폴레옹 전기

666 인간 '나폴레옹'
그는 알면 알수록 점점 커져만 간다(괴테)

역사상 그 누가 모스크바를 점령하여 아침 햇살에 빛나는 모스크바의 둥근 지붕들을 바라보았던가? 이 책은 너무나 잘 알려진 이름임에도 그동안 감추어져 있었던 영웅 나폴레옹의 진면목을 강렬하고 빈틈없이 요약했다. - 동아일보

펠릭스 마크햄 지음 / 값 18,000원

이야기 성서

기쁨과 슬픔을 집대성한 인류역사 소설
왜 인간은 에덴의 동쪽으로 돌아갈 수 없는가

노벨문학상 수상 작가 펄 벅 여사의 '이야기 성서'는 경건한 종교세계는 물론 인류역사의 시작과 그 과정을 특유의 유려한 필치로 흥미롭게 풀어낸다. - 조선일보

펄 S. 벅 지음 / 값 35,000원

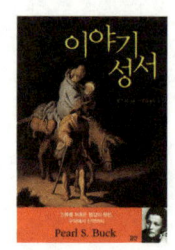

베토벤 평전

진실한 삶 속에서 울리는 풍요로운 음악 소리
베토벤, 자신을 버린 세상을 끊임없이 사랑하다

악성 베토벤의 인간적 삶에 초점을 맞춘 전기. 알코올중독자 아버지에게 혹독한 훈련을 받던 어린시절부터, 청각을 상실하는 말년에 이르기까지 베토벤의 삶과 예술을 풍성하게 되짚는다.
- 조선일보

앤 핌로트 베이커 지음 / 값 8,000원

상형문자의 비밀

고대 이집트의 눈부신 현장이 펼쳐진다

고대 이집트의 멸망과 함께 영원히 비밀 속으로 사라질 뻔했던 상형문자. 어느 날 로제타라는 작은 마을에서 회색빛 돌 하나를 발견하고, 돌 위에 씌어진 상형문자의 해독을 위해 모든 것을 바쳤던 사람들, 바로 그 정열적인 사람들의 신비로운 이야기.

캐롤 도나휴 지음 / 값 12,000원

두 개의 한국(개정판)

**한국 현대사를 정평한 제3자의 객관적 시각
한반도 현대사는 진정한 핵의 현대사다**

전 워싱턴포스트지 기자 돈 오버도퍼와 미국 최고 남북한 전문가 로버트 칼린의 눈을 통해 한반도 문제의 핵심인 청와대, 평양, 백악관 사이에서 비밀스럽게 진행됐던 수많은 사건들과 핵 협상의 숨막히는 담판 승부를 생생히 목도할 수 있다.

돈 오버도퍼 · 로버트 칼린 지음 / 값 34,000원

절대권력(전2권)

'돈 對 사상' 현대 중국의 고민

경제 발전에 따른 중국의 부패상을 담아낸 장편소설로 '사회주의적 인간의 건전성'을 찬미하는 데 목적을 두고 있다. 그러나 현대 중국의 갈등과 고민을 당성黨性과 자본주의적 배금주의와의 충돌로 이해하는 데 도움을 준다. - 중앙일보

저우메이썬 지음

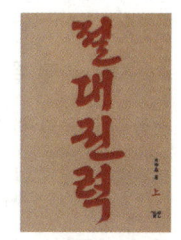

연인 서태후 (개정판)

꽃과 칼날의 여인, 서태후!

지금껏 수없이 오르내렸던 서태후란 이름은 각각의 입장에 따라 다른 해석이 나오게 마련이다. 환란의 청조 말기, 그녀의 이름은 어떤 사람에게는 시대를 밝히는 등불이었으며, 또 어떤 사람에게는 무시무시한 독재자의 이름이기도 했다. 중국에 대해 남다른 애정을 보였던 저자에게 '서태후'란 이름은 특히 매력적이었을 것이다. 이미 대작 《대지》로 친숙한 저자의 필치를 통해 '서태후'의 또 다른 모습을 볼 수 있다. 희대의 악녀로 불렸던 그녀를 순수하고 열정적인 여인으로 재탄생시키고 있는 것이다.

펄 S. 벅 지음 / 값 19,500원

매독

매독, 그리고 어둠 속의 신사들

콜럼버스가 신대륙 학살 끝에 얻어온 '창백한 범죄자' 매독은 근 5백년간 천재들의 영혼을 지배하며 복수의 칼날을 휘둘러왔다. 링컨의 알 수 없는 광증, 베토벤의 청력 상실, 히틀러의 유대인 학살, 니체의 폭발적인 사유, 이 모두가 만일 매독이 불러일으킨 불가해한 현상이라면, 과연 유럽의 역사는 어떻게 달라져야 하는가?

데버러 헤이든 지음 / 값 20,000원

해외 부동산투자 20국+영주권

해외투자는 새로운 미래다!

이 책은 투자 천국인 미국, EU 영주권을 제공하는 몰타, 최저비용으로 고품격 삶을 누릴 수 있는 멕시코 등 20국가를 선별해, 금전적 이익과 생활의 자유를 한꺼번에 잡을 수 있는 새로운 차원의 투자 방법을 제시하고 있다. 새로운 경제 돌파구를 마련하고자 하는 소규모 투자자, 세계를 익히고자 하는 의욕적인 사업가, 새로운 문화 속에서 제2의 인생을 꿈꾸는 퇴직자라면, 이 책에서 해외투자에 대한 많은 정보를 얻을 수 있을 것이다.

헨리 G. 리브먼 지음 / 값 15,000원

누구를 위한 통일인가

전직 주한미군 그린베레 장교가 바라본 한국의 분단과 통일관

한국 격변기 때 중요한 역사의 현장을 온몸으로 체험한 주한미군 장교가 수기 형식으로 써내려간 이 책에서 우리는 흔히 접할 수 있는 딱딱한 이론이나 주관주의에 매몰된 자기 주장 따위는 찾아볼 수 없다. 마치 한 편의 소설을 읽는 듯한 착각에 빠지게 만드는 저자 특유의 생동감 넘치는 대화체 등의 현장 묘사와 그동안 배후에 가려져 왔던 숨겨진 일화들을 공개함으로써 읽는 재미를 배가시키며, 나무와 더불어 숲을 아우르는 객관적이고 심도 있는 분석을 통해 남북 분단의 근거와 실체, 주요 리더들의 특징과 그 역학적 관계에 대한 정확한 이해, 그에 따른 통일의 함정과 지향점 등을 설득력 있게 제시한 역작이다.

고든 쿠굴루 지음 / 값 17,000원

톨스토이 공원의 시인

톨스토이, 그리고 영혼의 집 짓기

1년밖에 살지 못한다는 시한부 인생을 선고받고 숲으로 들어와 20여 년을 더 살아낸 20세기 마지막 시인 헨리 스튜어트. 이 책은 삶과 죽음 사이를 흔들흔들 오가며 둥근 지붕의 집을 지은 헨리의 특별한 이야기이자, 세월 속에서 잃어버린 우리 영혼에 대한 기록이다. 마치 눈으로 보듯 세밀하게 그려진 집 짓기 과정은 부나 명예와 같은 껍데기가 아닌, 내면의 뼈대를 구축하는 일이 얼마나 중요한가를 역설하고 있으며, 곳곳에 녹아 있는 레오 톨스토이의 사상은 매순간 삶에 대한 뜨거운 애정으로 되살아난다.

소니 브루어 지음 / 값 15,000원

Dear Leader Mr. 김정일

김정일은 악마인가? 체제의 희생양인가?

2005년 타임지 선정 '세계에서 가장 영향력 있는 100인(지도자&혁명가 부문)' 중 한 사람. 세계 최초로 핵확산금지조약을 탈퇴한 지도자. 예술적 면모와 열정을 지닌 북한 최대의 영화 제작자. 개인 최대 코냑 수입자. 주민의 10%가 굶어 죽어가는 나라의 지도자. 이 책에서는 이처럼 아이러니 그 자체인 김정일을 정확하고 심도 있게 분석하고 있다.
김정일을 둘러싼 분분한 소문보다는 그의 행동과 북한 체제, 과거부터 현재까지 북한의 역사와 한국과의 관계를 정확히 분석하여 가정을 세우고, 그 가정을 증명한 이 책은 그간 어디서도 찾아볼 수 없던 북한 정밀 보고서이며, 김정일 정신분석 보고서다. 북한의 핵문제가 전 세계적으로 파급되고 있는 이때, 북한과 김정일을 정확히 파악하지 못한다면 세계의 미래 역시 예측 불가능할 것이다. 저자는 이 책을 통해, 김정일을 사악한 미치광이로 매도하는 것은 지나친 단순화의 오류며, 김정일 또한 냉전이라는 덫에 사로잡힌 역사의 제물이고, 북한 공산주의라는 체제의 피해자임을 지적한다.

마이클 브린 지음 / 값 14,000원

통제하의 북한예술

'북한예술'을 발가벗긴 책

우리의 관심을 벗어날 수 없는 북한예술은 이 책을 통해 북한의 정치, 사회사를 통합적으로 관통한 저자의 서술에서 그 희미한 실체가 윤곽을 드러내게 된다. 또한 풍부한 자료를 통해 생생하게 전달되는 북한의 미술 세계에서 우리는 이제껏 품어온 궁금증을 하나씩 벗겨내며 저자의 훌륭한 안내를 받게 될 것이다.

제인 포털 지음 / 값 18,000원

독재자의 최후

한 권으로 읽는 지상 최고 악당들의 세계사

역사의 굵직굵직한 사건 뒤에는 늘 독재자들이 그 모습을 감추고 있었다. 그리고 사건이 표면화되면 그들은 서서히 모습을 드러내고 자신의 나라와 국민들을 피의 전쟁으로 몰아넣었다. 예수 그리스도의 탄생 후 자행되었던 헤롯의 유아 대학살, 칭기스칸의 공포적인 영토 확장, 전 세계를 전쟁의 소용돌이로 몰아넣은 히틀러, 그리고 최근 비참한 말로를 맞은 후세인에 이르기까지…. 이 책은 역사상 가장 잔혹하고 무자비한 독재 정권을 통해 피의 향연을 펼치고, 아울러 역사를 바꾸기까지 한 독재자들에 대해 조명하고 있다. 어떻게 해서 그들이 독재적인 성격을 띠게 되었는지, 그리고 어떤 최후를 맞게 되었는지를 알아보고, 국가와 국민들에게 행한 잔인한 실상들을 낱낱이 파헤치고 있다.

셸리 클라인 지음 / 값 18,000원

사요나라 BAR

일본 신사이바시 골목 어딘가의 '사요나라 바'를 무대로 펼쳐지는 이 소설은 사랑과 폭력, 그리고 상처와 연민을, 젊음과 중년세대를 아우르며 매우 실감나게 묘사하고 있다.
(야쿠자 조직원과 눈먼 사랑에 빠진) 영국인 호스티스 메리, (소설 '황금바늘'과 '캐리'의 주인공을 연상케 하는) 영험한 정신적 능력을 지닌 4차원적 인물 와타나베, (죽은 아내의 환상 속에서 살아가는) 외로운 일벌레 사토, 이들의 이야기가 탄탄한 구성과 함께 저자 특유의 현란한 문체에 힘입어 독자들은 어느새 '사요나라 바'에 앉아 삶의 진한 페이소스로 혼합한 위스키 한 잔을 맛보는 듯한 착각에 빠질 것이다.

수잔 바커 지음 / 값 14,800원

양 부인과 세 딸

소리 없이 찾아드는 대반점의 밤

이 소설은 거대한 중국 본토에 피의 강을 범람케 했던 '문화대혁명'의 물결 속에서 영혼의 갈등을 겪는 한 가족의 이야기다. 상하이 최고 대반점의 여주인으로 언제 무너질지 모르는 아슬아슬한 삶을 사는 어머니와, 조국의 부름과 자유 사이에서 번뇌하는 세 딸들… 온갖 영화의 시기를 구름처럼 흘려보내고 대혁명의 습격으로 인해 문을 닫게 되는 대반점과 양 마담의 비참한 최후는, 인간이 역사에게가 아니라, 역사가 인간에게 가져야 할 도의적 책임은 무엇인가라는 엄중한 물음을 던지고 있다.

펄 S. 벅 지음 / 값 18,500원

사탄은 잠들지 않는다

장개석과 모택동의 내전으로 넓은 중국 대륙이 온통 피로 물들던 시대, 두 명의 아일랜드인 신부가 중국 광동성의 시골 마을에 갇히고 만다.
강인한 신의 사자이자 인간적 위트로 넘치는 피치본 대신부와, 무한한 애정 속에서 영혼의 치료사로 거듭나는 젊은 신부 오배논, 그리고 오배논에 대한 금지된 사랑으로 가슴 아파하는 아름다운 소녀 수란과 부모에게 버림받았다는 상처 속에서 삐뚤어진 공산당원이 되는 호산……
이 네 사람 사이에 벌어지는 사랑에 대한 숭고하고도 슬픈 이 대서사시는, 수많은 극적인 사건이 숨겨진 한 편의 연극처럼, 읽는 이를 거대한 감정의 파도 속으로 몰고 간다.

펄 S. 벅 지음 / 값 9,800원

골든혼의 여인

황금빛 물결 속에 피어난 인연의 꽃

이스탄불에 석양이 질 무렵 황금빛 물결을 출렁이는 골든혼. 그곳에서 운명 지어진 아시아데와 존 롤랜드, 그리고 망명지에서의 새로운 연인 하싸. 어디로 흐를지 알 수 없는 세 남녀의 조국, 미래, 사랑의 물결을 따라 새 희망을 꿈꾸며 떠나는 인생 항로의 여정……

쿠르반 사이드 지음 / 값 12,900원

열두 가지 이야기

삶을 어루만지는 모성적 따뜻함의 정수

일상적 소재에서 신선한 감동과 삶을 이끌어낸 펄 벅의 열두 가지 단편이 담겨 있다. 단절과 소외, 의혹과 불안의 시대를 살아가는 현대인의 가슴속에 따뜻한 온기를 불어넣어 삶에 대한 긍정적인 감정을 일깨워주는 작품.

펄 S. 벅 지음 / 값 12,900원

만다라

리얼한 구성과 섬세한 내면 묘사
인도의 근현대사 안에서 펼쳐지는 대서사 로망스!

《대지》,《북경의 세 딸》 등을 통해 전통과 현대가 충돌하는 지점에서 역동적으로 삶을 헤쳐 나가는 인물들을 보여주었던 펄 벅이 또 한 번 따뜻한 리얼리스트로 돌아왔다. 《만다라》는 그녀의 완숙한 통찰력이 돋보이는 후기작으로, 인도의 격동기를 살아가는 네 주인공의 인생과 사랑, 갈등과 번민을 그린다. 왕족의 권위를 벗어던지고 시대정신에 따르려는 라지푸트족의 위대한 왕 자가트, 체제순응자인 고결한 왕비 모티, 정체성을 찾아 방랑하다 오래된 나라 인도를 찾아온 미국여자 부룩 그리고 가난한 소수민족에게 영적 자비와 실질적 도움을 주려 애쓰는 영국인 신부 폴 등을 통해 시대와의 불화와 극복, 인종과 신분을 뛰어넘은 세기의 사랑, 주변국과의 전쟁과 영토분쟁의 현실, 환생으로 이어지는 인간의 끈질긴 관계 등을 생생히 보여준다.

펄 S. 벅 지음 / 값 12,000원

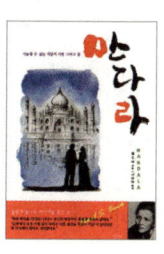

카불미용학교

눈물과 웃음, 그것이 우리들의 신입니다

아프간 여인들의 삶 속으로 들어간 데보라 로드리게즈의 다큐멘터리 기록 《카불미용학교》는 전쟁의 그늘 속에서 재기를 꿈꾸는 아프간 여성들을 위해 건설된 미용학교에서 벌어진 일들을 그린 논픽션 작품이다. 애절한 사랑을 가슴에 묻고 계약과 다름없는 결혼을 해야 했던 로산나, 그 외에도 미용학교 수업을 듣기 위해 탈레반 남편의 잔인한 폭력에 맞서야 했던 수많은 아내들처럼, 이 미용학교는 가슴 아픈 사연을 한 자락씩 품은 여성들의 이야기로 넘쳐흐른다. 이들은 미용기술과 더불어 우정, 그리고 자유가 무엇인지를 배워나가는 동시에, 전쟁의 포화 속에서도 인간적 삶을 놓치지 않으려 했던 아프간 사람들의 역사를 눈물과 웃음으로 털어놓는다.

데보라 로드리게즈 지음 / 값 10,000원

Miss 디거의 황금 사냥

부유한 왕자님을 만나고 싶은가? 그렇다면 당신은 먼저 공주가 되어야 한다! 결과가 존재를 규명하는 것이 아니라, 존재가 결과를 불러온다. 공주처럼 생각하고 공주처럼 행동하고 공주처럼 존재하라! 이 책은 저자의 수많은 시행착오와 심리학적인 고찰을 통해 부유한 남자들의 본질을 해부하고, 그 위에 당당한 여성만의 깃발을 꽂았다. 생생한 에피소드와 저자 특유의 재치 있는 입담, 명쾌한 해법은, 저자가 직접 실천해서 성공한 '공주의 공식'과 '공주의 법칙'을 살아있는 것으로 만들고, 당신이 이를 적용하느냐 안 하느냐에 따라 관계의 재앙을 불러오거나, 관계의 열매를 맺을 수도 있다는 저자의 주장에 강한 힘을 실어준다.

도나 스팽글러 지음 / 값 9,800원

새해

남편의 숨겨진 아이를 찾아 떠나는 길고 긴 여행

이 책의 이야기는 단순하지만 가혹한 질문에서 시작된다. "만일 당신의 남편에게 숨겨진 아이가 있다면 당신은 어떻게 하겠는가?" 어느 날 사랑하는 남편과 평온한 생활을 꾸려오던 로라의 집에 편지 한 통이 도착한다. '그리운 아버지께'로 시작하는 편지는 평온했던 로라의 행복을 송두리째 앗아간다. 배신감을 느끼면서도 남편을 사랑할 수밖에 없는 로라는 남편의 숨겨진 아이를 만나기 위해 긴 여행을 떠나고, 고통 끝에 그 아이를 자신의 세계로 받아들임으로써, 인간의 삶은 노력을 통해서는 결코 완벽해질 수 없으며, 상실과 슬픔을 메울 수 있는 것은 결국 또 다른 사랑뿐이라는 오래된 진실을 들려준다.

펄 S. 벅 지음 / 값 9,500원

피오니

**유대인 남자를 사랑해 비구니가 될 수밖에 없었던
한 중국 소녀의 가슴아픈 사랑 이야기!**

소설 《피오니》는 유대인 가정에 팔려간 어린 중국 소녀 피오니의 삶과 사랑을 다룬 이야기로, 펄 벅 특유의 인생에 대한 통찰과 인간에 대한 따스한 시선을 물씬 느낄 수 있는 아름다운 소설이다. 주인공 피오니는 주인집 아들 데이빗을 어린 시절부터 가슴깊이 연모한다. 하지만, 신분과 종교의 벽은 번번히 그녀의 사랑을 가로막는다. 게다가 데이빗은 어머니가 선택한 랍비의 딸 리아와 자신이 반한 중국 여인 쿠에일란 사이에서 갈등하는데……

펄 S. 벅 지음 / 값 13,500원

동풍서풍

동양과 서양이 맞닿는 그곳에 당신이 있다

외국에서 서양식 교육을 받고 돌아온 의학자를 남편으로 맞은 중국 여인, 퀘이란이 전통적인 동양의 방식과 자유로운 서양의 방식 사이에서 갈등하다, 조금씩 조금씩 변화해가며 균형점을 찾아가는 과정을 그린 서간체 소설. 서양 여자를 아내로 맞으려는 퀘이란의 오빠와 전통을 고수하려는 기성세대 사이의 갈등, 또 변화에 직면한 20세기 초 중국인들의 사고방식과 생활풍습을 엿보는 묘미가 쏠쏠하다.

펄 S. 벅 지음 / 값 9,500원

여인의 저택

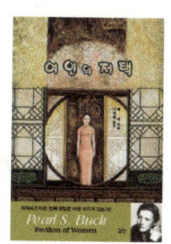

펄 벅의 수상受賞 소설들의 대부분은 중국의 평민들인 농부를 주로 다루고 있다. 그러나 이 작품은 부유하고 교양있으며 깨어 있는 정신으로 다양한 인간사를 경험하는 대지주 집안의 이야기를 다루고 있다. 소설은 중국의 모든 주택과 마찬가지로 단층짜리 방들로 둘러싸인 안뜰이 모여서 서로 좁은 길로 이어져 있는 대저택을 배경으로 하고 있다. 작품의 주인공인 우 씨 일가는 그 안에서 각 개인의 삶을 존중하는 가운데 삼대가 모여 산다. 독자들은 이 소설을 읽어가는 동안, 펄 벅이 중국에 대한 이야기뿐만 아니라 전 세계인 누구나 공감할 수 있는 남녀관계를 다루고 있음을 알게 될 것이다.

펄 S. 벅 지음 / 값 14,000원

싸우는 천사

작가 펄 벅이 쓴 선교사로서의 아버지의 삶을 회고한 글

넓고 광활한 중국대륙을 복음화 시키겠다는 소명을 갖고, 중국으로 건너간 펄 벅의 아버지 선교사 앤드류는 혁명군의 총칼 아래에서도 자신의 선교의 소명을 결코 포기하지 않는 '투쟁하는 천사'였다. 그러나, 아내 캐리가 중병에 걸려 죽게 되고, 자신마저 젊은 선교사들에게 내몰려 강제 은퇴를 당할 위기에 놓이고 마는데…….

펄 S. 벅 지음 / 값 14,000원

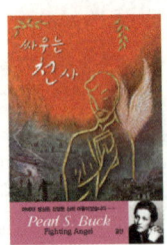

리앙家

중국과 미국을 배경으로 이어지는 전통과 진보 사이의 갈등

20세기 초, 미국에서 자라 성인이 된 리앙가의 4형제. 첫째와 둘째는 미국에서 태어났지만 본국인 중국으로 돌아가 살고 싶어 하고, 미국인으로서의 삶이 익숙한 셋째와 넷째는 공산주의화된 중국의 현실을 보고 이에 반대한다. 결국 이들은 중국으로 건너가게 되면서 변화에 대한 욕구, 전통을 지키고자 하는 과정에서 겪게 되는 좌절, 그 갈등 사이에서 정체성을 찾아가는 여정을 엿볼 수 있다.

펄 S. 벅 지음 / 값 18,000원

세 남매의 어머니

외딴 시골 마을에 사는 한 가난한 중국 여인네의 초상화. 20세기 초 중국의 어머니를 대변하는 이 여인네는 어느 날 갑자기 남편이 떠난 이후, 여자로서의 삶을 포기하고 어머니로서의 소박한 낙을 즐기며 살아가기로 하는데……. 이어지는 불행과 비극과 가난을 겪는 가운데에도 세 남매의 어머니로 꿋꿋이 삶을 헤쳐 나가는 모습에서 우리네 어머니의 모습을 엿볼 수 있다.

펄 S. 벅 지음 / 값 12,000원

용의 자손

참혹한 전쟁의 소용돌이에 휘말린 중국 농촌마을, 그 속에서 땅과 나라를 지키려 몸부림치는 한 가족의 눈물겨운 투쟁사

1차 세계대전의 화마를 피하고자 중립을 선언한 중국은 오히려 일본의 침략야욕에 노출된다. 폭력, 살인, 겁탈, 약탈 등 온갖 횡포를 일삼는 적군에 맞서 오로지 땅을 지켜내기 위해 싸우는 '링탄'네 가족들. 그중 남자이면서도 왜군에게 성폭행을 당해 상처받은 영혼 '라오산'이 처참한 전쟁 속에서도 하늘이 정해놓은 운명 같은 사랑을 마침내 완성해가는 모습은 인간에 대한 작가의 진한 애정을 느끼게 한다.
40여 년을 중국에서 살아온 펄 벅은 《용의 자손》을 통해 전쟁이란 윤리나 정치의 반성으로는 치유될 수 없는 상처일 뿐이라는 사실을 다시 한 번 되뇌게 하고 있다.

펄 S. 벅 지음 / 값 15,000원

중국을 변화시킨 청년, 쑨원

삼민주의를 꿈꿨던 중국 최고의 모던보이

이 소설은 중국 근대화의 아버지이자 '삼민주의'로 널리 알려진 쑨원의 격동기를 재현한 작품으로서 펄 벅의 중국 역사에 대한 농후한 통찰력을 엿볼 수 있다. 19세기 말, 외국 열강의 식민지와 다름없었던 중국에서 쑨원은 조국의 근대화와 통일이라는 거대한 목적을 이루고자 했고 일생을 바쳐 자신의 과업에 충실하였다. 이 책은 쑨원의 발자취를 연대순으로 세심하게 따라가면서, 중국의 영웅으로 추앙받을 수 있었던 높은 이상과 참된 정신, 나아가 그의 인간적 고뇌를 충실하게 그려냈다.

펄 S. 벅 지음 / 값 9,000원

여신

"하나의 사랑이 또 다른 사랑의 자리를 대신할 수는 없어. 각각의 사랑이 나름대로 풍요로워질 뿐이지."

한 남자의 아내로, 아이들의 엄마로 살아온 중년 여인 에디스. 평범했던 결혼 생활이 끝나자 갑작스런 외로움과 혼란에 빠져 지내던 중 노년의 철학자와 매혹적인 청년을 만나게 되면서 한 여성으로서의 삶과 진정한 사랑을 추구하는 여정을 시작하게 된다. 여성 내면의 심리묘사가 돋보이는 자서전적이고도 철학적인 사랑에 대한 탐구.

펄 S. 벅 지음 / 값 9,500원

城의 죽음

영국의 고성古城을 뒤흔들어놓은 신대륙의 사랑!

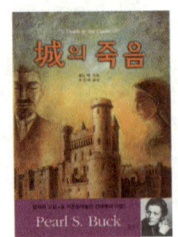

왕의 후손으로 5백 년 넘은 스타보로 성을 상속받은 리처드 경은 전통과 영속성이라는 영국적 가치를 소중히 여기는 늙은 성주다. 그러나 바다 건너 신대륙에서 현대화의 활기찬 물결이 밀어닥치면서 성을 유지할 수 있는 수입원을 잃고 몰락하게 된다. 어느 날, 평등과 합리라는 새 가치를 추구하는 미국 청년 블레인이 이곳을 찾아든다. 얼마 안 가 그는 이 성의 비밀을 간직한 아름다운 하녀 케이트와 사랑에 빠지게 되는데……. 영국의 고성(古城)이라는 특별한 공간 안에서 풀어헌 이 소설은 수천 년간 얽혀온 성의 슬픈 비밀과 젊은 남녀의 희망적 사랑을 통해 새로운 미국적 가치와 깊은 영국적 가치의 합일에 대한 염원을 드라마틱하게 풀어가고 있다.

펄 S. 벅 지음 / 값 12,000원

건너야 할 다리

《건너야 할 다리》는 살면서 겪는 여러 일들, 그러니까 사랑과 이별, 낙천적인 소망과 슬픔, 그리움과 쓸쓸함이 잔잔하게 그린 소설이다. 자극적인 사건 없이 사람들과 부대끼면서 느끼는 감정들과 회한을 그린 소설이다. 몸 담고 있는 세상을 충실하게 껴안는 소설이면서, 눈에 보이지 않는 세상에 말을 거는 소설이다.

펄 S. 벅 지음 / 값 14,000원

어서 와요, 나의 연인

**잔잔하고도 뜨거운 갠지스 강변,
4대에 걸쳐 흐르는 영혼과 자유의 드라마!**

펄 벅의 대표작 《대지》에 비견할 만한 웅장한 스토리에 종교와 영혼의 자유라는 심도 깊은 주제를 다룬 이 작품은, 인도에서 펼쳐지는 한 가문의 4대에 걸친 잔잔하고도 열정적인 드라마를 다채롭게 수놓아간 보기 드문 대작이다.
19세기의 마지막 10년이 남은 시점, 뉴욕의 성공한 사업가인 맥카드, 사랑했던 아내 레일라를 잃고 외아들 데이빗과 인도행을 결정한다. 깊은 상실감 가운데 인도 방문에서 영적인 감복을 받은 그는 선교사를 키워 인도에 복음을 전파하고자 한다. 그러나 이는 엉뚱한 결과를 낳게 되는데…….

펄 S. 벅 지음 / 값 15,000원

타향살이

척박한 땅에 울려 퍼진 희망과 희망의 노래

이 소설은 선교를 위하여 조국을 떠난 이민자 가정에서 자란 딸의 시선으로 바라본 어머니의 삶을 그리고 있다. 가난과 굶주림, 질병과 무지로 점철된 척박한 중국 땅에서 소외된 이들을 사랑으로 어루만지고 치유하려 했던 어머니의 헌신적인 일생을 담담히 그려내고 있다.

펄 S. 벅 지음 / 값 14,000원

숨은 꽃

"주일미군 소위와 일본 여대생의 이루지 못한 사랑 이야기"

이 소설은 전후 점령군으로 일본에 부임한 미군 소위 앨런 캐네디와 꽃다운 일본 여대생 조스이 사카이의 사랑 이야기이다. 조스이에게 첫눈에 반해버린 앨런은 그녀의 사랑을 얻어내지만 두려움 없던 이들의 사랑은 미국에서 엄청난 시련을 겪게 된다. 유색인종과의 결혼을 반대하는 부모의 극심한 반대에 무릎을 꿇고 만 그들의 사랑이 남긴 것은 숨은 꽃, 아니 숨을 수밖에 없었던 아름다운 꽃 한 송이였다.

펄 S. 벅 지음 / 값 15,000원

약속

용의 자손들, 죽음과 약속의 땅 버마로 향하다!

일본의 식민지배 하에서 강인한 군인으로 성장한 라오산은 '승'이라는 새로운 이름으로 운명의 연인 메리와 버마 밀림의 전장에 몸을 던진다. 언제 끝날지 모르는 전쟁의 고통과 약속 없는 미래 속에서도 두 사람은 서로를 의지한 채 사랑을 키워가는데……
이 작품은 세계1차대전의 소용돌이에 휘말린 링탄 가족의 눈물겨운 역사를 그려낸 《용의 자손》의 2부 격으로, 참혹한 포화 속에서도 약속의 땅을 개척해가는 두 젊은이의 운명적 사랑, 그리고 목숨을 건 투쟁을 그려낸 또 하나의 역작이다.

펄 S. 벅 지음 / 값 15,000원

오피스 와이프

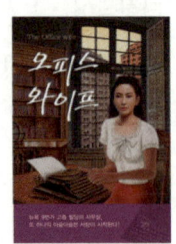

**뉴욕 9번가 고층 빌딩의 사무실
또 하나의 아슬아슬한 사랑이 시작된다!**

사랑과 사회적 성공은 누구나 거머쥐고 싶어 하는 인생 최고의 선물이다. 나아가 이 두 가지를 모두 갖추고 싶어 하는 것은 비단 남자들뿐만이 아니다.
1930년 미국에서 대성공을 거둔 이 책 『오피스 와이프』는 '여성의 사회진출'이라는 현대적 코드를 일터에서 일과 사랑을 동시에 거머쥐고 싶어 하는 여비서 앤 머독과 그녀와 사랑에 빠진 회사 사장 펠로스 두 사람의 이야기로 흥미진진하고 아기자기하게 풀어가고 있다.

페이스 볼드윈 지음 / 값 13,900원

살아있는 갈대

**'고결한 사람들이 사는 보석 같은 나라'
한국에 전하는 위대한 유산!**

뉴욕타임즈 등 유수 언론에서 '대지 이후 최고의 걸작', 펄벅이 한국에 보내는 애정의 선물'이라는 찬사를 받은 이 작품은 한국 구한말부터 해방까지 이어지는 한 가족의 4대의 비극적 역사를 시종일관 밀착된 시선으로 그려내고 있다. 작품 전체에 한국에 대한 작가의 특별한 관심이 녹아 있고, 일제강점기에 놓인 한국인에 대한 치밀한 묘사와 철저한 고증이 돋보여 이 시대를 살피고자 하는 이들에게는 반드시 읽어야 할 필독서로 자리 잡았다.

펄 S. 벅 지음 / 값 18,000원

• **펄 벅의 대지 3부작** •

대지 ⓢ

펄 벅의 대지, 그 뜨거운 감동을 다시 만난다!

혼란스러웠던 청나라 말기를 배경으로 격랑 속에서도 묵묵히 흙을 일구며 살아가는 농부 왕룽의 일생을 유려하고 장대하게 그려낸 펄벅의 대표작. 작가에게 노벨문학상의 영광을 안겨준 대지 3부작의 1편으로서 사회적 변화가 몰고 온 고난에 맞서 싸우는 인간의 의지, 흙에서 태어나 흙에서 죽어가는 인간의 운명을 감동적으로 그려내고 있다.

펄 S. 벅 지음 / 값 15,000원

대지
(아들들)

왕룽의 세 아들, 서로 다른 발자국들

대지 3부작의 두 번째 작품. 이 책은 각각 다른 왕룽 일가 세 아들들의 행보를 통해 격랑의 시기 속에서 좌절하고 동시에 단련되는 인간의 삶을 조명한다. 특히 농부의 자식으로 태어나 군벌 지도자로 성장한 야망 넘치는 막내아들 왕후의 발자취는 한때 빛났지만 허망하게 스러지는 삶의 유한성을 극적으로 보여준다.

펄 S. 벅 지음 / 값 15,000원

대지 하
(분열된 일가)

3대로 이어지는 흙과 땅의 노래

대지 3부작의 완결편. 왕룽의 손자이자 왕후의 아들인 왕위완을 중심으로 변화의 물결 속에서 고군분투하는 젊은이들의 일대기를 그리고 있다. 야망 넘치는 장군이었던 아버지 왕후와 달리 땅에 대한 깊은 애착을 간직한 채 신(新) 지식인으로 성장한 왕위완이 겪어내는 시대적 갈등과 애틋한 사랑, 고독하고 운명적인 자아 찾기의 여정이 흥미롭다.

펄 S. 벅 지음 / 값 15,000원

펄 벅 시리즈

노벨문학수상작가
펄 벅이 돌아오다!

따뜻한 사랑과 화해를 향한 갈구, 역사와 인간에 대한 깊이 있는 시선으로
20세기의 고전을 빚어낸 "꿈의 스토리텔러 펄 벅"

이야기 성서
연인 서태후
양 부인과 세 딸
새해
동풍서풍
싸우는 천사
세 남매의 어머니
청년 쑨원
城의 죽음
어서 와요, 나의 연인
숨은 꽃
살아있는 갈대

사탄은 잠들지 않는다
열두 가지 이야기
만다라
피오니
여인의 저택
리앙가
용의 자손
여신
건너야 할 다리
타향살이
약속
「대지 3부작」
 - 대지㊤
   대지㊥ 아들들
   대지㊦ 분열된 일가

펄벅문화원 Pearl S. Buck Literary Institute

연인 서태후 / 펄 S. 벅 ; 이종길 옮김. 고양 : 길산, 2014

680P. ; 125×187mm

영어서명 : Imperial Woman
원저자명 : Buck, Pearl Sydenstricker
영어 원작을 한국어로 번역
미국 소설[美國小說]
ISBN   978-89-91291-40-9 03820 : ₩19500

843-KDC5   813.52-DDC21   CIP2014033728